W0379203

OVIS
VERLAG

MIX
Paper | Supporting responsible forestry
FSC® C084698
FSC
www.fsc.org

CARBON NEUTRAL
CARBON NEUTRAL

Für meine über alles geliebten Kinder Tobias und Nikolas –
egal wo ihr seid, ich trage euch in meinem Herzen.

Bibliografische Information der Deutschen Bibliothek: Die Deutsche Bibliothek verzeichnet diese Publikation in der Deutschen Nationalbibliografie; detaillierte bibliografische Daten sind im Internet über http://dnb.dnb.de abrufbar.

1. Auflage 2023
ISBN 978-3-910552-06-7

Satz und Gestaltung: dots & boxes Kreativagentur
Cartoon: Tobi Wagner
Lektorat: LEKTORATBEHNKE, Lydia M. Behnke
Druck: Die Werkstatt Medien-Produktion GmbH, Göttingen

OVIS Verlag
www.ovis-verlag.de · info@ovis-verlag.de

(Gemalt von Nina Kaletta,
Kunsttherapeutin)

VORWORT

Am 23.12.2009 bekam mein Sohn Tobias im Alter von 8 Jahren die niederschmetternde Diagnose ALL, akute lymphatische Leukämie.

Seit Oktober 2009 irrte ich mit ihm von Arzt zu Arzt mit dem inneren Wissen, da stimmt was nicht, und mit den äußeren Anzeichen seinerseits von schlimmsten Rückenschmerzen. Da war der Kinderarzt, der mich nicht besonders ernst nahm und zum Orthopäden weiterschickte. Dieser renkte, ohne meine Einwilligung nach einer unauffälligen Röntgenaufnahme, in einer Hauruckaktion mein Kind ein, was seine Schmerzsymptomatik nicht wirklich positiv beeinflusste. Nach einer Verdachtsdiagnose im Alfried Krupp Krankenhaus auf Muskeldystrophie und einem Ringen um ein Bett in der Essener Uniklinik folgte ein Aufenthalt auf der Station K2 zum Ausschluss dieses Verdachts. Es gab aber plötzlich unreife Leukozyten im Blut, die eigentlich nur im Knochenmark sein dürfen. Tobi erkrankte an Schweinegrippe und dies bedeutete für uns den Umzug auf die Isolierstation K7. Es wurde gesucht und keine ausreichende Erklärung gefunden, aber der Verdacht einer hämatologisch-onkologischen Erkrankung schwebte wie eine dicke Gewitterwolke über uns. Die erste Knochenmarkpunktion am 11.12.2009 ist mir noch sehr in Erinnerung: Man ließ mich danach bis 19:30 Uhr warten, bis man mir mitteilte, dass es zwar Blasten im Knochenmark geben würde, diese aber prozentual so gering wären, dass keine Diagnose daraus abzuleiten wäre. Ich hatte Karten für ein PUR-Konzert in Dortmund, zu dem weder ich noch meine Freundinnen Claudia und Anke fuhren. Eine kurzzeitige Entlassung aus der Klinik folgte, mit hämatologischen Kontrollen alle paar Tage in der hämatologisch-onkologischen Ambulanz. Ich sehe Tobi vor mir, spielend mit seinem Jo-Jo, fröhlich und voller Leben – und mich, dort sitzend und wartend, aus den Augenwinkeln die anderen beobachtend. Da schoben kahlköpfige Kinder riesige Infusionsständer vor sich her, hielten sich daran fest, schleppten sich über den Flur. Ich sah ausgemergelte Müttergesichter, Sorgenfalten und Gram.

Da waren Babys und Krabbelkinder, kleine und größere, manche ganz kahl, andere mit gerade nachwachsendem Haar, alle gezeichnet, vom Krebs gezeichnet. Nein, ich war hier falsch mit Tobi, das konnte nicht sein, das durfte nicht sein. Dann kam der 22.12.2009, ich saß bei meiner besten Freundin Claudia und berichtete ihr von dem heutigen Leukozytenbefund, Tobi hatte nicht mehr zwei- bis dreitausend Leukos, sondern heute 7000 und ich hatte den Verdacht auf einen Blastenschub, hatte mich zusätzlich zu meinem Wissen als medizinisch-technische Assistentin in dem Bereich Leukämien und onkologische Erkrankungen belesen, aber immer mit der naiven Hoffnung, dass das nie Tobi betreffen würde. Mein Handy klingelte, großes Entsetzen, eine Unikliniknummer, der Stationsarzt der kinderonkologischen Station K3, Dr. Knorr, rief an: „Frau Klein, bitte kommen Sie sofort mit gepackter Tasche und Ihrem Sohn in die Klinik, unser Verdacht hat sich erhärtet, wir müssen Tobias stationär weiteren Untersuchungen unterziehen!" Ab da habe ich funktioniert, aber rückblickend ist da viel Nebel und Grauschleier über meinen Erinnerungen. Eine stichpunktartige Aufzählung des Erlebten gibt den Schrecken und das Leid, welches Tobias, mein Mann Detlef, unser zweiter Sohn Nikolas, ich, unsere gesamte Familie und Freunde in den darauffolgenden Monaten erlebten, nicht wieder.

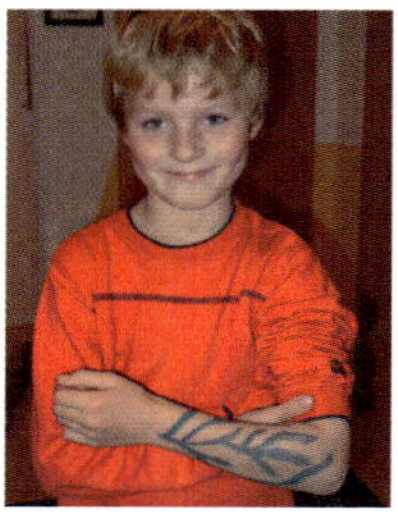

23.12.2009 Diagnose ALL
Beginn der Chemotherapie an Heiligabend, mit Lumbalpunktion ohne Narkose, damit eine Kurzbeurlaubung zum Geschenkeauspacken möglich war, ein Jahreswechsel mit einem sich vor Übelkeit erbrechendem Kind

- **IM APRIL** Abbruch der Therapie wegen eines zu hohen MRDs (Wert der Minimalen Resterkrankung, er beschreibt den Rest der Krebszellen, die nach einer Behandlung noch nachweisbar sind), Einstufung in die Hochrisikogruppe, Vorbereitung auf die erste Knochenmarktransplantation
- Spendersuche; Nikolas, Tobias' kleiner Bruder, ist kein passender Spender, und die Ungewissheit, ob überhaupt ein Spender gefunden werden kann
- **19.06.2010** Spendersuchaktion, organisiert von unseren engsten Freunden mit der DKMS an Tobis Grundschule

- **20.07.2010** 1. Knochenmarktransplantation mit der Spende eines Fremdspenders
- **BIS ANFANG 2011** Aufpäppeln, Familienrehabilitation in der Syltklinik der Deutschen Kinderkrebsstiftung im März 2011
- Zu Beginn der Sommerferien erneut Rückenschmerzen, nach Knochenmarkpunktion kam die Aussage: Dieses Knochenmark ist nicht für die Rückenschmerzen verantwortlich. Therapieversuche zur Knochenstärkung bringen kaum Erfolg, nur lästige Klinikaufenthalte
- **MITTE OKTOBER 2011** 1. Rezidivdiagnose mit erneuter, noch stärkerer Chemotherapie
- Kontakt nach Tübingen und Therapieoption einer haploidenten KMT (Stammzelltransplantation) mit dem CD19-Antikörpercocktail
- **APRIL 2012** Familienwochenende im Waldpiratencamp
- **20.05.2012** 2. Knochenmarktransplantation mit Stammzellen meines Mannes Detlef mit anschließender CD19-Antikörpergabe in Tübingen im 14-Tage-Rhythmus
- **01.12.2012** Rippen-Probeexzision mit Ausschluss eines Rezidivs, am 05.12.2012 Dreh mit Anke Engelke zum Thema Glück *(„Sowas wie Glück“ lief im November 2013 im Fernsehen, immer noch in der ARD Mediathek abrufbar)*
- **06.12.2012** Fixierungs-OP der Halswirbelsäule mit Schrauben
- Weihnachten mit superschlechtem Bauchgefühl und bewusstem Nichtnachfragen in der Klinik
- **ANFANG JANUAR 2013** 2. Rezidivdiagnose, erster Kontakt mit dem KinderPalliativNetzwerk Essen
- **FEBRUAR 2013** Familienwochenende im Waldpiratencamp
- Teilnahme an der Studie zu Blinatumomab in Tübingen

Hier beginnen die folgenden, tagebuchartigen Aufzeichnungen, der eigentliche Inhalt dieses Buches. Sie dienten mir als Information für Familie und Freunde, zum Von-der-Seele-Schreiben, als Zwiegespräch mit mir selbst und jetzt als wundervoller und schmerzlicher Erinnerungsschatz.

SEELENVOGEL TOBI

– Wie die Seele in den Himmel kommt –

Es war einmal eine junge Frau, die hieß Kerstin, und ein Mann namens Detlef.
Die beiden liebten sich sehr und wünschten sich nichts sehnlicher,
als Kinder zu haben.
Da geschah es, dass Gott den Seelenvogel Tobi auswählte,
damit er ein Menschenkind wird.
Er setzte ihn in Kerstins Bauch, und um den Seelenvogel Tobi
wuchs sein menschlicher Körper.
Es war eine unglaubliche Freude, als Tobias das Licht der Welt erblickte.
Seine Eltern umsorgten Tobias und schafften es, dass er eine unbekümmerte
Kindheit verlebte. Gott rief nach einer Weile einen weiteren Seelenvogel zu sich,
damit er Mensch werden konnte, und so setzte er Seelenvogel Nikolas in Kerstins
Bauch, damit auch um ihn ein menschlicher Körper wachsen konnte. Auch bei
seiner Ankunft auf der Erde war die Freude riesengroß.

Beide Kinder wuchsen und hatten viel Freude am Leben.
Sie lernten in der Schule und fürs Leben.

Nach vielen schönen gemeinsamen Erlebnissen geschah plötzlich etwas,
was die glückliche Familie zutiefst erschütterte.
Tobias' menschlicher Körper wurde krank.
Leukämie.
Tobias versuchte, mit all dem, was den Menschen hier auf der Erde möglich war,
wieder gesund zu werden. Aber Gott hatte anderes mit ihm vor.
Tobias wollte aber noch leben und so nahm er mit, was er kriegen konnte.
Er liebte gutes Essen, Minigolf und Kino, verbrachte aber auch viel Zeit
zu Hause mit seiner Familie.

Dann kam aber der Tag, an dem Gott Seelenvogel Tobi zu sich rief, und in der Nacht verließ er seinen menschlichen Körper. Der kleine Seelenvogel blieb aber noch lange im Raum, in der Nähe seines Körpers,
er schwebte umher wie ein Hauch.

Seelenvogel Tobi erfreute sich an seinem Bruder, der, obwohl sich Körper und Seele von Tobi bereits getrennt hatten, mit ihm sprach, betete und sogar iPod spielte. Der kleine Seelenvogel Tobi war überall dabei. Er verfolgte, wie seine Freunde und Familie Abschied von seinem toten, ausgezehrten Körper nahmen, beobachtete, wie sie sein letztes Bett, seinen weißen Sarg, berührten und bemalten, wie sie seinen Leichnam in dem wunderschönen bunten Sarg an die Erde zurückgaben, wo er nun im Kreislauf des Lebens wieder zu Staub werden darf.
Und er flog mit den bunten Ballons mit, Richtung Himmel.
Seelenvogel Tobi ist frei, er begleitet seine Lieben, wann immer sie an ihn denken, und versucht sie, so gut es geht, zu beschützen.

Und das Wichtigste: Es geht ihm gut, er ist im Himmel, im Licht, in der Ewigkeit.

Gott ruft irgendwann alle seine Seelenvögel wieder zu sich.
Wann?

Das liegt allein in seiner Hand. Aber eines ist ganz sicher: Im Himmel werden die Seelenvögel Nikolas, Kerstin und Detlef den kleinen Seelenvogel Tobi wiedersehen.

(Geschrieben am 30.04.2014)

MITTWOCH, 27.02.2013

Am heutigen Tag habe ich die Idee und den Wunsch, eine Art Blog für Freunde und Bekannte zu schreiben. Ich bin sehr froh darüber, dass es viele liebe Menschen gibt, die uns auf diesem Weg begleiten, es ist aber auch nicht leicht, in dem Chaos immer an alle zu denken und alle zu informieren. Diesen Blog wird es nur geben, weil Tobias den Studienplatz für Blinatumomab in Tübingen bekommen hat. So heißt das Medikament, das den speziellen, vielversprechenden CD19-Antikörper enthält, die bisherigen Gaben waren ein unspezifischerer CD19-Antikörpercocktail. Jubel! Ich werde voraussichtlich am 5. März mit Tobias nach Tübingen aufbrechen und dann dort ca. vier Wochen verweilen. Damit ich den Rücken frei habe, werde ich auf dieser Internetplattform aktuell posten, was es Neues gibt und was so passiert, und ihr könnt mit eurem Passwort das Tagebuch lesen, damit ich mich ganz um Tobi kümmern kann. Das Schreiben ist auch eine Art Therapie für mich – habe das schon mehrfach vorher ausprobiert ;) –, denn es entlastet meine Seele und lässt mich neue Kraft schöpfen.

Der Tag in Kürze: Er begann mit einem endlosen Vormittag, mit einem übellaunigen Tobi; er hat vorgestern, am Montag, lumbale und intravenöse Chemotherapie bekommen, das Essen und heute auch das Trinken eingestellt. Er war sehr schläfrig und teilnahmslos und ich habe auf den Anruf von Dr. Basu gewartet, auf die Mitteilung, wohin, Tübingen oder Parkfriedhof … und um ihn zu fragen, was ich tun soll. Ich bin sehr froh, dass es genau dieser Arzt ist, der Tobi so eng betreut, ich vertraue ihm voll und ganz und habe immer das Gefühl, er handelt und entscheidet wie für sein eigenes Kind. Nikolas kam hungrig von der Schule nach Hause gelaufen, ganz weinerlich, weil ich ihn eigentlich abholen wollte, er aber laufen musste, weil Tobi schlief. Er macht sich ganz große Sorgen um seinen großen Bruder, war ganz bestürzt, dass es ihm so schlecht geht und hat sich dann heimlich ausgezogen und neben ihn gelegt, und ihn damit geweckt … Dann rief endlich Dr. Basu an, mit der freudigen Nachricht über die Studienteilnahme und direkt einem Fahrplan, den Terminen. Ich wollte es sofort in die Welt hinausbrüllen, aber Niko hatte Hunger, ich übrigens auch, Tobi war ganz weinerlich, weil er sich so schlecht fühlte, und wollte, dass ich bei ihm liege, und Ulrike vom Palliativnetzwerk hatte ihr Treffen mit Nikolas, alles auf einmal! Ulrike ist eine ehrenamtliche Mitarbeiterin des KinderPalliativNetzwerkes in Essen, sie ist in Erstausbildung Krankenschwester und jetzt Referendarin für das Grundschullehramt. Sie wird Nikolas einmal die Woche betreuen, schulisch sowie sportlich und nur für ihn! Ich habe ein sehr gutes Gefühl, dass Nikolas diese Zuwendung guttun wird, und sie nimmt mir auch ein bisschen von dem schlechten Gewissen, weil ich Nikolas zeitlich und auch oft wegen fehlender Nerven nicht so unterstützen kann, wie ich es gerne täte. Dr. Basu hat mich gebeten, Tobi in die Klinik zu bringen, zu einer ambulanten Infusion, möglichst schnell ... Also habe ich Ulrike mit Nikolas allein gelassen und das nein, nein wimmernde Häufchen Tobi in die Klinik verfrachtet. Dort hat er nur geschlafen und zwischenzeitlich Durchfall gehabt, wie auch schon zu Hause, und als die Infusion durch war, hat er meinem Plan widersprochen und mit blau geränderten Augen gesagt, dass er lieber in der Klinik bleiben will.

Wegen des Durchfalls gab es Einzelisolation auf der onkologischen Station K3, im Zimmer direkt gegenüber dem Ärztezimmer, hier haben wir schon so oft gelegen ... Erinnerungen kommen hoch, an Ben Patrick, den kleinen Jungen, der nur 3 Monate alt werden durfte, an den vierjährigen Jungen mit Hirntumor, der auch nicht mehr lebt, an Simon, der seine Erkrankung besiegt hat, und an viele andere Kinder, mit denen wir dort schon zusammen gelegen haben. An sich ist allein liegen gar nicht so schlecht, ein Luxus, den man nicht oft hat! Aber der Nachteil ist, dass man nur total vermummt das Zimmer verlassen darf und weder das Spielzimmer noch die Küche betreten darf ... Das ist ja nix für mich! Für jeden Kaffee den Buzzer drücken, jede Pipiflasche entsorgen lassen ...

Den Engländern (eine sehr nette Familie: Ryan, Neuroblastom; Papa Gareth, Mama Julie) in Tübingen ergeht es gerade genauso, Ryan ist auch in Isolation und der witzige Engländer hat auf Facebook gepostet, dass er überlegt, Steak und Potatos zu kaufen und sich von den Nurses bekochen zu lassen, – aber medium! Gute Idee!

Nun aber zurück zum Abend, Detlef hat mir die nötigsten Sachen in die Klinik gebracht, denn ich schlafe immer mit im Krankenhaus, wenn Tobi stationär bleiben muss. Er hatte dann noch mit niedrigem Blutdruck zu kämpfen und innerhalb von vier Stunden zwei Liter Infusionen bekommen ... Da ging mir kurz die Flatter vor Angst, aber zum Glück hat sich alles wieder beruhigt. Die Nacht war mehrfach unterbrochen von halbstündigem Blutdruckmessen, Pipi und Aa machen und diversen Flaschenwechseln, denn auf Verdacht wurde mal mit Antibiose begonnen! Kurz geht zwar anders, aber wenn ich erst mal Schreibwut habe ... ;-))

DONNERSTAG, 28.02.2013

Tobias' Zustand hat sich zum Glück gebessert, er ist nicht mehr so apathisch und schläfrig, hat Bröncheninneres gegessen und ganz viel mit dem iPod gespielt.

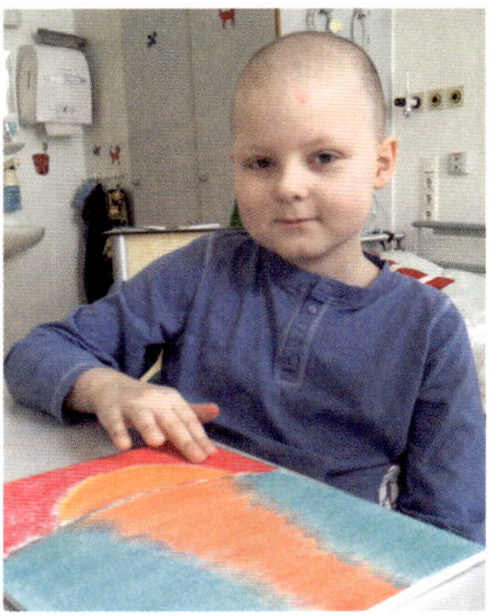

Probleme bereitet ihm im Moment die kaputtgehende Schleimhaut in Mund und Hals, die sich anfühlt wie nach der Chemotherapie mit MTX. Dieses Medikament hat er am Montag lumbal bekommen, und die Ärzte bestreiten, dass es daher kommt, von wegen Blut-Hirn-Schranke, es könnte also auch noch was anderes dahinter stecken ... Herpes ...? Der Tag war zäh wie Kaugummi, wir haben ihn uns versüßt mit einem Film mit Mr. Bean auf dem iPad. Toll, da kann man sich für kleines Geld auch Filme leihen!

Am Nachmittag besuchten uns Flocke und Pampel, die Klinikclowns, dafür fiel das Elterncafé der Elterninitiative zur Unterstützung krebskranker Kinder e.V. aus, ich hatte mich schon sehr auf ein Stück Himbeerkuchen gefreut ... muss aufpassen, habe bald wieder Kampfgewicht ... aber im Moment ist das egal, ich brauch mal 'n Glas Wein und auch mal Chips, Eis und Schokolade ... Am Abend hat mich Detlef kurz abgelöst, ich musste nach Hause, duschen und Essen für Tobi besorgen. *Keine sonstigen Befunde, keine Neuigkeiten.*

Tobi hat zum Abend hin immer stärkere Schmerzen, ich hatte ein sehr nettes Nachtgespräch mit Dr. Preßel, der die Schmerzmittelgabe erhöht hat. Ich hoffe, dass die Nacht einigermaßen wird. Er ist der erste Arzt, zu dem Tobi in der Klinik Vertrauen gefasst hat, 2009 auf der K7, da war er Stationsarzt und hat sich damals sehr bemüht, eine Diagnose für Tobi zu finden, die außerhalb einer onkologischen

Erkrankung liegt. Ich mag ihn sehr, genau wie Tobi, und interessanterweise arbeitet er, wie ich heute Nacht von ihm erfahren habe, bis Oktober im KinderPalliativNetzwerk als Hausbesuchsarzt ...

FREITAG, 01.03.2013

Die Nacht haben wir einigermaßen überstanden, ich bin nur ca. 10-mal wach gewesen, habe die Pipiflasche gehalten, daneben unzählige Male den Alarm ausgedrückt, aber es gab schon schlimmere Nächte. Tobis Mund ist immer noch ganz entzündet, die Schmerzmedikation ist erneut geändert, seit mittags gibt es neben Tramal auch zusätzlich Novalgin, ich hoffe, dass es das bringt und Tobi endlich ein bisschen mehr essen und trinken kann. Der Aufreger kam dann um 11 Uhr in Form von Dr. Basu, der verkündete, dass wir schon am Sonntag nach Tübingen reisen sollen ... Also flugs beim Förderverein für krebskranke Kinder Tübingen e. V. angerufen, die haben keinen Platz, dann im Ronald McDonald Haus, kein Platz, dann im Gesundheitszentrum, die wollen 129 Euro mit Frühstück, das wir nicht brauchen, weil Tobi ja nüchtern sein soll ..., dann im Geschwisterhaus, die haben zum Glück ein Zimmer für die Nacht von Sonntag auf Montag.

Eine halbe Stunde später rief Dr. Basu dann erneut an, alles zurück, Tübingen hätte alles widerrufen, doch erst am Dienstag Anreise – ha! Also alles wieder abgesagt, mit dem Erfolg, jetzt erst mal kein Zimmer zu haben, aber die Aussicht auf Ronald McDonald und wenn im Elternhaus des Fördervereins für krebskranke Kinder Tübingen e. V. was frei wird, dann werde ich umziehen!

Tobias hat den Vormittag über Schule gemacht, er ist per Skype und einem Webchair per Internet verbunden und virtuell mit im Klassenraum. Erdkunde (O-Ton: grottenlangweilig ...) und Englisch; in Englisch haben die Kinder die Klassenfahrt besprochen, sehr witzig, aber auch sehr traurig, denn Tobi wird nicht mitfahren können.

Am Abend war Tobi so gut eingestellt, dass er einen Big Mac essen konnte. Leider fing er um 22 Uhr an, vor Schmerzen zu brüllen, weil das Tramal zu spät drankam, aber vielleicht auch wegen der Chips, die den Mund zusätzlich gereizt haben.

SAMSTAG, 02.03.2013

Der heutige Samstag verlief richtig gut. Tobias konnte heute Morgen LION-Cerealien frühstücken, dann haben wir sogar Englisch-Vokabeln gelernt und er war guter Dinge. Die Isolation wurde aufgehoben, Rotaviren im Stuhl sind negativ! Das habe ich direkt zum Anlass genommen, Tobi einer Grundreinigung zu unterziehen ... ab unter die Dusche! Mittags hat Detlef mich abgelöst und ich konnte mit Niko zu seinem Handballspiel fahren, anschließend zu Hause einiges vorbereiten und dann habe ich noch mit Niko seine Kommunionkerze geschmückt und gemeinsam gebetet (er hätte zwar lieber weiter gezündelt ... aber mir war das ganz wichtig, denn ich habe mir Kraft für uns alle erbeten, für Tobi, dass er gesund wird, für Niko, dass er die Trennung gut übersteht, für Detlef, dass er alles allein zu Hause gestemmt kriegt, und für mich, dass ich bei Kräften bleibe, um alle weiterhin zu stützen). Am Abend war Tobis Schulfreund Nils zu Besuch im Krankenhaus, und das hat ihn sehr nach vorne gebracht, er hat im Spielzimmer mit ihm gekickert und ist rumgelaufen, war fröhlich und guter Dinge. Beim Einschlafen hat er mich gefragt:

*» **Mama,** ist die Behandlung in Tübingen wirklich die **letzte Chance**, wenn das nicht klappt, muss ich dann sterben? «*

„Tobi“, habe ich geantwortet, *„ja, so ist es, aber ich hoffe, ich glaube fest daran, dass dieses neue Medikament dich heilen kann. Wir müssen fest daran glauben und beten, der liebe Gott wird uns beschützen und **ich werde immer bei dir sein**, egal was passiert.“*

SONNTAG, 03.03.2013

Der heutige Sonntag verlief sehr erfreulich, Tobias' Zustand verbesserte sich erneut und ich habe den Ärzten meinen Plan kundgetan, dass Tobias bitte am Montag spätestens mittags entlassen werden soll. Dafür muss die Schmerzmedikation auf Tabletten umgestellt werden, und das hat er auch geschafft. Am Abend hat er zwar erneut über Rückenschmerzen geklagt; es wird höchste Zeit, dass wir nach Tübingen kommen und den Leukämiezellen entgegengewirkt wird, seine Blutwerte sind jetzt auch im Keller, Hb bei 8 und Thrombos bei 29 000, er wird wohl morgen sowohl eine Blutkonserve als auch ein Thrombozytenkonzentrat bekommen. Ich hoffe, dass er damit die Woche bis zum Beginn der Therapie schafft. Ich selber habe mir mit Nikolas und Detlef einen schönen Nachmittag gemacht, wir waren im Kino und anschließend was essen, Tobi hatte reichlich Besuch, er hat das sehr genossen. Ich habe auch mit dem Packen begonnen, das Aquarium noch mal gesäubert, auch unsere Fische sollten es jetzt bis Ostern schaffen ... ;)

MONTAG, 04.03.2013

Tobias hat den heutigen Montag auch gut überstanden. In der Klinik gab es noch ein Thrombozytenkonzentrat, und um 14 Uhr konnten wir dann endlich nach Hause gehen. Das ganze Personal hat uns alles Gute gewünscht und es tut gut, dass Tobi dort auf einer großen Sympathiewelle schwimmt; ich glaube fest daran, dass uns jeder gute Gedanke und jedes liebe Wort hilft! Zu Hause begann dann das große Aus- und Einpacken und die große Verabschiedung. Tobias hat sehr viel Angst vor Tübingen und will nicht dahin, ich hoffe aber, dass wir uns den Aufenthalt erträglich gestalten können und dass das Wunder geschieht!

DIENSTAG, 05.03.2013

Was für ein Tag ... Der heutige Morgen begann mit einem schmerzvollen Abschied von Nikolas (Mama, ich will nicht, dass du wegfährst) und einem schmerzvollen Verfrachten von Tobias ins Auto (Mama, ich will nicht nach Tübingen fahren).

Das Auto war voll, ähnelte einem Umzug, wir reisen mit Optimalgepäck, auf dass es dem Kind zu jeder Zeit gut geht! Die Fahrt war sportlich und ohne Probleme in etwas über viereinhalb Stunden, die Begrüßung im Elternhaus durch Frau Weigner sehr herzlich. Leider ist hier ein weiteres Kind überraschend verstorben, Tobias hatte guten Kontakt zu dessen Schwester, aber er hat zum Glück noch nicht nach ihr gefragt. Nach kurzem Auspacken und Bettenbeziehen sind wir dann flott in die Klinik gefahren, mussten leider eine Stunde warten und hatten dann ein heftiges Aufklärungsgespräch. Blinatumomab gewinnt nach heutigem Stand (2013) nur Zeit, es wird eine weitere Therapie anschließend nötig sein. Risiken und Nebenwirkungen sind ausführlich erklärt worden und bei dem Thema Krampfanfälle ist Tobias dann gedanklich zum Glück ausgestiegen. Auch sollten wir unsere Hoffnungen nicht zu hochschrauben, entweder es wirkt und bringt Zeit oder es wirkt nicht. Ich habe mit Tobias auch noch mal darüber geredet, dass dies seine einzige Chance ist, und er hat große Angst davor, das alles jetzt zu machen mit allen Nebenwirkungen und dann wieder einen Rückfall zu kriegen ... Nach der Klinik haben wir kurz eingekauft und zum Abendessen Kurzgebratenes mit Maiskolben gegessen. Diesen Abend lassen wir mit Jackie Chan und Bree (ein Glas oder auch zwei schaden nie) ausklingen. Morgen früh laufen Knochenmarkpunktion, Lumbalpunktion und diverse Voruntersuchungen, aber dann ist bis Montag frei – hoffentlich!

MITTWOCH, 06.03.2013

Der heutige Mittwoch begann leider für mich mit Kopfschmerzen, von denen ich aber weiß, woher sie kommen ... hatte jetzt kein Mitleid mit mir! Aber bei all der Belastung wollte ich gut schlafen und das hat auch geklappt! Um 8:30 Uhr war Termin in der Klinik, und Tobias war so entkräftet heute Morgen, dass ich ihn weite Strecken vom Parkhaus in die Klinik tragen musste. Die Punktionen (Lumbal und Knochenmark) verliefen recht reibungslos, die sind schon echt klasse hier, Propofol-Narkose, kurzer Aufreger, als die Sauerstoffsättigung auf 80 % ging ..., dann gab es etwas Sauerstoff in die Nase und es ging wieder. Ich bin diesmal auch nicht umgekippt, hatte große Sorge, dass die sich an die letzte Punktion hier erinnern würden, da hatte ich das erste Mal überhaupt einen Schwächeanfall, habe aber diesmal vorgesorgt, alle warmen Sachen ausgezogen und bei der Punktion gesessen, zum Glück hat das geklappt und ich musste auch nicht darum kämpfen, dabeibleiben zu können, habe seinen operierten Hals als Grund genannt, weil ja nur ich weiß, wie er bewegt werden darf! Am kommenden Montag muss dann erneut eine lumbale Chemotherapie erfolgen, ich habe riesige Angst, dass Tobi wieder mit Nebenwirkungen kämpfen muss. Diese lumbale Chemotherapie wird bei jedem Block nötig sein. Ergebnisse gab es insofern, dass 19 % Leukämiezellen gezählt wurden, die Studienzentrale zählt wohl immer etwas mehr, sodass es entweder knapp scheitert oder eine Punktlandung wird ..., 25 % sind nötig für die Teilnahme. Leider war heute keine Zeit, um meine Fragen zu klären, aber da bin ich ja hartnäckig, das versuche ich dann am Freitag noch mal.

Der ganze Ablauf der Studie stellt sich als recht kompliziert dar, es sind wöchentlich Kontrolluntersuchungen in Tübingen nötig und es bleibt abzuwarten, ob ich dann ständig quer durch Deutschland fahre oder ob ein längerer Aufenthalt in Tübingen nicht sinnvoller ist. Hoffnung setze ich noch auf Flying Hope – Das Pilotennetzwerk für kranke Kinder – und auf den Bekannten einer Freundin und seinen Hubschrauber, vielleicht kann man die eine oder andere Strecke auch mal so bewältigen. Aber so, wie wir diesmal gereist sind, mit Optimalgepäck ... das ist nur mit einem großen Auto zu schaffen. Frau Seefelder vom Tübinger Elternhaus, eine ganz liebe Seele, hat mir einen Rollstuhl organisiert und bei dem schönen Wetter habe ich Tobi dann ein bisschen lüften wollen, aber der Straßenbelag in Tübingen ist so holprig, dass er nur kurz fahren wollte (ich fand es toll, mal an der Luft und der Sonne zu sein, obwohl mein Heuschnupfen auch wieder anfängt ...), und dann hat Tobi sich leider die Narkose noch mal durch den Kopf gehen lassen. Zum Nachmittag besserte sich aber auch dieser Zustand und nach Tee, 3 BiFis und ein paar Chips war die Welt wieder in Ordnung. Essen werden wir heute wie gestern, marinierte Lammlachse mit gebratenen Maiskolben und als Nachtisch heiß gebrühte und abgekühlte Heidelbeeren (wegen der Keime ...). Man gönnt sich ja sonst nichts, man nennt es auch Wunschkost! Ich freue mich dann auf morgen Abend, da bekocht Frau Seefelder die ganze Belegschaft im Haus, es gibt Fisch und Gemüse! Für Tobi dann Baguette mit Zaziki oder was immer er auch will – Hauptsache, er isst! Er hat jetzt noch 34 kg. Zu allem Überfluss hat uns heute wohl im Parkhaus ein Auto gerammt, Kratzer auf der kompletten Beifahrerseite, ... aber das Auto wird bei der Fahrleistung wohl keine Zeit zum Rosten kriegen! ;)

DONNERSTAG, 07.03.2013

Erst mal „Happy Birthday“, lieber Frank! Schade, dass wir dir nicht persönlich gratulieren können, holen wir aber nach!

Der Tübinger Tag begann heute mit Ausschlafen, aber ab 8 Uhr waren die Vögel dann so laut, dass ich aufgestanden bin. Eine Dusche trägt zum körperlichen Wohlbefinden bei – oje, ab Montag dann Duschen im Bad im Spielzimmer ... mit dem Schlafanzug über die Station rennen, keine Privatsphäre, wildes Haar, ungeputzte Zähne, ... aber zum Glück gewöhnt man sich daran schnell, habe aber jedes Mal vorher erneut eine heftige Abneigung gegen diesen Zustand! Deshalb habe ich das heute Morgen ausgiebig genossen. Tobias ist dann auch wach gewesen und weil sein Bauch so wehtat (leer!), sind wir schnell in die Küche geflitzt und haben gefrühstückt. Cornelia aus München mit ihrem Sohn saß auch dort, er hat eine ähnliche Geschichte wie Tobi, aber er ist leukämiefrei und eines der Kinder, die das mit dem Tübinger Antikörper geschafft haben. Cornelia hat versucht, mir Mut zu machen, ihr Sohn hat Blinatumomab bekommen, da war das Medikament noch nicht mal studienreif. Den Vormittag haben wir damit verbracht, ein bisschen Schule zu machen, leider war nur Deutsch mit dem Webchair möglich, und dann auch noch mit dem superlangweiligen Thema Gedichte ...

Am Mittag konnten wir ein bisschen die Tübinger Sonne genießen, es war so mild, dass wir in Sweatjacken im Garten gesessen haben. Leider hat auch meine Heuschnupfenzeit wieder begonnen, ist hier im Elternhaus besonders toll, weil ja alle Kinder abwehrgeschwächt sind und Mundschutz tragen und ich dazwischen mit Niesattacken und Rotznase ...und dann erklär‘ mal auf Bosnisch, dass das Heuschnupfen ist! Jetzt freuen wir uns auf ein leckeres Elternhaus-Essen mit hoffentlich netten Leuten, und um 21 Uhr kommen Detlef und Niko am Tübinger Bahnhof an. Tobi freut sich besonders und ich hoffe, dass wir bis Sonntag angenehme Tage verbringen werden. Tobi ist leider nicht sehr belastbar, Ausflüge werden wohl nicht stattfinden, aber Hauptsache, wir sind zusammen!

FREITAG, 08.03.2013

Nach einer wilden Nacht (von rechts und links kamen immer die Sprüche: „Ich habe zu wenig Platz ..." – wir haben nur 3 Betten, und die Kids schlafen im Doppelbett und ich in der Ritze.) bekamen wir die erste Streicheleinheit vom supernetten Elternhaus-Personal ... Frau Seefelder hatte uns eine Tüte Brötchen und Brezeln vom Bäcker mitgebracht, einfach so ... und so haben wir uns das Frühstück schmecken lassen. Um 12 Uhr hatten Detlef und ich dann den Termin bei dem Stationsarzt der Station 14, der uns noch einmal alle Fragen beantwortete und die Einverständniserklärungen entgegennahm, aber nicht alle Befunde beisammenhatte, um uns den Start am Montag zusagen zu können. Deshalb ist weiter Bangen und Hoffen angesagt. Tobis Zustand hat sich aber deutlich verbessert, er isst ganz gut und ist auch wieder fröhlich, von einem Gang durch Tübingen hat er allerdings Abstand genommen, das würde er noch nicht schaffen, und auch die Rollstuhlalternative wollte er nicht, hatte Angst vor dem holprigen Kopfsteinpflaster und eventueller Kotzerei. Nikolas' Hausaufgaben waren dann erneuter Stresspunkt, der durch einen lieben Kaffee, Kekse und Bonbons durch Frau Weigner, der 2. Mitarbeiterin des Elternhauses, entschärft wurde. Sie kam einfach und servierte ein Silbertablett mit den Worten: *„Ich habe hier eine Nervenstärkung für alle!"* Sind wir hier liebevoll aufgenommen? Ja, so was von! Lebensmittel haben wir danach zusammen mit dem Auto eingekauft, und den Nachmittag haben wir dann im Bett verbracht, haben alle zusammen einen Film geguckt. Joey's Pizza hat uns am Abend versorgt, und jetzt liegen die Jungs bereits wieder in der Koje und chillen so vor sich hin! Alles in allem ein angenehmer Tag, der nur durch die Streitereien der Jungs ein wenig getrübt war, aber das ist wohl eher normal, für mich jedoch echt schlecht zu ertragen.

SONNTAG, 10.03.2013

Gestern hatten wir einen schönen Familientag, und ich hatte auch gar keine Lust, den PC anzuwerfen und zu schreiben. Nachdem wir heute ausgiebig im Elternhaus gefrühstückt haben, sind wir nach Reutlingen gefahren, bummeln und shoppen. Nikolas brauchte dringend eine Übergangsjacke und nur die engste Familie weiß um dieses Drama … aber wir haben es geschafft. Das Kind ist stolzer Besitzer einer blauen Blousonjacke … nach heftigen Diskussionen, er wollte dasselbe Teil in Müllmann-Orange, und es hätte nur einen dummen Spruch in der Schule gebraucht und die Jacke wäre in die Altkleidertonne gewandert … Mein schwieriges Kind, es steht sich so oft so sehr im Weg. Tobias war richtig gut zu Fuß und so sind wir einige Meter in Reutlingen gegangen. Landjäger gab es zum Mittag und dann fuhren wir nach Tübingen zurück, dort gab es dann ein Rieseneis, Niko hatte Kokos und Raffaello, Tobi Wassermelone und Himbeere.

Detlef und Tobi haben sich dann zum Auto geschlichen und so musste/wollte ich mit Niko den Rückweg zu Fuß zurücklegen, bei den ganzen Leckereien müsste ich eigentlich schon mindestens für einen Halbmarathon trainieren, aber der Schweinehund hat im Moment das Zepter fest in der Hand. Ich habe dann mit Niko einen Bummel unserer bekannten Strecke gemacht, hier und da ein bisschen geguckt (Niko war ganz besessen von einem Laden, in dem man für ca. 20 Euro eine Busenbar kaufen konnte, ein Scherzartikel für Männer zum Umschnallen, Brüste, aus denen man Bier zapfen kann … :D, leider reichte das Taschengeld nicht!). Den Nachmittag haben wir alle gemütlich im Bett verbracht, um dann am frühen Abend noch einmal nach Tübingen reinzufahren und den weltbesten Döner zu essen. Abends haben wir noch Ostereier bemalt, die Plastikvariante mit Acrylfarben, und ich hatte noch ein sehr interessantes Gespräch mit Veronika aus München, deren Tochter Faye, 11 Jahre alt, auch an ALL erkrankt ist. Bei Faye hat bisher keine Chemotherapie Erfolg gebracht und sie bekommt jetzt eine haploidente Spende, um sie unter die MRD-Grenze zu kriegen, und dann in ca. 6 Monaten noch eine Fremdspende … es tat sehr gut, mal von Mutter zu Mutter über alles zu reden.

Was mich sehr beunruhigt, ist, dass Tobi sehr große Angst vor morgen und vor der Therapie hat, er hat das in der Form noch nie so geäußert und ich hoffe, es liegt daran, dass er älter und gesprächiger wird, und versuche, es nicht als schlechtes Omen zu deuten. Es ist wirklich schlimm und kaum auszuhalten, aber es gibt leider keine anderen Möglichkeiten und deshalb tun wir es.

Der heutige Sonntag begann wieder mit Frühstück, leider ohne Tobi, der, als Papa anfing zu packen, in ein großes Loch fiel und sehr traurig wurde und dann das Bett nicht mehr verlassen wollte.

Deshalb liegen die Jungs wieder im Bett und ich schlüpf gleich dazu, dann verbringen wir die vorläufig letzten gemeinsamen Stunden eben im Bett, auch schön!

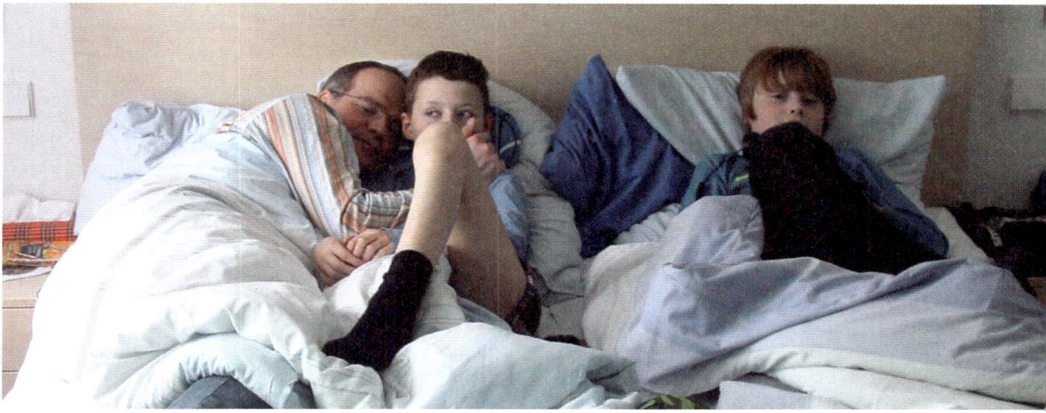

Um 15 Uhr haben wir nach einem gemütlichen Aufenthalt bei McDonald's Detlef und Nikolas zum Bahnhof gebracht. Leider war es ein sehr tränenreicher Abschied, Tobias hat die Fassung verloren und bitterlich geweint, aber die Tränen müssen dann wohl mal raus, egal mit welchem Anlass. Niko war etwas verstört und auch traurig, Abschied nehmen ist echt ätzend!

Um Trostpflaster zu kleben, haben wir uns in der Bahnhofsbücherei mit neuen Asterix-Heften eingedeckt und sind dann wieder ins Bett gekrochen und haben es nur kurz zum Essen, Packen und Duschen verlassen. Morgen Früh geht es dann in die Klinik, ich hoffe so sehr, dass sie mit der Therapie starten können, eine weitere Woche warten würden wir natürlich auch irgendwie rumkriegen, wäre aber schon sehr doof!

MONTAG, 11.03.2013

Zuerst mal möchte ich von einer entzückenden Nacht berichten ... Tobias verabschiedete sich gestern um 22 Uhr mit den Worten: *„Mama, ich will, dass diese Nacht nie endet, ich will morgen gar nicht wach werden ...!"*, und ich dachte gegen 1:30 Uhr: *„Oje, möge doch die Nacht endlich beginnen, sonst schaff ich den Tag morgen nicht!"*

Sie begann dann kurz nach diesem Gedanken und ich konnte zum Glück dann auch bis um 7 Uhr schlafen. Da Tobi ja nüchtern sein sollte für die geplante Lumbalpunktion, schlich ich mich dann kurz runter für ein schnelles Frühstück, packte die schweren Sachen schon mal ins Auto und begann dann Tobi ganz sanft zu wecken, 20 min Rückenkraulen und langsames Wachwerden taten ihm gut und als es an der Zeit war, kam er auch problemlos mit ins Auto und in die Klinik.

Nachdem die Formalitäten erledigt waren und wir die Station 14 betraten, wollte Tobias sofort an die Tischtennisplatte; da eh das Bett noch nicht vorbereitet war, kein Problem. Dr. Ebinger, der Stationsarzt, lief mir kurz über den Weg und auf meine Nachfrage, ob es denn dann heute losgeht, sagte er: *„Ja, alle Befunde da, 26 % Blasten im Knochenmark!“* :D Will gar nicht wissen, was die da alles noch an Zellen gezählt haben, aber im Endeffekt ist es ja auch egal, wir starten! Habe dann schnell eine kurze E-Mail nach Essen an Dr. Basu geschickt und eine strahlende Rückantwort erhalten. Freue mich so, dass er sich freut! Tobias musste dann noch zwangsfrühstücken, weil aufgrund von krankheitsbedingtem Personalmangel die Lumbalpunktion erst am Nachmittag gemacht werden konnte. Die Zeit bis dahin vertrieb er sich mit der Erzieherin Eva, er malte und spielte mit ihr und so hatte ich Ruhe, um unser „Noch-Einzelzimmer“ einzurichten. Es ist ganz praktisch, die Fensterbank ist ein doppelter Holzbalken und sowohl als Sitz wie auch als Ablage geeignet. Und da wir das Bett am Fenster haben, werde ich die Fensterbank nutzen! Die Punktion verlief problemlos, ich hatte nur etwas Sorge, als ich die Chemospritzen gesehen habe … 3,5 ml in der einen und 5 ml in der anderen … es wird erst tropfenweise Liquor rausgelassen, aber vielleicht so 2 ml, vielleicht auch 3 ml, und dann wollten sie das reinhauen … da musste ich erst mal Stopp sagen und die Mengenverhältnisse klären …;) – aber die 5 ml waren nur Kochsalz und davon wurden nur 0,5 ml gespritzt. Aber Mama passt auf! Hab also dann auch hier meinen Ruf bereits am ersten Tag weg! Aber als Dank und weil die hier wirklich toll sind, habe ich eine riesige Dose mit weißen Weingummi-Mäusen gekauft und beschriftet mit: Ich hoffe, dass nur das Team morgen weiße Mäuse sieht!

Ich hab echt Schiss vor den Nebenwirkungen, die so rund ums Hirn auftreten können, aber das lassen wir mal auf uns zukommen. Ich hoffe einfach darauf, dass Tobi das auch so gut verträgt wie den Tübinger CD19-Antikörper.

Am Nachmittag kam dann ein netter Mitarbeiter von KraKiaN – Kranke Kinder ans Netz – und richtete an iPod und iPad Dauerinternet ein und wir begannen mit Ryan, über FaceTime als Ton online Minecraft zu spielen. Leider klappte das nicht wirklich, warum auch immer ... aber wir improvisierten und spielten Lieder raten. Ryan liegt im Nebenzimmer, ist 6 Jahre alt, spricht nur Englisch und ist richtig süß! Aber leider liegt er isoliert, deshalb geht's im Moment nur online. Und ein bisschen Learning-by-Doing-Englisch find ich jetzt ganz prima. Tobi hat mich außerdem mit allem, was er aufbieten konnte, bequatscht, sich Modern Combat runterladen zu dürfen (den Augenaufschlag muss ich unbedingt in meinen Gedanken konservieren, er weiß genau, wie und wann ich dem nichts entgegenzusetzen habe!). Damit abgelenkt habe ich ihn dann allein gelassen, um ein paar Lebensmittel einzukaufen und die Playstation aus dem Elternhaus zu holen ... und als ich wiederkam, spielte er online mit seinem Cousin Robin zusammen. Unglaublich!

Die Prämedikation ist auch gestartet, 3,5 l Spülung neben Doppelantibiose, Aciclovir vorbeugend gegen Viren und Vfend vorsorglich gegen Pilze (zum Glück nicht Noxafil, als Saft, das wären wieder Dramen geworden, aber das blüht Tobi, wenn er entlassen wird ...) und ein Thrombozytenkonzentrat, vorsorglich, weil die Thrombos schon wieder sinken. Ich bin noch ganz gut drauf, habe natürlich große Angst vor morgen, bin aber auch froh, dass es losgeht, denn es gibt ja keine andere Lösung, die möglich wäre. Tobias scheint abgelenkt durch die ganzen E-Geräte, aber auf Nachfrage ist alles Sch..., wer will es ihm verdenken. Würde ihn am liebsten für die nächsten Tage sedieren, damit er das alles nicht miterleben muss. So, baue dann jetzt mal mein Bett, habe mir direkt heute Morgen ein Schließfach und ein Bett samt Bettzeug und Bettschrank gekrallt, man kennt sich ja hier schon aus und wer zuerst kommt, kriegt halt noch eins! Gute Nacht allseits!

DIENSTAG, 12.03.2013

Es ist 8:30 Uhr und Tobias schläft noch. Ich hatte die Chemotherapienächte schon aus meinem Gedächtnis gestrichen, aber es ist so wie bei Wehen, wenn sie da sind, weiß man, wie ätzend das ist ... Ich habe die Unterbrechungen nicht gezählt, aber 4-mal Pipi machen und unzählige Male Infusionen und Antibiosen wechseln sorgten für Action. Ich hatte zwischendurch das Gefühl, die warten nur, bis ich wieder schlafe und zack: Piep, piep ... und die Geräte hier sind anders als in Essen, ich finde so schnell den Alarm-aus-Knopf nicht ... unglaublich, dass ich ohne zusätzliche Drogen überhaupt immer wieder eingeschlafen bin :).

Meine körperliche Verfassung ist trotz allem gar nicht so schlecht, leicht verspannt und ein bisschen gerädert, aber das wird sich im Laufe des Tages verlieren, jedoch jede Nacht neu gepflegt werden! Jetzt warte ich beim zweiten Kaffee auf die Dinge, die sich da tun werden. Apropos Kaffee, ich hatte kurz überlegt, der Station eine „Senseo" zu spenden, denn es gab hier nur eine „normale" Kaffeemaschine, aber nie Filtertüten oder Kaffeepulver, aber da war jemand schneller ... freu!

Wenigstens kann man sich jetzt mit Kaffee über Wasser halten! Blinatumomab ist um 11 Uhr gestartet, bisher verlief alles ganz problemlos. Aber bei 2,5 ml die Stunde erwartet man auch vor morgen oder übermorgen keine Nebenwirkungen. Zum Start habe ich mit einer App auf dem iPad ein Musikvideo gedreht. Den Tipp hatte ich von Ryan, der mir ein Video seines besten Freundes und dessen Schwester gezeigt hat, und mit dieser App ist das kinderleicht. Habe die Bude gerockt und gerappt und das war sicher nicht das letzte Video! Leider (oder zum Glück?) mussten wir das Zimmer wechseln, liegen jetzt mit dem 14-jährigen Erik zusammen, der als neue Diagnose Lymphom bekommen hat, ein Frischling sozusagen. Ich hoffe, dass die Jungs sich anfreunden werden, denn dann ist das hier auch leichter zu ertragen. Die Englischlehrerin der Klinik hat uns besucht und wird mit Tobias Unterricht machen, zum Leidwesen auch während seiner Klassenfahrt, und die Ferien liegen auch so, dass Tobi wohl nur kurz Ferien hat, je nachdem in welchem Bundesland wir dann sind! Am Nachmittag fanden dann noch Echokardiografie und EKG statt, zum Glück ist nichts gefunden worden, sein Herzrasen ist wohl dem Allgemeinzustand zuzuordnen. Die Wartezeit war heftig, ich hatte leichte Schwäche, Koffeinentzug vermutlich, und der Echo-Arzt hat dann, um besser die Halsschlagader zu beurteilen zu können, Tobis Kopf zu drehen versucht, die Pissnase. Hat sich leider nur kurz über Tobias informiert und bei der Vielzahl der Vordiagnosen nicht bis zum Schluss gelesen ... Blödmann! Aber es war wohl hauptsächlich Schreck und kurzer Schmerz, jetzt ist alles wieder gut. Die Erzieherinnen und die Seelsorgerin der Kinderstation haben dann einen kleinen Gottesdienst gefeiert und weil eh nur Tobi und Erik, der

Junge auf unserem Zimmer, daran teilgenommen haben und Tobi schnell an die Überwachung musste, das Ganze aus dem Spielzimmer in unser Zimmer verlegt. War natürlich für mich wieder heftig, so mit Gedichten vorlesen, Hoffnung, Kerzen (zwar nur LED, aber auch die funktionieren als Tränenknopf) und Gebeten, aber wirklich sehr schön gemacht. Die Erzieherin Eva ist überhaupt super! Später war dann noch eine Dame vom psychosozialen Dienst da, die auch ihre Hilfe angeboten hat und mich evtl. mit einer Haushaltshilfe versorgen will.

Den Abend lassen wir jetzt gemütlich ausklingen, Tobias ist schon recht müde und unter den Augen blau beringt, mal schauen!

MITTWOCH, 13.03.2013

Die blauen Augenringe kündigten es gestern ja schon an … um 18:30 Uhr sagte Tobi zähneklappernd: *„Mama, ich glaub, ich krieg Fieber …“*, und schwups ging's damit auch los. Wir begrüßten es mit einem Lächeln im Gesicht, denn dieses Fieber spricht dafür, dass Zellen zerfallen und dass der Antikörper wirkt! Die Nacht über ging es immer wieder hoch bis 39,5 Grad und dann wieder runter mit Novalgin auf 37,9. Immer im Wechsel. Im Gesicht schaut er recht fiebrig aus, ganz rote Fieberbäckchen und die Stimmung ist leicht durch Kortison geprägt.

Die Nacht war ansonsten erträglich, zwar nicht besser als die letzte, aber man gewöhnt sich auch daran. Am Morgen ging es ihm wegen Übelkeit nicht so gut, zu allem Überfluss (!) kam auch noch die Englischlehrerin. Da muss er durch, ich bin dankbar für jede zusätzliche Unterrichtsstunde, denn es wird bestimmt richtig schwierig, schulisch dranzubleiben. Das Fieber hat ihn dann am späten Vormittag so dahingerafft, dass er eingeschlafen ist. Ihm war auch so übel, dass er keine Tabletten nehmen konnte, deshalb ist bis auf 2 Tabletten alles auf Infusionen umgestellt. Im Laufe des Nachmittags kam wieder ein bisschen mehr Leben in ihn, er konnte sogar ein paar TUCs essen und wir haben zusammen Kung Fu Panda geschaut, oje, das Schwäbische färbt schon ab … Tobias muss einmal am Tag eine Schriftprobe machen, um zu zeigen, dass in seinem Kopf alles klar ist, und die hat er heute ohne Probleme gemeistert. Die Engländer durften heute nach Hause, ich bin ein bisschen traurig, denn es war eigentlich sehr nett, mit Julie und Gareth hin und wieder zu reden, obwohl es sich auch auf wenige Gespräche beschränkt hat, weil Ryan ja isoliert war. Wir haben aber heute noch mal kurz probiert, zusammen Minecraft zu spielen, er ist so ein entzückendes Kind und es macht riesig Spaß, mit ihm zu reden! Auch Tobi hat daran Spaß, er hört aber lieber zu, anstatt zu reden.

Um 17 Uhr wurde eine Massage angeboten für die anwesenden Eltern und da bin ich dann mal hingegangen, das war sehr angenehm, eine Streichelmassage mit anschließendem Handauflegen, bin kurzzeitig mal ins Land der Träume gesegelt. Am Abend hat Tobi über Empfindungsstörungen am kleinen und Ringfinger der rechten Hand geklagt, das ist aber wieder weggegangen und so wurde dem erst mal keine Bedeutung beigemessen. Seine Blutwerte sind rasant in den Keller geschossen, 600 Leukozyten, Hb bei 7, da sind wohl bald Blutkonserven fällig. Außerdem hat Prof. Handgretinger kurz reingeschaut, er war die letzten Tage zu einer Tagung in Singapur. Ich habe mich sehr gefreut, ihn zu sehen, und auch er ist guter Dinge wegen Tobis Reaktion auf den Antikörper! Zum Abendabschluss hat noch Cousin Robin, der Sohn meines Bruders Stefan, angerufen und die beiden haben über die Telefonverbindung dann online zusammen gespielt. Unglaublich, was die Technik so möglich macht! Ich bin ganz zuversichtlich, denn am Abend hat Tobi sich viel besser gefühlt, was vermutlich dem fest angesetzten Novalgin zu verdanken ist, aber ist ja egal wovon, Hauptsache, er fühlt sich einigermaßen.

DONNERSTAG, 14.03.2013

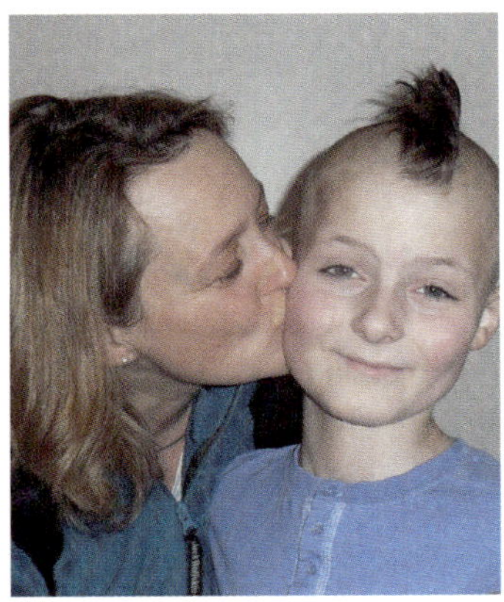

Heute ist Waschtag! Tobias hat sich entschieden, seine ausfallenden Haare abzuschneiden. Durch die Chemotherapie von vor 3 Wochen sind die Haarwurzeln leider so geschädigt, dass er dolle Haare verliert und auf seiner Schlafseite schon recht gerupft aussieht. Aber erst mal zur Nacht, die für Tobi bis um 9 Uhr dauerte, er hat so geschwitzt, dass er sogar sein Shirt wechseln musste, aber seine Temperatur hat sich so runtergeregelt, dass sie wieder im Normalbereich bis leicht erhöht liegt. Novalgin ist wieder abgesetzt und auch die Schmerzmittel. Ich hoffe, dass er ohne klarkommt. Seine Blutwerte sind recht stabil zu gestern, 600 Leukos, Hb bei 7,3, es wird abgewartet. Frühstück fiel wegen Übelkeit mal wieder aus, ich habe mich mit dem Vollwertfrühstück vergnügt. Was hab ich mir da nur bei der Bestellung gedacht …? Schwäbisches Vollkornbrötchen … oje, aber muss ja weg! Um 10 Uhr war dann ein Musikprojekt mit einem Trommler im Spielzimmer, zu dem Tobi ausnahmsweise hindurfte, eigentlich ist er ja an der Überwachung. Das hat ihm auch viel Spaß gemacht, der Musiker war ein schwarz gekleideter, langhaariger, strähniger Holländer mit Marlboro-Zähnen. Er war ganz in seinem Trommelelement und hat sich aber immer die Finger mit Spucke befeuchtet, was Tobi richtig ekelig fand. Das hat er Eva, der Erzieherin, die auf der Station arbeitet, erzählt, und sie hat den Spielmann dann erst mal zusammengefaltet … ;) Englischunterricht gab es dann auch noch, die Hausaufgaben hat Tobi sofort im Anschluss erledigt!

Zu Mittag gab es dann Vomex i. v., anschließend habe ich online das Büfett für Nikolas' Kommunion am 21. April geplant, es muss nur noch von Niko abgesegnet werden. Würde mich über Kuchenspenden sehr freuen, habe auch schon Ideen und werde auf euch zukommen! Wir haben dann ein bisschen Eishockey auf der Playsi gespielt und um 14 Uhr kam dann Eva mit dem Rasierer. Sie hat ihm erst einen Irokesen geschnitten, echt scharf, dann hat sie nur noch einen Puschel stehen gelassen und dann alles abrasiert. Ich habe die Gunst der Stunde genutzt und ihn noch unter die Dusche gesteckt, unter großem Gezeter, denn es war zu kalt und der blöde Duschkopf hat überallhin gespritzt, nur nicht aus dem Loch, wo er es sollte! Aber für eine Reinigung hat's gelangt, bisschen Schwund ist immer, ich nass, Bad/Klo geflutet ;) Die Kunsttherapeutin Frau Hillermann kam noch und wollte mit Tobi malen und auch dazu hatte er noch Lust! Sie hat anschließend mit mir gesprochen, sie hatte Tobis Rückfall und auch die Wirbel-OP noch gar nicht mitgekriegt. Sie will sich um Krankengymnastik bzw. Massage kümmern! So nett! Und Tobi hat dann mit ihr gemalt, ich habe die Zeit genutzt und bin schnell ins Elternhaus gefahren, um Klamotten zu wechseln. Waschen kommt dann später! Habe jetzt auch eine Parkhausbefreiung und kann so oft ich will rein- und rausfahren für schlappe 30 Euro im Monat! Ein echter Schnapper! Sonst habe ich immer auf ‚Parkticket verloren' drücken müssen ... für 10 Euro, jedes Mal! Der Nachmittag stand dann ganz im Zeichen von Ruhe und Erholung, aber so, wie es ihm heute erging, darf es weitergehen. Er hat sich nämlich dann noch einen Landjäger geordert!

FREITAG, 15.03.2013

Der heutige Tag begann mit einer kleinen Nebenwirkung, Tobias berichtete über ein Zittern in den Händen. Das rief sofort die Ärzte auf den Plan, eine Schriftprobe musste gemacht werden, ein EEG wurde angemeldet. Das Frühstück bestand aus wenigen Löffeln LIONs mit Milch. Vormittags gab's wieder Englischunterricht, die Lehrerin ist supi! Find ich ;) Mittags dann das EEG, die Zeit hab ich genutzt, um kurz einzukaufen, denn morgen kommen Oma Gilla und Opa Peter, Detlefs Eltern, für ein paar Tage nach Tübingen, um für ein wenig Abwechslung und Entlastung zu sorgen. Das Zimmer für sie im Elternhaus hab ich noch nicht herrichten können, aber das mach ich dann morgen. Den Nachmittag haben wir uns mit dem Dreh eines Geburtstagsvideos versüßt – Erik, unser Zimmernachbar, feiert morgen seinen 14. Geburtstag. Prof. Handgretinger schaute noch vorbei und Tobi bekam eine weitere Blutkonserve, und abends habe ich dann mal Nudeln mit Pilzsauce gekocht, die Tobi sogar geschmeckt haben. Es ist recht komisch, Tobi hat zum Abend hin immer etwas mehr Appetit, obwohl er essen darf, was und wann er will ... Ich habe leichtes Halskratzen, mal sehen, was sich daraus entwickelt, bin also mundschutzgeschützt, aber guter Dinge! Und zack, fertig, mehr gab's heute nicht!

SAMSTAG, 16.03.2013

Der heutige Tag stand ganz im Zeichen von Eriks 14. Geburtstag. Heute Morgen gab es ganz viele Geschenke, und das Video, das wir gedreht haben, fand er Klasse!

Der Vormittag plämperte so dahin, gegen Mittag kamen dann beide Omas und Opas von Erik und wir haben in der Patientenküche zusammen Kaffee getrunken und Kuchen gegessen. Wir warteten auf die Ankunft von Oma Gilla und Opa Peter, die aber erst um 15:30 Uhr eintrafen. Tobi hat sich riesig gefreut und am späten Nachmittag bin ich dann mit Oma Gilla ins Elternhaus gefahren und habe ihr alles gezeigt. Mein lieber Mann hat mir eine Flasche Bree mitgeschickt, die wir beim gemütlichen Bettenbeziehen auf eine gute gemeinsame Zeit geleert haben ... ;) In die Klinik sind wir dann zurückgelaufen, die beiden wollten noch zu Fuß nach Tübingen rein, lecker essen, ich hoffe, dass das alles geklappt hat und sie sicher wieder im Elternhaus gelandet sind. Tobis Blutwerte haben sich erholt, die Granulozyten sind wieder über 500, also muss man nicht mehr ganz so pimpelig sein und kann den Apfel auch wieder gewaschen mit Schale essen. Essen und Trinken ist immer noch nicht der Hit, aber die Spülung, die nach der Blinatumomabgabe nötig ist, wird langsam reduziert und so hoffe ich, dass Hunger und Durst bald wieder zu Gast bei Tobi sind!

SONNTAG, 17.03.2013

So, guten Morgen allseits! Hier der Beginn des Sonntagsblogs! Der Morgen hat für unseren Bettnachbarn hektisch begonnen, um 5:30 Uhr (!) wurde Blut abgenommen, weil die Ergebnisse vor der Fahrt zu seiner Konfirmation vorliegen sollten. Entgegen aller Vorhersagen hat das tatsächlich auch geklappt, und gestriegelt und gebügelt hat ein herausgeputzter Konfirmand mit seiner Mama das Krankenhaus Richtung Kirche verlassen. Erik war ganz aufgeregt. Ich wünsche ihnen trotz der widrigen Umstände einen wunderschönen Tag! Von den Nächten hab ich ja schon länger nicht mehr geschrieben, aber es ist eben so, *you get used to it* ..., man gewöhnt sich daran. Auch meine letzten Einträge waren recht knapp, aber die Zeit steht irgendwie still bzw. es ist ein ganz anderes Leben, wenn man den ganzen Tag am Krankenbett ist. Zeit spielt keine Rolle, die Hektik des sonstigen Tagesgeschäfts gibt es nicht und man hangelt sich von Infusionswechsel über Tabletteneinnahme zur nächsten Mahlzeit. Und zack, ist der Tag rum und eigentlich nix Wesentliches passiert.

Aber das sind die angenehmen Tage, ohne Zwischenfälle und Nebenwirkungen. Tobias ist auch recht fidel und so haben wir den Morgen mit einem Kuschler und einem iPad-Spiel gestartet, danach habe ich sein Bett frisch bezogen. Das ist auch so 'ne interessante Sache, hier in Tübingen sind die Eltern aufgefordert, das Patientenbett einmal am Tag frisch zu beziehen ... die dreckige Bettwäsche muss im Zimmer in einem gesonderten Behälter entsorgt werden, der von den Schwestern geleert wird, also volle Bettenkontrolle! Es gibt aber auch recht wenig Schwestern bzw. Zusatzpersonal, und so werden alle Dinge wie Betten machen, Essenstablett holen und wegbringen an die Eltern übertragen. Ist wohl auch immer so, dass Eltern mit da sind, sonst wäre es wohl schwierig :-)) und eigentlich eine recht gute Idee, man hat ja sonst nicht viel zu tun!

Das Frühstück haben wir dann mal in der Patientenküche der Station zu uns genommen, ich bereite schon mal den Weg nach Hause vor, da habe ich nämlich vor, wieder am Tisch zu essen und nicht im Bett, und Tobi hat mich noch nicht durchschaut und ist mitgetrottet. Es gab einen Toast mit Nutella für ihn, so viel wie die ganze letzte Woche morgens nicht! Die Tabletteneinnahme war dann noch mal ein kurzer Diskussionspunkt, es sind aber auch ätzend viele und dicke Pillen dabei. Ich kann ihn verstehen, aber rein müssen sie trotzdem! Jetzt vergnügt er sich damit, iPod zu spielen, dieses Ego-Shooter-Spiel, was er mir in einer schwachen Minute aus den Rippen geleiert hat, aber er liegt im Bett und ballert, lacht, grölt und ackert, was will ich mehr! Ein glückliches und zufriedenes Kind im Augenblick! Ich bereite mich derweil auf die Ablöse durch Oma und Opa vor, werde heute mal einen Waschtag einlegen, im Elternhaus, vielleicht ein bisschen in Tübingen bummeln, eventuell einen Mittagsschlaf machen, mal sehen, was der Tag so für mich bereithält. Ich freue mich sehr, mal hier rauszukommen, weiß aber jetzt schon, dass ich spätestens heute Nachmittag so eine Sehnsucht haben werde, die mich schnell wieder ins Krankenhaus eilen lässt! Stunden später ...

Ich hatte einen sehr angenehmen Nachmittag, habe erst im Elternhaus gewaschen, zunächst die Wäsche und dann in Ruhe mich, ist doch schön, mal in Ruhe zu duschen! Als ich wieder trocken und die Wäsche im Trockner war, bin ich in die Tübinger City gelaufen und einmal komplett durch die Innenstadt. In Tübingen ist heute verkaufsoffener Sonntag und Antikmarkt, für Tübinger Verhältnisse richtig was los (für Städter wie mich niedlich!). Am Bahnhof habe ich mich dann nach Zugverbindungen am Freitag erkundigt, ggf. komme ich von Freitag bis Sonntag mal nach Essen. Mein Plan ...

... ist, am Freitag zu PUR zu gehen, und am Sonntag dann Niko von seiner Kommuniontour aus einzusammeln und mit Oma Hanne gemeinsam wieder nach Tübingen zu fahren. Detlef würde dann zeitgleich die Tour in Gegenrichtung fahren.

Oma Hanne würde dann am Mittwoch oder Donnerstag wieder per Bahn nach Hause fahren und Detlef würde dann über Ostern nach Tübingen kommen, um Ostermontag mit Niko wieder nach Essen zurückzukehren. Guter Plan? Tobi hätte dann noch eine Woche Restinfusion, bevor wir am 9. oder 10. dann für zwei Wochen nach Essen zurückkehren würden. Am 22. April würden wir erneut in Tübingen vor Ort sein müssen, um mit dem 2. Block zu starten. Mal sehen, wie sich mein Plan so entwickelt! In Tübingen habe ich dann leckere Yufka gegessen und für Tobi einen Döner gekauft. Ansonsten gab's nix, aber morgen starte ich einen Großangriff aufs Konto, ich fahre mal nach Metzingen ins Outlet-Paradies und guck mal, was da so los ist! Freu ich mich schon riesig drauf, ich hoffe nur, dass es nicht so ist wie so oft: Wenn ich Zeit und Geld habe, dann find ich oft nichts, ... aber zur Not kauf ich mir neue Handtücher bei MÖVE (hallo Schatz! ;) – Spaß! Oma Gilla und Opa Peter waren auch guter Dinge, sie hatten einen lustigen und angenehmen Aufenthalt in der Klinik und sind dann jetzt auch noch einmal Richtung Tübingen unterwegs, mal gucken, was es auf die Gabel gibt!

Das Jungszimmer plant heute Kinoabend mit „Türkisch für Anfänger", der Konfirmand ist allerdings ziemlich geplättet, hat dolle Rückenschmerzen und ich weiß nicht, ob er das heute durchhält. Ist überhaupt wieder schwierig, ich weiß ja, was Erik noch so erwartet, und wenn ich so an unsere erste Chemozeit zurückdenke, dann dreht es mir den Magen um, ... der arme Kerl. Wird leider kein Spaziergang, aber ich hoffe, dass er das im ersten Rutsch ohne Rezidiv packt! Für morgen habe ich für Tobi regulär Schule über Skype geplant, ich bin mal gespannt, ob er auch ohne Haare bereitwillig mitmacht.

MONTAG, 18.03.2013

Welch ein Spaß heute Morgen: Um 7 Uhr ging der Wecker für mein total verknöttertes Kind, das Schule heute Morgen so was von unnötig findet! Erst wurde Blut abgezapft, dann habe ich mich angezogen und danach gegen seinen Willen ihn! Ich habe ihn anschließend auf der Bettkante sitzen lassen und bin in die Küche gegangen und habe Frühstück vorbereitet (mittlerweile 7:35 Uhr). Tobi sollte dann freiwillig nachkommen, was er auch um 7:45 Uhr tat. Er setzte sich aber nicht an den

Tisch, sondern lümmelte sich total angenervt auf die Couch, und auf meine Frage, was er essen möchte, kam ein kurzes „Nutella-Toast"! Das hat er dann auch gemümmelt, um um 7:55 Uhr zurück ins Zimmer zu schlurfen, mit dem Auftrag: waschen, Zähne putzen! Ich bin flott hinterher (ich hatte mal wieder so ein Vollkornbrötchen, bäh, ich hoffe, die haben die Bestellung geändert, sieht aber grad nicht so aus ...) und um 8:05 Uhr saß das Kind vor dem PC und wartete darauf, dass der Webchair in der Schule angemacht wird ... – um 8:17 Uhr habe ich dann mal den Hausmeister der Schule angerufen, um ihn zu bitten, in die Klasse zu gehen und mal Bescheid zu sagen. Und was sagt der? 1. Stunde Entfall! ;-(Der Spaß ging aber noch weiter ... 2. Stunde war Deutsch, Gedichte, sowieso nicht Tobis Ding, aber ohne Ton geht's ... die Akkus waren leider nicht aufgeladen und so konnte Tobi nur zugucken, ohne einen Plan zu haben, was da so passiert. Aber die Deutschlehrerin hat das ganz souverän gemeistert, hat den Unterricht durchgezogen und fertig. In der 3. und 4. Stunde gab es dann Englisch, die Kinder haben einen Wochenplan bekommen, den sie wohl vor jeder Klassenarbeit bekommen (ist noch nicht bis zu mir durchgedrungen, ich dachte, den gibt's nur, wenn die Lehrerin krank ist ...). Er hat in Gruppenarbeit mit Wim und Nils angefangen, diesen zu bearbeiten, und zwischendrin gab es sogar schon Ton!

Tobi muss noch so viel lernen, das macht mich ganz bekloppt, wenn er so schüchtern und teilnahmslos vor dem PC sitzt und sich nicht traut (oder es nicht für nötig hält?), sich bemerkbar zu machen. Mittags kamen dann Oma Gilla und Opa Peter und ich konnte mich bei gut gelauntem Kind aufmachen Richtung Metzingen. Das Wetter ist heute englisch (nehm ich ja sonst gar nicht wahr ...), Nieselregen und kalt, uahhh! Und in Metzingen angekommen ist genau das eingetreten, was ich befürchtet habe, die grellen Frühlingsfarben passten so gar nicht zu meiner heutigen Stimmung, habe mir allerdings einen wundervollen braunen ESPRIT-Stockschirm gegönnt! Gröl! Konnte ich sofort benutzen! Bin trotzdem gnadenlos durch alle Geschäfte getigert und hätte mir gerne einen neonfarbenen Skianzug gekauft und einen Daunenmantel ... hab ich aber gelassen, wer weiß, ob es im nächsten Winter kalt wird? Bei Adidas hatte ich Badeanzüge in der Hand, habe aber kurz vor der Umkleide entschieden, dass ich mir das jetzt nicht zumute! ;) Habe mich lieber in ein nettes italienisches Restaurant gesetzt und lecker Nudeln mit Rucola gegessen.

Scheiß was auf Bikinifigur, wird in diesem Leben eh nix mehr, ist aber auch nicht schlimm! Der Rückweg führte mich dann noch kurz ins Elternhaus, kurze angenehme Dusche und ein leckeres Radler, so nahm mein „Urlaubstag“ dann sein Ende. Bin dann noch kurz über die Dönerbude zurück in die Klinik gefahren, die Jungs kauten bereits am Oberbett und schraubten sich den Döner rein, ohne große Worte, nur mit leisem, lustvollen Stöhnen! Wie schön! Tobi hat sich heute auch viel bewegt, Tischtennis und Billard gespielt, und zum Ende des Tages gab es noch einen Tober mit mir!

Gestern sagte Tobi übrigens, dass es in Tübingen doch nicht so schlimm ist! Und damit hat er mich recht froh gemacht, mit der Einstellung hat er es wesentlich leichter und ich auch!

DIENSTAG, 19.03.2013

Lieber Oliver,

heute hatte ich Gespräche mit dem Stationsarzt und Prof. Handgretinger. Beide sind erfreut über den Verlauf und vorsichtig optimistisch, erste Ergebnisse gibt es kommenden Dienstag nach der KMP. Prof. Handgretinger würde 2, max. 3 Zyklen Blinatumomab empfehlen; wenn er dann im MRD unter der Nachweisgrenze liegt, sollte man erneut eine Transplantation ins Auge fassen. Tobias hat im Elternhaus ein Kind kennengelernt, das an Tag 17 bereits in die Heimatklinik nach Köln gefahren ist, und Tobias hat sein „Nie mehr eine Transplantation“ in ein „Dann aber in Tübingen, dann bin ich schnell wieder draußen!“ umgewandelt. Heute hat Prof. Handgretinger das weitere mögliche Vorgehen vor ihm in Worte gefasst und nachdem die ersten Tränen getrocknet waren, hat er dem zugestimmt. Das Kind hat ja auch keine wirkliche Wahl. Du weißt, dass wir uns in Essen und vor allem in deiner Hand immer bestens betreut und aufgehoben gefühlt haben, aber da auch nach dieser KMT der CD19 weiterhin gegeben werden soll, ist es vielleicht dann besser, das alles in einer Hand zu lassen (obwohl die technische und räumliche Ausstattung vermutlich nicht mit der Essener KMT mithalten kann!)? Zur Vor- und Nachbehandlung etc. würden wir aber natürlich weiter nach Essen kommen wollen. Eine Bestrahlung würde zum Ende von Blinatumomab führen, sodass wir das dann auch auf kurz vor der KMT verschieben müssten. Ansonsten freuen wir uns, bald ins Elternhaus wechseln zu können, und werden zumindest einen Teil der Osterferien alle zusammen hier in Tübingen verbringen. Vielleicht sprechen wir uns ja morgen kurz, Tobi hat allerdings bis 13 Uhr Online-Unterricht.

Also dann, einen angenehmen Tag wünscht Kerstin

(E-Mail an Oberarzt Dr. Basu, Uniklinikum Essen)

Ich schreibe diesen Teil des Blogs gerade, es ist 13 Uhr, heute gab es schon wieder ein Wechselbad der Gefühle und Aussagen, aber von vorne: Heute war Ausschlafen angesagt, da die Schule erst zur 3. Stunde beginnen sollte. Nachdem ich Tobi aus dem Bett gekriegt und zum Frühstück in sitzende Position auf den Stuhl gebracht hatte, habe ich, artig wie ich bin, erst mal das Bett bezogen! Soll keiner schimpfen. ;) Tobi hatte dann 2 Stunden Mathe mit dem Webchair und sein Mathelehrer hat sich richtig nett Zeit genommen, erst mal kurz mit Tobi gesprochen und ihn dann während des gesamten Unterrichts mit eingebunden. Obwohl Tobi überhaupt keine Lust auf Schule hatte, hat er dann doch richtig Spaß gehabt und wilde Koordinaten gezeichnet. In der Zwischenzeit kam eine Ärztin und meinte, dass zwar demnächst erst Chefarztvisite wäre, aber dass sie schon besprochen hätten, Tobi doch erst am Freitag zu entlassen. Super!

Damit kann ich meine Pläne völlig vergessen. Habe mir dann in meinem Frust die PUR-Website aufgerufen und die Konzertvideos angeschaut (Anke, musst du mal machen, wird ein tolles Event!). Heul! So ein Kack! In meinem Selbstmitleid habe ich schon eine Mail an PUR entworfen, wie übel mir das Konzertleben mitspielt, dass ich bereits zum dritten Mal hintereinander nicht das Konzert besuchen kann, beim ersten Mal verfielen gleich 3 Karten, beim zweiten Mal habe ich mich gar nicht getraut, überhaupt Karten zu kaufen, und in diesem Jahr hätte es am 15. Februar gepasst, wäre das Konzert nicht wegen Erkrankung des Sängers verschoben worden ... soll wohl irgendwie nicht sein. Dann tagten die Chefs, und Prof. Handgretinger kam und schaute nach Tobias. Er berichtete, dass er sehr zufrieden mit dem Verlauf sei, dass er aber natürlich erst auf den Knochenmarkbefund warten müsse, er aber guter Dinge sei! Wie schön! Aber, so sagte er, man müsse sich über eine weitere Therapie durchaus Gedanken machen, er würde nach jetzigem Stand empfehlen, nicht alle 5 Blina-Blöcke zu machen, denn er hat ein Mädchen, das im 5. Behandlungsblock unter Blina einen Rückfall erlitten hat, und für das könne er jetzt nicht mehr viel tun. Er würde empfehlen, 2, höchstens 3 Blina-Blöcke zu machen und dann erneut eine haploidente Stammzelltransplantation mit anschließender CD19-Gabe. Tobias war sehr bestürzt, ihm schossen die Tränen in die Augen und er sagte: *„Ist das also schon sicher, dass ich eine weitere Transplantation haben werde?“* Und Prof. Handgretinger erwiderte: *„Nur wenn du das willst, aber damit sehe ich EINE REALISTISCHE CHANCE, DASS DU GEHEILT werden kannst.“* Ich habe ihn in den Arm genommen und ihm versichert, dass dieser Satz, nach dem, was bisher möglich schien, großartig ist. Aber natürlich muss er dann ein drittes Mal durch die Hölle gehen. Wir haben dann einvernehmlich gesagt, dass wir das dann gern hier machen würden, damit alles in einer Hand liegt, und dass Tobi die Aussicht auf eine frühe Entlassung nach der KMT hat. Ich habe ihm dann anschließend noch gesagt, dass wir vor 2 Monaten befürchtet haben, dass es keine Heilungsmöglichkeit mehr gibt und dass ich sehr froh und dankbar bin, dass es doch noch überhaupt eine Chance gibt. Was letztendlich draus wird, weiß natürlich keiner, aber wir werden alles tun, sofern es zumutbar ist, um eine Heilung herbeizuführen. Eine weitere KMT ist zwar fast nicht zumutbar, aber für das, was es an Chancen gibt, muss man es ihm wohl zumuten. Eine Bestrahlung würde Prof. Handgretinger zum jetzigen Zeitpunkt nicht machen, ggf. vor der KMT. Und wenn Tobias die 3fache Dosis vom Blina gut vertragen würde, könnte er sich vorstellen, uns morgen zu entlassen! Also doch PUR und 1 Tag zu Hause für mich? Wir werden es sehen! Also wäre ein ungefährer Plan: 22.04. erneuter Blina-Block, 05.06. ggf. dritter Blina-Block oder bereits KMT …

Tobias verarbeitet das Ganze gerade mit Modern Combat, er ballert wie bekloppt und er ist ja so gerissen, … hat eben versucht, mir (die ich auch Tränen in den Augen hatte bei unserem Gespräch) Gangster Rio aus den Rippen zu leiern … ich hab gesagt, er soll mich noch mal in der KMT fragen … Ach, aber auch irgendwie schön, dass er kindlich nur auf seinen Vorteil bedacht ist! Ansonsten verlief der Tag gut, um 15 Uhr wurde die höhere Dosis des Blinatumomabs angehängt, sodass erst ab 22:30 Uhr erste Nebenwirkungen zu erwarten sind ... gut, oder? Ist die Nacht vorprogrammiert!? Aber hoffen tun alle, dass er nichts mehr merkt. Wir haben viel Tischtennis gespielt, die Krankengymnastin kam auch noch und hat ein Fahrradergometer gebracht, was von Tobi mit zarten Buhrufen kommentiert wurde, aber wir lassen es mal stehen, vielleicht fahren mal die Mütter! Ansonsten hat die Krankengymnastin auch Tischtennis mit ihm gespielt, Oma Gilla und Opa Peter kamen dann am Nachmittag, sehr zur Freude von Tobi, der auch noch den 2. Teil des Trommelworkshops hatte (mit dem ‚Finger-Lecker'!). Habe aber heute keine Ekelbekundungen gehört! Den Opa hat Tobi dann auch noch zum Tischtennis überredet und er wünscht sich jetzt auch eine eigene Platte, wir überlegen nur, wo wir die wohl hinstellen könnten ... ;) Das verschwitzte Kind habe ich dann noch unter die Dusche gezwungen, sauber ist er wieder!

Eine andere Familie, die vorher mit Erik auf diesem Zimmer lag, ist gestern auch wieder auf die Station gekommen, der Junge ist etwas älter als Tobi, mit einem Non-Hodgkin-Lymphom wie Erik, er ist heute auf die Intensivstation gekommen, hat wohl irgendeinen Infekt bei ganz schlechtem Allgemeinzustand, und die Eltern müssen sich auf alles gefasst machen ... Das ist alles so krass, gestern war er noch recht fidel und heute kämpft er ums Überleben. Ich versuche zwar, das nicht so an mich ranzulassen, aber die Wolken hängen tief im Flur und man kann das Bedrückende förmlich spüren. Morgen früh kommt die Englischlehrerin und bereitet Tobi auf seine Englischarbeit am Freitag vor, dann hat er noch in der 5. und 6. Stunde Deutsch, und Oma und Opa kommen morgen auch noch mal zwischen Unterricht und mittags, bevor sie wieder Richtung Essen aufbrechen. War so schön, dass sie da waren, Tobi hat es gutgetan und mich hat es stundenweise echt entlastet, und ich glaub', sie selber waren froh, dass sie hier sein und sich überzeugen konnten, dass es Tobi gut geht.

MITTWOCH, 20.03.2013

Fühle mich zart angeschlagen ... die Nacht war mal wieder hervorragend, da die erhöhte Dosis Blinatumomab ja erst um 15 Uhr angehängt worden ist, musste man mit Nebenwirkungen im Nachtbereich rechnen, alle haben zwar gehofft, es passiert nix, aber um 22 Uhr begann er mit Temperaturanstieg, um 1:30 Uhr war er dann bei 39,4 Grad im Ohr, bekam aber Novalgin und es ging dann innerhalb einer Stunde wieder runter. Ich habe seine Hand gehalten, einerseits dauerhafte Temperaturkontrolle, andererseits Kontrolle, ob wieder ein Zittern einsetzt. Das ist zum Glück ausgeblieben, aber um 6:30 Uhr war er wieder im Anstieg und um 8 Uhr war erneut Novalgin fällig. Das Fieber schlauchte ihn so, dass er auch unter schrecklicher Übelkeit litt, die aber dann zum Glück auch wieder nachließ. Essen und Trinken verweigerte er aber konsequent (wird das wirklich mit q geschrieben? Bin leicht durcheinander!). Im Fieberwahn hat Tobi dann gesagt, dass er heute auf GAR keinen Fall Schule machen kann, um 9:30 Uhr schaute dann die Englischlehrerin rein und fragte, wie es denn so geht und bekam die Antwort: „Och, ganz gut!" Super! Dann stand der Vorbereitung für die Englischarbeit nichts im Wege, und ich hatte ein bisschen Zeit, um mich in die Küche zu setzen und zu schreiben.

Eine schöne Sache ist mir heute noch widerfahren, ich habe eben ein (russisches?) Kind wiedergetroffen, so alt wie Niko, mit einem Tumor an der Wirbelsäule. Mit ihm und seiner Mama haben wir im letzten Jahr auf einem Zimmer gelegen und ich erinnere mich sehr an einen Abend, an dem der Junge so schrecklich geweint hat, weil er nicht mehr laufen konnte, und seine Mama hat auch so schrecklich geweint, weil sie so verzweifelt war, einerseits wegen des Rollstuhls, aber andererseits hat sie sicher auch weitergedacht.

Das war so eine bedrückende Stimmung, die beiden haben zwar in einer mir unverständlichen Sprache geredet, aber die Tonlage und die Tränen fluteten das Zimmer. Das war einer meiner schlimmsten Abende im Krankenhaus. Und dieser Junge kam mir eben auf dem Flur ZU FUSS entgegengelaufen! Ich habe seine Mama angesprochen und ihr gesagt, wie sehr ich mich freue, ihr Kind so zu sehen, und sie erinnerte sich und sagte, damals habe sie geglaubt, er würde nie mehr gehen können! Es ist zwar noch lange nicht das Ende, er bekommt noch vier weitere Chemo-Blöcke und dann wird geguckt, wie sich der Tumor entwickelt bzw. zurückgebildet hat, aber mein Herz hat so einen Glückshüpfer gemacht!

Tobis Fieber ist zwar jetzt wieder zurückgegangen, aber ich denke, dass meine Pläne ziemlich unrealistisch sind, am Freitag nach Essen zu kommen. Na denn, erst mal noch abwarten, aber ich verabschiede mich schon mal innerlich davon!

Ich habe mir für diesen Eintrag bewusst Zeit gelassen, weil Tobi gestern einen Ausspruch machte, den ich erst mal selber verdauen musste, und ich habe auch überlegt, wie und ob ich das schreiben soll, habe mich aber entschieden, es doch zu tun, auch in der Hoffnung, dass ihm und uns geholfen wird, diese Einstellung wieder ins Positive zu kehren. Außerdem war ich gestern so platt und habe bereits um 17:30 Uhr zum Missfallen der Oberschwester Hildegard meine Liege ausgepackt.

Meinen Heuschnupfen habe ich mal mit Cetirizin bekämpft und es hat auch geholfen, denn im Schlaf putzt man sich selten die Nase! Gestern Nachmittag kamen der Trommler und Margarete Mehring-Fuchs, die auch die ganze Zeit beim Trommeln schon dabei war, und haben nach Absprache Tobi und Erik zu ihrer Erkrankung interviewt. Es entsteht ein Buch mit CD, von kranken Kindern für kranke und gesunde Kinder (Titel: „Ich hab jetzt die gleiche Frisur wie Opa", Patmos Verlag), und da wird z. B. auch etwas von dem gemeinsamen Trommeln zu hören sein. Außerdem konnten die Kinder auch Bilder malen, und Tobi hat sich mit seinem beliebten Sonnenuntergang beteiligt. Er erzählte hauptsächlich Dinge, die halt so allgemein sind, dass ihm Schule und Freunde fehlen, dass es im Krankenhaus doof ist, und dann habe ich provoziert und ihn gebeten, mal was zu der kommenden Therapie zu sagen. Und da hat er kurz innegehalten, ihm sind die Tränen in die Augen gestiegen, und dann hat er gesagt: *„Ich mach jetzt noch eine KMT und dann sterb ich."* *Totenstille.*

Ich hatte zwar mit Hoffnungslosigkeit oder Ähnlichem gerechnet, aber das war doch echt hart. Er schob dann noch hinterher: *„Aber ich mach's!"* Ich habe ihn dann schnell in den Arm genommen und versucht zu trösten, aber er wollte irgendwie nicht so recht. Ich habe beteuert, dass ich glaube, dass er noch Hoffnung haben darf, dass Prof. Handgretinger sozusagen der Chef der Leukämie ist, und wenn der sagt, er sieht eine reelle Chance, dass Tobi damit noch geheilt werden kann, dann kann man dem vertrauen.

Aber wer will ihm die Einstellung verdenken, zweimal hatte er Hoffnung, ist durch die Hölle gegangen und dann ist die Leukämie doch wiedergekommen. Und ich habe ja auch große Zweifel gehabt, ob es überhaupt noch einen Weg gibt, aber der

Weg ist jetzt da und ich glaube, dass ein Herr Handgretinger so einen Satz nicht nur zum Trost ausspricht. Jetzt ist es an mir/uns/euch, Tobi dahingehend zu motivieren, dass er wieder hoffen kann. Die Nacht war noch mal fiebrig, verschwitzt und deshalb ist eine Entlassung vor morgen total unrealistisch. Und so habe ich mich von meinem Trip nach Dortmund verabschiedet, PUR kriegt das auch ohne mich hin. Der Donnerstag stand zu Beginn ganz im Zeichen der Schule, 4 Stunden Skype-Unterricht, nur die letzte Stunde Deutsch wurde von den Tübinger Klinikclowns boykottiert. Hat aber viel Spaß gemacht, war besser als Gedichte. Die Clowns haben auch ein bisschen in die Kamera gewinkt und mit der Klasse Späßchen gemacht. Ich habe derweil mit meinem neuen Hobby Boshi-Mützen häkeln weitergemacht.

Da Tobias morgen seine Englischarbeit mitschreibt, kam dann zum Mittag (es gab Sandwich aus dem Sandwichmaker, coole Sache, will Tobi auch haben!) die Englischlehrerin der Klinik und bereitet ihn gerade noch ein bisschen vor. Es ist auch ein Paket angekommen; die Mama von Nils hat Tobi die Unterlagen/T-Shirt/Namensschild/Trinkflasche von der Klassenfahrt geschickt und eine Tüte Chips beigelegt! Tobi hat sich sehr gefreut!

Gleich werden die Kinder noch einen Comic zeichnen, Tobi ist da schon ganz aufgeregt, ich habe mal die Internetseite kopiert, die das organisiert hat. Tobi hat bereits im Herbst einen tollen Comic mit einem Skater gezeichnet! Ansonsten gibt Tobi mir heute Abend frei (1 Stunde!), da geh ich dann ins Elternhaus lecker essen und Wein trinken, und ich hoffe, dass nette Leute da sind und ich ein wenig „chillen“ kann. Außerdem werde ich mal mit einem Wörterbuch beginnen, Deutsch-Schwäbisch, Schwäbisch-Deutsch, was die hier für nette Wörter haben ... Erst mal wird immer ein „-le“ hinten angehängt. Nettes Erlebnis im Dönerladen, werde von rassigem Südländer bedient, sehr verwegen ..., und als er alles einpackt, fragt er: Möchten sie a Tütle? Gröl! Und a Röhrle ist ein Strohhalm und Gsälz ist Marmelade und Zinge ist Nase und lauter so seltsame Sachen! Toaschd, na? – ein Toast! Töpfle ist das Klo und das Helferle der Nachttopf. Die Zeit, die mir durch das Comic-Zeichnen geschenkt worden ist, habe ich genutzt, um mir die KMT-Station anzusehen! Zufällig begegnete mir Frau Mundle, die Psychologin hier, und sie bat mich kurz mit ihr zu reden, die Frau Mehring-Fuchs, die das verdammte Interview geführt hat, hatte ihr von dem Erlebten erzählt. Sie ließ sich alles berichten und hat mir bestätigt, dass es eigentlich toll ist, dass Tobi sich so offenlegt und dass es eben das Schwierige ist, das auszuhalten. Es war ein sehr nettes Gespräch und als Resümee werde ich mir eine Verordnung von meinem lieben Hausarzt holen, für eine Rückenmassage, das isses doch! Die KMT-Station ist ganz anders als in Essen, ziemlich gelockerte Hygienevorschriften, man kann selber Essen kochen, muss nur einen Kittel überziehen, keine Mundschutzpflicht ...! Das kann ich aber wohl nicht. ;) Alles in allem war ich sehr positiv überrascht und für mich hat das jetzt schon etwas an Schrecken verloren. Werde Tobi mal fragen, ob er das auch mal sehen will. Wir werden da schon heile durchkommen!

FREITAG, 22.03.2013

Ich hatte gestern noch ein ganz intensives Gespräch mit Tobias, wir saßen, er in meinen Schoß gekuschelt, in der Krankenhausküche auf dem Sofa, und er fragte mich, wie geschockt ich gewesen wäre auf einer Skala von 1–10. Ich erwiderte, dass ich im ersten Moment schon bei 10 gewesen wäre, aber im 2. Moment dann eher bei 5, denn, so habe ich erklärt, er hat ja eine ganz enge Bindung zu mir und ich weiß, dass er meine Verzweiflung beim Rückfall gespürt hat und dass ich auch geglaubt habe, dass es keine Möglichkeit mehr gibt, die Leukämie zu besiegen. Aber durch das neue Medikament und durch die Spezialisten hier in Tübingen hat sich das Blatt noch mal gedreht, ich habe wieder Hoffnung und ich will glauben, dass dieser Weg endlich zu einer Heilung führt. Er hat sich doll an mich gekuschelt und war damit dann erst mal zufrieden. Der Comic, den Tobi gezeichnet hat, spricht auch eine ganz deutliche Sprache, den werde ich euch mal in den Blog kopieren, er hat schon große Aggressionen und ist ziemlich konfus innen, aber ich bin ganz froh, dass

er Ventile hat, das rauszulassen, und hoffe, dass ihn das erleichtert. Der gestrige Abend war auch recht nett, es gab gefüllte Nudelrolle mit Kürbis, Blattspinat und Ricotta, dazu gemischten grünen Salat und als Nachtisch Zitronen-Tiramisu à la Jamie Oliver. Dieses Gericht hat der kleine Jamie besonders gern gegessen und ich musste doll an ihn denken, an das Foto vom schmatzenden Jamie. Ansonsten habe ich erfahren, dass die nette Frau Mundle die Schwester von Frau Seefelder aus dem Elternhaus ist, ... sind beide so schrecklich nett!

Hatte gestern Abend keine Möglichkeit, mit Frau Seefelder zu sprechen, waren zu viele andere dabei, aber wir hatten eine nette Runde mit einem Glas Rosé, was will man mehr! Genießen eben! Um 21:30 Uhr war ich dann wieder in der Klinik, Bettprogramm und schlafen! Heute Morgen hat Tobi dann arg Bauchweh und plötzliche Stiche im Rücken an den Punktionsstellen gehabt und musste dolle weinen! Ich hatte große Schwierigkeiten, das zu deuten. Er musste dann seine Englischarbeit schreiben, die wohl ganz gut verlief, und jetzt hör ich ihn kichern im Spielzimmer, er hat schnell ein Bild mit der Farbspirale gemacht und spielt jetzt mit der Praktikantin Kicker. Ich habe ihn heute in die Ferien entlassen, lassen wir es jetzt gut sein mit Schule!

Am späten Vormittag kam dann die Stationsärztin mit ... dem Entlassungsbrief! Jubel! Aber es läuft in Tübingen auch nicht anders als in Essen, erst bekam er noch Granocyte zum Leukozytenwachstum (seine Leukos sind doch beim 2. Fieber noch mal in den Keller gegangen!) und dann musste auch noch der Beutel Blinatumomab gewechselt werden, eine Erklärung für mich zu der Medikamentenpumpe wäre auch nicht schlecht! Denn damit wird die Gabe ambulant weitergeführt. Mittags kam Detlef dann in die Klinik, er bleibt bis Sonntag. Um 15:30 Uhr ging es dann endlich zur Sache, Tobi bekam einen orange-blauen Rucksack für die Pumpe (er wollte eigentlich lieber orange-grün, grummel), den er total scheiße findet; ich bekam kurz die Einweisung, und hoffe sehr, dass die Pumpe einfach läuft! Ohne dass ich irgendwie eingreifen muss!

Und dann ging es bepackt wie Esel Richtung Parkhaus und ab ins Elternhaus! Tobi und Detlef chillten sofort im Bett und ich habe erst mal die Klamotten ausgepackt, die noch nötigen Medikamente aus der Apotheke geholt, abends haben wir dann Pizza bestellt. Joey's ist hier in Tübingen so modern, dass die meine Handynummer noch von einem Aufenthalt im letzten Jahr gespeichert haben und bei einem Anruf sofort wussten, wohin die Pizza geht! Grins! Wir haben also lecker gegessen und vorher und anschließend „HANGOVER 2“ geguckt, was für ein Knallerfilm!

SAMSTAG, 23.03.2013

Nach einer erholsamen Nacht ohne Pipipause (!) haben wir ausgiebig gefrühstückt und planen jetzt den Tag. Es ist leichter Schneefall draußen, ... wir werden wohl nur einkaufen fahren und uns ansonsten viel ausruhen! Tobi will wohl unbedingt Eis essen gehen ... brr ... Das mit dem Eis haben wir uns geklemmt, Tobi war auch so unfit, dass wir nur kurz zu DM (neue Zahnbürste in Extraweich und neue Körnerkissen) und zu Rewe (Lebensmittel) gegangen sind. Leider scheiterte unser Wok-Vorhaben bereits an der Gemüsetheke an den nicht vorhandenen Sojasprossen, und so schwenkten wir kurzerhand um: Sandwich! Wie gut, dass Saturn daneben ist! Ein passender Sandwichmaker wurde bereits eingesackt, war zwar als Ostergeschenk gedacht, aber dann muss er halt den leeren Karton an Ostern auspacken! Den Nachmittag verbrachten die Jungs Playsi spielend, ich habe mal ein Heuschnupfenpillen-Mittagsschlaf gemacht, wie eine Leiche! Am Abend gab es dann lecker Salat mit Sandwich, köstlich! Das wird auch Niko mögen!

SONNTAG, 24.03.2013

Heute haben wir wieder gaaanz lange geschlafen, ausgiebig gefrühstückt, mit Veronica und Mike aus München zusammen, die ältere Tochter Faye ist in der KMT und so alt wie Tobi, die jüngere Tochter Maya ist so alt wie Niko und genauso ein Wibbel! Tobi war ganz angetan und ich denke, wir werden die nächsten Tage wohl viel Zeit miteinander verbringen! Tobias hat heute bei strahlendem Sonnenschein sein Eis eingefordert und so sind wir 3 nach Tübingen reingefahren, haben uns ins Eiscafé gesetzt und Eis gegessen. Ich hatte einen Latte Macchiato mit Baileys. Es war fast wie ein Urlaubstag, mit Blick durchs Fenster durch einen dick geknospten Baum auf den Neckar, echt schön! Das ist auch was, was Tobias’ Erkrankung an positiven Dingen mitgebracht hat. Früher wär’ so ein Besuch halt ein Besuch im

Eiscafé gewesen, heute kann ich das mit allen Sinnen genießen und mich am Augenblick suhlen und erfreuen. Detlef ist dann mittags abgesaust, Tobi und ich haben uns wieder ins Bett gekuschelt und Playsi gespielt. Ein Versuch, Ryan und Tobi vor die Playsi zu bringen, scheiterte am Husten von Ryan; ihm geht es so schlecht, er kommt kaum aus dem Bett. Schade, das hätte bestimmt allen großen Spaß gemacht. Wir versuchen es dann in ein paar Tagen noch mal. Die Sonne war so schön (Temperaturen aber eher fröstelig), dass ich Tobi zum Fußballspielen in den Garten locken konnte, aber er ist körperlich in echt schlechtem Zustand, kurzatmig, völlig konditionsfrei! Aber Spaß hatten wir trotzdem und ich bin froh, dass ich ihn ein wenig bewegen konnte, denn nur so krieg' ich ihn wieder fit! Anschließend haben wir in der Küche Domino gespielt, Mandalas gemalt mit dem Jungen aus Bosnien und es war eine sehr entspannte, kreative Atmosphäre. Den Abend werden wir vermutlich mit Sandwich und Nudeln verbringen, vielleicht gesellt sich ein Gläschen Wein dazu, wer weiß! :-) Wünsche allen eine gute Nacht!

DIENSTAG, 26.03.2013

Habe einen Tag Schreibpause eingelegt, das hat auch mal gutgetan! Gestern ist auch weiter nicht viel passiert, außer dass wir uns gegen 15 Uhr auf den Weg nach Stuttgart begeben haben, um Niko und Oma Hanne vom Bahnhof abzuholen. Das Wetter meinte es noch mal recht frostig mit uns, morgens begann der Tag nach dem Rollladenhochziehen mit: Hatten die Schnee angesagt? Ist total an uns vorbeigegangen! Bestimmt 3 cm Schnee, ich musste den Wagen frei fegen! Tobi hat bis zur Abfahrt eigentlich nur im Bett gechillt, ich war kurz einkaufen. Um 16 Uhr nach einer Fahrt im Schneeregen (Ist doch super, oder? Ich hasse es!) haben wir dann Oma Hanne und Niko eingeladen und sind wieder zurückgedüst! Den Abend haben wir dann gemütlich bei Sandwich und Salat verbracht, Tobi und Niko haben sich mit Maya angefreundet und mit ihr dann noch Verstecken und Kicker gespielt!

Heute Morgen musste ich mit Tobi in die Klinik, nüchtern, es standen Knochenmarkpunktion (KMP) und lumbale Chemotherapie auf dem Programm. Die Blutwerte waren schon unglaublich: fast 4000 Leukos, davon die Hälfte Granulos, Hb 10,6, fast 300 000 Thrombos, alles fast normal! Die KMP verlief problemlos, der Leukämiechef Handgretinger hat sogar selbst die Narkose gemacht, damit das mal weitergeht, war sehr viel los heute in der Tagesklinik! Auch die Chemo hat geklappt und um 12:30 Uhr waren wir dann abmarschbereit, konnten aber noch keine Ergebnisse vom Knochenmark kriegen. Also haben wir erst kurz Erik auf der Station besucht, der sich sehr gefreut hat. Er hatte heute seine Hicki-OP (Hickman-Katheter, ist ein doppelschenkliger Dauerzugang wie der Broviac, den Tobi hat) und war gerade erst aus der Narkose erwacht. Danach sind wir dann noch mal in die Tagesklinik gegangen, und der Assistenzarzt kam mit leuchtenden Augen und sagte, dass er dabei war, als die MTA den ersten Blick ins Präparat vom Knochenmark machte, und es ist ein buntes Bild, viele unterschiedliche Zellen, wie ein normales Knochenmark eben aussieht ... Unglaublich, Blinatumomab hat alle sichtbaren Leukämiezellen aus dem Knochenmark entfernt! Jetzt warten wir noch auf den MRD-Befund, aber erst mal hat die Therapie angeschlagen! Jubel!

Am Nachmittag haben wir eine kurze Stippvisite im Geschwisterhaus gemacht, da können die Geschwisterkinder von kranken Kindern kostenlos spielen und werden betreut! Nette Einrichtung, morgen wollen die Kids wieder hin und am Donnerstag werden sie da Plätzchen backen, prima! Vielleicht behalte ich Niko auch noch in der 2. Ferienwoche hier, wenn die Kinder sich so gut verstehen, obwohl hier gerade mal richtig dicke Luft ist! Geschwisterstreit! Der Alltag hat mich wieder! Ich hoffe nur, dass die zwei sich wieder einkriegen ... der Polizist und der Krieger! Den Abend haben wir mit Kochen verbracht, Schnitzel mit Erbsen, Möhren und Kartoffeln, sehr nett und sehr lecker!

MITTWOCH, 27.03.2013

Heute Morgen haben wir uns von Frau Seefelder vom Elternhaus verwöhnen lassen! Es gab Osterfrühstück, das war sehr schön und reichlich. Ich habe was Neues kennengelernt, Lemon Curd, englisch und wirklich köstlich! Die Kinder Nikolas, Maya und Tobias wollten anschließend sofort ins Geschwisterhaus, spielen und toben, und so sind wir dann bei Eiseskälte, strammem Wind und Sonnenschein aufgebrochen. Nach 5-minütigem Fußmarsch waren wir schon da ...

Oma Hanne und ich sind dann weitergelaufen und haben 2 Stunden lang

Tübingen unsicher gemacht. Das Handy ist natürlich immer im Anschlag, aber in dem Geschwisterhaus ist eine so tolle Betreuung, es gab eine Erzieherin für unsere drei Kids! Morgen soll es etwas voller werden, mal gucken, ob ich das dann mit Tobi riskiere. Mittags haben wir die Kids wieder abgeholt und Spaghetti Bolognese gegessen. Anschließend malten die Kinder für einen Malwettbewerb von der Deutschen Bundespost einen Freund für die Tigerente. Sind tolle Bilder bei herausgekommen! Niko und Maya haben sich dann erneut ins Geschwisterhaus abgesetzt, Tobi bevorzugte einen ruhigen Nachmittag vor der Kiste! Soll er! So viel, wie er sich heute Morgen bewegt hat (u. a. Rundlauf beim Tischtennis!), hat er sich schon lange nicht mehr bewegt! Es ist im Moment eine sehr entspannte Atmosphäre, ich glaube, dass nicht nur ich mich, sondern auch die anderen sich wohl und gut fühlen – und das ist doch wirklich schön!

SAMSTAG, 30.03.2013

Das war eine ziemlich lange Blogpause, aber im Moment passiert zum Glück auch nicht viel und ich hatte auch wenig ruhige Zeit, um mich mal an den PC zu setzen. Am Donnerstag, 28. März, haben wir nicht allzu viel unternommen, wir haben ausgeschlafen (bis 9:50 Uhr!), die Kids sind ins Geschwisterhaus gegangen, ich war einkaufen, danach habe ich Maya und Tobi wieder abgeholt, Niko wollte noch dableiben, um Plätzchen zu backen. Tobi und Maya haben dann ein wenig ferngesehen, ich habe angefangen, ein Buch zu lesen („Wunder" von Raquel J. Palacio), und hatte auch richtig Lust dazu!

Es hat den ganzen Tag geregnet und es war recht usselig. Am frühen Abend habe ich dann für die Kids Döner organisiert, Oma Hanne und ich haben lecker beim Elternhaus-Abend gegessen. Frau Seefelder hatte ein Salatherz, Cherrytomaten, ein Stück Lachs und Zitronenscheiben mit etwas Öl und Salz/Pfeffer in Backpapier verpackt und so im Ofen gegart. Sehr lecker, zumal ich Salat nur in rohem Zustand kenne! Wir hatten auch nette Tischnachbarn, eine Mama aus Palermo mit ihren Eltern, das Enkelkind hat ein Neuroblastom, 13 Monate, sie wieder schwanger. Die italienischen Großeltern hatten noch Osterkuchen mitgebracht, den wir dann auch noch probiert haben. Die Kinder haben derweil schön gespielt. Mit vollem Bauch haben wir uns spät in die Kojen gerollt! Am Freitag hatten wir morgens um 11 Uhr den Beutelwechseltermin in der Klinik, waren aber etwas eher da, weil Oma Hanne ja um 13:51 Uhr ihren Zug in Stuttgart kriegen musste.

Erik haben wir auch kurz besucht, ihm geht es den Umständen entsprechend ganz gut. Eine kurze Partie Tischtennis wurde auch noch eingeschoben, und dann war sogar noch Zeit für einen Kaffee im Elternhaus. Detlef kam relativ zeitgleich an und übernahm die Kinder. Ich habe dann Oma Hanne nach Stuttgart gefahren und die Fahrt war angenehm, ruhig und entspannt. In Stuttgart war viel los, aber ich konnte meine Mama pünktlich in den Zug setzen. Um 15 Uhr war ich pünktlich zurück im Elternhaus, es war gerade noch Zeit, den Kaffeetisch zu decken, da flogen auch schon unsere Freunde Ute und Roland aus Ulm ein, die wir während unserer Reha auf Sylt 2010 kennengelernt haben. Ute ist schwanger, habe ich mich riesig drüber gefreut! Roland war auch guter Dinge und Lisa und Leon waren quirlig wie immer. Der Vorteil am Elternhaus ist, dass es so schön groß ist! Die Kinder sind dann in den Konferenzraum abgezwitschert und haben da Fangen und Verstecken gespielt ... Es ist so schön, dass Tobi das alles mitmachen kann, so krass, wie es vor einigen Wochen um ihn stand, und jetzt scheint alles wieder gut zu sein. Ich genieße das sehr, obwohl ich natürlich, wenn ich drüber nachdenke, große Angst habe vor dem, was da auf ihn zukommen wird. Diese Gedanken will ich aber im Moment nicht weiterdenken! Tobi ist recht guter Dinge, fröhlich, und riesige Angst vor der 3. KMT scheint er im Moment nicht zu verspüren. Er genießt sein jetziges Wohlbefinden genauso wie ich! Das ist auch für die Ostertage geplant, also, falls es wieder eine Blogpause gibt, dann wohl nur, weil ich keine Zeit oder Lust habe zu schreiben! ;) Abends haben wir dann mit den Ulmern noch Karfreitagspizza bestellt, ... Detlef und ich durften noch mal den Lachs mit Salat essen, ich mit Begeisterung, Detlef eher verhalten, aber er hat auch noch was von der Pizza abgekriegt. Roland hat fast eine ganze XXL-Pizza verdrückt, unglaublich!

Der Ostersamstag begann mit Geschwisterzoff (das bringt mich echt an die Grenzen meiner Kräfte), anschließend konnten wir aber in Ruhe frühstücken. Die Kinder hatten große Lust, durch Tübingen zu laufen, und so haben wir uns mit Maya (ein Segen, in ihrer Anwesenheit reißen sich meine Jungs meist zusammen!) auf den Weg gemacht. Niko war ganz spendabel und hat die Kinder auf ein Eis eingeladen, Maya hat er im 59-Cent-Shop einen Fächer gekauft. Ich konnte Niko nur mit Mühe davon abhalten, sein restliches Geld einem Bettler in den Becher zu werfen ..., mein soziales Kind! Die Softair-Pistole aus dem 59-Cent-Shop war zum Glück nach gefühlten 5 Schuss platt! Mittags haben wir dann den Karfreitagsfisch mit Kartoffeln und Gurkensalat gegessen, Veronica hat den Nachtisch (lecker Eis) gestiftet. Die Kinder chillen jetzt mit Detlef im Wohnzimmer, denn wir sind nun im Haus recht allein, die Familie aus Bosnien ist nämlich heute abgereist.

Der schon morgens Bier trinkende und rauchende Papa, der seinen Sohn nur anbrüllen konnte, und die dünne, rauchende, blondgefärbte Mama, die auch mit ihrem Sohn nicht sehr viel anfangen konnte, belagern jetzt nicht mehr die Räumlichkeiten. Sie sind mit bestimmt 10 Gepäckstücken (u. a. Umzugskartons) von einer befreundeten Familie nach Stuttgart gefahren worden und werden von dort mit dem Bus in 16 Stunden nach Bosnien zurückfahren. Sie waren seit September durchgängig im Elternhaus. Wünsche ihnen und dem kleinen Bosnier alles Gute! Morgen Früh ist ein Osterfrühstück mit Maya und Family geplant; Mike, der Papa, spricht nur Englisch, find ich für die Jungs ganz prima! Ansonsten werden wir viel ruhen, für Montag haben sich die Krefelder angemeldet, sie sind auf der Rückreise vom Skiurlaub und werden uns einen Besuch abstatten. Detlef wird am Dienstag wieder nach Essen fahren. Nikolas werde ich noch hierbehalten, wenn er will, es ist so lustig, denn er droht mir, nach Hause zu fahren, wenn er mal seinen Willen nicht kriegt bzw. sich mit mir anlegt!

Ich wünsche allen, die sich bis jetzt hier durchgelesen haben, ganz schöne Ostertage, ich werde heute Abend noch mit dem Kommunionkind Niko in die Osternachtsmesse gehen!

OSTERSONNTAG, 31.03.2013

Der heutige Tag begann mit Ostereiersuche im Zimmer, Süßkram ohne Ende ... wir werden wohl die nächste Woche nichts kochen müssen, ... anschließend haben wir mit den Münchnern und den Engländern zusammen gefrühstückt. Faye, die frisch transplantierte Tochter der Münchner, durfte für 4 Stunden ins Elternhaus.

Sie hatte heute Tag 14 nach der KMT, war richtig fit, hat ein Laugenbrötchen und ein Osterei gegessen, unglaublich! Die Kinder Faye, Maya, Ryan, Tobi und Niko haben dann im ganzen Haus Eier gesucht, die der Osterbunny vorher versteckt hatte (ich hatte riesigen Spaß dabei, als ich gestern nach der langen Osternacht und zwei Gläschen „Aperol Spritz“ den Hasen gespielt habe!). Die Osternacht – gestern Abend um 21 Uhr begann sie, um 23:30 Uhr endete sie und ich musste gestern Abend dann noch einen kurzen Bericht darüber schreiben. Niko war herzallerliebst und ich möchte hier nur insofern darauf eingehen, als dass der Aperol anschließend bitter nötig war!

Das Frühstück und die Eiersuche waren auf jeden Fall mal was ganz anderes, sehr schön und entspannt. Den Nachmittag verbrachten die Kinder dann zusammen, die Eltern hatten Zeit für sich, ich habe gelesen, Detlef hat einen Spaziergang gemacht, nachmittags gab es Ostertorte von Frau Seefelder, lecker! Dabei haben wir uns sehr nett unterhalten, Gareth, der Papa von Ryan, ist unheimlich witzig, und das alles auf Englisch, allerdings weiß er auch sehr viel über die Transplantation und die Zusatzmöglichkeiten hier in Tübingen zu berichten.

Am Abend sind wir vier dann in einen chinesischen Schnellimbiss gefahren und haben noch lecker zu Abend gegessen. Tobi und Detlef haben sich für den Blogbuster schon bettfertig in die Koje gehauen, ich gönne mir ein Gläschen Wein und Niko saust mit Maya rum, die beiden sind aus einem Holz geschnitzt!

... nach ein bisschen Schreibpause mal wieder Neues aus dem Schwabenländle!

OSTERMONTAG, 01.04.2013

Der Ostermontag liegt schon länger zurück, ich erinnere mich an wundervollen Sonnenschein und an Kinder, die das Elternhaus nicht verlassen wollten, weil es so schön ist! Also haben Detlef und ich uns aufgemacht und sind in die Tübinger City gelaufen, um Bewegung zu haben und um Kuchen für den Nachmittag zu organisieren. Das hat auch geklappt! Als wir nach 2 Stunden ins Elternhaus zurückkamen, waren die Münchner und die Engländer im Garten und spielten alle zusammen Pantomime, Berufe raten – in Deutsch-Englisch, herrlich lustig! Um das Zusammensein nicht zu unterbrechen, habe ich mit Faye, die unbedingt helfen wollte, noch einen Kuchen gebacken und so hatten wir zum Kaffee genug zu essen, denn um 15 Uhr liefen die vier Krefelder Karin, Gerd, Simon und Sven auf der Rückreise vom Skiurlaub ein, um mal kurz Hallo zu sagen. Es ist so schön zu sehen, dass Simon seine Erkrankung besiegt hat, und ich freue mich, dass sie einen schönen Skiurlaub zusammen erlebt haben. Ein netter Nachmittag ging viel zu schnell zu Ende, die Kinder spielten richtig schön zusammen.

Am Abend haben Detlef, die Kinder und ich dann noch einen neuen China-Imbiss aufgetan und dort mit einem zitronigen, weil schrecklich hungrigen Nikolas zu Abend gegessen. Leider haben wir in einem unbedachten Moment Nikolas ein Glas Cola bestellen lassen, Zucker und Koffein am Abend sind eine tolle Mischung, die mich fast die Nachtruhe gekostet hätte!

DIENSTAG, 02.04.2013

Der Dienstag startete mit der Abreise von Detlef nach Hause und mit einem Kliniktag für Tobi und mich, Nikolas wollte im Elternhaus bleiben. Er war gut versorgt und wurde mit McDonald's-Snacks und Eis verwöhnt. Tobi und ich sollten erst um 16 Uhr wieder ins Elternhaus zurückkehren. Tobias' Blutwerte sind weiterhin gut und stabil, das Beutelwechseln war auch kein Problem und die Wartezeit zwischendrin vertrieb sich Tobi mit iPad-Spielen mit Ryan, Minecraft und andere Spiele.

Lange mussten wir auf einen Ultraschall warten, Tobi klagte seit ein paar Tagen über Schmerzen im Brustbein und da wollten die Ärzte mal nachgucken. Und wie das immer so ist, nach guten Tagen (und wir hatten jetzt viele gute Tage) folgen auch immer wieder weniger gute. Beim Ultraschall wurde eine weitere nekrotische Stelle entdeckt, so etwas über 1 cm Durchmesser, ein Loch im Brustbein! Was für ein Scheiß! Zuerst war ich sehr durch den Wind, jetzt geht es zum Glück schon wieder, denn das hat erst mal keine Auswirkung auf die weitere Therapie und schmerzt ihn zum Glück auch nicht ständig.

Aber meine Sorge ist natürlich, *was ist denn noch alles zerfressen? Ist das alles Leukämie oder auch Chemo-Nebenwirkung? Stoppt das jetzt?* Ich habe so das Gefühl, dass da wieder neue Baustellen entstehen, obwohl die eigentliche Großbaustelle ja noch in vollem Gange ist! Am 10. April findet in Essen eine MRT-Kontrolle des Halswirbels statt, da soll auch dann das Brustbein mal dargestellt werden, dann wissen wir sicher mehr.

Und ein weiteres Highlight ist, dass wir am 9. wohl erst ab 16:30 Uhr frühestens aus Tübingen wegkönnen, da morgens um 8:30 Uhr das Blinatumomab abgestöpselt wird, aber bis 16 Uhr weitere Blutentnahmen vorgesehen sind, um zu sehen, wie schnell sich der Spiegel im Blut abbaut. Toll, aber egal, auch das kriegen wir hin!

Nachmittags war ich noch kurz einkaufen, Tobi wollte gerne eine Geschnetzeltes-Pfanne mit Pilzen und Paprika kochen, was ihm auch super gelungen ist. Der Blina-Junge aus München und seine Schwester waren dann auch plötzlich da, er ist so alt wie Tobi, den kennen wir auch schon länger. Und er ist gesund nach Blina!

Die Kinder haben dann Party gemacht, ich habe mich sehr nett mit seiner Mama und Veronica, der Mama von Maya und Faye, unterhalten und mir Tipps geben lassen, wie eine weitere KMT hier für uns ablaufen könnte. Ich bin recht zuversichtlich, dass Tobi und ich das meistern werden.

Außerdem kamen gestern noch Connie und Vanessa aus Schottland an, die habe ich auch seit vielen Monaten nicht mehr getroffen und ich habe mich sehr gefreut, dass es Vanessa so gut geht und sie so blendend aussieht. Also viel los im Elternhaus! Ich genieße die Abwechslung und es ist schön, mit „Gleichgesinnten" zu sprechen. Die Kinder habe ich erst um 23 Uhr ins Bett gekriegt! Es gab Schwip Schwap … wirkt ähnlich wie Cola!

ZEICHEN

Schmerzende Sehnsucht nach einem Zeichen von dir.
Ein Zeichen von der anderen Seite. Ein Hinweis, dass du da bist.
Tobi, schick mir ein Reh!
Als Zeichen, dass du bei mir bist.

Ein Zeichen von der anderen Seite. Ein Hinweis, dass du da bist.
Dein Fortgang hinterließ so viel Leere und Schmerz.
Als Zeichen, dass du bei mir bist.
Meine Hoffnung auf ein Leben nach dem Tod.

Dein Fortgang hinterließ so viel Leere und Schmerz.
Und trotz größtem Optimismus fällt es mir schwer weiterzuleben.
Meine Hoffnung auf ein Leben nach dem Tod.
Auf ein Wiedersehen, allein der Gedanke daran lässt mein Herz erblühen.

Und trotz größtem Optimismus fällt es mir schwer weiterzuleben.
Tobi, schick mir ein Reh!
Auf ein Wiedersehen, allein der Gedanke daran lässt mein Herz erblühen.
Schmerzende Sehnsucht nach einem Zeichen von dir.

... und gestern sah ich ein Reh am Waldesrand ...

(Geschrieben am 02.06.2014)

MITTWOCH, 03.04.2013

Mittwochs ist immer gemeinsames Frühstück, und die Kinder sind tatsächlich aufgestanden, um sich von den Kindern zu verabschieden, die heute in die Klinik gehen. Das war nett und lecker, nur Maya fehlte, sie hat ausgeschlafen! Den langen Vormittag (sind ja doch viele Stunden, wenn man mal früher aufsteht ...) habe ich genutzt, um mal ein bisschen aufzuräumen und zu putzen, in unserem Einraumappartement war das mal dringend nötig. Die Kinder sieht man wieder nicht wirklich, sie entwerfen im Moment eine Speisekarte, wollen heute mal für die Eltern kochen! Was für ein Spaß! Nachmittags habe ich Tobias dann noch zu einer Massage geschleppt, durch sein Rucksacktragen ist er doch recht verspannt, und die Dame (er hatte sich eine junge Masseurin gewünscht, grins!), schon in die Jahre gekommen, dafür mit viel Erfahrung, hat ihn dann zum Schnurren gebracht! Er wollte nach der Ruhezeit danach überhaupt nicht aufstehen und wir wurden sozusagen rausgeschmissen! Die Kinder haben danach auch tatsächlich gekocht, wir durften alle die Küche nicht betreten und um 17 Uhr wurde als Vorspeise gemischter Salat, als Hauptspeise Bratkartoffeln mit Nürnbergern und als Nachtisch Obstsalat serviert! Unglaublich! Alle hatten Spaß und das Wichtigste war, dass auch die Nichtesser Faye, Ryan und Tobi kräftig zugeschlagen haben. (Gewichtskontrolle von Tobi am 5. April: 36,6 kg, also gut 2 kg mehr als vor 3 Wochen!)

DONNERSTAG, 04.04.2013

Am Donnerstag wurde mal wieder ausgeschlafen, gefrühstückt, und dann habe ich mich mit meinen zwei Jungs aufgemacht zum Friseur ... ein Drama für Niko seit vielen Monaten, ich rechnete eigentlich mit mehr Gegenwehr und mindestens 3 Tagen Geheule und Mützenkopf im Anschluss. Die Friseurin bekam schon unsere Diskussionen mit und als wir nach bestimmt 30 min Wartezeit endlich an der Reihe waren, sagte ich nur: „Und jetzt kommt Ihr Haarschnitt des Tages!“ Sie hat mit Niko verhandelt und dann geschnitten, und es ist kaum zu glauben, alle sind zufrieden! Niko findet sich gut, ich finde, er sieht endlich gescheit aus, prima! Danach haben wir noch Schuhe gekauft für die Kommunion, auch ein weiteres schwieriges Unterfangen, aber auch das ist abgehakt! Tobi hatte dann erneut eine Massage und alle haben sich über ein bisschen Sonne im Garten gefreut. Am Abend war wieder Barbaras (Frau Seefelders) Meal, diesmal gab es Spaghetti Bolognese, und auch die Kinder benahmen sich prima! Ich hatte ja gedroht, sie sonst nie mehr am Gemeinschaftsessen teilnehmen zu lassen! Das hat geklappt. Die Gespräche waren sehr englischlastig, Connie aus Schottland war ja auch dabei! Der Nachtisch war auch diesmal die Krönung, Erdbeeren mit Sahnequark, mmh, direkt durch den Hals zur Hüfte! Ich habe dolle Schlafschwierigkeiten seit einigen Tagen, kann ganz schlecht einschlafen und auch nicht durchschlafen, heute versuche ich mal, den Kaffee wegzulassen, wenn das nicht hilft, gibt es ab morgen auch keinen Wein mehr abends. Hoffe, dass ich das wieder in den Griff kriege.

FREITAG, 05.04.2013

Am Morgen stand erst mal die Klinik an, Beutelwechsel, Blutwerte weiterhin gut, widersprüchliche Aussagen zum MRD: angeblich 10 hoch minus 2, aber kein Befund nirgendwo, und die Studienleiterin hatte auch gar keinen gesehen …? Angeblich soll der MRD in Tübingen 3 Wochen dauern … ahhh, na ja, ändert ja im Moment eh nichts. Bei einem kurzen Flurgespräch mit dem Stationsarzt habe ich erfahren, dass die Dosis beim nächsten Zyklus noch mal erhöht werden soll, eine Spendervorbereitung erfolgt dann auch ab dem 22. April. Würde mich gerne auch vorbereiten, werde zu Hause erst mal brav meine Eisentabletten JEDEN TAG nehmen, gute Vorsätze für ein gesundes Leben und Bewegung habe ich auch und hoffe, dass mein schwaches Fleisch die auch umsetzen kann! Herr Handgretinger (der sich in den Schmutzraum zum Telefonieren zurückgezogen hatte!) sagte auch noch mal, dass an dem Brustbein nichts weiter getan würde, weil es sonst als Fortschreiten der Krankheit gelten würde und Tobi sofort aus der Studie fliegen würde …

Am 10. April beim MRT kann nur die HWS dargestellt werden, lt. Mail von Frau Dr. Höfs aus Essen, da bin ich aber noch nicht mit fertig. Diesmal war noch nicht mal Zeit für einen Kaffee mit Froth (tolles Wort, echt schwierig zu sprechen, das bedeutet Milchschaum auf Englisch), die Kaffeemaschine in der Ambulanz ist der Hit! Aber ich wollte ja eigentlich abstinent bleiben! Wir haben dann noch Erik besucht, er bekam gerade mal wieder eine neue Chemo und hat wohl noch so eineinhalb Wochen, dann darf er das erste Mal wieder nach Hause!

Die letzten Tage gingen aber nicht spurlos an ihm vorbei und ich habe mich doch etwas über sein Aussehen erschreckt, kortisongeschwollen, abgekämpft und bleich, so wie die Kinder bei einer Chemo halt aussehen. Furchtbar. Dann gab es noch eine weitere Hiobsbotschaft, ein Junge, der mit Erik zusammengelegen hat, ist heute Nacht an einem Pilzinfekt verstorben. Meine Stimmung ist dementsprechend, da wird einem der Ernst der Lage so furchtbar deutlich, ich konnte das bei der guten Stimmung hier im Elternhaus bislang gut verdrängen. Ich werde das auch wieder wegschieben, wenn nötig mit einer weiteren Flasche Wein! Im Moment sind die Kids ins Geschwisterhaus abgezischt, ich habe die Zeit genutzt, um ein bisschen zu räumen und zu waschen, gleich geht's mit der Brut weiter! Sie wollen noch kochen. Morgen hat sich mein lieber Bruder, Onkel Stefan, mit seiner Freundin Nicole und Robin angekündigt, mittags kommen noch Klassenkamerad Nils und sein Papa auf Rückreise aus Bayern vorbei, am Sonntag nimmt Stefan dann Niko mit nach Essen und dann muss ich bald packen, denn für uns geht's am Dienstag heim!

Zwei kurze Anekdoten noch: Niko sagt nicht mehr *„Guten Morgen"*, sondern *„Good morning"* und Tobi hat heute in der Klinik auf die Frage: Sprichst du denn mittlerweile auch schwäbisch mit? *„Ein bissle"* geantwortet! In diesem Sinne ein schönes Wochenende, ich komme bestimmt erst am Montag wieder zum Schreiben!

Am Abend haben die Kinder dann noch einmal ein vorzügliches Meal zustande gebracht, Schnitzel mit selbst gemachten Pommes und Zucchini, als Dessert selbst gemachten Apfelkuchen mit Vanilleeis. Bis auf den Kuchen, der leider nicht ganz gar war, wieder ein echter Gaumenschmaus und alle hatten Spaß daran. Die Küche bedurfte danach allerdings einer Reinigung durch Fachpersonal!

SAMSTAG, 06.04.2013

Nach einem kurzen Frühstück haben die Kinder zusammen Brownies gebacken, denn für heute hatte sich ja Besuch angekündigt. Mittags liefen Klassenkamerad Nils und sein Papa ein, auf dem Rückweg vom Osterurlaub. Nachdem wir Brownies gegessen hatten, haben die Kinder sich in den Kickerraum verzogen, ich habe in der Küche gesessen und mich gut unterhalten. Dann kamen auch noch Stefan, Nicole und Robin an und Gareth begann mit seinem Pancake-Baking und -Flipping. Er briet Pfannkuchen und wendete sie, indem er sie übermütig hochwarf und mit der Pfanne wieder auffing, sehr unterhaltsam für alle, es war wirklich superschön, wuselig und alle haben sehr gelacht.

Nachdem Nils und sein Papa dann weitergefahren waren, haben Stefan, Nicole, Robin, Maya und Faye mit uns dreien einen Rundgang durch Tübingen gemacht. Wir hatten viel Spaß im 59-Cent-Shop und im Gummibärenladen. Ein Muss war dann der Döner beim besten Dönerladen in Tübingen. Stefan unterhielt die Kinder mit Rubbellosen! Nikolas gewann tatsächlich 10 Euro, die er sofort im Bärenland gegen einen Plastikbasketballkorb aus Gummibären eintauschte! Ein neu erworbener Ball wurde dann noch im Garten bespielt, bis der Rasen platt war, aber alle hatten großen Spaß und Bewegung. Abends haben wir Pizza bestellt und gemütlich zusammen gegessen.

SONNTAG, 07.04.2013

Der Sonntag begann mit ausgiebigem Frühstück. Die Stunden bis zur Abreise vergingen wie im Flug und gegen Mittag setzten sich die Essener in Bewegung Richtung Heimat, Niko hatte dran zu knapsen, er war einerseits ganz traurig, andererseits hat er sich aber auch doll auf zu Hause gefreut. Den Nachmittag verbrachten wir in trauter Runde, die Engländer, die Münchner und wir, mit viel Bewegungsspaß draußen, Ball spielen, Turnen und Bewegung. Unglaublich, wie fit Faye am Tag 25 nach der KMT ist ... sie machte Kopfstand und schlug Räder! Am späten Nachmittag machten sich dann Maya, Veronika und Mike auf den Weg nach München, ihr zweites Auto holen, und ließen Faye in meiner Obhut. Am nächsten Morgen sollte aber die Oma kommen und mit ihr in die Klinik gehen zur Kontrolle. Die Kids chillten auf der Couch, malten Mandalas und fanden mal Ruhe nach den aufregenden Ferientagen. Eine weitere Familie war vor ein paar Tagen angekommen, mit zwei Jungs, der eine soll auch Blinatumomab kriegen, bekommt aber vorher noch Chemotherapie und saß am Freitag mit Brechschüssel beim Frühstück! Leider hatte seine Mama das verkehrt gedeutet, er hatte nicht Übelkeit nach der Chemo, sondern einen Magen-Darm-Infekt, vermutlich Noroviren, und in der Nacht zum Sonntag lagen ihre beide Kinder kotzenderweise flach, ich bekam davon Wind, weil die Mama morgens um 9 Uhr schon Müll entsorgte …

MONTAG, 08.04.2013

In der Nacht kam dann das Virus zu uns, Tobi hatte einen furchtbaren Kotzanfall in der Nacht und ich bin mehrfach an Fayes Zimmer horchen gegangen, in großer Hoffnung, dass sie nicht allein im Zimmer hockt und es ihr auch so schlecht geht. Wenigstens das hat geklappt, ihr ging es morgens gut, Oma kam und ich hoffe, es geht an ihr vorbei! Tobi hat schreckliche Wut auf die kotzenden Jungs, aber es hilft ja alles nix. Ich hoffe nur, dass ich mir das nicht auch gefangen habe, die Eltern der kotzenden Kids hat es heute Nacht erwischt! Wir verbrachten also den Vormittag im Bett, keine Schule, aber Tobi hat bereits wieder zu trinken begonnen und so hoffe ich, dass das Schlimmste geschafft ist (wir haben auch nur noch eine Brechschale!).

Unsere Pläne für heute (Massage, Bummel und Shoppen) habe ich abgeschrieben, ich packe schon mal ein bisschen, denn die Rückreise naht! Der Aufenthalt hier hat auch wirklich was Gutes, man kommt ja mit wenigen Dingen aus, und ich verspüre große Lust, zu Hause ordentlich zu entrümpeln. Wann ich das machen soll, weiß ich allerdings nicht, vielleicht in der nächsten Pause! Der Plan für morgen ist: früh in die Klinik und dann am Nachmittag nach Blutentnahme 3 so schnell wie möglich auf die Autobahn!

DIENSTAG, 09.04.2013

Der Dienstag stand ganz im Zeichen des Aufbruchs, Packen, Kliniktermine um 8:30, 10:45, 12:45 und 16:45 Uhr! Bis zum 2. Termin sind wir in der Klinik geblieben, dazwischen der Versuch, im Elternhaus am Matheunterricht per Skype teilzunehmen; es scheiterte mal wieder an der Technik im Klassenzimmer … groll. Ich habe gepackt, nach dem Mittagstermin haben wir noch ein wenig geshoppt (neue Converse in Grün für Tobi!) und einen letzten Döner gegessen, und nach dem letzten Termin ging es sofort ins gepackte Auto und auf die Bahn, Ankunft in Essen um kurz nach 22 Uhr.

MITTWOCH, 10.04.2013

Mittwoch: Nikolas war wegen des Magen-Darm-Virus noch bei Oma ausquartiert (auch Nicole und Robin hatte es gestern geplättet ...), und so konnte ich relativ in Ruhe auspacken und um 12 Uhr hatten wir dann das MRT Halswirbel. Ganz knapp ist das MRT-Personal einer Katastrophe entkommen, ich konnte während der Aufnahme so gerade aufs Klo flüchten und mich Montezuma ergeben ...

Zum Glück ist mein Tobi schon so groß und hat alles Weitere allein regeln können, ich habe kotzenderweise vor der Kinderklinik gewartet, ihn dann irgendwie zur Oma verfrachtet und mich ins Bett. Da habe ich dann meine kostbare Heimzeit mit Schüttelfrost und Fieber verbracht!

DONNERSTAG, 11.04.2013

Donnerstag: Mein geplanter Friseurtermin musste ausfallen, war noch zu schlapp, habe aber die Zeit genutzt, um zu Hause anzukommen und alles zu ordnen und mich gedanklich und einkaufszettelmäßig auf die Kommunion und Nikos' Geburtstag vorzubereiten.

FREITAG, 12.04.2013

Freitag: morgens um 10:30 Uhr Kontrolltermin MRT für das Brustbein, kurz Oliver Basu getroffen, der Tobi vor Glück sogar kurz an sich drücken musste :-), kurze Info von ihm: Hals ist stabil! Tobi lief so ein bisschen wie der Papst durch die Klinik, winkend, alle freuten sich so sehr, ihn so fit wiederzusehen. Und das brachte auch ihn zu einem breiten, glücklichen Lächeln.

SAMSTAG, 13.04.2013

Am Samstag haben wir alle recht lange geschlafen, Nikolas hatte um 10 Uhr einen Kommuniontermin in der Pax-Christi-Kirche und ich habe die Gunst der Stunde genutzt, um mich mal beim Friseur aufzuhübschen! Bin dann auch früh los, um noch diverse Kleinigkeiten in der Stadt zu erledigen. Detlef wollte bereits morgens nicht frühstücken (so was von untypisch ...) und so nahm das Schicksal dann seinen befürchteten Verlauf: Er konnte Niko noch von der Kirche in die Handballhalle schaffen und sank dann auch mit diesem verflixten Magen-Darm-Virus nieder! Ihn schüttelte auch Fieber, aber die Kotzerei konnte er erfolgreich unterdrücken! Tobi war den ganzen Tag mit Oma Hanne zum Shoppen unterwegs und somit zum Glück aus der Schusslinie! Ich bin dann nach Hause gefahren und habe Nikolas, den der liebe Faxe mitgenommen hatte, nach Hause geholt. Mit ihm bin ich dann ins Rhein-Ruhr-Zentrum gefahren und wir haben noch ein bisschen Kommunion- und Geburtstagsshopping gemacht, u. a. haben wir dringend benötigte Turnschuhe bekommen! Und Segelschuhe für Nikos' Kanu- und Segeltraining von der Schule aus! Den Abend hat Tobi bei seinem Freund Luki verbracht, wir anderen sind früh zu Bett!

SONNTAG, 14.04.2013

Der Sonntag begann mit einem ganz giftigen Tobi, der nur gegen seinen Bruder stänkerte, deshalb bin ich mit beiden zur Messe um 11 Uhr! Detlef schien es besser zu gehen, er legte sich aber nach dem Frühstück direkt wieder auf die Couch. Nachmittags bot sich Oma Gilla an, mit beiden Jungs zum Minigolfen zu fahren, was mir Zeit für die Bügelwäsche und für weitere Geburtstagsvorbereitungen verschaffte. Und es war auch noch Zeit übrig, um endlich die erste Wärme und Sonne auf dem Balkon zu genießen! Herrlich, ein paar Minuten, um Kraft zu tanken, zwischendrin habe ich allerdings die Boshi für Tinki fast fertig gehäkelt und die Ablage für die Steuererklärung aussortiert, die ja dann auch noch ansteht! Die Kinder spielten dann noch bis 19:30 Uhr bei angenehmen Temperaturen auf dem Spielplatz, mit Luki und Tinki, und meine Jungs waren recht zufrieden, dass sie mal wieder gemeinsame Zeit mit ihren wichtigsten Freunden verbringen konnten (sonst wäre auch früher Schluss gewesen, sollte ja eigentlich morgen Schule sein!).

MONTAG, 15.04.2013

Am heutigen Montag bekommt Tobi mal wieder Privigen, einen Antikörpercocktail, weil er ja keine eigenen bilden kann im Moment, deshalb sind wir hier in der Klinik seit 8:30 Uhr, fertig wohl gegen 16 Uhr ... Zeit genug, um das Wochenende aufzuarbeiten! Der Montagmorgen begann mit Aufstehen, und das ging sowohl bei mir als auch bei meinen Kindern gaaaanz schlecht, Detlef hatte einen Außentermin und war schnell verschwunden, das Virus ist wohl auch weg! Nikolas bekam nach dem Genuss eines Glases Kakao so heftige Bauchkrämpfe, dass ich ihn aus der Schule lassen musste und zur Oma verfrachtet habe, die dann mit ihm auch zum Arzt gegangen ist.

Ich kann das ganz schlecht einschätzen und wahrscheinlich tue ich ihm auch Unrecht, aber so ganz glauben konnte ich ihm diese übermäßigen Schmerzen nicht, obwohl er sogar auch geweint hat. Der Arzt hat Schonkost und keine Milchprodukte empfohlen, mal sehen, ob es das bringt oder ob es doch was anderes ist ...

In der Klinik erwartete man von uns erst mal Geduld ... erst 15 min warten vor dem Fingerpiks, dann 20 min in der Ambulanz, um dann zum Röntgen geschickt zu werden, dort 2 min, bis man sich anmelden kann, dann weitere 15 min, weil ein anderes Kind vorher da war, dann noch mal 30 min, weil die Ärzte diskutieren müssen, ob das Röntgenbild überhaupt nötig ist, weil man da eh nichts drauf sieht, dann wird das Bild doch gemacht.

Wieder zurück in der Ambulanz sind wir dann aber direkt drangekommen, die Aufnahme war jedoch nicht aussagekräftig! Ich bin nicht gern in der Klinik und das Essener Klinikum ist mit so viel Negativem belastet, dass ich es emotional heute kaum aushalten kann. Hilft aber alles nichts, hoffe, dass wir so um 16 Uhr rum endlich wieder hier raus sind. Jetzt werde ich erst mal Futter für Tobi organisieren, er hätte gerne Pommes rot-weiß ...

FREITAG, 19.04.2013

Bin leider kurz vor dem Kollaps, denke aber, dass ich trotz allem alles irgendwie gebacken kriege ... und hier im Text klappt das mit dem Cursor nicht, ich kann nicht entern, der Cursor springt eine Reihe tiefer, der Cursor springt hoch und der Text rutscht runter ... ah, also schreibe ich mal munter drauf los: Habe Tobi zur Schule gebracht, er klagt täglich mehr über Nackenschmerzen und musste heute sogar Tramal und Ibuprofen nehmen ... habe dann Niko mitsamt seinem Rohkost-Geburtstagsbüfett zur Schule gebracht, was frau mal eben für 28 Kinder zurechtgeschnibbelt hat und auch noch für Stäbchen gesorgt hat, weil die Blagen die Rohkost lieber am Spieß essen ... aber stecken mussten sie selber! Dann kurz mit Dr. Basu telefoniert und ihm den Schmerzzustand mitgeteilt, aber leider keine Hilfe erhalten, nur dass ich mich bei den Neurochirurgen vorstellen soll. Habe mich aber dagegen entschieden, weil jetzt im Moment sowieso nichts gemacht werden kann, und wenn was gemacht werden müsste, könnten wir bereits im Parkfriedhof eine Grabstelle mieten. Also gibt es Schmerzmittel, Retterspitz-Umschläge und die leise Hoffnung, dass es einfach wieder weggeht.

Die Knochenbefunde vom MRT hießen zwar Hals stabil, aber es gibt weitere, mir neue Herde in der ganzen Wirbelsäule, klein, aber da, und im Brustbein ein mittlerweile 2 cm großes Loch und auch weitere Läsionen. Außerdem tut ihm seine Kniescheibe zwischendurch schrecklich weh, ... und ich bin in der Hinsicht nicht mehr wirklich belastbar, will schnell nach Tübingen und ihn wieder ans Blinatumomab kriegen. Ich habe bereits begonnen zu packen. Und ich war kurz mit meinem Papi bei der Feuerwehr, habe den Raum für die Kommunionfeier besichtigt, Chaos, wir kommen erst Sonntagmorgen rein ... zu wenig Tische, aber ich habe Hilfe, die wird's schon richten müssen ... gibt Schlimmeres, Hauptsache, alle kommen heil hin und zurück! Nikos Geburtstag war richtig schön, morgens war ich mit ihm und seiner Klasse in der Kletterhalle und habe es genossen, die Kids so fröhlich und unbeschwert zu sehen. Niko war ganz stolz und dann bin ich sogar auch eine leicht schräge Wand geklettert und bis ganz nach oben gekommen! Stolz! Nachmittags haben wir dann mit den Großeltern, Claudia, Frank, Tinki und Luki ein bisschen gefeiert, Niko stand im Mittelpunkt und war glücklich.

Jetzt steht alles im Zeichen der Kommunion und ich mach jetzt mal weiter, wir feiern zwischendurch Kommunion, die nächste Meldung kommt erst aus der Tübinger Kinderklinik!

MONTAG, 22.04.2013

BEGINN DES 2. BLINA-BLOCKS

Ich bin gestern Abend nach einer problemlosen Fahrt gut und so kurz vor 23 Uhr in Tübingen angekommen. Der Start war erst tränenreich, Tobi hat dolle geweint, als ich losgefahren bin, aber wer will ihm das verdenken. Nikos Kommunionfeier war schön, aber ich stehe sehr unter Strom, wollte schnell wieder nach Tübingen, um Tobi wieder ans Blinatumomab – meinen, unseren letzten Strohhalm – zu kriegen. Tobi hat die letzte Stunde im Auto geschlafen, sodass ich in relativer Ruhe das Auto entladen konnte, die Taschen hoch ins Zimmer buckeln und zumindest das Laken auf Tobis Bett ziehen konnte. Ich bin so froh, dass es jetzt hier in Tübingen weitergehen kann und dass ich das alles zu Hause auf die Kette gekriegt habe und auch den Augenblick und vor allem Nikos Kommunion einigermaßen genießen konnte. Einen ganz, ganz lieben Dank an alle, die mir geholfen haben, und auch an die, die sich angeboten haben, ohne euch wäre das so nicht möglich gewesen.
Ich bin wirklich glücklich, dass ich eine so tolle, liebe Familie und so tolle Freunde habe, auf die ich zählen kann! Ich hoffe, dass ich irgendwann Gelegenheit bekomme, mich zu revanchieren! Nikolas ist auch zufrieden und glücklich, Detlef hat wohl ordentlich zu tun gehabt, Nikos vielen Vorstellungen, wie er sein Geld am besten unter die Leute bringt, in geordnete Bahnen zu lenken. ;) Hatte dann nachts noch ein kurzes Gespräch mit Gareth in der Küche, der mich mal eben auf den neuesten Infostand im Haus gebracht hat. Die Münchner mit Faye sind gestern Mittag erst nach Hause gefahren, leider haben wir uns knapp verpasst. Veronika will mit Faye nach Österreich auf eine einsame Waldhütte gehen, halte ich genau wie Gareth für Wahnsinn, aber hoffe, dass es gut geht und sie sich dort nichts fängt! Ansonsten war es recht ruhig, aber das ändert sich ja jetzt wieder!

Nach einer unruhigen Nacht (hatte mal wieder meine Knirschschiene nicht drin und habe so geknirscht, dass mein Backenzahn wieder schmerzt!) habe ich unsere

Klamotten umsortiert und den großen Koffer mit Playsi, PC und dem Nötigsten für 4 Tage Klinik gepackt, Tobi besonders zärtlich geweckt, denn ich wusste, dass seine Stimmung auch schlecht geschlafen hatte … Mitsamt seinem Motzkopf hab ich ihn dann unter die Dusche gestellt, er kam vor Muskelkater kaum bis ins Bad (hat aber auch Fußball gespielt bei der Kommunionfeier!).

Danach ging es aber und wir konnten direkt vom Badezimmer aus in die Klinik starten. Dort angekommen bekamen wir sofort unser Zimmer, Zimmernachbar ist ein ähnlich alter Junge wie Tobi, mit Hirntumor und geistiger Behinderung. Er hatte bisher nur Bestrahlung und ist das erste Mal auf der Station 14, ich habe der Mutter dann erst mal ein Bett organisiert und ein Schließfach in der Küche, hatte ich vorher auch bereits für mich, damit das schon mal erledigt ist! Bin mal gespannt, wie das wird, Tobi ist schon total angepisst, weil dieses Kind noch Babysendungen im Fernsehen anschaut. „Thomas, die Lokomotive“ und auch „Au Schwarte“ geht mit 11 gar nicht mehr! Tobi hat sich sofort ins Spielzimmer verzogen und ich habe dann im Zimmer alles ausgepackt und gerichtet. Der erste Brüller kam so gegen 10:30 Uhr, Tobi wurde Blut abgenommen (und dafür musste er aus dem Spiel gerissen werden) und die Schwester sagte so im Nebensatz, dass Tobi heute nicht punktiert wird. Na toll … Tobi hat immer so eine Angst vor der Punktion, war jetzt nüchtern und dann soll das mal eben auf morgen verschoben werden? *Noch mal 1 Tag Angst und Sorge?* Das habe ich der Schwester auch gesagt und sie versprach noch mal nachzuhören. Außerdem MUSS laut Studie das alles einen Tag vor Beginn gemacht werden und wenn man das jetzt verschieben konnte, dann verstehe ich leider nicht, warum man den generellen Start nicht verschieben konnte! Dann hätte ich nicht von der Kommunionfeier direkt nach Tübingen fahren müssen! Eine gute halbe Stunde später hieß es dann, sie machen es doch, aber die lumbale Chemotherapie müsste noch in der Apotheke bestellt werden!? *Aha!?*

Tobi verschwand immer wieder im Spielzimmer, wo sich die Erzieherin Eva um ihn kümmerte. Er musste auch nur noch 2-mal gestört werden, einmal für die Schriftprobe, die er machen muss, um Nebenwirkungen im Gehirn früh festzustellen, und das andere Mal für die kurze Untersuchung durch die Ärztin.

Um 12 Uhr ging es dann endlich los, die Punktion stand an. Und wieder versuchte die Schwester mich mit den Worten *„Wir bringen ihn dann gleich aufs Zimmer,* *wo Sie so lange warten können ...*“ loszuwerden, aber ha! NICHT MIT MIR! Immer wieder prima, und diesmal war es auch richtig gut, dass ich direkt am Kopf saß und diesen gehalten habe, denn die Krankenschwester versuchte in der Narkose, Tobis Kopf nach unten zu drücken, damit er während der Lumbalpunktion möglichst rund liegt, und hatte keinen Schimmer von seiner Hals-OP. Musste ich mal wieder Löwenmutter spielen, das ist echt so schrecklich, man kann echt keinem trauen und keinem sein Kind anvertrauen.

Die Punktionen verliefen dann aber zum Glück problemlos, nur sein CRP (Entzündungswert) ist hoch, und es ist fraglich, ob die Therapie überhaupt gestartet werden kann. Also erst mal abwarten, morgen Früh wird das noch mal kontrolliert, und zur Sicherheit wird dann heute Nachmittag noch ein CT vom Schädel und von der Lunge gemacht, damit die Ärzte sicher sind, dass da nix Verstecktes brodelt. Und wieder ein großer Packen in Tobis Strahlenbelastungsrucksack, ich hoffe, dass der nicht zu voll wird und dann auch irgendwann mal Probleme macht, aber ich habe auch hier wieder keine Möglichkeit, das abzuwenden. Die schlimmen Dinge des Tages hat Tobi aber jetzt geschafft und er kuriert seine Narkose mit ProSieben, TUC-Keksen und Apfel aus! Die Ärztin hat auf meinen Wunsch hin sowohl Massage als auch Krankengymnastik verordnet, und ein Zahnstatus soll auch gemacht werden, mit der Frage, ob die 5 Wackelzähne gezogen werden müssen vor der KMT, und wenn ja, dann versuche ich das so hinzukriegen, dass sie die Narkose bei der Punktion nutzen und ihm die dann ziehen! Da kommt also auch noch evtl. was auf ihn zu.

Ich hatte heute Mittag mal wieder das Vergnügen, Penne mit Tomatensauce zu essen, das ist das sterile KMT-Essen, was es immer gibt, wenn kein anderes Essen da ist, das klappt hier in Tübingen auch immer wieder prima. Essen gibt es eh immer erst ab Tag 2 regulär, vorher wird zusammengesucht! Und ich krieg' ja eigentlich gar nichts, nur das, was Tobi übrig lässt, und das ist meist alles!

Eriks Mama Sabine hat mir eine kurze Nachricht geschrieben, Erik ist erst letzten Freitag entlassen worden, die Physiotante hat eben sein Fahrrad aus dem Zimmer geholt, Tobi hat wieder das Bett wie letztes Mal!

Erik hat sich eine Blutvergiftung zugezogen (wahrscheinlich Fieber im Zelltief?) und muss wegen Platzmangels auf eine andere Station gelegt werden. Schade! Hoffe, dass es ihm schnell wieder besser geht. Mein Plan ist, nach den CT-Aufnahmen kurz einzukaufen und ins Elternhaus zu fahren, habe mir noch ein bisschen Kuchen von der Kommunion mitgenommen, der ruft schon die ganze Zeit: Hol mich, iss mich!

DIENSTAG, 23.04.2013

Am Ende ist (scheint erst mal) dann doch alles gut, aber ich habe mal zeitnah mitgeschrieben, was mir hier heute Morgen zugemutet wurde: Hilfe ... mich hat gerade die Stationsärztin gefragt, ob der Oberarzt schon mit mir gesprochen hätte, nein, hat er nicht, und auf dem Rückweg ins Zimmer habe ich gefragt, ob es irgendwelche Katastrophen gäbe? Und die Stationsärztin erwiderte, na ja, sie hätten sich das Knochenmark angesehen, gestern spät, und da wären schon einige Blasten drin gewesen, so um die 10 %, und der Herr Dr. Ebinger wollte mal selber gucken. Scheiße! Dass die wieder gewachsen sind, hab ich schon geglaubt, wegen der Schmerzsymptomatik vor allem, aber 10 % ist heftig, ich weiß nicht, was das für die Studie bedeutet ... und da sind wieder alle schlimmen Befürchtungen und Bilder in meinem Kopf, das ist so heftig, das kann ich nicht beschreiben. Jetzt warte ich erst mal auf den Oberarzt und versuche nicht durchzuknallen, Tobi hat derweil Englischunterricht.

Tobi konnte heute Nacht auch vor Schmerzen nicht einschlafen, hat richtig weinerliches Theater gemacht, die Matratze ist so hart und er wollte gerne auf der Elternliege schlafen, ich habe ihm dann meine Matratze auf seine Matratze gelegt und dann ist er sofort eingeschlafen. Zum Glück war ein weiteres Elternbett frei und ich konnte mir das schnell beziehen und dann auch mehr oder weniger schlafen. Heute Morgen habe ich dann so tief geschlafen, dass ich das Wecken verpasst habe. Die Oberschwester der Station, vermutlich Feldwebel im früheren Leben, ist heute für uns zuständig und kam um 8:30 Uhr reingestürmt und brüllte: *„Frau Klein, wo ist die Pumpe für das Blinatumomab?“ „... in der Tagesklinik ...!?“ „So, und jetzt klappen Sie bitte Ihr Bett zusammen!“* Puh, Personalnot hin oder her, aber das geht sicherlich auch netter ... blöde Kuh! Gestern Abend haben wir noch Erik mit einem Kurzbesuch beglückt, er hat sich eine Blase am Fuß gelaufen, die sich fett entzündet hat, er hat strikte Bettruhe und darf gar nicht aufstehen. Hoffe, dass es ihm bald besser geht. Unser neuer Bettnachbar ist ein ganz lieber, das wird schon gehen, nur Tobi flippt aus wegen des Kinderprogramms. Mein lieber Tobi, was wird dieser neue Befund nur bedeuten?

HALT! Vorläufige Entwarnung! Brüll! Jetzt habe ich eine halbe Stunde versucht, meine Tränen in den Griff zu bekommen, da schneit Dr. Ebinger herein und sagt, er hätte sich das Knochenmark angesehen und wenn er jetzt nichts von Leukämie gewusst hätte, hätte er gesagt, sieht gut aus, zwar einige blastische Zellen vorhanden, aber das können auch normale Blasten, Vorläuferzellen, sein. Die könne man so jetzt nicht unterscheiden. Man müsste zwar den MRD abwarten, aber wir starten ganz normal wie geplant mit der höheren Dosis. Mann, das bringt mich an den Rand des Wahnsinns, bin aber sehr erleichtert, dass es so ist, wie es jetzt scheint, aber wir befinden uns am Rand des endgültigen Abgrunds, und die Balance zu halten ist so schwer. So, seit 12:30 Uhr läuft Blinatumomab, die 2. Runde! Ich bin sooooo froh, jetzt geht es den Zellen an den Kragen!

Kurzer Tagesabschluss um 23 Uhr: Unterm Strich ein Ätztag! Dieser Aufreger heute Morgen war wirklich heftig, und das Schlimme ist, dass diese verdammte Unsicherheit bleibt. Der MRD dauert mindestens 10 Tage. Tobias hat auf das Blinatumomab mit Gesichtsrötung reagiert und er wurde von Stunde zu Stunde motziger und (wahrscheinlich zu seinem Spaß) hat am Nachmittag aufgehört zu sprechen. Es kamen nur noch Laute „äh“ und „hä“, manchmal auch ein „nee“ oder „ach“ … und erst als ich ihm gesagt habe, dass ich jetzt mal den Arzt holen würde, weil dieser Antikörper ja die seltsamsten Nebenwirkungen machen kann, da hat er sich kurzgefasst mit: *„Ich hab jetzt keinen Bock zu sprechen …“* Prima, ich konnte ihn aber dann doch wieder zum Sprechen animieren, wir haben einige Partien „Elfer raus“ gespielt, aber die Stimmung war recht tief unten.

Essen ist auch nach wie vor ein leidiges Thema, heute Mittag habe ich ihm einen Burger organisiert, Wassermelone ging am Nachmittag und abends hat ein anderer Papa Döner geholt, der kam aber erst um 21:30 Uhr, da war Tobi schon zu lange hungrig und mochte nicht mehr so recht. Ich kann dafür umso besser essen und habe heute geschätzte 3000 Kalorien zu mir genommen, brauchte ich aber auch! Tobi ist dann auch schnell eingeschlafen, so um 22:20 Uhr, ich habe dann endlich mal Zeit für eine Dusche gefunden. Wie schön!

Ein kurzes Wort zu den sanitären Einrichtungen hier auf der Station: Es gibt eine Elterndusche, die vor 7 Uhr morgens und nach 19 Uhr abends genutzt werden kann, da der Raum ins Spielzimmer mündet. Es gibt für Eltern und Besucher außerhalb der Station eine Herren- und eine Damentoilette, das ist doppelt so viel wie in Essen! Die Damentoilette hat den Geruch eines Bahnhofklos und ich bin immer wieder erstaunt, wie schnell man sich an solche Dinge gewöhnt … gestern noch habe ich gedacht, ich müsste mich übergeben vor Ekel, heute geht's schon und morgen registriere ich es bestimmt kaum noch.

Ich bin froh, dass dieser Tag jetzt bald vorbei ist, froh, dass Blina läuft, erstaunt, dass Tobi noch kein Fieber hat, *was aber dann für wenig Zellen spricht?* Mal sehen, was die Nacht so bringt!

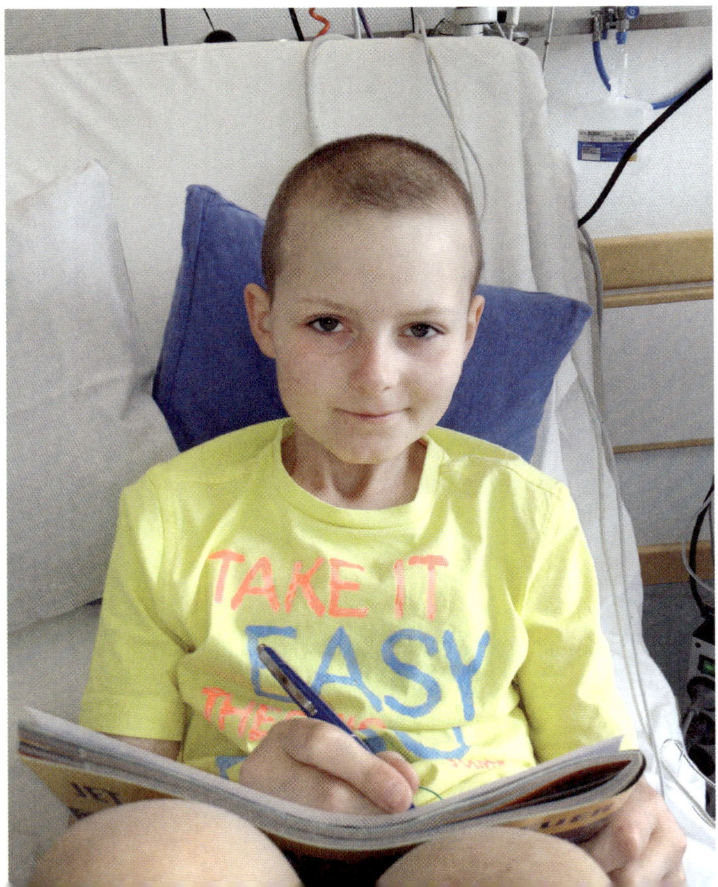

MITTWOCH, 24.04.2013

Wir hatten zum Glück eine einigermaßen ruhige Nacht, vor allem ohne Fieber, Temperatur ging auf 37,3 Grad. Tobi hat zwar ein gerötetes Gesicht und sieht auch irgendwie matschig aus, aber ansonsten hat er nix! Deshalb denke ich auch, dass die Ärzte in ihrer Einschätzung des Knochenmarks falsch liegen, bei 10 % Blasten hätte es jede Menge Zellzerfall gegeben und das hätte zu Fieber führen müssen. Da wohl doch nur wenige Zellen vorhanden sind, ist die Temperatur auch nur leicht gestiegen! Er muss auch nicht mehr die ganze Zeit überwacht werden und hockt jetzt gerade in der Küche und backt mit den Erzieherinnen Waffeln! Für mich die Gelegenheit, kurz ins Elternhaus zu springen und Klamotten zu wechseln! Ich habe es sehr genossen, durch die laue Frühlingsluft zu laufen, Sonne im Gesicht, alle Bäume stehen in Blüte und die Studenten lagen auf der mit Löwenzahn und Gänseblümchen gefluteten Wiese, herrlich! Am Nachmittag begann Tobis Temperatur dann doch zu steigen, 37,9 Grad, er brauchte nichts zum Senken, war aber ziemlich knatschig. Seine Blutwerte waren heute total verrückt, 11 000 Leukozyten, 10 000 Granulozyten, die Ärzte erklären dies mit der Kortisongabe, ist aber schon komisch. Der CRP ist dafür runter auf 0,8. Ein Bauchultraschall wurde auch noch gemacht, im Bauch aber alles im grünen Bereich, auch die Milz ließ sich nach einigen Schwierigkeiten finden! Am Nachmittag kam dann noch Frau Hillermann, die Kunsttherapeutin, und brachte Ton mit, Tobi hat dann mal getöpfert. Unser Bettnachbar ist entlassen worden, dafür zog am Abend ein schwäbischer Junge mit seiner Mutter ein, er hat auch ALL und ist im 1. MTX-Block. Seine Mutter sieht ein bisschen aus wie Albert Einstein, bin mal gespannt, wie das wird! Alles in allem ein weiterer, recht anstrengender Tag mit wenig Essen und Trinken und viel Krankheitsgefühl für Tobi. Ich hoffe, dass es morgen besser wird.

DONNERSTAG, 25.04.2013

Heute wird meine junge Mami 70! Unglaublich!
Herzlichen Glückwunsch, und ich liebe dich!

♥♥♥

Miss Einstein hat sich gestern Abend direkt Freunde gemacht, sie kam erst gegen 22:30 Uhr mit ihrem Sohn ins Zimmer gepoltert, wir hatten gerade Licht ausgemacht, weil Tobi schlafen wollte, das ist auch schon komisch, denn freiwillig geht eigentlich nie, er war gestern also richtig platt. Ich habe dann noch ein bisschen Jamie-Oliver-Kochvideos angesehen (der macht an alles Zitrone oder Zitronenschale, englisch eben. ;)). Miss Einstein sagte dann, sie wäre so empfindlich für Strahlung, ob wir das WLAN ausstöpseln könnten, sonst müsse sie im Spielzimmer schlafen, so nah an der Strahlung, das kann sie nicht. Okay ... hatten dann heute Nacht strahlenfrei, ich habe jetzt nicht besser geschlafen. Tobi macht mir heute Morgen große Sorgen, seine Beschwerden im Nacken werden immer schlimmer, heute so schlimm, dass er sagt, er könne den Hals gar nicht mehr bewegen.

Dazu kommen starke Bauchschmerzen, mehrere Stuhlgänge, die aufgrund des Halses ein Fiasko sind, denn schnell mal aufs Klo geht nicht wegen des ganzen Kabel- und Überwachungskrams, an dem er hängt, und der jedes Mal mitmuss! Dr. Ebinger war heute Morgen kurz im Zimmer, und wollte schnell mit den Worten *„Bei euch ist ja alles in Ordnung“* wieder gehen, aber den Zahn musste ich ihm ziehen. Aber die sind hier so toll, es wird heute direkt ein CT vom Hals laufen und ich hoffe, dass sie nichts finden, dass es nur irgendwie entzündlich ist, ich fürchte aber Schlimmeres. Mal abwarten. Die Angebote von der Kunsttherapeutin und der Erzieherin hat Tobi heute Morgen abgelehnt, er beamt sich lieber mit Fernsehen und iPod weg. Dieser ist eben ausgegangen, Strommangel, und jetzt ist wohl auch der Internetzugang weg ... müssen wir erst wieder jemanden vom Internetdienst anfordern, per Fax, mal sehen, ob das heute noch was wird.

Frau Mundle, die Schwester von Frau Seefelder, war auch da, sie ist so nett, ich habe ihr ein bisschen von meinen Sorgen erzählen können. Dann hat sie mich gefragt, ob Tobi mit dem Jungen aus dem Elternhaus, dem Noroviren-Überträger, gespielt hat, ob er ihn kennt, er ist am 22. April verstorben! OMG! Hat Tobi aber nicht und davon werde ich ihm auch nichts erzählen.

Das mit dem iPod hat sich gegeben, der lief mit neuem Saft wieder. Das CT wurde am Mittag gemacht und zeigte zum Glück neben den schon bekannten multiplen Nekroseherden keine neuen Katastrophen. Tobi hat dann Schmerzmittel bekommen und wir haben am Nachmittag sogar im Sitzen gemalt. Morgen früh kommt noch ein Orthopäde und schaut sich seinen Nacken an; es besteht der Verdacht, dass sich eine der fixierenden Schrauben gelockert haben könnte. Ich hoffe, dass wir morgen trotzdem ganz planmäßig ins Elternhaus übersiedeln können. Tobis bester Freund Luki wird uns evtl. besuchen bis Mittwoch, sodass ich mir vielleicht ein paar Tage Schreibpause gönne, um mit den Jungs dann schöne Dinge zu unternehmen. Frau Hillermann, die Kunsttherapeutin, hat mich heute mit Material versorgt, sodass einem erlebnisreichen Wochenende nichts im Wege steht, und ich denke, mit Schmerzmittel schafft Tobi das auch.

FREITAG, 26.04.2013

Leider sind unsere Pläne so nicht wahr geworden. Gestern hat sich noch Folgendes ereignet: Prof. Handgretinger kam am Nachmittag zu einem Gespräch, er bat mich, mit ihm zu reden. Dafür haben wir ein ruhiges Plätzchen gesucht, was nicht so einfach war und wir sind dann im Flur vor den Aufzügen gelandet.

Er teilte mir mit, dass Blinatumomab bei Tobias doch nicht so gut angeschlagen hat wie erhofft, dass die Kinder, bei denen es gewirkt hat, nach dem ersten Zyklus in Remission gekommen sind, Tobias war an Tag 15 in Remission, hat aber zu Beginn dieses Zyklus erneut Blasten im Knochenmark, eine auswärtige Studienklinik hat sogar 19 % gefunden. Er hält eine Heilung jetzt für ausgeschlossen, bot mir aber an, ihn mit Chemotherapie noch mal runterbringen zu wollen, um eine weitere Transplantation machen zu können, allerdings glaubt er, dass bei Tobias die Leukämie im Knochenmark nicht das Problem ist, sondern die Zellen, die im Knochen selbst liegen, und da kämen einfach die Mittel, die es in der heutigen Zeit gibt, nicht hin. Er möchte Blinatumomab bis Dienstag weitergeben, dann erneut Knochenmark punktieren, um zu gucken, ob ein Wunder geschehen ist. Aber bei der zunehmenden Schmerzsymptomatik glaubt er nicht daran.

Ich habe ihm gesagt, dass Tobias genug gelitten hat, und wenn er mir sagt, dass er am Ende seines Wissens ist, keine Heilungschance mehr sieht, dann möchte ich für Tobias Zeit bei guter Lebensqualität, also eine moderate Chemo, die den Prozess etwas aufhält, ihn aber nicht mit Nebenwirkungen quält. Er stimmte mir da zu und versprach, mit den Ärzten aus Essen zusammen die optimale Therapie zu finden. Da ich natürlich einige Tränen vergossen habe, musste ich Tobias ja auch was dazu sagen, denn ich habe ihm versprochen, immer ehrlich zu ihm zu sein. Ich habe es ihm so gesagt, wie es ist, dass das Blinatumomab vielleicht doch nicht so gut wirkt wie angenommen und dass sie am Dienstag noch mal ins Knochenmark gucken wollen, was da los ist. Daraufhin hat er gesagt, dass er nicht sterben will. Wir haben dann noch Tomb Raider zusammen geguckt und Miss Einstein ist mir ihrem Kind geflohen, Billard und Tischtennis spielen. Tobi und ich haben die ganze Zeit gekuschelt.

In der Nacht weckte mich ein rasselndes Geräusch, Tobias lag steif im Bett und krampfte. Er war den ganzen Vortag schon so unruhig und etwas zittrig gewesen. Innerhalb von Sekunden waren sowohl zwei Schwestern, drei Intensivärzte und der diensthabende Arzt im Raum, Tobis Krampf war aber nur kurz und er war auch nach einigen Minuten wieder ansprechbar und konnte alles bewegen. Der diensthabende Arzt entschied das weitere Vorgehen, Tobias bekam Kortison und Blinatumomab lief weiter. Es war mittlerweile fast 6 Uhr und um 8 Uhr kamen dann die anderen Ärzte, um das weitere Vorgehen zu entscheiden. Ich hätte das Blina am liebsten direkt abgeklemmt, aber ein allerletztes Fünkchen Hoffnung war noch da. Als Tobi wach wurde, konnte er sich an nichts mehr erinnern! Er war ganz normal, wollte nix zum Frühstück und sich direkt mit seinem iPod wegbeamen.

Um 8:30 Uhr traf ich Dr. Ebinger auf dem Weg zum Kaffeeholen, er war zusammen mit Frau Mundle und bat mich um ein Gespräch zwecks weiteren Vorgehens. Er sagte, dass er rausfinden müsse, woher der Krampfanfall kam, dazu benötigte er ein EEG, Kernspin vom Schädel und Lumbalpunktion. Ich sagte, dass Krampfanfälle doch als Nebenwirkung von Blina gesehen werden und ich, wenn es keine Chance auf Heilung gäbe, diese Behandlung abbrechen möchte, um nach Hause zu fahren. Ich wünsche, dass mein Sohn die Zeit, die ihm noch bleibt, ohne invasive und belastende Maßnahmen verbringen kann und die Diagnostik zum Krampfanfall nicht infrage kommt. Er war damit einverstanden und wollte noch kurz Rücksprache mit Herrn Handgretinger halten. Frau Mundle war die ganze Zeit mit anwesend, was mir gutgetan hat. Dr. Ebinger sagte dann, dass er eine leichte Tablettenchemo vorschlagen würde, er würde alles fertig machen und mir mitgeben. Auf die Frage hin, wer das Tobi erklärt, bot er sich auch an und das nahm ich dankend an. Wir haben uns dann zusammen an sein Bett gesetzt und er hat es Tobi ganz ehrlich und ganz toll erklärt. Tobi war recht gefasst, aber auf seine Frage an mich: *„Darf ich dann jetzt Black Ops und Resident Evil spielen?“* musste ich mit Ja antworten. Das war unsere Vereinbarung: Wenn es keine Chance auf Heilung gibt, dann darf Tobi auch Spiele ab 16 und 18 spielen. Was ein Scheiß. Mir sind die ganze Zeit stumm die Tränen das Gesicht runtergelaufen. Als Dr. Ebinger fertig war, habe ich mich eng zu Tobi gelegt und wir haben uns gefühlt und gehalten und dann ist er einfach tief eingeschlafen. Einfach so weggebeamt, unglaublich.

Ich habe dann angefangen zu packen, habe mit einigen Schwestern gesprochen, die mir alle gesagt haben, wie sehr ihnen das alles leidtut. Auch die Ärzte haben sich dem angeschlossen, seine Englischlehrerin, die Praktikantin aus dem Spielzimmer, die mir noch einen USB-Stick mit Fotos von Tobias‘ Haarschneideaktion mitgebracht hat. Und mittendrin Miss Strahlenbelastung, die netterweise Tobi ein Matchbox-Auto mitgebracht hat (nicht ganz seine Altersklasse ...), und ihr armer Sohn, der, so schrecklich behütet, das alles hautnah miterleben musste. Aber ich konnte das nicht anders machen, konnte keine Rücksicht nehmen, wohin sollte ich auch mit all meinen Gefühlen. Unter Tränen habe ich dann den ersten Schwung Sachen zum Auto gebracht und eine kurze Nachricht an Gareth geschrieben, damit die nicht aus allen Wolken fallen. Leider ist die Telefonverbindung in der Klinik miserabel und die Nachricht erreichte niemanden.

Als ich wieder nach oben kam, war der Mathelehrer im Raum und bot sich an, noch mal mit Tobi Tischtennis zu spielen. Ich fand die Idee gut und nutzte die Zeit, um noch einmal mit Frau Mundle zu sprechen. Diese war mittlerweile mit den Trommlern unterwegs, und die Frau, die Tobi interviewt hatte, verabschiedete sich auch noch und, obwohl ich mittlerweile völlig verquollen war, liefen immer noch Tränen. Frau Mundle hat mir ordentlich Mut zugesprochen und den Rücken gestärkt. Aber dazu noch später. Nach dem Tischtennis kamen dann noch Herr Handgretinger und Herr Ebinger und verabschiedeten uns persönlich, gefasst, aber sichtlich traurig. Herr Handgretinger hat mich zum Abschied sogar gedrückt und ich konnte ihm unter Tränen noch ins Ohr flüstern, dass ich ihm danke und dass er ein ganz toller Mann und Mensch ist (ich meinte zwar mit Mann Arzt, aber das hat er hoffentlich richtig verstanden). Was für ein Geheule. Irgendwann zwischendurch habe ich auch Detlef informiert, der auch geschockt, aber recht gefasst war.

Ich habe Tobi schließlich abstöpseln lassen und dann sind wir ziemlich stiekum gegangen, ich konnte keine weitere Verabschiedung ertragen. Tobi wollte unbedingt noch ein Rubbellos kaufen, und in der Lottobude in der Klinik kam dann Julie von hinten und hat sich so gefreut uns zu sehen. Ich musste ihr dann im Vorbeigehen sagen, dass wir nach Hause gehen, dass die Behandlung abgebrochen wurde und ob sie denn keine Nachricht gekriegt hätte. Nein, hatte sie nicht. Wie schrecklich, so von Mutter zu Mutter in dieser Situation. Das hätte ich mir anders gewünscht.

Tobi und ich sind dann ins Elternhaus gefahren, ich habe kurz ausgeladen und Tobi ist im Wagen sitzen geblieben. Frau Weigner begrüßte mich mit Tränen in den Augen, ich hatte sie kurz morgens angerufen, um ihr zu sagen, dass das Zimmer ab Samstag wieder frei wird, damit eine andere Familie die Möglichkeit hat zu kommen. Auch diese Begegnung war sehr tränenreich.

Dann bin ich mit einem unruhigen und an Übelkeit leidenden Kind in die Tübinger Innenstadt gefahren, er wollte sich so gerne eine Nerf-Wasserpistole kaufen. Kurz vor dem Parkplatz musste er sich dann auch noch übergeben, zum Glück in einen Müllbeutel. Danach ging es ihm besser und wir kauften neben der Nerf auch noch Crocs für Niko und Flipflops für Tobi, die er unbedingt haben wollte. In der nebenan liegenden Bäckerei haben wir uns dann mit Mohnstriezel, Windbeuteln und Schnitzelbrötchen ausgerüstet und sind zurück ins Elternhaus gefahren. Dort hat Tobi gleich seine Wasserpistole in Betrieb genommen und im Garten rumgespritzt. Ich hatte Sorge auf der Steintreppe, denn er war schon wieder so zittrig. Aber da ist nichts passiert und ich habe uns dann den Spaß gemacht, dass er mich ganz nass spritzen durfte, so Miss-wet-T-Shirt-mäßig und er hatte großen Spaß, ich weniger, aber eigentlich doch!

Danach haben wir dann Siesta im Zimmer gehalten. Tobi hat auch tatsächlich was gegessen (Schnitzelbrötchen!) und es ging ihm danach deutlich besser. Am späteren Nachmittag haben wir uns dann noch mal aufgemacht, denn ich hatte Tinki versprochen, glutenfrei einkaufen zu gehen und das haben wir dann zusammen erledigt. Anschließend wollte Tobi noch in ein anderes Spielzeuggeschäft, zum 59-Cent-Shop und in die Froschgasse und wir haben das komplette Wunschprogramm hingekriegt.

Und fleißig Geld ausgegeben. Aber egal. Dabei hat Tobi unglaublich direkt über das Sterben gesprochen, mich gefragt, ob er sich seinen Grabstein selber aussuchen dürfte, sich Gedanken über sein Testament gemacht, wer denn welche Dinge von ihm erben soll, wer seine Schätze bekommt. Wie krass, aber auch gleichzeitig gut, denn wir haben so eine Vertrauensbasis und ich kann das mit ihm aushalten und ich habe ihm mehrfach versichert, dass ich bis zuletzt für ihn da sein werde. Und er hat gesagt, dass er, wenn er gestorben ist, uns trotzdem besuchen kommt und ich habe gesagt, dass ich ihn erkennen werde und er erwiderte, dass er mein Schutzengel werden möchte und dann auf mich aufpasst, so wie ich auf ihn aufpasse. Ich weiß, dass wir uns noch schöne Tage und Wochen und vielleicht auch Monate machen können, wir werden sehen. Zum Abschluss haben wir dann noch chinesisch gegessen, in dem kleinen China-Schnellimbiss.

Im Elternhaus angekommen, sind wir dann sofort aufs Zimmer und Tobi war so platt von dem ganzen Tag, dass er um kurz nach 20 Uhr fest eingeschlafen ist. Er hatte auch keine Unruhe mehr in den Händen, sodass ich mir recht sicher war, dass er nicht wieder krampfen würde. Den Abend habe ich dann mit Julie und Gareth verbracht, mit viel Wein, guten Worten und in freundschaftlich verbundener Atmosphäre, und es hat mir sehr geholfen, mich zu sortieren und ich bin sehr dankbar dafür, dass die beiden da sind und da waren. Ich fühle mich ihnen sehr verbunden, denn auch sie kämpfen schon so lange mit und um Ryan und ich bete, dass die Behandlung in Tübingen und die anschließende GvHD (Graft-versus-Host-Reaktion) den Krebs in ihm endgültig besiegt haben.

SAMSTAG, 27.04.2013

Nach einer tiefen und traumlosen Nacht bin ich gegen 8:30 Uhr wach geworden und habe dann angefangen, unsere Sachen zusammenzupacken. Ein schreckliches Gefühl, ich hatte so große Hoffnung in die Behandlung gesetzt und jetzt ist alles endgültig vorbei. Meine innere Unruhe, die letzte Woche so stark war, die so stark war, dass ich eigentlich Tübingen gar nicht verlassen wollte, ist jetzt weg. Tobi hatte eine gute Nacht, wachte ohne große Schmerzen auf und Frühstück war kein Problem, obwohl Essen in der Klinik ja ein Albtraum war. Gareth, Ryan und Julie kamen dann auch dazu, Gareth baute den Jungs die Xbox auf und dann konnten die zwei Jungs noch zusammen spielen. Aber Tobi hatte keine große Ausdauer, er wollte heim. Gareth hat noch ein bisschen Spaß mit Tobi, Ryan und seinem neuen Baseballschläger gemacht und es tat so gut, alle drei lachen zu hören. Ich bewundere Gareth' Stärke und Art, mit dieser Situation umzugehen. Er war heute Morgen eine große Stütze für mich, denn vom Gefühl her hätte ich mir am liebsten die Augen aus dem Kopf geweint, so habe ich diesen „Abschied für immer" einigermaßen trocken hingekriegt. Aber es tat doch sehr, sehr weh und ich werde alle hier sehr vermissen.

Ich habe dann die wohl schwerste Heimfahrt meines Lebens angetreten und war am Anfang so durcheinander, dass ich an der Tankstelle fast nur den Reiseproviant bezahlt hätte, wenn die Kassiererin nicht gefragt hätte, ob ich denn auch getankt hätte ... Das hat sich aber zum Glück schnell gegeben und mit weinendem Himmel haben wir dann gute 6 Stunden gebraucht, bis wir endlich zu Hause in Essen waren. Tobi hat auch während der Fahrt gnadenlos mit mir geredet. Einerseits tut es gut, dass er mir seine Gedanken anvertraut, andererseits zerreißt es mich fast.

Zu Hause angekommen haben Tobi, Niko und Tinki dann erst mal die Wassernerfs geladen und eine ordentliche Wasserschlacht hingelegt. Anschließend haben die Kinder mit mir ein bisschen geweint, Niko war sehr außer sich und auch das zerreißt mich fast, aber ich bin auch da froh, dass er spricht und seine Gefühle rauslassen kann. Er wünscht sich, dass wir niemandem vom Verlauf erzählen, denn er befürchtet, dass in der Schule alle nach Tobi fragen und es könne sich niemand vorstellen, wie doof das für ihn wäre! Ich muss unbedingt die Lehrer darüber informieren und möchte alle bitten, die das lesen, es zu unterlassen, ihn nach Tobi zu fragen! Anschließend wollte Niko unbedingt etwas kaputtmachen, seine Gefühle abbauen und ich gab ihm das dicke Telefonbuch von 2012, was er hemmungslos, wutschnaubend und mit lautem Stöhnen völlig zerfetzte.

Ich hoffe, dass wir, wenn diese erste Tränenphase vorbei ist, auch wieder Tage haben können, an denen wir lachen und die unabwendbare Zukunft ausblenden können. Frau Weigner vom Elternhaus hat mir noch einen Umschlag und die Zeitung des Fördervereins mitgegeben. In der Zeitschrift ist ein Foto von einem der nettesten Dinnerabende, die ich im Elternhaus je hatte, und ich bin sehr traurig, dass ich dies dort nie mehr miterleben kann. Ich habe mich im Elternhaus wirklich heimisch gefühlt und mit den Menschen dort bin ich sehr verbunden. Im Umschlag war eine ganz liebe Karte mit Worten, die mich erneut weinen ließen, und einem steinernen Schutzengel. So lieb!

Die neue Situation ist nicht nur für unsere kleine Familie kaum zu ertragen, ich weiß, dass alle, die uns kennen und schon so lange begleiten, mitfühlen und jetzt wahrscheinlich hoffnungslos überfordert sind. Deshalb befolge ich den Rat von Frau Mundle und schreibe, was ich mir im Moment wünsche:

Mein Anliegen an meine Familie und Freunde ist: Ich möchte nicht, dass Tobi mit trauernden Menschen, die Abschied nehmen wollen, umgeben ist. Jetzt noch nicht, wenn die Zeit so weit ist, werde ich das hier schreiben. Ich will die uns verbleibende Zeit leben und es Tobi so schön wie möglich machen, so viel erleben, wie es nur geht. Wer daran teilhaben will, ist herzlich willkommen, aber eben nur, wenn das „normal" – ohne sichtbare Trauer – möglich ist. Mein Plan ist, dass Tobi zu Hause sein wird, wenn es so weit ist. Aber ich hoffe, dass uns noch einiges an Zeit bleibt.

Von der Therapie her bekommt er jetzt Tabletten, eine Bestrahlung vor allem des Halswirbels ist vorgesehen, um ihm möglichst viel vom Schmerz zu nehmen. Die Klinik in Essen weiß Bescheid, ich hatte mit Dr. Basu E-Mail-Kontakt, er ist auch sehr betroffen. Er hat auch das Palliativteam wieder ins Spiel gebracht und ich hoffe, dass wir es zusammen schaffen, die Krankenhaustermine auf ein nötigstes Minimum zu reduzieren und Tobi die Zeit zu Hause so schmerzfrei wie möglich zu gestalten. Im Moment möchte ich gar nicht telefonieren, wer mag, kann mir aber gerne schreiben, per SMS, E-Mail oder WhatsApp. Wenn ich gefasster bin, ist sicherlich Zeit für persönliche Gespräche. Ich werde diesen Blog weiterführen, sicherlich nicht mehr jeden Tag, aber es tut mir gut, alles niederzuschreiben, und ich kann damit auch euch auf dem neuesten Stand halten und informieren.

DIENSTAG, 30.04.2013

Es ist jetzt 7:30 Uhr, Tobias schläft noch und Nikolas habe ich gerade auf den Weg in die Schule gebracht, habe jetzt ein bisschen Zeit für mich, um mich mal wieder zu sortieren. Ich habe versucht, möglichst viele Menschen, die uns nahe oder etwas ferner stehen, schriftlich zu informieren, denn Begegnungen face to face mit dem ersten Schrecken kann ich im Moment überhaupt nicht verkraften, genauso wie mir Telefonieren sehr schwerfällt und mich viel Kraft kostet. Gestern ließen sich zwei Gespräche nicht vermeiden, einmal eine Mutter von Nikolas' Schulfreund, die sehr bestürzt war, und dann eine Mama eines Mädchens, die vor Tobias knochenmarktransplantiert worden ist, und bei der ich auf der anderen Seite stand und eben auch diese Hilflosigkeit gespürt habe und gedacht habe, für das Schicksal kann man nie die richtigen Worte finden. Sie hat am Telefon sehr geweint und das ist einfach unheimlich schwer für mich, denn wo soll ich die Kraft hernehmen, auch noch Bekannte zu trösten?

Nikolas muss so oft getröstet und gehalten werden, jeden Abend weint er sich in den Schlaf, besonders schlimm war es am Sonntagabend, als Tobi bei seinem besten Freund Lukas übernachtet hat und Nikolas dieses Fehlen als schon gestorben gefühlt hat. Ich selber fühle mich erstaunlich stark, denn mein Tobi macht genau das, was ich von ihm gedacht und gehofft habe, er lebt ganz intensiv. Zwischendurch kommt er immer zu mir, wie zu einer Tankstelle und wir tanken uns gegenseitig, gestern kam er einmal mit leuchtenden Augen und hat gesagt: *„Mami, hab ich ein schönes Leben!"* Er hat Pläne und versucht alles unterzubringen.

So haben wir den Sonntag nach einem kurzen Frühstück an der Minigolfanlage „Heimliche Liebe" gestartet und dort eine lustige Partie Minigolf gespielt, ein Kopf-an-Kopf-Rennen zwischen Tobi, Mama und Papa, die dann auch die Platzierungen mit 32, 33, 34 Schlägen in der Reihenfolge erreichten. Nikolas hat relativ lange durchgehalten, er verliert aber meist an den letzten Bahnen die Lust und konnte so nur Platz 4 erreichen. Danach haben wir ein riesiges Tablett mit Kuchen gekauft, dieses kurz zu Hause abgestellt und dann waren wir im Yellow River lecker Chinabüfett essen, auch ein Punkt auf Tobias' Liste.

Nach kurzer Rast zu Hause fuhren Detlef und die Kids in die Handballhalle, um Lukas beim Spiel zuzusehen. Detlef traf in der Halle viele Bekannte und ich sah ihm an, dass diese Zusammentreffen recht schwierig für ihn waren. Als dann alle wieder bei uns eingetroffen waren, machten wir uns über das Kuchentablett her, die Großen saßen zusammen bei Bier und Wein und die Kids haben gespielt, wie immer, ganz normal eben. Und das ist das größte Geschenk, diese Normalität wünsche ich mir, denn das ermöglicht uns allen, das Bevorstehende auszublenden oder zumindest recht weit wegzuschieben. Tobi ist ja auch jetzt nicht anders als vorher und er empfindet das genauso. Deshalb ist mir auch wichtig, dass er am Donnerstag zumindest für 2 Stunden in die Schule geht, möglichst mit Begleitung (entweder Palliativnetzwerk oder Dr. Basu), denn die erste Begegnung ist sicher doof und komisch, aber dann hoffe ich, dass alles ganz normal läuft. Und ich erhoffe mir, wenn er diesen ersten Schritt, diese erste Begegnung hinter sich gebracht hat, dass dann auch weitere Schulgänge, natürlich nur zum Spaß und um seine Schulfreunde zu treffen, möglich sind. Am Donnerstag steht uns noch ein weiteres erstes Treffen bevor, wir müssen zur Kontrolle in die Uniklinik. Da wird die erste Bestürzung schon beim Fingerpiks zu spüren sein und in der Ambulanz, und was weiß ich, wem wir sonst noch alles über den Weg laufen werden? Hätten wir das schon mal hinter uns.

Gestern hat Tobi den Morgen bei seinem Luki und seiner Tinki verbracht, die beide genauso leiden wie Nikolas, denn sie haben leider oder zum Glück Geschwisterstatus, was oft amüsant war, denn sie konnten sich auch so zoffen wie Geschwister, aber jetzt ist das leider auch eine richtig schwierige Situation und ich hoffe, dass ich auch den beiden eine Stütze sein kann, damit sie mit diesem Lebenseinschnitt gut weiterleben können. Die Oma hat dann die drei zum Minigolf gefahren, mittags haben wir lecker gegessen und am Nachmittag sind Luki und Tobi mit zu Nikolas' Kickboxtraining gegangen und haben ihm zugesehen. Leider ist er diesmal ordentlich an der Schläfe erwischt worden und hat gesagt, dass er da nicht mehr hingeht, er lässt sich nicht hauen, vor allem ist das ungerecht, weil sein Gegner viel älter war als er, ... auch wieder ein Problem seiner enormen Körpergröße; wenn er gegen Gleichaltrige boxt, dann sieht das von vornherein ungerecht aus!

Den Abend hat Tobi dann mit Papa und einem Film ab 16 verbracht, bevor er dicht an ihn gekuschelt eingeschlafen ist. Der Reiz der Spiele und Filme für ältere Kinder ist aber schon weg, das macht ihm jetzt auch keinen großen Spaß mehr, weil er ja jetzt alles darf und das ist irgendwie auch blöd!

Ich habe gestern Vormittag viel Zeit am PC verbracht, habe eine Mail an alle Eltern von Tobis Klasse geschickt, um den Eltern auch die Möglichkeit zu geben, ihre Kinder zu Hause zu informieren und aufzufangen. Dann habe ich ein sehr nettes und intensives Gespräch mit Dr. Basu geführt, er hat mir noch mal meine doch wieder aufkeimenden Zweifel genommen, denn ich habe schon hin und wieder den Gedanken, ob es richtig war, aufzugeben, alles zu beenden, oder hätte man doch noch trotz Krampfanfällen und Nebenwirkungen auf das Wunder hoffen sollen, gibt es vielleicht irgendwo auf der Erde doch noch Rettung für mein Kind? In Philadelphia, die T-Zellstudie mit gentechnisch veränderten Zellen? Aber was ist der Preis? Krankenhaus, fern der Heimat, und die Zellen fressen ihn langsam von innen auf, zerstören seine Knochen, sein Skelett? Dr. Basu hat mich darin bestärkt, dass es so, wie wir es machen, richtig und gut ist, so kann Tobi bei einigermaßen gutem Zustand noch leben, erleben, fühlen, wie sehr er geliebt wird. Aber ich kann im Moment den weiteren Verlauf nur ausblenden, denn meine Angst davor ist immens. Ich hoffe nur, dass er nicht leiden muss, dass seine Schmerzen beherrschbar bleiben und dass er dann, wenn die Zeit gekommen ist, friedlich einschlafen darf.

Es ist schrecklich skurril, aber die Gedanken kommen und gehen, und Detlef und ich haben gestern über einen möglichen Beerdigungsrahmen gesprochen, über eine Grabstätte, Urne, all so ein Zeug. Wenn man unerwartet stirbt, dann muss man diese Dinge in kürzester Zeit erledigen und entscheiden, wir haben jetzt Zeit, das zu durchdenken ... wie ätzend!

Eine weitere Sache hat mich gestern beschäftigt, und zwar hat Tobias ja mit Anke Engelke zu der ARD Themenwoche „Glück", die im November 2013 ausgestrahlt wird, in der Klinik Filmaufnahmen gemacht. Das war zu der Zeit seiner Hals-OP und hat ihn da schön abgelenkt. Er hat sich damals so lange angebiedert, bis das Team gesagt hat: „Okay, komm, dich interviewen und filmen wir auch noch!" Das war sein Vorhaben und er hat so lange ausgeharrt, bis er genau das erreicht hat. Das Team hat versprochen, 3 Monate später noch mal nach den Kindern zu schauen und erneut zu drehen. Und genau das will Tobi, da hat er „voll Bock" drauf und freut sich riesig. Kleine Rampensau!

Ich hatte gestern ein Telefonat mit einem recht verstörten Ravi Karmalker, dem Regisseur, der meine Statements und Informationen kaum verdauen konnte. Wir sind so verblieben, dass er sich heute erneut meldet, nachdem sich alle beraten haben. Sie möchten drehen, bei irgendeinem schönen Event, vielleicht Kart oder Boot fahren oder am Meer, mal sehen, was die so auf die Beine stellen. Habe direkt noch nach Michael Kessler gefragt, den Tobi ja auch cool findet und der ein Freund von Anke Engelke ist. Wenn es meinem Kind guttut und es ihm Spaß macht, dann werde ich das auch hinkriegen, obwohl es natürlich für mich auch der Horror wird, denn Anke wird natürlich auch mit Tobi sprechen, über Glück und alles andere. Wir bekommen aber später die Filmaufnahmen und das ist toll ... Ich hoffe, dass ich an dem Drehtag auch gut bei Kräften bin. Die weiteren Pläne von Tobi sind: Übernachtung und Jungsparty bei Onkel Stefan heute Abend, große Konfirmationsparty am Sonntag bei Robin, mit der ganzen Familie, ich hoffe, dass alle ihre Gefühle im Griff haben und es ein schönes und kein trauriges Fest wird, Kino mit Oma Gilla, Minigolf mit Oma Hanne schon heute, Fahrt nach Zandvoort mit Onkel Stefan vielleicht schon nächsten Dienstag, aber erst am Nachmittag, denn mittags kommt das erste Mal das Palliativteam zu uns nach Hause. Meiner bisherigen Information nach sollten die nur in der Endphase kommen, wenn die Kinder nicht mehr selber in die Klinik kommen können, aber das war eine Fehlinformation! Sie kommen schon vorher, um die Kliniktage zu reduzieren. Auch hier werden uns ganz liebe Menschen begegnen, der Palli-Arzt ist im Moment Dr. Preßel, den Tobi sehr lieb gewonnen hat. Er war unser erster enger Kontaktarzt damals, Anfang Dezember 2009 Stationsarzt der K7, Isolierstation, auf der wir wegen Schweinegrippe lagen. Er hat mit aller Kraft nach möglichen Ursachen gesucht, an was Tobi denn leiden könnte, um den Verdacht einer hämatologisch-onkologischen Erkrankung zu kippen. Das ist ihm leider nicht gelungen, aber er geht den Weg schon lange mit uns, war auch bei einem Rückfall Stationsarzt der onkologischen K3, und er kann gut mit Tobi umgehen und auch mir ist er sehr sympathisch, was auch ganz wichtig ist. Ansonsten wird uns auch Dr. Basu begleiten, uns schon bekannte Schwestern der K3, die Schwestern Anjeli, Nicole und Petra, sind mit im Boot und ich habe gestern Dr. Basu gebeten, Dr. C... aus dem Boot zu schmeißen, den möchte ich nicht zu Hause haben. Ganz rausschmeißen kann man ihn wohl nicht, wenn wir Pech haben, hat er vielleicht Dienst, also hoff' ich mal, dass wir da Glück haben. Der Ausspruch, der ist jetzt erst mal 3 Wochen im Urlaub, hat mich allerdings wieder sehr verunsichert ... ich hoffe, dass die Prognose besser ist, dass Tobi länger bleiben darf.

Eins muss ich noch loswerden: Ein Dank an alle, die mir geschrieben haben, es tut gut, eure Worte zu lesen und euer Mitgefühl zu spüren, mir hilft es sehr und es gibt mir Kraft, auch wenn ich im Moment noch nicht allen antworten konnte. Aber ich arbeite daran!

♥ ♥ ♥

FÜR IMMER MIT DIR

Mein geliebtes Kind, in meinem Herzen hast du einen besonderen Platz.
In mir bist und bleibst du, mein Leben lang.
Ich erinnere mich voller Liebe, aber auch voller Schmerz,
Du bleibst mein Kind, nicht mehr berührbar, aber spürbar.

In mir bist und bleibst du, mein Leben lang.
Mit deinem Tod starb auch ein Teil von mir.
Du bleibst mein Kind, nicht mehr berührbar, aber spürbar.
Habt keine Angst vor meinen Tränen, sie sind ein Zeichen meiner Liebe.

Mit deinem Tod starb auch ein Teil von mir.
Mit meinem Leben lebt ein Teil von dir weiter.
Habt keine Angst vor meinen Tränen, sie sind ein Zeichen meiner Liebe.
Meine Liebe zu dir ist für immer.

Mit meinem Leben lebt ein Teil von dir weiter.
Ich erinnere mich voller Liebe, aber auch voller Schmerz,
meine Liebe zu dir ist für immer.
Tobi, mein geliebtes Kind, in meinem Herzen hast du einen besonderen Platz.

(Geschrieben am Worldwide Candle Lighting Day, 14.12.2014)

Am heutigen Donnerstag stand der erste Uni-Termin an und nachdem Tobi ausgeschlafen hatte, bin ich noch mal zu ihm gekrochen und habe versucht, ihn vorzubereiten auf das, was uns ggf. in der Klinik erwarten könnte. Ich habe zu ihm gesagt, dass er von allen dort sehr gemocht wird, von einigen vielleicht auch mehr als das und dass es sein kann, dass wir heute einigen traurigen Menschen begegnen. Er entgegnete, dass ihm das nichts ausmachen würde, klar wären die alle traurig, aber ihm wäre wichtig, dass ich bei ihm bin, und mehr nicht.

Dann haben wir uns aufgemacht, und unsere Begegnung im Fingerpikslabor verlief besser als erwartet, die beiden Damen haben Tobi gezeigt, wie sehr sie sich freuen, ihn zu sehen, und wir konnten ganz gelöst plaudern. Nur beim Hinausgehen sah ich der einen an, dass sie mit den Tränen rang.

In der Ambulanz war es recht voll und Tobias setzte sich zu dem Nintendo, der im Wartebereich neu installiert ist, cooles Teil. Dann kam Sabine, die Mama von Flo, der auch kämpft, aufgelöst, schluchzend, und ich bin mit ihr erst mal direkt in den Flur gegangen. Dort habe ich ihr gesagt, wie ich die Situation im Moment empfinde: Ich bin dankbar, dass ich einen so tollen Sohn habe, ich will jetzt mit ihm leben und genießen, nicht traurig sein, dafür wird die rechte Zeit noch kommen. Ich genieße es, ihm jetzt noch zu zeigen, wie lieb ich ihn habe, und empfinde die Gespräche mit ihm als großes Geschenk. Er selbst ist immer noch ganz voller Frieden in sich, er ruht irgendwie und er wusste von seinem Tod wohl schon viel früher, lange bevor ich das zulassen konnte. Das hat zwar Sabines Tränen nicht wirklich gestoppt, aber dafür kamen noch ungläubige Blicke hinzu! Dann trat Nashua auf den Flur, und auch sie weinte fürchterlich. Ich sagte, wenn ich damals in einer solchen Situation gewesen wäre, kurz vor der KMT (sowohl Ebru als auch Flo stehen ganz kurz vor Einzug in die KMT), dann hätte ich auch nur gebrüllt, vor Angst um mein Kind. Ich muss jetzt keine Angst mehr haben, Tobias hat nämlich auf diese Frage von Sabine: *„Nein, ich habe keine Angst!“* gesagt. Ich habe Angst davor, ob ich all dem standhalte, ob ich Tobi ein Sterben in Frieden und ohne Sorgen und Angst wirklich ermöglichen kann, habe Angst vor dem, was Tobi noch erleiden muss. Aber mein Tobi ist stark für alle im Moment und ich bewundere ihn dafür.

Ich habe in den letzten 2 Tagen ein Buch von Elisabeth Kübler-Ross über Kinder und Tod gelesen, dort habe ich viel von dem, was im Moment so unglaublich ist, aber so passiert, wiedergefunden, dort habe ich einiges an hilfreichen Informationen erhalten.

Tobias hat in den letzten beiden Tagen viel Spaß gehabt, Onkel Stefan hat ihn am Dienstag mit Nikolas zu sich geholt und sie haben bei ihm übernachtet. Ich will gar nicht wissen, wie das da abgegangen ist ... Am Mittwochmorgen habe ich kurz einen giggelnden Niko am Telefon gehabt, die Kids sind noch bis zum frühen Abend dortgeblieben (waren nur kurz bei uns in der Wohnung, weil sie nach einer Wasserschlacht [!] das Broviac-Pflaster wechseln mussten!), und dann waren wir noch im „Yellow River" mit beiden Omas und Opas, Stefan, Robin und Nicole und haben lecker Büfett gegessen.

Unsere weiteren Aktivitäten sind in der Planung, Tobis Blutwerte haben sich noch nicht so rapide verschlechtert, sodass ich von der Seite aus eher beruhigt bin, aber nächsten Freitag ist erneut Kontrolle und dann sehen wir weiter. Seine Wirbel wurden heute in der großen Runde im Klinikum besprochen und obwohl ja erst Abstand von Bestrahlung genommen wurde, hat Dr. Basu sich eben doch noch mal gemeldet, denn alle sind der Meinung, dass eine Bestrahlung doch schneller vorgenommen werden sollte, auf dass keine Katastrophen dort passieren, Lähmungen etc. und dass die Bestrahlung da wohl neben der Schmerzbekämpfung eine wichtige Sache wäre, denn dieses Knochenauflösen schreitet unaufhaltsam voran, bis er eben die Bestrahlung bekommt.

Ich habe mich dann noch kurz aufgeregt, es hieß plötzlich, dass Dr. Preßel doch nicht kommen könne, er hätte so viele Kinder zu betreuen. Jemand anders würde dann am Montag zu einem ersten Kontakt kommen! Hä, warum?! Feigling!? Ich will IHN für Tobi, niemand kann ihn an der Stelle ersetzen.

Habe aber versucht, das wieder gutzumachen, indem ich gesagt habe, dass ich sehr gerne ihn als Betreuung haben würde, denn er hätte schließlich damals an der Erstdiagnose mitgewirkt, und ich würde mich freuen, wenn sich der Kreis schließen würde. Außerdem hat Tobi zu ihm einen sehr guten Draht und ich würde mir wünschen, dass er die Betreuung übernimmt, dass er die Kraft dazu hat, das mit uns durchzustehen. Dr. Basu hat gesagt, dass er das weitergeben will!

Den Nachmittag hat Tobi mit Hauke, unserem Nachbarn, verbracht, Playsi spielen und chillen.

Morgen geht Tobias ab der 3. Stunde in die Schule. Heute hat Tobias' Klassenlehrerin mit der Klasse gesprochen, morgen will sie mit ihm und der Klasse sprechen. Ich habe einen Termin mit Frau Bünk vom Palliativnetzwerk.

SAMSTAG, 04.05.2013

Am Freitag ging es für Tobias das erste Mal zur Schule. Er ist mittlerweile zwiegespalten, ob er noch gehen will, zuerst wollte er, dann entschied er sich, dass er eh keine Hausaufgaben mehr machen will und auch nicht mehr lernen will, Vokabeln z. B., aber dass er trotzdem seine Freunde treffen will. Auch für mich ganz schwierig, einerseits bedeutet Schule normales Leben, andererseits wofür noch? Lernen fürs Leben beim Sterben?

Ich habe Tobi dann mit einem mulmigen Gefühl in uns beiden zur 3. Stunde hingebracht und war sichtlich erleichtert und zu Tränen gerührt, dass Tobi von mehreren Jungs aus seiner Klasse am Schultor erwartet, förmlich abgeholt wurde. Er rief dann während der 5. Stunde an, aber nur, weil die 6. ausfallen sollte und er früher abgeholt werden wollte. Ganz gelöst und fröhlich kam er dann nach Hause und sagte, dass alle sehr nett zu ihm gewesen wären, fast netter als vorher, und dass es eigentlich cool ist zu sterben. Was für ein Ausspruch! Aber ich denke, er wollte damit nur unterstreichen, wie sehr er es genießt, dass alle ihm zeigen, wie wichtig und liebenswert er ist.

Die Klasse hat überlegt, was sie noch Schönes mit Tobias erleben will, und alle wollen Kart fahren. Das muss ich ihm leider verbieten, nach Rücksprache mit Dr. Basu, der mich voll unterstützte, denn das könnte tatsächlich zu Defekten in der Wirbelsäule führen, die Lähmungen wären dann vielleicht vorprogrammiert. Und das wäre das Schlimmste, ein querschnittsgelähmter Tobias, der noch nicht mal mehr iPod spielen könnte. Ich habe uns mal so rausgehauen, indem ich gesagt habe, dass wir nach der Bestrahlung darüber noch mal reden können, aber das wird nie mehr möglich sein. Ich fand es supernett von Dr. Basu, dass er sich kurz telefonisch nach Tobis Schultag erkundigt hat, er ist über alles informiert, aber mir bleibt nach wie vor kurz das Herz stehen, wenn eine 723-Nummer im Display erscheint und die Uni Essen dran ist! Nach einer kurzen Mittagspause wurde er dann von seinem Schulfreund Nils und dessen Mama abgeholt, Minigolf und gemeinsam spielen stand auf dem Programm. Am Abend hatte ich einen entspannten Tobi, glücklich und zufrieden, er bekam dann noch Besuch von Luki und Hauke und durfte noch ein bisschen Ego-Shooter ballern.

Nikolas hatte an dem Nachmittag sein erstes Date mit einer Klassenkameradin, die beiden wollten zusammen shoppen gehen. Ich habe sie dann mit ihm abgeholt, sie in Lederjacke, kurzem Rock und Seidenstrümpfen, den Mund zart mit Lipgloss betont ... der Hammer! Niko war etwas erstaunt. Bin dann mit beiden ins Shoppingcenter gefahren und habe sie alleine ziehen lassen. Für mich konnte ich dann auch ein wenig gucken, Nikolas hat mich mit seinem Handy ungefähr alle halbe Stunde kurz über das unterrichtet, was sie beide so machen und wo sie sich im Center aufhalten. OMG, mein Baby ist auch schon so groß. Ich habe durch Tobias' Krankheit und die viele Zeit in der Klinik wirklich viel verpasst, aber ich hoffe, dass ich ihn auch noch mal nahe kriege, bevor er ganz flügge und pubertär wird. Und der Anfang dazu ist hier und heute gemacht! Den Abend habe ich bei einem guten Glas Aperol bei Claudia verbracht, schön, dass auch dazu endlich mal wieder Zeit war.

Samstagmorgen nutzten wir die Sonne für ein Minigolf-Match, und auch dort waren alle so nett zu Tobias, er bekam 3 Bälle geschenkt und von einem Profi sogar eine größere Tasche, um seine vielen Bälle auch gut unterzubringen. Eine gute 24er-Runde für ihn, Papa 27, ich 29 und Niko 30! Eine Minigolferfamilie! Wir können zwar nicht gut schlagen, sind aber mit bestem Material ausgestattet! Am Nachmittag traf sich Tobias dann mit einem Mentor (ca. 42 Jahre alt, er führt für die Kinderkrebsstiftung Jugendgespräche und war früher selber krebskrank) und mit zwei Mitpatienten, 16 und 21 Jahre alt. Die Jungs hatten sehr schöne gemeinsame Zeiten auf der onkologischen Station, trotz Chemotherapie, Nebenwirkungen und Altersunterschied. Heute trafen sie sich, um ins Kino und anschließend amerikanisch essen zu gehen. Supernett, dass die drei sich so gut verstehen, und mit dem Mentor als Aufsicht perfekt. Für Tobi vielleicht ein Reinschnuppern in Jugend- bzw. frühes Erwachsenenalter, das er höchstwahrscheinlich nie erreichen wird. Um halb neun kam er zurück, erschöpft, aber glücklich.

Leider bemerke ich trotz stabiler Blutwerte, dass Tobi fast unmerklich immer müder wird, es sind nur Nuancen, aber ich merke es trotzdem. Hoffentlich hält er noch lange durch, wir haben doch noch so viel vor ...

Morgen ist erst mal Konfirmation von Cousin Robin mit großer Familienfeier. Alle sind vorbereitet, dass uns keiner ansprechen soll, und so erhoffe ich mir ein fröhliches Fest mit vielen lebensfrohen Kindern. Die weiteren Aktivitäten sind immer noch in der Planung, so viel verrate ich schon mal: Wir werden Flugzeug fliegen, Städte mit B und M stehen auf dem Besuchsprogramm, viel Fernsehen, aber nicht vor der Mattscheibe, sondern beim Drehen fürs TV; ich werde mich hier austoben, wenn die Emotionen und Erinnerungen in meinem Kopf gespeichert sind.

Abschließend möchte ich noch mal betonen, dass ich mich im Moment völlig anders fühle, als ich es vorher erwartet hätte. Die Verzweiflung ist weit weg, Trauer auch, ich betrachte die Zeit wirklich als Geschenk, ich kann Dinge organisieren, um einen Glanz in Tobis Augen zu zaubern, kann ihm Wünsche erfüllen, ohne groß nachzudenken, ob ich doch in die Erzieherrolle schlüpfen müsste oder ob das jetzt zu dem Zeitpunkt wirklich unbedingt nötig ist, und ich hoffe, dass ich uns alle so wappnen kann, dass wir auch die schwierigeren Zeiten gut zusammen verleben können.

Das Gespräch mit Frau Bünk vom Palliativnetzwerk war sehr fruchtbar, viele neue Dinge habe ich erfahren und der intensive Austausch hat mich auch wieder neu sortiert. Ich weiß jetzt, dass uns da liebe, sehr sensible Menschen begleiten werden und uns auch in schlechten Zeiten gut zur Seite stehen werden. So gut das Gespräch auch war, es ist sehr anstrengend, den Gedanken freien Lauf zu lassen, die Zukunft anzudenken, es gibt so viel zu durchdenken und zu entscheiden, vor einigen Dingen fürcht' ich mich wirklich sehr.

Aber alles zu seiner Zeit. (Ein gutes Motto von Frau Bünk!)

MONTAG, 06.05.2013

Den gestrigen sonnigen Sonntag haben wir in Heisingen verbracht. Cousin Robin feierte seine Konfirmation, es war ein sehr schönes Fest, tolles Essen, nette Menschen und alle haben Rücksicht darauf genommen, dass ich nicht über Tobias'

Zustand reden wollte. Bei leckerem „Hugo" und mit Sonne im Gesicht konnte ich das wirklich genießen, vor allem, weil auch die Kinder einen sehr schönen Tag hatten. Tobi half Robin beim Geschenkeauspacken und Scheinezählen, Niko kümmerte sich mit Hingabe um den einen Zweijährigen und von meinen beiden Jungs war den ganzen Tag über recht wenig zu sehen! Dann geht's ihnen auch gut!

Am heutigen Montag hat Tobi erst mal ausgeschlafen, wurde wach mit Schmerzen in der rechten Schulter ... der Hirsch ist gestern auch mal ein bisschen Trampolin gesprungen, hab ich durch einen Hinweis meiner Mama leider viel zu spät bemerkt! Nach den Morgenpillen ging es aber schon wieder und Oma Hanne und Opa Heinz holten ihn. Wozu? Natürlich zum Minigolfen! Robin hatte auch noch frei und war dabei.

Mittags hatte sich das Palliativ-Ärzteteam angekündigt, für 13:30 Uhr, da ging dann das Telefon und Schwester Nicole entschuldigte sich, dass Herr Dr. Preßel im Stau stecken würde und sie deshalb etwas später kommen würden! JA! Mein Bitten hat wohl geholfen ... obwohl das auch relativ ist, weil die ursprünglich geplante Ärztin heute krank ist. Aber ich bin trotzdem so froh, dass er gekommen ist, und so wie es sich dann im Gespräch dargestellt hat, ist er für Tobi zuständig.

Es war direkt ein ganz herzlicher Kontakt, Tobi und Herr Preßel können eben gut miteinander. Er hat allerdings auch erzählt, dass er heute Morgen frisch aus dem Urlaub kommend mit Tobi auf der Liste konfrontiert wurde und darüber sehr erschrocken war, zumal wir vor 3 Wochen in der Klinik noch kurz Kontakt hatten und ich ihm da vom tollen Ansprechen auf das Blinatumomab erzählt habe. Er erwähnte auch, dass er Tobi ja von Anfang an begleitet hat und er sich noch sehr lebhaft an die so schwer zu legenden Zugänge bei Tobias erinnern kann. Herr Preßel war auch bei unserem Elterngespräch mit dem damaligen zuständigen Onkologen im Raum anwesend, er hatte vorher erklärt, dass jetzt nicht mehr ER, sondern die Onkologen zuständig sind, und ich erinnere mich noch sehr gut an die Szene, als der onkologische Arzt uns die geplante Therapie der Leukämie mit den einzelnen Therapieabschnitten, Überlebenschancen, Medikamenten und Abläufen erklärte und es dann aus mir rausplatzte: „Was haben Sie eigentlich für einen Scheißjob, Eltern so furchtbare Dinge erzählen zu müssen?" Ich erinnere mich, wie ihn das mitnahm und er zwar lächelte, aber doch sehr gequält. Aber das ist genau das, was ich brauche und was ich für Tobi will, eben eine Betreuung, die persönlich ist, nicht nur eine Nummer, ein Nobody im Berufsleben, und Herr Preßel soll den Kreis jetzt schließen. Für Tobi war es ein sehr angenehmes Treffen mit viel Zeit, auch über seine Hobbys zu sprechen und zu albern. Schwester Nicole war als Pflege mit dabei, auch sie ist mir bekannt und lieb geworden durch unsere Aufenthalte auf der K3, sie hat mir im Dezember auch die ersten Hinweise auf das Palliativteam gegeben, bei einem nächtlichen Gespräch während eines Aufenthalts. Ein paar organisatorische Dinge waren noch zu klären, Unterschriften zu leisten, aber alles zum Glück halb so wild. Herr Preßel würde gerne einmal in der Woche kommen, um Tobi einschätzen zu können und um ihn noch besser kennenzulernen, denn er hat ihn zwar die ganze Zeit im Ärzteteam gekannt, aber nicht durchgehend direkt betreut. Für Tobi ist das okay und für mich auch. Herr Preßel und Schwester Nicole waren fast 2 Stunden in der Wohnung, ich bin sehr froh, genau diese Menschen an unserer Seite zu wissen.

Am Abend durfte Tobi dann noch mit seinem besten Freund Lukas im Limbecker Platz shoppen gehen, er hat sich einen Volleyball gekauft. Außerdem hat er ein Playsi-Spiel verkauft (dafür musste ich aber dann dazukommen wegen Geschäftsfähigkeit und so) und sich ein neues gekauft. Wrestling ..., Jungskram, aber ich glaube, dass Tobi über die Ballerspiele und Kampfspiele auch seine Aggressionen abbauen kann.

Die Kids ins Bett zu kriegen war schwierig, Tobis Knie tat plötzlich so weh, nachdem er mit Niko durch die Wohnung gesprungen war. Dafür gab es dann die Abendpillen und einen Retterspitz-Umschlag, ich hoffe, das Knie ist morgen Früh wieder gut! Niko hat sich wieder in den Schlaf gejammert, er hat so Angst davor, dass Tobi weg ist, und morgen fährt Tobi ja mit Stefan, Nicole und Robin bis Mittwoch nach Zandvoort. Das ist für Niko kaum auszuhalten. Ich habe versucht, ihn damit zu trösten, dass wir ab Freitag viele schöne Dinge zusammen unternehmen, dass er dann mit uns alleine ist, aber er ließ sich nicht wirklich trösten. Am 17. Mai findet die Geschwistergruppe des KinderPalliativ-Netzwerkes statt, ich hoffe, dass Niko da ein bisschen Unterstützung finden kann.

DONNERSTAG, 09.05.2013

Ich habe meinen Tobi heute nach 2 Nächten endlich wieder in meine Arme schließen können! Er ist erschöpft, aber durchaus glücklich.

Der Dienstag und Mittwoch in Zandvoort mit Onkel Stefan, Nicole und Robin waren superschön, sie haben das Spielcasino um einige Scheine reicher und sich selber viel Spaß damit gemacht. Auch am Strand konnte man sie sehen, und als ich Tobi heute so in der Wanne liegen sah, dachte ich: Er ist total braun geworden im Gesicht, im Nacken und an den Händen, unglaublich! Stefan will mir mal zu einem späteren Zeitpunkt mehr von ihren Erlebnissen erzählen, aber ich glaube, Mama muss nicht alles wissen, und es macht mich sehr glücklich, dass Stefan noch so ein schönes Erlebnis mit Tobi teilen konnte. Der Beigeschmack ist aber leider, dass Tobi heute Abend recht traurig war, weil er gerne noch mal dorthin fahren möchte, wir haben das in Erwägung gezogen, gucken aber jetzt, was so weiter passiert. Dieses „das letzte Mal" ist auch echt Sch..., eine ganz schlimme Vorstellung, aber ich weiß, dass er die kommenden Abenteuer genießen kann und dieses „das letzte Mal" verdrängen kann!

Von Zandvoort aus ist Tobi dann direkt durchgestartet, um bei Sandra, Stefans Exfrau, Robin, Marie, Sophie und Clara zu übernachten. Das bescherte mir einen freien Abend, den ich mit Claudia bei unserem Hausgriechen verbrachte und der sehr roséweinlastig und sehr lustig war. Detlef nutzte den Abend, um ein bisschen zu bummeln. Nikolas haben wir dann auch zu Sandra gebracht, und Sandra hat mich genau wie Stefan von Zandvoort aus mit aktuellen Fotos versorgt. Tolle Technik! So konnte ich mich immer davon überzeugen, dass es Tobi gut geht, und als wir ihn heute Nachmittag dann abholten, trafen wir ihn Volleyball spielend im Garten an! Er bewegte sich zwar recht steif, aber fröhlich! Auch hier bin ich glücklich, dass das so geklappt hat, denn Tobi fühlt sich bei Sandra besonders wohl und mag auch alle ihre Kinder sehr gerne und so konnten sie sich alle noch eine schöne Zeit zusammen machen. Auch hier gibt es weitere Pläne, aber alles zu seiner Zeit. Dann sind wir mit meinen Eltern, Stefan und Nicole in ein Steakhaus gefahren und haben dort auf den Vatertag angestoßen! Es gab den ersten frischen Spargel, köstlich!

Tobias und Nikolas wissen noch nicht, was morgen so genau passiert, Niko schläft heute bei Oma, weil Tobi und ich morgen um 8 Uhr in der Klinik sein müssen. Er stößt dann später zu uns, u. a. auch um Anke Engelke kennenzulernen, die morgen Früh in der Klinik sein wird, um mit Tobias zu drehen. Sie wird den ganzen Tag mit uns verbringen, auch zu uns nach Hause kommen und wahrscheinlich werden wir auch am Minigolfplatz mit Jonas und Erik zusammen drehen. Die zwei Brüder sind Tobias' Freunde, Jonas selbst ist auch durch die KMT-Hölle gegangen, sie sind gemeinsam gesegelt und haben das Waldpiratencamp unsicher gemacht.

Ich bin gespannt, wie meine Jungs morgen auf das weitere Programm reagieren werden, ich freue mich besonders auf morgen Abend, da werde ich mir sehr lieb gewordene Menschen treffen, von denen ich befürchtet habe, sie vielleicht nie wieder zu treffen, und auch auf Samstag, da gilt Ähnliches!

Rückblick

SONNTAG, 12.05.2013

Ich liege im Hotelzimmer in Berlin im Bett, Tobi guckt „Schlag den Raab“ und ich habe Lust und Zeit, ein bisschen von dem niederzuschreiben, was ich die letzten zwei Tage erlebt habe und was mich bewegt hat.

FREITAG, 10.05.2013

Am Freitag, 10. Mai, begann der Tag recht früh, denn um 8 Uhr sollten wir bereits in der Klinik sein. Das haben wir auch gut geschafft, denn Nikolas übernachtete bei Oma Hanne. Detlef hatte frei und begab sich gegen 9 Uhr mit dem Auto auf den Weg nach München. Tobias wusste nicht, was der Tag so bringen würde, außer dass wir Anke Engelke in der Klinik zum Drehen von „Sowas wie Glück“ treffen würden. Das klappte direkt am Eingang, eine recht müde Anke Engelke fing an mit uns zu drehen, zu Beginn mussten wir dreimal (!) in den Klinikeingang laufen. Dann begleitete uns das Team dokumäßig zum Fingerpiks und danach zur Ambulanz, wo Tobi nach recht langer Wartezeit von Dr. Tippelt untersucht wurde. Tobis Blutwerte sind gut, Hb bei

12,0, Leukos und Granulos gut, Thrombozyten bei 250 000! Also eine weitere Woche dieselbe orale Chemo. Nach kurzer Besprechung zur Erhöhung der Schmerzmittel (jetzt 100 mg Tramal morgens und abends und 2 bis 4 Ibupropfen 400 mg zwischendurch sind schon nötig ...) ist dann das Fernsehteam mit Anke, dem Regisseur Ravi Karmalker, dem Kameramann, dem Tontechniker und Pia, dem Mädchen für alles, zu uns nach Hause gefahren und hat dann in Tobis Kinderzimmer ein Gespräch zwischen Anke und Tobi gedreht.

Der Plan war, mich mit Tobi dann bei einer Pizza im Wohnzimmer zu interviewen, das haben wir dann aus Zeitgründen auf die nächste Station verlegt, Minigolfanlage Heimliche Liebe. Die Autofahrt dorthin verbrachten wir Pizza essend und mit Anke plaudernd in meinem kleinen Hyundai Atos! Am Minigolfplatz trafen wir dann Erik und Jonas mit Mama Uta. Die zwei Jungs waren bei dem Dreh im Dezember auch dabei und konnten bei einer Runde Minigolf noch einmal zu Wort kommen. Nikolas sollte von Oma Hanne und Opa Heinz gebracht werden, nur leider sprang Opas Auto nicht an ... Deshalb wurde mein lieber Bruder Stefan kurzerhand geholt, um alle zu fahren. Oma Gilla und Opa Peter waren auch am Platz und so war die Familie fast komplett! Tobi hat dann zum Schluss noch Geschenke für Erik und Jonas dabeigehabt, er vermacht ja seine Spiele und Schätze, und auch Erik und Jonas wurden bedacht.

Opa Peter brachte uns dann zum Flughafen nach Mülheim, wo Herr Endriss von Flying Hope mit seiner Maschine bereits darauf wartete, Tobi, Niko und mich nach München/Oberpfaffenhofen zu fliegen. Niko war etwas gegen den Strich gebürstet, er diskutierte über Flughöhen und irgendwie war ihm nichts recht zu machen! Thema Mittelpunkt ... Die Jungs waren leider auch beide unterzuckert und meine Versuche, irgendeinen Schokoriegel auf dem Flughafen zu kaufen, scheiterten. Anke rettete die Situation und ließ vom Mädchen für alles 2 Stücke Erdbeerkuchen besorgen, die die Jungs auf dem Rollfeld verschlangen, als hätten sie den ganzen Tag lang gehungert ... Dann wurden noch ein paar Drehs gemacht, Laufen zur Maschine, ein paar Fotos und dann ging es ab nach München. Die Maschine, eine Cirrus mit nur vier Plätzen, wirkte auf mich zuerst etwas angsteinflößend, aber erst mal in der Luft ging es. Wir brauchten knapp 2 Stunden bis nach Oberpfaffenhofen, Niko bedrängte den Piloten mit der Bitte um kleine Stunts, und er bekam tatsächlich wildes Kurvenfliegen, gefühlt 45 Grad Neigung, ich hab gedacht, ich flieg raus ... Hat super gekribbelt im Bauch und die Jungs hatten großen Spaß dabei.

Detlef erwartete uns in strömenden Regen mit unserem Auto auf dem Rollfeld (!) und wir fuhren dann in ein nahe gelegenes Restaurant, um erst mal den Zuckerspiegel wieder nach oben zu kriegen. Eine Grillplatte für 3 Personen (da werden wir nie von satt ...) konnten wir dann doch nicht aufessen. Tobi war schon recht k. o., wir sind aber trotzdem noch kurz in die Münchner City gefahren und ein Stück durch die Fußgängerzone gelaufen, an der Liebfrauenkirche vorbei. Niko wollte nur noch ins Hotelzimmer und hat dann beim Aus-dem-Auto-Steigen seine Tür offen stehen gelassen ... die Nase! Ist aber zum Glück nichts passiert! Im „Stay2Munic Appartement" angekommen sind wir dann alle sofort ins Bett gefallen, Tobi hatte allerdings so dolle Schmerzen, dass er sich zum Tablettennehmen kaum aufrecht hinsetzen konnte. Ihn so voller Schmerzen zu sehen, macht mich einerseits wahnsinnig vor Sorge, andererseits lässt es mich auch sehr düster in die Zukunft blicken. Ich will nicht, dass er leiden muss, und bin verantwortlich für seine Tabletten, hoffentlich ist die höhere Schmerzdosis ein Erfolg.

Das Zimmer war okay, zwei Einzelbetten für die Kinder, eine Ausklappcouch für die Eltern, schon lange nicht mehr so abenteuerlich geschlafen! Ein Anruf rundete dann den tollen Tag ab, wir haben Karten bekommen für die „Blue Man Group", am Sonntag um 18 Uhr werden Tobi und ich uns am Potsdamer Platz bei den blauen Männern amüsieren! Das finde ich so supernett, bin richtig geplättet.

SAMSTAG, 11.05.2013

Wir haben dann mehr oder weniger geschlafen, Tobi hat eine halbe Stunde vor dem Aufstehen seine Schmerzmittel genommen und damit ging es ihm recht gut! Welch ein Glück! Das Frühstücksbüfett war einfach, aber ausreichend. Die lieben Engländer, Julie, Gareth und Ryan, haben auch in diesem Hotel geschlafen, und ich habe mich so sehr gefreut, als sie während des Frühstücks durch die Tür traten! Ich hatte doch so Herzeleid, als ich aus Tübingen wegfuhr und wir uns verabschiedeten, denn ich befürchtete, dass ich die drei niemals wiedersehen würde. Aber zwei Wochen nach dem Abschied konnten wir uns wieder in die Arme nehmen, und besonders erfreut hat mich Ryan, fröhlich, lebendig und fit, es macht mich sehr glücklich, ihn so zu sehen und ich wünsche mir so sehr, dass er wieder richtig gesund wird, seine Erkrankung auf welchem Weg auch immer besiegen kann. Ryan geht leider nie geradeaus, er nimmt auch immer recht viel mit!

Der Umgang von Julie und Gareth mit ihrer Situation hat mich immer sehr beeindruckt und mir Kraft für mich gegeben, unsere Gespräche waren sehr wichtig für mich! Veronika und ihre Töchter Faye und Maya standen dann auch plötzlich im Frühstücksraum und so war die lustige Osterrunde fast komplett, Mike hatte ein Racketball-Turnier und kam erst am späten Abend dazu. Wir sind dann zu Veronika nach Hause gefahren, auf dem Weg vom Auto zum Haus haben wir einen Abstecher in einen Apple Store gemacht, alle großen und kleinen Kinder hatten großen Spaß! Veronika wohnt mit ihrer Familie mitten in Schwabing, das Haus steht in der zweiten Reihe, Altbau mit hohen stuckverzierten Decken, toll! Wir haben dann erst mal Kaffee und English Tea getrunken, mit Milch, schmeckt eigentlich richtig lecker, obwohl ich mir das vorher eher nicht vorstellen konnte. Die Kinder haben schön zusammen gespielt und die Eltern geklönt, angeknüpft an unsere glückliche Osterzeit!

Um 13 Uhr hat Detlef sich dann mit Tobi und Niko auf den Weg zum Stadion gemacht, mit der U-Bahn. Wir anderen hatten Lust auf Sightseeing, also machten wir uns bei tröpfelndem Regen auf, Richtung Englischer Garten mit Chinesischem Turm, die Kinder mit dem Scooter, Julie mit zusätzlichem Buggy und ich ohne Kapuze, auf die Frage von Veronika: „Schirm?“ bekam sie ein Nein, denn wir hatten ja Sonne gebucht ... Wir waren gerade am Englischen Garten angekommen, da fing es monsunartig an zu regnen. Zuerst dachte ich noch, na ja, so schlimm wird's schon nicht, aber es wurde! Bis zum Chinesischen Turm waren wir schon richtig nass, die Rollerfahrer sahen übel aus, die Hosen von vorn okay, von hinten völlig verdreckt! Dann klarte es ein bisschen auf und wir wagten den Weg zum „Milchhäusl“, ein Kiosk, in dem man auch Kleinigkeiten essen kann. Wir waren noch keine Minute unterwegs, da goss es erneut! Kann mich nicht erinnern, wann ich das letzte Mal so nass war (bin nämlich eigentlich aus Zucker!).

Am Milchhäusl angekommen waren wir alle richtig triefend nass. Trotzdem war die Stimmung heiter und wir haben lecker gegessen, für mich gab es bayrische

Leberkäs-Semmel mit süßem Senf und Radler – köstlich! Den Rückweg hat Gareth mit Maya rumgealbert, so schön anzusehen die beiden!

Bei Veronika zu Hause angekommen haben wir unsere Sachen erst mal alle trocken gelegt und dann wieder Tea getrunken, der mich wohl dann meine Nachtruhe gekostet hat. Ich habe mit Julie, Ryan und Gareth alte Fotos angesehen, süße Aufnahmen von Ryan. Es war so schön, einfach nur zusammen zu sein, Julie hat mit Faye gepuzzelt, wir haben viel geredet. Spät am Nachmittag sind dann Detlef und die Jungs wieder eingelaufen, mit neuen Bayern-Trikots und glücklich!

Tobi sollte sich noch fürs Fernsehen im Stadion jubelnd ohne Spielfeld filmen, dafür bekam er eine kleine Handkamera, aber die Aufnahmen, die er gemacht hat, zeigen einen sehr ernsten Tobi. Zum Glück kam nach dem Spiel noch der Cabrio-Autokorso von den Bayern in der Nähe vorbei und ich habe davon noch ein paar Aufnahmen gemacht, hoffentlich ist da was dabei. Die Engländer sind sozusagen im letzten Moment vor dem Korso in Richtung Tübingen aufgebrochen, die Straße war schon gesperrt. Das war ein Trubel, viel Polizei, und die Bayern in ihrer schicken Tracht ... ich habe mich dann auch noch recht intensiv mit Veronika unterhalten, Faye scheint ihre so aussichtslos erscheinende Krankheit zu besiegen, sie hat mit der haploidenten KMT und Antikörpergabe im Moment einen MRD von 10 hoch minus 6, ich wünsche ihr so sehr, dass es so bleibt. Ich denke, ihre Chancen sind gut! Ich hadere ein bisschen mit unserer damaligen Entscheidung, die 2. KMT in Essen gemacht zu haben. Wer weiß, ob eine schnellere Antikörpergabe nach der KMT einen Unterschied gemacht hätte? Tobi hat erst an Tag 30 die erste Gabe bekommen, vorher war er nicht transportfähig; in Tübingen gibt es den Antikörper mit Beginn des Leukozytenwachstums, Faye bekam ihre erste Infusion an Tag 7. Aber es nutzt ja nix, ich kann es nicht mehr ändern, die Uhr nicht zurückdrehen, und ich glaube auch, dass Herr Handgretinger mir oder Dr. Basu was anderes geraten hätte, wenn er hätte absehen können, dass das wichtig gewesen wäre – oder vielleicht auch nicht? Blöde Gedanken!

Den Abend haben wir dann in einem amerikanischen Restaurant ausklingen lassen, Burger gehen immer gut, Mike kam dann noch dazu und hat uns später zum Hotel zurückgefahren. Ein wirklich schöner Tag!

SONNTAG, 12.05.2013

Der Wecker klingelte früh, denn heute sollte die Reise weitergehen! Also fix unter die Dusche, Klamotten sortiert und gepackt. Tobi war noch so müde, dass die Entscheidung leichtfiel, ihn noch liegen zu lassen.

Niko hatte furchtbares Bauchweh mit Übelkeit, mit Heulen und Zetern und Krämpfen, sodass die besorgte Mutter schon Bilder einer Blinddarmoperation im Kopf hatte, der Papa dabei, aber die Mama eben weit weg ... Allerdings hat Niko gestern beim Amerikaner auch seinen Magen etwas überladen, während Veronika und ich das Auto holten, wurde Detlef von einem fremden Mann angesprochen und gefragt, ob er der Papa von Nikolas wäre, der bräuchte mal Hilfe auf dem Klo ... Da ging es ihm schon schlecht! Also hab ich nicht lange gefackelt, Vomex und Ibuprofen für Nikolas und auch kein Frühstück! Dann sind wir zeitig zum Flughafen aufgebrochen und witzigerweise hat uns eine riesige Schafherde auf der Flughafen-Zufahrtsstraße richtig viel Zeit gekostet. Der Flug sollte von Oberschleißheim starten, ein Miniflughafen mit einem Metallverschlag als Tower, in dem ein rauchender, grimmiger Mann hockte, und eine getigerte Katze, die uns allerdings richtig freundlich begrüßte und zu Detlefs Entsetzen unsere Hosenbeine behaarte! Herr Endriss, der Pilot, landete während unserer Ankunft, tankte kurz und dann ging es flott ab, Richtung Berlin. Ich habe den Flug sehr genossen, es ist unglaublich schön, die Welt von oben zu sehen, die gelben Rapsfelder, die Häuser, Flüsse und Wälder und vor allem die Wolken. Und wir hatten tolle Wolken, teilweise mit hohen Wolkentürmen, durch die wir durchfliegen mussten. Gefühlt war das wie auf eine Wand zuzurasen, rein und durch, richtig cool. Aber nirgendwo auch nur ein winziger Engel zu sehen im Himmel ... bei dem Ausblick kann ich meine Gedanken kaum bändigen.

Ich hatte auch ein sehr nettes Gespräch mit Herrn Endriss, er hat mir u. a. ein bisschen von der Technik erzählt. Tobi hat trotz des Lärms etwas geschlafen und als ich ihn weckte, damit er den Druckausgleich beim Landeanflug machen kann, war er guter Dinge! Gelandet sind wir in Berlin Tegel, Verkehrsflughafen ... Unglaublich krass, auf einer Wiese gestartet und auf so einem großen Flughafen gelandet, während der normale Flugbetrieb mit Starts und Landungen der großen Maschinen weiterging – auch für Tobi richtig cool! Wir wurden mit einem kleinen Flugbegleiter-Auto zum Zaun gefahren und gelangten über einen Aufzug in die Abflughalle. Von dort konnten wir direkt in einen Bus steigen, der uns zum Bahnhof Zoo brachte. Dank der Technik meines iPhones hat uns Google Maps zu Fuß zu unserem Hotel geführt, „Motel One“, prima! 9. Etage, nettes Zimmer, toll. Wir haben uns erst mal ausgeruht, denn Tobi leidet immer mehr unter Schmerzen. Am späten Nachmittag haben wir uns dann per U-Bahn zum Potsdamer Platz aufgemacht. Am Potsdamer Platz angekommen sind wir bei „Tony Roma's“ eingefallen und haben „The best Rippchen in Town“ gefuttert und dann ab zur Blue Man Group. Ich kann nur jedem empfehlen, sich das mal anzugucken ... So was von unglaublich anders, richtig gut, lustig, kurzweilig, abenteuerlich, einfach toll! Tobi hat geklatscht, gelacht und superviel Spaß gehabt. Anschließend wollte er dann noch ein Eis, was er natürlich auch bekam!

Der Rückweg war leider wieder von starken Schmerzen geprägt, die Rippe links hauptsächlich und das Knie, und an der U-Bahn-Station habe ich dann ein Taxi angehalten, damit Tobi nicht mehr laufen muss, er konnte auch nicht mehr und hätte den kurzen Weg bis zum Hotel nicht mehr geschafft! Wir haben dann schnell Bettprogramm gemacht und Schmerzmittel geschmissen und sind dann beide während des Fernsehprogramms eingeschlummert.

MONTAG, 13.05.2013

Heute war Tobis Superstar-Tag!

Begonnen haben wir mit langem Schlafen und Schmerztabletten, dann gab's richtig lecker Frühstück! „Motel One“ kann ich echt empfehlen. Tobi frühstückt ja eher schlecht, aber im Hotel hat es ihm die Marmelade angetan, die er erst mit dem Löffel gegessen und dann mit Milch gemischt und geschüttelt hat. So mixte er sich einen Milchshake, wie Opa Heinz es immer macht, und den hat er dann genüsslich getrunken. Ein paar Cornflakes hat er danach auch noch gegessen! Dann haben wir uns noch ein bisschen aufgehübscht und sind um 11:15 Uhr vor das Hotel getreten, um zu sehen, was passiert. Sofort trat ein Mann auf uns zu, stellte sich als Charly vor, der uns zu den Filmstudios fahren wollte, wir sollten schon mal im schwarzen Mercedes Platz nehmen, er müsse nur kurz noch die Keramik aufsuchen! Auch ein netter Ausdruck! Er fuhr uns dann quer durch Berlin und wir schnackten sehr nett. Am Fernsehstudio angekommen begrüßte uns Carina, sie und zwei weitere Mädels waren für die Gästebetreuung zuständig. Tobi sollte heute den ganzen Tag bei der Aufzeichnung von „Halligalli“ (ProSieben) dabei sein und Michael Kessler treffen. Carina zeigte uns das ganze Studio, Tobi durfte auf Jokos Sofa und an Klaas' Schreibtisch sitzen und durch

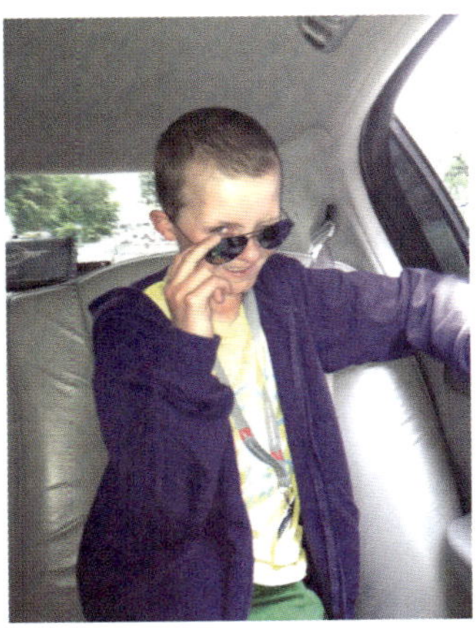

die ganze Deko laufen. Dann war erste Probe und Tobi lernte Joko und Klaas kennen und auch ein Rapper stellte sich vor. Alle behandelten Tobi wie einen Gaststar, im Laufe des Tages sahen wir noch den Ton, die Redaktion und vieles mehr. So um 13:30 Uhr brachte Carina uns 2 Etagen höher in die Gästegarderobe und: Unglaublich, Tobi hatte seine eigene mit Schild an der Tür, Obst- und Süßigkeitenschale, irre!

Wir hatten uns gerade umgesehen, als es an der Tür klopfte. Michael Kessler stand vor Tobis Garderobe! Er begrüßte uns, als ob wir uns schon länger kennen würden, und zusammen ließen wir uns das Büfett schmecken. Es gab lecker Spargel und wir waren eingeladen, uns zu bedienen! Dazu gesellte sich dann noch Klaas, mit dem wir auch noch nett quatschten.

Danach musste Michael zur Probe, Tobi durfte Jokos Lichtdouble sein und unterhielt sich während der Probe sehr angeregt! Im Anschluss daran begleiteten wir Michael noch in die Maske, Tobi ließ sich bei der Gelegenheit einen Pickel wegschminken! Bis zur Aufzeichnung warteten wir dann gemeinsam in der Garderobe von Michael, der Tobi auch noch einige DVDs und Autogrammkarten schenkte. Die Aufzeichnung guckten wir dann vom Backstagebereich aus, da, wo die Künstler auf ihren Auftritt warten. Und kurz nachdem Michael auf die Bühne gerufen wurde, kam Anke Engelke mit großem Hallo an! Sie drückte mich fest und wollte sofort wissen, wie alles geklappt hat und wie es Tobi geht. Am Ende der Aufzeichnung riefen Joko und Klaas Tobi noch zu einem Abschlussfoto zu sich und Tobi war sichtlich total glücklich!

Dann hatten wir noch eine gute halbe Stunde, die wir zu viert in Michaels Garderobe verquatschten, bevor er losmusste, um seinen Flieger zu kriegen. Er bot sich an, auch mal mit Tobi zum Minigolfen zu gehen, und wir gucken mal, was daraus wird. Dann kam Carina und sagte, dass wir jetzt auch zum Hotel zurückgefahren würden, und es gäbe noch eine kleine Überraschung für Tobi. Wir traten aus den Studiotüren und da stand dann eine gefühlt 10 Meter lange, weiße Stretchlimousine ... ich konnte es kaum fassen!

Tobi jubelte und enterte den Innenraum, der Fahrer fragte ihn, was er denn servieren dürfe, und holte dann eine Fanta aus dem Kofferraum, die Tobi aus einem Sektglas während der Fahrt schlürfte! Charly verabschiedete uns noch mit Händedruck (ich weiß nicht, wo der plötzlich herkam?) und gab mir seine Karte und fragte, ob das nach Tobis Wünschen wäre? Ich glaube, dass Tobi bei der Hinfahrt so im Nebensatz von diesem Wunsch, mal in einer Limousine zu fahren, gesprochen hat! Ist das nicht unglaublich nett? Überhaupt, alle waren so schrecklich nett zu Tobi und auch zu mir, ich könnte den ganzen Tag nur heulen, so unglaublich ist das alles.

Tobi hat während der Fahrt Star gespielt, hat aus dem geöffneten Fenster gewunken und mit Anke viel Quatsch gemacht, so fingiert am Handy gesprochen: „Krieg ich den Flieger nach New York noch? Verkaufen! Dann nimm halt den Lamborghini, aber du musst noch tanken! Dann soll er das Drehbuch halt per Post schicken!" Und wir haben so herrlich gelacht! Zwischendurch hat er immer den Jugendlichen am Straßenrand zugewunken und unter seiner Sonnenbrille vorgelugt! Was ein Spaß!

Und unser Fahrer fuhr quer durch Berlin, bis zum Brandenburger Tor, den Ku'damm rauf und runter, um die Siegessäule rum, richtiges Sightseeing!

Aber leider war dann doch irgendwann Schluss und wir kamen am Hotel an. Glücklich und voller Adrenalin sanken wir in die Betten und guckten uns natürlich noch Halligalli im Fernsehen an, ich bin aber dann während der Sendung eingeschlafen. Dr. Preßel hatte mich während der Aufzeichnung kurz angerufen und ich hatte ihm von Tobis stärker werdenden Schmerzen berichtet.

Mit ihm abgesprochen habe ich Tobi das Tramal 100 mg drei Mal täglich gegeben und Tobi kam am heutigen Tag gut damit zurecht!

DIENSTAG, 14.05.2013

Nach einer guten Nacht klingelte der Wecker recht früh, Tobi hatte sich mit dem Filmteam um 8 Uhr zum Frühstück verabredet. Um 7 Uhr gab es die Tabletten und um 8 Uhr waren wir dann unten in der Lobby. Nach und nach kamen auch die anderen, Ravi Karmalker, Pia Huneke und der Tonmann, dessen Namen ich mir leider nicht merken konnte. Auch Anke kam und wir frühstückten gemeinsam. Tobi überreichte dann die vorbereiteten Dankeskarten, Anke hat sich sehr gefreut.

Die für Ravi Karmalker hatte ich geschrieben und mich dafür bedankt, dass er Tobi seine Geschichte erzählen lässt und dass es für uns wertvolle Erinnerungen sein werden. Das rührte ihn so zu Tränen, er verlor kurz seine Fassung und berichtete dann von seiner 6-jährigen Tochter, der er von Tobi und seinem Schicksal erzählt hatte, und die sagte, dann kann Tobi ja bald fliegen! Ja, ich erwiderte, dass wir alle irgendwann mal an dem Punkt sein werden und das herausfinden werden. Rettete die Situation nicht wirklich, aber was Schlaueres fiel mir auch nicht ein. Solche Situationen sind für mich auch immer echt schwer, mir liefen auch die Tränen, aber noch ist dafür kein Platz, ich will das jetzt noch nicht!

Wir machten uns dann mit der U-Bahn auf in Richtung Brandenburger Tor, zu „Madame Tussauds". Tobi hatte riesigen Spaß und fotografierte wie wild. Als Andenken nahm er sich einen „Oscar" mit und ein Slush-Eis sollte es auch noch sein. Das gab ihm wohl den Rest!

Draußen angekommen klappte er förmlich zusammen, klagte über Bauchweh und Übelkeit, konnte kaum laufen und sagte, dass Knie und Rippe doll wehtäten! Zum Glück war gegenüber die Haltestelle für den 100er-Bus, der ganz in der Nähe unseres Hotels hielt. Da sind wir dann rein, 2 Stationen später konnte ich schnell eine Plastiktüte zücken und Tobi erbrach sich heftig. Die Scheißtüte hatte leider auch noch ein Loch, und so ergoss sich ein Teil des Erbrochenen in Tobias' Schoß. So ein Mist.

Ich lagerte die Tüte dann auf dem Boden zwischen, unsere Gegenüber wechselten stiekum den Platz. Zum Glück waren wir bald da und ich konnte alles im Mülleimer an der Haltestelle entsorgen und Tobi ins Hotel schleppen. Er legte sich sofort ins Bett und lenkte sich mit Fernsehen ab. Ich besorgte später noch Cola und Salzstangen und so kriegten wir den Nachmittag im Bett ganz gemütlich rum, er fühlte sich zwar elend und schlapp, aber es ging.

Essen wollte er dann doch was und so organisierte ich von zwei Blocks weiter chinesische Nudeln mit Labberhuhn, zum Sattwerden hat es gereicht!

Ich habe ein bisschen Sorge, ob Tobi morgen die Zugfahrt schafft, er ist wirklich ziemlich erschöpft und ich hoffe, dass wir die Morgenstunden nutzen können und er in einigermaßen gutem Zustand ist! Ich bin so froh, dass wir die ganzen Termine jetzt in diesen Tagen hatten, wer weiß, wie es nächste Woche um Tobi bestellt ist.

MITTWOCH, 15.05.2013

Am heutigen Abreisetag haben wir ausgeschlafen, um 8 Uhr klingelte der Wecker für die Morgentabletten – 8, 16 und 24 Uhr sind die Kerntablettenzeiten und die sollten gut eingehalten werden, damit die Schmerzen einigermaßen auszuhalten sind. Danach haben wir noch ein bisschen gekuschelt und zu Tobis Entsetzen war heute mal wieder Duschen dran! Er macht da immer recht viel Theater drum, ich glaube, weil ihn das mittlerweile sehr anstrengt, aber was sein muss, muss sein. Anschließend ging es ihm wie nach jeder Dusche prima und wir konnten ein letztes Mal das leckere Frühstücksbüfett genießen. Tobi aß sogar ein ganzes Brötchen mit Käse!

Dann hab ich schnell die Sachen gepackt und wir sind zur Bushaltestelle losgestiefelt, 2 Stationen bis zum Bahnhof Zoo, dann in die S-Bahn, einige Stationen bis zum Berliner Hbf. Dort angekommen hab ich erst mal die Tickets gekauft und Tobi hat sich die Wartezeit mit einem Burger von McDonald's verkürzt. Seltsam, heute richtig hungrig, der Kleine!

Tobi hatte dann noch Spaß mit einigen Rubbellosen, aber gewonnen hat dann doch wieder nur die Lottogesellschaft!

Im ICE ging es Tobi dann plötzlich wieder ganz schlecht, ihm war heiß und ich habe ihm ca. eine Stunde lang Luft zugefächelt. Übelkeit war auch wieder da und er hockte wie ein Häufchen Elend neben mir und litt vor sich hin. Dann überkam ihn zum Glück die Müdigkeit und er schlief erschöpft ein. Der Zug hatte dann noch Verspätung, weil es einen medizinischen Notfall gab und ein Notarzt in den Zug gerufen werden musste. Die Entschuldigung ist dann an jedem Bahnhof für die Verspätung genannt worden und meine arme Mama hatte natürlich wer weiß was für Gedanken, denn als wir telefonierten, um die Abholzeit durchzugeben, hatte ich auch leise gesprochen, weil Tobi ja schlief!

Aber alles gut, Tobi erwachte mit neuer Kraft und wir erreichten Essen am Nachmittag. Oma Hanne hatte lecker Essen vorbereitet und wollte uns bei sich verwöhnen, aber Tobi wollte nur noch nach Hause und dann auch dortbleiben. Wir organisierten um und die Oma holte alles zu uns und kochte bei mir!

Tobis Rippe meldete sich mal wieder, aber er legte sich auf die Couch und sein warmes Körnerkissen drauf. Vorab hatte er sich mit Niko schrecklich in der Wolle, denn Niko hatte Tobis Amerikakekse aufgefuttert ... Zum Glück hatten ihm die M&M's Coconut nicht so gut geschmeckt, davon waren noch genug da, sodass es nicht auffiel. Aber die Kekse waren schlichtweg leer! Niko hat dann noch geflunkert, dass der Papa auch welche gegessen hatte, und ich konnte ihn augenzwinkernd dazu bewegen, diese Falschaussage zu unterstützen, aber Tobi war außer sich vor Wut und heulte schrecklich. Ich glaube, dass er einfach mal wieder ein Ventil brauchte, um seinen Frust loszuwerden. Und so ließ ich ihn schluchzen und brüllen, bis es gut war. Niko verkroch sich in seinem Zimmer, auch heulend, der Tobi wäre so empfindlich und gar nicht mehr so wie sein Bruder, ach, alles schlecht auszuhalten für meine Nerven. Zum Essen kamen alle wieder zusammen und ab da ging's dann auch mit der Stimmung, Backofenschnitzel, Kartoffeln, Mais und lecker Spargel trugen zur guten Stimmung bei! Luki kam dann noch und die Jungs spielten friedlich zu dritt. Ich sichtete derweil die Fotos von den tollen Erlebnissen, werde auch welche im Tagebuch veröffentlichen.

Dr. Basu rief auch noch während der Zugfahrt an und teilte mir mit, dass es mit der Bestrahlung erst ab dem 27. Mai losgehen wird. Ich werde mal morgen Herrn Preßel anrufen und ihn über Tobis Zustand in Kenntnis setzen, mich besorgt etwas seine nicht mehr heilen wollende Unterlippe, die mittlerweile richtig offen ist, und es gibt auch diverse andere Stellen, die offen sind und nicht heilen wollen. Seine Haut ist sehr empfindlich, sobald er sich ein bisschen kratzt, entsteht direkt eine Wunde und nix hilft. In Berlin habe ich richtig doll mit Bepanthen geschmiert, obwohl Tobi das ätzend findet, hat aber auch nix genutzt. Außerdem hat er so rote Wangen und so etwas wie ein Exanthem am Hals und Ausschnitt, dort wo die Sonne hinkommt, *ich weiß nicht, ob er superlichtempfindlich ist?*

Muss ich alles an entsprechender Stelle besprechen.

FREITAG, 17.05.2013

Der heutige Tag stand ganz im Zeichen der Klinik.

Geplant war ein Röntgen der Rippe, Privigen (Immunglobulingabe) über mindestens vier Stunden und Blutwertkontrolle inklusive körperlicher Untersuchung. Telefonisch bat ich dann heute Morgen darum, bei der Gelegenheit direkt Schulterblatt und Knie mit zu röntgen, um dort ggf. auch bestrahlen zu können. Das war auch kein Problem. Problematisch war eher, Tobi heute Morgen aus dem Bett zu kriegen. Klinik ist echt der Horror für Tobi. Ich konnte ihn aber doch motivieren (er ließ sich wie ein störrischer

Esel anziehen ...) und so fuhren wir dann gegen 9 Uhr in die Klinik. Tobi ging sofort ins Fingerpikslabor, während ich den Schein für das Röntgen besorgte. Als ich dann meinen Platz auf dem Stuhl neben Tobi im Labor einnehmen wollte, saß da schon Oliver Basu und ließ sich die Erlebnisse vom Wochenende erzählen. Die Blutwerte sind wider Erwarten immer noch stabil, Oliver fragte im Spaß, ob Tobi die Tabletten denn auch schlucken würde, also geht das damit weiter, aber diese Chemo scheint auch die Leukämiezellen im Wachstum gut zu hemmen. Dann ging es ab ins Strahlenzentrum zum Röntgen! Dort machte ich einen entscheidenden Fehler, ich gab einem unsicheren jungen Mann unsere Scheine zur Anmeldung und nicht der kompetenter wirkenden Frau. So nahm das Unglück seinen Lauf, und es sind nicht die großen Dinge, die uns aus der Fassung bringen, sondern eher die kleinen!

Wir wurden also nicht so wie sonst in den Kinderbereich gebeten, sondern sollten vor Raum 9 Platz nehmen, wurden dann auch recht schnell in den Raum gerufen. Herr Klein sollte sich dann frei machen und als der frei gemachte, ausgezogene Herr Klein dann da so stand, kam die MTA in den Raum und runzelte die Stirn, sie hätte einen Herrn Klein erwartet ... und wir wären doch hier falsch, da wäre was mit der Anmeldung falsch gelaufen, wir müssten in den Kinderbereich, dort würden die Aufnahmen gemacht. Also zog sich Tobi zumindest die Sweatshirtjacke wieder an und wir begaben uns in den Kinderbereich.

Dort angekommen stellten wir uns vor die Tür, in der Hoffnung, dann auch direkt dranzukommen, nach ein paar Minuten setzten wir uns aber doch. Dann kam eine Mama mit einem kleinen Mädchen, die auch noch vor uns in den Röntgenraum gerufen wurde. Da setzte dann was bei Tobi aus, er stand auf und trat gegen einen gebauten Turm aus Duplo-Steinen, der auf dem Bautisch im Wartebereich stand. Die Steine flogen scheppernd durch den ganzen Raum, Tobi brach in bittere Tränen aus und fing an, die Röntgendamen mit schlimmen Schimpfwörtern zu betiteln.

Die MTA guckte nach dem Radau kurz aus dem Raum raus und fragte, ob alles okay sei, und ich konnte darauf nur antworten, dass wir noch einen langen Kliniktag vor uns haben und dass wir die Warterei schlecht ertragen können. Wir sind dann ja doch noch drangekommen, ich hatte auch den Kaffee auf, musste aber gute Miene machen, sonst wäre Tobi wohl richtig ausgerastet und wer will ihm das verdenken. Ergebnis der Bilder: gebrochene Rippe. Tobi sagte vor einigen Tagen mal: „Mama, ich glaube, die Rippe ist gesplittert“, und so sieht das Bild auch aus ... Sein Schulterblatt hat für mich schon gut sichtbare Nekroseherde, aber die Kniescheibe sah auf den ersten Blick noch ganz gut aus.

Dann ging es zurück in die Ambulanz, dort mussten wir zum Glück auch nur kurz warten, aber leider waren unsere Wunschärzte nicht verfügbar, deshalb habe ich auch die Medikation nicht umstellen lassen, das will ich mit Ärzten meines Vertrauens machen. Ich glaube auch, dass Tobi mit der Medikation so erst mal hinkommt, und ich habe ja auch noch Spielraum mit Ibuprofen und Novalgin zusätzlich. Das Privigen wurde drangehängt und von da an lief die Uhr rückwärts.

Animationsprogramm hatten wir genug mit – Acrylfarben und Leinwände, Häkelzeug, PC und iPad –, begonnen haben wir dann mit dem Film „Knockin‘ on Heaven‘s Door“, ein Knaller, aber manchmal auch echt heftig. Oliver kam dann zwischendurch zum Reden vorbei, Anastasia und Athanasios, der auch ein Rezidiv hat, besuchten uns und kurz vor Infusionsende kam noch Herr Preßel, um nach dem Rechten zu sehen. Ich hatte auch noch ein sehr nettes Gespräch mit Herrn Ackfeld vom Psychosozialen Team der Uniklinik, dem ich dann auch ein Foto von Tobi gab. Ich möchte, dass dieses Foto auf dem Schiff steht, wenn Tobi seine Reise in den Himmel angetreten hat. Das Schiff steht auf der Kinderkrebsstation K3, symbolisiert den Abschied aus dieser Welt, und wer mag, kann den anderen auf der Station damit mitteilen, dass sein Kind sich auf den Weg gemacht hat. Um 15:30 Uhr waren wir dann endlich fertig, und Tobi wollte unbedingt zum Minigolf, dem Scheißtag noch einen Sinn geben!

Das haben wir auch gemacht. Freddy am Minigolfplatz begrüßte uns mit den Worten: *„Ich hab heute eh nix verdient bei dem Wetter, spielt mal!“* Und so spielten wir und Tobi gewann haushoch!

Anschließend fragte er die im Häuschen sitzenden Profis, ob noch jemand Lust auf eine weitere Runde hätte, und sie hatten! Also ließ ich ihn da und schwang mich ins Auto, kurz einkaufen und dann musste ich Nikolas und Tinki abholen.

Die zwei hatten heute ihren ersten Termin im KinderPalliativNetzwerk zur Geschwistergruppe! Ich traf zwei fröhliche, rotwangige Kinder an, die einen guten Nachmittag verlebt hatten. Ich hatte nicht erwartet, dass ich jemanden treffe, den ich kenne, aber genau das passierte dann. Ich traf Christoph, Christiane und die ca. 14-jährige Hannah. Ihre Schwester Carla ist Ende Januar an einem Hirntumor gestorben. Diese Familie haben wir bei unserem ersten Waldpiratencamp kennengelernt und ich habe sie damals für ihre Stärke bewundert, sie lebten von Tag zu Tag, ganz intensiv, Carla schien damals geheilt. Ich hatte in diesem Camp viele Heulattacken, Tobi stand damals ganz kurz vor der 2. Knochenmarktransplantation und ich hatte so große Sorge, ob er das überhaupt überlebt. Ich erinnere mich an den Entspannungsnachmittag: Wir sollten uns eine Postkarte aussuchen, mit der wir was verbinden, und was dazu erzählen und ich weiß nur noch, dass ich ein Meer gewählt habe, dazu aber tränenerstickt nichts sagen konnte. Sehr schmerzliche Erinnerungen, aber wahrscheinlich habe ich selbst dort schon viel „gearbeitet".

Und so unglaublich das auch wieder ist, ich habe mich gefreut, dass ich dort bekannte Gesichter getroffen habe. Ich hätte mir natürlich gewünscht, dass Carla ihren Krebs besiegt hätte, aber in dem Moment war es einfach tröstlich, mit Menschen zu reden, die das hinter sich haben, was noch vor uns liegt. Niko hat sich mit Tinki so gut verstanden (die beiden waren sich durch den Nachmittag in der Geschwistergruppe emotional sehr nah gekommen), er ist dann mit Schlafzeug ins Nachbarhaus zu ihr gezogen, ich glaube, dass er und Tinki den heutigen Tag vielleicht noch mal besprechen wollen oder einfach froh sind, dass sie sich haben.

Die Pfingsttage halten wieder viel Action bereit, morgen hat Schwiegerpapa Peter Geburtstag, es gibt Kaffee und Kuchen und am Abend leckeres chinesisches Essen im „Yellow River", am Sonntag sind wir zum Grillen eingeladen auf dem Minigolfplatz, am Montag feiert Marie ihren Geburtstag, große Familienfeier, auf die ich mich sehr freue! Ich hoffe, dass dort keiner traurig ist, denn das ist was, das können weder Tobi noch ich gut ertragen.

Ich habe Tobi heute gefragt, ob er seine Kunsttherapeutin Nina treffen möchte, und er hat mich gefragt: *„Wird sie weinen? Dann will ich sie nicht treffen!"*

Aber ich habe sie nicht erreicht, von daher löste sich dieses Problem von selbst.

MONTAG, 20.05.2013

Am Samstag, den 18. Mai, hatte Opa Peter Geburtstag.

Tobi und Detlef nutzten den Morgen, um eine schnelle Runde Minigolf zu spielen, ich nutzte die freie Zeit für ein bisschen Hausarbeit und musste dann auch noch zur Post, Bank und zu DM, Fotos nachmachen. Ich hatte mir vorgestellt, dass Niko, fröhlich zurück von seiner Übernachtung bei Tinki, mich begleiten würde. Die Rechnung hatte ich ohne ihn gemacht. Er war erst mal stinkig, dass Papa und Tobi weg waren und dass ich dann noch über seinen Kopf hinweg seine Zeit verplant hatte, das ging ja mal gar nicht.

... Super, ich habe mir das mit der Elternrolle manchmal doch anders vorgestellt. Aber ich kenn ja meinen Kleinen mittlerweile auch recht gut, er wollte sich ein bisschen zoffen, sich abreagieren und das macht er zu meinem Leidwesen immer in der Form, dass er sich widersetzt und zankt. Also nahm ich ihm gleich den Wind aus den Segeln und sprach mit starker Stimme: *„Wenn du zanken willst, kein Problem, bin gerne deine Grenze, deine Wand, tob dich ruhig aus, aber ich sage heute, wo es langgeht, und wir beide gehen jetzt die Erledigungen machen, alleine zu Hause bleiben ist nicht."* Natürlich kam sofortige Gegenwehr, Motzen, Bocken und Nichtanziehenwollen, dann war die Jeans zu eng, ach, alles Mist! Habe ihn dann unter größtem Protest ins Auto gekriegt und mitgenommen, auf dem Weg zur Post ließ er einen 10 Meter Sicherheitsabstand, ich ließ ihn, motzend ging es dann weiter und die Stimmung besserte sich erst am Obststand auf dem Markt, da durfte Niko diverse Obstsorten probieren. Danach war dann gut und wir konnten entspannt nach Hause fahren. Seine Aggressionen waren abgebaut, *wohin mit meinen?*

Wir sind anschließend alle vier zum Opa übergewechselt, haben dort Kaffee getrunken und leckeren Kuchen gegessen und am Abend ging es dann ins „Yellow River", Tobi zuliebe! Opa und Niko haben sich den Spaß erlaubt und erzählt, dass wir Nikos Geburtstag feiern, und die netten Chinesen haben Niko dann ein Familienpaket Essstäbchen inklusive Auflegebänkchen geschenkt. Was hatte Niko einen Spaß! Großen Spaß hatte er auch damit, Meeresfrüchte zum mongolischen Grillen zusammenzustellen und diese an den Nachbartisch liefern zu lassen!

Leider hat er sich einmal vertan und so stellte sich Oma Hanne zur Verfügung, Nikos Zusammenstellung mit Erdnusssauce zu essen (nach dem Nachtisch, denn eigentlich waren wir alle schon fertig).

Tobi war danach k. o. und so bin ich dann mit den Kindern nach Hause gegangen, Detlef hat noch ein bisschen Zeit mit seinen Eltern verbringen können.

♥♥♥

Sonntag, der 19. Mai, war ein sehr sonniger Tag und nach langem Ausschlafen und kurzem Frühstück fuhren wir mitsamt Omas und Opas auf die Minigolfanlage, die Profis hatten uns zum Grillen eingeladen. Es wurde ein sehr angenehmer, relaxter Nachmittag mit netten Gesprächen und gutem Essen, Tobi und Niko spielten einige Runden.

Ich hatte für den Minigolfer Hugo, den Tobi sehr gern hat und der schon einige 18er-Runden gespielt hat (also Tobis Vorbild), ein Foto gerahmt von den beiden. Hugo war sehr nah am Wasser gebaut und ich übergab ihm den Rahmen etwas abseits, mit der Bitte, jetzt einen schönen Nachmittag verleben zu wollen. Aber er hatte so einen Kloß im Hals, konnte die Tränen nicht aufhalten und so drückten wir uns kurz und heulten beide ... fingen uns dann aber wieder und konnten die Fassung wiedererlangen. Die letzte Minigolfrunde zog sich recht lange hin, Tobi und Hugo beendeten beide mit 24, machten noch 3 Stechrunden, bis Tobi dann den Sieg errang! Er hüpfte und tanzte vor Freude! Und ich hatte große Sorge, ob er den Weg zum Auto noch schafft, aber er war gut drauf, sodass wir uns noch mit Claudia und Frank treffen konnten, auf Tobis Wunsch aber bei uns.

Claudia hat bei der Sternwarte Bochum für Tobi einen Stern gekauft, ihn Tobi widmen lassen, im Sternbild Kleiner Wagen, damit Tobi weiß, wo er hinmuss und damit die anderen Kinder wissen, wo sie mit dem Teleskop suchen müssen ... eine unheimlich tolle und emotionale Sache, ich glaube für Niko noch wichtiger als für Tobi. Er war erst etwas sprachlos, dann aber sehr happy. Wir haben dafür eine große gerahmte Urkunde, die einen Ehrenplatz bekommen wird.

Pfingstmontag, den 20. Mai, haben wir den Ausschlafrekord gebrochen, 9:30 Uhr, schwierig wegen der Schmerztabletten, aber es ging, Tobi hat sie sofort genommen und ist dann noch liegen geblieben, bis die Wirkung eingesetzt hat.

Sorgen macht mir, dass Tobi seit gestern wieder zittrige Hände hat und dass das der Vorbote eines möglichen Krampfanfalls sein kann. So kündigten sich bereits zweimal Krämpfe an, und ich habe aus dem Grund ein Übernachten bei Oma Hanne mit Robin, das für heute Abend geplant war, abgesagt. Auch ein Übernachten von Robin hier will ich nicht, das will ich keinem zumuten mitzuerleben.

Habe mich kurz mit dem Palliativteam (Schwester Petra im Dienst) beraten, ob man das ggf. verhindern kann, sie trug die Problematik an den Dienstarzt Oliver Basu weiter, der mich dann kurz zurückrief.

Das Gespräch mit ihm hat mir den Rücken gestärkt, ich warte jetzt erst mal ab, sollte die Unruhe schlimmer werden, habe ich Medikamente da, die ich geben kann, sollte ein Krampf kommen, ebenso. Hoffentlich bleibt Tobi das erspart, obwohl er selbst die Krämpfe ja nie mitgekriegt hat, aber ich habe auch große Angst davor, dass Niko das mit ansehen muss. Den Vormittag haben wir dann richtig in Familie verbracht mit „Monopoly", „Wii Bowling", sehr entspannend und schön, was zu viert tun kommt viel zu selten vor. Den Nachmittag verbrachten wir dann gemeinsam vor der Glotze, na ja, aber all meinen Jungs gefällt es und sie relaxen dabei.

Am Nachmittag feierten wir dann Maries Geburtstag und ich war sehr froh, dass mal wieder meine ganze Großfamilie beisammen war. Tobi hat es auch gefallen, er ist sogar ein bisschen Fußball spielen gewesen, ich Horn hatte beim überstürzten Aufbruch Tobias' Schmerzmittel vergessen. Zu Hause hatte ich alles schon gerichtet, es musste nur noch genommen werden. So musste Detlef schnell wieder nach Hause fahren und alles holen, die 8 Stunden zwischen den Einnahmen waren aber dann überschritten. Tobi wollte recht früh nach Hause wegen akuter Schmerzen im Nacken.

Mein armes Kind, seine Schmerzen müssen schrecklich sein. Die Nacht blieb krampffrei und das Zittern ist wieder ein bisschen weniger geworden, vielleicht geht dieser Kelch doch an uns vorüber!

DIENSTAG, 21.05.2013

Heute war mal wieder ein Kliniktag zum Abgewöhnen. Tobi hat lange geschlafen, dann sind wir mit Tinki und Robin eine Runde zum Minigolf gefahren. Anschließend haben wir Tinki wieder nach Hause gebracht und sind nach einer kurzen Übelkeit-ich-muss-auf-die-Couch-Pause um 13 Uhr in die Uniklinik gefahren. Tobi und Robin sind direkt durchgelaufen zum Fingerpiks, seine Werte sind immer noch stabil! Jubel!

In der Ambulanz trafen wir dann auf den Physiotherapeuten, der Tobis Rippe fachmännisch tapte, ich habe mal direkt nachgefragt, ob das auch eine Option für die operierte HWS ist, denn die Schraube dort wird immer lockerer und knackt schon für Tobi hörbar. Seine Haut ist aber dort so gereizt, dass das dort noch nicht möglich ist, aber generell schon. Oliver Basu und Herr Preßel kümmerten sich kurz um uns auf dem Flur und so konnten wir flott in die Strahlenklinik zur Strahlenplanung. Die Radiologin guckte sich Tobi kurz an, der wollte aber bei dem Gespräch gar nicht dabei sein und durfte dann draußen mit Robin warten. So ein Bestrahlungs-Aufklärungsgespräch ist echt der absolute Horror, zumal Tobi ja schon für die KMT seine Lebensdosis Bestrahlung abgekriegt hat.

Besonders intensiv wurde auf die Nebenwirkungsintensivierung hingewiesen, wegen der schon erfolgten 12-Gray-Ganzkörperbestrahlung, tödliche Komplikationen an allen Organen, Funktionsstörung von Herz und Lunge, Kehlkopfschädigung, Speiseröhrenschädigung, Nervenschädigung, Lähmungen; die Nebenwirkungen Zweittumor, Wachstumsstörung, Haarausfall und Verzögerung in der Entwicklung waren eher zweitrangig. Als sehr wahrscheinlich wurden die Speiseröhrenschädigung und Hautschädigung dargestellt. Außerdem muss laut Strahlenärztin die Chemo während der Bestrahlungsdauer eingestellt werden. *Wie bekloppt ist das denn? Bestrahlen wir die obere Wirbelsäule, dafür brechen dann Rippen und Oberschenkel und Schulterblatt?* Das muss ich dringend noch mal besprechen, das passt mir gar nicht. Eine Behandlungsalternative wäre Abwarten, da hat die Ärztin versucht mich hinzukriegen, *aber will ich eine Querschnittslähmung riskieren?* Ich vertraue da ganz Oliver Basu, der mir/uns die Bestrahlung empfohlen hat, *was soll ich denn sonst auch machen?* Wahl zwischen Pest und Cholera, *was ist mir lieber?* Diese Entscheidungen sind echt der Horror, ich hoffe, dass es richtig ist zu bestrahlen und dass er keine der Nebenwirkungen kriegt, *was aber, wenn doch?*

Damit waren wir aber noch nicht fertig ... dann ging es runter in den Keller zur Strahlenklinik, dort warteten wir fast eine Stunde, dann wurde Tobi endlich aufgerufen. Es wurden eine Bestrahlungsmaske angefertigt und mehrere CTs gemacht, um die genaue Bestrahlung zu ermöglichen. Tobi hatte so was von die Schnauze voll und ich auch, aber ausflippen kann ich schlecht, ohne ein völliges Ausrasten von Tobi zu riskieren. Also wieder gute Miene zum bösen Spiel. Da in der Strahlenklinik laufen echt schlimme Fälle rum, da weiß ich nicht, was schlimmer ist, Sterben oder Leben. Habe mit Robin gesprochen, in der Wartezeit, er wollte wissen, wie er sich verhalten soll, wenn es Tobi schlechter gehen wird, ob er Weihnachten noch erlebt, ob er noch mal schwimmen darf, bevor er stirbt. Ich habe ihm alle Fragen nach bestem Wissen beantwortet, auch dass er Weihnachten vermutlich nicht mehr erleben wird. Dann habe ich ihm von einem Bild erzählt, von dem ich heute Morgen gelesen habe und welches ich gerne malen möchte: Ein Kokon und ein geschlüpfter Schmetterling, Tobi ist im Moment in dem kranken Kokon gefangen, wenn er schlüpft/stirbt, dann befreit sich ein schillernder Schmetterling, so wie Tobi innerlich ist, gesund, ohne Schmerzen und Leukämie. Ich finde dies eine schöne bildliche Vorstellung, nur dass wir diesen Schmetterling nie sehen werden.

Was wird mein Kind noch alles erleiden müssen?

Nach der Klinik haben wir dann versucht, den Tag mit einer weiteren Runde Minigolf zu erhellen, unterm Strich war es aber ein Ätztag. Und Tobi hat mich dann auf der Minigolfbahn gefragt, ob der Therapeut sich vielleicht in der Seite vertan hat beim Tapen, die Rippe auf der anderen Seite würde so wehtun ...

Die Minigolfer waren auch heute wieder so schrecklich nett zu Tobi, er bekam einen weiteren Ball geschenkt, Freddy gab mir statt der bezahlten Fünferkarte 3 Karten mit den Worten, da hat er dann was zum Abspielen! Und die Profis haben zusammengeschmissen und ihm eine Schlägerhülle geschenkt, sie montierten ihm ein eigenes Namensschild, wo er die Hülle dann aufhängen kann, er gehört jetzt dazu! Mir trieb es die Tränen in die Augen, vor allem, weil ich Tobis Gesicht gesehen habe, er hat sich so sehr, so unglaublich doll gefreut darüber!

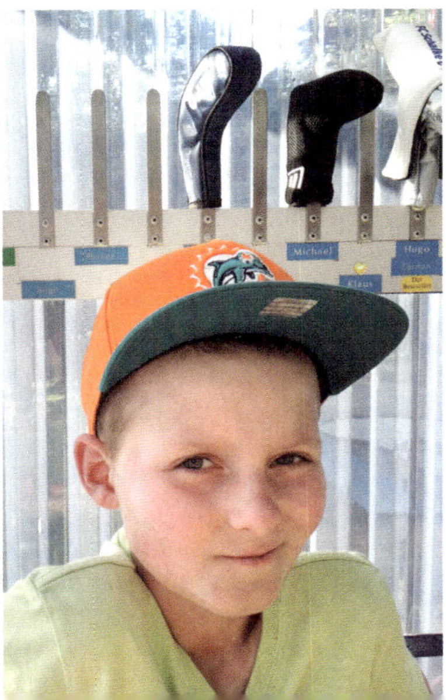

Tobis Tremor (Zittern) in den Händen ist wieder etwas besser geworden, ich hatte die Tavor (Notfallkrampfmedikament) aber in der Hosentasche, ein EEG konnte heute aus Zeitmangel nicht geschrieben werden. Es freut mich sehr, dass alles, was Tobi und ich äußern, direkt so ernst genommen wird. Ich hoffe so sehr, dass ein weiterer Krampfanfall an uns vorübergeht.

MITTWOCH, 22.05.2013

Tobias hat heute Morgen alle Schlafrekorde gebrochen ... bis 11 Uhr, unglaublich. Ich muss meinen Tagesablauf deswegen total umändern, eigentlich kaufe ich immer morgens ein und koche dann, den Einkauf muss ich wohl demnächst am Abend erledigen, damit ich ihn morgens verarbeiten kann. Tobi ist vom Bett auf die Couch gewechselt, hat sich weiterhin ausgeruht, ich habe Oma und Opa gebeten, auf ihn zu achten, damit ich schnell Lebensmittel shoppen konnte!

Am Nachmittag war er dann noch mit Ulrike und Nikolas Minigolf spielen, Ulrike kommt immer noch als ehrenamtlich Mitarbeitende vom Palliativnetzwerk einmal pro Woche, macht ein bisschen Schule/Hausaufgaben mit Niko und dann macht sie ihn draußen lang, spielt Fußball, Tischtennis, was so gewünscht ist! Sie ist mir eine große Hilfe und wird von Niko provokant Ersatzmama genannt ... ;)

Abends war dann noch Luki da, es gab Sandwich, die Jungs haben fast ein ganzes Toastbrot gefuttert!

Ich habe mich heute Morgen in der dann doch unerwartet langen Zeit zwar auch mit Haushalt beschäftigt, habe aber auch das Buch „Kinder und Tod“ von Elisabeth Kübler-Ross zu Ende gelesen. Das kann ich jedem nur empfehlen, ich finde es sehr tröstlich und in unserer Situation hilfreich. Des Weiteren habe ich eine Internetseite zu dem Buch „vier minus drei“ von Barbara Pachl-Eberhart gefunden. Dieses Buch handelt von einer Mutter, die bei einem Unfall ihren Mann und beide Kinder verliert und von ihrem Weg zurück ins Leben. Eine Empfehlung von meinem Lieblingsarzt Oliver, damals gab es für Tobi noch Hoffnung, aber ich glaube, dass mir dieses Buch im Vorfeld viel Trauerarbeit erspart hat, es ist wirklich ein anstrengendes, aber heilendes Buch. Na ja, die Autorin hat auch eine Internetseite mit Angeboten, bei YouTube gibt es einige Interviews mit Kübler-Ross und Berichte über Nahtoderfahrung. Für mich sind diese Berichte tröstlich, denn ich glaube fest daran, dass es nach dem Tod etwas gibt, eine andere Welt, schön und hell und dass wir uns dort wiedersehen werden. Für mich ist die Vorstellung am allerschlimmsten, dass Tobias auf dieser Welt noch so viel erleiden muss, mit Schmerzen, Knochenbrüchen, Infekten, keine Ahnung, aber da setz ich meinem Hirn einen Riegel vor. Ich habe im Moment eher Angst vor dem Leben als vor dem Tod.

Die Tränenschleusen sind schon länger nicht mehr geöffnet worden, aber heute Abend war dann eine Gelegenheit, den Druck ein bisschen abzulassen. Elke, die liebe Frau meines Cousins Thomas, hat heute Abend eine Maiandacht vorbereitet, Hauptinhalt die immerwährende Hilfe Marias.

Ja, bitte, Maria, hilf, lass mich den Weg gehen, Tobi sicher und geborgen begleiten. Hilf, dass er den Rest seines Weges nicht noch mehr erleiden muss. Hilf mir, meinen Glauben zu bewahren, denn Sinn sehe ich in dem Ganzen nicht, warum, das mag ich nicht fragen. Die Andacht war schön und schmerzhaft zugleich, danke dafür!

DONNERSTAG, 23.05.2013

Der heutige Tag trägt die Überschrift Eigendynamik! Es begann damit, dass ich heute Morgen einen Zahnarzttermin hatte. Tobi klagt unter seiner Schmerztherapie unter Zahnschmerzen, also kurzerhand da angerufen, gesagt, dass ich mit Tobi komme, er untersucht werden soll, ich später einen Termin für mich mache und ich nicht auf Tobi und unsere Situation angesprochen werden möchte! Das hat auch geklappt. Der Zahnarzt stellte wie schon beim vorigen Besuch fest, dass Tobias im Zahnwechsel ist und 8 (!) Wackelzähne hat, von denen 3 dolle Beschwerden machen. Er empfahl, diese sofort zu entfernen. Aber Spritzennarkose nur über Tobis Leiche ... blöder Ausdruck, aber genau so gemeint. Das geht gar nicht. *Alternativen?* Abschleifen! Auch schwierig, 3. Alternative OP unter Sedierung in der Huyssens-Stiftung-Klinik, Mund-Kiefer-Gesichtschirurgie. ER also da angerufen, Lage geschildert und es wurde gefragt, ob das Kind noch nüchtern wäre ... also war da jemand fest entschlossen, genauso zu handeln wie mein Zahnarzt. Wir also sofort dahingefahren, mittlerweile schritt die Zeit fort, um 13 Uhr sollte Dr. Preßel zu einem Hausbesuch vor der Tür stehen. Ich also in der Uni angerufen, ihn in der Mensa erwischt, kurz alles geschildert, er sagte, ich solle erst mal in Ruhe das Zahnproblem lösen und mich dann melden, ggf. würden wir den Termin ausfallen lassen. Okay. Dann mussten wir recht lange warten, Tobi natürlich voller Angst, er versuchte sich mit seinem iPod und Ballerspielen abzulenken. Ich hatte keine Medikamente dabei, das war ja auch alles nicht so geplant gewesen, also fragte ich, wie lange es denn noch dauern würde, wegen der Schmerzmittel.

Die Dame am Empfang war auf Zack und besorgte sowohl das Tramal als auch das Antibiotikum, das war dann zwar das falsche, aber ich fand es trotzdem unheimlich nett! Die Gabe musste dann halt mal ausfallen.

Spaßigerweise haben wir dann Finn, einen Mitpatienten, getroffen, mit dicker Backe, er wurde gerade in den OP gerufen. Er sah richtig gut aus (bis auf die Wange) und es hat mich sehr gefreut, ihn und seinen Papa so munter zu sehen.

Dann bekam ich eine SMS von Detlef, Herr Preßel bittet um Rückruf, was denn bei uns los sei ... ah, also kurz Detlef informiert, dann Herrn Preßel zurückgerufen (hatte wohl zwischendurch kein Netz und war nicht erreichbar!). Er wollte jetzt doch noch mal Genaueres wissen, eben in der Mensa hätte er alles nur halb verstanden. Ich also erneut alles erzählt, er gab zu bedenken, dass eine Narkose wegen der HWS nicht so einfach gemacht werden könne.

Klar, *bin ich Mutter Löwe oder wer?* Ich versprach ihm, dem Arzt seine Nummer zu geben (war auch nicht nötig, denn er hatte bereits in der Huyssens-Stiftung angerufen und wollte mich fast ausrufen lassen ... da wär' ich aber dann wohl endgültig vom Stuhl gefallen, mein Nervenkostüm glich einer Netzstrumpfhose). Aber vor so einem Eingriff hätte ich eh den Rat bei den Onkologen gesucht, das sollten die aber eigentlich auch wissen. Trotzdem fand ich das Interesse jetzt sehr nett!

Dann kamen wir doch noch dran und wieder ein Spaß, der behandelnde Arzt stellte sich als Herr Groß vor, ich entgegnete ebenso, nur andersrum! Ha, was ein Scheiß, wenn man sich schon über solche Dinge freut ... Er ließ sich alles erzählen (zum 3. Mal, fussel), veranlasste ein Röntgenbild und schaute sich dann die Wackelzähne an, telefonierte mit Dr. Preßel, der hielt Rücksprache mit Dr. Basu, sprach dann auch mit mir und sagte, dass er bei all diesen Risiken (eine Intubationsnarkose war unumgänglich, er bestand auch auf mind. 3 Tagen stationärem Aufenthalt wegen Blutungsgefahr, aber nicht im Huyssensstift, sondern bei den zuständigen Onkologen) lieber darauf warten würde, dass die Zähne sich von selbst lösen würden, und bei dem neuen Röntgenbild würde er davon ausgehen, dass sich das Problem von selber löst, er traute sich da nicht dran.

Das war mal ein Wort, denn mir war es auch am liebsten, dass nichts gemacht wird, eine OP und ein Klinikaufenthalt wären für Tobi echt der Horror schlechthin gewesen. Also beschlossen wir, nichts zu tun. Tobi hat natürlich alle Gespräche und Überlegungen mitgekriegt und war richtig fertig. Er bat um Belohnung für den Scheißtag und außerdem war am 21. Mai sein erster 2. KMT-Geburtstag, da sollte doch auch was für ihn rausspringen. Dr. Groß rief dann noch mal Dr. Preßel an, um ihm die Entscheidung mitzuteilen, nichts zu tun und weiche Kost zu geben, ich bekam ihn auch kurz zu sprechen und wir vereinbarten, unseren Termin ausfallen zu lassen.

Also ab in die Stadt, eigentlich wollten wir nur chinesische Saucen im Supermarkt kaufen, Tobi verknüpfte das aber mit einem Besuch bei GameStop. Ich schob dazwischen noch einen kurzen Stopp im Rathaus ein zur Sonderparkausweisverlängerung, leider hatte ich kein aktuelles Passbild und seinen Personalausweis nicht dabei ... grrrr, und ein kurzes Mittagessen beim China-Imbiss, Tobi aß allerdings nur wenige Gabeln Nudeln, er hatte einfach keinen Hunger. Das mit dem Essen und Trinken ist echt ein Problem, ich weiß aber nicht, ob das nicht auch mit seiner Zustandsverschlechterung zu erklären ist, denn er schläft ja auch morgens so lange und ist kaum aus dem Bett zu kriegen. Auf jeden Fall hat Tobi meinen Zustand dann gnadenlos ausgenutzt und mich zu einer PS3-Waffe überredet, mit der er seine Ballerspiele lebensecht spielen kann. Dazu brauchten wir dann noch einen Move-Controller und eine Kamera, die wir allerdings preisgünstig (!?) gebraucht dazukaufen konnten. Zu Hause angekommen habe ich ihm das dann alles installiert und ein Lächeln in sein Gesicht gezaubert, er ballerte dann einfach seinen Frust weg. Wohin mit meinem?

Nikolas war bei Oma geparkt und ihn holte ich dann auch flugs ab, mit einem kurzen Abstecher beim Friseur, er war schon länger überfällig, seine Augen waren kaum mehr sichtbar und die Haare krümmten sich schon lockig nach außen. Friseur ist eigentlich immer Höchststrafe, hatte allerdings beim letzten Haarschnitt in Tübingen ein Foto gemacht (Niko: „Wenn ich mir noch mal die Haare schneiden lasse, dann nur in Tübingen …", dafür wollte ich die Strecke aber jetzt nicht wirklich fahren) und konnte so der Friseurin genau zeigen, was er will, und das hat auch geklappt. Naja, ein kurzes Gemoser hinterher habe ich mal überhört! Den Abend habe ich dann mit Küche putzen, Abendbrot und Kaffeemaschine entkalken verbracht. Am Montag habe ich einen Termin mit Frau Bünk beim Palliativnetzwerk, da kann ich dann wohl meinen Frust mal wieder abbauen. Ansonsten steht die nächsten Tage wieder einiges auf dem Programm. Tobi will morgen mit Stefan und Robin ins Kino, danach da schlafen, am Samstag Minigolfen, danach Fußball gucken mit unseren Freunden Claudia und Frank. Niko hat Abschlussgrillen mit seiner Handballmannschaft im Grugapark, am Sonntag kommen die Krefelder und mein türkischer Klinikfreund Tourhan mit Familie zum Wok-Essen. Tobi freut sich drauf, schlafen kann er ja dann ab Montag wieder!

FREITAG, 24.05.2013

Am heutigen Freitag hat Tobi den ganzen Tag darauf gewartet, von Onkel Stefan abgeholt zu werden. Er wollte mit ihm und Robin erst ins Kino gehen und dann auch dort übernachten, mit das Größte im Moment. Er hat seinen Tag mit Warten, Ausruhen und Packen gestaltet.

Mittags rief Nikolas' Lehrerin an, Nikolas würde vor der Schule sitzen und könne nicht auftreten, sein Fuß würde so wehtun, ob ich damit einverstanden wäre, wenn sie ihn mir eben rumbringen würde. Oh gerne! … Er kam dann im Cabrio angefahren, mit breitem Grinsen, das verging ihm aber, als wir die Treppe hochhumpelten. Ich habe ihm dann sofort einen Retterspitz-Verband gemacht, Arnikakügelchen geschmissen und auf Besserung gehofft. Es gab dann den Pfannkuchen vor dem Fernseher, was auch mal was Besonderes war.

Tobi sagte bereits schnell, dass ich wohl mit Niko mal zum Arzt müsse, um halb fünf war ich dann auch der Meinung, hatte ja die normale Sprechstunde jetzt auch verpasst (...) und konnte direkt ins Elisabeth-Krankenhaus in die Notfallambulanz fahren.

Zum Glück kam Stefan und holte Tobi, Frank fuhr uns (Niko an den noch vorhandenen Krücken von der Schleimbeutelentzündung) dann ins Elisabeth-Krankenhaus. Niko hatte solch starke Schmerzen (obwohl ich leider bei ihm immer das Gefühl habe, dass er auch gerne ein bisschen dicker tut), dass in meinem Kopf schon ein übler Film ablief, Nottransport ins Operative Zentrum der Uniklinik, sofortige Verschraubungs-OP mit tagelangem Aufenthalt in der Orthopädie ..., meine Phantasie ging etwas mit mir durch.

Nach dem Röntgen war aber klar, dass es sich um nichts Knöchernes handelte, Bänder konnten nicht beurteilt werden wegen der Schmerzen, ein Heparinverband, Ruhe und Kühlen wurde empfohlen. So hat uns Detlef dann nach Hause geholt. Ich habe mich am Abend mit Müttern von Tobis Grundschulfreunden getroffen, den ‚Lönsi-Müttern', eine nette Runde bei unserem Haus-und-Hof-Griechen, der Rosé schmeckte und tat gut.

Erfreulicherweise fand ich nachts dann meinen Brummer Niko in meinem Bett anstatt Tobi, der ja aushäusig schlief. Ich hatte ihm angeboten, dort zu schlafen, er genießt das so sehr.

Der Samstag war durch Nikos Fuß plötzlich sehr entschleunigt, kein Grillen in der Gruga, obwohl ich da sehr gerne hingegangen wäre. Einkaufen stand auf dem Programm, habe mir ein paar Mini-Petunien für meinen Balkon gegönnt, die ich auch gepflanzt habe, und bei Sonnenschein hat der Balkon dann auch einen kleinen Putz abbekommen.

Ich habe endlich mit meiner Häkelarbeit beginnen können, die ich mir für Tübingen vorgenommen hatte, wenn dort alles nach Plan gelaufen wäre.

Tobi kam am Mittag nach Hause, überraschenderweise rief Detlefs Bruder an, er wäre in Essen, ob Tobi nicht rüberkommen wollte zur Oma, was er auch tat. Ich kann das echt schlecht haben, erst ist es recht befreiend, wenn Tobi mal weg ist, aber dann ist es nur noch doof. Aber ich gönne ihm dieses Fortfliegen, ich weiß ja, dass er wiederkommt in mein Nest.

Am späten Nachmittag kamen dann unsere Freunde Frank und Claudia mit Luki und Tinki zum Champions-League-Endspiel-Gucken. Wir machten es uns sehr gemütlich, haben nett gequatscht, gelacht und ernst Fußball geguckt, obwohl ich das Spiel eher langweilig fand. Ich habe den Abend aber sehr genossen, das ist so schöne Normalität!

SONNTAG, 26.05.2013

Am Sonntag, den 26. Mai, wurde lange geschlafen, obwohl das wieder eher relativ ist, um 8 Uhr klingelte der Wecker für Tobias' Tabletten, danach haben wir einfach weitergeschlafen. Tobi war sehr zerknittert, als er dann aufstehen musste, aber seine Freunde Wim und Nils hatten sich angekündigt, im Kinderzimmer spielen statt Minigolf, denn es regnete mal wieder! Die zwei haben Tobi ein ganz süßes Armband mitgebracht, mit silbernen Anhängern, auf einem steht sein Name, auf dem anderen WTN für WimTobiNils. Und beide Jungs tragen auch eins! Wie süß ist das denn! Unglaublich.

Mittags rückten dann die Krefelder an, die wir auch schon ziemlich lange nicht mehr gesehen hatten, und wir verbrachten einen sehr entspannten Nachmittag mit Kaffee und leckerem Kuchen, Sekt und Wok-Essen. Karin hat für uns was ganz Besonderes besorgt, Glasmalerei für die ganze Familie. Wir werden als Übungsobjekte kleinere Glasplatten bemalen und als Krönung dann eine Patchworklampe fertigen. Ich bin schon sehr gespannt und freue mich darauf! Tourhan und seine Frau stießen am Nachmittag dann noch dazu, sie brachten das kleinste ihrer vier Kinder mit und dieses hatte viel Spaß mit den Großen!

Sie hatten noch selbst gemachtes Lahmacun im Gepäck und Spaß am Wok-Essen, so gegessen hatten beide auch noch nicht. Auch Karin und Gerd fanden es, glaub ich, ganz gut und am meisten erfreut hat mich Tobi, der zwei Mal im Wok gebrutzelt und gegessen hat, zwar keine Mengen, aber mehr, als ich erhofft hatte! Wir Krankenhauseltern haben in Erinnerungen geschwelgt, und es tat einfach gut, weil uns alle ein gemeinsames Schicksal verbindet. Ich habe mit Karin noch ein intensives

Gespräch geführt. Es ging darum, wie sie und andere Betroffene sich in ihrer Situation fühlen. Sie hat fast ein schlechtes Gewissen, dass ihr Kind es „geschafft" hat und unser Kind es nicht schaffen wird.

Ich bin für jedes Kind glücklich, dass diesen Scheißkrebs besiegt, und besonders natürlich für die Kinder, die mir so nahegekommen sind wie Simon, Engin und viele andere. Schön war, dass viele Erinnerungsbilder plötzlich wieder da waren, so nah, die vielen Tage in einem Zimmer mit Tobi und Simon, die Rosé-Abende in der Klinik mit Karin, das gegenseitige Trösten und gemeinsame Kochen mit Tourhan. Es ist für mich sehr wichtig, dass die Normalität um mich herum weitergeht, dass ich daran teilhaben kann, auch wenn für mich/uns die Zeit stillzustehen scheint. Ich will hören, wie der Urlaub war, was es für Probleme auf der Arbeit gibt, wie die Kids in der Schule zicken, eben alles Dinge, die wichtig sind, wenn man ein normales Leben lebt. Mein Leben wird zwar nie wieder normal werden, aber ich hoffe, dass ich ein gewisses Maß an Normalität wieder erreichen werde, allein für Nikolas ist dies sicher sehr wichtig.

Tobi hatte heute wieder ein stärkeres Zittern in den Händen, die Medikamente liegen bereit, aber ich hoffe immer noch sehr, dass ich sie nie brauchen werde.

Morgen werde ich mich erst mal mit den übrig gebliebenen Lebensmitteln beschäftigen, wir werden wohl wieder Essen im Wok zubereiten und Tobi und ich werden den morgigen Tag mal ruhig verbringen, denn ab Dienstag wird bestrahlt und dann werden wir jeden Tag in die Klinik müssen, was sowohl für Tobi als auch für mich sehr belastend sein wird. Bitte feste Daumen drücken, dass es keine schwerwiegenden Nebenwirkungen gibt. Tobi sieht das allerdings anders, schlaftrunken hat er eben gefragt, was wir denn morgen unternehmen, er möchte auf jeden Fall etwas unternehmen! Schlaf gut, mein Spätzchen!

DIENSTAG, 28.05.2013

In den letzten zwei Tagen hat sich zwar so äußerlich nicht viel verändert, aber innerlich geht es ziemlich rund bei mir.

Der Montag, 27. Mai, begann sehr sonnig und ich freute mich schon, dass ich mit Tobi und den Omas und Opas zum Minigolfen gehen würde. Tobias war aber schrecklich zerschlagen am Morgen, müde, ihm war sehr übel und er war innerlich wieder so unruhig und zittrig in den Händen. Eigentlich wollte er so gerne Minigolf spielen, ihm war aber allein der Weg im Auto bis dahin ein unüberwindbarer Berg. Das Zittern in den Händen beunruhigte mich wieder sehr, und auch Tobi teilte mir seine Sorge mit, plötzlich auf dem Minigolfplatz zu krampfen. Wir entschieden also, nichts zu tun, er packte sich auf die Couch, ich animierte ihn dazu, viel zu trinken und damit fühlte er sich stetig besser. Oma Hanne kam dann noch und unterhielt ihn ein wenig, mittags holte Opa dann Nikolas aus der Schule. Ich hatte ihn morgens hingefahren, mit Krücken, die er aber nicht mehr wirklich brauchte, ich ließ ihn aber, er war recht stolz, auch mal krank zu sein, auch mal was zu haben.

Nachmittags war Tobias dann so fit, dass er zum Minigolf wollte, ich fuhr sehr vorsichtig, wegen der Übelkeit, und am Platz angekommen, hatte ich wieder ein Kind, dem man die Schwere der Erkrankung nicht ansieht. Obwohl, er läuft recht unrund, aber auf dem Minigolfplatz fühlt er sich so wohl, wurde direkt mit großem Hallo begrüßt und Niko, Tobi und ich spielten eine gemeinsame Runde. Dann machten wir kurz Pause, Kuchen mit Wasser, Essen und Trinken ist wegen der Übelkeit echt schwierig, aber das ging dort auch. Dann kamen Oma Gilla und Opa Peter dazu und wir spielten eine weitere Runde, bevor ich mich absetzte; ich hatte einen Gesprächstermin im KinderPalliativNetzwerk.

Frau Bünk fand mit mir Worte für den schwelenden Zustand. Der Sterbeprozess läuft, trotz guter Blutwerte, es ist ein Immer-weniger-Werden von allem. Tobias ist schon lange nicht mehr so fröhlich, wie er vorher war, er bewegt sich schlecht, er schläft viel mehr, ist zunehmend kraftloser und es ist ein krasser Zustand im Moment, denn wir bewegen uns von dem Alles-noch-Mitnehmen und -Erleben zu mehr zu Hause sein, ausruhen, schlafen. Und das tut so schrecklich weh, ich habe jetzt schon viele Tage versucht, das zu ignorieren, aber eigentlich fing das schon an unserem Anke-Engelke-Wochenende an. Und es ist so schrecklich, dass ich ohnmächtig zusehen muss bei dem Verfall, ohne jegliche Macht, irgendetwas aufzuhalten. Ich habe versucht, Termine zu machen und so viel wie möglich in die verbleibende Zeit zu packen, aber die verbleibende Zeit wird nicht reichen …

Es tut mir so leid, aber alle geplanten und gewünschten Aktivitäten werden nicht verwirklicht werden können. Es geht jetzt in erster Linie darum, was Tobi will und was er noch kann. Aber ich befürchte, dass alles viel zu schnell fortschreiten wird. Meine Armbanduhr ist heute Morgen stehen geblieben und mir schoss sofort der Gedanke durch den Kopf, wie schön es wäre, wenn die Weltzeit es genauso täte, einfach anhalten, nicht weiter fortschreiten.

Den Nachhauseweg vom Minigolfen hat Tobias dann gar nicht vertragen; als ich um 20 Uhr wieder zu Hause war, da lag er mit Eimer am Bett und kühlem Lappen auf dem Kopf und es ging ihm richtig übel.

Der heutige Dienstag, 28. Mai, war der erste Bestrahlungstag.

Wir hatten um 12:20 Uhr den Termin, sollten gegen 11 Uhr in der Ambulanz vorstellig werden wegen eines Blutbildes (Werte erneut unglaublich, Hb 11,8, 5000 Leukos, davon 3000 Granulos, und über 250 000 Thrombos). Dr. Preßel untersuchte Tobi sehr gründlich, ich bin sehr begeistert von seiner Art, mit Tobi umzugehen, der jedoch hatte schrecklich schlechte Laune, war sehr einsilbig und zeigte ganz deutlich, wie scheiße er den Aufenthalt in der Klinik findet. Ich hatte Herrn Preßel morgens schon über die Übelkeitsproblematik informiert mit der Bitte, sich was einfallen zu lassen, ggf. die Medikamente zu überdenken.

Tobi muss nehmen morgens-mittags-abends:

Chemokapsel 1-1-2
Antibiotikum 1-1-1
Virenmittel 1-0-0
Pilzmittel 1-0-1
Schmerzmittel 2-1-1
Übelkeitsmittel 1-0-1
Magenschutz 1-0-0

Das sind morgens 8 Tabletten bzw. dicke Kapseln, mittags 3 und abends 6, die er alle auf einen Hieb mit einem großen Schluck Wasser aus einem Schnapspinnchen schluckt. Das macht er wirklich toll, aber dieser Mix ist vielleicht auch für die Übelkeit mit verantwortlich? Geändert wurde dann das Pilzmittel in eines, das weniger Übelkeit hervorruft, und die Antibiose wurde gestoppt.

Zusätzlich habe ich einen Rollstuhl geordert, den ich in den Keller stellen will, damit er vorhanden ist, wenn wir ihn brauchen. Eine Klinikärztin meinte, dazu müsse man Tobi informieren, das finde ich nicht, denn mir langt es, wenn er erfährt, dass der da ist, wenn er ihn braucht, ich will ja nicht noch zusätzliche Ängste schüren ... ansonsten warte ich damit noch! Nach der Untersuchung haben wir uns dann in die Strahlenklinik gesetzt und dort fast 1,5 Stunden warten müssen, bis Tobi endlich drankam ... na toll, ich hoffe, das ist nicht jeden Tag so. Hatte aber das iPad und den Film „Ted“ mit und wir hatten trotz allem viel Spaß, ich vor allem, denn wir hatten keine Kopfhörer, warteten aber nicht alleine und in dem Film wird zum Teil recht vulgär gesprochen.

Die Bestrahlung an sich ging dann recht flott, er wurde in die Kabine gebeten, musste sich auf eine Liege legen, mit Nackenkeil, was erst kurz noch diskutiert werden musste, aber unumgänglich war, weil die Anprobe und Berechnung in dieser Lage gemacht worden sind. Seine Maske ist ein Horrorteil, eng anliegend bis weit über die Schultern, mit Nasen- und Augenlöchern. Er wurde damit an der Liege fixiert und konnte sich nicht mehr rühren.

Die Bestrahlung dauerte dann so etwa 15 Minuten, ich durfte im Nebenraum mit auf den Monitor sehen, sah mein armes Kind dort liegen, das Gerät fuhr bedrohlich nah um ihn herum. Aber besonders schockierte mich der 2. Monitor, auf dem sein Oberkörper als Röntgenaufnahme zu sehen war. Besonders seine Rippen sahen schrecklich aus, überall kleine, mittlere und 2 große, schwarze Löcher, Nekroseherde im grauen Knochen. Gerade die zwei größeren Stellen, die wohl so unterhalb der Brustwarzen liegen, könnten die nächsten Bruchstellen werden. Auch die Schlüsselbeine ... alles andere war für mich nicht ersichtlich, aber wie muss dann erst die Wirbelsäule aussehen? Und die anderen Knochen?

Den Nachmittag verbrachten wir dann erneut auf dem Minigolfplatz, mit Hugo und den Minigolf-Profis. Tobi fühlt sich dort wirklich gut! Sandra rief an, als wir kurz vor Ende unserer ersten Runde waren, sie wollte noch eine kleine Radtour in unsere Richtung unternehmen und Tobi freute sich sehr, als sie mit Robin plötzlich auf der Anlage aufkreuzte. Eine wahrlich prima Idee, die Kinder haben dann noch eine Runde zusammen gespielt, ich habe die Sonne genossen und Tobi dann ganz sanft nach Hause gefahren. Ich hatte ihm heute Morgen eine Zusatzpille Vomex gegen

Übelkeit gegeben und bin Auto gefahren, als wolle ich rohe Eier transportieren. Und das hat gut geholfen, gibt's also morgen wieder! Alles, was guttut! Gegessen hat er zwar nichts mehr, aber er war auch so sehr erschöpft.

Nikolas hingegen hat essenstechnisch heute mal wieder alle Rekorde gebrochen und war auf der Rückfahrt so schwer unterzuckert, dass er sich mit allen angelegt hat, ohne Ende diskutiert hat, mein süßer Brummer, in dieser Stimmung ist er so ätzend! Die kurze klare Ansage, er solle sich erst duschen, dann würde er Essen bekommen, klappte, frage mich aber gerade dann, wie ich das aushalte. Aber bei ihm kommt man nur so weiter, klare Anweisungen, möglichst auch so betont rübergebracht, dass es keinen Diskussionsansatz gibt, und gaaanz viele Nerven!

Die Bestrahlung findet jetzt 12-mal, und zwar täglich statt, außer an Wochenenden und Feiertagen.

MITTWOCH, 29.05.2013

Nach ruhiger Nacht wurde Tobi heute gegen 10 Uhr wach und es ging ihm wider Erwarten viel besser, aber noch nicht wirklich gut. Das geplante Treffen mit zwei Schulfreunden sagte ich ab, wir entschlossen uns, heute mal einen ruhigen Tag zu machen, der ganz im Zeichen von Essen und Trinken stehen sollte. Er bemühte sich wirklich, aber so richtig viel geht echt nicht in ihn rein, wir bewegen uns bei 1/3 Toast, 2 Löffeln Wackelpudding, 5 Teelöffeln Joghurt mit Marmelade, ein kleines Stück Waffel, ein bisschen Kokosnuss, später dann Nachos, Popcorn und Cola und dann noch 2 Scheiben Esspapier. Mittagessen wird generell abgelehnt, noch nicht mal probiert (dabei koche ich gar nicht so schlecht ...)!

Mittags waren dann plötzlich die Kräfte wieder da und er fuhr mit Lukas, Robin und Papa ins Kino, ins First Class im Cinemaxx, „Hangover 3". Muss auch echt spaßig gewesen sein.

Ich bespaßte Nikolas, der wollte gerne schwimmen und hatte die Idee, seine Oma Hanne und seinen Opa Heinz mitzunehmen. Wir fuhren also in den Revierpark Nienhausen und ich hatte einen sehr relaxten Nachmittag mit Sauna und einem so süßen Niko! Er hat sich dann dort noch massieren lassen, das wollte er unbedingt mal ausprobieren, und so kleine Wünsche werden ihm dann auch gerne erfüllt.

Den Abend haben wir dann entspannt vor der Flimmerkiste verbracht, mein derzeitiges Häkelwerk ist kurz vor Vollendung, es tut gut, wenn die Hände was zu tun haben.

Ich hoffe sehr, dass die morgige Bestrahlung nicht so schlimme Nachwirkungen haben wird, aber die Hoffnung stirbt zuletzt. Der Medizinschrank gibt alles, ich hoffe, es reicht.

Gefühlsmäßig ist es sehr schwierig für mich im Augenblick, denn es gibt Hochs und tiefe Tiefs, und bei den Tiefs muss ich aufpassen, nicht sofort so schwarzzusehen wie gestern, aber ich bin auch nur Mensch und vor allem eine Mutter, die ihr Kind sterben lassen muss, ohne helfen zu können. Bisher hatte ich ja immer Aufgaben, aber die Richtung war eine andere, jetzt habe ich zwar auch Aufgaben, aber das Ziel ist nur noch: nicht leiden und sich einigermaßen gut fühlen. Aber ich kann ihn natürlich in dieser Phase nicht so unter Druck setzen, was z. B. Essen und Trinken angeht, so wie ich das nach der Chemotherapie gemacht habe und dann auch erreicht habe, dass er wieder mehr zu sich nimmt, und ich kann auch nicht sagen, dass alles wieder gut oder besser wird, weil das einfach nicht stimmt. Andererseits kann ich ihn auch nicht tun lassen, wie er will, denn die Schwäche kommt von ganz alleine und muss nicht noch durch Nichtessen und -trinken vorgezogen werden. Hoffentlich lenkt mein Bauchgefühl mich weiterhin richtig!

DONNERSTAG, 30.05.2013

Der 2. Bestrahlungstag fing noch recht gut an, endete aber fürchterlich ... Ich ließ Tobi am Morgen ausschlafen, d. h., ich wollte ihn ausschlafen lassen, aber um kurz vor 11 Uhr fing ich dann doch an, ihn zu wecken, um 12:20 Uhr hatten wir den 2. Bestrahlungstermin. Es dauerte recht lange, bis er so zu sich kam, er wollte eigentlich gar nicht aufstehen und in die Klinik. Er hat es dann aber doch geschafft. Wir fuhren wieder im sanften Stil in die Klinik, Vomex bereits intus. Warten mussten wir diesmal auch nicht so lang, nett (?) war nur das Gespräch zweier älterer Männer, welches mit dem Satz: „Schlimm, der Kleine da." endete. Ich tat so, als würde ich das überhören, Tobi hatte sich mit seinem iPod weggebeamt. Blöde Kerle!

Ich begleitete dann Tobi noch bis unter seine Maske und fing gerade an, die

MTA um eine Kopie des Röntgenbildes zu bitten, wegen der Knochennekrosen, da stand dann Oliver Basu im Raum, frisch gestylt vom Friseur! Dr. Preßel hatte ihm wohl von Tobias' Zustand berichtet und er wollte sich mal selbst ein Bild machen. Tobi war mit ihm etwas gesprächiger, aß sogar das Duplo, was er von der Strahlenassistentin bekam, und Oliver empfahl, bald auf Morphin umzusteigen, weil auch das Tramal eine Übelkeit verursachen könne. Außerdem legte er Tobi ans Herz, mehr zu essen und zu trinken, damit er seine weiteren Aktivitäten noch gut durchhalten könne.

Bei einem Lebensmittel-Shopping bei Lidl und Edeka deckte Tobi sich mit reichlich Süßkram ein, wir erstanden auch erste Kirschen!

Auf dem Nachhauseweg forderte Tobi dann, er wolle unbedingt etwas unternehmen, ihm fiel ein Bummel durch „Toys R Us" ein, er wolle sich mal umsehen, was es so gibt. Zuerst dachte ich, okay, warum nicht, aber dann dachte ich an Niko, der bei Oma wartete, dass er endlich nach Hause kann, und wie sollte ich ihm weitere angeschaffte Spielzeuge erklären? Er fühlt sich eh immer zurückgesetzt, alles ist so schwierig. Ich lehnte Tobis Wunsch ab, sagte, ihm, dass mir das heute nicht passt, dass dafür auch zu einem späteren Zeitpunkt Zeit ist und dass wir heute mal zu Hause sind und uns da beschäftigen. Eine Situation, die so schon lange nicht mehr vorgekommen ist, wurde natürlich von ihm dementsprechend mit: *„Du bist so gemein."* und dicken Tränen kommentiert. Da kam Mutter schon fast wieder ins Schwanken, aber Erziehung jetzt ganz einstellen, das geht doch auch nicht, ich schwanke zwischen „gut so" und „was für eine blödsinnige Entscheidung", aber habe das dann so durchgezogen. Außerdem habe ich ihn dann auch noch genötigt, zu essen und zu trinken, ein halbes Brötchen mit Käse und eine Handvoll Kirschen; mit dem, was er so in den letzten Tagen zu sich nimmt, kann sein Körper sein Gewicht unmöglich halten ... Niko wurde von Oma und Opa gebracht, Claudia kam dann auf einen Sprung rüber und brachte eine Kichererbsensalat-Kostprobe mit. Lecker!

Wir spielten zu viert eine Runde Darts, Niko provokativ wie immer, Tobi angriffslustig und nickelig. Er legte sich dann schnell wieder auf die Couch und ich setzte mich zu ihm, berührte mit meinem Po sein Schienbein, aber wirklich nur sacht, daraus machte er dann einen völlig hysterischen Anfall, sodass man glauben konnte, ich hätte ihm sein Schienbein gebrochen. Mit Heulen, Schreien, Wegschubsen, es ging ihm einfach richtig schlecht, er konnte das aber nicht anders äußern (wusste ich dann im Nachhinein, in Gedanken sah ich natürlich schon wieder Bilder von der Orthopädie, ich weiß doch, wie schlecht es um seine Knochen bestellt ist ...).

Claudia entzog Niko der Situation und nahm ihn einfach mit rüber zu sich (DANKE!), Detlef stellte den Fernseher an und nach kurzer Zeit war Tobi dann eingeschlafen. Diese Ruhephase dauerte aber nicht ganz so lange, er wurde wach und musste sich sofort heftig übergeben, wir haben ihn dann ins Bett gepackt, wo er schnell wieder einschlief. Aber nur, um kurze Zeit später wieder aufzuwachen und zu klagen. Was für ein Scheiß!

Ich habe dann doch das Palli-Team angerufen und mir bestätigen lassen, dass dies wohl Folge von der Bestrahlung ist. Dann habe ich ihm erneut Vomex gegeben und um 12 Uhr in der Nacht dann das 2. Übelkeitsmedikament, morgens um 7 Uhr dann wieder Vomex, mit seinen Schmerzmitteln und der Chemo ... Er hat zum Glück die ganze Zeit weitergeschlafen, und der Feiertag mit Bestrahlungspause ist zur Erholung prima, aber er hat noch mindestens 10 weitere Termine vor sich und Übelkeit und Erbrechen sind das Schlimmste für Tobi. Ich sehe einen schrecklichen Teufelskreis, Übelkeit und Nichtessen und -trinken, ob er sich davon noch einmal erholen kann? Ich hoffe, dass den Ärzten dazu noch was einfällt, ich will ihn jetzt noch nicht so schnell gehen lassen! Und es bleibt zu diskutieren, ob die Bestrahlung wirklich unbedingt so weitergeführt werden muss wie geplant!

FREITAG, 31.05.2013

Direkt mal vorweg: Die Bestrahlung ist gut gegangen und es gab keine weitere Nebenwirkung! Welch eine Freude!

Detlef hatte heute frei und konnte uns in die Klinik begleiten. Nikolas hatte sich mit Robin verabredet, und Opa Heinz war so nett und fuhr ihn hin, damit Tobi nicht so weit Auto fahren muss! Kurz bevor wir dann in die Klinik aufbrechen wollten, klagte Tobi erneut über Schmerzen im Rippenbereich, diesmal auf der Seite der OP vom November. Oje. Ich rief direkt in der Uni an, denn es war eh geplant, die andere Seite zu tapen. Ich bekam dann einen Rückruf von

Oliver Basu, dem ich auch gleich meine Bedenken wegen der Bestrahlung und der Nebenwirkungen schilderte. Er sagte sofort, dass Tobi dann wohl Kortison zusätzlich braucht, und die gesteigerte Übelkeitsmedikation war okay. Ich fühle uns wirklich so gut betreut, Dr. Basu ist echt ein toller Arzt und Mensch. Die Bestrahlung selbst ging wieder gut, Detlef erinnert die Bestrahlungsmaske an ‚Hannibal Lektor', nur dass die Metallstäbe im Mundloch fehlen ... Anschließend wurde Tobi dann noch wie geplant in der Ambulanz getapt, ich bekam eine kurze Anleitung und darf das jetzt zu Hause selber machen wie so vieles andere ja auch, die Medis stellen, die Broviac-Pflege, aber ich bin froh, dass ich das alles machen kann und darf.

Das Rezept für das Kortison und das Tape besorgte mir erneut meine stillende Apothekerin und Nachbarin Valeska, das ist so super unproblematisch, einfach klasse! Danke!

Nach der Klinik wollte Tobi eine Runde Minigolfen, was wir auch dann getan haben, bei Sonnenschein und Nordseewind ... was waren wir alle schlecht! Danach ging es zu „Toys R Us", bin doch noch mal in mich gegangen, Tobi hat ja auch Geld bekommen und er muss ja dort hingefahren werden, um das ausgeben zu können, sparen für später ist ja nicht wirklich mehr sinnvoll. Nach langem Hin und Her sind wir dann, ohne dort Geld zu lassen, wieder weggefahren, Detlef nach Hause, Tobi und ich zu Sandra. Dort haben wir dann einen sehr netten Abend verbracht, die Jungs haben schön zusammen gespielt und Tobi war unglaublich fit, er spielte sogar Fußball und bewegte sich! Zum Abendessen gab es Sesamringe mit verschiedenen Dips vom Türken vom Heisinger Markt, sehr lecker, und sogar Tobi verputzte einen halben Ring, erneut unglaublich, hatte ich doch eigentlich große Kotzerei befürchtet!

Am Abend haben wir dann eine weitere Runde Minigolf gespielt, es gab zwar ein paar Disharmonien bei Niko, aber es war besonders schön, Tobi so agil zu sehen. Zu Hause ist er fast nicht mehr die Treppe hochgekommen und hat sich sofort ins Bett gelegt und geschlafen, aber für den fitten Tag war das wohl auch bitter nötig. Ich frage mich eh, wie er das mit so wenig Nahrung überhaupt schafft! Für morgen haben wir jetzt auch Pläne, wir wollen mit unseren besten Freunden Claudia und Frank Raclette essen, wie wir es Silvester immer machen. Die Idee hatten Lukas und

Tinki und ich finde sie richtig gut! Am Sonntag ist Kindergeburtstag von Klassenkamerad Henrik und auch das wird vermutlich wirklich stattfinden können, wie schön für Tobi!

SAMSTAG, 01.06.2013

Der Tag heute sollte eigentlich angenehm beginnen, nachdem der gestrige Tag so positiv zu Ende gegangen war, aber leider war heute Morgen die Übelkeit wieder da und mit dem Wachwerden begann erneutes Würgen. Was ein Mist! Sofort wurde das Kortison aktiviert, Tobi blieb einfach im Bett und wartete auf Besserung. Ich musste dann mal ein paar Lebensmittel einkaufen und als ich zurückkam, lag Tobi mit Papa auf der Couch und lutschte einen Lolli! Es ging ihm deutlich besser. Er konnte auch mit Verspätung die restlichen Medikamente nehmen, aß sogar ein kleines Stück Stuten.

Papa Detlef fuhr gegen Nachmittag dann mit den Jungs zu dem Elektroladen Conrad, Nikolas' Fernlenkauto, das teure Stück, hatte so was wie einen Achsenbruch und brauchte Ersatzteile, Tobi wollte mal gucken, ob da nicht was für sein Geld zu haben sei! Aber unverrichteter Dinge traf ich sie dann auf dem Minigolfplatz wieder. Die Ersatzteile müssen im Internet bestellt werden und Tobi war auch nicht fündig geworden.

Minigolf haben wir dann mit Lukas gespielt, Claudia, Frank und Tinki kamen später nach. Es war nur so schrecklich kalt auf der Anlage, zitter, frier, Sommer ...? Pa!

Nach dem Minigolfen haben wir dann bei uns Raclette gegessen, und Tinki war der Meinung, dass man das auch einfach öfter im Jahr machen sollte! Wir gestalten das schon immer glutenfrei, und Tinki genießt es sehr, dass alle dasselbe essen und sie nicht achtgeben muss, was sie essen darf und was nicht. Das ist ihr Alltag, immer aufpassen, gucken und immer irgendwas eigenes Glutenfreies ... sie hat mit ihrer Zöliakie auch ein schweres Päckchen zu tragen.

Tobi bekam von mir vorab die nächste Dosis Kortison und er aß zwar nicht übermäßig viel, aber doch einiges. Was Gesellschaft so ausmacht! Nach dem Raclette setzte er noch eine ganze Schale Heidelbeeren (125 g!) auf den Schinken und den

Mais und Nussschokolade, als Abschluss dann noch ein Ipanema (Kinder-Caipirinha) und ein Kratzeis! *Wirkt Kortison so schnell?*

Wenn er Hunger kriegt, dann begrüße ich das sehr, wenn er allerdings genauso schnell Stimmungsschwankungen und noch schlechtere Laune kriegt, dann Prost Mahlzeit ... Wir warten es ab. Außerdem schwemmt Kortison die Leukämiezellen aus dem Knochenmark, also wieder eine Entscheidung: Pest oder Cholera, Übelkeit, Erbrechen und Appetitlosigkeit oder schlechte Laune, Hunger und ausgeschwemmte Blasten.

Es wurde dann noch Fußball geguckt, und ich bekam einen Anruf von Veronika aus München. Ich hatte mich per Mail nach ihr und ihrer Familie erkundigt, mit dem Gefühl, tagelang schreiben zu wollen, aber nie die richtigen Worte zu finden, und Bäm! – Faye hat so kurz nach der KMT einen erneuten Rückfall. Das hat mich sehr schockiert, das arme Mädchen, hat wieder erneute Therapien vor sich und muss kämpfen ... ich hoffe so sehr, dass sie ihren Krebs besiegen wird, und solange es noch Therapiemöglichkeiten gibt, wird sie kämpfen, sie ist so ein starkes, ganz besonderes Kind. In zwei Tagen kommt Flo in die KMT, Engin hat es gerade hinter sich und Ebru ist gerade drin, meine Gedanken sind oft bei diesen drei Jugendlichen, die auch schon so lange ums Überleben kämpfen.

Heute kam noch ein an Tobias adressierter Brief an, den ich ihn natürlich selber aufmachen ließ, so eine verdammte Sch..., schreibt das Sanitätshaus Tobi persönlich an *wegen einer Rollstuhlanpassung!?* Ich versuchte, die Situation zu retten, indem ich sagte, dass wir den ja jetzt nicht brauchen, aber mal in den Keller stellen können, wenn wir mal einen längeren Spaziergang vor uns haben oder so ... Lukas wollte ihn gerne anfahren und Niko wollte direkt seinen eigenen, zum Selberfahren ... das ist ja alles mal völlig in die Hose gegangen. Tobi war schon etwas entsetzt, ich hoffe aber, dass es für ihn okay ist, wenn das Ding dann im Keller steht und im Notfall vorhanden ist!

Am späten Abend, Tobi schlief bereits und ich lag auch schon, stand Nikolas plötzlich an meinem Bett und wollte bei mir schlafen. Er hatte einen Albtraum, er wollte Tobi wecken und er ließ sich nicht mehr wach machen ... ich tröstete ihn, ließ ihn aber mal erzählen und heulen, das war das erste Mal, dass er seine Sorgen in Worte fassen konnte. Ich legte mich dann mit in sein Bett und tröstete ihn weiter.

Mein kleiner Niko, ich kann deinen Schmerz auch so deutlich spüren, die Trauer und die Angst ... ich habe ihm alles das erzählt, was auch mir Hoffnung macht, die Bilder in meinem Kopf vom Schutzengel und dass es Tobi nach seinem Sterben gut gehen wird, ohne Leukämie, ohne Schmerzen, dass es Menschen gibt, die schon mal fast gestorben sind und die dabei nur Licht und Frieden erlebt haben ... und er konnte endlich weinen. Ich glaube, dass meine Seele sich im Moment vor solchen Vorstellungen schützt, ich stelle mir nichts vor, habe höchstens Bilder von danach im Kopf, von Leere. Alles andere ist auch nicht zu ertragen.

SONNTAG, 02.06.2013

Das Resümee dieses Tages ist: Hochs und Tiefs liegen so dicht beieinander!

Tobias wachte heute Morgen guter Dinge auf, heute sollte Henriks Kindergeburtstag sein! Ich bat ihn zum Frühstück in die Küche (in den letzten Tagen hatte er immer im Liegen im Wohnzimmer gegessen, nicht mehr am Tisch) und er zog sich ohne Hilfe alleine an (auch das war die letzten Tage nicht möglich) und setzte sich zu uns an den Tisch, aß ein halbes Brötchen und ein Stück Fleischwurst! Und er sprach etwas mehr, auch das Reden hatte er vorher sehr reduziert!

Wir fuhren dann zu Henrik. Dort angekommen gesellte er sich sofort in den Garten zu den anderen Kindern, die allerdings tobend auf dem großen Trampolin hüpften, was ich ihm vorher bereits untersagt hatte. Er setzte sich also daneben und guckte zu, unterhielt sich mit Wim und machte auf mich eigentlich keinen so schlechten Eindruck. Ich trank noch einen Kaffee mit Henriks Mama und machte mich mit den Jungs zeitgleich auf den Weg. Es sollte der Film „Iron Man 3“ im Kino angesehen werden, den wollte Tobi zwar eh nicht so unbedingt sehen, aber ich dachte, ein Film ab 12 wird schon interessant sein.

Ich nutzte die freie Zeit und besuchte meine Tante Kiki im Krankenhaus, die einen kleinen Herzinfarkt hatte, und ich war froh, dass es ihr einigermaßen gut ging, den

Umständen entsprechend eben! Meine Patentante Inge kam noch dazu, auch schön, sie dort zu treffen! Von dort bin ich dann kurz bei meinen Eltern vorbeigefahren, die Reste des Käsekuchens holen!

Ich war noch keine 15 Minuten zu Hause, da kamen meine beiden Fahrradfahrer von ihrer Rund-um-den-See-Tour zurück. Niko quietschfidel, er wolle mit mir die gleiche Runde noch mal fahren. Eigentlich wollte ich auf Abruf zu Hause sein, um Tobi schnell abholen zu können, aber ich muss ja auch Niko gerecht werden, also sagte ich: *„Okay, ich fahr mit dir auch noch …"*, mein Schweinehund brüllte zwar, aber ich möchte, wenn Tobi Frieden gefunden hat, schwer an meiner sportlichen Fitness arbeiten, bisher ist das auch nur ein guter Vorsatz, wir werden sehen … Aber mein Kleiner hatte einen Spaß mit mir gemacht, er klärte mich dann auf, dass alles nur ein Spaß war, und er wolle sich jetzt mal entspannen gehen, in der Badewanne! Spaßvogel, hatte mit meiner Absage gerechnet! Ha!

Er sprang dann nackig in der Wohnung rum und richtete sich das Badezimmer ein und ich staunte nicht schlecht, er hatte das iPad so auf dem Klo aufgebaut, dass er bequem Weingummi kauend und in der Badewanne liegend eine Folge „Alarm für Cobra 11" gucken konnte, das Schlitzohr! Ich las ein wenig auf dem Balkon in der Sonne, sehr angenehm! Das währte aber leider nicht lange, plötzlich ging mein Handy, Henriks Papa stand mit Tobi vor der Tür, er wolle nach Hause, er hätte genug. Ich lief besorgt runter, so schlecht sah er aber gar nicht aus, keine Übelkeit oder so, aber in ihm sah es fürchterlich aus.

Er verzog sich sofort in sein Zimmer und fing bitterlich an zu weinen, nachdem er sich kurz mit Niko ein Wortgefecht geliefert hatte. Ich versuchte zuerst, Niko zu beruhigen, dass es Tobi nicht gut geht und er deshalb so böse zu ihm ist, mein Standardspruch, der sicher auch so stimmt, aber es ist oft so schrecklich gemein von Tobi, er ist richtig böse, gemein und verletzend zu Niko, er lässt seinen ganzen Frust an ihm aus, und Niko ist völlig verstört und verzweifelt deswegen, er liebt seinen Bruder, sein Vorbild, so sehr und wäre nie so fies zu ihm. Dann ging ich zu Tobi, er saß völlig verzweifelt und weinend auf seinem Stuhl und hatte so schrecklich traurige Augen. Er sagte, es hat doch eh alles keinen Sinn, er stirbt sowieso bald, und der Geburtstag wäre so blöd gewesen, er könne ja gar nichts mehr machen, und das stimmt natürlich, das Treffen mit seinen Klassenkameraden hat ihm sehr deutlich gemacht, dass er körperlich so stark abgebaut hat. Was eigentlich so positiv werden sollte, hatte sich ins Gegenteil verkehrt.

Ich hatte heute Mittag auch kurz mit einer Schwester des KinderPalliativNetzwerks gesprochen und den so positiven Verlauf des Wochenendes geschildert sowie nachgefragt, ob mit dem Kortisonhunger auch die Kortisonstimmungsschwankung schnell kommen wird. Wir sollten es abwarten.

Ich würde sagen, diese Nebenwirkung ist genauso schnell gekommen wie der Hunger, ich erinnere mich noch so gut an die Chemotherapien mit einem depressiven Tobi, aggressiv, schlecht gelaunt und patzig. Aber auch hier wieder die Frage nach dem: Was ist richtig bzw. am besten?, die mir keiner beantworten kann. Aber wenn die Bestrahlung weitergeführt werden soll, dann nur mit Kortison und demnach mit einem übellaunigen Kind, aber wer will ihm das Übellaunige übel nehmen? Ich nicht! Ich wünschte nur, er würde sich mehr an mir reiben und Nikolas in Ruhe lassen. Ich habe also versucht, ihn zu trösten, habe ihm gesagt, dass er jetzt noch nicht sterben wird und dass noch Zeit ist, dass er auch noch viele schöne Erlebnisse haben wird und dass uns trotz allem noch viel Schönes bevorsteht, aber das alles schien ihn nicht zu erreichen. Ich fragte ihn, was er jetzt machen wollte, aber alle meine Vorschläge waren nicht richtig. Er wollte alleine sein und malen, mit Wasserfarben auf seiner neuen Staffelei. Nikolas wollte dann auch malen und setzte sich in die Küche, während ich mich ums Essen kümmerte. Heraus kamen tolle Bilder, Tobias wollte seins zwar verbrennen und vom Balkon schmeißen, aber das konnte ich verhindern, das geht ja gar nicht. Es ist so schön, so traurig und so voller Gefühl, unglaublich.

Zum Essen konnte ich dann alle wieder in der Küche versammeln und danach wollte Tobi gerne pokern, also pokerten wir bestimmt eine ganze Stunde und dabei vergaß er sogar kurzzeitig seine Übellaunigkeit, verpasste aber leider nicht, Niko ab und an einen mitzugeben. Niko ging dann zeitig ins Bett und Tobi bat darum, noch nicht ins Bett zu müssen, er wolle noch ein bisschen in unserer Nähe sein. Er will eigentlich immer in unserer Nähe sein, wenn er abends ins Bett soll, dann soll ich immer mitgehen. Telefonieren ist deshalb auch wirklich schwierig. Aber Nähe zu geben ist kein Problem, ich würde ihn am liebsten sowieso den ganzen Tag kuscheln und knuddeln, solange dies noch geht. Wir haben dann den Abend zu dritt mit „Ladykracher" vor dem Fernseher verbracht. Morgen muss ich erst mal die Rolli-Sache klären, diese Idioten! Und mittags ist erneut Bestrahlung, diese Woche jeden Tag. Gerade hat er mir noch erzählt, dass sein Mund komisch ist, Schokolade essen täte ihm weh, oje! Dr. Preßel hat am Dienstag wohl richtig was zu tun!

DIENSTAG, 04.06.2013

Der Beginn der Woche ist wie jede Woche ein Montag ... diesmal der 3. Juni, ich schreibe jedoch erst heute. Tobi schlief nicht so sonderlich lang wie sonst, bat aber um eine Kuschelrunde und so kuschelten wir in den Morgen und schliefen beide noch mal ein, wie schön!

Faxe rief an, als wir gerade beim Frühstück saßen, er wolle kurz vorbeikommen ... er hat es tatsächlich geschafft! Er hatte vor einiger Zeit angefragt, ob er für Tobi noch irgendetwas organisieren könne, er und einige unserer Handballfreunde wollten Tobi eine Freude bereiten. Da Events im Moment eher nicht gehen und vor allem nicht planbar sind, hatte ich die Idee, wenn Tobi nicht ins Spielcasino darf, dann muss das Spielcasino eben zu ihm kommen.

Faxe freute sich über die Idee und legte sofort los, Tobi wusste aber von all dem nichts. Und so kam Faxe dann die Treppe hoch, drückte Tobi ein Stromkabel und eine Dose mit Kleingeld in die Hand und ging wieder zum Auto. Tobi war etwas verwirrt und dann aber superüberrascht und erfreut, als er sah, was Faxe da anschleppte! Er strahlte und nachdem Faxe ihm erklärt hatte, wie man auch wieder an das Geld rankommt, war kein Halten mehr, der Spielautomat wurde gefüttert und tutete und blinkte! Wie schön!

Lieben Dank an euch alle, meine lieben Freunde, die ihr da mit drinhängt, Tobi hat richtig Spaß damit! Dispute gab es anschließend nur mit Niko, der wollte natürlich sein Geld reinschmeißen und anschließend auch wiederhaben, eventuelle Gewinne aber natürlich behalten. Also klare Regeln aufgestellt, Geld rein und raus und Gewinne wieder rein und nicht ins Sparschwein ... Nikos Kommentar dazu: „Dann ist das ja völlig sinnlos!" Hihi! Recht hat er, ist eben nur für Spaß und nicht zum Bereichern! Dann mussten wir uns fast sputen, denn um 14:20 Uhr sollte Bestrahlung sein und vorher wollte Tobi noch ein bisschen ins Rhein-Ruhr-Zentrum. Das haben wir auch gemacht, ein bisschen Shopping, Tobi hat sich einen neuen Tischtennisschläger gekauft und zwei neue Playsi-Spiele.

Die Bestrahlung hat dann gut geklappt, nur wieder recht lange Wartezeit. Danach haben wir Lebensmittel geshoppt, wollen jetzt mal kühle Milchshakes probieren, anschließend haben wir Niko bei Oma Hanne abgeholt, die wollten ihn aber noch mal bewegen (immer gut!) und sind noch eine Runde mit dem Roller los, ich bin mit Tobi und Nikos ganzem Schulgepäck nach Hause. Dort wurde natürlich der Automat gefüttert und als Niko dann da war, sind wir alle zu Faxe gefahren, um ihm zum Geburtstag zu gratulieren. Tobi war aber ziemlich k. o., Niko zog sofort mit Laura und Paula los, später kam auch noch Henrik dazu. Der begrüßte Tobi ganz lieb, bog aber dann schnell um die Ecke und rief: „Niikooo!" – Kinder eben, da kann Tobi nicht mehr mithalten. Er wollte dann auch schnell nach Hause, auf die Couch und ausruhen. Essen ist immer noch eine Katastrophe.

Der Dienstag begann für mich mal wieder mit Haushalt und Bügeln, außerdem will ich einen Schmetterling häkeln, bin aber wohl zu doof dazu, hab aber noch nicht aufgegeben ... Tobi schlief wieder sehr lange, heute mussten wir aber schon um halb zwölf in der Uni sein. Zum Frühstück gab es dann heute mal einen Vanilleeis-Sahne-Milchshake, von dem er auch tatsächlich ein bisschen getrunken hat.

Die Wege vom Auto in die Strahlenklinik werden auch immer beschwerlicher, aber vielleicht war das auch heute der entscheidende Punkt, dass Tobi den Schalter fürs Essen umgelegt hat: Auf dem Weg nach Hause hat er gesagt, dass er ab jetzt wieder essen will, er würde sonst ja viel zu schwach, wir sprachen auch über das kommende Wochenende und da ist ja das Grillfest auf dem Minigolfplatz. Er fragte, ob ich meine, dass er da hingehen kann ... und ich sagte: *„Warten wir mal ab, wie es* *dir Samstag geht und wie du bei Kräften bist.*" Wie auch immer, ich könnte jubeln!

Er hat dann heute noch einen ganzen Apfel, ein paar Bratkartoffeln und ein winziges Stück Kotelett gegessen, Heidelbeeren, ein paar Kirschen, ein Stück Fleischwurst und am Nachmittag in der Stadt beim Bummeln ein bisschen Spaghetti-Eis und abends noch ein Rührei! So viele Kalorien wie die letzten Tage zusammen! Freu! Die Bestrahlung dauerte diesmal wieder länger, dafür kurze Wartezeit. Ich habe ein bisschen mit der Ärztin und der MTA gesprochen, die beide netterweise damals 2010 bei Tobis Typisierungsaktion mit der DKMS geholfen haben, so klein ist die Welt.Danach ging es erneut zum Lebensmittelshopping, die oben genannten Dinge wollten ja auch noch vorbereitet werden.

Um 15 Uhr klingelte es dann – Überraschung! Olli kam! Dr. Preßel ist krank und Dr. Basu hat ihn netterweise vertreten! Er hat sich auch ein gutes Bild machen können, vor allem von Tobis Stimmungsschwankungen, Tobi war garstig. Aber Olli hat einfach einen guten Draht zu Tobi, und ich ließ sie auch kurz allein, denn ich hoffe, dass Tobi ihm seine Ängste anvertraut.

Dann kam noch Schwester Petra fürs Blutabnehmen (verdammt, habe nicht nach der Pipiflasche gefragt, muss er leider weiter in den Putzeimer pinkeln, denn nachts sparen wir uns den Gang bis zum Klo ...). Tobi wollte unbedingt seinen Tischtennisschläger ausprobieren und so sind wir mit dem Roller bis zum Spielplatz gefahren. Niko düste von dort direkt zum Training und Tobi dann noch mit mir und Papa in die Stadt, ein bisschen bummeln, das ist ja eins der wenigen Dinge, die Tobi noch kann (sagt er). Diese blöden Stimmungsschwankungen ... in der Stadt beim Warten auf Papa und das Auto fing Tobi ein bisschen an zu weinen, zu Hause brauchte er ganz viel Nähe und sprach seit Langem mal wieder über seine Gefühle, unter Tränen.

Er hat so große Angst davor, alleine zu sein, wenn er gestorben ist, weg von zu Hause. Ich habe versucht, ihm seine Angst zu nehmen, habe gesagt, dass ich glaube, dass es ihm dann gut geht, ohne seine Krankheit, und dass unsere Liebe so eine starke Verbindung ist, die man auch durch den Tod nicht trennen wird.

Als Olli noch da war, bat Tobi mich auch durch Hinhalten seiner Hand nah zu sich, ich kuschelte mich an ihn auf der Couch und fragte ihn, was denn sei, und er antwortete:

„Ich will das alles nicht mehr, ich kann nicht mehr."

Mein kleiner Tobi, ich kann dich nur begleiten und ich hoffe, dass es nach der Bestrahlungszeit noch schöne Tage für dich gibt, in denen wir auch noch Unternehmungen machen können, in denen es dir besser geht als jetzt. Diese Stimmungsschwankungen sind oft richtig depressiv, aber auch da kann medikamentös was getan werden. Das Kortison ist doch besser, als ich geglaubt habe, es schwemmt zwar die Blasten aus dem Knochenmark aus, macht sie aber angreifbarer oder sogar kaputt und ist unter der Bestrahlung eher ein Segen. Die Medikamente gegen die Übelkeit soll ich mal weglassen, und Olli hofft, dass Tobi sich stimmungsmäßig auch wieder etwas verbessert, der Körper gewöhnt sich wohl auch an das Kortison.

Die Bestrahlung sollte aber komplett gemacht werden, ich hatte heute in der Strahlenklinik erfragt, ob es denn nicht nach dieser Woche gut sei, aber das wäre strahlentechnisch nicht gut und sie würden schon die weiteren Termine durchziehen wollen. Die Defekte im Hals würden sich aber schnell erholen ... also weiter Augen zu und durch.

Tobi geht immer erst mit mir ins Bett, und abends liebt er es, wenn ich neben ihm sitze und ihm die Hand kraule oder sein Bein, einfach Nähe, und ich liebe es auch!

Ein Eintrag bei Facebook hat mich grad kalt erwischt. Marlow ist am Sonntag in der Klinik gestorben, ich bin fassungslos. Ich habe zwar gewusst, dass es ihm nicht gut geht, er ist im letzten Mai zeitgleich mit Tobi transplantiert worden und war auch mehrfach in Tübingen für den Neuroblastom-Antikörper, hatte eine Windpockeninfektion, die ihm ein Augenlicht nahm, lag wegen dieser Sache lange auf der K7, jetzt zum Schluss auf K3. Es gab den Verdacht einer GvHD nach der KMT, aber ich habe nicht gewusst, dass es so schlecht steht, letzte Woche gab es noch eine Biopsie für ihn, und eigentlich wollte ich Claudia und ihn kurz besuchen, aber sie kamen erst aus dem OP wieder und so konnte ich nur kurz winken, zumal Tobi ja in der Klinik auch immer auf der Flucht nach Hause ist und nicht eine Minute zu viel dortbleiben will. Kleiner Marlow, Sternenkind. Er wird am Samstag beerdigt, und eigentlich möchte ich mich verabschieden gehen. Ich glaube, dass dies für mich selbst und für meine Trauerverarbeitung positiv sein wird, auch wenn das sicher kaum einer nachvollziehen kann, ich finde es selber ein bisschen seltsam, aber ich fühle es so. Sicher werde ich schrecklich weinen, aber auch das ist dann in der Umkehr eine Erleichterung. Mal sehen, ob ich fahre.

Dieser komplette Eintrag ist richtig schön durcheinander, aber ein bisschen sieht es auch so in mir aus. Ich habe einen total veränderten Rhythmus, muss abends wach bleiben bis 24 Uhr, morgens um halb sieben Niko zur Schule klarmachen und Tobi seine Morgenmedis geben.

Heute hat er mich schläfrig gefragt, ob er denn nie mehr richtig ausschlafen könne, ob er die Medikamente immer so früh nehmen muss, das wäre so ätzend ... aber um die Schmerzen unter Kontrolle zu haben, muss er alle 8 Stunden seine Pillen schlucken, und Schlucken ist so schmerzhaft im Moment.

Morgens würde ich dann gerne wieder ins Bett schlüpfen und mit Tobi kuscheln, allerdings sind die Morgenstunden die einzigen, in denen Tobi nicht nah an meiner Seite ist und ich Dinge erledigen kann, die ich eben mit ihm nicht so gerne tue, gleich werde ich schon mal Gulasch kochen, klein gematscht mit Kartoffeln, hoffentlich für Tobi schluckbar. Das hört sich vielleicht eher nach einem angenehmen Tag an, aber alles fällt mir im Moment unglaublich schwer, ich hab wirklich Kräfte eingebüßt. Wenn ich an die Zeiten zurückdenke, aufstehen, Kids fertig machen, kurz Haushalt, arbeiten, kochen, Hausaufgaben, putzen, Abendbrot und Bett, unglaublich, wie ich das alles mal geschafft habe, ob ich jemals wieder so kräftig und leistungsfähig sein werde? Man wird sehen.

MITTWOCH, 05.06.2013

Der gestrige Tag lief eigentlich ganz harmonisch und kuschelig ab, bis ich geschnallt habe, dass Tobi so schwach ist, dass es gar nicht anders ging ...

Aber der Reihe nach: Morgens hat Tobi nach der Tabletteneinnahme noch mal richtig tief geschlafen, so gegen 11 Uhr ist er dann von alleine wach geworden und hat angefangen, iPod zu spielen. Ich habe mich kurz dazugelegt und ihm dann einen Erdbeershake mit Sahne, Eis, Erdbeeren, Milch und Honig zubereitet, dazu gecrushte Eiswürfel, um den wunden Hals zu kühlen. Davon hat er auch ein paar Schlückchen zu sich genommen, nicht viel, aber immerhin. Dann wollte er aufstehen und malen und da er nicht wusste, was er malen sollte, schlug ich ihm vor, ein Bild für Susanne zu malen, als Dankeschön dafür, dass sie ihn für Tübingen mit Farben und Leinwänden eingedeckt hatte. Das hat er auch mit viel Lust und Eifer getan. Oma Gilla und Opa Peter kamen kurz, aber für sie hatte er kaum ein Auge, obwohl sie ihm Heidelbeeren brachten; er war ganz fokussiert auf sein Bild und ich war sehr traurig, als Opa und Oma ziemlich schnell und betroffen wieder gingen.

Danach versuchte Tobi, zu Mittag zu essen, das Gulasch und die Kartoffeln gingen aber gar nicht, Wassermelone ging. Die hat er dann vor dem Fernseher gemümmelt.

Niko hatte sich zu meiner großen Freude mit einem Klassenkameraden verabredet und ich brachte ihn dann schnell dorthin, Tobi wollte kurz allein bleiben, wollte nicht, dass irgendwer kommt. Es ist aber unglaublich schwer für mich, ihn auch nur 10 Minuten ganz alleine zu lassen, und das mach ich echt gegen mein Bauchgefühl, aber manchmal geht es halt irgendwie nicht anders.

Den Nachmittag haben wir dann Hände kraulend vor dem Fernseher verbracht und bei „Pastewka" konnte Tobi tatsächlich auch ab und zu mal schmunzeln. Zu diesem Zeitpunkt war ich immer noch der Ansicht, er würde sich nur ausruhen, heute mal einen Ruhigen machen, Kräfte sammeln.

Um 17:30 Uhr klingelte dann Luki, Tobi ließ sich anziehen und die beiden versuchten, den Geldautomaten zu plündern. Leider mussten wir ja in die Klinik und so musste ich das Zusammensein der beiden schnell unterbrechen. Auf dem Weg in die Uni habe ich noch kurz Halt bei Oma Hanne gemacht, Stefan und Nicole waren auch da und Tobi hat sich kurz Kraft bei ihnen geholt, er sagte im Auto, dass die beiden wie seine Mentoren wären und es ihm so guttut, sie zu sehen. Tobi war so schwach, er konnte während der doch fast 35 Minuten Wartezeit vor der Bestrahlung kaum mehr auf dem Stuhl sitzen, beim Maskeanziehen hat der Idiot von MTA auch noch seine Haut am Hals eingeklemmt, und Tobi war völlig weinerlich und am Ende. Direkt nach der Bestrahlung klagte er über Luftnot, seine Luftröhre wäre so eng und schlucken ging gar nicht. Wir machen ja seit Langem die Einteilung von 1–10 für Schmerzen und diese hier waren 8, also kaum zum Aushalten. Ich führte ihn dann mehr stützend zum Auto, bis auf seinen Sitz, er legte sich sofort, konnte kaum die Augen aufhalten und wir fuhren ganz langsam nach Hause. Detlef trug ihn die Treppen hoch und legte ihn ins Bett, ich gab ihm eine Eishalskrause und zusätzliche Morphintropfen, aber die Schmerzen wollten nicht nach-

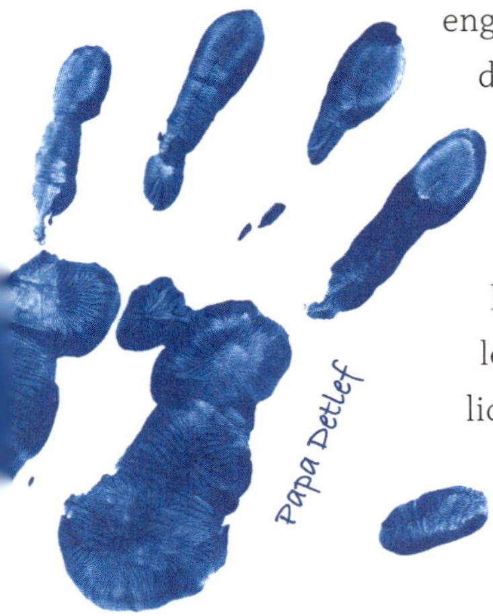

lassen. Dann ist er irgendwann eingeschlafen, seine Tabletten wollte er im Schlaf nehmen, das hat aber nicht geklappt, denn als ich ihn mit Detlef zusammen um 23 Uhr weckte, war er sofort richtig wach und jammerte kläglich, schluckte zwar die Tabletten, aber mit größter Kraftanstrengung. So ein großer, verdammter Mist. Das Ziel war doch Lebensqualität! Und jetzt leidet er so schrecklich, ich glaube, ich kann ihn nicht noch ein weiteres Mal unter die Bestrahlungsmaschine legen, das kann ich einfach nicht. Und Tobi ist trotz allem so ... hab kein passendes Wort dafür, er lässt alles über sich ergehen, so vertrauensvoll, klagt nicht, stellt nichts infrage, macht mit, trotz größter Not ...

DONNERSTAG, 06.06.2013

Heute Morgen habe ich dann um kurz nach 8 Uhr in der Klinik angerufen, mit der Bitte um Rückruf von Dr. Basu, der rief auch sofort zurück und allein das ließ mich seit Langem mal wieder meine Fassung verlieren. Unter Tränen erklärte ich ihm meine Gedanken und Sorgen, sagte ihm, dass seine Kraft gestern nur für 2 Stunden gereicht hat, dass er so wenig getrunken hat, ob eine Infusion heute in der Klinik möglich wäre, und dass ich die Bestrahlung abbrechen will, um dieser Quälerei ein Ende zu setzen. Er klang recht besorgt und versprach, sich zu kümmern, das im Team zu besprechen und bald zurückzurufen.

Rückruf erhalten.

Ollis Plan ist entweder Morphinpumpe oder Nasenspray und Granulat, um die Schmerzen erträglich zu machen, damit er wieder schlucken kann, und Bestrahlung heute und morgen, Wochenende Pause und am Montag erneutes Überdenken. Heute soll er Infusionen kriegen in der Klinik, und Ziel ist es, ihm die Schmerzen zu nehmen. Gegen die Schwellung der Rachenhinterwand soll eine Zusatzgabe Kortison helfen; aber mein Bauch wehrt sich, ich bin sehr skeptisch, ob das überhaupt klappen kann, aber Olli sprach wieder von der Stabilität und will ich verantworten, dass er querschnittsgelähmt wird? Aber kann ich seinen jetzigen Zustand verantworten? Ist nicht mehr nur Pest und Cholera, ist Messerstich oder Peitschenhieb.

Ich schwanke zwischen ruhig Blut und heftiger Panik, was sagt denn mein Bauch?

Ich glaube, er sagt, vertrau Olli, gib ihm die Chance zu gucken, heute noch, morgen sehen wir weiter. Es ging dann so weiter, dass Tobi bis 11 Uhr geschlafen hat, dann haben wir zusammen iPod gespielt, danach nahtlos auf die Couch gewechselt und weiter „Pastewka" geguckt. Tobi war sehr schlapp und wollte auch nicht in die Klinik, ich konnte ihn aber doch dazu bewegen, ich erzählte ihm von meinem Telefonat und dass Olli alles tun wird, damit es ihm besser geht. In der Klinik angekommen, konnte er kaum aus dem Auto steigen, schleppte sich zum Fingerpiks, ich ließ ihn dort kurz sitzen, um einen Rolli zu organisieren.

Das nur so am Rande, unseren Rolli hatte ich ja schon geordert, das Rezept ist dann zur Krankenkasse gegangen, die haben eine Firma in Kamp-Linfort beauftragt, uns damit zu versorgen. Dann kam der Brief, dass diese Firma versucht hat, uns telefonisch zu erreichen, es aber nicht geschafft hat (glatte Lüge, sehe sowohl mobil als auch auf dem Festnetz, wer angerufen hat), dann habe ich da angerufen und um Rückruf gebeten. Das passierte nicht, also ein weiterer Tag verschenkt. Heute wieder da angerufen, der Kollege, der sich kümmern sollte, sei im Urlaub, seine Vertretung im Moment beschäftigt ... wieder: Bitte um Rückruf, der kam, als ich auf dem Klo saß. ;) Ich wieder angerufen, durchgegeben, welchen Rolli wir damals hatten, sollte dann noch Sitzfläche ausmessen, keinen Zollstock gefunden ... Lineal genommen ... dann konnte er mir keinen Liefertermin nennen. Ich meinte, aber doch sicher noch vor dem Wochenende!? Das konnte er mir nicht zusagen, eventuell müsse der Rolli auch bestellt werden ... und die Urinflasche würden sie aber mitliefern ... ha, die Auslieferfirma würde sich dann bei mir melden. Bin mal gespannt, aber genau so habe ich mir das vorgestellt, wie das laufen würde, wenn man den Rolli braucht, muss man noch Tage darauf warten!

Hab dann auf der K3 einen Rolli gemopst und Tobi in die Ambulanz gefahren.

Olli und Dr. Tippelt haben uns direkt empfangen, Olli hat Tobi erst mal eingehend befragt und Tobi hat Auskunft gegeben, allerdings hing er dabei im Rollstuhl und seine Augen rollten vor Schwäche immer nach hinten. Olli baute ihm dann die Morphinpumpe an, die Schwester nahm Blut ab und hängte ihm noch eine Infusion an. Auf eine unbedeutende Frage hin fing Tobi bitterlich an zu weinen, alles wäre so schwer und so doof, und Olli fand nette Worte, um ihn zu trösten (und mich mit).

Plötzlich rief meine Mutter an, wo wir denn wären, die Strahlenklinik hätte gerade angerufen, wo wir denn blieben, sie hatte schon ein Bild von einem Autounfall im Kopf, weil wir ja sehr zeitig weggefahren waren. Mit Rolli und Infusion geleitete uns eine liebe Krankenschwester dann in die Strahlenklinik, dort wartete schon Olli, er hatte kurz auf der KMT-Station ein bisschen Morphin aufgezogen, damit er die Boli der Pumpe gut einstellen konnte. Er ist echt supertoll, während der Bestrahlung hatte ich kurz Zeit, um allein mit ihm zu sprechen, und er sagte mir, dass er so hofft, dass Tobi nach der Bestrahlung noch mal auf die Füße kommt. Dann hätten wir alles richtig entschieden, dass er das aber auch nicht sicher weiß. Es weiß eben keiner, wie lange und wie überhaupt, aber ich vertraue ihm echt voll und ganz und das ist wirklich ein ganz großes Geschenk, denn ich habe das ja in der langen Klinikzeit auch anders erlebt (so nach dem Motto: Pack dein Kind und flieh!).

Tobi machte ihm später auch noch ein Riesenkompliment, erst mal bedankte er sich von sich aus bei Olli und zu mir sagte er später, dass Olli ja sein Klinikvater wäre! Und er bedankte sich auch bei mir, was mir natürlich wieder die Tränen in die Augen trieb.

Dann organisierte mir Herr Schneider, der stellvertretende Klinikpflegedienstleiter, noch einen Rolli zum Mitnehmen, den ich auch ins Auto (Hyundai Atos ...) hieven kann, eine supernette Aktion und ich weiß sie sehr zu schätzen!

In der Klinik hat Tobi noch mal kurz abgekotzt, dann sind wir schnell nach Hause gefahren, mit einem Abstecher über McDrive, Tobi wollte einen Burger essen, den wir aber dann mit nach Hause genommen haben. Zu Hause erwartete uns schon Onkel Stefan, angefordert von Oma Hanne, weil es Tobi so schlecht ging. Er trug ihn dann die Treppe hoch und kuschelte sich mit ihm auf die Couch. Tobi aß ein bisschen von seinem Burger, ich erinnerte ihn dann an den Bolus und er gab sich einen, um dann sofort wieder zu erbrechen. Dann klingelte es und ein Herr vom Ehemaligenverein und Tobis Klassenlehrerin des Gymnasiums kamen. Der Termin stand schon länger, der Ehemaligenverein der Schule hatte ein Geschenk organisiert, einen grünen Kopfhörer, den Tobi sich schon immer gewünscht hatte. Er hat sich doll gefreut, seine Klassenlehrerin hatte Fotos mitgebracht von der heutigen Kunstaktion, an der Tobi ja wegen Schwäche nicht teilnehmen konnte, aber da war überhaupt nicht dran zu denken. Wir plauderten nett, und zwischendurch kam noch

Robin, das hatte sich Tobi gewünscht. Und Oma Hanne und Opa Heinz waren auch noch da, was für ein Trubel! Als der Besuch weg war, aß Tobi ein paar Heidelbeeren und dann noch Wassermelone, die er aber sofort wieder erbrach.

Mist, aber davon ließ sich Tobi nicht entmutigen, er aß dann weiße Schokolade, wir schickten den Papa noch Fleischwurst kaufen, in der Zwischenzeit musste ein Wiener Würstchen dran glauben und dann noch ein Vollkornbrot mit Fleischwurst. Ich hoffe, das bleibt drin, wenn die Menge wieder rausmüsste ...

Morgen ist wieder Bestrahlung, vorher noch ein Liter Infusion und ein kurzes Gespräch mit Oliver, der auch die nächsten Tage Palli-Dienst hat, welch ein Glück für uns! Und ich hoffe, dass Tobi sich dann übers Wochenende päppeln kann, und am Montag wird über die weitere Vorgehensweise entschieden.

FREITAG, 07.06.2013

So langsam fang ich an, den ruhigen Morgen zu genießen, meine Zeit für mich!

Heute Morgen überraschte mich meine Freundin Anke, die mir zwei Sonnenfänger in Knallfarben brachte, die meinen Balkon deutlich aufwerten! Werde wohl am Montag bei guter Wetterlage mal die Morgenluft dort genießen!

Tobi wurde gegen 11 Uhr wach, sehr zerknittert und mit großen Schmerzen in Mund und Hals. Ich startete also die Bolusgabe und nach 12 Uhr waren wir bei 5 Boli, ohne ihn schmerzfrei zu haben. Na toll, kein Wunder, dass er völlig angenervt war. Ihm ging alles auf den Keks, vor allem ich, weil ich ihn ja ständig fragte, wie es jetzt ist und ob er denn jetzt mal essen oder trinken könnte. Ich hatte auch ein bisschen Zeitdruck, denn eigentlich wollte ich um 13 Uhr in der Klinik sein, damit die Infusion dran kann und wir möglichst flott da wieder wegkönnen. Aber Tobi konnte nicht schnell.

Als weitere Überraschung kam dann Stefan, der Tobi ein wenig motivierte und mir dann half, ihn ins Auto zu bringen. In der Klinik war die Stimmung ganz unten. Dr. Tippelt erhöhte die Grundmorphindosis und die Bolusdosis und ich hoffe, dass er damit hinkommt. Leider muss er auch für die Verdauung Movicol als Pulver im Getränk zu sich nehmen, das wird die nächste Katastrophe. Die Blutwerte sind weiter in den Keller gegangen, Hb zwar noch bei 12, aber Thrombozyten bei 65 000 und Leukos bei 800, Mist, also Blutungsgefahr im Anmarsch, Infektgefahr erhöht, Thrombozytengabe in Aussicht … Pause von Chemo und Virenmittel, Start von Antibiose, war glaub ich in einem früheren Leben Pharmazeutin, das geht mir alles so locker von der Hand … :(Olli schaute auch noch kurz rein und verabschiedete sich mit: *„Wir telefonieren am Wochenende mal."* Supernett, oder?

Tobi hat Spaß an Hörspielen gefunden und sich seinen neuen Kopfhörer mit in die Klinik genommen. Sprechen hat er auch deshalb ganz eingestellt.

Eine Krankenschwester aus der Ambulanz war noch so lieb und hat mich mit einem Kaffee versorgt, nicht nur der Sohn kriegt ein bisschen Sonderbehandlung, das tut wirklich gut.

Später wurde noch der Rolli nach Hause geliefert, ein Kinderrollstuhl in Knallgelb, Sitzfläche viel zu eng und Rückenlehne viel zu niedrig, konnte er direkt wieder mitnehmen nach Kamp-Lintfort, was sich die Krankenkasse bei so 'nem Scheiß nur denkt … muss da unbedingt mal anrufen, am liebsten wäre mir, dass sie denen den Auftrag wieder entziehen und wir das hier in Essen formlos über eine ortsansässige Firma abwickeln würden!

SAMSTAG, 08.06.2013

Samstagabend, Tobi ist gerade nach einer Übelkeitsattacke in meinem Arm auf der Couch eingeschlafen und einhändig (die andere hält Tobis schlafende Hand) ist es mir jetzt möglich, mich erneut schriftlich zu sortieren.

Gestern Abend und heute ist viel passiert …

Gestern Abend hatte Detlefs Freund Andi zu seinem 50. Geburtstag zu unserem Haus-und-Hof-Griechen geladen, 80 Gäste, darunter einige Menschen, die ich sehr lieb habe, und einige, die ich irre lange nicht gesehen habe. Tobias wünschte sich, dass Cousin Robin bei ihm schlafen sollte, und den Wunsch konnten wir ihm erfüllen. Stefan und Nicole kamen auch noch kurz. Meine Mama brachte Niko mit, die hatten den Nachmittag mit Nikos Klassenkameraden und Opa im Freibad verbracht. Fand ich richtig super!

Detlef und ich konnten so um kurz vor 20 Uhr gehen, Mami kümmerte sich um ihre drei Enkeljungs.

Tobi ließ leider wieder seinen ganzen Frust an Niko aus, der einen Großteil des Abends eingeschlossen in seinem Zimmer verbrachte, bekloppte Einfälle hatte (aus dem Fenster springen wollte ...) und schrecklich traurig war. Für Mami war das alles sehr furchtbar mitanzusehen, und im Nachhinein hätte ich besser nicht auf die Feier gehen sollen. Tobi war aber auch so gemein zu mir, so angenervt, dass mir ein bisschen Abstand guttat, und ich erhoffte mir eigentlich, dass auch ihm das guttäte, so war das immer, wenn er zu viel von mir hatte, und das waren einige Male, gerade die Krankenhausphasen, Tabletten geben und so, da hatte er schon oft richtig Brass auf mich. Ich habe auf jeden Fall die Abwechslung genossen und mich nett unterhalten, lecker gegessen und getrunken und sogar gelacht, für kurze Momente mal alles vergessen. Um kurz vor 23 Uhr habe ich dann das erste Mal auf die Uhr gesehen, kurz telefonisch nachgehört, wie die Lage zu Hause ist, und mich dann sofort auf den Weg gemacht. Detlef ist auf meinen Wunsch hin noch dageblieben, ich hoffe, das Abschalten hat auch bei ihm geklappt. Mami hatte derweil die Kinder bettfertig gekriegt, Robin durfte neben Tobi in meinem Bett schlafen, ich habe auf der Couch genächtigt, war so am einfachsten und ich dachte auch, recht bequem ... Aber diese Nacht ging auch rum. Morgens um 8 Uhr polterte Niko ins Wohnzimmer und wollte sofort weiter ins Schlafzimmer stürzen auf der Suche nach seinem iPod, der dort nachts meist in der Ladestation liegt! Rüüüücksicht! Ich schickte ihn sofort raus und zurück in sein Zimmer, er solle Nintendo spielen oder lesen (ha), wenige Minuten später rief er: *„Ich find meinen Nintendo auch nicht ...“* Bin dann schnell zu ihm gestürzt, dass er nicht alle wach brüllt und – ein Blick, sowohl iPod als auch Nintendo lagen auf der Fensterbank, er hatte sich am Abend alles bereitgelegt, das aber leider vergessen! Ich war dann ja wach und hab Frühstück gemacht. Niko bat ich, Brötchen zu holen, was er erstaunlicherweise auch ohne zu murren tat.

Tobi und Robin waren auch wach geworden und ich bekam zufällig mit, wie sie sich im Bett unterhielten. Tobi hat wohl Robin als Gesprächspartner auserkoren, ihm von seinen Schmerzen und von seiner Angst vor dem Tod erzählt. Mein armer Robin, ich hoffe, du konntest, du kannst das aushalten ...

Frühstücken war für Tobi nicht möglich, er schlief sofort wieder ein, nachdem Robin und Niko das Zimmer verlassen hatten. Ich bat die beiden dann, draußen zu spielen, was sie auch bereitwillig taten. Eigentlich wollten alle Jungs mit Detlef zu Saturn fahren, deshalb packte ich auch den Rolli ins große Auto, bevor ich mich auf den Weg nach Bochum machte, zu Marlows Beerdigung. Ich war morgens doch kurz unsicher, ob ich das kräfttemäßig verpacken würde, aber ich bin sehr froh, dass ich Abschied nehmen konnte. Claudi und ihr Mann umarmten mich und sagten, sie freuten sich, dass ich gekommen bin.

Marlow lag in einem recht kleinen, weißen Sarg, es gab Blütenblätter und Sonnenblumen und er guckte mich von einem großen Portrait aus an. Ich war so früh dort, dass ich kurz allein mit ihm in der kleinen Kapelle war und kurz Zwiesprache mit ihm halten konnte. Marlow, Tobi wird überrascht sein, dass du schon drüben bist, nimm ihn in Empfang und dann tut das, was ihr auch zu Lebzeiten so gerne getan habt, spielt und lacht!

Ich hatte dann noch Zeit, um meine Fassung wiederzuerlangen, und setzte mich abseits auf eine rote Friedhofsbank und hing meinen Gedanken nach ... welch Ruhe dort herrscht, nur Vogelzwitschern, Wasser läuft in eine Kanne, ein Junge, etwa so alt wie Niko, mit zwei Frauen, Bilder entstehen in meinem Kopf, ich mit Niko am Grab, Blumen pflanzen, Erinnerungen an Marlow, an unsere gemeinsame Zeit, Wut, dass beide Eltern starke Raucher sind, wie das im Zimmer stank, aber auch Erinnerungen an gemeinsames Leid, die letzte Transplantation, Marlow hinter der Scheibe im ersten Zimmer, ich hab ihm so oft durch die Scheibe gewunken und Mut zugesprochen ... Dann war es Zeit, wieder zur Kapelle zurückzugehen, da war die Fassung dann direkt wieder hin, erst sah ich eine Mama, die ihren Sohn vor ca. 8 Monaten zu Grabe tragen musste, er wurde nur vier Jahre alt, glaub ich, oder fünf. Bei ihr standen noch andere, die ich entfernter aus der Klinik kenne, aber dann glitt mein Blick auf die Abordnung aus der Klinik ... ich war betroffen und begeistert zugleich, was arbeiten da für tolle Menschen!

Ich bin tief beeindruckt davon, wer alles Abschied nahm, wer alles enger mit Marlow zu tun hatte: die Kliniklehrer der Ruhrlandschule, Olli, Frau Dr. Höfs, Herr Dr. Tippelt und zwei weitere Ärzte, die Kinderkrankenschwestern, vier an der Zahl. Und sie nahmen mich, die ich ja allein da war (und das auch so wollte), in ihre

Mitte. Die Pfarrerin fand liebe Worte, es wurde schöne Musik gespielt und erstaunt war ich darüber, dass Marlow wohl seinen Tod mitbestimmt hat. Er hat gesagt, dass er genug hat und sterben wollte, und hat das dann auch getan, nachts, die Hand seiner Mutter haltend. Jeder Trauergast bekam einen kleinen, bunten Klebestern oder Schmetterling und durfte den, nach einer kurzen Geschichte, auf den Sarg kleben. Das fand ich sehr, sehr schön. Entsetzt war ich einerseits darüber, wie viele Leute doch Schwarz trugen, obwohl das ausdrücklich nicht gewünscht war. Ich hatte mir extra ein oranges T-Shirt und einen bunten Blumenschal rausgesucht, obwohl mir Klamotten so unwichtig sind. Und während der Trauerfeier gingen bestimmt vier Mal Handys an mit den unmöglichsten, lauten Klingelmelodien ... da muss unbedingt auch ein Statement vor Tobis Beerdigung von mir kommen, das geht ja gar nicht!

Auf dem Weg zum Grab musste ich mich selbst ganz eng umklammern, Schmerz im Herz, im Bauch, im Leib, sah bestimmt ziemlich verkrampft aus und fühlte sich auch so an, aber auch hier stellten sich sofort Bilder ein, hinter dem Sarg hergehen, aber nicht hinten, sondern vorn ... und dann war Olli neben mir, ging ein paar Schritte mit mir und sagte dann etwas über ‚Elektrogeräte spielen im Himmel', eine schöne Vorstellung, und ich erzählte ihm von meinem persönlichen Abschied und meiner gedachten Bitte an Marlow. Und ich sagte ihm, dass die Trauer nur hier unten ist, dass es Marlow jetzt sicherlich gut geht, und das benickte er mit einem wissenden Lächeln und das ist etwas, an das ich wirklich glaube, mein Glaube an Gott und an den Sinn, ein so junges Leben zu beenden, wankt aber doch sehr.

Ich weiß auch nicht, ob ich einen Pfarrer für Tobis Beerdigung will, aber wer soll dann sprechen? Ich? Hab ich die Kraft dazu? Man wird sehen. Am Grab wurde dann noch das „Vaterunser" zusammen gesprochen und alle hielten sich an der Hand, eine schöne Geste, gemeinsam erlebte Trauer, Hand in Hand. Meine linke Hand hielt die von Dr. Höfs und sie fragte mich leise, ob wir gemeinsam ans Grab gehen sollen, was ich mit einem geflüsterten „sehr gerne" bejahte. Claudia, ihr Mann und Marlows Schwester standen am Grab und nahmen die Beileidsbekundungen an, ich hörte Marlows Papa sagen: *„Ich habe zwar meinen Sohn verloren, aber ich habe ja noch eine Tochter"*, und er wünschte mir viel Kraft und alles Gute ... Ich glaube, ich möchte am Grab von Tobi auch von allen gedrückt werden.

Auf dem Weg zum Auto habe ich mich dann mit Olli über Tobi unterhalten und ihn gebeten, ob man nicht die Infusionen auch zu Hause machen könne, und er sagte, er würde direkt mal mitkommen! Super! Er kam einige Minuten nach mir an und ich sagte Tobi, dass ich mit Olli gesprochen hätte und der gleich mal kommen würde wegen der Pumpe und der Infusion, und das war auch nicht geschwindelt, denn ich hatte Tobi von Marlows Tod und meiner Tour zur Beerdigung nichts erzählt, damit will ich ihn nicht belasten. Olli blieb aber nur sehr kurz, Tobi wollte, dass er schnell verschwindet, er legte nur kurz die Infusion und stellte die Boli auf halbe Kraft und öfter möglich ein, weil Tobi die Gaben immer sehr doll merkt und ihm schwindelig, schummerig und schlecht wird. Zum Glück bin ich ja bestens ausgestattet mit allem und konnte ihn dann selber abstöpseln.

Dann ging noch das Telefon und Frau Flachenecker, Tobis Hauslehrerin, rief an, ob sie mal kurz kommen dürfe, was abgeben, ich sagte: *„Gerne“*, aber Tobi wollte nur seine Ruhe haben und niemanden sehen. Sie kam dann und brachte Muffins, eine große Schüssel geputzte Erdbeeren und Sahne, das fand ich so unglaublich lieb. Leider hatte Tobi nichts davon, er hat heute die Nahrungsaufnahme fast komplett eingestellt, ein bisschen Brötcheninneres, ein paar Löffel Eis und ein paar Bröckchen Schnitzel waren seine kompletten Nahrungsmittel des Tages, dazu die Morgentabletten um 14:30 Uhr (!) und wenige Schlückchen Flüssigkeit. Aber allen anderen haben die Gaben gut geschmeckt.

Robin und Niko hatte ich nach den Muffins erneut vor die Tür gesetzt und als sie mit Luki im Schlepptau wieder reinwollten, habe ich sie erneut zum Spielen rausgeschickt. Dazu hatten sie aber jetzt wohl keine Lust mehr und setzten sich in die öffentlichen Verkehrsmittel und fuhren zu Stefan. Eigentlich ein Grund, um auszuflippen und kräftig zu schimpfen, einfach ohne Bescheid zu sagen, Niko ist ja erst 9 Jahre alt, aber ich kann die Flucht verstehen. Ich bat Stefan zu organisieren, dass Niko bei Robin schlafen kann, und das klappte auch. Tobi beweinte fürchterlich, dass er so schwach ist, dass er auch zu Onkel Stefan will, dass er auch bei Stefan schlafen will, bei Robin schlafen will und er entwickelte in seiner Schwäche trotzdem enorme Wut, stieß mich weg und heulte bitterlich, aber es hilft ja nichts, in dem Zustand geht es nirgendwo mehr hin. Detlef ging dann auch auf meinen Wunsch hin zu unserer Verabredung mit Freunden, ich hielt Tobis Hand. Er war so verzweifelt, sagte, er wäre ein Arsch, ein Versager, und ich hätte ein anderes Kind verdient, und ich beteuerte, dass er das Beste ist, was mir je passiert ist, das tapferste Kind, so ein Goldschnatzi, so ein gut gelungener Junge und dass ich auch traurig bin und mir gewünscht hätte, dass er ein alter Mann werden darf. Ich versuchte ihn dann noch zum Essen und Trinken zu kriegen, mit vielen Boli, aber der Schmerz wollte nicht gehen. Zu allem Überfluss wurde ihm dann wieder kotzschlecht und er hing über dem Eimer, kriegte es aber doch hin nicht zu brechen, denn dann wäre ja alles Essen umsonst gewesen ... darüber schlief er dann ein. Oma Gilla und Opa Peter kamen noch kurz, sie waren auf der Minigolfanlage, um Freddy zu gratulieren und unseren Obolus zum Geschenk abzugeben; heute war ja großes Grillfest auf der Anlage geplant und so wie sie erzählten, waren alle schrecklich betroffen. Carmen hatte T-Shirts für die Jungs anfertigen lassen.

Für Tobi: >> Hugo-Bezwinger am 19.05.2013<<
Und für Niko: >> Fast-Hugo-Bezwinger am 19.05.2013<<

So süß! Hugo hatte wohl in seiner Trauer schon gut getankt und doll geweint. Außerdem hatten alle zusammengelegt und für Tobi noch einen neuen Ball gekauft, aber als Oma und Opa die Sachen brachten, konnte er kaum die Augen aufmachen. Jetzt liegt er neben mir, ist leicht verschwitzt, atmet schwer und ich weiß, dass ich ihn nicht mehr bestrahlen lassen werde. Was für eine Quälerei. Er kann auch keine Tabletten mehr schlucken. Was wäre, wenn er jetzt einfach aufhören würde zu atmen? Es ist so schrecklich, ich will nicht, dass er stirbt, aber ich kann ihn auch nicht mehr leiden sehn, ich kann den Gang der Dinge ja eh nicht beeinflussen, und Wünsche werden wohl auch nicht berücksichtigt, *was soll man sich denn auch wünschen?*

SONNTAG, 09.06.2013

Der Morgen begann für mich mit einem heftigen Gewitter gegen kurz nach 4 Uhr. Tobi schlief, atmete schwer und unregelmäßig, seine Hände waren ganz verkrampft und ich vermutete, dass dies von den Schmerzen kommt, also gab ich ihm 3 Boli im Schlaf. Richtig wach wurde er nicht, so um 11 Uhr rief ich bei Schwester Anjeli vom Palli-Team an und sie versprach, bald zu kommen, für die normale Infusion und eine Novalgininfusion. Tobi lag völlig abgeschlagen im Bett und war ganz giftig und grantig zu ihr. Nach dem Novalgin ging es ein wenig besser, aber Tobi steigerte sich in die Schmerzen so rein, dass er subjektiv meinte, niemand könne ihm diese Schmerzen nehmen, so wie das eben auch bei der Mukositis nach Chemotherapie oft tage- und wochenlang war. Dann gab es noch 1 Liter Flüssigkeit und danach verspürte Tobi doch Hunger, wechselte vom Bett zur Couch und fing dann an zu essen. Es gab aufgebackenes Stangenbaguette mit Zaziki und er aß mit Freude! Welch ein Glück.

Dann sollte er seine Tabletten nehmen, aber er wollte erst noch Schokolade essen. Okay. Als ich aber dann sagte, jetzt müssten die Pillen rein, da war ihm schlecht, dann haben wir also noch ein bisschen gewartet, aber der Novalginspiegel in ihm sank ... und dann hab ich ihn genötigt, etwas Wasser zu schlucken, und keine 10 Minuten später musste er so heftig erbrechen. Scheiße! Er sagte, sein Hals wäre innen so geschwollen, und ein Stück Kotze würde festsitzen ... Ich habe ihn dann wieder genötigt, die Tabletten endlich zu nehmen, dabei ist auch ein Mittel gegen Übelkeit, aber sie kamen in einem 2. Kotzanfall direkt wieder ... Zwischen den beiden Brechanfällen hatte ich freudig Schwester Anjeli angerufen, um ihr zu sagen, dass alles gut wäre, Tabletten drin, Tobi auf dem Weg bergauf, habe dann direkt wieder angerufen, ob sie bitte doch noch einmal kommen könne, für eine weitere Novalgininfusion. Sie kam dann auch um 21 Uhr, schloss alles an und sagte, dass sie morgen früh alles berichten würde und nach einer Lösung gesucht werden würde.

Mein Niko kam zwischendurch endlich nach Hause, glücklich und ausgetobt, ich bin so froh, dass ich ihn bei dem ganzen Chaos um Tobi nicht auch noch hier rumspringen hatte, ich hätte beiden nie gerecht werden können. Ihm habe ich dann beim Zubettbringen noch ein La-le-lu gesungen, so wie früher, als er noch klein war. Das hat er sich vor ungefähr 14 Tagen das erste Mal gewünscht, nachdem er ein paar Abende Spieluhr gehört hatte, und ich könnte mich amüsieren, er tut dann, wenn ich das Zimmer nach dem Singen verlasse, so, als wäre er schon eingeschlafen!

Voll süß!

Ich hoffe, dass es Tobi morgen ein bisschen besser geht, obwohl ich fürchte, dass seine Blutwerte weiterhin schlecht sind und somit der Hals von den wenigen Leukozyten nicht schnell repariert werden kann. Nasenbluten hatte er heute auch recht heftig, also ist wohl auch eine Thrombozytengabe nötig. Wir werden sehen. Die Bestrahlung brechen wir ab, ich hoffe, dass dies die richtige Entscheidung ist und dass sein Hals hält, sonst wäre alles umsonst gewesen. Aber länger kann ich ihm diese Qual nicht mehr zumuten.

MONTAG, 10.06.2013

Wie lange muss er sich noch quälen?
Wird er sich noch mal von diesen Strapazen erholen?

Meine Form schwankt auch ständig, eben noch habe ich gedacht, es geht stetig und schnell auf das Ende zu, so jämmerlich war sein Zustand. Eine Novalgininfusion später sitzt das Kind im Bett, Onkel Stefan an seiner Seite, und malt mit Acrylfarben im Bett und isst dazu weiches Vollkornbrot mit Fleischwurst, in ganz kleinen Stückchen zwar, aber er isst! Die Schmerzen kommen endlich in den Bereich des Erträglichen, jetzt hoffe ich nur, dass die Bröckchen auch drinbleiben ...

Wie der heutige Tag war? Viel los in meinem Schlafzimmer. Tobi schlief wieder lange, bis 11 Uhr. Er wurde wach, als Frau Dr. Cyrull und Schwester Nicole im Schlafzimmer aufschlugen. Sie verpassten Tobi eine Novalgininfusion und hängten dann auch noch Flüssigkeit an. Auch Blut wurde entnommen, Werte weiter fallend, Thrombos bei nur 15 000, deshalb kam Dr. Cyrull auch um 16 Uhr noch mal und gab ihm eine Thrombozytenkonserve. Die Leukozyten sind stabil bei 800 geblieben und der Hb ist auch gesunken auf 10,9, also noch okay. Mit dieser Infusion war Tobi nicht schmerzfrei und die Morphindosis wurde erneut erhöht. Gestartet wurde mit 0,5 ml/h und jetzt sind wir bei 1,6 ml/h. Ganz süß war, dass Niko sich während der Untersuchung und der Infusionsgabe neben Tobi legte, seine Hand hielt und beruhigend auf ihn einflüsterte und Tobi dies auch zuließ. Tobi hatte so starke Schmerzen und war von den ganzen Medikamenten so abgeschossen, dass er eigentlich nur kurz wach war und mit Niko ein bisschen iPod gespielt hat, ansonsten hat er bis ca. 19:30 Uhr nur geschlafen und gedöst.

Mit Niko ist mir heute Morgen auch mal wieder ein Highlight passiert, Montagmorgen, Kind schwer wie Stein im Bett, kaum zu wecken. Ich habe ihn geweckt wie jeden Tag, Kuscheln so ca. 20 Minuten, dann der letzte Wecker und er sollte aufstehen. Das tut er aber nie, er braucht immer noch zwei weitere Ermahnungen. Dann geht er aufs Klo, zieht sich aus und kuschelt sich erneut kurz ins Bett. In dieser Klozeit heute habe ich mal einen Blick in den Kalender geworfen, Wochenkalender, also mal umgeblättert, die letzten Tage interessierte mich der Kalender reichlich wenig ... und was stand da? Niko schulfrei, pädagogischer Tag! Super, ich also zum kuschelnden Kind, Rollo wieder runter und zu ihm gesagt, dass er weiter schlafen könne ... konnte er natürlich nicht! Schade, das hätte mal ein Ausschlafmontag werden können! Ich habe mir dann mit Niko den Morgen schön gemacht, gefrühstückt, gemalt und gelacht!

Tobis Medikamente sind sehr reduziert, zumal er die ja eh so schlecht bis gar nicht nehmen kann, ab spätestens übermorgen kriegt er einen Appetitanreger und Aufheller (Dronabinol) dazu, ich hoffe, das wirkt bei ihm auch so, Kortison ist ab – und auch da hoffe ich, dass seine Ätzlaune damit wieder verschwindet.

Ich kann ihm jetzt Novalgin selber als Baxterinfusion (so ein Ballonsystem, was sich selber entleert) viermal täglich geben, da braucht das Palli-Team dann nicht mehr dafür zu kommen. So werde ich heute Nacht den Wecker bereithaben, Infusion eine Stunde vorher aus dem Kühlschrank nehmen und aufwärmen, die nächste Gabe ist um 1 Uhr, dann um 7 Uhr wieder. Alle 6 Stunden, das muss jetzt wirken. Die Infusion von 19 Uhr heute Abend hat ja auf jeden Fall schon mal gewirkt! Ich hoffe so sehr, dass er auch seine Pillen schlucken kann, ist auch was gegen Übelkeit dabei!

Heute lag er wirklich ganz schlecht da, hat das Bett nicht verlassen. Am Nachmittag kam dann Luki, er hatte, glaube ich, das dringende Bedürfnis, Tobi zu sehen, und er legte sich zu ihm, während er schlief. Auch Stefan kam und war sehr betroffen über Tobis Zustand, umso erfreuter war er bei seinem zweiten Abendbesuch, er durfte Zeuge der Besserung sein und ihn mit Fleischwurst füttern! Opa Peter kam auch noch kurz rüber und brachte neues Kratzeis, das war ausgegangen. Detlef wollte eigentlich heute laufen gehen, aber das sagte er dann ab, um bei Tobi zu sitzen und seine Hand zu halten, das tat, glaub ich, beiden sehr gut. Niko verbrachte den Nachmittag mit Luki draußen, das tat auch beiden gut!

Wie geht es mir?

Ich bin einerseits voller Kraft, was ich selbst manchmal als sonderbar empfinde, aber ich glaube, dass ich einfach funktioniere, meine Aufgaben habe und mache, was zu machen ist. Ich habe keine Unruhe in mir und deute das mal als Zeichen dafür, dass noch Zeit übrig ist auf Tobis Lebensleiter. Manchmal könnte ich aber nur schreien und mich krümmen vor innerem Schmerz, ich kann die Aggressivität und diese Wesensänderung durch das Kortison ganz schlecht ertragen; das ist nicht mein Tobi, und dieses schmerzverzerrte Gesicht, wenn er schlucken muss und mich hilfesuchend und panisch ansieht, nach dem Motto: *„Mama, tu bitte was ..."* – das ist wie ein Messerstich in mein Herz. Aber es gilt, das alles auszuhalten und alles zu tun, um die Schmerzen endlich in den Griff zu kriegen und ihn dann wieder ans Essen und Trinken zu gewöhnen, damit er zu Kräften kommt. Ich hoffe sehr, dass mir das gelingt. Dann erreichte uns noch ein Gruß aus dem griechischen Restaurant: „Barbara geweihtes"-Öl, ein Stück geweihter, getrockneter Apfel, ein kleines Marienbild und eine griechische Zeitung. Nach griechischem Glauben soll man 3 Tage lang ein kleines Stück des Apfels essen und ein Tropfen von dem Öl soll auf die Stelle, die am meisten Probleme macht, gerieben werden. Dies soll helfen und ist der Versuch, uns zu unterstützen und Tobi zu helfen. Ich habe das eben mit Tobi besprochen und wir sind beide der Meinung, dass das nur nutzen und keinesfalls schaden kann und so hat er das dann einfach gemacht.

Das winzige Stück Apfel aß er zwischen Muffinbröckchen, er wollte aufstehen und mal gucken, was so in der Küche los ist, und das hat er auch gemacht und der Muffin war sein Wunsch! Ich hoffe nur, dass das alles jetzt nicht wieder zu viel war, aber man wird sehen. Eimer und Tücher stehen bereit!

ENTSPANNUNG

Wenn das Blei in die Glieder fährt,
wenn sich alles schwer anfühlt,
bin ich in tiefer Entspannung,
finde meine Ruhe, meinen Frieden.

Wenn sich alles schwer anfühlt,
dann drückt die Last auf mir,
finde meine Ruhe, meinen Frieden
am Grabe meines Sohnes Tobias.

Dann drückt die Last auf mir
und zieht mich zu Boden,
am Grabe meines Sohnes Tobias,
meinem über alles geliebten Kind.

Und zieht mich zu Boden,
bin ich in tiefer Entspannung mit
meinem über alles geliebten Kind,
wenn das Blei in die Glieder fährt.

(Geschrieben im Mai 2014)

DIENSTAG, 11.06.2013

Er ist erst vier Wochen her, unser München-Berlin-Trip ...

Tobias ist heute noch nicht wirklich aufgewacht, die Novalgininfusionen hat er bekommen, aber schmerzfrei ist er damit nicht. Außerdem fühlt er sich so warm an, 38,9 Grad Temperatur. Na toll, jetzt kommt noch was dazu, reicht es denn nicht?

Nikolas ließ heute um 8:30 Uhr seine Lehrerin anrufen, er müsse wegen Bauchschmerzen abgeholt werden. Aber es saß wohl nur ein Püpschen quer, ein bisschen weicherer Stuhlgang, ich glaube, er wollte nur zu Hause sein. Claudia kam auf einen Kaffee rein und nahm Niko mit zu sich, dort hat er seine Hausaufgaben gemacht und von da aus ging es direkt zum Handballtraining. Ich hoffe, das war eine einmalige Schulaktion ...

Am Nachmittag sind dann Frau Dr. Cyrull, Schwester Nicole und der mobile Pflegedienst gekommen. Dieser besteht aus Schwester Nathalie und ihrer Vertretung, die mich ab sofort einmal am Tag unterstützen sollen.

Ich habe erst mal festgelegt, dass die beiden um die Mittagszeit kommen sollen, mich mit den Infusionen entlasten, ob das klappt, werden wir sehen. Tobi will eigentlich niemanden um sich haben, und ich krieg das auch eigentlich alleine hin, aber vielleicht ist es ja doch eine Entlastung, wenn Niko mittags nach Hause kommt.

Tabletten gingen heute gar nicht, er bekommt einmal am Tag ein Antibiotikum und 4-mal Novalgin, neben der Morphinpumpe, und er ist immer noch nicht schmerzfrei.

Stefan und Nicole waren am Nachmittag auch noch da, Nicole hatte kleine Donuts gebacken, aber Tobi hat sie noch nicht mal probieren können. Zum Abend wurde er dann tatsächlich auch noch mal wach und hat es genossen, von den beiden gekuschelt und gekrault zu werden. Oma Hanne und Opa Heinz versorgten uns heute mit Mittagessen, Oma Gilla kocht morgen, und so kann ich mich ganz auf Tobi konzentrieren, bei ihm sein und kuscheln. Lukas kam auch noch kurz rein, er hatte eine Minigolfbahn aus Holz gebastelt für Tobi, richtig gut! Es tut auch so weh, ihn leiden zu sehen, und auch Nikolas leidet so sehr.

Heute hat mein Patenkind Jacky Geburtstag! Alles Gute, ich werde wohl dieses Jahr nicht mir dir feiern können, aber wir warten es mal ab, bis Samstag kann ja noch in alle Richtungen viel passieren.

Die Nacht heute war sehr anstrengend, ich konnte kaum bis 1 Uhr wach bleiben, habe Tobi aber dann noch seine Infusion gegeben. Konnte dann auch direkt einschlafen, die weitere Nacht war aber sehr unruhig, Tobi hat viel gestöhnt und ich hab ihn ab und an mal mit einem Bolus Morphin versorgt. Nach der Novalgingabe um 7 Uhr heute Morgen schlief er ganz ruhig, und nachdem ich Niko auf den Weg in die Schule gebracht hatte, habe ich mich noch mal zu ihm gelegt und bin für eine gute Stunde eingeschlafen. Das tat gut!

Die Sanitätsfirma aus Essen kam dann um kurz nach 9 Uhr und brachte den Rolli, ich hatte gestern dort angerufen und um Versorgung gebeten, das Rezept der Firma aus Kamp-Lintfort habe ich telefonisch zurückgeordert, ich bin mal gespannt, wie lange da der Postweg dauert. Hab den Lieferanten zufällig gesehen, sodass er nicht schellen musste, und wir haben den Rolli in den Keller gestellt, genau das Modell, das ich damals bereits hatte, sogar mit bequemem Sitzkissen. Hoffentlich können wir ihn auch noch benutzen (Wie bescheuert liest sich das jetzt?).

Dann rief um halb zehn Frau Dr. Cyrull an, um mir die Werte durchzugeben, Hb stabil bei 10,8, Thrombos 60 000, auch okay, Leukos leicht gefallen, aber die arbeiten ja auch sehr, CRP bei 14, auch das ist erklärbar, also von dort keine neuen Katastrophen. Tobi wurde so gegen 10 (!) Uhr wach, sah deutlich besser aus und fing auch sofort an iPod zu spielen.

Sprechen fällt ihm sehr schwer, die Stimmbänder liegen bestimmt auch in Trümmern, ein erneutes Nasenbluten konnten wir mit viel ekligem Bepanthen in der Nase zum Glück verhindern. Nasenbluten ist besonders ekelig und schlimm für ihn, weil das ja auch im Rachen runterläuft, und gestern, als es so lange dauerte, bis es zum Stillstand kam, war er doch fast etwas panisch. Den restlichen Vormittag verbrachte ich mit ihm im Bett, wir guckten fern und spielten iPod und er ließ es sogar zu, dass ich ihn ein bisschen waschen durfte, und auch die Betten konnte ich beziehen, er rückte im Ehebett rüber auf meine Seite und dann wieder zurück.

Was mich sehr schmerzt, ist, dass er die Großeltern im Moment nicht an sich ranlässt, Opa Heinz war heute Morgen für mich einkaufen und als er fragte, ob er sich ein wenig zu Tobi legen darf, sagte der Nein. Auch Gilla und Peter, die uns heute mit Hackfleischkuchen verwöhnt haben, ließ er nur kurz an sich ran, wollte dann aber auch nicht mehr angefasst werden, und sie gingen dann auch ziemlich schnell. Die Einzige, die neben mir und Detlef heute eine Chance hatte, war Sandra, die kurz vorbeischaute.

Heute Nachmittag kam dann jemand vom Palli-Team, um die Antibiose anzuhängen. Die Dame löste das Antibiotikum und ich zog ihr eine Ampulle NaCl auf und sagte, dass auf der Packung ja stehen würde, dass sich das mit der Ringerlösung nicht verträgt, und die lief gerade. Also dachte ich, dass sie abstöpselt, mit NaCl spült und die Antibiose anhängt. Habe aber dann doch nicht wie ein Luchs hingeguckt, habe eigentlich zu den Palli-Team-Mitarbeitern großes Vertrauen, aber diese Dame kannte ich bisher nur vom Telefon. Dann kam mir aber komisch vor, dass sie die NaCl-Spritze so sorgsam beiseitelegte, wir gingen dann ins Wohnzimmer, und ich bin aber noch mal zurück, weil ich das irgendwie komisch fand. Und sie hatte nicht gespült ... Ich habe dann zu ihr gesagt, dass sie ja jetzt doch nicht gespült hätte, und sie wurde kurz unsicher und sagte, dass das aber nichts machen würde, und es ja jetzt eh schon lief.

Das sind die Momente, in denen Bilder durch meinen Kopf rauschen, ausflockendes Antibiotikum, verstopfter Katheter, Drama, weil da jemand seinen Job so lapidar macht ... das ist auch der Grund, warum ich aus dieser Kontrollfunktion nicht rauskomme, so Klamotten sind so oft passiert, klar, alles nur Menschen, aber jetzt passiert das in meiner Wohnung und ich kann das auch alles ganz alleine machen, dann weiß ich wenigstens, dass ich das so gut mache, wie ich eben kann und nicht so dahingerotzt. Morgen kommt die Dame wieder und ich muss das ansprechen, sonst ersticke ich dran ...

Es ist zum Glück nichts passiert, zumindest nichts sofort Sichtbares oder Bemerkbares, aber das macht mir eigentlich wieder klar, dass eine Hilfe an Tobi von Außenstehenden für mich weniger Entlastung, sondern mehr zusätzlichen Stress bringt. Ich kann ja keinem mein Kind anvertrauen, wer weiß, was die dann alles verbocken. Ich erinnere mich kurz an mindestens 3 Situationen, als Tobi trotz bekannter Fertig-

NaCl-Spritzenunverträglichkeit (und wir reden hier von Panik, Herzrasen, Flecken und einem weinenden verzweifelten Kind) dieses trotzdem gespritzt bekam, und ich war da nur kurz zum Klo oder habe mit einem Arzt gesprochen und nicht so genau hingesehen oder Kaffee holen. Das sind Momente, die machen mich echt fertig!

Heute Abend habe ich zum ersten Mal das Gefühl gehabt, dass Tobi nicht mehr will, dass er sich nicht mehr erholen wird.

Er hatte so traurige Augen und nachdem ich ihn zu einem kleinen Gang zum Klo und zurück überreden konnte mit dem Satz: *„Ich will doch wieder mit dir zum Minigolfplatz!"*, hat er nichts gesagt, nur leer geguckt und ich glaube, er weiß, dass er da wohl nicht mehr hinkommt.

Weiß er das wirklich? Oder bilde ich mir das ein? Kommen jetzt doch meine Ängste oder spricht der Bauch? Ich bin aber noch nicht bereit, ihn gehen zu lassen, ich wünsche mir so sehr, dass er noch mal richtig essen kann, Minigolf spielen, Spaß haben, seine Familie treffen kann. Die Zeit ist knapp, das ist klar, aber wie viele Tage sind noch da?

Mit Detlef hat er heute nur schroff gesprochen und auch darüber bin ich traurig. Und eine Aussage hat mich sehr schockiert, Tobi hat heute das erste Mal wieder von Schmerzen in der Brust gesprochen, dass ihm sein Brustbein so wehtut, und da ist ja ein großes Loch ... und sicher viele Leukämiezellen, die jetzt schon 5 Tage ohne Chemotherapieeinfluss sind und weiter den Knochen zerfressen, weil Tobi ja keine Tabletten mehr schlucken kann. So ein Mist, keine Chemo, Leukämie schreit Hurra, Chemo und seine Abwehr schreien Scheiße ... und solange die Leukos unten sind, soll ich sowieso keine Chemo geben.

Am späten Nachmittag war Luki da und über die Frage, ob er am Freitag mit zur Geschwistergruppe gehen wird, habe ich viel mit ihm über Tobi und Nahtoderfahrung, Tobi als Engel, über die Bestrahlung und die Leukämie gesprochen und ich hoffe, dass ich ihm meine Bilder und meine Fäden, an denen ich hänge, hilfreich nahebringen konnte. Heute fällt mir das Schreiben sehr schwer, ich habe so eine tiefe Traurigkeit in mir, die von Tobis Blicken genährt wird. Das ist so schrecklich, ich bin in der einen Minute so stark und denke, dass ich das alles ertragen kann und auch anschließend mir erarbeiten werde, weiterleben zu können und wenige Momente später voller Trauer, Verzweiflung und Wut. Außerdem muss ich noch über eine Stunde ausharren, um die 1-Uhr-Infusion dranzuhängen, mein ursprünglicher Plan scheiterte, weil ich um 21 Uhr noch nicht müde genug war und ein Vorschlafen ausfiel, weil Tobi wach war und ich seine Gesellschaft genieße.

Er hat heute sein Spinnenbild beendet, es ist toll geworden. Und als kleine Anekdote zum Schluss: Ich erwartete noch eine Lieferung der Apotheke, die ich schon mehrfach sehr für ihre tolle Arbeit gelobt habe. Um 19:30 Uhr rief ich dann das erste Mal an, um nachzufragen, denn ich habe nur noch eine Infusion für heute Nacht, für morgen früh um sieben brauchte ich die neue Lieferung … um 20:30 Uhr rief mich dann der Notdienstmitarbeiter zurück, entschuldigte sich vielmals und versprach, nach 22 Uhr noch für Nachschub zu sorgen … auch nur Menschen, aber mein Tobi hätte fast wegen dieses kleinen Fehlers Schmerzen erleiden müssen, wo immer der Fehler dann jetzt auch gelegen hat. Ich war nur froh, dass ich es bemerkt habe und er noch geliefert hat.

Die Info, dass das Cannabis-Präparat Dronabinol, welches Tobi ein wenig aufheitern und seinen Appetit anregen soll, ein Problem wird, davon hatte ich jetzt noch nichts gehört, aber die Krankenkasse macht da wohl Probleme, und die Ärzte haben wohl diskutiert, ob das denn überhaupt noch unbedingt nötig wäre, … auch da wird noch Gesprächsbedarf meinerseits sein, und dann gibt’s wohl keinen Kuchen. ;)

Heute Morgen konnte ich nach der 7-Uhr-Gabe nicht mehr einschlafen, obwohl es gut gegangen wäre, da Niko bei Claudia war und Detlef sich im Tiefschlaf befand. Ich hab mir mein Kind angesehen und meine Gedanken laufen lassen. Hab mich dann schnell angezogen, Babyphone aktiviert, neben Detlef gestellt und einen Wochenendeinkauf gemacht, hatte so Appetit auf ein frisches Brötchen.

Außerdem habe ich eine Benachrichtigung bekommen, dass die Fotobücher für Niko, Tinki und Luki abholbar sind. Ich habe die Fotos einer gemeinsamen Kindheit dieser Kinder, die mir alle so wichtig sind, zusammengetragen und als Fotobuch drucken lassen, um sie ihnen nach Tobis Tod zu schenken. Noch im Auto habe ich mir einen Blick hinein erlaubt, das Buch ist so schön geworden, Sturzbäche rollten über mein Gesicht. Meine Mama schickte mir genau da eine SMS, dass ich sie mal anrufen soll und ich bin dann noch auf einen Sprung dorthin gefahren. Es ist schön, dass auch sie und mein Vater, genau wie meine Schwiegereltern, sich ihre Gedanken machen und wir uns auch austauschen können.

Ich habe das Gefühl, dass ich Tobi sagen muss, dass es okay für mich ist, wenn er geht. So wie er da liegt, sieht er aus wie ein alter Mann, den Mund ein wenig geöffnet, die Augen nicht ganz geschlossen, die Haut ganz trocken.

Die Apotheke brachte dann die Ersatzkartusche für die Morphinpumpe und das Dronabinol, allerdings weiß ich nicht, ob er das jetzt noch schlucken kann und will. Aber einen Versuch ist es wert.

Um 13:30 Uhr wurde Tobi dann wach und verlangte nach Nicole. Sie kam dann auch und die beiden malten zusammen und hatten eine schöne Zeit. Ich konnte mir sogar eine kleine Auszeit gönnen und habe einen Moment lang geschlafen.

Niko wollte dann mit zu Jackys Geburtstagsfeier, Christiane und Bernd holten ihn ab und sie konnten einen recht fröhlichen Tobi erleben, der mit seinem Candy-Grabber zugange war. Stefan brachte noch Robin und die Stimmung war so gut, dass Nicole es schaffte, Tobi erneut zu einer Mundspülung mit Kamillentee zu überreden, und Tobi versuchte zu schlucken, was eine schreckliche Katastrophe war, ihm schossen die Tränen in die Augen, er wand sich vor Schmerzen, gefühlt minutenlang, gab sich einen Bolus und sagte: „Ich schlucke nie mehr." Und ich werde ihn nie mehr dazu animieren, ich sagte ihm, er brauche nie mehr zu schlucken. Wie sein Hals innen wohl aussehen muss, unvorstellbar. Dieses Schmerzerlebnis war so anstrengend, dass Tobi danach in einen Dämmerschlaf fiel, Nicole und ich an der einen, Robin an der anderen Seite, Tobi hielt mit beiden Händen Robins Hand fest. Ein unglaublich friedliches Bild, aber ich hatte große Sorge, dass er jede Sekunde aufhören würde zu atmen, und konnte auch gegen meine Tränen nicht an, die stumm in mein Ohr rollten.

Tobi wurde zwischendurch noch mal kurz wach und sagte: *„Das ist so schön!"* Und ich sagte, wir ruhen alle mit dir, mach ruhig die Äuglein wieder zu. Und so lagen wir da, ganz ruhig, und besonders hat mich Robin überrascht, der das so ausgehalten hat. Ich hatte große Angst, dass Tobi einfach aufhört zu atmen. Robin wurde unruhig, schlief wohl auch kurz ein und schreckte wieder hoch, ging aufs Klo, sah sehr verwirrt aus und kurz nach 18 Uhr sind Nicole und er dann nach Hause gefahren. Ich glaube, dass dies alles eine sehr heftige Erfahrung für Robin war.

Oma Hanne und Opa Heinz waren über Stefan auch einbestellt worden, weil es Tobi ja so schlecht ging, (zum Abschied nehmen?) sie konnten einen friedlich schlafenden Tobi ansehen. Um 19 Uhr kam noch Schwester Nicole vom Palliativnetzwerk und wechselte die Morphinkassette, die eigentlich bis morgen Mittag halten sollte, aber Tobi hatte vermehrt gedrückt.

Mittlerweile war Tobi wieder wach geworden und Oma Gilla und Opa Peter kamen noch auf einen Sprung rüber. Er schickte sie aber wieder nach Hause, denn Onkel Stefan hatte sich noch zum Malen angekündigt.

Kurz bevor Stefan kam, bestellte Tobi sich von seinem Restgeld noch einen Schokoladenbrunnen und Fonduegabeln, und das nach dem Kamillentee-Erlebnis von eben ... Dann machte er seinen iPod an und öffnete die McDonald's-App, sah sich die Burger an und fing bitterlich an zu weinen, die würde er so gerne essen. Detlef sagte, er würde sofort fahren, aber Tobi sagte, die kann ich doch sowieso nicht essen. Angebote wie zusätzliche Boli oder Tepilta lehnte er ab. Das tut so weh, ihn leiden zu sehen, und essen gehört doch zu den selbstverständlichsten Dingen, zum Überleben. Ich befürchte, dass er nie mehr essen wird, nie mehr schmerzfrei schlucken kann; seine Angst vor dem Schmerz ist so groß und Aussicht auf gute Leukozyten, die reparieren, ist unwahrscheinlich. Wie schrecklich.

Niko schläft heute bei Leo, das wollte er eh immer schon mal tun. Morgen Mittag haben sich Sandra und die Mädchen angekündigt, Tobi möchte Marie, Sophie und Clara beschenken, und nachmittags kommt dann Anke Engelke, dafür will Tobi sich gleich noch mal duschen lassen und er hat auch vor, sich morgen mal was anderes anzuziehen als einen Schlafanzug!

SONNTAG, 16.06.2013

Es sollte ein Tag mit einem unglaublich schönen Hoch werden! Der Tag fing heute für Tobi ganz anders an, er stand auf, während Detlef und ich frühstückten, ging in sein Zimmer und wollte sich anziehen. Detlef half ihm ein bisschen. Dann ging er ins Bad, richtete sich die Haare und räumte dann die Tüten, die er für Marie, Sophie und Clara gepackt hatte, ins Schlafzimmer. Dann legte er sich wieder ins Bett und ruhte, er erlaubte mir sogar, näher zu rücken und seine Hand zu halten.

Wir hörten die Besucher bereits durch das offene Fenster und ich sagte zu ihm, dass es jetzt losgeht, er sagte: *„... einen kleinen Moment noch ...“*, dann nahm er alle Kräfte zusammen und richtete sich auf. Die Mädels begrüßten ihn erst scheu, ich sagte aber, sie sollten zu Tobi ins Bett krabbeln, in unser Nest, und dann waren sie alle Tobi ganz nah und tauschten ihre Mitbringsel aus. Sandra hatte Lollis für den Candy-Grabber mitgebracht und einen Swarovski-Bären, Tobi überreichte seine Tüten und freute sich an der Freude der Mädchen. Er zeigte seine Bilder, die er in den letzten Tagen gemalt hatte, und dann beschlossen sie alle, zusammen zu malen. Ich sagte: *„Aber lieber im Wohnzimmer, nicht im Bett.“*

So setzten sie sich an den Tisch und auch Tobi saß wirklich längere Zeit auf einem Stuhl und malte für Sandra ein Bild mit einem roten Herz. Es war eine ganz nette und entspannte Atmosphäre und Detlef, Sandra und ich unterhielten uns ganz normal, wie, als wäre es nichts Besonderes.

Als alle fertig gemalt hatten, verabschiedete sich der Besuch und Tobi sortierte noch kurz im Stehen seine Pastewka-CDs, bevor er förmlich zusammenbrach, sich ins Bett legte, die Augen schloss und sagte, er wolle jetzt ganz seine Ruhe haben.

Ich machte ihm ein „Drei Fragezeichen"-Hörspiel an und er versank in einen tiefen Dämmerschlaf. Das war ein richtiges Kräftesammeln für den noch anstehenden, ihm so wichtigen Besuch.

Um 15:30 Uhr stand dann Anke Engelke in der Tür, brachte einen selbst gebackenen Kuchen in einer Auflaufform mit. Ich rechnete eigentlich damit, dass ich Tobi nicht wach bekommen würde, aber als ich ihm sagte, dass Anke da sei, sagte er: *„Okay, ich brauche eine kurze Hose"*, (die Shorts von morgens waren unbequem geworden) *„und dann komme ich ins Wohnzimmer und lege mich dahin."* Gesagt, getan. Ich nahm Anke den Kuchen ab und sagte, dass wir den nicht essen können, weil Tobi gestern so geweint hat und gar nicht schlucken könne und so tranken wir nur Kaffee zusammen und Anke unterhielt sich mit Tobi über seine Bilder, über das Synchronisieren von Filmen (Dorie von „Nemo" und Marge von den „Simpsons") und es war ein sehr nettes und angenehmes Gespräch. Tobi wollte dann auch wieder malen und nahm sich Marge von den Simpsons vor. Anke musste aber weiter, sie ließ uns den Kuchen da und bat darum, wiederkommen zu dürfen. Tobi hat sie echt berührt und es ist supernett, dass sie so ein Interesse an Tobi hat.

Nachmittags schauten dann noch kurz unsere Nachbarn von unten, Valeska und Hauke, mit Baby Moritz rein. Tobi war hocherfreut, Moritz mal auf dem Arm halten zu können. Stefan, Nicole und Robin schauten auch kurz rein und Oma Hanne und Opa Heinz brachten lecker Spargel, Schnitzel und Kartoffeln und nahmen dann Niko zum Schlafen mit. Es ist für ihn nach wie vor unerträglich, Tobi einerseits so leidend zu sehen und andererseits sich nicht so benehmen zu dürfen, wie man das zu Hause tut. Nachmittags war er schon mit Luki unterwegs gewesen, und Frank und Claudia lüfteten beide auch noch im Skatepark am Baldeneysee.

Ich hatte morgens mit Schwester Nicole telefoniert, wegen Tobis Hals und des Nicht-essen-Könnens. Sie und die diensthabenden Ärzte des Palli-Teams hatten leider keine neuen Weisheiten, nur die, dass man alle Medikamente zusammengibt, und dann einen weiteren Essversuch startet. Das haben wir dann abends versucht: 1 Bolus Morphium, Novalgin i. v., nach 10 Minuten ein 2. Morphinbolus, Detlef holte einen Chickenburger und ein Vanillemilchshake von McDonald's und wir sagten Tobi, dass es vielleicht auch einfach schön ist, zu kauen und zu schmecken und dass er einfach alles wieder ausspucken soll. So auch der Tipp von Schwester Nicole vom Palliativnetzwerk.

Er begann genüsslich zu kauen und man sah förmlich das Glück! Die ersten Bissen spuckte er aber wieder aus, die Angst vor dem Schmerz war zu groß. Beim Milchshake war er dann plötzlich mutig und es klappte! Er konnte schlucken, zuerst mit großer Anstrengung, dann aber mit Genuss und er hauchte: *„Mama, ich kann schlucken, guck mal"*, und ich hatte natürlich die ganze Zeit verstohlen geguckt und mir liefen die Tränen über das Gesicht vor Glück.

Tobi sagte dann noch: *„Das ist das Schönste, was ich in den letzten 3 Tagen erlebt habe!"* Was für ein Durchbruch!

Er aß fast den halben Burger und trank mehr als den halben Milchshake. Danach holte er sich den Rest Zuckerwatte, die er genüsslich lutschte, weil sie schon so schön pappig und hart war. Ich rief noch kurz Schwester Nicole an und berichtete ihr von diesem positiven Essversuch und ich hörte die Freude in ihrer Stimme!

Ich gönne mir heute mal Schlaf vor 1 Uhr, dieses Ab, Ab, Ab und heute so Auf, das strengt mich doch sehr an.

MONTAG, 17.06.2013

Heute gibt es eigentlich nicht viel zu schreiben, Tobi hat den allergrößten Teil des Tages mit Schlafen verbracht und ich habe neben ihm gewacht. Um die Mittagszeit kamen Oma Gilla und Opa Peter und brachten uns Rouladen mit Kartoffeln und Erbsen und Möhren. Claudia war morgens kurz da und brachte uns noch eine große Schüssel Erdbeeren. Ich bin so dankbar, dass wir mit Essen versorgt werden, ich würde wohl sonst das Essen einstellen, zum Einkaufen kann ich nicht und Hunger habe ich auch nur selten.

Dann kam Niko nach Hause und ich aß mit ihm, Tobi spielte ein wenig iPod, schickte dann aber Oma Gilla weg und schlief wieder ein. Niko beschäftigte sich mit

„Alarm für Cobra 11" auf dem iPad, bevor er sich aufmachte zum Fußballplatz. Frau Dr. Cyrull und Schwester Petra kamen dann noch, es gab Thrombozyten auf blauen Dunst, und die zwei waren auch schnell wieder weg, sie wechselten aber noch die Morphinkassette.

Oma Hanne, Opa Heinz und Frank konnten Tobi auch nur schlafend ansehen.

Niko wollte sich nicht zu Tobi legen, er hält das nicht aus, er kann nicht so leise sein, er kann das einfach nicht. Ich erklärte ihm noch mal, dass Tobi so fies ist, weil er Hunger und Schmerzen hat, und dass ich hoffe, dass es heute besser ist, weil er ja gestern essen konnte.

Abends nach 20 Uhr hatte Tobi dann noch einmal eine kurze Wachphase, in der er zunächst etwas verwirrt wirkte, er horchte darauf, was Niko machte, und wollte dann „Harry Potter 7.1" gucken.

Er spricht aber so leise, dass ich seine Wünsche oft erst beim zweiten oder dritten Mal verstehe, und das macht ihn schon sehr zornig. Nachmittags hatte er nach Onkel Stefan gefragt und deshalb rief ich ihn noch an, er kam mit Nicole und sie guckten gemeinsam den Film im Bett.

Ich gönnte mir einen Kurzschlaf auf der Couch.

Dann ist noch etwas Furchtbares passiert.

Tobi wollte sich sein Kissen zurechtrücken und ich half ungefragt, er kam zu schnell mit seinem Kopf wieder runter und streifte kurz meine Hand mit der linken Seite, da, wo die lockere Schraube sitzt. Er wälzte sich vor Schmerz, weinte und ich stand wie doof daneben, konnte nichts tun, außer mir einen Vorwurf zu meiner Unachtsamkeit zu geben. Tobi gab sich schnell einen Bolus und sagte nur: *„Lass mich einfach in Ruhe …"* und schlief wieder ein. Mist. Vorher hatten wir vereinbart, dass er bei der nächtlichen Novalgingabe um 1 Uhr noch mal schlucken und essen versuchen wollte, das wird wohl nichts.Wenn er so neben mir schläft, dann ist jeder Atemzug ein kleiner Abschied.

Wie oft wirst du noch Luft holen, mein Kind? Tobi klappert mit den Zähnen, im Schlaf bearbeitet er bestimmt jede Menge Zwiebelmettbrötchen, Döner und Burger. Er nuckelt auch manchmal an seiner eigenen Zunge und das erinnert mich so an seine Schnullerzeit, dieses Nuckeln. *Ist er morgen früh noch da?* Er hatte eben so einen Groll auf mich, das tut so schrecklich weh, am liebsten würde ich ihn mir auf den Schoß legen und ihn wiegen und trösten, aber er lässt nur noch manchmal ein Händehalten zu.

Wellenreiter.tv hat über Pia Huneke eine DVD geschickt, ein Best-of von Anke und Tobi, ich habe einen kurzen Blick reingeworfen und es sind so schöne Aufnahmen, wertvolle Bilder von dem Kontrolltermin in der Klinik und bei uns zu Hause, an dem Freitag, bevor es nach München ging. Das ist erst vor wenigen Wochen gewesen, fühlt sich aber so weit weg an, weil es ihm jetzt so viel schlechter geht als damals.

DIENSTAG, 18.06.2013

Tobi schläft. Er will nicht berührt werden, manchmal halte ich aber im Schlaf seine Hand und hoffe, dass ihm das nicht unangenehm ist, ich möchte ihm doch nur meine Nähe vermitteln. Morgens kam der Anruf aus der Klinik, Leukos leicht gestiegen auf 500, Thrombos bei 33 000 vor Thrombozytengabe, Hb bei 8,0, das ist der Grenzwert, bei dem eigentlich Blutinfusionen gemacht werden, aber die so harte Aussage der Klinik: Das machen wir nicht mehr. Detlef hatte große Probleme mit der Aussage, sagte verbittert, da geht's doch nur um die Finanzen, aber ich glaube, das stimmt nicht, denn eine Gabe würde sein Leiden womöglich verlängern, und obwohl ich jede Sekunde, die er noch bei mir liegt, genieße, will ich ihn aber nicht um meinetwillen festhalten.

Vielleicht wiederhole ich mich, aber ich glaube, ich habe noch gar nicht geschrieben, dass Detlef sich hat von seiner Arbeit freistellen lassen. Am Montag hat er alle Projekte übergeben und heute am Dienstag war sein erster Zuhausetag. Die Firma war überhaupt kein Problem und allein für die Versorgung von Nikolas ist es unbedingt nötig, dass er hier ist, das kann ich im Moment nicht auch noch leisten, deshalb habe ich ihn wohl auch so oft ausquartiert, habe ihn zwar immer gefragt, ob er das möchte, aber er hat wohl gespürt, dass ich das will, mein sensibles Kind.

Was war sonst noch so los? Tobi ist gegen Mittag wach geworden, Oma Hanne hatte ihm einen Rubbellos-Adventskalender besorgt, den wollte er die letzten Jahre immer haben, aber die (doofe) Mama hat immer einen mit Süßigkeiten selber gebastelt. :) Darüber hat er sich sehr gefreut und gesagt, dass er im Advent gerne in der 17 zwei Lose hätte, wegen seines Geburtstags, und in der 24 eins für 5 Euro oder besser 2 für 2 Euro und ein 1-Euro-Los, dann sind die Chancen höher! Außerdem gab's aus dem Hause Schmidt lecker Gulasch für 2 Tage!

Morgens war Karin aus Krefeld da, sie holte sich diverse Schüsseln, die noch vom Wok-Essen übrig geblieben waren, ab und die Dartwand, die nicht mehr bespielt wird und mich irgendwie beengt. Die Wohnung wirkt so klein, so voll, aber vielleicht auch nur, weil ich im Moment nicht wegkann und -will. Karin brachte noch ein Körbchen Erdbeeren, die wir neben den Essensresten von gestern und vorgestern nicht vernichten konnten, und ich nutzte dann eine Kuschelfernsehstunde von Detlef und Tobi und habe Marmelade gekocht! Ein entspannender und so normaler Zeitvertreib ... :D Claudia war auch kurz da und konnte einen wachen Tobi-Moment erhaschen.

Am Nachmittag kam Tobis Kliniklehrer aus der Uniklinik, mit duftenden Rosen aus dem eigenen Garten, einem Kuchen, den die Tochter seiner Kollegin für Tobi gebacken hatte, mit ihr hatte er den Eingangsbereich in der Klinik bemalt und sie wollte ihm damit einen kleinen Gruß senden. Ja, die Malaktion im Eingangsbereich der Kinderklinik, der Elefant, der Vogel Strauß, die Giraffe, ich erinnere mich an die gelöste und kreative Stimmung damals. Tobi hatte große Freude dabei.

Sein Kliniklehrer hatte Kunstwerke von Tobi mitgebracht und erzählte, dass die Treppenhäuser in der Kinderklinik neu bebildert werden sollen zum Thema Engel, zu dem Tobi ja auch sicher was beizusteuern hätte. Das ist in Erinnerung an Tobis Märchen, das er in der Klinik geschrieben hat. Er blieb nur kurz und beteuerte, wie toll er es findet, wie wir mit der Situation umgehen, und ich konnte darauf nur erwidern, dass wir das zu Ende führen, was wir vier Jahre versucht haben zu verhindern, und dass kein anderes als das häusliche Umfeld dafür richtig sei. Später kam dann noch Luki, der sich auch zu Tobi ins Bett legen durfte, aber es ist so hart, die beiden zu beobachten, es gibt nichts mehr Gemeinsames, alles, was sie verbunden hat, kann oder will Tobi nicht mehr und Luki kam mir so verloren vor. Ähnlich war es dann abends, Stefan, Nicole und Robin kamen noch auf einen Sprung vorbei, Robin hatte von seinem Geld im Internet einen Geldschiebeautomaten bestellt, um Tobi eine

Freude zu machen. Das hat auch geklappt, währte aber nicht lange, er wollte lieber seine Ruhe haben. Auch das mitgebrachte Eis war eher eine Katastrophe, trotz Boli war ein Essen nicht möglich und Tobi war deshalb sehr verärgert und verzweifelt.

Um 19 Uhr kam dann noch Schwester Nathalie vom Pflegedienst, um die Morphinpumpe zu wechseln, die Raten sind erneut hochgestellt worden, bei 100 mg in 100 ml bekommt er jetzt 1,1 ml in der Stunde, jeder Boli auch 1,1 ml, 3 pro Stunde möglich. Der Pflegedienst kommt jetzt erst mal nur für den Morphinkassettenwechsel, alles andere will ich alleine machen, das bringt nur zusätzliche Unruhe und klaut mir die Zeit, die ich neben Tobi wachen möchte. Die höhere Dosis machte es ihm dann aber doch noch möglich, wenigstens ein bisschen Eis zu lutschen, aber es tut mir so weh zu sehen, wie er sich jedes einzelne Schlucken hart erkämpft, wie sehr es ihm trotzdem noch wehtut.

Detlef und Niko waren gestern Nachmittag im Schwimmbad, Niko war glücklich und zufrieden, Detlef nach dem zusätzlichen Walken ebenfalls. Dann rief mich noch Ravi Karmalker an, der Regisseur von Wellenreiter.tv, die mit Tobi und Anke Engelke gedreht haben. Er ist von Tobi und uns auch so berührt und wollte mir mitteilen, dass er ganz oft an uns denkt und Tobi sehr in sein Herz geschlossen hat. Ich habe ihm gesagt, dass ich sehr glücklich bin, dass wir die Aufnahmen von Tobi haben, und dass ich auch interessiert wäre an den Aufnahmen vom Dezember, und er sagte mir zu, mir diese noch zukommen zu lassen. Toll, dass Tobi diese Möglichkeit hatte, seine Geschichte in Bildern zu erzählen. Jörg, der Mann meiner Cousine Susanne, war auch noch kurz da, seine Postler nehmen ebenfalls großen Anteil an Tobis Schicksal, und als sie hörten, dass ihm Rubbellose Freude bereiten, machten sie eine spontane Sammelaktion und Jörg wird morgen Tobi damit überraschen.

Der Schokobrunnen ist auch geliefert worden, und Anke Engelke schickte Tobi einen großen Stapel Autogrammkarten, mit persönlicher Widmung für einige Menschen, die Tobi gerne beschenken wollte.

MITTWOCH, 19.06.2013

Die Nacht war diesmal sehr unruhig, es war sehr warm, Tobi musste 2-mal Pipi machen, was ihm immer schwerer fällt, es dauert ganz lange, bis er kann, das macht auch das Morphin. Und ich stehe dann daneben und halte seine Hose, wie ich das immer gemacht habe, und warte.

Warten, das ist heute wohl Überschrift des Tages.

Ich habe das Gefühl, ich warte auf seinen letzten Atemzug. Er ist heute noch nicht wirklich wach gewesen, reißt ab und an mal die Augen auf, mit leerem Blick.

Nikolas ist heute von Ulrike, Ersatzmama vom Palliativnetzwerk, betreut, nach den Hausaufgaben haben sie sich in Richtung Brehminsel aufgemacht, Eis essen, und ich bin gespannt, ob er Ulrike zum Bootfahren überreden kann. Detlef kümmert sich ums Auto und ich sitze neben meinem zerbrechlichen Tobi, er ist so schrecklich dünn geworden.

Mittags war Jörg da und brachte die Päckchen von der Post, das ist ja so lieb, aber ich glaube, dass es Tobi nicht mehr erreichen wird, genauso wie das Amazon-Paket, das unausgepackt im Flur steht und vermutlich die Zuckerwattemaschine enthält. Nina, Tobis Kunsttherapeutin aus der Uniklinik, wollte heute auch eigentlich kurz vorbeikommen, aber da Tobi so schläfrig ist, haben wir besprochen, dass sie ihn so nicht mehr sehen muss.

Anke Engelke wollte heute Abend auch noch kurz vorbeischauen und das Marge-Simpson-Bild bewundern, aber auch ihr habe ich abgesagt, ich kann Tobi ja nicht mehr fragen, ob er noch will, und ich glaube, er braucht seine Ruhe, um gehen zu können.

Tobi hat eben versucht, Pipi zu machen, das ging nicht mehr ... ich wache und warte und begleite weiter. Ich rief kurz beim Palli-Netzwerk an und fragte, ob ich die Ringerlösung vielleicht besser nicht geben sollte, und das wurde bejaht, er würde genug Flüssigkeit durch die Kurzinfusionen bekommen.

Mittags rief Guido Niewerth, Bestatter und Vorsitzender unseres Handballvereins, an. Ich hatte vor einigen Wochen schon mal bei ihm angerufen, er war aber nicht da und ich ließ über einen Mitarbeiter ausrichten, dass ich mich wieder melden würde. Dafür war aber bisher kein Platz, jetzt rief er an. Wir sprachen sehr lange über Form, Farbe und Beschaffenheit des Sarges, über einen möglichen Raum, an dem wir anschließend zusammenkommen können, ich erzählte ihm von meiner Vision mit den bunten Handabdrücken auf dem weißen Sarg, den Ballons und von meinem Wunsch nach einer Familiengruft nahe dem Eingang, einem möglichen Redner, Art der Trauerfeier und vieles mehr. Es ist gut, das alles auf den Weg gebracht zu haben, die Gedanken sind schon mal ausgesprochen und weg aus meinem Kopf.

Am Nachmittag kamen dann Oma Gilla und Opa Peter und nahmen Abschied von dem schwer atmenden Kind, ihnen schlossen sich Opa Heinz und Oma Hanne an, Tobi nahm keinen von ihnen wirklich wahr, dann kam Onkel Stefan und ich lag mit ihm gemeinsam bei Tobi im Bett, und wir redeten darüber, wie wichtig er für Tobi immer war und er sagte, dass ihm Tobi so lieb geworden ist wie sein eigenes Kind. Wir schwelgten in Erinnerungen und plötzlich schlug Tobi die Augen auf, nahm seinen iPod, richtete sich die WetterApp mit Essen, München und Zandvoort ein und sagte dann: *„Ist es echt schon 20 vor 8? Ich will jetzt ‚Harry Potter 7.2' gucken."*

Stefan und ich staunten Bauklötze, ich sprang auf, um den PC in Gang zu bringen. Und dann konnte Tobi auch Pipi machen! Ich schickte Nikolas dann noch zum Gute-Nacht-Sagen zu ihm, aber Tobi meinte nur, dass Niko diesen Harry Potter noch nicht sehen dürfe, und Niko sagte: *„Doch, wenn ich 11 bin wie du!"*

Olli hatte am späten Nachmittag noch eine Mail geschickt und sich angeboten, dass wenn wir es möchten, er kommen würde, privat, ohne Dienst zu haben. Er könnte mit uns einfach am Bett sitzen und uns begleiten. Ich wusste zwar nicht, ob mir das nicht die Fassung raubt, denn er ist uns in dieser langen Behandlungsphase auch ein Freund geworden, und das empfindet er wohl genauso. Ich fand das so unheimlich nett, dass ich ihn informieren ließ, und kurz nach 20 Uhr kam er, sprach kurz mit Tobi und wir setzten uns mit Detlef auf den Balkon und redeten zu dritt. Tobi und Stefan waren mit Harry Potter beschäftigt und so konnte ich mir auch gut die Zeit nehmen. Es war ein sehr schönes Gespräch und tat einfach nur gut. Ich habe dann die Infusion doch noch angehängt, denn Tobi klagte über einen trockenen Hals, und Olli gab den Tipp, Dexamethason durch den Broviac zu geben, Trinken und die Infusion könnten dem auch entgegenwirken. Außerdem empfahl er bei Atemnot einen Ventilator, wäre in seinem Zustand sogar besser als Sauerstoff!

Ich habe wirklich geglaubt, dass Tobi die Nacht nicht überlebt, jetzt liegt er neben mir und guckt fern. Diese Aufs und Abs sind wohl normal, aber das verlangt *wirklich* sehr viel von mir ab.

Heute war eigentlich ein recht guter Tag. Morgens war Frau Bünk vom Palliativnetzwerk da, Detlef und ich konnten gemeinsam mit ihr sprechen und trotz Vorbehalten war es dann doch ganz gut. Sie gab uns den Tipp, nicht sprachlos zu sein, denn vorher konnte ich mit Tobi ja auch über alles reden und er hat sich mir anvertraut. Jetzt, wo es auch spürbar ist, dass er gehen muss, da kann ich das irgendwie nicht und er auch nicht. Wie schwer ist das denn? Sie sagte zwar, dass es manchmal auch reicht zu sagen: *„Ja, ich spüre es, es ist so schwer für dich"*, aber wer weiß, was man da so lostritt …? Ein weiterer Punkt war, dass er so schlecht mit Niko umgeht, und da hatte sie die Idee, dass er Niko vielleicht damit schützen will, und auch da war ihr Rat, wenn er Niko sehen will, dann soll er ihn auch anständig behandeln, und das kann man ihm auch so sagen. Herr Pottbäcker, ein Pastor aus Essen-Steele, vermittelt von Frau Bünk, hat auch Kontakt zu uns aufgenommen und signalisiert, dass er als Trauerredner gerne zur Verfügung steht.

Tobi hat so bis 12 Uhr geschlafen und sah heute insgesamt viel lebendiger aus. Es war heute wieder sehr heiß und mittags hat es schwer gewittert, mit lautem Donner.

Tobi haucht, wenn er so im Dämmerschlaf ist, interessante Dinge. Gestern habe ich ihn gefragt: *„Und, Tobi, träumst du was Schönes?"* Darauf erwiderte er: *„Ja, ich frühstücke mit Robin, Brot mit Honig …"* Heute Morgen hat er den Nikolaus gesehen und durfte sich was wünschen. In einem etwas wacheren Zustand hat er gesagt, dass er so gerne noch mal knallen würde, und er hofft, dass er Silvester noch da ist, und seinen 12. Geburtstag, den möchte er auch so gerne feiern. Das zerreißt mich fast und ich konnte nur sagen, dass wir das abwarten müssen.

Mittags hat dann Niko eine Weile neben ihm liegen dürfen, Tobi hat mit dem iPod gespielt und Niko irgendwas auf dem iPad geguckt. Tobi wollte aber so gerne Robin sehen und der kam dann um 17 Uhr und wurde um 19 Uhr von Sandra wieder abgeholt. Mit Robin hat er auch gesprochen und auch zu Sandra hat er nette Dinge gesagt. Danach kamen noch Stefan und Nicole und obwohl Tobi eigentlich müde war, malte er noch mit den beiden am Gemeinschaftsbild weiter.

Zu uns war er wieder eher zickig, aber es freut mich schon, wenn er mit anderen lieb umgeht. Auch Claudia begrüßte er mit einem netten Hallo. Ich hatte auch ein kurzes Gespräch mit ihm, da sagte er mir verschmitzt, wenn er mal keine Lust auf den Besuch hätte, würde er sich einfach schlafend stellen. Ich sagte ihm, dass er jederzeit Nein sagen dürfe, aber er sagte, das wäre schon okay.

Weil Tobi ja so gut betreut war, habe ich mich mal den normalen Dingen gewidmet, einfach rumsitzen ohne Aufgabe ist nicht meins, also habe ich Küchenfenster geputzt und die Böden gewischt sowie den Balkon und mich am Dreck und nachher an den sauberen Flächen erfreut! Meine Nachbarin Claudi konnte sich allerdings nur noch wundern ... :D Dann habe ich noch eine Häkelkrawatte fertiggestellt, für den netten Nachbarn Hauke von unten. Abends wurde die Morphinkassette gewechselt, er hatte 26 Boli und ebenso viele Versuche, die Raten wurden aber belassen. Tobi kann nach wie vor nicht schlucken, ich werde morgen mal anfragen wegen Kortison i. v. zum Abschwellen des Halses, das muss doch irgendwie gehen ... morgen um 9 Uhr gibt es Thrombozyten und es wird Blut abgenommen, bin mal sehr gespannt, wie die Werte sind, sozusagen richtungsweisend ...

FREITAG, 21.06.2013

Heute Morgen kamen Frau Dr. Cyrull und Schwester Nicole bereits um 9 Uhr, um Blut abzunehmen und Thrombozyten anzuhängen. Leukos 700, Hb 8,0 und Thrombos 23 000. Wir unterhielten uns sehr nett, Dr. Cyrull hatte heute ihren letzten Arbeitstag, bevor sie in den nächsten Tagen die Stelle wechselt. Ich zeigte ihnen die Fotobücher, die wir von beiden KMTs haben, und erzählte von Kontakten, die noch bestehen, witzigen Erlebnissen – und rückblickend haben wir auch viel Positives aus den vier Behandlungsjahren mitgenommen, auch wenn der Ausgang jetzt so schmerzlich endgültig ist. Aber irgendwie ändert es in vielen Dingen die Sichtweise, wenn man so viel geballtes Leid und Schicksale so nah erlebt, und dennoch verbindet es auch und die Anteilnahme und Herzlichkeit trägt mich. Schwester Nicole ließ uns auch Grüße aus der Ambulanz und von der K3 ausrichten, so bekloppt das klingt, diese Menschen (die ich auch oft verflucht habe und die Fokus meines Zorns waren, wenn Dinge nicht so gelaufen sind, wie sie sollten) sind ein Teil meines Lebens geworden und es schmerzt, dass auch dieser Teil mit Tobi mitstirbt.

Tobi hat heute wieder sehr lange geschlafen, er wurde erst gegen Abend, so gegen 18 Uhr, wach und ich nutzte die Chance für einen Einkauf bei Lidl (wie schön kann denn einkaufen sein!?) und für einen kleinen Besuch nebenan bei Claudia, ein Gläschen Hugo auf dem Balkon und ein intensives Gespräch taten gut, einfach mal aus der Siechenwohnung raus. Das tat so gut, obwohl ich schon das Gefühl hatte, ich dürfe nicht gehen, heute ging es aber!

Mit dem Erwachen von Tobi kamen dann auch Robin und Sandra. Sie hatte Tobi eine Fleecedecke genäht und Robin hatte ein Tobi-Fanshirt mit TOBI drauf an. Er hat sich sehr darüber gefreut, aber noch wichtiger war ihm, mit Robin zu kuscheln.

Das ist so schön anzusehen, wie die zwei sich in Stühlchenstellung aneinander kuscheln und dann beide einschlummern, aber es macht mich auch furchtbar traurig, weil Tobi mich im Moment körperlich sehr ablehnt. Er duldet keinerlei Berührung, kein Handhalten, kein Streicheln über den Arm oder ein sanftes Küssen, kein Trösten, an ihn kuscheln oder ihn halten, so wie wir das auch in Klinikzeiten immer wieder gemacht haben, all das lehnt er ab und das tut mir wirklich verdammt weh, es verbittert mich förmlich. Ich habe überhaupt keinen Zugang zu ihm und gestern habe ich mal versucht, ihn zum Reden zu kriegen, das lehnte er aber ab, da er nicht reden kann, weil ihm sein Hals so wehtut.

Ich habe fast das Gefühl, dass er mich strafen will, vielleicht weil ich den Gang der Dinge nicht mehr zum Guten wenden kann, wie es mir ja sonst immer gelungen ist. Oder vielleicht will er auch keine Nähe, weil ihn das zu doll schmerzt, ach, ich könnte deswegen echt nur heulen.

Habe mich heute Abend fast ohnmächtig vor Müdigkeit nur hin und her kommandieren lassen müssen, er wollte malen, brauchte Farben und Pinsel, er stieß mich an, ich solle nicht schnarchen. Nachdem ich mehrfach eingenickt war, jetzt die Infusion an- und wieder abgemacht habe, bin ich dann mal wach! Muss morgen dringend tagsüber schlafen, bin vielleicht deshalb auch heute so empfindlich gegenüber Tobis Giftspritzen, kann das heute echt fast nicht aushalten.

Ganz schrecklich ist besonders heute auch das Gefühl, aus dem Zimmer zu gehen, um selber was zu essen, man fühlt sich wie ein Verräter, heimlich zu essen, damit Tobi das bloß nicht mitkriegt. Heute gab es lecker Kartoffelsalat von Oma

Gilla und obwohl die Schüssel groß schien und Niko keinen gegessen hat, haben wir die geschafft! Wir haben auch den erneuten Versuch des Schluckens unternommen, Tobi wollte so gerne einen Lolli lutschen, ich habe ihm Kortison als Kurzinfusion direkt nach dem Novalgin angehängt, aber trotz zusätzlicher Bolusgabe vom Morphin war ein Schlucken überhaupt nicht möglich. Und wenige Stunden später jammerte er: *„Ich bin wieder auf Kortison"*, und ihm liefen die Tränen die Wangen herunter. Er spürt einfach alles, jede Nebenwirkung, obwohl die Ärzte eigentlich gesagt haben, dass eine einmalige Gabe kaum Nebenwirkungen machen sollte. Die Lollis liegen jetzt unausgepackt auf der Fensterbank. Zwei liebe Menschen hatten heute eine ähnliche Idee, Tobis Wunsch nach Knallern zu ermöglichen, Karin und Jörg, die beide ein Feuerwerk für Tobi organisieren wollten. Tobi kriegte aber mein Gespräch mit Detlef, ob ja oder eher nein, mit und sagte dann auf die Frage, ob er Feuerwerk gucken möchte, Nein, ob er selber knallen möchte, Ja, und so mussten wir die wirklich gut und lieb gemeinten Ideen leider stoppen.

Nikolas war heute auf dem Vereinsfest vom DJK Winfried Huttrop und kam völlig zerkratzt, dreckig und erschöpft erst um 22 Uhr mit Claudia und Tinki nach Hause. Er hatte von heute Nachmittag an eine gute Zeit, allerdings ist er doch auf Tobi angesprochen worden, obwohl ich gehofft hatte, dass man ihn unbehelligt lässt.

Torsten, der Mann meiner Freundin Anke, war auch kurz da und wollte sich nur mal melden, was ich sehr lieb fand, und Tobi „gewährte ihm Audienz". Torsten kam aus dem Schlafzimmer, etwas erschüttert über Tobis Äußeres, glaub ich, und sagte, dass er ja trotz allem mit den Augen lachen würde. Schön, dass er das auch macht, mich blitzt er eher zornig oder böse an.

Detlef und Tobi verbrachten dann den Abend mit fernsehen und ich konnte mich ein wenig im Internet bewegen, habe mir traurige Lieder angehört und über die bevorstehende Beerdigung nachgedacht. Ich habe eine Seite im Internet gefunden, auf der empfohlen wird, dass die Kinder die Trauerfeier mitgestalten könnten und ihnen das auch guttun könnte. Bin aber überfordert damit, mir fällt nichts ein, was man in der Richtung machen könnte, und ich geb das mal gedanklich weiter, vielleicht gibt es ja in den kreativen Köpfen meiner Familie bereits irgendwelche Ideen, die nur noch nicht in Worte gefasst werden konnten. Bin für alle Tipps sehr dankbar, ich möchte eine wunderschöne und einzigartige Abschiedsfeier für Tobi, die sein kurzes Leben würdigt und deutlich macht, wie sehr er uns allen fehlen wird. Ich habe auch einen schönen Spruch für einen Kranz gefunden, der lautet: *In unserem Kleeblatt fehlt jetzt ein Blatt.* Mmh, eben beim ersten Lesen fand ich den super und so aussagekräftig, jetzt weiß ich nicht … ach egal, dafür ist noch Zeit.

Dr. Basu ist krank geworden, das macht uns auch traurig. Man kriegt eben nicht immer das, was man sich wünscht oder plant, ich musste heute oft an die Entbindung von Niko denken, mir war es damals so wichtig, dass ich von dem großen Pool der Hebammen dort alle kenne. Und als die Nacht der Entbindung dann da war, öffnete mir jemand die Tür, die ich nicht kannte, und es war nicht, wie ich zuerst angenommen hatte, die Reinigungskraft, sondern eine Hebamme, die außerhalb wohnte und nur noch wenige Dienste pro Monat machte … die kannte ich natürlich nicht, es hat aber den Verlauf und den Ausgang der Geburt auch nicht negativ beeinflusst. Für Tobis letzten Weg habe ich mir so sehr Herrn Preßel gewünscht, der ist krank, jetzt ist auch noch Oliver krank, Frau Dr. Cyrull hat bisher gute Arbeit getan, ist aber jetzt auch weg, mal sehen, wer am Montag dann zu uns kommt … musste heute Morgen bei Schwester Nicole noch mal kurz meinen Wunsch, dass es nicht Herr Dr. C… sein soll, deutlich machen. Alles, nur den nicht! Ich fürchte, ich gehe ihm an die Gurgel, er ist meine Zielscheibe, mein Aggressor, ich will ihn nicht bei Tobi haben. So.

Mein Tränenfass ist heute wirklich randvoll, ich hoffe, dass ich es morgen ein bisschen leeren kann, ich hoffe so sehr, dass Tobi mir noch einmal zeigt, wie wichtig ich ihm bin, dass er mich lieb hat, so, wie es im Moment zwischen uns ist, ist es nicht schön, und würde er jetzt aufhören zu atmen, dann wäre ich deswegen sehr betrübt. Aber andererseits ist es sein Leben und wenn er das so jetzt haben will, dann habe ich das zu respektieren, obwohl mir das echt richtig schwer fällt.

SAMSTAG, 22.06.2013

Im Gegensatz zum gestrigen Tag ging es mir heute besser, die Dünnhäutigkeit war einem dickeren Pelz gewichen und ich konnte alles wieder besser aushalten, allerdings gab es heute auch nicht so viel auszuhalten, Tobi war nicht mehr auf Kortison und deutlich besser gelaunt.

Nach der 7-Uhr-Infusion konnte ich noch mal gut einschlafen, um 10 Uhr gab es leckeres Frühstück und danach konnte ich noch eine Stunde schlafen, bevor ich um 12 Uhr mit der Antibiose und dann um 13 Uhr wieder mit Novalgin weitermachen musste. Tobi hat tief geschlafen und davon eigentlich wenig mitbekommen.

Nikolas hat sich nach dem Frühstück direkt zum Vereinsfest abgesetzt und hatte dort einen wundervollen Tag. Er durfte Getränke zapfen und den Pommes-Stand betreuen, an dem er selber sicher auch nicht zu kurz kam. Ich bin so froh, dass er einen so schönen Tag hatte, und danke allen, die dazu beigetragen haben, vor allem aber Claudia und Frank, die an unserer Stelle ein bis zwei Augen auf ihn geworfen haben und ihn auch morgen zu seinem eigenen Handballturnier begleiten werden. Auch Nikos Trainer hat sich angeboten, sich vor Nikos Karren zu spannen, wirklich sehr nett! Ich würde mir wünschen, dass er nach diesem tollen Vereinsfest weiter Handball spielen will.

Tobi ist gegen 15:30 Uhr wach geworden, Oma Gilla und Opa Peter brachten uns lecker Cordon Bleu, Kartoffeln und Spargel, die Verpflegung ist wirklich eins a! Ich habe ihn gefragt, ob Thomas und Elke kommen dürfen, und er sagte, sie sollen alle kommen, ich sollte ihn dann wach machen. Das hab ich aber dann so gelegt, dass er wach war. Tobi fing dann wieder an zu malen, er hatte Elke noch ein Bild versprochen und bei der Motivsuche dachte ich laut an ihr Afrika-Wohnzimmer und dazu passend suchte Tobi sich ein Fellmuster raus.

Im Anschluss kam dann das Goldhochzeitspaar, meine Eltern, heute sollte eigentlich die große Party steigen, daraus wurde ja nichts, aber die beiden haben sich einen tollen Tag im Museum gemacht, mit leckerem Essen und Gruga-Besuch. Als Geschenk hatte Tobi eine goldene 50 gemalt, von uns gab es einen großen Strauß Blumen und eine selbst gehäkelte Teelichtumhüllung ... die Hände müssen was zu tun haben! Direkt im Anschluss kamen dann Thomas, Elke und Marie. Sie brachten Tobi neue Filme mit, darüber hat er sich sehr gefreut und wir haben dann auch einen davon geguckt. Leider bekam er plötzlich dolle Übelkeit und wurde schrecklich müde, beamte sich sozusagen weg, damit er nicht brechen muss, das wäre eine furchtbare Katastrophe, durch die sowieso enge und entzündete Röhre dann Magensäure, unvorstellbar grausam. Aber dazu kam es zum Glück nicht.

Tobi nahm meine Hand, während ihm so übel war, und ich legte mich zu ihm und konnte bestimmt eine Stunde neben ihm liegen, ihn beim Atmen beobachten und einfach mich ihm so nahe fühlen wie schon viele Tage nicht mehr. Ich blieb auch weiter dort liegen, als er meine Hand dann losließ. Wunderschön!

Frank

Später kam dann noch Onkel Frank und setzte sich eine Weile zu uns, ich berührte Tobi und Frank hielt meine Hand, das ließ mich schon wieder etwas dünnhäutiger werden und wir beobachteten Tobi bei seinen Atempausen und ich ließ stumm ein paar Tränen kullern. Bei diesem Beobachten geht mir so schrecklich viel durch den Kopf, ich halte ein stummes Zwiegespräch mit Tobi, frage ihn, ob er schon bereit ist zu gehen, ob die Engel schon nah sind, ich rufe mir unsere verstorbenen Verwandten und Freunde ins Gedächtnis und bitte sie, gut auf Tobi achtzugeben. Ich flüstere ihm still zu, du darfst gehen, dich vom Leid erlösen, denn er schluckt ja immer noch nicht, es ist so schrecklich, er nimmt seit so vielen Tagen gar keine Nahrung mehr zu sich und auch oral keinerlei Flüssigkeit, noch nicht mal Spucke, sein Verdauungstrakt sieht sicher aus wie ein Schlauchballon, dem die Luft abhandengekommen ist. Er nimmt nur das zu sich, was ich ihm über den Broviac geben kann; an dem einen Schenkel hängt die Morphinpumpe, an den anderen kommt alle 6 Stunden Novalgin, einmal Antibiotikum mit Nachspülung und 1 Liter Ringerlösung, die aber auch nichts Nahrhaftes enthält. Tobi besteht nur noch aus Haut und Knochen, alles ist so dick, die Schultern, die Knie, die Beckenknochen gucken so raus, wenn er liegt und es ist eigentlich unglaublich, dass er trotzdem noch malen kann und iPod spielen und fernsehen, er hat ungeheure Lebenskraft, die in den wachen Stunden da ist und die im Schlaf langsam schwindet. Tobi wurde dann nach dem erholsamen Schlaf noch mal wach, Onkel Frank konnte noch ein paar wache Minuten erleben und Schwester Nicole kam dann gegen 22 Uhr, um die Morphinpumpe zu wechseln. Der Pflegedienst hat jetzt Urlaub, Schwester Nathalie und ihre Vertretung, die für Tobi zuständig sind, können für zwei Wochen nicht mehr kommen ... irgendwie was für den Popo, erst drängen sie mich in den Pflegedienst rein und dann hört das Ganze auf wegen Urlaubszeit, irgendwie total blöd, oder? Ich guckte mit Tobi dann noch den Film „Ralph Reichts“, sehr amüsant, er spielt nur leider im Süßigkeitenland und ich spürte förmlich Tobis Verlangen nach Süßem, obwohl er sich nicht dazu äußerte.

Mir haben die Reaktionen auf meinen gestrigen Blog sehr gutgetan und mich trägt es sehr, wenn ich ab und an mal Rückmeldungen bekomme, auch wenn ich sicher nicht immer sofort darauf reagieren kann. Gerade wenn ich mal einen Hänger habe, tut das einfach sehr gut und hilft mir, wieder aus dem Loch zu klettern!

SONNTAG, 23.06.2013

Und schwupp, schon wieder Sonntag, unglaublich. Am letzten Sonntag hat Tobi sich das letzte Mal aus dem Bett ins Wohnzimmer bewegt und alle Kräfte mobilisiert.

Auch heute hat er wieder lange geschlafen, und als er dann am späten Mittag wach wurde, überlegten wir, was wir denn heute tun wollen. Zum Malen hatte er nicht die rechte Lust, einen Film wollte er gucken, mit Mama und Papa zusammen. Ich überlegte, wie wir das vom Platz her im Bett mit drei Personen und PC hinkriegen und fragte, ob wir das nicht lieber im Wohnzimmer machen, am großen Bildschirm und er sagte Ja! Und wechselte dann einfach rüber auf die Couch! Wir guckten „Gregs Tagebuch“ und ich fand Tobi großartig!

Am Abend kamen dann noch Stefan, Nicole, Oma Hanne und Opa Heinz (mit Salat und gebratenem Lachs im Gepäck, mmh), später noch Claudia und Robin, mit drei kleinen von den Mädels gebastelten Fimo-Schweinchen im Gepäck, er wurde später wieder abgeholt von Sandra. Tobi sprach sogar!

Niko verbrachte heute wieder den ganzen Tag auf der Sportanlage und kam abends völlig zerkratzt, verdreckt, glücklich und ausgelassen nach Hause. Er setzte sich nach dem Duschen auch zu uns ins Wohnzimmer, war sehr rücksichtsvoll und sprach leise, fragte aber, ob Papa ihm ein Sandwich machen könnte ... Grund genug für Tobi, in bittere Tränen auszubrechen, er wolle auch so gerne wieder was essen können, was schlucken können. Ich bot ihm wieder das ganze Programm an, aber er wollte nur das Novalgin und einen Bolus und startete dann einen weiteren Essversuch, wir verabredeten, dass er auch alles nur kauen dürfe und wieder ausspucken. Das tat er dann auch, aber kaute genüsslich eine Hälfte von dem gebratenen Lachs

... spuckte alles wieder aus, allerdings Spucke und einen Mininipp vom Wasser mit Waldmeistergeschmack und Eiswürfeln schluckte er und ich hatte den Eindruck, das ging bzw. war nicht ganz so unendlich schlimm.

Schlimm war allerdings, dass ihm von dem Mini-Bisschen direkt sehr übel wurde und er weiß wie die Wand auf der Couch lag. Er bettete sich auf Robins Schoß und so fand ich die beiden vor. Den fast schlafenden Tobi verfrachtete ich sodann ins Bett, wo er noch ein wenig dämmerte und dann fest einschlief.

Das mit dem Essen empfinde ich nach wie vor als total schrecklich, furchtbar, grausam und gemein, wenn er könnte, würde er, aber der Zug ist wohl schon vor vielen Tagen abgefahren. Es macht mich wütend, dass ich so hilflos und vor allem so hoffnungslos neben ihm sitzen muss, die üblichen Hoffnungsformeln, das repariert sich wieder, wir müssen nur Geduld haben etc. kann ich nicht benutzen, weil das wohl gelogen wäre, daran glaube ich nicht mehr.

Morgen hat Niko von der Schule aus Kanu-Tag, er freut sich schon sehr und ich hoffe, dass er nicht baden geht, es sollen doch nur 16 Grad werden! Und Infekte sind das Letzte, was wir im Moment brauchen können!

Der Palliativdienst rückt auch an, bin mal gespannt, wer von den Ärzten kommt, Herr Dr. Tippelt oder Frau Dr. Reschke, wenn sie kommt, dann hab ich noch ein Huhn mit ihr zu rupfen, sie hat beim letzten Besuch einfach die Drückzeiten für die Boli an der Pumpe von alle 10 auf alle 18 min geändert, ohne dass ich das mitbekommen habe, und Tobi hat sich 'nen Wolf gedrückt, weil er das nicht wusste.

MONTAG, 24.06.2013

Heute Morgen finde ich Zeit, um einige meiner E-Mails zu beantworten. Tobias schläft noch ruhig neben mir. Ich habe Frau Mundle eine Antwort-Mail geschrieben, sie ist die Schwester von Barbara Seefelder, dem guten Geist des Elternhauses in Tübingen. Frau Mundle ist als Psychologin in der Tübinger Kinderklinik tätig und die Mail soll nicht in den Untiefen meines Mail-Postkastens verschwinden. Deshalb poste ich sie hier, die Worte dazu sprudelten sozusagen aus mir raus.

Liebe Frau Mundle,

heute finde ich Worte, um Ihnen auf Ihre Mail, über die ich mich wirklich sehr gefreut habe, zu antworten. Mittlerweile liegen so viele Wochen zwischen dem schwarzen Donnerstag und Freitag, die mir aber immer noch sehr lebhaft in Bildern im Kopf sind. Dieses warme Gespräch mit Prof. Handgretinger, der mir seine vernichtende Einschätzung der Situation so unglaublich liebevoll und mitfühlend nähergebracht hat. Die kleine Flasche Wein, die mir die lieben Schwestern aus ihrem Bestand gaben. Dann der Krampf von Tobias in der Nacht, plötzlich vier Ärzte im Raum, alles riesige und gutaussehende junge Kerle (:D), das, wie sich der Schalter in mir umlegte, dem Ganzen ein Ende setzen zu wollen, und dann das Gespräch mit Ihnen und Dr. Ebinger, und die Entscheidung, alles zu beenden und nach Hause zu fahren. Unser Gespräch ist mir auch noch sehr im Gedächtnis und hat mir sehr gutgetan, es ist einfach toll gewesen, dass Sie da waren und mich aufgefangen haben mit meinen Fragen und Sorgen. Erinnern Sie sich noch an meine Aussage, dass ich Tübingen nie mehr wiedersehen werde, und Ihr Lächeln, den zarten Hinweis auf eine Einladung im Herbst dieses Jahres von der Klinik … Sie werden jetzt wieder lachen, ich freue mich sehr darauf, die Stadt meiner Hoffnung wieder zu besuchen. Barbara hat mir so schöne Bilder geschickt und ich brenne förmlich darauf, einen Döner an der Neckarbrücke zu essen, im 59-Cent-Shop nach Tobi-Schätzen zu suchen oder ein paar Knäuel billige Filzwolle zu ergattern, mir fehlt der Neckar, die Blumen, die herzliche Atmosphäre im Elternhaus. Das alles gibt mir natürlich nicht die Hoffnung wieder, aber ich weiß, dass ich wiederkommen werde, mit Tobi als Engel an meiner Seite, ich werde blaues Schlumpfeis essen und ihn gedanklich fragen, was er daran nur so toll finden konnte.

Die Tage hier zu Hause werden immer schwerer, Tobi verfällt mehr und mehr, er spricht fast nichts mehr, lässt nur noch ganz selten Körperkontakt zu und es ist für mich als Mutter fast nicht zu ertragen, auszuhalten, wie er geht. Andererseits rufe ich mir meine Schwangerschaft in den Sinn und ich habe große Freude an den Erinnerungen, als er in mir wuchs und dann plötzlich aus meinem Leben nicht mehr wegzudenken war. Leben eben. Das alles kann ich wohl nur ertragen, weil ich in den vielen schweren Therapietagen gelernt habe, neben mich zu treten und einen Blick von außen zu wagen, wenn der Blick von innen zu schmerzhaft wird. Nur so konnte und kann ich ihm helfen, die

Schmerzen, die Übelkeit, die Schwäche zu bekämpfen, mit der sicheren Hoffnung, dass alles wieder gut wird. Die habe ich immer, bis zu diesem Donnerstag, in mir getragen, dass mein Kind das Kind ist, welches dem Ganzen ein Schnippchen schlägt, dass Tobi geheilt wird und gesund weiterleben darf. Dass alles wieder gut wird ..., auch jetzt, Tobi wird in der Welt, die da kommt, wieder essen und lachen und springen können, und er wird auf uns warten, wenn wir irgendwann folgen werden. Er muss nur alleine vorgehen, das bereitet ihm wohl die größten Sorgen und ist eben auch für mich unvorstellbar. Aber es wird leider bald genau so passieren und ich habe natürlich große Angst vor der Stunde, in der sein Herzchen aufhören wird zu schlagen. Aber trotz allem bin ich voller Zuversicht, für Tobi ist es Erlösung, und ich habe mich so sehr verändert in dieser Zeit, ich falle sicher nach einer Weile wieder auf die Füße, ich werde wieder aufstehen und mein Leben wieder neu einrichten.

Ich umarme Sie und freue mich auf ein Wiedersehen, irgendwann.

Herzliche Grüße von Kerstin Klein

Auch heute begann der Tag routinemäßig mit der Infusion um 7 Uhr, an die ich ein weiteres Schläfchen anschloss, Tobi schläft um diese Zeit eh immer gerne!

Es hört sich mal wieder bekloppt an, aber auch dieser total krasse Ausnahmezustand bekommt langsam Routine, die Tagesabläufe sind immer ähnlich, Tobi schläft, Tobi ist wach, guckt fern, hat Besuch, Tobi schläft wieder ... ich habe nur so Angst, wenn es Normalität wird, dann bin ich aus dieser Habachtstellung raus, und ein plötzlicher Tod (auch das klingt wieder total blöd, aber meine Vorstellung beziehungsweise wie ein Ende bei einer Leukämieerkrankung meist aussieht, ist die, dass der Körper immer schwächer wird, die Schlafphasen deutlich zunehmen, bis dann wohl fast nur noch geschlafen wird, dass der Körper schwach wird, okay, das ist alles schon so, ... aber Tobi ist zwischendurch ganz wach und spricht, heute hat er sogar gelacht mit Stefan und Nicole) ... Was ich sagen will, ist, dass mich ein plötzlicher Tod schrecklich treffen und runterreißen würde, aber ich versuche verzweifelt die vielen letzten Tage, mich genau darauf vorzubereiten, damit ich das aushalten kann.

Es wird sich zeigen, was Tobi da als Finale produziert, und es wird sich auch zeigen, ob es mich in der Sterbebegleitungsroutine erwischt oder ob ich auf der Hut bin. Und diese Ungewissheit, wie weit ist diese Stunde noch weg, passiert es heute Nacht, Atemstillstand wegen erneut hochgesetzten Morphins? Oder leben wir so noch vier Wochen weiter? Wer weiß.

Ansonsten passierte so weit nur, dass das Palli-Team um 16 Uhr zeitgleich mit meinen Schwiegereltern aufschlug, Dr. Tippelt versuchte, in Tobis Hals zu gucken und ihm dabei so schrecklich wehtat, dass er weinen musste und mehrfach sagte, dass er jetzt in Ruhe gelassen werden will. Blutergebnisse gibt es morgen, dafür gab es aber wieder einmal Thrombos. Außerdem wurde das Morphin hochgestellt, auf 1,3 ml, weil er sich 20 Boli gegeben hat und noch mehr Versuche hatte. Tobi war nach dem Palli-Team-Besuch sehr sauer und dann schläfrig wegen des Morphins, dass Oma Gilla ihm nur kurz die mitgebrachten Rubbellose geben konnte, dann ist sie schnell wieder gegangen.

Niko hatte einen tollen Kanu-Vormittag, die Absprache, dass Papa ihn begleiten sollte, war ein Kommunikationsfehler und er war den Tränen nahe, weil er es doch so gerne gehabt hätte, dass Papa mitgepaddelt wäre. Nach dem Essen traf Niko einen Klassenkameraden und verbrachte den Nachmittag im griechischen Café, um 17 Uhr kam er nur kurz nach Hause, um sich umzuziehen (große Diskussion, weil seine Lieblingssporthose noch nass war, Papa sollte die föhnen, dann noch Diskussion mit mir, die Hose wäre so schnell nicht getrocknet und außerdem roch der Föhn schon verbrannt ...). Er zischte dann ab zum Fußballtraining, von dem er erschöpft, aber bereits geduscht erst um 20 Uhr wiederkam. Ein Ausspruch von ihm, wie viel Spaß ihm das Training gemacht hätte, und sein Sich-ins-Badezimmer-Schleppen, weil die Beine so schwer waren, amüsierte mich sehr!

Weil Tobi so abgeschossen schien am späten Nachmittag, gönnte ich mir eine kleine Tour, ich wollte mir eh mal Wolle kaufen und habe das auch getan, damit meine Hände weiterhin was zu tun haben.

Und gebügelte Wäsche habe ich auch kurz bei Oma Hanne abgeholt und nahm mir auch kurz die Zeit für ein Gespräch, war angenehm, dort zu sein. Stefan und Nicole heiterten Tobi dann noch auf, Nicole hatte Acrylfarbe besorgt, die im

Dunkeln leuchtet, für beide Kinder ein Töpfchen, das kam gut an, und für mich gab es einen tollen Knäuel Wolle!

Mein Versuch, vor 1 Uhr zu schlafen, wurde von Tobi mehrfach jäh unterbrochen, ich schnarche wohl wieder doll, und er gab mir immer, wenn ich abtauchen wollte, einen Seitenhieb. Also versuchte ich, wach zu bleiben und ich bin mir nicht sicher, aber ich glaube, er hat ein bisschen geweint, ganz still, aber sein Atem war so komisch und ich habe auch nicht gezeigt, dass ich das mitbekommen habe.

Heute Mittag beim Wachwerden hat Tobi versucht, ein Gespräch mit mir zu beginnen, er hat gesagt, dass er immer darüber nachdenken müsse, was ich über das Einschlafen gesagt habe ... oh, was habe ich gesagt? Und wieder das Thema, dass er so gerne essen möchte, heute war der Traum ein Röggelchen mit Butter und rohem Schinken. Mit dem Einschlafen, da habe ich geantwortet, dass er ja immer wieder aufwacht, aufgewacht ist, und dass keiner weiß, wie viel Zeit noch bleibt. Außerdem fragte ich ihn, ob ich ihm schon mal von meinem Cousin Michael erzählt habe, darauf erwiderte er nur schroff: *„Ist der auch so früh abgekratzt? Hör einfach auf ...“* Leider kam Detlef in den Raum und beendete so ungewollt das Gespräch. Ich wollte ihn eigentlich mit Michael trösten, ihm sagen, dass mein lieber, auch viel zu früh gestorbener Cousin auf ihn wartet. Ich werde wieder versuchen, ihm die Angst zu nehmen, ihm meine Bilder vom Leben danach mitzugeben, von dem Schmetterling, aber heute war noch nicht der richtige Zeitpunkt.

Ich wünsche mir, dass die Nacht genauso wird wie die Nächte zuvor, ich habe eine Scheißangst vor einer Atemlähmung, jetzt soll er noch nicht gehen, es ist noch so viel ungesagt. Ich habe ihn heute mal wieder gefragt, ob ich ihn mal kuscheln soll, aber das hat er wieder verneint, und ich habe ihm gesagt, dass ich ihm so gerne meine Liebe zeigen möchte, aber küssen darf ich ihn auch nicht, daraufhin reichte er mir seine Hand, die ich kurz streicheln durfte, mit einem: *„Ach, Mama ... ich weiß, es ist so schwer für dich!“* Ja, mein Kind, aber für dich noch viel mehr.

DIENSTAG, 25.06.2013

Was für eine Nacht ... Vollmond. Angst vor Atemaussetzern. Ich schnarche und Tobi schläft auch nicht tief genug und haut einfach seine Hand rüber, ohne Rücksicht, was er da so trifft. (Ich entschuldige mich hiermit bei meinem Mann, der unzählige Nächte in meine Richtung gehauen hat und etwas rücksichtsvoller war als sein Sohn, bei all den Müttern und Kindern, die im Krankenhaus zwischen den piependen Geräten und meinem Lärm um Schlaf gekämpft haben).

Aber es gibt Facebook und irgendwer ist auch nachts um 4 Uhr wach ... Ich hatte einen sehr netten Dialog mit einer Mutter, die ich aus den Anfangszeiten der Klinik kenne und deren Tochter jetzt gesund ist. Habe mich heute Nacht in Erinnerungen gesuhlt, diese Familie war bereits in Behandlung, als bei Tobi die Diagnose noch nicht feststand, wir aber zur Blutkontrolle in die hämatologische Ambulanz mussten. Das ist auch so ein tolles Wort, onkologische Ambulanz würde den Laden präziser umschreiben.

Ich sitze auf einem der Holzstühle im Wartebereich, am Rand, wie auf heißen Kohlen, Tobi steht etwas vor mir, spielt wild mit seinem orangen Jo-Jo und lässt sich von den anderen Wartenden und den vorbeikommenden Ärzten bewundern ... Gegenüber diese Mama mit ihrer Tochter Juliana, ihr Gesicht von Kortison entstellt, mit Infusionsständer, ihr Kopf liegt schlapp seitlich auf dem Tisch, das Unglück guckt trüb aus ihren Augen, die Mama sitzt daneben, höchst genervt, angespannt, mit tiefen Ringen unter den Augen. Ich werfe ihr scheue Blicke zu und denke: *„Oh mein Gott, wie schrecklich, lass uns hier bitte komplett falsch sein, mein Kind gehört hier nicht hin, nicht hierhin, keine onkologische Erkrankung, wie viele Kinder mit Glatze, freundliches Personal in der Vorhölle, nein, das muss die Hölle sein. Babys mit seltsam verformtem Kopf, sind das Narben? Ältere Kinder, die wie Zombies ihre Infusionsständer vor sich herschieben ...“*. Dieser Tag ist in mein Hirn eingebrannt.

Dann eine weitere Erinnerung, irgendwann im Frühjahr 2010, K3, Chemotherapie, es ist warm draußen und einige Mütter und ihre Kinder sitzen auf dem Balkon und genießen die Sonne. Tobi und Juliana spielen zusammen Nintendo, gegeneinander, und wir bauen mit Stühlen und Stecklaken einen Ort, an dem beide nebeneinander, von der Sonne geschützt (inklusive der beiden Infusionsständer mit Chemo und Stromversorgung), spielen können, und mein leicht überheblicher Tobi (wer will mich schon schlagen?) kriegt fast ein Horn gezogen, hat in Juliana endlich einen Gegner gefunden ... :D Ich höre Julianas lautes Lachen und auch Tobi lacht, und wir Mütter lächeln auch, bald ist wieder ein Kliniktag um und dieser ist besonders schön gewesen. Die Nacht ist überstanden, mal sehen, was der Tag so bereithält! Der Tag ähnelte den vergangenen Tagen, Tobi schlief lang und wurde gegen Mittag wach. Dann spielte er etwas auf dem iPod und sah ein wenig fern.

Niko kam nach der Schule und hatte ihm eine Kette mitgebracht, ein schwarzes Lederband mit einer Art Bernstein dran, in dem etwas schimmert, das aussieht wie ein Seestern. Tobi freute sich sehr und ließ sich von Niko drücken ...! Welch eine Freude! Das war so schön und wichtig für Niko, seine Stimmung war sofort um einige Oktaven besser. Er beschloss auch sofort, nicht zum Handballtraining zu gehen. Es war aber gut, dass er mit Tinki für eine knappe Stunde auf der Straße spielen konnte. Mich besuchte heute Uta, und wir konnten eine ganze Weile in der Küche reden. Tobi wollte sie kurz sehen und er sagte ihr, dass sie Erik und Jonas grüßen solle. Das war ein sehr schöner Moment, nicht nur für Uta. Oma Hanne und Opa Heinz besuchten Tobi auch kurz, Stefan, Nicole und Robin schlossen sich an. Robin hatte eine Pferdemaske mit, die wirklich sehr lustig aussah. Zwischendrin guckte noch Opa Peter durch die Tür, er brachte ein dickes „Uli Stein"-Buch als Geschenk von seiner Kollegin mit.

Am Abend legte sich Tinki noch einen Moment zu Tobi, sie hat heute mit der Klasse den Ausflug zum Minigolfspielen gemacht, der zwar wegen, jetzt aber ohne Tobi stattfinden musste. Ihre und auch Wims Meinung: Minigolf ohne Tobi macht keinen Spaß. So süß! Tobi war den ganzen Nachmittag erstaunlich gut drauf und er krönte den Tag mit: *„Ich würde so gerne was schlucken ..."*, und ich erwiderte: *„Ja, gerne, aber nur wenn du meinst, es könnte gehen, ansonsten warten wir bis morgen oder übermorgen."* Nein, er wolle es jetzt probieren. Ich musste ihm die Wassereis-Auswahl zeigen und er entschied sich für ein altes, übrig gebliebenes Capri-Sonne-Cola-Wassereis. Ich brachte es ihm und verließ sofort wieder das Zimmer, Detlef lag bei ihm, das genügte, ich wollte mir dieses schmerzgeschüttelte Kind nicht antun, aber es passierte ... nichts!? Tobi rief dann nach mir, und ich guckte durch die Tür und er grinste mich an: *„Es geht!"*

Mir liefen die Tränen aus den Augen, er lutschte und schluckte Wassereis! Tobi wollte dann mit uns einen Film gucken und wir legten uns alle zusammen ins große Bett, einer links, einer rechts, Tobi ließ sich noch einen Becher Kratzeis Pfirsich-Maracuja bringen und aß den auch noch halb mit den Worten, das wäre das leckerste Kratzeis überhaupt! Nach dem halben Becher ereilte ihn Übelkeit, die er aber mit flachliegen und atmen erfolgreich bekämpfte.

Als der Film dann zu Ende war, hatte er immer noch Lust auf Essen, er wollte etwas Festeres probieren und Detlef brachte ihm dann eine Scheibe Schinken-Spicker auf der Gabel, die er halb abkaute und schluckte, ihm dann die Gabel zurückgab mit den Worten: *„Papa, machst du mir da einen Toast mit Butter drunter?“* Hallo? Bekam er, eine halbe Scheibe Toast, die er bis auf einen kleinen Bissen auch kauen und schlucken konnte. Ich lag die ganze Zeit ungläubig und wie ohnmächtig daneben, erfreute mich an dieser unerwarteten Wendung und kämpfte mit einer übermächtigen Müdigkeit, die mich dann besiegte.

Erholt sich Tobi doch noch mal? Gibt es da Hoffnung?

Das nächste Problem, Verdauung, steht dann auch vor der Tür, aber Tobi erzählte mir noch in meinem Halbohnmächtigkeitsschlaf, dass er morgen Chicken Nuggets essen wolle, ob ich meinen würde, dass süßsaure Sauce gehen könnte? Und ein Eis mit Schokosauce, *Mama, brennt Schokosauce?*

Aber wir müssten dann zweimal zu Mäckes fahren, denn das Eis wäre wohl geschmolzen, wenn er mit den Chicken Nuggets fertig wäre. Ach, mein Kind, ich fahre auch drei Mal, wenn ich dir Gaumenfreuden bereiten kann. Und ich habe es so genossen, dass Tobi mir in seiner Dankbarkeit, dass Schlucken jetzt geht, nahe gerückt ist im Bett, dass er meine Hand gehalten hat, dass er so unbeschreiblich glücklich war, und ich habe ihn auch ganz doll gelobt und gesagt, dass ich so stolz auf ihn wäre, dass er es immer wieder probieren würde, obwohl es eben bisher nie richtig ging mit dem Schlucken, dass er so mutig und so stark sei! Mein starker, tapferer Tobi!

MITTWOCH, 26.06.2013

Morgens kam Frau Bünk vom Palli-Team für ein Gespräch und teilte unsere Freude über den gestrigen Essversuch.

War das Essenkönnen von gestern nur einmalig? Das war die Frage, und Tobi beantwortete sie mit einem eigenständigen Erwachen um 10:30 Uhr, er hatte sich wohl vorgenommen, Frühstück von McDonald's zu essen und genau das tat er dann auch.

♥♥♥

Wir baten Opa Heinz, ihm McGriddles zu besorgen, amerikanische Pancakes, und einen Milchshake, und damit hatten wir ein sehr relaxtes Kind im Bett, das sich dazu noch Honig orderte! Claudia kam am späteren Vormittag und brachte uns Käsekuchen, mmh, lecker – für uns alle! Tobi hatte da bereits in die „Mir-ist-übel-vom-Frühstück-Phase“ gewechselt, freute sich aber nach einem weiteren ausgiebigen Schläfchen sehr darüber. Er wechselte auf eigenen Wunsch und selbstständig ins Wohnzimmer auf die Couch. Essen konnte er dann auch ein Stück von dem Kuchen, leider war die Übelkeit aber dann doch so übermächtig, dass er sich, während Oma Gilla und Opa Peter da waren, übergeben musste.

Es war sogar so schlimm, dass er um eine Ampulle Vomex i. v. bat, eine halbe gab ich ihm dann als Kurzinfusion, und danach war es deutlich besser. Wir schickten Detlef noch mal zum Einkaufen und Tobi mümmelte dann genüsslich ein Lipper Landbrot mit Butter und Salami, Onkel Stefan und Nicole besorgten noch die gewünschten Burger und Chicken Nuggets, und sogar die süßsaure Sauce war kein Problem, obwohl ich große Sorge hatte, ob die Nuggets ihren Weg gehen oder im Ehebett landen. Aber da war nix zu sehen.

Ein großer Esstag, nur Niko kam beim Bohneneintopf von Oma Gilla nicht so ganz auf seine Kosten, dafür war am Nachmittag Ulrike da und nahm ihn mit zum Minigolfplatz. Ich habe Niko dann heute Abend ins Bett gebracht, es tut so gut, diesen kleinen, lebenslustigen, süßen Kerl zu knuddeln, er ist so schrecklich süß, ich liebe ihn so sehr und ich habe so wenig Zeit und Nerven für ihn!

Niko hatte am Mittagstisch kurz erzählt, dass seine Lehrerin krank wäre und wohl auch bis zu den Ferien nicht mehr wiederkommen würde, was ihn sehr beunruhigte. Ich schrieb das Frau Flachenecker, Tobis Hausunterrichtslehrerin, auch von dieser Schule, und bekam am späten Nachmittag einen Anruf von der Direktorin, die mich kurz auf den neusten Stand brachte, ihre Unterstützung anbot, das fand ich sehr lieb und gab mir die Möglichkeit, Niko seine Sorgen ein wenig zu nehmen, – seine Lehrerin hat keine schlimme Erkrankung! Aber genau das ging eben in seinem Kopf rum, sie könnte auch sterbenskrank sein.

Da Tobi heute erst um kurz nach 17 Uhr wach geworden ist, hatte ich viel Zeit für mich, die ich aber wachend neben meinem Kind verbracht habe.

Ich schreibe das Tages-Resümee ja meist in der Wartezeit der 1-Uhr-Infusion, meist schläft Tobi schon, heute zappt er fröhlich an seinem Lolli lutschend durchs Programm und hat riesig Spaß an „Sport1" und dem „Titten-TV", warum waschen nackte Frauen zu zweit ein Motorrad mit Schaum (?), und er flötet fröhlich 0190-66666 ... ich lach' mich schlapp!

Tobi war in dieser Nacht in Hochform, er wollte essen (Toast mit Fleischwurst, Weintrauben, Lolli und als Krönung eine halbe Tüte POM-Bären ...) und wir haben bis knapp halb drei Uhr „Alles Atze" geguckt, sodass ich erst am nächsten Tag weiterschreiben konnte.

Aber der Reihe nach: Nikolas hatte Oma-Tag und kam erst recht spät nach Hause, er hatte mit Oma Hanne Brot gebacken.

Tobi hatte eine gute Form, als er um kurz nach 17 Uhr endlich wach war, die die versorgende Mutter direkt dazu nutzte, ihn zu waschen und die Betten zu beziehen. Das hob seine Stimmung nicht wirklich und er versank in ein Stimmungstief. Er wollte auch die Oma Hanne nicht sehen und das angereichte Brot mit Salami mochte er auch nicht essen, weil ihm so schrecklich schlecht war.

Auf mein Fragen hin, ob er Vomex haben wolle, sagte er schnippisch: *„Kann ich nicht schlucken"*, aber ich habe ja zum Glück die i. v.-Variante und gab ihm eine halbe Ampulle als Infusion. Schon nach der Hälfte trat die Wirkung ein und seine Stimmung besserte sich deutlich.

Wir bauten gemeinsam die Zuckerwattemaschine zusammen und wollten eigentlich ein Zuckerfest feiern, aber dazu kam es dann leider doch nicht, weil er so schwach war und nicht aufstehen konnte. Das Gerät wird auch nur in der Küche betrieben, Zuckerwattefäden im Schlafzimmer und Bett brauch ich jetzt nicht wirklich. Aber aufgeschoben ist nicht aufgehoben!

Nikolas hatte auch noch Gelegenheit, ein bisschen bei Tobi zu liegen und mit ihm gemeinsam fernzusehen. Ich habe dann mit ihm die Nacht zum Tage gemacht, bevor wir zwei uns dann auch zur Ruhe begeben haben.

Der heutige Tag begann für Tobi erst um ca. 18:30 Uhr …, für mich um 7 Uhr morgens für die Frühgabe Novalgin, und um 10 Uhr rückte dann das Palli-Team, Herr Dr. Tippelt und Schwester Petra, an. Es gab Thrombos und ein neues Blutbild (Leukos stabil bei 910, Hb 6,8 – also leicht gefallen, und Thrombos vor Gabe bei 48 000, d. h., dass es am Montag keine Gabe gibt, nur ein Blutbild). Tobi bekam von all dem nichts mit. Wir besprachen, ob und wann ein EK, eine Bluttransfusion, nötig werden könnte, alles nach Lebensqualität und Wohlbefinden. Der zweite große Punkt war die Verdauung, wenn das in den nächsten Tagen nicht klappt, dann muss man mal nachhelfen … den schlimmsten Fall, den sie mir schilderten, das Stuhlerbrechen, versuchte ich schnell wieder zu vergessen. Das Morphin lähmt den Darm und er hat jetzt die 3. Woche keinen Stuhlgang gehabt. Ich genoss das Schlafbewachen, häkelte und las und schlief auch ein wenig. Mittagessen gab es heute wieder von Oma Gilla, Kohlpfanne mit Kartoffeln, mmh, und Erdbeeren als Nachtisch. Beim Wachwerden war die Laune recht gut, und Tobi wollte sofort essen. Erst gab es eine halbe Tüte Monster (so 'ne Art POM-Bären), dann eine halbe Tüte M&M's mit Pfefferminzgeschmack … zwischendurch immer Lollis, dann ein Toast mit Leerdamer und rohem Schinken, unglaublich. Detlef machte ihm dann noch aufgebackenes Brot mit Zaziki und er aß einen ganzen Wildpfirsich.

Um 22 Uhr holte Detlef dann Niko und Luki von der Sporthalle ab, die zwei durften mitspielen beim DJK-Winfried-Huttrop-Badminton, Ausgleichssport für (Ex-)Handballer. Ich startete mit Tobi die Zuckerwattemaschine.

Dafür musste er in die Küche und das ging auch ganz gut. Luki kam noch mit zu uns hoch und Tobi freute sich sehr, und gemeinsam mit Niko und Luki machten sie Zuckerwatte. Das geht nicht so ganz gut, aber alle hatten ihren Spaß und die beiden Sportler kamen auch zu ihrem Zucker! Ich bin sehr erleichtert, dass Tobi so eine Freude am Essen hat. Er scheint sich echt noch mal zu päppeln. Ich weiß zwar, dass der Zug immer noch in dieselbe Richtung fährt, aber die Endhaltestelle, die schon so nah schien, ist nun nur hinter den Hügeln zu erahnen. So fühlt sich das an, und das heißt, es ist noch gute Lebenszeit übrig, wie viel, dass weiß natürlich keiner, aber es gilt, zu genießen! Tobi wollte so gegen halb eins schlafen, überlegte aber noch vorher, dass er gerne morgen mal wieder Eis von der Eisdiele essen würde. Nun denn, das ist dann der Plan von morgen!

SAMSTAG, 29.06.2013

Samstag, um 10:45 Uhr rief die Apotheke an und riss Fam. Klein aus tiefsten Träumen ... Der Mitarbeiter wollte kurz nachfragen, gestern wäre Ringer-Lactat-Lösung geliefert worden, ob da was umgestellt worden wäre, Tobi hätte doch vorher nur Ringerlösung bekommen, das mit Lactat setzt man ein, wenn einer Acidose entgegengesteuert werden soll ...? Oje, da ist aber einiges schiefgelaufen, gestern bei der Lieferung kam das Antibiotikumpulver ohne Lösungsmittel, das Vomex wurde ganz vergessen und dann jetzt auch noch falsche Infusionen? Um sicherzugehen, rief ich kurz beim Palli-Netzwerk an, um nachzufragen, ob ohne mein Wissen was geändert worden ist, nee, war nicht, dann hab ich mir mal den Karton angesehen, das war ganz normale Ringerlösung, also nur ein Fehler im PC, Lieferung war richtig. Ich google auch besser nicht, was passiert wäre, wenn ...

Der Rest der Familie schlief auch so lange, auch Niko! Der verabredete sich nach dem Frühstück mit einem Klassenkameraden und ich war etwas überrascht, am Nachmittag eine SMS von Faxe zu bekommen, Niko würde da mit Paula Roller fahren ..., :D aber alles gut, er ist so selbstständig, war mit Handy unterwegs, und das liegt alles im Schulwegumkreis, wo er sich bestens auskennt! Nach Hause kam er dann erst um 20:30 Uhr, nachdem ich um 20 Uhr mal nachgehört hatte – glücklich und ausgepowert. Den restlichen Abend hat er dann mit Tobi im Bett verbracht, mit den Dinos von „Aus einem Land vor unserer Zeit". Wie schön! Wie früher, als sie noch klein waren!

Ansonsten begann der Tag für Tobi heute so um 15:30 Uhr, wir haben zwar versucht, ihn vorher mal ins Leben zu holen, aber er sagte immer, dass er nur noch einmal kurz weiterschlafen müsse ... er hat seinen eigenen Takt und den lass ich ihm auch.

♥♥♥

Essen ging heute nicht so ganz gut, obwohl er einige Dinge probierte, Fleischwurst-Toast, Wildpfirsich, Eis mit Karamelsauce, Lolli, POM-Bären, aber von allem nur ein Spatzenbiss und auch nicht wirklich mit Genuss. Um 19 Uhr kam Schwester Nicole zum Morphinkassettenwechsel, und ich berichtete ihr von meinem Nachterlebnis, dass Tobis Broviac-Katheter ein bisschen schwergängig war, ich hatte heute Nacht schon Schweißausbrüche, weil sofort ein Film im Kopf ablief, was wäre, wenn der zugehen würde ... Grande Katastrophe, aber er geht noch, ist sogar auch rückläufig, aber eben sehr schwergängig. Wir behalten das im Auge, hoffen, dass er wieder richtig aufgeht und beten, dass er nicht ganz verstopft.

Kurz danach kamen Stefan und Nicole, die viel mit Tobi lachten und mir und Detlef ein gemeinsames Abendessen (Hähnchen in Zwiebelsauce und Erdbeeren von Oma Hanne) verschafften.

Ein kurzer Nachtrag noch zu gestern, ich hatte ja versucht, die Meise, die zu früh aus dem Kasten geflogen war und sicher auf dem Balkon verhungert wäre, in das Vogelhaus zurückzuschubsen. Mit Gummihandschuhen habe ich sie packen und zurück ins Nest befördern können. Heute waren plötzlich ganz viele schwarze Tiere außen am Kasten und viele Fliegen, sodass ich wohl den frühen Tod des Vögelchens betrauern muss. Niko wird morgen mal nachsehen und mit Anleitung den Kasten öffnen und reinigen. (Er: *„Mama, darf ich auch mal das Herz des Vogels sehen?“* Ich: *„Erinnere dich an letztes Jahr, an die Eier, die du nachbebrüten wolltest und die kaputtgegangen sind, wie die gestunken haben ...“* Wird wohl abenteuerlich morgen.)

Kurz vor der 1-Uhr-Infusion war Tobi so von Übelkeit geplagt, dass er eine weitere Vomex-Infusion wollte und auch bekam. Bauchmassage zum Anregen der Darmtätigkeit hat er heute mehrfach verschoben auf später, und sich damit davor gedrückt, das passiert mir morgen nicht.

Ich habe es heute wieder sehr genossen, einfach bei ihm zu liegen, er fordert mich, bei ihm zu sein, und wir haben heute Nachmittag nebeneinandergelegen und „Pastewka“ geguckt, gemeinsam gelächelt und ich durfte auch seine Hand nehmen und halten, wie viele Tage bleiben uns noch? Ich möchte nicht eine Stunde versäumen und mein Zeitgefühl leidet, der Tag ist so schnell vorbei, im dämmrigen Schlafzimmer ohne Zeitdruck. Und es ist so schön, es ist mir so wichtig, denn es wird bald für immer vorbei sein.

Das Beisammensein von Tobi und Niko habe ich heute dazu genutzt, um mir „25 Jahre Herbert Knebel", live aus der Grugahalle, aber natürlich als Aufzeichnung, anzusehen. Die haben wir in den Anfängen in der Zeche Carl gesehen, ist das lange her ... und witzig ist sie immer noch, besonders Spaß hatte ich beim Auftritt von Lisbeth!

SONNTAG, 30.06.2013

Auch heute ist mein Tag von Infusionen bestimmt, 7 Uhr Wecker, Hände desinfizieren, Kochsalz aufziehen, Novalgin anhängen, Katheter immer noch schwergängig. Mist! Kurz weiterschlafen, vorher die Neuigkeiten in meiner virtuellen Facebook-Welt checken. 8 Uhr nächster Wecker, wieder Hände desinfizieren, alles abmachen, weiterschlafen. Um 10 Uhr wurde ich dann aus tiefstem Schlaf gerissen, meine gesunden Männer wollten mich beim Frühstück dabeihaben, okay, obwohl ich auch gerne noch weiter im Traumland geblieben wäre. Zwischendurch, auch nachts, da erwache ich immer mal, höre kurz auf Tobis Schnaufen und wenn dann ein Atemzug kommt, dann falle ich wieder zurück in den Schlaf.

Dann gab es also lecker Frühstück mit Ei, und anschließend habe ich ein bisschen bei Niko im Bett gelegen, der sich die Zeit mit Malen vertrieb. Er hat nach Internetanleitung ein Auge gemalt, echt ganz toll! Als er fertig war, habe ich ein wenig mit ihm gerangelt, gekuschelt, geschmust und getobt, das genießt er genauso wie ich, aber er ist mit seinen 9 Jahren mittlerweile verdammt stark und ich kann ihn eigentlich nur über mein Körpergewicht besiegen ... und bis er mich da eingeholt hat, das dauert wohl noch, ich arbeite im Moment ganz schwer in eine Richtung, die guten Vorsätze zu mehr Bewegung und sinnreicherem Essen sind schon längst gefasst. Aber eben alles zu seiner Zeit! (Ich sollte das markieren, damit ich das auch dann später nachlesen kann, ich faules Fleisch!).

In Nikos Grundschule beginnt ein Zirkusprojekt und Detlef und Niko sind dann zum Zirkuszeltaufbau abgezockelt und ich hatte wieder Zeit, einfach meinem Tobi nahe zu sein. Die zwei kamen dann bald wieder, waren beide beeindruckt, das Zelt steht im Ansatz und Niko zweifelt daran, ob die Trapeznummer wirklich das Richtige für ihn ist. *„Mama, das ist echt hoch!"*

Außerdem habe ich heute ein Buch zu Ende gelesen, „Wie man unsterblich wird“ von Sally Nicholls. Ein Buch über zwei krebskranke Kinder, eine Geschichte vom Sterben, die voller Lebensfreude ist laut Buchdeckel. Sehr empfehlenswert!

Tobi ist heute erst um 18 Uhr wach geworden und war sehr schlapp und müde. Oma Gilla und Opa Peter kamen kurz, um uns Essen für morgen vorbeizubringen, Tobi war aber leider mal wieder wenig zugänglich und wollte nicht sprechen. Später kamen Stefan, Nicole und Robin, die ein bisschen mehr Glück hatten. Stefan hatte einen Lottoschein ausgefüllt als Gemeinschaftsprojekt und sie verglichen zusammen die Gewinnzahlen. Und tatsächlich, es gibt einen Gewinn von ich glaube 7,20 Euro! Tobi wollte wissen, wie man den denn jetzt unter den Mitspielern aufteilt, und Stefan antwortete ihm: *„Ich hab ca. 36 Euro Einsatz gehabt, 7 Euro Gewinn, dann krieg ich von jedem von euch nen 10-er!“*, ... ha, haben mein Bruder und ich gegrölt! Und Tobi hat nicht weiter nachgefragt.

Dann gab es Zuckerwatte, den zweiten Teil, das klappte jetzt schon viel besser. Dazu aß Tobi ein paar von seinen geliebten Bratkartoffeln, anschließend hatte er Appetit auf einen kleinen Schokopudding.

Er war für die Zuckerwatte in der Küche und hat dann im Wohnzimmer weiter ferngesehen und leider mal wieder erbrochen, die Übelkeit kam so schnell, dass auch Vomex so schnell nicht geholfen hätte (ich brachte gerade Niko zu Bett, der ganz aufgeregt ist wegen seinem Zirkusprojekt, aber jetzt schläft er). Ach Mensch, das ist so gemein.

Eine Bauchmassage hatte ich bereits vorher gemacht, aber dem empfindlichen Magen ist so wohl kaum zu helfen. Er kann nur ausprobieren, was schmeckt, und dann gucken, ob sein Magen es verträgt. Was für ein Jammer, diesmal war es auch echt saures Erbrechen, und ich weiß, wie schlimm das für Tobi ist.

MONTAG, 01.07.2013

Und wieder Montag! Start der Zirkuswoche für Nikolas, *was wird die Woche für Tobi bringen?*

Nach ausgiebigem Schlaf bis 13:30 Uhr wollte er sofort seinen Cousin Robin sehen, der ab mittags bei Oma Hanne war. Die beiden kamen dann so gegen drei, und sie rubbelten ein paar Rubbellose, wieder mit nur sehr kleinen Gewinnen. Rubbellose kann man echt vergessen! Der Nachmittag plätscherte so dahin, mit 'nem kleinen Eis, ein paar POM-Bären, das Unvorstellbare ist im Moment so weit weg ... wenn er da so im Bett liegt, zwar eher weiß von der Hautfärbung, aber doch ganz gut gelaunt, voller Pläne *(Mama, ich kauf mir ein iPhone 5 ... Nein, mein Schatz, das kommt nicht infrage ... warum nicht? ... weil das zu teuer ist und es das in deinem Alter nicht gibt ... ich hab aber das Geld und älter werd ich ja nicht mehr ... trotzdem nein ... ah, was für Diskussionen).*

Na ja, bei der Stimmung, habe ich gedacht, kann ich auch mal wieder das Haus verlassen und bin mit Stefan, den ich draußen vor der Tür traf, eine Runde bis zum Zirkuszelt gelaufen und einkaufen gegangen. Problematisch war nur das Hineinzwängen in meine Jeans, oje, das kommt bestimmt vom Jogginghosetragen, da geht die Figur flöten.

Wie schön es draußen ist! Beim Laufen habe ich die frische Luft ganz tief inhaliert. Am Zelt angekommen spürte ich die tolle Stimmung dort, nur die Luft im Zelt war ein bisschen stickig und von Niko keine Spur. Er war mit einigen anderen Kindern tief im Gebüsch, anstatt sich den Film im Zelt anzusehen, hatte aber enorm Spaß und kam erst um 19 Uhr nach Hause, wie vereinbart. Außerdem habe ich mich heute mit dem Häkeln von Grannys beschäftigt, das macht Spaß! Freu mich schon aufs Wollekaufen!

Der Abend begann dann mit großer Übelkeit, nach einem Brötchen mit Hähnchenwurst, Vomex war leider schon vorher gelaufen. Ich besprach mit Tobi, dass es bestimmt daran liegt, dass er seit mehr als 3 (!) Wochen nicht mehr zur Toilette war (und alle hatten ja auch gedacht, dazu muss man ihn nicht mehr nötigen). Jetzt kommt aber oben wieder was rein und unten geht aber nichts raus, und Tobi ließ sich nach Bauchmassage ohne Wirkung dann zu einem Klistier überreden.

Er ist ja so schwach und schleppte sich dann zum Klo, wo er bestimmt 'ne halbe Stunde an mir hing, Kopf auf meinem Bein, in meinem Arm, ich sitzend auf dem Wannenrand, und VERDAUUNG hatte!

Noch nie habe ich einen Haufen so bejubelt wie heute. Wie schön! Auch das lässt meine Angst ein wenig kleiner werden, *vielleicht ist doch noch Zeit?*

Gestern zu meiner üblichen Schreibzeit überkam mich schreckliche Müdigkeit, sodass ich das Schreiben auf einen ausgeschlafeneren Moment verschieben musste. Morgens um 8 Uhr waren Frau Dr. Reschke und Schwester Nicole da. Blutbild: Hb 6,0, Thrombos 74 000 und Leukos 1100, 100 Granulos und keine Blasten. Außerdem kam ein Heizungsfritze, der Luft aus allen Heizkörpern lassen musste, und der Heizungsableser. Tobi kriegte aber von alldem nichts mit. Er hatte sich vorgenommen, mal zu schlafen, er fragte in der Nacht vorher, Mama, wer kommt denn morgen, und als ich sagte, bis jetzt niemand, da seufzte er, okay, dann kann ich ja mal schlafen. Und das hat er auch getan, bis 18:30 Uhr.

Dann schlug er die Augen auf, verlangte nach „Pastewka" und Wasser und nachdem er dann richtig wach war, fragte er, ob denn jemand Brötchen geholt hätte. Nein, aber Detlef sprang schnell zu Edeka und besorgte Brötchen, Zwiebelmett und Hähnchenwurst. Und mit einem unbändigen Verlangen, mit einer unglaublichen Lust verschlang (!) Tobi das Zwiebelmettbrötchen, es war eine unglaubliche Freude, ihm dabei zuzugucken. Insgesamt aß er zwei ganze Brötchen, nicht in Bröckchen geschnitten, sondern zum Abbeißen, eine Tüte POM-Bären und ein paar von den Erdnussbutter-M&M's, die er sich aus Amerika via Amazon hat einfliegen lassen. Meine Brech-Befürchtungen, heute Nacht schlimmer denn je, haben sich zum Glück nicht bestätigt.

Ansonsten verlief der Tag in ruhigen Bahnen, ich habe fleißig gehäkelt, während ich mein Kind bewacht habe, und sonst nichts weiter getan.

Tobi hat mich in der Nacht vorher noch mal auf meinen Satz *„Wenn du willst, kannst du ganz einschlafen"* angesprochen, ob ich denn meine, ob er noch mal rauskommt, und ich konnte ruhigen Gewissens sagen: *„Ja, Tobi, wenn du essen und trinken und Aa machen kannst, dann glaube ich, dass du wieder zu Kräften kommen wirst, du fühlst dich ja jetzt auch schon viel besser als vor einigen Tagen"*, und das benickte er. Das mit dem Aamachen, sagte ich, das geht nicht ohne, und er blitzte mich an und schmunzelte: *„Ich bin der lebende Beweis!"*

Mein Schatz, du hast sogar ein bisschen von deinem Humor wiedererlangt!

Auch der heutige Tag war ein ruhiger Tag. Nach der Frühinfusion um 7 Uhr habe ich noch mal schlafen können, was mir am Abend natürlich sehr gut zu Gesicht stand, da lässt es sich auch locker wach bleiben – bis zur 1-Uhr-Infusion!

Tobi wurde heute mal wieder etwas früher wach, so gegen 17 Uhr, beschäftigte sich mit iPod und fernsehen und hatte nach einer kleinen Übelkeitsattacke, die wir erfolgreich mit Vomex niederschlugen, Appetit auf einen Big Mac! Also flitzte Papa flott los, einen zu besorgen, bevor er seinem Körper mal wieder ein bisschen Nordic Walking zumutete.

Ich häkelte heute mal wieder wie 'ne Wilde, das Kissenvorderteil ist fertig, das Rückenteil in Arbeit. Muss morgen unbedingt neue Wolle kaufen, das entspannt mich sehr und wird auch noch hübsch!

Niko hatte ein bisschen Stress mit den Erzieherinnen in der Betreuung, die teilten dies Detlef beim Abholen mit, und er war not amused ...

Und das, obwohl Niko bestimmt im Moment Welpenschutz genießt, und dann so Beschwerden über sein Verhalten, da muss er wohl kräftig danebengelegen haben, ist sich aber leider keiner Schuld bewusst.

„Ey, Alter, ey, ich mach doch nix, die guckt immer nur hin, wenn andere was machen und da steh ich nur bei“, ...ha! Wahrnehmungsstörungen wahrscheinlich ... Respekt muss sein und das werden wir nächste Woche noch mal erfragen! Ich schlug ihm ein Gespräch mit der Betreuerin vor, er solle sich noch mal erklären lassen, was er falsch macht, aber das wollte er auch nicht wirklich, ich solle ihn mal machen lassen! Mein Kleiner ... *„kann ich alleine“*!

Tobi hat ja immer noch die Not, dass er Geld übrig hat, und will sich unbedingt was davon kaufen ... von einer PS-Vita (danke, Stefan!) konnte ich ihn abbringen, das iPhone ist indiskutabel, da kam er auf das iPad mini, okay, da können wir uns mit anfreunden. Neben fernsehen ist seine einzige Beschäftigung ja der iPod, und für die Spiele wäre ein größerer Bildschirm besser, und das ist auch was, was er noch im Bett nutzen kann. Detlef wird sich morgen darum kümmern. Die Anschaffung des Tischtennisschlägers samt Bällen war dagegen recht unüberlegt, das wurde nur wegen Aufrechterhaltung von Hoffnung und Zukunft gewährt.

Stefan und Nicole kamen abends und hatten noch recht viel Freude mit Tobi, der sich schon ausmalt, wie er das morgen alles einrichtet!

Als Überraschungsbesuch traute sich Luki mal wieder zu Tobi und das klappte heute gut, sie spielten zusammen und sprachen sogar ein wenig! Zu dritt (mit Niko) spielten sie noch ein ‚Baller'-Spiel.

Essen ging heute ja auch recht gut, fast ein ganzer Big Mac, POM-Bären und ein paar Süßigkeiten aus seiner Süßigkeitentüte, ich fand M&M's-Coconut-Papier im Bett und überraschte ihn beim Lutschen von sauren Stäbchen … der Hals muss wieder gut sein!

Um 23 Uhr bejubelten ein erschöpfter Tobi und ich einen weiteren Klo-Gang, ganz ohne Nachhilfe, dafür aber ein erschwerter Weg mit Infusionsständer (der fährt genauso schlecht wie im Krankenhaus) und Morphinpumpe, auch seltsam, denn Morphin soll ja den Darm lähmen, und er kriegt nicht wenig davon, aber vielleicht ist er durch die lange Zeit ja auch schon dran gewöhnt! Hauptsache, das Essen rutscht weiter! Unglaublich, dass solche Dinge, die eigentlich ja selbstverständlich sind, so einen Stellenwert bekommen.

DONNERSTAG, 04.07.2013

Der Tag begann mit einem Gespräch mit Frau Bünk um 9 Uhr (gähn, früh …) vom Palliativnetzwerk. Sie kommt einmal die Woche, um ihr Ohr anzubieten und zu gucken, ob sie oder das Team irgendwo Hilfe leisten können. Bei uns scheint ja im Moment alles in relativ ruhigem Fahrwasser zu schwimmen, allerdings bat ich sie, für Samstag den Pflegedienst zu organisieren, damit die mittags die Infusionen machen können, sodass ich zu Nikos Zirkusvorstellung gehen kann. Ich hoffe, das klappt auch, das wäre für Niko sehr wichtig und für mich auch.

Nach dem Gespräch habe ich mich kurz abgesetzt, um mir neue Wolle zu kaufen, und – das Geschäft in Rellinghausen hatte zu! Na toll! Bin dann nach Kupferdreh gesaust (hach, Autofahren macht auch Spaß, überhaupt, die Bäume sind so grün, wie viel Bärenklau doch in den Ruhrwiesen steht, boah, sind da viele Blüten an den Brombeeren). Die hatten aber nicht die Wolle, die ich haben wollte, nur in Schwarz, aber so konnte ich die wenigstens mal anfassen und habe sie dann im Internet bestellt … und freue mich jetzt auf ein Päckchen! Gestern ist auch der Rahmen mit Tobis Foto angekommen, den ich vor einigen Tagen bestellt habe, sowie weitere Fotobücher für Luki, Tinki, Tobi und Niko.

Tobi hatte gestern großen iPad-Tag, er wurde wie erwartet schon gegen Mittag wach, Detlef hatte das iPad bereits angeschleppt. Es war schön, ihn so aufgeregt zu sehen, und er machte sich gleich daran, es einzurichten, obwohl er schnell unwirsch wurde, wenn etwas nicht sofort klappte. Generell, so gut war die Stimmung nicht, *Schlafmangel?*

Mittagessen war heute wieder sonntäglich, Rinderbraten, den sogar Tobi aß, das erste Mittagessen seit vier Wochen! Mit Kartoffeln und Bohnensalat und Vanillepudding mit Mandeln für Detlef als Nachtisch. Sehr lecker! Leider dauerte es keine Stunde, ich wollte gerade die Vomex-Infusion anhängen, da kam Tobi schon hoch und sagte: *„Ist zu spät, es kommt schon“*, und er spuckte alles wieder aus. Mist! Vomex bekam er trotzdem. Die Morphinkassette wurde von Schwester Nicole gewechselt, er hatte in zwei Tagen nur 2 Boli!

Nikolas hatte heute Oma-Tag und kam am Nachmittag kurz rein, um sich für die Kinderdisko im Zirkuszelt umzuziehen bzw. zu stylen! Zu süß! Leider war ihm die Regel, um 19 Uhr zu Hause zu sein, nicht so ganz wichtig und er ging nach der Disko noch zu einem Schulkameraden, ohne uns Bescheid zu sagen. Um 19:30 Uhr bin ich ihn dann mal suchen gegangen. Er kam natürlich dann aus einer ganz anderen Richtung. Konsequenz ist am Freitag: Keinen iPod und in der nächsten Woche wird er insofern beschnitten, dass er zu seinen Nachmittagsterminen gebracht und abgeholt wird. Ein bisschen Schwindeln war dann auch noch im Spiel, als ich ihm sagte, wenn er Orte verlässt, dann müsse er mir Bescheid sagen. Er sagte, er hätte versucht anzurufen, aber sein Handy war zu Hause! Nein, von seinem Freund aus, sogar auf meinem Handy … ich kann meine Nummer selbst kaum auswendig und er kriegte auch nur so gerade die Festnetznummer hin, und es war nirgendwo ein Anruf eingegangen. Mein Schlingel. In der Gesamtsituation sicher nichts, was als Aufreger zu gelten hat, aber ich hatte das Gefühl, ihn mal wieder auf die Spur bringen zu müssen, und pünktlich zu Hause sein ist mir sehr wichtig, nicht auf 5 Minuten, aber auf 30 und noch woanders hingehen, ohne dass ich es weiß, geht gar nicht. Oma Hanne brachte Niko zum Zelt, Tobi wollte sie heute gar nicht sehen, auch nicht zum Hallosagen. Oma Gilla und Opa Peter wollten Tobi auch gerne besuchen, aber er hatte eigentlich keine Lust auf Besuch. Dann sagte er, die sollen doch kommen, aber nicht lange bleiben, heulte, und da musste ich ihm mal sagen, dass die Menschen, die ihn besuchen wollen, ihm zeigen wollen, wie wichtig er ihnen ist, dass sie ihn lieb haben und dass er denen sehr wehtut, wenn er so abweisend ist. Dann wäre es besser, es käme keiner zu Besuch. Wenn er das so möchte, wäre das auch in Ordnung, aber wenn er Besuch haben will, dann sollte er sich auch nicht so abweisend verhalten. Ab da war die Stimmung dann ganz am Boden, aber auch das musste mal gesagt werden. Es kam dann keiner mehr zu Besuch. Mir tut das aber gerade für die Großeltern so leid, die reißen sich beide Beine aus, aber Tobi hat im Moment keine Kraft, diese Liebe zu erwidern. Und auch für Lukas und Tinki und vor allem für Niko, die Kinder leiden so sehr, kriegen das gar nicht sortiert, es sah ja schon so aus, als würde er jeden Moment sterben, und jetzt geht es ihm wieder ganz gut, Lukas machte seiner Hoffnung in einem Nebensatz Luft, indem er sagte: *„Und wenn wir dann wieder rausgehen können, dann verkaufen wir Zuckerwatte vor der Tür“*, … nein Luki, rausgehen wird Tobi nie mehr.

Habe also Niko zusammengefaltet und Tobi vorher auch, ich musste dann auch mal raus, mir Luft machen: „Hugo“ bei Claudia, Gesprächsstoff war reichlich vorhanden.

FREITAG, 05.07.2013

Heute war ein Tag des großen ‚Aufs‘. Tobi wurde mittags durch einen lauten Niko, der aus der Schule kam, wach.

Es gab heute für uns leckere Königsberger Klopse mit Kartoffeln und Salat, als Nachtisch Erdbeerquark. Ich sollte mir mal eine Liste machen, mit all den leckeren Gerichten, wenn ich mal nicht weiß, was ich später kochen soll, – ihr lieben Omas, ich danke euch so sehr dafür, dass ihr mir die Küchenstunden abnehmt, die ich dann bei und mit Tobi verbringen kann! Nach einem halben Toasti bekam Tobi die tägliche Übelkeit, die wir mit einer Vomex-Infusion erfolgreich bekämpften.

Ich arbeite ja schon seit mehreren Tagen daran, dass Tobi endlich mal wieder unter die Dusche geht und heute hatte ich ihn dann so weit, inklusive Betten beziehen!

Tobi ließ sich mehr oder weniger bereitwillig duschen (das Kind ist so dünn, 31 kg nur noch) und nutzte den bereits gegangenen Weg, um mal wieder in seinem Zimmer Playsi zu spielen. Dann aktivierte er den Geldspielautomaten! Unglaublich, die Dusche hat ihm gutgetan!

Niko hatte heute Nachmittag die erste Zirkusvorstellung und ging danach noch mit zu seinem Klassenkameraden und meldete sich ordnungsgemäß auch ab!

Nach der 19-Uhr-Infusion bin ich dann zu unserem Haus-und-Hof-Griechen gegangen, traf mich dort mit Müttern aus Tobis Grundschulklasse, den ‚Lönsi-Müttern'! Es war ein kurzweiliger und vergnügter Abend in netter Gesellschaft und mein erstes Date seit Langem. Ich hab es sehr genossen, das leckere Essen, die interessanten Gespräche und überhaupt, ich habe mich so lebendig gefühlt! Und wir haben im Biergarten an der frischen Luft gesessen, es ist Sommer!

Um 23 Uhr war ich dann wieder zu Hause, fand einen Kekse futternden Tobi im Wohnzimmer vor! Gut gelaunt und auf der braunen Couch auch nicht ganz so furchtbar bleich!

Das Pflegeteam kommt morgen leider nicht, Schwester Nathalie ist krank und ihre Vertretung ist noch im Urlaub, also muss ich die Infusionen ein bisschen vorziehen, Oma Gilla und Opa Peter kommen zum Aufpassen, der momentane Zustand lässt es durchaus zu. Ich freu mich so auf den Zirkus morgen, auf meinen starken Niko, auf die anderen Kinder und Erwachsenen!

SAMSTAG, 06.07.2013

Der heutige Samstag stand ganz im Zeichen von Zirkus! Niko musste bereits um 9:45 Uhr an der Schule sein, heute gab es die letzten 2 Vorstellungen. Ich hatte Karten für die 13-Uhr-Vorstellung und da das Pflegeteam nicht zu den Infusionen kommen konnte, musste ich alles irgendwie improvisieren. Also verschob ich das Antibiotikum von 12 auf 11:15 Uhr und das Novalgin von 13 auf 12 Uhr. Um 12 kam auch Oma Gilla, sie sollte auf Tobi aufpassen, Opa Peter kam ein bisschen später. Oma Hanne kam auch, Opa Heinz wartete unten, sie gingen mit zum Zirkus. Tobi wurde dann auch wach und war nicht so gut drauf. Eigentlich merkte ich, dass es ihm nicht recht war, dass ich gehe, er hatte Sorge, dass ihm übel werden könnte.

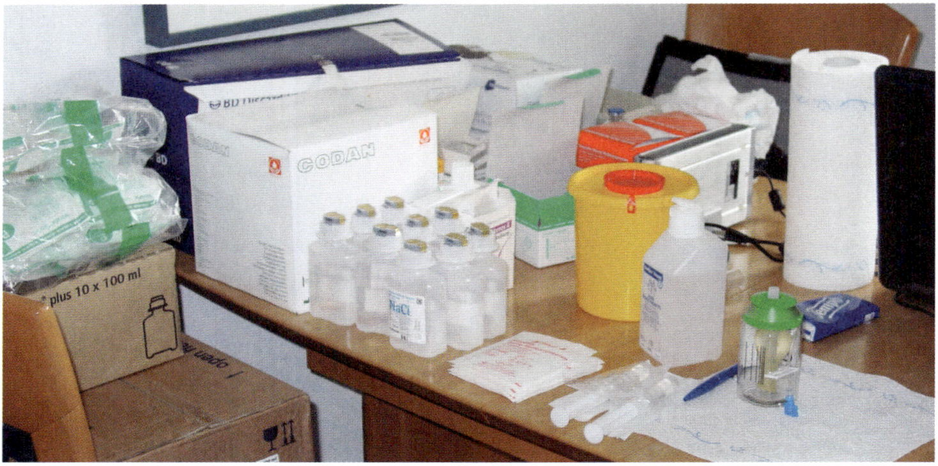

Und so war es dann auch, also schloss ich an das Novalgin direkt Vomex an, mit 30 min Laufzeit … meine Zeit wurde langsam knapp, aber zur Not wäre ich eben auch nicht gegangen. Es klappte aber, um 12:45 Uhr war die Infusion durch, ich hab ihn dann schnell abgestöpselt und bin zum Zirkuszelt geflitzt. Mit ganz schlechtem Gewissen zuerst, weil Tobi es lieber gehabt hätte, wenn ich dageblieben wäre, aber ich hatte ja jetzt alles gemacht und musste auch mal (gefühlt etwas egoistisch) für mein anderes Kind da sein!

Ich kam so pünktlich am Zelt an, dass ich gerade auf meinem freigehaltenen Platz saß, als Niko durch den Eingang kam und nachschaute, ob wir denn auch wirklich alle da waren! Ja, waren wir, Oma Hanne und Opa Heinz, Papa, Mama und Tante Claudia! Und er strahlte!

Die Zirkusvorstellung war sehr schön, ich kenne ja auch so viele Kinder, die ersten Nummern konnte ich aber nur durch tränenverschmierte Augen beobachten, ich war einerseits so gerührt über die Kinder, die alle eingelaufen sind zu toller Musik, die leuchtenden Augen, meine brennende Freude und Erwartung und dann der Gedanke an mein sterbendes Kind, das zu Hause im Bett liegt.

Es ist so ungerecht, so gemein, dass er solche Dinge nie mehr erleben wird, dass sein Leben fast zu Ende ist.

Ich konnte dann aber zum Glück etwas abschalten und mich an den tollen Darbietungen erfreuen, Niko war so stolz, und seine Pyramidennummer war für mich eine der schönsten. Luft anhalten musste ich, als sich die Tochter von einer Mutter der ‚Lönsi-Mütter'-Truppe beim Feuerlöschen mit der Hand diese verbrannte und heulend aus der Manege rannte. Sie kam aber mit allen anderen Kindern wieder zum Abschluss-Hey (ein Arm hoch und der andere runter, so als Pose!) raus und es war zum Glück wohl nichts Schlimmeres passiert. Das war eine ganz tolle Woche für Nikolas und als Abschluss stellte er sich unter einen aufgestellten Rasensprenger und wurde triefend nass! Aber egal, die Klamotten mussten eh gewechselt werden und zu Hause nahm er noch eine Dusche, bevor er sich wieder zu seinem Klassenkameraden absetzte, wo er dann auch die Nacht verbrachte.

Das Aufpassen auf Tobi hatte gut geklappt, wir fanden Oma Gilla, Opa Peter und Tobi allesamt im Bett vor, es sah recht gemütlich aus! Detlef hatte die Vorstellung gefilmt und führte sie direkt vor, auch um Tobi zu zeigen, wie toll sein Bruder war, aber der hatte nur abfällige Bemerkungen übrig, und ich glaube, er war einfach nur eifersüchtig und traurig, dass er so etwas nie machen konnte, vor allem, weil ihm ja die Jonglage so liegt und er immer den Wunsch hatte, mal eine Zirkusschule zu besuchen. Das hat mich auch wieder extrem traurig gestimmt. Tobi war ziemlich angenervt und stand dann aber auf, um in seinem Zimmer ein bisschen ‚Baller'-Spiele zu spielen, damit machte er seinen Aggressionen Luft.

Detlef setzte sich zu ihm und ich nutzte die freie Zeit für Hausarbeit und als ich mich gerade ein wenig auf meinen frisch geputzten Balkon setzen wollte, ging es Tobi schon wieder so übel, er brauchte erneut Vomex, und ich gab es ihm auch schnell, obwohl eigentlich noch 1 Stunde gewartet werden musste, das darf man nur alle 8 Stunden geben. Es ging ihm aber so schlecht, er hing schon über dem Eimer, mit nassem Lappen auf der Stirn, käseweiß und mit leidenden Augen ... das kann ich kaum mehr ertragen.

Zum Glück setzte sich Detlef zu ihm, mehr konnte ich ja jetzt auch erst mal nicht tun, und als dann das Vomex lief, bin ich kurz runter zu unseren Nachbarn gegangen, Medikamente abholen. Klein Moritz, jetzt fast 5 Monate alt, lag nackig auf dem Balkon auf einer Krabbeldecke und übte sich im Umdrehen. Er ist so süß, und so hilflos ... da fragt man sich, wie konnte die Menschheit überleben? Ihn anzusehen erfreute mich einerseits, andererseits zog es mich auch wieder emotional in den Abgrund, Erinnerungen an meinen kleinen Tobi waren schnell im Kopf, es tat einerseits gut, mich abzulenken, andererseits tat es mir schrecklich weh, diesen kleinen Kerl zu betrachten.

Tobi ging es dann besser und er verbrachte den Rest des Abends und der Nacht mit fernsehen und iPad, um 22 Uhr schickte er Papa noch mal los, Burger kaufen, und neben M&M's, zwei kleinen Magnums und POM-Bären war noch Platz für einen halben Chickenburger und einen halben Big Tasty Bacon.

Ich konnte meinen Frust heute nicht weghäkeln, obwohl mir schon die rechte Hand wehtut, es ist einerseits so schön und intensiv, mal die Wohnung zu verlassen und zu leben, schöne Dinge zu tun, Menschen zu treffen, zu reden, aber das Zurück fühlt sich echt schlimm an. Ich verbringe ja die meiste Zeit im Bett sitzend, neben Tobi, im abgedunkelten Schlafzimmer, ohne große Konversation, werde höchstens für Botengänge oder Hilfe angesprochen (Körnerkissen, mir ist schlecht, ich hab Durst und brauche ein Eiswasser, ich hab Hunger, Pipi, ... das sind so die gängigen Dinge, die ich ständig befriedigen muss).

Es fällt mir heute alles einfach sehr schwer, vielleicht ist auch die Sonne schuld, ich habe heute das Gefühl, ziemlich leer zu sein, und so, wie sich das im Moment anfühlt, hat Tobi vielleicht noch einige Wochen zu leben, ich weiß nur nicht, ob meine Kräfte das mitmachen. Aber auch das ist bestimmt vermessen, richtig schlecht wird es mir sicher dann gehen, wenn Tobi gegangen ist, dann wünsch ich mir bestimmt die Kraftlosigkeit, die ich jetzt empfinde, herbei, es hilft ja auch alles nix, es muss weitergehen und ich werde auch die nächste Zeit erst mal alle meine Bedürfnisse hintanstellen. Tobi und auch Niko sind jetzt das Wichtigste, und ich muss weiter funktionieren, aber heute mit schwerem Herzen (und genauso fühlt sich das an, wie ein Klotz in der Brust).

SONNTAG, 07.07.2013

So, jetzt habe ich ein wenig in Selbstmitleid gebadet, ist ja auch alles eine Scheißsituation. Wurde aber direkt wieder auf den Boden der Tatsachen zurückgeholt, denn wer hier am meisten leidet, das ist Tobi, ihm geht es am allerschlechtesten. Vielleicht war mein „Selbstmitleid" auch ein falsch gedeutetes Bauchgefühl? Heute hatte Tobi einen sauschlechten Tag, es ist jetzt 19 Uhr und er ist noch nicht wirklich wach gewesen, bis auf einen Klogang am Nachmittag. Und die Pläne, die er hatte, gestern Abend hat er mich gefragt, ob das Morphin nicht reduziert werden kann, er hätte ja jetzt keine Schmerzen mehr ... und er würde so gerne Minigolf spielen gehen, aber er würde sich schämen, wegen des Rollstuhls.

Ich hatte heute fest vor, wenn er sich so gefühlt hätte wie gestern, ihn in den Rolli zu packen und eine Runde draußen zu drehen, habe mit Stefan telefoniert, der heute Abend seinen Grill einweihen will, und hatte kühn überlegt, dass das ja auch ein tolles Ziel wäre, bevor wir nächste Woche zum Minigolfplatz durchstarten. Alles totaler Quatsch, Traumbilder, Visionen, Wunschdenken. Er ist so schwach und heute so spitz im Gesicht, dass mir sein Sterben wieder sehr nahe gerückt ist. Und mein Jammern kommt mir heute so jämmerlich vor! Heute Morgen habe ich in der Zeitung ein Bild von einem Traumstrand gesehen und gedacht: *„Da jetzt hin, alles zurücklassen, für mindestens vier Wochen“*, und stellte mir vor, wie ich am Strand liege, sanfte Brise, Salzgeschmack im Mund – und dann überkam mich der Gedanke, dass ich Bleichgesicht doch schon spätestens am zweiten Tag üble Ganzkörpersonnenallergie bekommen würde und die restlichen drei Wochen und fünf Tage langärmlig und mit langer Hose im Schatten bei mindestens 35 Grad hocken müsste, na, zum Glück steht das nicht an und ich kann in meinem abgedunkelten Schlafzimmer sitzen und die Zweisamkeit mit meinem so schwachen Kind genießen. Vielleicht hat Tobi meinen inneren Wunsch erfüllt, ich habe, als er so ganz schlecht lag, gedacht, bitte Tobi, schaff wenigstens noch die Zirkuswoche, deinem Bruder zuliebe, und heute macht alles wieder den Anschein, dass die Tage abgezählt sind. Niko hatte einen grandiosen Tag, er hat ja bei seinem Freund geschlafen (angeblich erst um vier Uhr) und war dann heute mit ihm und Oma Hanne beim Sommerfest des Kanu-Clubs. Er wollte doch so gerne noch mal paddeln! Hätte ich auch gerne mit ihm gemacht! Danach war er natürlich nass und musste sich bei Oma umziehen, ist dann aber noch mit Freund und Oma nach Steele zum Kinderfest gegangen, zum Trampolinspringen. Außerdem ist er in so einem großen durchsichtigen Ballon über das Wasser gelaufen.

Er kam dann total erschöpft nach Hause und brachte Tobi ein kleines Lebkuchenherz mit, auf dem *„Ich liebe dich“* steht! So süß. Tobi war dann ab halb acht wach und hat das Herz mit einem Lächeln bedacht, ganz glücklich, und Niko strahlte auch!

Schwester Petra war am Mittag da und wechselte die Morphinpumpe, reduzierte die Gabe von 1,3 ml auf 1,1 ml und Novalgin werde ich jetzt um 8, 16 sowie 24 Uhr, also alle 8 Stunden, geben. Als Tobi wach wurde, war die Stimmung recht gut, damit hätte ich jetzt eher nicht gerechnet. Er orderte chinesische Nudeln mit Ente, mmh, ich bekam den Rest, an meinem Obsttag. :)

Wir guckten zusammen fern, zu dritt, mit Papa und Tobi in der Mitte des Bettes, den Film „Die Wolke" (auch ein tolles Thema, atomarer Supergau und seine Folgen). Anschließend wollte Detlef „Der Sturm" gucken, Tobi aber nicht. Und das Schlitzohr schubste die Fernbedienung in meine Richtung und fing laut an zu lachen, schallend, und wir stimmten ein, da hat er mal gezeigt, wer im Schlafzimmer die Fernbedienungsvollmacht besitzt. Das tat uns allen so gut, dieses Lachen aus dem Bauch raus, richtig befreiend. Er hat dann noch weitergefuttert, M&M's Coconut (über Amazon aus Amerika eingeflogen, unverschämt teuer), Russisch Brot, 2 Kirschen, ein Wiener Würstchen, Appetit hat er! Von den Schmerzen her scheint das mit Novalgin alle 8 Stunden gut zu funktionieren.

Detlef und ich haben heute noch das Aquarium gesäubert, morgen bekommen wir von Freunden neue Babyfische! Also wieder ein bisschen Leben in dem Aquarium, da ist es auch so trostlos drin. Meine Petunien sind völlig verlaust, entweder geh ich Marienkäfer sammeln oder die Balkonkästen bekommen doch noch mal eine neue Bepflanzung, mal sehen. Ich kann mich also auch noch gedanklich mit anderen Dingen beschäftigen! :D So, morgen ist wieder Montag, eine neue Woche, mal sehen, was die für uns bereithält!

MONTAG, 08.07.2013

... und wieder Montag! Heute war mal wieder alles ganz anders! Tobi erwachte um 9 Uhr morgens und blieb wach bis 23 Uhr! Den Vormittag vergnügte er sich mit fernsehen und iPad, am Nachmittag kam das Palli-Team für ein Blutbild und eine zufriedenstellende Untersuchung. Blutwerte entwickeln sich, sagen wir mal so, nicht wie erwartet, sondern sie bessern sich: Leukos auf 2000, 500 Granulos, Thrombozyten 113 000 (!) und der Hb fällt leicht auf 5,7. Kein Kommentar dazu von Ärzteseite, das Angebot einer Blutkonserve steht, über erneute Chemo wird nachgedacht.

Tinki verbrachte den späten Nachmittag und Abend mit einem vergnügten Tobi, sie lagen zusammen im Bett, Tinki mit ihrem Gips, und guckten fern. Zu süß! Abends kam dann noch Robin mit Nicole.

Ich habe heute viel Kraft tanken können, konnte mich guten Gewissens mal von Tobis Seite lösen, waren ja genug andere da, das fing schon am Vormittag mit Claudia an, der ich mal einen wachen Tobi so sehr gewünscht habe! Das gab mir die Zeit, ein wenig in der Küche zu werkeln. Dann bekam ich einen ganz tollen Blumentopf und ein Wunderkörbchen als große Überraschung geschenkt, führte zwei sehr nette Telefonate und verbrachte den Abend mit Nicole häkelnd auf dem Balkon. Habe mein Brotkorbprojekt fertiggestellt!

Als dann alle weg waren und Niko im Bett (der hatte normal Schule und war am Nachmittag mit Oma Hanne, Opa Heinz und Schulfreund Lukas im Freibad), habe ich Tobi genötigt, mal auf den Balkon zu kommen. Was für eine Freude! Eingepackt in die Tobidecke, mit Fußhocker, genoss er sichtlich die frische Luft und spielte mit Papa ein neues Fußballspiel auf dem iPad. Dann aß er ein Kinder Joy, in dem sich eine kleine Wasserspritze befand. Damit fing er an, MICH nass zu spritzen! Super, ich bin doch aus Zucker! Aber unter großem Gelächter seinerseits habe ich mich natürlich nass spritzen lassen, mit dem mir üblichen Schreien und Jammern, und wir haben so schön gelacht. Zwischendurch hat auch Papa einen Spritzer abbekommen. Bis um kurz vor elf haben wir noch draußen bei Kerzenschein gesessen, bis Tobi dann völlig übermüdet ins Bett wollte und innerhalb weniger Minuten tief eingeschlafen ist.

Mein tapferer, lebenslustiger Kämpfer, heute hast du es mal wieder allen gezeigt, du machst alles auf deine Art und ich hoffe, dass wir noch mehr von diesen Tagen mit dir erleben dürfen!

Dann ist noch Zuwachs in unserem Aquarium zu verzeichnen, neben 9 neuen Schwertträgern sind auch bestimmt 8 bis 10 verschiedene Pflanzen neu eingezogen, das Becken sieht so gut aus wie noch nie!

TRAUER-TSUNAMI

Erbarmungslos und kein Entrinnen, die Welle kommt,
ich spüre, wie sie sich ankündigt, Leere, Schmerz, mein Körper bebt,
sie schlägt über mir zusammen, tosend, brausend,
reißt alles mit, haltlos werde ich mit ihr mitgezogen.

Ich spüre, wie sie sich ankündigt, Leere, Schmerz, mein Körper bebt,
Tränen quillen wie heißes Blut aus meinen Augen,
reißt alles mit, haltlos werde ich mit ihr mitgezogen,
um mich herum ein Chaos aus Erinnerungen und Gefühlen.

Tränen quillen wie heißes Blut aus meinen Augen,
Schreie, stumm, schrill, erstickt, erbrechen aus mir heraus.
Um mich herum ein Chaos aus Erinnerungen und Gefühlen,
der Schmerz ist kaum auszuhalten, ertränkt mich, verbrennt mich.

Schreie, stumm, schrill, erstickt, erbrechen aus mir heraus,
sie schlägt über mir zusammen, tosend, brausend.
Der Schmerz ist kaum auszuhalten, ertränkt mich, verbrennt mich.
Erbarmungslos und kein Entrinnen, die Welle kommt.

(Geschrieben im September 2014)

Der geänderte Infusionsabstand kommt meinem Schlafbedürfnis sehr entgegen. Ich bin tatsächlich bei der 8-Uhr-Gabe wach und nicht ohnmächtig und brauche nicht weiterzuschlafen! Tobi aber schon, das habe ich genutzt, um mal ein bisschen Lebensmittelshopping zu machen.

Bei Edeka traf ich zuerst eine ehemalige Nachbarin, die selber an Brustkrebs erkrankt ist, mit ihr sprach ich einen Moment, dann traf ich meine jetzige Nachbarin, während ich die Fleischtheke fotografierte, weil Tobi sich für morgen Grillfleisch aussuchen sollte. Sie merkte an, dass es morgen deutlich kühler werden soll, und ob wir nicht heute grillen wollen, und ob wir auf Holzkohle grillen würden, das würde sie dann mal aushalten! Nein, wir haben einen Elektrogrill, der ist für den Balkon bestens geeignet.

Tobi war wach so ab 13 Uhr, aß ein bisschen Mittagessen, Gurkensalat, Kartoffeln und Schweinebraten, danach der obligatorische Übelkeitsanfall, der mit Vomex bekämpft wurde. Dann kam erneut der Hunger und die Vorfreude auf das Grillen, was dann doch heute schon stattfinden sollte!

Stefan kam zu Besuch, kurz danach Karin und Simon, der heute einen Kontrolltermin in der Klinik hatte. Simon himmelt Tobi so an, und ich freute mich, dass er ihn in diesem guten Zustand sehen konnte. Karin brachte mir eine große Tüte mit toller Wolle mit, für eine Blumenjacke, aber beim Lesen der Anleitung wurde mir schummerig, dafür muss man verschiedene Blüten häkeln, aber dann von der ersten 24 Stück, von der zweiten 16, von der dritten 30 … was für ein Projekt! Wird auf jeden Fall erst für den Sommer 2014 fertig, aber auch die traurigen Herbst- und Wintertage wollen gefüllt werden! Bin mal gespannt, wie das wird oder ob ich doch was andres daraus zaubere, ganz süße Idee, noch mal vielen Dank dafür!

Habe mir heute mal den Spaß erlaubt und mein Grannykissen und den Brötchenkorb, den ich gehäkelt habe, auf Facebook in zwei Häkelgruppen gepostet, … da war was los: Es gab über 60 Daumen hoch und zig Kommentare, mein Handy hat vielleicht gebrummt! Was für ein Spaß!

Am Abend haben wir dann tatsächlich gegrillt, Detlef sammelte Niko nach seinem Stöckeln (Nordic Walking) ein und dann starteten wir ein gemütliches Familiengrillen auf dem Balkon, Tobi als Grillmeister, mit leckerem Fleisch, Brotstangen, Zaziki und Kirschpaprika-Creme. War das schön! Tobi hat gefuttert, mit großer Lust, saß da mit Cap und Sonnenbrille! Eigentlich wollten wir ihn noch duschen, aber die Übelkeit war schneller, er musste sich sofort hinlegen, ein stilles Tränlein kroch am Auge runter, kühler Lappen auf der Stirn und wieder Vomex, das ist so ungerecht, mein armes Kind, erst Hochgenuss, dann Absturz und fast überm Eimer, einfach gemein. Und er empfindet das auch als so gemein.

Den restlichen Abend haben wir zwei dann Händchen haltend vor dem Fernseher verbracht, er vergnügte sich mit weiteren Raffaellos, das ist unglaublich, Vomex drin, Übelkeit weg, Kind isst wieder.

Vielleicht geb ich ihm das Vomex mal vor dem Essen?

MITTWOCH, 10.07.2013

Heute war wieder ein sehr guter Tag, Tobi wünschte sich gestern Nacht seinen Freund Lukas herbei, der kam auch so um halb acht am Abend. Er begrüßte Tobi mit einer Umarmung, wie das bei den beiden so üblich war, was Tobi aber zwischendurch in seiner schlechten Phase abgewehrt hat und ganz schrecklich fand. Ich habe mich so für Luki gefreut!

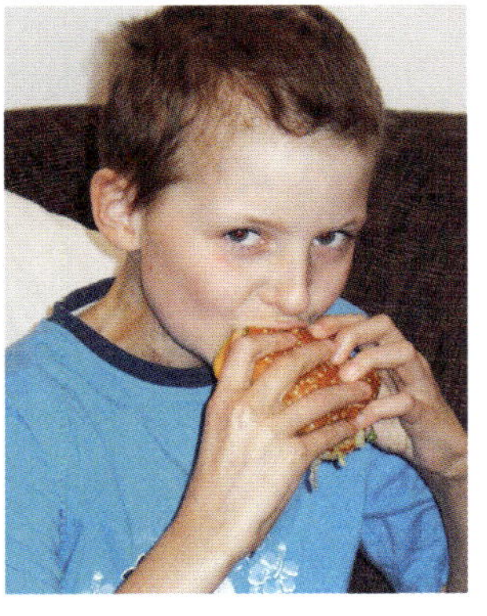

Dann haben die beiden ein wenig im iPad gestöbert, bevor sie ein paar Aggressionen an der Playsi auf- und abgebaut haben. Stefan und Nicole kamen dann noch und brachten Burger für die hungrigen Mäuler mit. Lukis Abschied war ganz herzlich, wieder mit Umarmung, und die kam auch von Tobi richtig gerne.

Da musste ich so an meinen Niko denken, den habe ich heute ins Bett gebracht und dabei haben wir noch mal den Tag besprochen. Er war mit Ulrike Tretboot fahren und Eis essen und hatte einen sehr schönen Nachmittag. Aber er macht sich große Gedanken um Tobi, er fragte mich heute, ob Tobi jetzt doch nicht stirbt, weil es ihm so gut geht. Ich habe versucht ihm zu erklären, dass dieser Zustand von Tobi wie ein Geschenk ist, dass er aber irgendwann wieder so werden wird wie vor 2 Wochen, wo er so viel geschlafen hat, kaum mehr gesprochen hat und dass er dann wahrscheinlich einfach einschlafen wird.

Er wird sterben, aber keiner kann sagen, wann. Und das ist auch so belastend für mich. Ich habe vor zwei Wochen Abschied genommen, habe versucht, es so hinzukriegen, dass auch nach seinem Tod, der Erlösung, ein Weiterleben für mich möglich ist. Habe den furchtbaren Schmerz in mir gehabt, in den nächsten Stunden mein geliebtes Kind zu verlieren, bin viele Tage morgens aufgewacht und habe mich fast nicht getraut mich umzudrehen, erst, als ich seinen Atem vernommen hatte, habe viele Stunden bei ihm gesessen und ihn beobachtet, immer mit der Angst, dieser Atemzug könnte sein letzter sein, diese schrecklichen Atempausen ausgehalten und mich mit jedem erneuten Atemzug gefreut.

Und nicht nur ich habe Abschied genommen, ich habe Niko Abschied nehmen lassen (obwohl das für ihn nicht offensichtlich war, aber ich habe zugesehen, dass er immer Gute Nacht gesagt hat und dass keine offenen Streitigkeiten blieben), ich habe die Großeltern Abschied nehmen lassen, unsere engsten Freunde haben mit mir geweint und auch ein Teil der Großfamilie kam noch einmal an sein Bett, das war mir ein Bedürfnis. Und diesen Schmerz, diese Erschöpfung, diese Last werden wir alle, werde ich noch einmal erleben müssen. Es fehlte nur ein winziger Schritt, bis es Erlösung gewesen wäre. Jetzt geht es ihm so gut, dass man sagen müsste, er wird aus dem Leben gerissen. Vielleicht nicht ganz so krass, denn die Wohnung haben wir auch heute nicht verlassen.

Aber mein alter Tobi zeigt sich hin und wieder ganz schüchtern; heute kamen Anke und Torsten zu Besuch, wir saßen gemütlich auf dem Balkon und Tobi setzte sich dazu, fing an zu plaudern und machte Späße mit Anke. Besonders lieb ist mir, wenn er lacht, und er lacht wieder!

Schwester Nathalie ist aus dem Urlaub zurück (Pflegedienst!) und kam zum Morphinkassettenwechsel. Sie kam vorsichtig rein mit den Worten: „*Wie ist es?*“, und als sie ging, sagte sie, Tobi hätte sogar mit ihr gesprochen, er wäre ja richtig nett zu ihr gewesen, auch hier wieder: mein Tobi! Ich hatte mich vorher ja bereits bei ihr bedankt, mehr oder weniger verabschiedet und ihr alles Gute gewünscht! Eigentlich sollte heute Frau Bünk kommen, ich hätte schon Gesprächs- und Heulbedarf, wir haben das dann kurz am Telefon bearbeitet, Tobi war eh wach und dann ist ein Heulgespräch mit den Spuren in meinem Gesicht auch nicht so gut. Dann hatte ich noch ein Telefonat mit der Apotheke, habe neue Infusionsmittel und Novalgin geordert, und ein Telefonat mit Dr. Reschke, der derzeitigen Palli-Ärztin. Sie geben uns nichts mehr vor, wir müssen anhand von der Familiensituation und anhand von Tobis Lebensqualität entscheiden, was gemacht werden soll. Die Antibiose läuft erst mal eine weitere Woche weiter, die Schmerzmedikation auch, ich kann selber gucken, ob er das Novalgin vielleicht nicht mehr braucht. Über ein Fortführen der sanften Tablettenchemo wurde auch laut nachgedacht, die könnte das Wuchern der Leukämie auch verlangsamen. Und auch ich/wir habe/n die Verantwortung, ob Blutkonserve ja oder nein.

Das ist auch ein Thema, das vor und zurück mit Detlef besprochen wurde, wo meine Gedanken Amok laufen. Ja, eine Konserve bringt in jedem Fall bessere Fitness (ist vielleicht das falsche Wort, hab aber grad kein besseres) und ihn nach vorne und bestimmt auch eine Lebenszeitverlängerung, aber damit steigt auch das Risiko für weitere Katastrophen, beispielsweise Knochenbrüche. *Will ich das riskieren? Will ich ihm das zumuten? Kann ich das aushalten, wenn so etwas passiert?* Andererseits ist es so schön anzusehen, wie er lächelt, wie er sein Essen genießt, wie er wieder mit seiner Umwelt in Kontakt tritt, wie er wieder Zärtlichkeiten zulässt und gibt. Ich hoffe, dass ich die richtigen Entscheidungen treffen werde, und ich bete, dass Tobi nicht erneut wegen irgendetwas leiden muss.

Die Vollkostverpflegung haben wir erst mal auf Eis gelegt (obwohl man sich daran durchaus gewöhnen könnte, ;) dicke Drücker an die Omas!), wenn es Tobi so gut geht, dann muss ich auch nicht auf oder neben ihm glucken, sondern kann mich auch mal wieder den Aufgaben im Haushalt widmen.

DONNERSTAG, 11.07.2013

Auch heute war wieder ein guter Tag, ich habe das Gefühl, dass es jeden Tag ein bisschen besser geht. Tobis Lippen waren heute leicht rosa und ich weiß nicht, *vielleicht steigt der HB doch?*

Tobi hat bis 14 Uhr geschlafen, um kurz vor 15 Uhr kam Robin und blieb bis 20 Uhr, er wurde dann von Sandra abgeholt. Die zwei wollten für sich sein und deshalb hatte ich sozusagen frei, habe die Zeit genutzt, um mal den Bügelberg zu reduzieren und den Balkon zu schrubben. Detlef hat geholfen und die Fugen sind wieder grau statt grün!

Niko hatte Oma-Tag und mit ihr wild im Garten gewerkelt, er kam zufrieden nach Hause. Mich hat die Normalität sehr entspannt und etwas anderes hat mich total beglückt! Ich hatte Tobi gestern gesagt, dass ich mich total freuen würde, wenn ich mal wieder mit ihm kuscheln dürfte, so in Löffelchenstellung. Das haben wir auch im Krankenhaus immer gemacht und das hat ihm und auch mir immer sehr gutgetan. Bei der 13-Uhr-Infusion fragte er mich, ob ich ihn kuscheln könnte! Das habe ich soooo gerne gemacht.

Er fühlt sich unheimlich zerbrechlich an, so dünn wie er ist, aber er hat sozusagen geschnurrt beim Kuscheln und weitergeschlafen!

FREITAG, 12.07.2013

Nach den vielen guten Tagen ist heute leider mal wieder ein schlechter Tag. Tobi war heute den ganzen Tag so mürrisch, verschlossen, schweigsam.

Er wurde gegen 12:30 Uhr wach und ich zeigte ihm eine neue App, MySpass, da kann man lustige Sendungen von Pastewka, Anke Engelke, Stromberg, Elton, Michael Kessler und vieles mehr gucken. Damit beschäftigte er sich über Mittag und auf mehrmaliges Nachfragen sagte er dann, er habe starke Schmerzen im Brustbein. Mist. Also habe ich das Novalgin erst mal vorgezogen, einen Bolus gegeben, und ich fürchte, dass er mit dem Morphin wieder höhergehen muss. Er konnte kaum liegen und fand gar keine gute Position, in der er keine oder nur wenig Schmerzen hatte. Claudia und Tinki wollten kurz Hallo sagen, aber er wollte keinen sehen, also ersparte ich Skippy (Tinki mit Gipsbein) das Hochhüpfen in die 2. Etage. Oma Hanne und Opa Heinz wollten kommen, denen sagte ich auch erst mal ab.

Am Nachmittag ging es dann wieder und er bekam Appetit auf einen Big Mac, also orderte ich Oma und Opa, die sollten einen mitbringen. Sie brachten nicht nur den Big Mac, sondern auch Robin mit, aber selbst das änderte an Tobis Stimmung nichts. Im Gegenteil, ein paar Bissen von dem Big Mac machte so viel Übelkeit, dass er schnell Vomex brauchte, und darüber ist er dann wieder eingeschlafen.

Es ist so ätzend, dass er so leiden muss, wenn ihm so übel ist, weiß wie die Wand, hilfesuchende Augen. Und meine Ängste sind nicht unbegründet, was muss dieses arme Kind noch ertragen? Ich wünsche mir für ihn gute Lebenszeit, aber keine Quälerei mehr. Im Brustbein hat er ein 2-Euro-Stück großes Loch, gefressen von der Leukämie, der Befund ist aber schon in Tübingen gestellt worden. Wer weiß, wie das Loch jetzt aussieht, die Rippen hängen da dran, alles ist so zerfressen und sicher auch brüchig.

So um 19 Uhr kam Niko ganz aufgeregt mit seinem Roller angesaust, er brauche eine Dose, und weg war er wieder ... dann kam er zurück, lauthals Mama brüllend, er hatte eine kleine Fledermaus gefunden! Super, da hatte auch die Mama Spaß! Zuerst haben wir versucht, ihr aus einer Spritze Büchsenmilch zu füttern, sie hat es eifrig geschleckt. Dann hab ich mal im Internet nachgesehen, keine Milch, lieber Insekten! Also habe ich Niko auf Insektenfang geschickt und eigentlich ist immer Gebrumm im Gebüsch, nur heute nicht, kein Käfer, keine Raupe und die Fliegen ließen sich so schlecht fangen! Tobi hatte letztes Jahr einen Fledermauskasten in der Gruga gebastelt, der lag im Keller und wartete seitdem auf seinen Einsatz und – tada! Jetzt hatte er seinen Einsatz! Ich setzte das kleine Mäuschen da rein und brachte es auf den Balkon. Niko sammelte unterdessen weiter Insekten, ich gab ihm den Tipp, unter Steinen nach Kellerasseln zu suchen, und er kam mit Beute wieder, mit Asseln und Tausendfüßlern! Im Internet bin ich auf die NABU-Seite gestoßen, und es gibt für alle großen Städte Fledermausbeaufragte. Da habe ich dann mit Niko angerufen! Er hat mit Lautsprecher gesprochen: *„Hallo, ich bin Nikolas Klein, ich habe eine Fledermaus gefunden ... und wir brauchen Hilfe ...“* Ich bin dann eingesprungen und habe erzählt, was wir bereits gemacht haben und den Mitarbeiter gefragt,

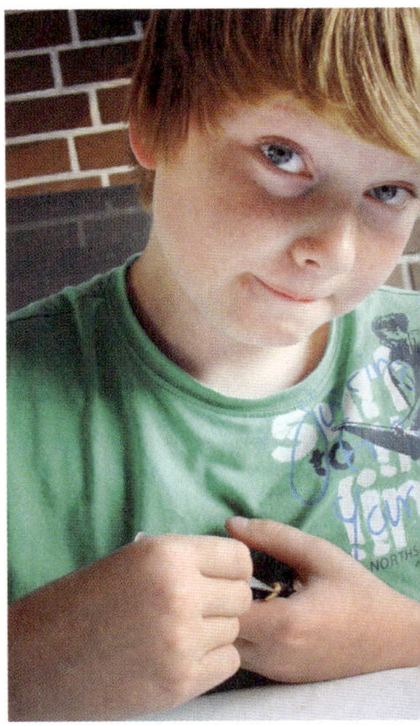

ob er sich die mal angucken kommen will und er sagte Ja. Niko quatschte dazwischen und sagte energisch: *„Ich will die aber behalten, kann ich die behalten?“*, und der Typ sagte: *„Nee, das geht nicht.“* ... und was macht Niko? Legt einfach auf! Gespräch weg! *„Der soll nicht kommen, ich will die als Haustier, ich geb die nicht her, ich hab die so lieb, die ist so süß.“* – Mein tierliebes Kind! Ich habe dann kurz versucht, ihm zu erklären, dass sie stirbt, wenn wir nicht Hilfe bekommen und dass Fledermäuse keine Haustiere sind, sondern wild leben, ... aber dass wir den Kasten aufhängen, und vielleicht ziehen ja welche bei uns ein, und dann habe ich den NABU-Mann wieder angerufen und gesagt: *„Wir sind unterbrochen worden ...“* Der kommt auf jeden Fall morgen um zehn zur Beratung und Hilfe, mal sehen, ob sie bei uns wohnen bleiben darf!

Wir haben der Fledermaus dann noch Wasser aus einer Spritze gegeben und sie hat geschleckt, aber den Tausendfüßler, aufgespießt auf dem Nagel, der die Fledermauskiste an der Wand befestigen soll, hat sie verschmäht, genauso wie die gepellte, auf ein Stöckchen gespießte Schnecke! Die Asseln warten auf ihren Einsatz morgen.

Tobi schlief weiterhin, Luki wollte heute eigentlich mit Tobi zusammen sein, aber er hatte mal wieder dolles Pech. Er kam aber kurz zum Tobi- und Fledermaus-Gucken!

Um 22:15 Uhr ist Tobi dann wieder wach geworden, war aber nach wie vor nicht so gut drauf, aß etwas und guckte dann fern.

SAMSTAG, 13.07.2013

Heute war wieder ein Tag mit Auf und Ab, aber auch daran gewöhnt man sich irgendwie. Der Morgen stand ganz im Zeichen der Fledermaus, um 7:25 Uhr, ich wartete darauf, dass die Infusion durchlief (Zeiten jetzt wieder 7, 13, 19, 1 Uhr), kam Niko schon und wollte einen Blick auf sie werfen! Das untersagte ich aber, denn ich sah schon vor mir, dass Niko die Kiste aufmacht und die Fledermaus sofort die Flucht ergreift, da hätte der NABU-Typ aber dumm geguckt. Also haben wir erst mal gefrühstückt, um 10 Uhr kamen Claudia und Tinki und dann auch der nette Herr vom Naturschutzbund.

Ein junger Kerl, so zwischen 20 und 30, ich kann aber schlecht schätzen! Er nahm sich der Fledermaus an, untersuchte sie gründlich und stellte fest, dass es ihr eigentlich an nichts fehlt. Allerdings ist er (ein Männchen) ein Parasitenmutterschiff, überall kleine stecknadelspitze, große Krabbeltiere ...

Der NABU-Mann legte ein Protokoll an, es ist eine Zwergfledermaus und sie wiegt 3,54 g! Unglaublich, kein Kommafehler!

Er hatte einen Karton dabei, in dem er die Fledermaus mitnehmen wollte. Da überkam Niko die große Trauer und der Frust und er rannte weinend in sein Zimmer. Ich habe ihn dann gezwungen, sich wieder dazuzusetzen, und habe den NABU-Mann gebeten, Niko zu erklären, dass die Fledermaus kein Haustier ist und dass sie so bei uns nicht leben kann. Und das tat er dann auch, Fledermäuse brauchen Gesellschaft und müssen wild leben, man kann sie nicht halten, wenn man länger als 10 Tage Mehlwürmer füttern würde, dann fallen der Fledermaus z. B. alle Haare aus.

Dann fing er an, die Fledermaus zu füttern, dazu holte er mit einer Pinzette Mehlwürmer aus einer Dose, machte sie nass und befreite sie so vom Staub, legte sie in eine Schale, schnitt ihnen mit einer Schere den Kopf ab und hielt der Fledermaus das herausquellende Innere hin, die eifrig zu schlecken begann, und so drückte er alles Innere raus. Tinki wechselte die Farbe und ekelte sich ziemlich, sie verließ dann flugs den Balkon! Niko war mittlerweile schon wieder von Frust übermannt in sein Zimmer geflüchtet. Ich habe dann gefragt, ob wir die nicht auch hier päppeln können, zumal Nikolas so offensichtlich litt. Außerdem wollte er sie am Fundort auswildern, ein Weibchen hätte bis 5 g gemästet werden müssen, bei Männchen reichen 3,5 bis 4 g, also einigten wir uns darauf, dass wir sie hierbehalten. Ich versuchte noch, eine Briefwaage zu organisieren, er überließ mir dann freundlicherweise seine. Mehlwürmer für zwei Tage ließ er auch da, und Niko bohrte in einen Schuhkarton Löcher, da kam ein Küchenhandtuch rein, das wurde dann der Unterschlupf für die Fledermaus Niko! Nikolas hatte sich dann auch wieder eingekriegt und trug den Karton in sein Zimmer, dort sollte Niko den Tag verbringen und schlafen dürfen.

Nikolas selber verbrachte den Rest des Tages bei Leo mit Gartenarbeit! Er kam erst um 20 Uhr wieder nach Hause.

Tobi war eigentlich den ganzen Tag muffig, wahrscheinlich, weil er Schmerzen hatte. Er verbrachte den Tag mit iPad, Playsi mit Papa und fernsehen und lief sogar ein bisschen in der Wohnung herum. Mittags kamen Oma Gilla und Opa Peter zu Besuch, sie brachten ihm noch ein Paket M&M's Coconut von der Kollegin von Peter mit. Aber Tobi war nicht so gut drauf und wollte nach kurzer Zeit schon wieder seine Ruhe haben.

Ich hatte die Fledermausstory auf Facebook gepostet und Faxe textete mich an, ob seine Kinder sich den Kleinen auch mal ansehen dürften. Ich sagte natürlich zu, denn wann kommt man schon mal so nah an eine Fledermaus dran? Ich finde es auch superspannend, wollte ja sogar mal ursprünglich Biologin werden. Ich erzählte Tobi dann, dass wir gleich noch Fledermausbesuch bekommen würden, da wurde er ganz giftig und sagte, er wolle keinen sehen, keinen hier haben, er will seine Ruhe haben. Erst habe ich gedacht, komm, lass ihn, aber dann habe ich ihm mal meine Meinung gesagt.

Es dreht sich den ganzen Tag alles nur um ihn, und wir kommen fast gar nicht mehr vor die Tür und wenn dann jemand zu uns kommt und er denjenigen nicht sehen will, dann soll er ins Schlafzimmer gehen, Tür zu, dann hat er seine Ruhe. Das ist dann zwar nicht schön, aber in Ordnung, wenn er das so möchte! Aber es geht nicht, dass jetzt nur noch jemand zu uns kommt (nicht zu ihm!), wenn er seine Erlaubnis gibt. Außerdem ist das für Nikolas bestimmt schön, wenn seine Klassenkameradin sieht, wie toll er mit Tieren umgehen kann. Faxe und die Mädels würden trotzdem kommen, sie kommen ja nicht wegen Tobi, sondern wegen der Fledermaus und wenn er keinen sehen will oder nicht gesehen werden will, dann soll er eben ins Schlafzimmer gehen! Leider rief dann Tinki an und fragte, ob sie mit Frank Tobi besuchen kommen könnte, das wollte der Giftige dann natürlich überhaupt nicht!

Wir starteten dann die Fledermausfütterung mit Tobi und Niko, Faxe und die Mädels stießen später dazu und Tobi machte keine Anstalten, sich zu verstecken, er war ein bisschen bockig und eklig zu Niko, aber eigentlich hatte ich den Eindruck, dass er auch ein bisschen Freude am Trubel hatte. Er stritt das zwar ab, aber er zeigte Faxe sogar seine Minigolfbälle und spielte mit Laura und Paula am Geldautomaten.

Klein Niko hat an Gewicht zugelegt, 3,69 g, und er aß 5 Mehlwürmer, allerdings nicht mit großem Appetit. Ich entfernte noch mal eine Menge Parasiten aus seinem Fell, was für ein Gekrabbel, das macht man mit Tesafilm, da kleben die gut dran. Laura und Paula streichelten auch mal mit ihren Fingern über das lausige Fell!

Dann musste ich Tobi noch ein zweites Mal zurechtweisen, er hatte es so auf Niko abgesehen, war nur doof und gemein und wie ein Polizist zu ihm und dazu sagte ich ihm auch, dass ich das ganz blöd finden würde, Nikolas liebt ihn so sehr und er hackt nur auf ihm rum, das ist sehr gemein und unschön. Tobi schluckte das ohne Kommentar.

Abends war noch Schwester Nathalie da, die Tobi ein Eis mitbrachte, die Morphinkassette wechselte und die Gabe von 1,1 wieder auf 1,3 ml pro Stunde hochsetzte, ich hatte das mittags schon telefonisch mit dem Palliativteam besprochen.

Ich hatte heute während der Fernseh- und Spielzeiten auch Zeit für mich, habe ein wenig telefoniert, in der Sonne gesessen und gehäkelt und sogar einen kleinen Mittagsschlaf gehalten. Außerdem ist die Fledermaus auch Balsam für meine Seele, da habe ich so richtig Spaß dran. Muss morgen unbedingt noch mal schöne Fotos machen, damit Nikolas auch ein Bild für sein Zimmer bekommt, damit Klein Niko nicht in Vergessenheit gerät! Mit der Fledermaus hat Nikolas natürlich wieder eine Haustierdiskussion losgetreten, denn unser Kompromiss Fische ist echt doof. ;)

SONNTAG, 14.07.2013

Nikolas war heute Morgen schon ungeschmeidig, denn heute sollte Niko, die Fledermaus, ausgewildert werden, aber erst am Abend. Er wusste nichts mit sich anzufangen und konnte sich auch mit Detlef auf keine Aktivität einigen. Er traf sich dann mit Tinki, sie mit Gips und Niko mit Tobis Rollstuhl, sie spielten draußen, malten dann mit Acrylfarbe jeder eine Leinwand und versuchten, diese vor dem Friedhofseingang zu verkaufen … das klappte sogar, Behindertenbonus? Auf jeden Fall verdiente jeder 10 Euro! Unglaublich!

Tobi hat heute wieder lange geschlafen, er tauchte zwischendurch immer mal kurz auf, um 11 Uhr bat er mich, ihn zu kuscheln, was ich so gerne getan habe. Allerdings geht dabei furchtbar das Kopfkino los … traurige Gedanken, wie lange ist Tobi noch bei mir, muss er noch viel erleiden, wie knochig er ist und wie wenig von ihm noch übrig ist. Ich habe mein Zusammensein mit ihm auf jeden Fall ganz bewusst gespürt und genossen. So um 15:30 Uhr ist er dann wach geworden. Wir haben zusammen ein wenig ferngesehen, bevor das Chaos seinen Lauf nahm! Ich mag es ja trubelig, aber für meinen Tobi und Detlef ist das gar nichts! Also, erst kamen Robin, Nicole und Stefan, dann Oma Hanne und Opa Heinz, die wollten auch Fledermaus gucken. Dann schellten überraschenderweise Henrik, Tobis Schulkollege, und seine Mama. Ich fragte Tobi, ob er ihn sehen will, und er sagte: *„Okay."*

Opa Heinz ergriff dann die Flucht, sagte, das könne man nicht machen, das will Tobi nicht, aber ich hatte den Eindruck, dass sich Tobi mitreißen ließ, und so sagte ich zu Lukas, der anrief und auch Tobi sehen wollte, er solle mal wegen der Fledermaus kommen und alles Weitere würden wir dann sehen ... und das klappte auch. Zwischendrin aßen wir noch Pizza, Tobi mit Vomex, diesmal vorher, was gut funktionierte! Nach und nach leerte sich dann das Wohnzimmer, bevor der Fledermaus-Typ vom NABU kam.

Ich hatte mit Niko schon versucht, die Fledermaus zu wiegen (3,38 g) und zu füttern, aber sie war schnell, wach und sehr lebhaft und bevor sie flüchten konnte, sperrten wir sie lieber in die Kiste und warteten auf den Fachmann. Er versuchte es auch vergeblich und bei Anbruch der Dämmerung sind wir zum Fundort an der Steeler Straße gegangen. Dort wollte er sie aber nicht freilassen, wegen der vielen Autos, und so sind wir dann zwischen die Häuser auf eine große Wiese gegangen. Der Fledermaus-Typ holte ein Gerät raus, mit dem man Fledermausgeräusche hörbar machen kann, und tatsächlich, wir hörten welche umherfliegen!

Die Fledermäuse senden Ultraschalllaute, die durch das Gerät wie ein Klopfen zu hören waren. Niko wollte sie unbedingt fliegen lassen, aber aus seiner Hand stürzte sie ab und landete weich im hohen Gras. Luki und Oma Hanne erfreuten sich auch an den umherfliegenden Fledermäusen, die immer kurz im noch hellen Abendhimmel zu sehen waren.

Nach einer ganzen Weile in der Hand des Fachmanns beruhigte die Fledermaus sich, um dann mit einem Hüpfer in die Lüfte zu starten. Zuerst flog sie eine Kurve und dann ganz hoch und danach sahen wir zwei Fledermäuse fliegen. Niko kam glücklich angerannt, keine Tränen, ganz stolz und aufgeregt, dass man die Fledermäuse auch hören kann, und ich umarmte und lobte ihn, dass sein Niko nur durch seinen Einsatz überlebt hat und dass er ein kleiner Held ist und dass ich ganz stolz auf ihn bin! Zu Haus ging es dann schnell ins Bett, Detlef hat schon große Sorge, ihn morgen Früh zur Schule aus dem Bett zu kriegen! Aber das ist es wert gewesen!

Tobi war in der Couch zusammengesunken und klagte erneut über starke Schmerzen in der Brust, so schlimm, dass er kaum aufstehen und laufen konnte, er sagte, bei jedem Atemzug merke er es und lachen könne er auch nicht, das würde zu wehtun. Oje, wir stellen morgen die Basisrate Morphin noch mal höher. Übelkeit kam auch wieder und er bekam vor der 1-Uhr-Novalgingabe auch noch Vomex.

Mein armer Tobi, warum ist es denn nicht genug, warum musst du jetzt wieder so starke Schmerzen haben, es waren doch nur so wenige gute Tage und ich konnte das doch erst in den letzten Tagen genießen und habe auch wieder Hoffnung geschöpft, aber nur, um erneut zu fallen ... und wenn ich in mich hineinhorche, dann schmerzt es so, es fühlt sich so an, als wird jetzt das 2. Mal Sterben eingeläutet.

MONTAG, 15.07.2013

... war abends mal wieder fast ohnmächtig vor Müdigkeit, deshalb keine Chance zu schreiben ...

So, schon wieder Montag, eine weitere Woche ist vergangen, eine neue bricht an. Heute ist der Tag so dahingeplätschert, ohne große Vorkommnisse, was eigentlich auch ganz schön ist. Tobi wurde so gegen 12 Uhr wach, ich hatte Frau Bünk da, um mich mal wieder innerlich zu sortieren und aufzuräumen und um mein Tränenfass ein wenig zu leeren.

Vomex gab es heute vor dem Big Mac und der wurde bis auf einen Bissen komplett vernichtet! Lukas kam zum gemeinsamen Fernsehen und ich häkelte meine Grannys. Detlef berechnete, dass ich für meine geplante Decke ca. 420 Grannys brauche ... vielleicht wird das dann doch ein anderes Projekt? Mal schauen, noch macht es Spaß, aber da sitz ich ja wohl noch ewig dran ... wollte noch Windlichter behäkeln, aus einem alten Bettlaken einen Badezimmerteppich zimmern, habe doch auch noch die schöne Wolle für die Blümchenweste (da geh ich auch mal von 350 Blüten aus ..., die Jeanswolle und die blaue, da muss ich viel Zeit für haben, na ja, hab ich ja auch! ;)

Nachmittags war das Palli-Team mit Herrn Dr. Tippelt und Schwester Nicole da, Morphin wurde hochgesetzt auf 1,5 ml pro Stunde, Vomex darf ich auch alle 6 Stunden geben und Kevatril gebe ich jetzt nicht zusätzlich, aber als Option, um ihn von der Übelkeit zu befreien. Blutwerte waren bis abends noch nicht da, kriege ich später. Dann kam noch Schwester Nathalie zum Kassettenwechsel, sie brachte Tobi und Luki ein Eis mit!

Ich möchte für mich noch was vermerken: Niko hat vorgestern beim Zubettbringen zu mir gesagt: *„Wenn der Tobi hier auf der Erde fertig ist, dann hast du bestimmt auch wieder mehr Zeit für mich."*

(Er hatte gestern Oma-Tag, hat mit Robin bei Stefan dessen Swimmingpool eingeweiht, die beiden Jungs haben sich von ihrer allerbesten Seite gezeigt, die Stefan ein paar graue Haare mehr beschert haben werden.)

Ich habe gestern Abend mit Tobi über die Gedanken gesprochen, die wir uns mit dem Palli-Team gemacht haben, dass die Möglichkeit einer Bluttransfusion besteht, weil sein Hb ja so niedrig ist (obwohl ich seine Lippen wieder als rosiger empfinde, vielleicht tut sich am Hb doch was?), und dass über eine Chemotherapie nachgedacht wurde, aber Tobi lehnte das wegen des Tablettenschluckens ab, genau wie 4 Tabletten Novalgin über den Tag verteilt keine Option sind, er möchte lieber Infusionen haben! Fein, dass wir das geklärt haben.

Außerdem möchte er vor einem möglichen Besuch gefragt werden, ob das geht, ich habe ihn jetzt ein paar Mal etwas überrumpelt, und die vor der Tür stehenden Menschen möchte er auch nicht vor den Kopf stoßen und sagen, dass sie wieder gehen sollen, ich werde da mal ein bisschen feinfühliger sein!

Und er plant morgen oder übermorgen einen Ausflug nach draußen, mit dem Ziel, Minigolf zu spielen ... mein Kind, ich würde es dir so sehr wünschen, dass das klappt!

So, aktuelle Blutwerte: Hb 6,2! Leukos 2560 und Thrombos 150 000. Na fein!

DIENSTAG, 16.07.2013

... Highlight des Tages, der Woche, des Monats? Tobias hat heute seine Bettlägerigkeit beendet und die Wohnung verlassen! Gestern haben wir noch so überspitzt gesagt, wir fürchten uns davor, dass es ihm besser geht (nach einer Bluttransfusion ...), weil wir uns vorstellen können, dass er dann sofort auf 1000 % läuft und z. B. sagt: *„Jetzt will ich Roller fahren ..."*, die Angst ist einfach groß, dass sein brüchiges Knochengerüst doch irgendwo eine Fraktur entwickelt, die im besten

Fall nur mit Schmerzen verbunden ist, im schlimmsten Fall aber mit Lähmungen einhergehen könnte.

Aber was Tobi will und sich vornimmt, dass schafft er auch.

Der Tag plätscherte aber zunächst so vor sich hin, er wurde so um die Mittagszeit wach und war nicht, wie erwartet, total abgeschlagen von der Morphinerhöhung. Sein Wunsch war es dann, mit uns gemeinsam zu essen, zuerst schlug ich ihm vor, dass ich zu ihm ins Bett komme und mit ihm dort esse, nein, er stand auf und aß mit uns am Tisch in der Küche! Es gab Salat für die Großen, Rippchen, Fladenbrot mit Zaziki und Tomaten für die Kleinen, und es ist einfach eine Freude, Tobi mit Genuss essen zu sehen.

Niko spielte dann mit Tinki draußen, Tobi, Detlef und ich schauten einen Film zusammen. Nikolas brauchte dann meine Hilfe (ich sollte ihre Kreidebilder fixieren, die Künstler wollten weitere Werke verkaufen), das verband ich direkt mit Müll rausbringen. Tobi guckte derweil aus dem Fenster und winkte uns zu. Er rief: *„Ich würde auch so gerne runterkommen"*, und ich rief zurück: *„Dann musst du dich anziehen und dann komm!"* Hatte allerdings nicht damit gerechnet, dass er genau das auch tun würde ... Detlef kam von der Toilette und stand einem fertig angezogenen Tobias gegenüber (mir ist wirklich entfallen, wann er sich das letzte Mal alleine richtig angezogen hat, eigentlich wechselt er immer nur mit mir die Schlafanzüge). Und dann verblüffte er uns damit, dass er die Treppen ganz alleine runterstieg, was hatten wir uns für einen Kopf gemacht, welche Möglichkeiten es gibt, Tobi heil und ohne Druck auf die Knochen mit möglichst wenig Gefahr die Treppen runterzukriegen ... Und unten angekommen sagte er, er wolle ein wenig spazieren gehen und schlappte in seinen Flipflops Richtung Friedhofseingang, mit dem Kommentar zu seinen Schlappen, dass sich der Kauf ja nun doch gelohnt hätte! Ich wusste überhaupt nicht, wie ich mit dieser Situation umgehen sollte, war so wuschig und unsicher und glücklich und ängstlich und, und, und ...

Am Friedhofseingang sagte er dann, er wolle Oma Hanne besuchen, und so schob Detlef ihn dann im mitgenommenen Rolli in diese Richtung, ich ging noch mal schnell nach Hause, um Niko auf den Weg zum Handballtraining zu bringen, und stellte fest, dass auch Detlef ganz wuschig gewesen sein musste, denn die Wohnungstür stand noch offen ... Ich bereitete schon mal alles für die 19-Uhr-Infusion vor und rief noch kurz Schwester Nicole an und berichtete ihr von der wundersamen Wandlung. Ich hatte sie nämlich eine halbe Stunde vor dem Ereignis angerufen und gebeten, dass jemand kommt, um die Morphindosis noch mal zu erhöhen, und der Rückruf kam natürlich in unserer Abwesenheit. Sie war auch geplättet von dieser Entwicklung und fand keine Worte für das, was da gerade mit Tobi passierte. Tobi läuft ja im Palliativteam als ein finales Kind, wir bekommen die Personalnot nicht zu spüren; wenn bei Tobi irgendwas los ist, dann ist immer sofort jemand zur Stelle! Und dieses bereits totgesagte Kind hat dann heute mal einen Ausflug nach draußen zu seiner Oma gemacht!

Ich bin dann mit dem Auto das kurze Stück zu Oma Hanne nachgefahren, damit ich auch schnell wieder zu Hause bin, um das Infusionsmaterial zu holen.

Tobi saß mit einem breiten Grinsen im Garten, Oma Hanne und Opa Heinz waren total sprachlos, und wir alle genossen dieses Zusammensein, von dem man gedacht hatte, dass das nie mehr so möglich sein wird.

Detlef setzte sich dann ab, er war zum Nordic Walking verabredet und Tobi wollte noch ein wenig draußen sein, ich bin mit ihm und Oma noch eine Runde durch den angrenzenden Park und über den Friedhof nach Hause gerollert, mit dem Rollstuhl. Der Gang über den Friedhof war für mich extrem emotional, obwohl das eigentlich Wege sind, die ja zu unseren Spazierwegen zählen, aber ich guckte mich um, wo denn ein schöner Platz sein könnte, las die Grabsteine und dachte darüber nach, wie es einmal in Zukunft sein wird.

Ein Erlebnis aus der Vergangenheit kam auch noch in mir hoch: Meine Kinder haben auf Spaziergängen über den Friedhof immer sehr gerne mit den Brunnenanlagen gespielt, mal nur mit der Hand geplanscht, mal nur den Wasserhahn aufgedreht, und an einer Stelle gibt es einen Hahn, bei dem man den Wasserstrahl durch Zuhalten so lenken kann, dass er in einer großen Fontäne spritzt. Das „macht" man zwar nicht, aber wenn keiner in der Nähe war, habe ich das meinen Kids ab und an mal erlaubt! Und eine weitere Erklärung zu diesem Vorfall ist die alte Kerstin, die nie ganz unüberlegt oder gar hitzköpfig irgendjemanden zurechtweisen würde, die immer eher den unteren Weg einschlägt.

Es muss ein warmer Tag gewesen sein und ich hatte die Nachricht bekommen, dass mein Kind an Leukämie leidet (ich weiß schon nicht mehr, ob Erstdiagnose oder Rückfall, aber das ist auch egal), und wir waren genau an der Stelle auf dem

Friedhof, an dem tollen Brunnen, und ich ließ Tobi am Wasser spielen, er hatte so viel Spaß und ließ das Wasser unter Gelächter spritzen, ich kämpfte mit meinen Tränen und hatte Bilder im Kopf, dass er jetzt auf dem Friedhof spielt und ich ihn ganz bald hier besuchen werden müsse, da kam eine Frau mit einem Hund den Weg entlang und meinte, mich maßregeln zu müssen. Das würde ja nicht gehen, der Friedhof sei ja kein Kinderspielplatz und sie sagte zu Tobi, er müsse sofort damit aufhören, natürlich hatte sie in gewisserweise auch ein bisschen recht, aber ich schmiss mich vor mein Kind und blies sie an, sie solle sich um ihren Kram kümmern, wenn ich das meinem Kind hier erlauben würde, dann hätte sie da gar nichts zu sagen, schon gar nicht dem Kind gegenüber, und sie hielt sich aber dran und das Wortgefecht wurde härter (ich griff verbal auch ihre Töle an ...) und ich wunderte mich über mich selbst, dass ich zu so einem Ausbruch überhaupt fähig war ... und stand kurz davor, ihr einfach mit meiner Hand mitten ins Gesicht zu schlagen, aber dazu kam es zum Glück nicht mehr, sie zog ab und murmelte etwas von asozial und so etwas hätte sie ja noch nie erlebt ... ha, im Nachhinein ein sehr prägendes Erlebnis, und die Dame führt ihren Hund hier immer noch Gassi, sie würdigt mich aber keines Blickes. Wenn sie wüsste, was sich damals da in meinem Kopf und in meinem Herzen abgespielt hat ...

Tobi wollte dann noch in die Sporthalle, Niko beim Handball zugucken, das konnte ich aber verhindern, und wir begannen den Aufstieg in die 2. Etage, die Treppen forderten seine letzten Kräfte und weiß und völlig schlapp ließ er sich auf die Couch sinken. Nach kurzer Erholungszeit fing er an, Essen zu ordern, Käsebrötchen, LIONs mit Milch, 2 kleine Magnums ... und es ging ihm wieder ganz gut.

Um 22:30 Uhr habe ich den Abend beendet und ihn ins Bett gesteckt, er schlief ganz schnell ein. Zur Infusion eben wurde er kurz wach und legte mir sein Bein auf meine Beine und sagte, ich kann meine Zehen nicht mehr bewegen ... ah, Angst ... was ist denn da los, ich streichelte sie und fragte, ob es kribbelt *(vielleicht nur eingeschlafen?)*, und dann konnte er sie plötzlich wieder bewegen. Das hat man ja schon mal, dass der Fuß einschläft, aber im Liegen? Wahrscheinlich sollte man eher damit rechnen, dass noch irgendwelche größeren Katastrophen passieren, als zu hoffen, dass die an uns vorbeigehen, diese Angst ist unerträglich, wirklich unerträglich.

Alles in allem ein unglaublich toller Tag, der hoffen lässt, dass Tobi doch noch einige schöne Tage haben wird (der Plan für morgen sieht Marshmallows, Stockbrot und Nürnberger grillen bei Oma im Garten vor, Minigolf soll gespielt werden, und mit Schwester Nathalie, die die Morphindosis auf 1,7 ml in der Stunde erhöhte, hat er sich zum Kino verabredet) .

Aber je länger die Leukämie Zeit hat, desto mehr wird sie seine Knochen zerfressen und auflösen, desto wahrscheinlicher werden weitere Knochenbrüche werden. Eine furchtbare Vorstellung, und wir können dem auch nur tatenlos zusehen und hoffen und beten, dass Tobi das eben nicht mehr erleiden muss.

MITTWOCH, 17.07.2013

Tobi schlug heute Morgen um 6:40 Uhr die Augen auf und sagte: *„Ich muss Pipi!“* Und danach fragte er, wie spät es denn sei, das hast du nun davon, Mama, wenn ich so früh ins Bett muss ..., er schlief aber zum Glück wieder ein und wurde erst um kurz nach elf wieder wach. Ich habe heute auch mal wieder weitergeschlafen und stand völlig zerschlagen um 10 Uhr auf. Da stand schon mein Schwiegerpapa im Flur, mit Blumen und einer Flasche Sekt, er gratulierte uns zum 15. Hochzeitstag! Das war mir ja total entfallen! Detlef hatte auch dran gedacht, und auf dem Frühstückstisch standen ein Rosenstrauß und ein kleines Geschenk, er hatte mir neue Perlenohrringe gekauft.

Um 11:30 Uhr hörte ich plötzlich Nikos Roller ... zack, da stand er vor der Tür und erklärte mir, er hätte in der Betreuung gesagt, dass er einen Zahnarzttermin hätte und nach Hause müsse. Der wahre Grund war aber, dass sein eines Hosenbein komplett aufgerissen war und er sich deswegen so geschämt hat. Oje!

Ich beschloss, dass Lügen gar nicht geht, und erklärte ihm, dass das so nicht okay wäre, und ich würde in der Betreuung anrufen und sagen, dass er einen Fehler gemacht hätte, und ihn dann mit neuer Hose wieder zurück in die Schule schicken. Er solle sich dann bei der Betreuung melden und sich entschuldigen, was er dann auch gemacht hat. Das fand ich ganz prima, weil ich weiß, welche Überwindung ihn das gekostet haben muss.

Tobi ging es gar nicht gut, er hatte große Übelkeit, wollte aber erst mal kein Vomex, er schlug sich bis um kurz vor 13 Uhr damit rum und erbrach sich dann heftig. Was für ein Mist. Danach lag er käsig im Bett, Lappen auf der Stirn und ich sagte zu ihm, dass er sich wegen des geplanten Grillens und des Ausflugs zur Oma nicht stressen solle, das könne man auch einen Tag später noch machen oder auch alle zu uns holen ... Detlef machte Ähnliches, unabhängig von mir, und das löste einen Wut- und Heulanfall aus, wir sollten aufhören, ihn so runterzuziehen, er würde das schaffen, wenn er das wolle, wir sollten einfach mal die Klappe halten. Oje, ich fürchtete, dass er sich völlig übernehmen würde, was zum Glück aber nicht eintrat.

Ulrike kam um 14:30 Uhr für Nikolas, sie machten ein bisschen Schule und zischten dann ab Richtung Berger Hof. Es ist so schön, dass Niko diesen „Ulrike-Tag" hat, nur für sich, und ich weiß, dass er das sehr genießt! Robin kam dann gegen drei, aß mit uns und legte sich zu Tobi. Ich dachte zu diesem Zeitpunkt, dass wir heute nirgendwo mehr hingehen.

Etwas später wurde die Verfassung besser und die zwei kamen ins Wohnzimmer und fingen an zu malen. Um 17 Uhr wollte Tobi sich anziehen lassen und wir sind zu Oma Hanne gefahren. Dort wurde Feuer in einer Grillschale gemacht und es wurden Nürnberger Würstchen, Marshmallows und Stockbrot gegrillt. Es gab noch Salate, arabisches Brot und Fladenbrot. Niko kam mit Ulrike, die sich auch noch einen Moment zu uns setzte, und grillte fleißig mit. Nicole und Stefan waren auch da. Um 19:30 Uhr kam noch Schwester Nathalie, die die Morphinkassette wechselte und die Dosis auf 2,0 ml pro Stunde erhöhte, denn Tobi hat immer noch Schmerzen. Ich hatte das vorher mit Dr. Reschke, der Palli-Ärztin, schon telefonisch besprochen.

Es war ein sehr netter Abend, die Kinder waren happy, wir haben viel gelacht und um 21:30 Uhr verließ Detlef mit Niko die Fete, er hat ja morgen Schule. Tobi konnte nicht genug kriegen und wir blieben bis 23 Uhr, Sandra war mittlerweile auch gekommen, um Tobi zu sehen und um Robin abzuholen, und ich bin froh, dass sich jetzt alle, trotz der Trennung von Stefan und Sandra, so gut verstehen.

Die Treppen hat Tobi aber nur noch mithilfe von Papa geschafft, der ihn von hinten unter dem Popo beim Treppensteigen hochgeschoben hat.

Tragen traut er sich nicht, aus Angst, ihm wehzutun oder seine Knochen zu brechen. Morgen steht erst mal nichts an, ich tippe auf Morphinrausch ausschlafen, aber wir werden sehen.

DONNERSTAG, 18.07.2013

Zur 7-Uhr-Infusion schaute Tobi mich heute mit großen Augen an und sagte: *„Wird wohl nix mit Morphinschlaf!“* Ha! Ich sagte, er solle sich mal ausruhen, und geschlafen hat er danach bis 16:30 Uhr. Hatte er dann wohl doch nötig.

Um 8:30 Uhr rief Nikos Grundschule an, ich war gerade wieder eingeschlafen und schaffte es nicht rechtzeitig, rief zurück und Nikos Direktorin war am Apparat. Ob Niko heute Morgen schon Bauchschmerzen gehabt hätte ... oh, ich hatte ihn ja gar nicht gesehen, also erst mal Detlef geweckt, aber der hatte bis auf ein Halskratzen nichts zu berichten. Die Direktorin sagte dann, sie würde ihn mit zum Ausflug nehmen und eventuell noch mal anrufen. Wir haben dann aber nichts mehr gehört! Um 9 Uhr rief die Klinik an, ist nicht mehr so der Schocker, als Tobi noch geheilt werden konnte, waren die 723-Nummern auf dem Telefon immer gut für einen kleinen Nervenzusammenbruch, denn meist bedeuteten sie nichts Gutes. Heute aber schon, Dr. Basu meldete sich und wollte mal hören! Das hat mich sehr gefreut, ich hatte mich nicht wirklich getraut, ihn während seines Krankseins anzuschreiben, denn krank ist krank und auch wenn wir freundschaftlich verbunden sind, ist Tobi ja doch wahrscheinlich ein Stressfaktor und Arbeit für ihn. Umso schöner war deshalb das Telefonat. Nächste Woche geht es zum 3. Mal auf das Segelschiff, die Fridtjof Nansen, KMT-Segeln auf der Ostsee. Daran denke ich noch oft zurück, das war damals eine sehr spannende und eindrucksvolle Woche voller toller Erlebnisse! Vor meinem inneren Auge sehe ich Tobi, wie er ganz stolz das Beiboot lenken durfte, und Niko, wie er mutig mit Oliver den Mast hoch bis zur Saling kletterte. Dieses Mal wird es von den Temperaturen her sommerlich und ich sehe schon die Kinder vom Schiff ins Meer springen! Hoffentlich gibt's nicht so viele Quallen! Ich habe Oliver gefragt, ob er glaubt, dass man die Schmerzen mit Morphin noch mal in den Griff bekommt, und er bejahte das. Hoffentlich finden wir bald die richtige Dosis, 2,0 ml in der Stunde reichen immer noch nicht.

♥ ♥ ♥

Henrik holte am Nachmittag sein Bild ab, aber Tobi wollte keinen sehen, auch Lukas nicht, der klingelte und den ich schweren Herzens wieder wegschicken musste. Dann fing Tobi an zu malen, er malte ein Bild für seine Klasse: The best class of the world! und er schrieb eine ganz liebe Karte dazu und wünscht seinen Klassenkameraden schöne Ferien. Tinki nimmt das morgen mit (etwas komplizierter, eigentlich Claudia wegen Tinkis Gipsbein).

Immer wieder verlangte Tobi ein Körnerkissen, um es sich auf die Brust zu legen, Wärme tut wohl gut, und wenn ich so hingucke, sieht es eingefallen aus, Tobi sagt aber, es wäre eher ein Knubbel.

Um kurz nach 20 Uhr rief Tobi dann doch noch bei Lukas an und fragte ihn, ob er doch rüberkommen wollte, und er kam sehr gerne. Niko war nachmittags mit Detlef auf Zeche Zollverein. Leider ist ihm sein dicker Zeh wieder aufgeplatzt, das ist immer noch eine Zirkusverletzung, heilt echt schlecht da vorne.

Dann hatte ich noch ein Telefonat mit Dr. Reschke, Tobi soll noch eine Aredia-Therapie bekommen, das hatte er schon mal zur Stärkung der Knochen vor dem ersten Rezidiv bekommen, als Infusion. Das soll Montag und Dienstag laufen und dann einmal im Monat, morgen kommt das Team noch mal zur Blutentnahme und Montag dann auch.

FREITAG, 19.07.2013

An diesem Morgen schlug Tobi bereits um 9 Uhr die Augen auf. Wir zwei hatten eine unruhige Nacht, ich bin erst nach halb zwei eingeschlafen, um 3 Uhr hat Tobi entweder in echt oder in meinem Traum Mama gesagt, um 5:30 Uhr war Pipipause von Tobi und um 7 Uhr Infusion; bin dann von 7:30 bis 8:30 Uhr noch mal kurz weggedämmert, um dann recht gerädert aufzustehen, gegen 9 Uhr sollte Blutentnahme sein. Tobi orderte Essen und Papa flitzte zu Edeka, Schwester Nicole kam und nahm Blut ab. Die Werte bekam ich dann telefonisch, Leukozyten auf 3000, 1200 Granulozyten, Hb stabil bei 6,3 und Thrombos auf 168 000 gestiegen. Alle anderen Werte im Normbereich, sodass am Montag das Aredia zum Knochenaufbau gegeben werden kann. Es gibt nur derbe Personalprobleme, aber das soll mal meine Sorge nicht sein, zur Not überwache ich alleine!

Mittags um 13 Uhr kamen dann Tobias' Mathelehrer und seine Englischlehrerin zu Besuch. Sie brachten den Webchair aus der Schule mit und überreichten Tobi sein Zeugnis! Entgegen der Ankündigung haben alle Lehrer Tobias benotet, und er hat ein gutes 2er- und 3er-Zeugnis und war darüber sehr stolz und glücklich. Ich fand das auch supernett von der Schule, ganz toll!

Lukas kam auch rüber und wir aßen zusammen Rührei und Toast. Tobi wurde aber zusehends müder und bekam dann noch zu allem Überfluss Schluckauf. Er musste sich sofort hinlegen und brauchte zusätzliches Morphin, er hat immer noch dolle Schmerzen in der Brust, da ist ein Huggel ... oder um die Stelle ist alles drum herum eingefallen? Wer weiß. Schwester Nicole stellte das Morphin morgens schon auf 2,3 ml hoch, aber das scheint immer noch nicht zu reichen.

Wir guckten dann zusammen unsere KIKA-Serie H2O und plötzlich wurde ihm sehr schlecht, es gab Blitz-Vomex und dabei schlief er dann ein. Morgens hatte er den Wunsch geäußert, heute Minigolf spielen zu gehen, mal schauen, ob er noch rechtzeitig wach wird. Er ist zwar am Abend noch mal wach geworden, aber von Minigolf war keine Rede mehr.

Niko kam sehr erschöpft vom Schwimmen mit Lukas und Oma Hanne zurück und wollte nicht wie geplant mit Detlef zum Badminton.

Detlef ging alleine und Tobi fragte Niko, ob sie was zusammen malen sollen. Das fand ich so schön, denn Niko versucht ja immer, eher weg zu sein, oder isoliert sich mit dem iPad in seinem Zimmer. Also wurde gemalt, und als Niko fertig gemalt hatte, spielte ich mit ihm Kayanak und anschließend noch eine Runde mit beiden Jungs. Das war so schön für mich, so stelle ich mir Familienleben vor, auch mal ohne Fernsehen, und beide Jungs hatten zumindest kurzzeitig Spaß! Mit der Übelkeit kam dann auch das Fernsehen und ich schlug vor, dass wir was zusammen gucken sollten, es war aber schwierig, etwas zu finden, was beiden gefällt und was die Altersgrenze zumindest nur im kleinen Rahmen überschreitet ... Wir einigten uns dann auf „Percy Jackson“, ein cooler Film, aber Niko motzte die erste Phase, bis das erste Ungetüm in Szene trat, weil er lieber alleine in seinem Zimmer eine hundertste Wiederholung von „Alarm für Cobra 11“ gucken wollte. Als aber Minotaurus gegen Percy kämpfte, von da an war es für Niko auch okay, allerdings war er auch schrecklich müde. Tobi hielt bis kurz vor 23 Uhr durch und bekam dann eine erneute Übelkeitsattacke, die ich mit einer Kevatrilspritze in den Broviac bekämpfte. Das hatte ich mir zusätzlich aufschreiben lassen, wenn Vomex nicht gegeben werden kann, das geht ja höchstens alle 6 bis 8 Stunden.

Tobi war sehr erschöpft und schleppte sich dann ins frische Bett. Es ist ja leider im Moment sehr warm und Tobi schwitzt recht doll, vor allem hat er den typischen Nachtschweiß oder Schlafschweiß, nach dem Schlafen sind er und seine Kissen pitschnass. Detlef kam vom Badminton wieder, hatte einen alten Handballkumpel getroffen und einen netten Abend gehabt.

Diese heutige abendliche Erschöpfung und Übelkeit rufen mir direkt wieder in Erinnerung, was wir hier eigentlich tun, es gerät in den Aufs doch ein bisschen in Vergessenheit, zumal Tobi auch alles tut, damit man es ihm nicht anmerkt. Deshalb ist die Diskrepanz zwischen dem, was der eine oder andere Besucher sieht und dem wahren Zustand von Tobi oft recht groß.

Ich habe ihm heute die Hand gehalten, saß die ganze Zeit neben ihm und versuchte ihn damit zu stützen, und ich glaube, das tut es, denn er fordert es auch mehrmals am Tag ein. *„Mama, kommst du wieder zu mir, bleibst du bei mir?“* Ich tue da zwar nichts scheinbar Dolles, meist häkle ich oder tippe auf meinem iPad rum, aber das ist wohl das, was Tobi braucht: Nähe.

Morgen jährt sich der Tag Null der ersten KMT zum 3. Mal. Ich habe Tobis Spender, den wir zwei Jahre nach der KMT persönlich treffen konnten, einen Brief geschrieben, dass wir an ihn denken und ihm auf ewig dankbar sind, ohne ihn wäre Tobi heute vielleicht schon nicht mehr da. Morgen wollen wir ja ein bisschen feiern, leider habe ich durch die Übelkeitsattacken und das Genießen, beide Jungs um mich zu haben, vergessen, den Käsekuchen zu backen, muss ich morgen früh direkt als Erstes tun und ihn dann später mit Kühlpacks kühlen!

SAMSTAG, 20.07.2013

Mein heutiger Schlafrekord: 10:45! Dazwischen war ich natürlich wach, aber immer nur kurz. Ganz ausgeschlafen bin ich nach Niko und Detlef gucken gegangen, aber es gab noch kein Frühstück, der Große duschte noch und der Kleine guckte die 2000. Wiederholung von „Alarm für Cobra 11“. Niko wollte auch kein Frühstück machen, keine Brötchen holen, war aber schon schwer unterzuckert und brach direkt eine Diskussion über die anstehenden Ferien vom Zaun. Er wäre so traurig, dass wir nicht wegfahren würden und dass Stefan und Nicole nur zum Tobi kämen (obwohl das definitiv nicht stimmt). Er braucht halt immer einige Tage, bis er sich an den Ferienrhythmus gewöhnt hat und nicht mehr so krawallig ist. Wir haben am Frühstückstisch besprochen, was man so alles unternehmen könnte, und da ist Detlef jetzt mehr als gefragt, weil ich nicht wegkann und -will.

Tobi schlief so tief und fest, dass ich befürchtete, dass er gar nicht mehr wach werden würde, aber um kurz nach 15 Uhr schlug er dann die Augen auf und war wach, wollte angezogen werden und Oma Gilla und Opa Peter bestellen (ohne Kamera, das nervt ihn total, auch meine Knipserei ...), denn wir wollten ja feiern. Oma Hanne und Opa Heinz hatten einen Kuchen vor die Tür gestellt und ließen ihm so Glückwünsche zukommen, Oma Gilla und Opa Peter brachten Geschenke und einen Helium-Ballon mit, der Musik macht, wenn man ihn anstößt, was es nicht alles gibt! Ich fand es sehr schön, dass die beiden endlich auch mal wieder positive Zeit mit Tobi hatten. Wir aßen zusammen Kuchen, und Tobi versuchte sich an seinem neuen Playsi-Spiel.

Um 18 Uhr brachte Detlef dann schon mal Nikolas zu meiner Cousine Christiane, ihre Tochter Julia feiert heute ihren 18. Geburtstag. Wir hatten Tobi davon erzählt, haben ihn aber eher gebremst als gedrängt, aber er hatte sich vorgenommen, dahinzugehen, und dann klappt das auch!

Wir sind um 19:30 Uhr aufgebrochen. Tobi hatte Sorge, dass Santana, der Königspudel meiner Cousine, ihn anspringen könnte und dass bei einer Begrüßungsumarmung jemand an seine Brust kommen könnte, deshalb haben wir eine Winkbegrüßung gemacht, mit der Tobi dann gut klarkam. Er hatte sich ursprünglich aufs Grillen gefreut, aber es gab was anderes. Er mochte nichts vom Büfett essen, deshalb holte Detlef ihm den obligatorischen Big Mac, den er auch fast aufaß. Ich hatte ihm zu Hause schon Kevatril gegeben und hoffte, dass dies die Übelkeit gar nicht erst aufkommen lassen würde, und dieser Plan ging auch auf. Tobi bewegte sich dann ziemlich frei, ging sogar mal im Partykeller gucken und unterhielt sich gut mit seinen großen Cousinen Julia, Jacky und Marie und den Cousins Leo und Jan. Die Krönung des tollen Abends war aber, dass Tobi zu seinem Feuerwerk kam!

Leo hatte Knaller, Fontänen und lange Wunderkerzen und ließ Tobi und auch Niko beim Anzünden helfen. Niko hatte riesigen Spaß, war total überdreht und Tobi strahlte förmlich!

Er warf Knaller, und besonders glücklich sah er aus, als er eine lange Wunderkerze an drei Stellen entzündete und wie ein Lichtschwert kreisen ließ. Mein Gott, wie schön das war, mir (und nicht nur mir) schwappte förmlich das Herz über vor Glück! Was für eine unbeschreibliche Freude, Tobi so lachen zu sehen.

Er hat sich dann den Rest des Abends in die Runde gesetzt und das Zusammensein mit seiner Großfamilie genossen. Ich weiß nicht woher, aber dann waren plötzlich neue Knaller da, die auch noch entzündet wurden. :)))

Ich genieße unsere Familienfeiern immer sehr, ich habe eine unbeschreiblich tolle Familie und alle waren da!

Der Heimweg und der Treppenaufstieg klappten gut, Detlef stützte Tobi unter dem Popo und so ließ er sich die Treppen hochschieben, mit Fußbewegung, aber ohne Gewicht.

Niko macht mir noch ein wenig Sorgen, denn er hustet und schnupft und hat Halsschmerzen. Tobi ist fast panisch, wenn er ihm zu nahekommt, und ist ganz fies vor ihm, weil er die Regeln der Hygiene doch gerne mal ignoriert. Außerdem hatte Niko heftigen Durchfall, aber das könnte auch in unkontrolliertem Essen begründet sein. Warten wir es mal ab!

SONNTAG, 21.07.2013

Heut ist so viel passiert, so viel Emotionales für mich, ein heftiger Tag nach diesem gestrigen Aktivtag. Detlef und ich haben heute mal auf dem Balkon gefrühstückt, das war herrlich, Niko schlief bis 11 Uhr und Tobi wurde dann etwas später wach. Morgens war noch alles so einigermaßen okay, Tobis Stimmung war nicht der Brüller, aber es ging. Ich nötigte ihn nach einem Klogang direkt unter die Dusche, er war nämlich völlig verschwitzt, und danach fühlte er sich besser, allerdings hat er immer noch sehr starke Schmerzen in der Brust. Detlef und Niko zogen ab in den Wald, um eine Bärenhöhle zu suchen, Niko ziemlich bewaffnet mit Taschenlampe, Schnitz- und Taschenmesser.

Tobi und ich machten einen Couchtag, mit fernsehen und häkeln. Am liebsten wäre er auf den Minigolfplatz gefahren, aber bei über 30 Grad an einem Sonntagnachmittag zum Minigolf, und das in Tobis Zustand ... nee, lieber nicht. Ich schickte ihn mal kurz auf den Balkon, nur mal die Beine in die Sonne halten, er wollte dann auch nicht mehr fahren!

Lukas war mittags für eine Stunde da und spielte mit Tobi an der Playsi oder guckte zu, ich weiß nicht so genau, die Zeit habe ich mal für ein bisschen Haushalt und Wäsche genutzt. Sein Appetit war heute ganz gut, leider bot der Kühlschrank nicht allzu viel Neues, er wird aber morgen wieder gefüllt! Deshalb war die Überlegung, ins „Yellow River" zu fahren, um dort zu essen, aber da seine Schmerzen nach wie vor da waren, konnte ich ihn auf Essen holen runterhandeln.

Detlef tat das dann auch, er besorgte chinesisches Essen und so konnten wir alle in der Küche am Tisch essen.

Tobi kam in die Küche und fauchte Niko an: *„Zieh dir ein T-Shirt an, ist ja ekelig, du bist so fett, deine Speckrollen, das ekelt mich an ... widerlich."* Und das, obwohl er selber auch mit nacktem Oberkörper rumlief. Ich wies Tobi streng zurecht, dass das so nicht geht, dass Niko nicht dick und vor allem nicht eklig ist, und holte für beide ein Oberteil. Beim Essen kamen aus Tobis Mund auch nur Boshaftigkeiten gegen seinen Bruder, von den zu vielen Eiswürfeln in seinem Glas, seiner Art zu essen und noch einigen anderen Dingen. Er maßregelte nur.

Irgendwann platzte mir der Kragen und ich fuhr Tobi ziemlich schroff an, dass er keinerlei Erziehungsaufgaben bei Niko übernehmen soll, dass das einzig meine und Papas Aufgabe ist, dass er aufhören soll, seinen Bruder zu kränken und zu verletzen, und dass so nicht miteinander umgegangen werden kann. Ich toleriere das nicht mehr, so geht das nicht. Niko ist auch mein Kind und so darf ihn keiner behandeln. Damit brachte ich Tobi an den Rand des Heulens (brach mir dann direkt schon das erste Mal mein Herz), aber er weiß ja auch, wo meine verletzlichen Punkte sind. Er sagte: *„Dann sag' ich halt gar nichts mehr!"*, und ich bekräftigte noch mal, dass er Niko in keinster Weise maßregeln darf, dass das mein Job ist, dass er zu seinem Bruder lieb sein soll, mit ihm spielen soll, und dass Erziehung nicht seine Aufgabe ist. Niko sagte dann: *„Tobi, ich weiß ja, dass du Schmerzen hast und deswegen so zu mir bist ..."*, und damit brachte dann Niko Tobi zum Heulen. Nur das Problem am

Heulen ist das Schluchzen, das zu Bewegungen des Brustkorbes und so zu starken Schmerzen führte (erneuter Herzbruch).

Nachdem Niko sich erholt hatte, rief er bei Lukas an und verabredete sich mit ihm, sehr zum Missfallen von Tobi, der laut tönte, das würde sich nicht lohnen, aber ich glaube, er war nur traurig und eifersüchtig.

Um kurz vor 19 Uhr kamen Niko und Lukas dann schon wieder rein, Tobi wollte aber keinen sehen und so bat ich die beiden, in Nikos Zimmer zu spielen.

Um 19 Uhr kamen dann Claudia und Frank rüber, auf einen Umtrunk, Frank hatte Tobi länger nicht gesehen, und ich erhoffte mir einen eigentlich angenehmen Abend in Anlehnung an frühere Zeiten, zumal Tobi ja die letzten Tage ganz gut drauf war und wir das mittags besprochen hatten und er sich eigentlich drauf gefreut hatte. Aber er war sehr angesäuert und wollte keinen sehen und dann musste ich ihn das zweite Mal zurechtweisen, denn das geht ja so auch nicht. Also sagte ich ihm, wenn er keinen sehen will, dann kann er ins Schlafzimmer gehen, aber ich schicke den Besuch jetzt nicht wieder weg, denn der war ja nicht nur wegen ihm, sondern wegen uns allen da. Er zog ganz beleidigt in sein Zimmer ab und fing an, Playsi zu spielen.

Nachdem alle Getränke hatten und im Wohnzimmer saßen, ging ich noch mal zu ihm und bat ihn, doch auch rüberzukommen, er würde fehlen und er solle es sich doch noch mal überlegen. Er kam dann auch mit, legte sich mehr oder weniger motzig auf die Couch und giftete weiter ein wenig gegen Lukas und mehr gegen Niko. Da sagte dann auch Claudia was dazu, und nach einer Weile stand er auf und ging zurück in sein Zimmer und heulte (wieder dieses schmerzhafte Schluchzen, das bereits gebrochene Herz brach erneut …).

Wir wollten ihn nicht dabeihaben und alle wären so gemein zu ihm und er wäre uns lästig. Ich versicherte ihm, dass wir ihn alle schrecklich lieb haben, ich ihn besonders, ich würde ihm jeden Wunsch von den Augen ablesen, ihm alles bringen und alles tun, dass es ihm gut geht. Aber ich sagte auch, dass dieses giftige Verhalten gerade Niko und den anderen Kindern gegenüber eben nicht geht, dass die nichts dafürkönnten, dass es ihm schlecht geht und dass er seinen Frust da nicht abladen darf. Bei Mama oder Papa kann er Frust ablassen, zanken, giften, aber nicht bei seinem Bruder. Und ich sagte ihm, dass ich dieses Verhalten nicht mehr länger toleriere, wir wären schließlich eine Familie und mir ist ein harmonisches Miteinander wichtig. Er solle da jetzt mal drüber nachdenken und ich würde ab und an nach ihm gucken. Was für ein Kraftakt für mich, meinem sterbenskranken Kind so die Grenzen aufzuzeigen ...

Beim nächsten Nachsehen war er allerdings dann schon recht handzahm und sagte, dass er so wäre, weil er so Schmerzen hätte und es ihm so schlecht gehen würde. *„Ja,“* sagte ich, *„ich weiß, und du hast es auch ganz schwer, aber trotzdem darf man nicht so miteinander umgehen.“*

Er heulte noch ein bisschen und sagte dann, jetzt könnten die anderen Kinder auch zu ihm kommen. Das ging nur kurz gut, Tobi ekelte sich vor Niko, der sein Kaugummi mit den Händen bearbeitete und wieder in den Mund steckte ... alle schossen dann gegen Niko und der sperrte sich zum Schmollen in sein Zimmer ein. Welch ein harmonischer Nachmittag! Also befahl ich ihm aufzuschließen, nahm ihm den Zimmerschlüssel ab, redete beruhigend auf ihn ein, versuchte zu erklären und bekam ihn dazu, wenigstens mit Tinki zu spielen. Die beiden setzten sich dann ab, frei nach dem Motto, nur weg hier, und gingen nach draußen spielen, mit Krücken und Rollstuhl!

Ich rief beim Palliativteam an, ob die Morphinrate noch mal erhöht werden könnte. Die Erwachsenen waren derweil auf den Balkon gewechselt, es wurde etwas kühler. Aber auch da war mir nur kurz Ruhe gegönnt, denn Tobi überkam plötzlich starke Übelkeit. Blitzschnell machte ich die Infusion fertig, aber es war nicht mehr aufzuhalten, er erbrach sich, dicker, zäher Brei, es strengte ihn furchtbar an und war sehr schmerzhaft. Claudia und Frank gingen erschrocken nach Hause, die diensthabende Palli-Ärztin kam und stellte die Morphinpumpe von 1,3 forsch auf 1,6 bei 200 mg in der Kassette, also wäre das ein Anstieg um 0,6 bei alter Dosierung gewesen, ich fragte kurz nach, ob das denn okay wäre, ... und sie meinte, das wäre so ihr Bauchgefühl. Ich sagte, ich vertraue ihr völlig, ich will, dass mein Tobi endlich schmerzfrei wird. Tobi war total latschig wegen eines weiteren Bolus und wegen Vomex und bedankte sich bei ihr dafür, dass sie vorbeigekommen sei, und guckte sie so dankbar an, dass es mir die Tränen in die Augen jagte. Das Leiden ist schon schlimm, aber dieses demütig Dankbare ist echt heftig für mein Nervenkostüm.

Beim Insbettgehen konnte Tobi seinen rechten Arm nicht bewegen, er sagte, dass ihm jede Bewegung des Armes in der Brust schmerzen würde. Er wusste auch gar nicht, wie er liegen soll, eigentlich ist er ja Seitenschläfer, aber das geht heute Nacht wegen der Schmerzen nicht.

Er ist so tief weg jetzt und wie er so daliegt, sieht er so schlecht aus. Er nuckelt im Schlaf und zuckt, manchmal so stark, dass ich mich erschrecke.

Morgen ist einkaufen angesagt und dann gibt es das Aredia, von der sich die Palliativärzte einen Effekt auf die Knochen versprechen. Ich hoffe so sehr darauf, denn wenn die Knochen jetzt weiter lädiert werden, da kann ja jeder Mal sein Kopfkarussell anwerfen und sich vorstellen, wie das sein wird.

MONTAG, 22.07.2013

Heute war ein etwas besserer Tag. Start war für Tobi so gegen 10 Uhr, Frühstück (Toast mit holländischen Schokostreuseln) gab es auf dem Balkon, da war es sehr angenehm kühl, aber seine Brust tut immer noch weh! Ich bin dann nach dem Vomex, das ich jetzt 2-mal fest gebe, kurz einkaufen geflitzt, bevor um halb zwei Schwester Nathalie kam, um das Aredia anzuhängen. Die Apotheke hatte alles geliefert, Herr Brinker war nur ein wenig ungehalten über das Chaos und hatte da aber auch mitgewirkt, das Notfallkortison hatte eine zu hohe Dosis, aber das ließ sich runterrechnen, und die Calciumpräparate, die er zur Infusion oral nehmen sollte, die mussten bestellt werden und kommen wohl erst morgen mit! Nun ja!

Das Calcium war auch ein Problem, das hatte ich Tobi vorher nicht erzählt, sonst hätte er sich bekloppt gemacht, aber nach kurzem Auf-ihn-Einreden hat er 1000 mg gelöst in Fanta geschluckt, sich doll geschüttelt und dann noch ein Glas pure Fanta hinterher, so ging es!

Die Infusion vertrug er ohne Probleme, wollte nur seine Ruhe, und deshalb setzte ich mich mit Schwester Nathalie auf den Balkon und wir konnten mal in Ruhe reden. Ich ließ mich ein bisschen in Wundliegen und Lagern aufklären, in Stuhlgangsmöglichkeiten im Liegen und über Palliativsedierung und Schmerzmedikation haben wir auch noch gesprochen. Aber alles nur, damit ich vorbereitet bin und mich jetzt sicherer fühle, dennoch hoffe ich, dass wir das nicht brauchen werden.

Schwester Nicole vom Palli-Team rief an und erkundigte sich, ob alles gut lief. Ich erzählte ihr, dass Tobi noch mehr Morphin haben will. In der Besprechung haben sie das auch zum Thema gemacht, und sie bat mich, vielleicht Ibuprofen dazuzunehmen, das würde auch gut bei Knochenschmerzen helfen. Ich diskutierte das mit Tobi und er erklärte sich bereit, das zu versuchen, obwohl er ja keine Pillen mehr schlucken wollte!

Das kriegt er jetzt zwischen dem Novalgin, mein Tag ist in Schmerzmittelgaben getaktet – *Uhrzeiten: 1, 7, 10, 13, 16, 19, 22 Uhr*, viermal Novalgin, nach wie vor i. v., das musste ich ihm versprechen, dass das auch so bleibt, und dreimal Ibuprofen, Morphin als Dauergabe! Das müsste doch jetzt klappen! Und da er die Tablette auch tatsächlich geschluckt hat, kann der Plan so stehen! Ich hatte auch den Eindruck, dass es wirkt! Aber dazu später!

Die Vertretung löste Schwester Nathalie ab und blieb die restliche Infusionszeit bei mir, und Tobi vertrug alles gut. Zwischendurch überkam ihn Übelkeit und wir stoppten das Aredia, ich gab ihm Kevatril und dann lief Aredia weiter. Das alles schaffte ihn total und er schlief ungefähr zwei Stunden. Danach war er empört, dass Niko mit seiner Gipsfreundin Tinki wieder mit dem Rolli draußen spielte …

Aber er hatte auch eine Idee, einen Wunsch, er wollte Eis essen gehen. Wir haben dann Niko reingeholt und sind um kurz vor 20 Uhr in die Eisdiele gefahren, haben draußen gesessen und Eis gegessen! Nachher war uns allen ein bisschen schlecht, Tobi bekam natürlich Vomex und dann ging es eigentlich wieder. Tobi nahm auch seine zweite Ibu!

Mein Plan war (alle Jungs waren mit fernsehen beschäftigt) vorzuschlafen, denn Vollmond und die Hitze werden mich sicher heute Nacht negativ beeinflussen, aber da machten mir die Jungs einen Strich durch die Rechnung. Tobi schlief auf der Couch ein, Detlef wollte auch ins Bett, nur Niko hätte noch wach bleiben können, der durfte aber nicht. Jetzt liegen und ratzen alle, und ich muss noch ausharren, ist ja nur noch etwas mehr als ein Stündchen. Aber Tobi liegt auf der Seite! Also ist Wirkung da! Was für ein Glück!

Morgen früh um neun kommt Herr Dr. Tippelt angetippelt und will Blut, hoffe, dass die Werte gut sind, dann mach ich nämlich morgen noch eine Aredia-Infusion, aber diesmal ohne Pflegedienst, und hoffe, dass er genau so nicht reagiert wie heute, aber ich wüsste, was im Fall der Fälle zu tun wäre!

DIENSTAG, 23.07.2013

Der heutige Tag begann recht früh, bereits um 9 Uhr hatte sich das Palli-Team angekündigt. Tobi war auch schon um 8:30 Uhr wach und recht guter Dinge, er vermittelte bei Dr. Tippelt sogar den Eindruck, dass er richtig gut drauf wäre, er war witzig und nicht garstig, so ist er ja im Moment eigentlich selten. Tobis Blutwerte sind stabil geblieben, Hb bei 6,0 und die Leukos über 2000, die Thrombos über 150 000 und die Elektrolyte und Nierenwerte okay, sodass ich gegen 13:30 Uhr den Startschuss für Aredia bekommen habe. Nur das Kind war nicht da, es wollte erst mit Niko und Papa das elektrische Auto fahren lassen, aber da das nicht funktionierte, gingen sie alle drei zum Spielplatz und spielten ein bisschen Tischtennis! Die Morphindosis wurde vorher auf 1,8 erhöht (ist ja die doppelte Dosis jetzt), und Ibuprofen gab es auch, es scheint so langsam einen Effekt zu haben.

Als die Jungs dann sehr verschwitzt nach Hause kamen, starteten wir sofort, und alles verlief auch gut, brauchte das aufgezogene Tavegil zum Glück nicht. Tobi gönnte sich ein Nachmittagsschläfchen. Ich hatte noch mit Dr. Tippelt über Tobis Wunsch nach Schwimmen gesprochen, und er sagte sofort, Broviac abkleben und machen! Also wäre das einer der nächsten Pläne, das wird bestimmt toll, er ist so lange nicht mehr schwimmen gewesen ... Onkel Stefan hat einen Pool mit ca. 5 m Durchmesser im Garten stehen, und da wollen wir hin und grillen mit dem neuen Grill! Tobi ist so glücklich darüber, nur das Abkleben wird natürlich heftig. Er sprach sich heute auch gegen Tapen des Brustkorbes aus, wahrscheinlich ist der zu erwartende Effekt zu gering für den Aufwand des Klebens und vor allem des Wiederabreißens. Gegessen hat Tobi heute gut, es gab mittags Rippchen und Ofenkartoffeln, für die Großen mit Salat, morgens aß er ein halbes Brötchen, Kekse zwischendurch, ein kleines Magnum, arabisches Brot mit Zaziki. Leider hat er alles am Abend mal wieder ausgebrochen, er hatte bereits 2-mal Vomex und Kevatril, es ging alles so schnell, ich hätte auch nichts auf die Schnelle aufziehen können.

Niko hatte heute einen Zickentag, hat viel rumgezickt, nachmittags war er mit seinem Schulfreund im Grugabad, das aber aufgrund des Gewitters evakuiert werden musste! Als Entschädigung gab es noch Kino im Rhein-Ruhr-Zentrum. Abends waren Stefan und Nicole noch da und genossen das Zusammensein mit Tobi.

SEGELWOCHE

Eine Woche auf See mit besonderen Menschen,
auf der Fridtjof Nansen, dem wunderbaren Schiff.
Ich bin unsicher, was wird die Woche mir schenken,
ich erlebe Harmonie, Nähe, gute Gespräche und befreiendes Lachen.

Auf der Fridtjof Nansen, dem wunderbaren Schiff,
Erinnerungen kommen und gehen und der Wind pustet mir durch den Kopf.
Ich erlebe Harmonie, Nähe, gute Gespräche und befreiendes Lachen
und Tobi ist zwar nicht mehr hier, aber überall dabei.

Erinnerungen kommen und gehen und der Wind pustet mir durch den Kopf.
Ich sehe Tobis Schatten an der Reling stehen und Nikolas,
der vor Energie fast platzend die Segel packt.
Und Tobi ist zwar nicht mehr hier, aber überall dabei,
mein Herz ist schwer, aber ich kann den Augenblick genießen.

Ich sehe Tobis Schatten an der Reling stehen und Nikolas,
der vor Energie fast platzend die Segel packt.
Ich bin unsicher, was wird die Woche mir schenken,
mein Herz ist schwer, aber ich kann den Augenblick genießen.
Eine Woche auf See mit besonderen Menschen.

(Geschrieben am 09.09.2014)

MITTWOCH, 24.07.2013

Warum muss auf ein schönes immer gleich wieder ein niederschmetterndes Erlebnis kommen? Es ist so zum Kotzen, Heulen, Schreien.

Ich rolle mal den Tag von hinten auf, weil ich mich gerade gar nicht an den Morgen erinnern kann. Es ist 23 Uhr, ich sitze neben Tobi, der nach einem zusätzlichen Novalgin, Ibuprofen und mittlerweile 3 Boli endlich eingeschlafen ist. Er atmet schwer und stöhnt fast bei jedem Atemzug, aber er schläft.

Wir haben ihn nur mit Mühe von Oma Gilla und Opa Peter zu uns in die Wohnung gekriegt, Treppe da runter, Katastrophe, mit Rolli rüber, Treppe rauf fast noch schlimmer, schnell ausgezogen, ins Bett, Körnerkissen auf den Bauch und an die Rippe, linke Seite, auf der Rückseite, da wo der Broviac auch sitzt. Die ist nämlich wohl gebrochen, so fühlt Tobi das, und das ist einfach so eben bei Oma Gilla auf der Couch passiert, ganz spontan, ohne Einwirkung. *Meine Sorgen werden wahr.*

Ich habe ihn mit den Boli versorgt und auch das Novalgin schon parat gestellt, das wird ja im Kühlschrank gelagert und muss ja immer erst warm werden ... Detlef hat das Brüten übernommen (das Erwärmen wird mit Körperwärme beschleunigt), und nach telefonischer Rücksprache habe ich ihm das dann zusätzlich auch gegeben. Der Plan ist, die Morphindosis weiter zu erhöhen, und auch die Novalgindosis, ist wohl auch abhängig von der Nacht. Dabei war der Tag so schön bis eben, so wundervoll leicht, fröhlich und voller toller Erlebnisse ... Niko hatte Oma-Hanne-Tag und war mit ihr und Opa im Nienhausener Schwimmbad. Wie immer ein voller Erfolg.

Morgens haben wir alle vier auf dem Balkon gefrühstückt, es gab aufgebackene Knack&Back-Brötchen auf Wunsch von Tobi, Mann, waren die lecker! Tobi guckte danach ein wenig fern und Schwester Nathalie kam, um die Kassette zu wechseln. Sie brachte Tobi ein Eis von McDonald's mit, das ist echt unheimlich nett, und sie zeigte mir heute, wie man Tobi lagern könnte, wenn er Schmerzen hat, ihn abpolstern, damit er auf der Seite liegen kann, aber sein Gewicht nicht so doll drückt. Das wollten Tobi und ich dann heute Abend ausprobieren, dazu kam es aber nicht.

Tobi sagte, er möchte so gerne ein ganz normales Leben führen, und was wir denn heute unternehmen könnten. Minigolf steht ja noch auf dem Plan, aber da das Wetter so unbeständig schien, schlug ich Kino vor. Tobi war begeistert und rief sofort bei Oma Gilla an, denn seine Cousine Jolina ist heute da und seine Idee war, dass sie mitgeht. Das klappte auch und so sind Papa, Oma Gilla, Jolina, Tobi und ich ins Rhein-Ruhr-Zentrum gefahren, ich durfte mich absetzen und bummeln gehen und die anderen sind in „Kindsköpfe 2“ gegangen. Es fiel mir schwer, Tobi alleinzulassen, ich hatte aber Kevatril für den Notfall und das Drumherum im Rucksack und wäre innerhalb weniger Minuten zur Stelle gewesen. Detlef hatte Tempos und einen Müllbeutel in der Hosentasche, für akute Kotzanfälle, aber wir sollten unterwegs nichts von dem benutzen müssen!

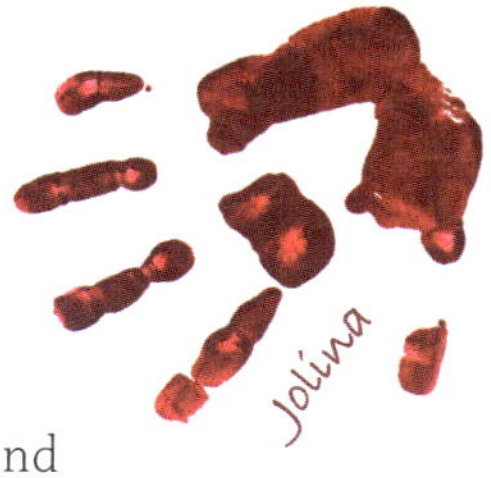

Als ich dann im Einkaufszentrum rumlief, überkam mich ein irres Gefühl von Freiheit, von Durchatmenkönnen und ich bin durch alle Gänge geschlendert, habe gestöbert und viele unnütze Kleinigkeiten gekauft, Klamotten gefielen mir alle nicht und ich hatte auch keine Lust auf ein Hosenfrusterlebnis bei der Anprobe. Also habe ich mich den schönen Dingen gewidmet, nach Wolle gestöbert, aber nix gekauft, einen Starbucks-Cafè-Latte genossen, Bücher angesehen, nach Geschenken für Opa Heinz, Onkel Stefan und Claudia gestöbert, die alle bald Geburtstag haben.

Um 17:30 Uhr rief Detlef mich an, Kino wäre fertig, sie wären jetzt in der Fressmeile, Tobi wolle noch Döner essen! Okay! Er hat dann auch ein bisschen Döner gegessen und anschließend noch ein bisschen Eis und war richtig gut drauf. Hat gelacht und sich einen von den 8 Wackelzähnen gezogen, unter großem Hallo und mit viel Mühe, aber er hat es geschafft.

Wir haben alle doll lachen müssen, es war eine so ausgelassene Stimmung, so unglaublich schön, aber auch so unwirklich, es war fast so, als wäre er gesund. Er hat Döner bestellt und Fanta, beherzt reingebissen (da fing das Zahndrama an ...) und ich hatte große Sorge wegen Übelkeit auf der Rückfahrt. Aber es ist alles gut gegangen und zu Hause angekommen, kam die Frage auf, was wir jetzt machen, und Tobi sagte, er wolle noch mit zu Oma Gilla gehen. Da sie im Nachbarhaus wohnt, war das kein großer Angang. Detlef begleitete ihn noch nach oben, ich holte die 19-Uhr-Novalgin, sprang auf dem Weg noch kurz bei Claudia rein, um ihr von dem Unglaublichen zu berichten. Detlef hatte sich mit Freunden verabredet, und ich hatte kurz überlegt, ob ich auch jemanden zu mir nach Hause einladen sollte so lange, aber gut, dass ich das nicht gemacht habe, die hätten die Rippenkatastrophe voll mitgekriegt. Bei Oma bekam Tobi dann die Infusion, er hatte im Kino ja schon Popcorn und Cola, schraubte sich bei Oma noch Flips und ein Brot rein, genüsslich, aber die Übelkeit kam dann leider doch und das Kevatril zum Einsatz. Davon schlief er fast eine Stunde lang, in der Zeit kam Niko rüber, er wollte eigentlich gerne mal zu Hause alleine sein, bis wir kommen, das war aber dann doch wohl zu langweilig.

Niko und Jolina kriegten den spontanen Rippenbruch dann leider voll mit, wie doll Tobi Schmerzen hatte, dass er sich kaum auf den Beinen halten konnte, und Niko kriegte dann noch das Heulen beim Aufstieg der Treppen zu uns nach oben mit. Er war den Tränen nahe, ließ sie aber nicht raus, sondern sagte in vollem Ernst zu mir: *„Eigentlich müsste man den Tobi am besten umbringen."* Meine armen Kinder ... der eine mit so unmenschlichen Schmerzen und der andere mit solch einer Seelenpein, ich könnte heute Abend nur laut schreien vor innerlichem Schmerz, aber das kann ich eben nicht, kann ja nicht lautlos schreien, nur weinen.

Ich fürchte mich vor der Nacht, heute heißt es Wachen bis 2 Uhr, dann noch mal Novalgin und zwischendurch Boli, ich kann 3 pro Stunde geben, habe aber auch Angst, ihn ganz abzuschießen, oder sollte ich das? Was für ein furchtbares Leiden, ich fühle mich zutiefst verwundet.

DONNERSTAG, 25.07.2013

Die Nacht haben wir ganz gut rumgekriegt, Novalgin um 2, insgesamt glaube ich 5 Boli, ich habe auch ein bisschen schlafen können.

Den Morgen haben wir mit Lagerung auf der rechten Seite (!) mit dem dicken Seitenschläferkissen und einem ganz dankbar guckenden Tobi begonnen, allerdings schon um 6:20 Uhr, während des Wartens auf Novalgin kam dann die Übelkeit, die ich auf die Schnelle mit Kevatril bekämpfte. Das wird nämlich direkt, und zwar verdünnt, in den Broviac gespritzt, hingegen läuft Vomex über mindestens 30 Minuten als 100-ml-Infusion plus Nachspülen. Habe dann jetzt auch schon Novalgin drangemacht und zwei Boli gegeben, ich hoffe, er kann noch mal einnicken, wie er gerade sagte: *„So, Schlafen zweiter Teil!"*

Um halb zehn rief dann jemand vom Palliativteam an, um sich zu erkundigen, wie die Nacht war und was getan werden muss. Novalgin wird von 300 mg auf 500 mg erhöht, Frau Dr. Reschke kam mittags und setzte die Pumpe auf 2,4 ml, die neuen Kassetten haben 400 mg anstatt 200 mg, also wird die Menge wieder halbiert, 1,2 ml pro Stunde mit der neuen Kassette, die am Abend von Nathalie gewechselt wurde. Außerdem brachte Dr. Reschke Fentanyl als Nasenspray mit, das bei ganz akut starken Schmerzen gegeben werden kann, sodass wir für weitere Brüche ein Notfallmedikament dahaben. Darüber hinaus haben wir besprochen, dass die Rippe getapt werden kann, wenn Tobi das will, und es werden eine medizinische Matratze und ein Lattenrost beantragt, da ja von weiteren Katastrophen ausgegangen werden muss und Tobi möglichst gut gelagert werden soll. Die Schmerzen sind mit der erhöhten Gabe gut erträglich.

Detlef und Niko machten sich auf den Weg, als Dr. Reschke da war, nach einigem Hin und Her fuhren sie nach Duisburg zum Wasserski! Detlef hat gefilmt und Niko hat das richtig gut gemacht, allerdings auch tolle Stürze gezeigt. Tobi und ich machten einen gemütlichen Fernsehtag, Tobi schwankte zwischen Hunger und Übelkeit, schlief mittags ein Stündchen und am späten Nachmittag noch mal. Er war aber zu nichts zu bewegen, wollte nichts spielen oder malen, nur stumpfsinnig in die Kiste gucken … ich kann den „Trödel-King", „Cosmo & Wanda" und „SpongeBob" mittlerweile schon mitsprechen, Assi-TV auf RTL2 spricht Tobi am meisten an, da ist richtig was los. Er war aber heute insgesamt schwer geschafft von Schmerzen und Schmerzmitteln.

Detlef holte am Abend noch Johannisbeeren von meiner Cousine ab, ich habe es die ganze Woche nicht geschafft, dort mal für ein Stündchen hinzufahren, um die Beeren zu ernten, ich wollte doch so gerne Marmelade kochen! Das habe ich dann auch gemacht, ein bisschen lästig waren nur die Ameisen, die sich aber durch mehrmaliges Waschen wegspülen ließen. Als die Marmelade fertig gekocht war und nur noch in Gläser gefüllt werden musste, fing Tobi an zu kotzen. Detlef assistierte und ich schüttete schnell die heiße Brühe in die Gläser! Mein armer Tobi, immer diese Übelkeit, wo das nur herkommt? Selbst Vomex brachte nichts, war gerade durchgelaufen, als es losging. Am späten Abend war die Stimmung dann wieder ganz gut, die Schmerzen sind im Liegen nur eine 1 auf einer Skala von 1 bis 10, also läuft doch alles ganz gut. Wir guckten dann noch eine lustige Reportage, und Tobi ließ sogar mal ein Kichern hören.

Dann möchte ich noch um Unterstützung bitten, die Uni Tübingen und auch andere Kliniken gehen an den Spezialfällen wie Tobi kaputt, denn diese schwer kranken Kinder sind durch die Fallkostenpauschale unterfinanziert und eigentlich kann sich die Uni den Prof. Handgretinger nicht leisten ... *verrückt, oder?*

FREITAG, 26.07.2013

Heute war insgesamt ein glücklicher, unspektakulärer Tag. Er begann mit einem gemeinsamen Frühstück, in der Besetzung Detlef, Tobi und ich, Niko schlief bis zwölf, er hatte in der Nacht Fieber und sich wohl so 'ne Art Sommergrippe eingefangen, vielleicht auch eine Mandelentzündung, die sind auf jeden Fall schön dick geschwollen. Er hat sich superschlecht gefühlt, sich am Nachmittag von Oma und Opa pflegen lassen, um dann am Abend wieder nach Hause zu kommen und sich in seinem Elend zu aalen. Ist wahrscheinlich ungerecht, aber er hat 'ne richtig runde Sache draus gemacht, mit Stöhnen und Heulen, gelitten, wie nur Männer das können (Spaß!).

Aber er hat eben auch mal was und wollte wohl nur sichergehen, dass auch er Aufmerksamkeit bekommt, wenn er krank ist. Ich habe ihn geschnudelt und gepudelt, mit Medikamenten versorgt, ich hoffe, dass es morgen besser ist, ich weiß nicht, ob ich so einen Leidenstag noch mal schaffe ...
von wegen Mitleid und Aufmerksamkeit!

Tobi war richtig gut drauf am Morgen, er frühstückte und trällerte sogar vor sich hin, also stimmen die Medikamente, er ist sozusagen fast schmerzfrei! Was für ein Glück. Und gelacht hat er heute Morgen auch, Detlef zeigte ihm die Aufnahmen von Nikos Wasserskierlebnis, bestimmt 10 Starts, aber keine ganze Runde gefahren, dafür unheimlich tolle Stürze gemacht, und manchmal so, dass die Ski schon längst weg waren und er sich trotzdem noch am Seil festgehalten hat.

Erst wollten wir Tobi das gar nicht zeigen, damit er nicht traurig ist, aber er wollte unbedingt die Stunts sehen, und Schadenfreude ist eben eine schöne Freude! Es tat so gut, ihn lachen zu hören, und Detlef und ich konnten auch mal befreit mitlachen! Ansonsten war wieder hauptsächlich fernsehen angesagt, mit einem kleinen Nachmittagsschläfchen als Unterbrechung, ich habe viel gehäkelt, Detlef war einkaufen, ich habe Infusionen gemacht, und zum Glück war heute die Übelkeit nicht so arg heftig, es gab zwar 2-mal Vomex und auch Kevatril, aber er musste nicht brechen und vielleicht steckt da ja auch hauptsächlich die Nebenwirkung vom Morphin hinter und nichts anderes, hoffe ich!

Tobi hat den Plan, morgen mit Onkel Stefan Fleisch zu kaufen und dann schwimmen zu gehen! Also sind wir alle ängstlich angespannt vor morgen und ich hoffe nur, dass alle Knochen halten und es ein wunderschöner Tag für Tobi wird!

SAMSTAG, 27.07.2013

Vorweg: Alles ist heil geblieben und Tobi liegt in seinem Nest und schläft! Das war meine größte Sorge, aber sie hat sich zum Glück mal nicht erfüllt, zumindest heute nicht!

Der Morgen begann mit der Planung, wann endlich Onkel Stefan angerufen werden kann und wann es dann endlich losgeht. Wir planten, gemeinsam Fleisch einzukaufen, es sollte nach der 13-Uhr-Infusion losgehen, und pünktlich um 13 Uhr krachte ein Gewitter nieder, mit dollem Regen, und ich hatte größte Sorge, dass Tobi einen Tobsuchtsanfall bekommt. Aber der Regen ließ auch wieder nach und den Rest des Tages hat es sich ja dann auch zum Glück gehalten.

Mit großem Korb und Tasche (mit dem ganzen Medizinkram, Infusionen heute mal Open Air ...!) sind wir zu Stefan gefahren. Dort begrüßten uns die Nachbarn von Stefan. Sie hockten in der zur Bar umgebauten Garage und wir gesellten uns dazu und tranken erst mal was zusammen.

Wir haben dann einen gemütlichen, chilligen Nachmittag im Garten verbracht, Niko hatte zwischendurch wieder dolle Gliederschmerzen, wir konnten unser Schwimmverbot für ihn durchsetzen. Tobi war ja so wild auf den Pool, aber erst mal im Garten ging er nur mit den Füßen rein. Vielleicht hat ihn meine Bitte, bei dem

Verpflastern nicht auszurasten und Geduld zu haben, abgeschreckt, vielleicht auch die Vorstellung, das alles wieder abzureißen, oder er hat einfach gespürt, dass heute dafür die Kräfte nicht reichen, ich weiß es auch nicht, aber letztendlich ging er nur zweimal mit den Füßen rein.

Es ist schlimm, den Verfall seiner Kräfte mit anzusehen, heute war das so deutlich. Er konnte oder wollte nur auf der Liege liegen, Nicole sollte seine Hand oder seinen Bauch halten und so hat er dann dagelegen, zwar auch den Gesprächen gelauscht und auch ab und an mal was gesagt, aber eigentlich recht teilnahmslos.

Selbst der Grill und das Feuer konnten ihn nicht locken, ich hätte gedacht, dass er wenigstens daran Freude gehabt hätte. Stefans Nachbarin, die Jägerin, war auch da und erfreute uns mit Jagdgeschichten. Grillen war lecker und anschließend probierten wir noch Holunderblütenkorn, Karamelllikör und Caipi, wahrscheinlich habe ich morgen einen Brummschädel, bin aber nicht betrunken.

Ich habe die Luft und die Sonne und vor allem den Garten genossen und mein Wunsch, eine Wohnung mit eigenem Garten zu bewohnen, wird immer größer.

Mich erfüllt im Moment eine tiefe Traurigkeit, *wie lange noch werde ich Tobi bei mir haben – ihn reden hören, seine Hand halten, seine Anwesenheit spüren?*

So gegen 22:30 Uhr ist Tobi dann eingeschlummert, aber wir konnten ihn gut wecken und nach Hause karren, allerdings klagte er über Schmerzen im Knie, immer wieder was Neues. Auch die Brust schmerzte beim Einschlafen, *diese Kack-schmerzen*, es ist einfach unvorstellbar furchtbar, was Tobi trotz der hohen Dosen an Schmerzmitteln noch alles an Schmerzen erleiden muss.

SONNTAG, 28.07.2013

Tobias wollte heute unbedingt erneut zu Stefan in den Garten, und das hat auch geklappt. Lukas war vorher kurz da und Tobi hat sich mit ihm für nächste Woche zum Kino verabredet.

Der Nachmittag bei Stefan war schön, obwohl es Stefan selbst nicht gut ging, ich hoffe doch sehr, dass bei ihm alles okay ist! Tobi hat mit Papa Feuer gemacht und Oma Hanne und ich haben Nicole beim Unkrautzupfen geholfen, Niko hat Bienen gefangen. Idyllisches Gartenglück!

Nach dem Essen und einem leckeren Eis sind wir dann nach Hause gefahren, Tobias konnte kaum laufen, den Nachmittag über waren seine Schmerzen in der Brust und in der Rippe stärker geworden, dazugekommen sind Schmerzen im rechten Knie, das scheint eine ganz neue Baustelle zu werden. Es war so heftig, dass wir ihn kaum die Treppe hochgekriegt haben, und Detlef sagte, dass man es gar nicht mehr wagen solle, ihn irgendwohin zu lassen, weil man ihn vielleicht irgendwann gar nicht mehr die Treppe hochkriegt! Ja, so wird es vermutlich sein, aber Tobi wird da wohl am besten den Takt angeben, ich/wir werde/n ihn lassen müssen, solange er noch will und kann.

Weil es ihm so schlecht ging, haben wir ihn noch schnell geduscht, wer weiß, wann das das nächste Mal wieder möglich ist. Er ist dann nach einer weiteren Vomex eingeschlafen (Kevatril gab es bei Stefan, wieder Open-Air-Hospital, diesmal hat es auch noch kurz geregnet, während ich alles vorbereitete). Tobi ist eben noch mal kurz wach geworden und hat „Hunger“ gesagt, aber beim Drübernachdenken, was er essen möchte, ist er direkt wieder tief eingeschlafen.

Was mich beunruhigt, sind seine rosafarbenen Lippen und sein gut aussehender Teint, entweder Sonne oder steigender Hb oder Blasten? Morgen gibt es ja wieder ein Blutbild, dann wissen wir mehr.

MONTAG, 29.07.2013

Heute ist der 73. Geburtstag von meinem Papi! Herzlichen Glückwunsch, und ich liebe dich! Es tut mir leid, dass ich heute nicht so mit dir feiern konnte, wie es hätte sein sollen, aber ich hatte heute viel zu viel mit mir selbst und meinen beiden Kindern zu tun.

Emotional war das heute für mich ein furchtbarer Tag. *Wo fange ich an? SMS von heute Morgen? Besuch des Palli-Teams? Zustand von Tobi? Heulattacke von Niko am Abend?*

Das Palliativteam rührte sich heute Morgen mal nicht, also rief ich um 11:30 Uhr Schwester Nicole an, die zurückrief. Ich berichtete von Tobias' stärker werdenden Schmerzen in Knie, Brustbereich und Rippe, fragte nach erneuter Blutkontrolle, und Tobi wollte auch gern die Pumpe erhöht haben, und so kamen Schwester Nicole und Dr. Tippelt gegen 13 Uhr. Tobi bekam Blut abgenommen, wurde kurz untersucht und anschließend sprach ich noch mit den beiden, unter anderem über meine Sorgen mit Tobis Knie bzw. Oberschenkel.

Ich hatte mit Detlef abgemacht, dass Tobi an einer Krücke laufen soll, um das schmerzende Bein zu entlasten, denn noch ist nichts gebrochen und vielleicht kann man es verhindern, obwohl ich das nicht glaube, aber wenigstens herauszögern. Die Vorstellung, dass Tobi bei vollem Bewusstsein mit einem Oberschenkelbruch nur noch im Bett liegen muss oder dass eben weitere Knochen brechen und die ihn ins Bett zwingen, obwohl in seinem Kopf noch so viele Pläne und Wünsche vorhanden sind, lässt mich fast wahnsinnig werden. Wenn ich ihm das nur ersparen könnte ... mit der Krückengeschichte haben wir dann wenigstens alles versucht, auch wenn dies wohl nicht den Erfolg bringen wird.

Schwester Nicole versuchte mir zu erklären, dass wöchentliche Blutbilder bei den jetzigen Werten nicht mehr nötig seien und dass sie wohl auf Kontrolle alle drei Wochen gehen wollen. Also rechnen alle eher mit einem Dauerlauf ...

Ich erklärte, dass die Werte für mich sehr wichtig sind, damit ich weiß, wo Tobi steht, dass meine Sorgen eben in Zahlen festgehalten bzw. ausgedrückt oder auch gerne widerlegt werden. Aber ich war heute nicht in optimaler Diskussionsstimmung und habe erst mal alles sacken lassen und als Dr. Tippelt anrief, um mir die Ergebnisse mitzuteilen, habe ich ihm das noch mal versucht zu erklären. Klar, die Werte haben keine Folgen, keine Aussage, selbst eine Tendenz ist nicht unbedingt zu sehen, aber ich habe seit vier Jahren meinen Blick immer auf Tobis Blutwerten und dass sie mir das jetzt nehmen wollen, das stresst mich total. Ich habe zu Herrn Dr. Tippelt gesagt, dass ich ihn nicht unbedingt jede Woche sehen müsse, da würde mir auch jede zweite reichen, aber die Blutwerte, die hätte ich gerne jede Woche. Und so ein großer Kostenfaktor kann das doch auch nicht sein, oder? Ich will ja keinen kompletten Status, mir reichen doch die Fingerpikswerte, die mich seit fast 4 Jahren stetig begleiten!? Er denkt noch mal drüber nach. Ach, die Werte ... die roten Wangen und Lippen, Hb 6,5!, Thrombos 150 000 und Leukos fast verdoppelt auf 3900, 50 % Granulozyten, keine Blasten! Aber dann waren die Hautänderungen doch Leukozyten. Also bei den Werten kann die Leukämie noch tolle Schäden in den Knochen anrichten, bevor die Blutbildung verdrängt wird und es für Tobi zu einem lebensbedrohlichen Zustand kommt ...

Tobis Zustand war heute den Tag über nicht so gut, Start war Vomex statt Frühstück, Schmerzen im Knie, er konnte kaum laufen. Ich habe ihm das mit der Abbruchgefahr erklärt und mit ihm verabredet, dass er das Bein, solange es schmerzt, entlastet und an einer Krücke läuft.

Er fragte mich, ob er nie wieder normal laufen wird, und ich dachte, sicher nicht, ich bin froh, wenn du noch eine Weile an Krücken laufen kannst, aber ich sagte, dass ich das nicht weiß, dass keiner den Zustand des Knochens kennt und dass er eben, solange er wehtut, nicht belastet werden sollte, damit kein Bruch entsteht, denn damit könne er dann nicht mehr laufen. Ich hasse es, ihm so Angst machen zu müssen, aber das ist nur zu seinem Schutz, dass er sich ein wenig in Acht nimmt und vor allem, dass er auch die Krücke benutzt. Am frühen Nachmittag hat er sich dann noch mal heftig übergeben, warum auch immer, ich vermute mal Kreislaufbeschwerden, denn er stand kurz auf und ging in die Küche und als er wiederkam, da war er schon in Not und ich hatte noch kein Kevatril aufgezogen, da ging die Kotzerei auch schon los. Dass wir alle zu Opas Geburtstag gehen konnten, entschied sich erst kurz vorher, aber Tobi war sehr fest entschlossen!

Heute Morgen erreichte mich eine SMS aus München mit den Worten: *Bitte betet für Faye. Sie hat heute Morgen den Weg ins Licht gewählt.*

Wie furchtbar ist das denn? Ich bin so unendlich traurig. Habe irgendwie die ganze letzte Woche und das Wochenende an die Münchner denken müssen, habe am Freitag einen Brief geschrieben, mit einer CD mit Foto- und Filmaufnahmen von Faye, von unserer gemeinsamen Zeit. Faye war noch nicht so lange krank wie Tobi, hatte aber eine ganz aggressive Form der Leukämie. Ich habe so gehofft, dass wenigstens bei ihr das Blinatumomab helfen wird. Veronika und ich haben einige Gespräche über den Tod, über das Akzeptieren, geführt. Ich fühle so mit ihr und bin so furchtbar traurig. Liebe Faye, bitte empfang Tobi, wenn er auf die andere Seite wechselt, ihr habt euch so gut verstanden. Die Filmaufnahmen, die von euch beiden existieren, sind eine so wundervolle Erinnerung, wie ihr lacht, wie Faye mir frech die Zunge rausstreckt. Damals war so viel Hoffnung, zwei kranke Kinder am Abgrund, der verzweifelte Versuch, sie dem Fall zu entreißen, Faye ist nun gefallen und Tobi wird hinterherspringen. Und ich kann ihr leider nicht mal ein letztes Lebewohl sagen, ich kann ja hier nicht weg!

Tobi hat alle Kraft zusammengenommen und ist mit ins Restaurant gefahren, im Rolli, es ist fußläufig von uns zu erreichen. Er hat auch ganz gut gegessen, sich mit Onkel Stefan einen Grillteller und ein Schnitzel geteilt und ich war erstaunt, was er nach der Kotzaktion so alles in sich reingestopft hat, und bis in die Nacht ist es auch erst mal alles gut gegangen! Danach wollte Tobi noch zu Opa nach Hause gehen, die Kinder haben Stockbrot gemacht und Niko fiel nur durch sein provozierendes Verhalten auf und bekam natürlich von allen Seiten was drüber. Ich schritt dann irgendwann ein, er sollte seine angekokelten Marshmallows von der Wiese kratzen, weil das Tiere anzieht, und er sagte nur patzig: „*Mach ich nicht!*“ Mit strengem Blick von mir machte er es doch, dann schloss er sich im Badezimmer ein, auch da konnte ich ihn rausholen und führte endlich mal ein Gespräch mit ihm, in dem er mal alles von sich geben konnte. Es tat furchtbar weh, was er da so von sich gegeben hat, und vieles ist ja auch wirklich so und nicht zu ändern.

Ich wünschte, der Tobi würde jetzt bald mal sterben.
Ich bin der Kleinste in der Familie und alle hacken auf mir rum.
Ich habe keinen und nichts, an dem ich meine Wut auslassen kann.
Ich habe ein Scheißleben.
Ich habe keinen Bruder, der ist nicht wie ein Bruder, der ist so gemein, immer petzt er. Zu Hause ist es ganz blöd, ich darf nie ins Schlafzimmer oder ins Wohnzimmer,

wir werden immer unterbrochen, z. B. beim Frühstück.
Ich muss immer leise sein, immer muss ich mich verabreden oder weg sein.
Wir sind keine richtige Familie, keiner versteht mich,
ich würde gerne was kaputtmachen.

Und noch so vieles mehr, mein armes Kind. Ja, du bist das schwächste Glied in dieser Kette und ich kann so gut verstehen, dass du das nicht aushalten kannst, ich kann es ja selber eigentlich nicht. Wir alle können es nicht, aber wir reden drüber, wir weinen, wir tauschen uns aus und *wo bleibst du?*

Bei unserer Unterhaltung wurde er auch von Weinkrämpfen geschüttelt, wollte mal fast in mich reinkriechen und gehalten werden, dann wieder wütend von mir weg, bloß keinen Kontakt ...

Ich bin froh, dass er endlich mal geheult und seinen Gefühlen mal Worte gegeben hat. Ich muss wohl meine Kraft auch bündeln und noch mehr für Niko da sein, er braucht das. Und er braucht noch mehr Trost. Seine Provokationen sind doch nur der Schrei nach Aufmerksamkeit und die muss er einfach doll kriegen, er braucht trotz allem klare Ansagen, aber vielleicht mit noch mehr Feingefühl. Ich bin dann mit ihm und dem Rolli nach Hause vorgegangen und fand, dass er da schon gelöster und entspannter war.

Nicole fuhr Detlef und Tobi mit dem Auto nach Hause, der Aufstieg war dann kein Problem. Niko und Detlef wollen morgen einen Ausflug machen, um 10 Uhr kommt Frau Bünk, und vielleicht geht es morgen für Tobi ins Kino, wir werden das von seinem Zustand abhängig machen.

Mich hat ein blödes Vieh gestochen, mein linker Fußknöchel schwillt gerade zu, habe schon mit Kortisonsalbe geschmiert, aber es schwillt weiter und tut auch echt weh, kann kaum auftreten ... so ein Scheiß, das brauch ich jetzt echt nicht!

DIENSTAG, 30.07.2013

Heute Morgen machten sich Detlef und Niko auf nach Venlo, zum Shoppen. Nur Papa und Sohn! Um 10 Uhr kam Frau Bünk und ich konnte mir nach zwei geplatzten Terminen mal wieder Luft verschaffen. Ich sprach alles an, was mich beschäftigt, und das war heute vordergründig meine Angst vor Tobias' möglichen weiteren Komplikationen und meine Sorge um Nikolas' Zustand. Da konnte Frau Bünk mir sehr weiterhelfen, mich bestärken, mir auch mal Zeit für Niko zu nehmen, und durchführbar wird das mithilfe des Pflegedienstes, mit Schwester Nathalie, die dann in der Zeit da ist, um Tobi die nötigen Infusionen zu verabreichen.

Ich will das auch direkt diese Woche angehen, um Niko positiv zu bestärken, dass es gut war, dass er mal über seine Gefühle gesprochen hat und dass das dann auch einen Effekt hat. Ich habe 25 Wochenstunden Pflegedienstmöglichkeit und da sollte für Niko ein Nachmittag drin sein. Außerdem ist es gut, wenn Tobi sich daran gewöhnt, denn so wie es scheint, wird es eher ein Dauerlauf und dann muss ja auch Detlef irgendwann mal wieder arbeiten gehen, dann brauche ich anderweitig Unterstützung, die der Pflegedienst eben bieten kann.

Zusätzlich bot Frau Bünk an, dass Detlef mal mit Niko und dem Mitarbeiter des Palli-Teams, der die Geschwistergruppe und auch den Männerstammtisch leitet, ein Gespräch führt, um den Umgang mit Nikos Provokationen in dieser Gesamtsituation zu erleichtern. Ich finde das sehr gut und hoffe sehr, dass Detlef das Angebot Niko zuliebe auch annimmt.

Außerdem habe ich noch mal meinen Stress zum Thema Blutwerte klargemacht, ich hoffe, dass sie mich verstehen und bitte einfach alles so lassen, wie es ist.

Des Weiteren habe ich mit Frau Bünk über Tobis Zärtlichkeiten mit Nicole gesprochen, Tobi hat gestern auf Nicoles Schoß gesessen und sich kraulen und betüddeln lassen. Ich vermute, dass er in Nicole die Freundin sieht, die er nie haben wird (vielleicht gar nicht bewusst), ich bin so froh, dass sie ihm die Zuneigung geben darf und auch gibt, aber ich spüre, wie verletzend das für alle Omas und Opas ist.

Frau Bünk hatte auch dazu Rat, sie meinte, dass man dazu neige, in so einer Situation die ganze Beziehung zu Tobi infrage zu stellen, aber die Beziehung zu Nicole ist eine ganz andere, und das Entfernen ist ein Prozess, der stattfinden muss, und dass sie glaubt, dass die Liebe zu seinen Großeltern ungebrochen ist.

Aber im Moment ist ihm eben anderes wichtig und für mehr ist keine Kraft da. Und auch ich darf ja nur sehr selten an ihn ran, um ihm meine Liebe zu zeigen, von daher kenne ich das Gefühl.

Tobi startete den Tag wieder mit Vomex, und wir blieben im Bett. Eigentlich wollten heute die Ulmer zu uns kommen, aber das war Tobi zu aufwendig und deshalb habe ich das auch abgesagt, obwohl ich sie gerne getroffen hätte.

Tobi wollte ja so gerne ins Kino gehen und auch da bin ich dem Rat von Frau Bünk gefolgt, besser direkt heute, wer weiß, ob es morgen noch geht! Tobi wollte Lukas einladen und Claudia konnte es so hinbiegen, dass ich Lukas abholen und die beiden ins Rhein-Ruhr-Zentrum karren konnte. Sie schoben ab, als ob nichts wäre und verbrachten einen tollen Kinonachmittag. Ich gönnte mir einen Bummel und witzigerweise traf ich bei Jack Wolfskin die Ulmer, die nämlich immer, wenn sie in Essen sind, dort einkaufen!

Wir setzten uns zusammen und aßen ein Eis, unterhielten uns und ich schlug vor, dass sie Tobi noch kurz Hallo sagen sollen, bevor wir nach Hause düsen. Das hat auch gut geklappt und Tobi hat sich gefreut, die Ulmer zu sehen. Wir waren noch gemeinsam bei McDonald's und sind dann flott nach Hause gefahren; das Novalgin wurde langsam überfällig und die Schmerzen immer doller. Tobi will nicht an der Krücke laufen, ich habe mit ihm heute noch mal das Risiko eines Bruches besprochen, aber er wollte trotzdem ohne gehen, weil die Schmerzen deutlich besser waren. Schwester Nathalie war am Nachmittag kurz zum Wechsel der Kassette da, jetzt gibt es das Morphin 1,4 ml pro Stunde.

Ich habe Niko von meinem Vorhaben am Donnerstagabend berichtet, Schwester Nathalie kommt gegen 18:30 Uhr und dann nehme ich mir Zeit für Niko. Er möchte mit mir eine kleine Radtour machen und anschließend in der Finca was essen. Wie süß! Hoffe nur, dass das Wetter mitspielt, und mein Fuß, der Stich, war den ganzen Tag eigentlich recht gut, aber zum Abend hin fing er doch wieder doll an zu pochen. Warte aber ab, bevor ich zum Arzt renne.

MITTWOCH, 31.07.2013

Heute rolle ich mal den Tag von hinten auf, es war ein so schöner Abend! Wir waren als Familie alle vier Minigolf spielen und Tobi hat tatsächlich alle 18 Bahnen gespielt. Bei den letzten Bahnen war das Gehen schon schmerzhaft und ab Bahn 8 hat er die Krücke zu Hilfe genommen. Er hatte sichtlich Spaß, auch wenn er an

einigen Bahnen sicher nicht die Wunschschlagzahl gespielt hat. Freddy, der Besitzer, hat sich total gefreut, Tobi zu sehen, und dann rief er Carmen und Hugo an, die auch ganz flott angefahren kamen. Hugo hatte bei der Begrüßung Tränen in den Augen

und auch Tobi war gerührt! Auch die anderen „Profis" kamen zu Tobi und begrüßten ihn und uns ganz herzlich! Leider ist Niko an Bahn 11 ausgestiegen, Hugo und Tobi hatten ihn ein bisschen gefoppt und da ist er sofort drauf angesprungen und keiner konnte ihn mehr umstimmen. Wir anderen haben trotzdem zu Ende gespielt. Dann haben Niko und Tobi noch ein Eis von Hugo spendiert bekommen und wir haben noch eine Weile dort unter seinem Namensschild gesessen.

Heute war Start der Gourmetmeile in Essen-Rüttenscheid, mit Feuerwerk, und da sind wir auch noch hingefahren. Tobi hatte sich zwischendurch einen Bolus gegeben und wollte sich die Sache mal aus der Nähe ansehen und ist mit mir einmal das ganze Areal abgelaufen ... unglaublich! Ich habe ihm dann noch eine Scheibe Baguette organisiert und er war glücklich! Ich hatte etwas Sorge, dass ihm in dem Gedränge etwas passiert, aber Tobi liebt solche Veranstaltungen genauso wie ich! Letztes Jahr war die erste Auflage dieses Festes und ich war damals auch mit Tobi da, aber leider gab es nur am Starttag das Feuerwerk und wir warteten vergeblich, tranken in einem Biergarten eine Bionade und ich weiß noch, dass ich damals so glücklich war, dass Tobi die KMT überstanden hatte und ich diesen lauen Sommerabend mit ihm erleben durfte. Und heute waren wir am richtigen Tag da und das Feuerwerk war toll!

Die Jungs gingen etwas näher dran, ich bewachte das Auto, das natürlich keinen regulären Parkplatz gefunden hatte. Bei so einem Feuerwerk können die Gefühle so hochkochen, diese Lichter, gepaart mit der Musik, und dann konnte ich von Weitem beobachten, dass Tobi und Niko sich im Arm hielten, ... unbeschreiblich schön! Auch auf dem Nachhauseweg und zu Hause waren sie immer noch liebevoll miteinander und lagen sogar noch für einige Minuten zusammen im Bett.

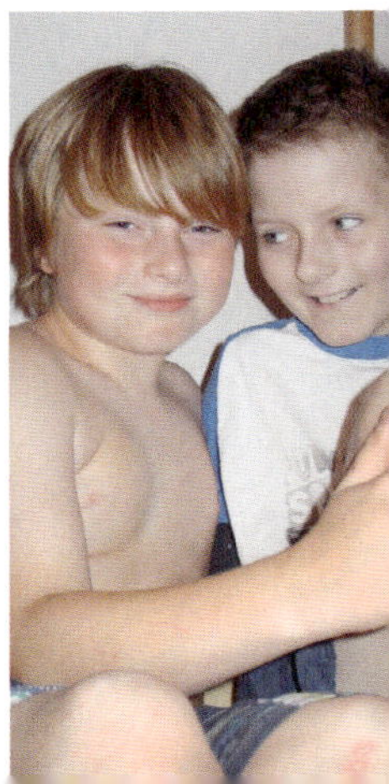

Was war sonst noch? Detlef und Niko besichtigten heute Morgen die Kläranlage in Kupferdreh, Tobi und ich schliefen aus. Mittags kam dann Ulrike und nahm Nikolas mit, Tobi ruhte sich beim Fernsehen aus. Um 17 Uhr kam Oliver Basu, er hatte Palli-Dienst und holte den Webchair ab, den Tobis Lehrerin bei uns abgestellt hatte. Wir unterhielten uns sehr nett auf dem Balkon, denn Tobi wollte seine Ruhe haben. Es war sehr schön, ihn mal wieder zu sehen und auch ihn zu sprechen! Luki kam noch kurz vorbei, er hatte keinen Schlüssel für drüben. Als Niko wieder da war, machten wir uns auf zur Minigolfanlage!

DONNERSTAG, 01.08.2013

Der heutige Tag war für mich mal wieder ein echtes Highlight, ich weiß nicht, ob das an den objektiven Gegebenheiten liegt oder ob ich einfach subjektiv alles zu heftig empfunden habe. Gestartet haben wir den Tag erneut mit Vomex, dann gab es Frühstück auf dem Balkon für Langschläfer! Dieses Schlafen nach 8 Uhr brauch ich, ansonsten habe ich viel zu wenig Stunden, und dann kann es schon mal, wie heute, fast 11 Uhr werden.

Der Plan war, heute zu viert ins Kino zu gehen, wir wollten uns den Film von den Schlümpfen ansehen und das haben wir auch. Tobi war allerdings schwer zu mobilisieren und fühlte sich nicht so richtig in Form.

Ich hatte ihm von meinem Vorhaben erzählt, dass Schwester Nathalie jetzt ab und an mal auf ihn aufpasst, während ich mit Nikolas was unternehme. Ich habe ihm gesagt, dass ich mich auch um Niko kümmern muss und will, aber dass ich trotzdem hauptsächlich meine Zeit mit ihm verbringen werde und mich um ihn kümmern werde. Das fiel mir sehr schwer, aber auch diese Lösung ist ja nicht gerecht. Nikolas kommt trotz allem zu kurz und es ist dringend nötig, dass ich ihm zeige, wie lieb ich ihn habe und einige Stunden in der Woche exklusiv nur mit ihm verbringe.

Aber noch mal zurück zum Kino: Dort angekommen ging direkt die Diskussion los, wer was essen und trinken darf im Kino, beide Jungs spielten sich wieder auf wie Kampfhähne und keiner gönnte dem anderen etwas. Leider ist Tobi in dieser Zickenrolle sehr führend und schafft es ganz schnell, die Stimmung zu vergiften. Aber meist ist das ein Zeichen von Schmerzen oder Unwohlsein. Und so war es dann auch, der Film lief vielleicht 15 Minuten, da wechselte Tobi die Farbe und sagte, ihm wäre so schlecht. Na super, aber ich hatte ja alles dabei und begann im dunklen Kino Kevatril aufzuziehen.

Vorher versorgte ich Tobi noch mit einem Gefrierbeutel, in den er sich dann auch heftig erbrach, während ich mir die Hände desinfizierte und unter den kritisch fragenden Blicken des älteren Mannes zwei Sitze neben mir anfing, die Glasampulle zu brechen, 1,5 ml dort im Dunkeln in eine 10-ml-Spritze aufzuziehen, die Nadel in eine NaCl-Ampulle zu versenken und das Kevatril zu verdünnen, eine weitere NaCl-Spritze aufzuziehen und Tobi dann im Dunkeln alles zu spritzen, Kochsalz, Kevatril, Kochsalz, Heparin.

Den Müll, der dabei entstand, stopfte ich erst mal in den Getränkeständer, so groß ist mein Schoß ja nicht, und ich bin froh, dass ich das so gut und hygienisch hingekriegt habe, vor allem im Dunkeln den Broviac immer zielsicher zu treffen. Das ist „Wetten, dass"-reif! Mit dem Medikament ging es Tobi auch wieder besser, Detlef hielt die Kotztüte den ganzen Film über in der Hand! Nikolas bekam von all dem wenig mit, er war mit Popcornvernichtung beschäftigt!

Nach dem Film wollte Tobi noch in die Fressmeile, das ist ja auch immer so krass, kurz abkotzen und dann Hunger haben und essen wollen, ist eigentlich für mich nicht nachvollziehbar, ist aber bei Tobi ganz oft so. Detlef und Niko aßen Döner, Tobi wollte erst noch warten, entschied sich aber dann für KFC, Hähnchenteile mit Pommes. Nikolas provozierte schon wieder, weil er sich einerseits langweilte und andererseits darauf wartete, wann er endlich mit mir alleine was unternehmen könne. Wir gingen dann noch in zwei Wunschgeschäfte, Niko blieb erst bockig sitzen, um dann doch nachzukommen, weil wir ihn ignorierten.

Tobi kaufte sich noch ein neues Playsi-Spiel, und in einem Bekleidungsgeschäft, in dem Detlef bei der Gelegenheit kurz ein paar T-Shirts anprobierte, brachte Niko den ganzen Laden zum Lachen, indem er ein grünes Frauen-Top mit Spaghettiträgern anprobierte, sich ein buntes Tuch über die Schultern schmiss und „Germany's Next Topmodel"-mäßig einen Walk hinlegte, war das witzig, er schwang die Hüften, und die Verkäuferinnen lagen fast auf dem Boden. Aber so süß das war, so schnell konnte sich das Blatt wenden; als er wieder sein eigenes T-Shirt anhatte, fing er an, so zu tun, als ob er vorn reinschnieft und -niest, und das täuschend echt, wie kommt man auf so was? Ich untersagte ihm das, sagte, dass das eklig wäre, auch wenn er nur so tun würde, und dass er damit aufhören solle … und zack, machte er es direkt wieder! Da hab ich ihm reflexartig kurz auf den Hinterkopf gehauen, obwohl ich das im Nachhinein sehr bereue, aber ich musste ihm da mal eine deutliche Grenze setzen und das war einfach spontan.

Das führte natürlich dazu, dass er bockig wurde und raushaute, dass er überhaupt keinen Bock mehr auf eine Unternehmung mit mir hätte, dass ich alleine gehen könne, ohne ihn. Meine Kinder wissen beide ganz genau, wo meine Knöpfe sind und wie sie die drücken, und heute haben sie das mal wieder voll ausgespielt. Ich bin auf die Provokationen dann gar nicht eingegangen und wir sind in der Affenhitze nach Hause gefahren.

Tobis Laufen an der Krücke hatte im Kino noch einigermaßen geklappt, obwohl er sehr stark hinkt und man ihm die Schmerzen ansieht, zu Hause angekommen, brach er wieder fast zusammen und selbst das Hochschweben auf Detlefs Händen ging nicht gut, weil Detlef ihm dabei den Po bzw. die Poknochen so stark drückte.

Er hinkte dann auf die Couch und sank danieder, und ich weiß nicht, was der Auslöser war, er brach heftig in Tränen aus. Es fiel mir so unendlich schwer, in der Situation zu gehen, ich tröstete ihn natürlich noch, aber ich hatte es Niko versprochen und Schwester Nathalie war bereits auf dem Weg zu uns. Ich stellte noch schnell alles bereit und verließ dann mit Niko und ohne Handy (!) die Wohnung. Und ich betone noch mal, es zerreißt mich, es brach mir in dem Moment fast das Herz, die traurigen Augen von Tobi, aber ich blickte in die strahlenden Augen von Niko, der sich so freute, dass das jetzt wirklich passierte!

Ich fuhr mit ihm ins Schwimmbad (kleine Planänderung) und wir planschten, schwammen und schnorchelten über eine Stunde lang. Leider war um 19:30 Uhr die Wasserzeit beendet, aber wir hatten ja noch einen weiteren Programmpunkt, Sardinen essen beim Griechen! Wir saßen auf der Terrasse und gönnten uns leckere Vorspeisen, ich aß die Datteln im Speckmantel, ein Gedicht, dazu Baguette und Zaziki, wir kamen beide gut zurecht. Ich konnte auch einigermaßen abschalten, vor allem das Schwimmen tat mir sehr gut.

Zu Hause angekommen ging der Niko-Krieg allerdings weiter, ihm war langweilig und er wollte weiteressen, was ich ihm aber verbot. Da flippte er dann völlig aus, wie gemein ich wäre, er würde sich eine andere Mutter suchen oder abhauen, diskutierte, dass er aber doch noch essen müsse oder wenigstens Sirup ins Wasser bekommen müsse ... mein Weintraubenangebot lehnte er ab. Er wurde dann so frech, dass ich ihm alle Süßigkeiten aus seinem Zimmer räumte und alle Elektrogeräte auch, ich steckte ihn in sein Zimmer mit der Auflage, mal darüber nachzudenken, dass so ein Verhalten nicht geht, da tobte er dann hinter der geschlossenen Tür weiter.

Ich bat Schwester Nathalie zu gehen, Zuschauer bei dem Spektakel brauch ich dann nicht auch noch!

Aber Niko kriegte sich wieder ein, Detlef sprach mit ihm und ich auch noch mal und er entschuldigte sich sogar! Na, das war dann etwas versöhnlich.

Tobi suchte dann doll meine Nähe, wollte meine Hand halten und beschwerte sich etwas über Schwester Nathalie, die hätte das alles nicht so gut gemacht wie ich. Außerdem hätte sie ständig mit ihm reden wollen, und er wollte doch in Ruhe fernsehen! Aber ich bin ganz stolz auf mich, habe das alles abgegeben, ohne es zu kontrollieren oder groß vorzubereiten, und das ist mir wirklich sehr, sehr schwergefallen. Schwester Nathalie hat das aber gut gemacht, denke ich, auch wenn Tobi unzufrieden war. Es ist gut, dass da jemand ist, der das übernehmen kann, denn das Tempo und die Intensität der Betreuung halte ich auf Dauer nicht durch. Meine Nerven sind eh sehr dünn im Moment und ich müsste wohl auch mal wieder heulen und brüllen, zu brüllen habe ich heute im Schwimmbad unter Wasser mit Schnorchel versucht, das hatte da aber nicht den erschöpfenden Effekt.

Das ist heute ein langer Bericht und ich habe bei Weitem nicht alle Provokationen und Streitpunkte der Jungs erwähnt, das macht mich echt krank und das muss ich unbedingt versuchen zu unterbinden. Aber meine Texte sind ja auch für mich, für später, um mir auch solch schlechte Tage ins Gedächtnis zu rufen.

Was den Tag noch so eingetrübt hat, sind meine Gedanken über die Münchner, mein Mitgefühl, sie durchleben jetzt gerade das, wovor ich mich so fürchte. Ich würde Veronika gerne sprechen, traue mich aber nicht an den Hörer.

Und im Fernsehen laufen Berichte von dem tollen Sommer, den man genießen muss, und ich bin nur von Elend und Tod umgeben. Ich habe so Angst, dass sich Tobis Zustand erneut verschlechtert, und die Schmerzen im Knie lassen auch eigentlich nicht viel Hoffnung, dass es anders kommen könnte. Ich bin so machtlos dem gegenüber, so hilflos, kann nur dabeistehen und zusehen und versuchen, Tobi zu unterstützen, aber er ist wirklich ein ganz armer Kerl, er tut mir so unendlich leid. Und ich mir heute wohl auch!

FREITAG, 02.08.2013

Den heißesten Tag des Jahres haben wir zu Hause verbracht. Morgens ging es noch zum Frühstück auf den Balkon, aber dann wurde alles verrammelt und wir chillten in der Wohnung. Niko fuhr mit dem Roller zur Oma und verbrachte dann seinen Tag mit einem Ausflug ins Schwimmbad. Tobi war ziemlich geschafft von der Hitze und gönnte sich einen langen Mittagsschlaf. Ich habe weiter an meinen Grannys gehäkelt, das ist ein Riesenprojekt, aber ich hab ja Zeit!

Am späten Nachmittag spielte Tobi dann mit Papa sein neues Playsi-Spiel, mit einer neuen Fernbedienung, die ähnlich wie die der Wii ist, so mit Bewegung. Und leider waren die Bewegungen dann doch zu stark, er klagte plötzlich wieder über Rippenschmerzen, diesmal auf der rechten Seite, unterhalb der Rippe, an der die Probe genommen wurde. Großer Mist! Ich bestellte Schwester Petra zur Morphinerhöhung, Tobi spielte aber sein Spiel zu Ende, so wie er sich das vorher vorgenommen hatte. Die Schmerzen waren jetzt auch nicht ganz akut, aber leider da. Er kann schlecht liegen und nicht tief atmen, aber ich hoffe, dass sich das so entwickelt wie beim letzten Bruch, es war ein paar Tage doof, dann ging es wieder.

Mein armes Kind.

Mittags habe ich Veronika aus München eine SMS geschrieben und ihr angeboten zu reden, wenn sie mag, und sie rief prompt zurück. Es war erst ein sehr trauriges Gespräch, aber Faye muss jetzt nicht mehr leiden. Sie sagte zu mir, sie hätte in einem Buch folgenden Satz gelesen, der hat mich sehr beeindruckt:

Wenn die Eltern sterben, dann verliert man seine Vergangenheit,
wenn das Kind stirbt, verliert man seine Gegenwart und Zukunft,
wenn Bruder oder Schwester sterben, dann verliert man Vergangenheit,
Gegenwart und Zukunft, also alles.

Viel Wahres dran.

Der Abend war wieder durch Übelkeit geprägt, Morphin oder Anstrengung oder Magen-Darm-Trakt? Ich weiß es nicht, ich schieße mit Vomex!

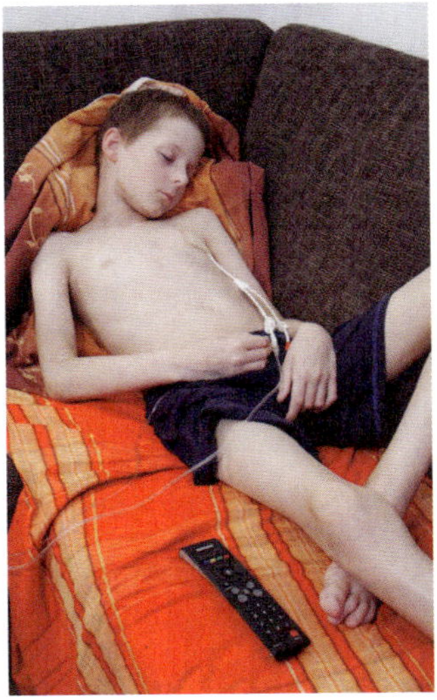

Morgen wird Nikolas abgeholt, er verbringt das Wochenende bei seinem Freund, Schwimmbad ist angesagt, Übernachtung dort und den Sonntag noch spielen, ich hoffe, dass es schön für ihn wird.

Stefan und Nicole waren am Nachmittag zu Besuch da, mein Bruder hat eine Mittelohrentzündung. Sie haben uns für morgen wieder zum Grillen eingeladen. Ich werde morgen mal zum Friseur gehen, zumindest mal kurz wieder einen Schnitt reinbringen, für mehr ist keine Zeit, die grauen Haare müssen also noch bleiben! Ich werde gut vorsorgen mit Medis, damit Tobi den Morgen auch ohne zusätzliche Gaben schafft.

SAMSTAG, 03.08.2013

Der Tag verlief erst mal so, wie wir ihn geplant hatten. Mittags kam Jörg noch auf einen Kaffee und um kurz nach 14 Uhr fuhren wir zu Stefan in den Garten, vorher holten wir Oma Hanne und Opa Heinz ab.

Tobi wollte heute in den Pool! Aber leider wurde das die große Pleite, ich klebte seinen Broviac mit Duschpflaster ab, wir stöpselten auch die Pumpe ab, Schwester Nathalie war so nett, auch dorthin zu kommen, um die Kassette zu wechseln, sie läuft jetzt auf 1,8 ml in der Stunde, bei 400 mg in 100 ml.

In den Pool war noch okay, Tobi spritzte ein bisschen mit der Wasserpistole und ließ sich dann auch ganz ins Wasser, aber der Pool war doch kühl und mit seinem niedrigen Hb war ihm sofort superkalt und er wollte schnell wieder raus! Ich hoffte, dass er noch mal reinwollte, denn es war wirklich nur sehr kurz, aber er wollte nicht ... Detlef und Stefan haben dann das Pflaster wieder abgemacht, unter bitterlichen Tränen und Vorwürfen an mich, ich hätte viel zu viel abgeklebt. Dabei habe ich nicht großflächig geklebt, sondern nur drum herum, aber dicht musste es ja sein! Ich war dann auch noch so ungeschickt und habe ihn ein bisschen gerempelt, weil ich an den Müll wollte, hatte die Hände voller Infusionsabfall, da war es dann ganz vorbei und seine Stimmung im Keller!

Habe wieder im Open-Air-Hospital erst Kevatril gespritzt, dann Novalgin und auch noch Vomex. Das ist für Tobi ja schon selbstverständlich. Er durfte dann das Feuer anmachen und wir starteten mit dem Grillen. Es war ganz lecker und Tobi machte sogar noch Stockbrot und Marshmallows. Es war unheimlich schön draußen im Garten, auch die Jäger-Nachbarin war da, sie hatte eine Schlammbowle gemacht, als Nachtisch sozusagen. Wir blieben dann noch bis fast 23 Uhr sitzen. Nicole wurde böse von einer Wespe gestochen. Der Heimweg war dann wieder sehr schmerzhaft, aber Tobi hat ihn bewältigt.

Oben angekommen, schleppte er sich sofort ins Bett, und beim Ausziehen zog ich auch noch an seinem Broviac, der sich ganz doof in der Hose verfangen hatte. So ein Mist. Seine Rippe tat so weh und sein Knie und ich überredete ihn zu dem Fentanyl-Nasenspray. Das nahm er dann auch, nach Heulen und Naseputzen. Er ist danach ganz schnell eingeschlafen. Muss ihn mal morgen fragen, ob er meint, dass das gut war mit dem Spray. Detlef hat gesagt, dass er nicht mehr so lange irgendwo bleiben will, weil er sich das mit den Schmerzen nicht reintun kann. Ich glaube aber, dass es da auf eine Stunde früher oder später gar nicht ankommt, zurück ist immer schlimm! Ich kann dieses schmerzverzerrte Gesicht auch nicht mehr ertragen, es zerreißt mich fast, aber dafür habe ich dann keine Zeit, muss ja sehen, dass was gegen die Schmerzen getan wird!

SONNTAG, 04.08.2013

Der Morgen begann mit einem Albtraum von Tobi, unter Tränen schluchzte er, ich hätte ihm einen Film von gesunden Kindern, die spielen, gezeigt, ... das trifft mich echt heftig, ist zwar nur ein Traum, *aber warum ich?* Da fängt der Tag ja schon emotional in einer hohen Schiene an. Er hat immer noch starke Schmerzen und Schwester Petra kommt noch mal zum Hochstellen und die Dosis der Morphinkassetten wird auch wieder verdoppelt, denn sonst muss ja bald wieder fast jeden Tag einer zum Wechseln kommen.

♥♥♥

Lukas rief heute Morgen an und wollte sich die lila Cap von Tobi leihen. Ich sah aus dem Fenster, und unsere lieben Nachbarn Frank, Claudia, Lukas und Tinki waren sommerlich gekleidet und auf dem Weg in den Zoo, mit Oma und Opa zusammen, die auch vorgefahren kamen. Idyllisches Bild, alle so sonntagsfrisch gekleidet und gut gelaunt.

Der krasse Gegensatz dazu war dann, dass wir zu zweit Tobi aus seinem verschwitzten Bett die fünf Schritte bis zur Couch geführt haben, unter Schmerzen, mit der Gewissheit, dass für uns so ein Familienausflug nie mehr stattfinden wird. Ist schon echt krass, scheint wohl heute nicht mein emotional stärkster Tag zu sein.

Der Tag plätscherte ansonsten so dahin, wir guckten zu dritt „Schlag den Star" und Tobi sagte, dass er das richtig gut und gemütlich findet, mit uns fernzusehen. Er genießt auch ganz bewusst das Gute am Tag.

Ich habe dann mal ein bisschen klar Schiff gemacht, die Bäder und die Küche hatten es nötig, Detlef hat sich mit einklinken lassen und den Balkon gefegt – und gebügelt! Eigentlich wollten wir auch unter dem Bett mal richtig sauber machen, da kommt man ja nur selten hin, :D – aber das verschieben wir auf morgen, denn da kommt ja die Sanitätsfirma und guckt sich an, was für eine Matratze und welcher Lattenrost für Tobis Lagerung optimal wären. Ich bin ja so froh, dass das alles so problemlos möglich ist, und dass es ein Segen ist, im Sozialstaat Deutschland zu leben, das sage ich ja schon länger, in den USA wären wir schon längst weit unter der Armutsgrenze ...

Oma Gilla und Opa Peter kamen am Nachmittag zum Kaffee und wir spielten gemeinsam Tobis neues Playsi-Spiel Boccia. Es ist lustig und tut so gut, wie Tobi sich über unsere Unfähigkeit, den Controller zu bedienen, aufregen kann. Aber wir spielten nur kurz, mehr Kraft war nicht vorhanden. Er legte sich dann schnell wieder auf die Couch und hielt ein kurzes Nickerchen. Nikolas kam auch nach Hause, leider mit Sonnenbrand, aber er war vom 10-Meter-Brett gesprungen! Da müssen wir uns morgen erst mal die mitgebrachten Fotos dazu ansehen! Wir bestellten noch Pizza, von der Tobi allerdings nur winzige Stückchen aß.

Ihm ist nach wie vor oft schlecht, dazu kommt, dass er schon fast eine Woche keine Verdauung mehr hatte, da muss auch bald nachgeholfen werden, und er hat vermehrten Harndrang. Dazu rief ich dann Schwester Petra erneut an, sie kam und brachte Urinteststreifen mit, aber da war nichts nachweisbar. Ich glaube schon, dass Tobi sich einen Blaseninfekt eingehandelt hat, es könnte aber auch eine Störung als Nebenwirkung des Morphins sein.

Es bereitet ihm Probleme, den Harn auszuscheiden, bis es läuft, dauert es, das ist auffällig, aber er hat auch das Gefühl, ständig zu müssen, und scheidet auch kleinere Portionen aus. Alles in allem nicht okay!

Und ich hatte Sorge, dass, wenn man wartet, bis es schön nachweisbar ist, es zu einem richtig großen Problem werden könnte. Ich konnte mit Antibiotikum beginnen, ich hoffe, dass meine Ahnung die richtige ist, und wenn nicht, dann bekommt er eben ein mal Antibiotikum zusätzlich, das macht ja zum Glück keine großen Nebenwirkungen!

Und besser jetzt als noch ein zusätzlich fieberndes Kind ...

Tobi war sehr dankbar, dass ich so auf seine Beschwerden eingegangen bin und dass sie behandelt werden.

Ich bin froh, dass das Palli-Team einfach nur zugestimmt hat!

Am Abend war noch mal eine ganz doofe Situation für mich, ich brachte Niko ins Bett und er wollte, dass ich ihm bei irgendetwas helfe, Detlef war schon im Bett, und Tobi jammerte nach Vomex und Eimer, ihm wäre so schlecht und er bräuchte das ganz schnell. Also habe ich fix die Infusion fertig gemacht und Niko vertröstet, dass ich jetzt keine Zeit hätte, aber gleich noch mal kommen würde. Als ich dann bei Tobi alles fertig hatte und zu Niko kam, sagte er, ohne hochzugucken, ich könne gehen, jetzt hätte er keine Zeit mehr für mich. *Na super*, macht mich ruhig fertig, meine lieben Kids! Niko, ich hoffe, dass du mich alles wieder gutmachen lässt, aber ich kann mich leider nicht zerteilen!

Ich weiß gar nicht, ob ich schon von meiner Nikotinwolle berichtet habe, die preislich so ein Schnapper war, was für ein Mist! Bestellt im Internet, für 50 Cent billiger das Knäuel als woanders, aber leider aus einem Rauchergeschäft! Ich habe sie heute ordentlich mit Febreeze eingesprüht und werde morgen noch mal meine Nase reinhalten! Habe nämlich heute häkeltechnisch wieder alles gegeben und werde morgen wohl eins von den Stinke-Knäueln nehmen müssen.

… und wieder ist Montag! Die Sanitätsfirma kam wegen der Weichlagerungsmatratze und des Lattenrosts, wir müssen zwar die Schubladen aus dem Ehebett rausnehmen, aber prinzipiell funktioniert das, und es wird versucht, alles so schnell wie möglich in die Wege zu leiten. Toll, das war ein sehr erfreulicher Besuch!

Der Besuch des Palli-Teams war weniger erfreulich, ich habe mich heute sehr über die Entscheidungen und Vorgaben geärgert, die da getroffen wurden. Es wird von nun an so sein, dass nur noch alle 3 Wochen ein Blutbild gemacht wird, wobei mir jetzt nicht klar ist, in welchen Abständen die Ärzte dann Hausbesuche machen wollen. Aber dann brauch ich die zwischendurch auch nicht im Haus.

Ich bin so wütend darüber, so fassungslos, dass meine Beweggründe überhaupt nicht zählen. Die Werte sind für mich eine Bestätigung meiner Wahrnehmung zu Tobis Zustand. Sie sind für mich ein Gradmesser, *bleibt es eher stabil oder ist die Leukämie eher fortschreitend? Muss ich Sorge haben, dass er immungeschwächt und anfällig ist, oder kann ich eine Erkältung von Nikolas tolerieren, ohne dass ich ihn zur Oma verbanne? Muss ich Sorge haben, dass er starkes Nasenbluten kriegt, oder kann ich mich gedanklich schon mal darauf einstellen?*

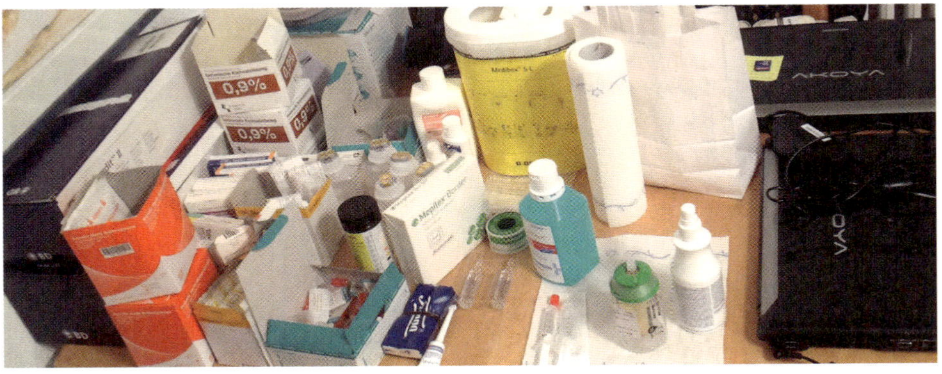

Ich kann bei fallenden Werten mich selbst darauf einstellen, dass die Erkrankung progressiver wird, und bei stabilen Werten gibt es mir ein wenig Sicherheit. Es hat so viele Gründe, aber das sprechen die mir eben ab. Die Werte hätten medizinisch keine Aussagekraft, und ich solle mich nicht allein an den Werten ausrichten, viel wichtiger ist das klinische Bild von Tobias. Was für eine Anmaßung! Das, was die Werte eben hergeben, ist das einzig Reale und Fassbare in diesem Wahnsinn. Ich mache den ganzen Tag nichts anderes, als mich mit Tobis klinischem Zustand auseinanderzusetzen, jeden Pups wahrzunehmen, jede Veränderung zu registrieren. Mein Tag ist getaktet nach Infusionen und die weiteren Aussichten sind nicht wirklich witzig! Es kann doch eh in jeder Minute eine Katastrophe passieren, ein weiterer Bruch, aber das, was die Werte eben für mich hergeben, ist das einzig Reale und Fassbare, selbst wenn sie keinen medizinischen Wert haben und sich an der weiteren Behandlung nichts ändert.

Und Kostengründe fänd ich eine Lachnummer, bei dem, was hier an Medikamenten und Hilfsmitteln über den Tisch geht! Dieser Stress für mich ist so unnötig aus meiner Sicht! Das bringt mein Fass echt zum Überlaufen!

Detlef hat Essen von der Pommes-Bude geholt, und ich war so fertig, dass ich erst mal eine Stunde geschlafen habe.

Danach war ich richtig fertig, ist aber heute wohl zusätzlich wetterbedingt. Bin dann kurz vor der 19-Uhr-Gabe zu Edeka gefahren, um ein bisschen Proviant für den Ausflug von Niko, seinem Freund und Detlef ins „Irrland" nach Kevelaer zu besorgen und was zu essen für Tobi und mich, denn ich habe morgen nicht vor, die Wohnung zu verlassen.

Den Abend haben wir dann recht spontan Personentausch gemacht, fast so wie früher, Detlef und Frank guckten Fußball, Luki und Tobi spielten Playsi, Niko und Tinki guckten einen Film und Claudia und ich konnten auf dem Balkon mal ungestört reden und ein Fläschchen Hugo köpfen. Leider rief beim letzten Glas dann Detlef an, Tobi wäre übel und so sputete ich schnell rüber und machte Vomex infusionsfertig in zwei Minuten! Tobi hatte auch das zweite Mal Verdauung heute, und Erbrechen konnten wir zum Glück vermeiden! Blöd, immer wieder diese heftige Übelkeit und ich kann nicht sagen, woran es liegen könnte, das folgt keinen Regeln.

DIENSTAG, 06.08.2013

Detlef ist heute mit Niko und Lukas ins „Irrland" gefahren und ich wollte mir mit Tobi einen ganz gemütlichen Tag machen. Aber es kommt immer anders.

Ich hatte lecker gekocht, Detlef hatte Pommes frites anstatt Backofenfrites gekauft, also habe ich für Tobi welche im Topf frittiert. Dazu gab es ein kleines Steak, und als Nachtisch hatte ich Pflaumencrumble gemacht, Pflaumen und Heidelbeeren mit Streuseln und dann gebacken, sehr lecker. Tobi aß auch anfangs mit Genuss, besonders die Pommes waren superlecker, aber ganz plötzlich bekam er dolle Bauchkrämpfe, musste sich hinlegen, aber nach ein paar Minuten ging es wieder. Weil das Essen so lecker war, nahm er einen zweiten Anlauf, aber nach wenigen Bissen derselbe Zustand, kolikartige Krämpfe, er meinte, das komme von den Pommes. Wieder Liegeposition, wieder warten.

Aber er hatte noch Appetit und versuchte dann den Pflaumencrumble, das ging dann gar nicht. Er hatte ein weißes Dreieck um Nase und Mund, rote Wangen, Flecken am Oberkörper und es ging ihm richtig schlecht, Schmerzskala 9–10, und ich sollte schnell beim Palliativteam anrufen. Das tat ich dann auch, Schwester Nicole wusste auch nicht mehr als Buscopan, versprach aber, Dr. Tippelt zu informieren und sich zurückzumelden.

Tobi sagte, dass wären so schlimme Schmerzen, er würde heute erst mal gar nichts mehr essen und morgen wüsste er noch nicht. Und vor Erschöpfung ist er dann eingeschlafen. Das Palli-Team bot sich an, vorbeizukommen, aber das fand ich jetzt nicht nötig, wichtig ist mir, eine Ursache zu kennen, um so was zu vermeiden, morgen früh wird mit Dr. Reschke telefoniert. Schwester Nicole rief dann am Abend noch mal an, sie hätte mit den Ärzten gesprochen, und alle halten eine Gallenkolik für wahrscheinlich, Gallensteine, *na super, was kommt denn noch alles?*

Tobi wachte so um kurz vor 20 Uhr wieder auf und hatte direkt Hunger. Ich machte ihm ein halbes Brötchen mit Erdbeermarmelade und Honig, ganz dünn Margarine, das vertrug er gut. Dann wollte er unbedingt noch einen Joghurt und der ging dann wieder gar nicht, er bekam wieder so eine Kolik, die diesmal auch länger dauerte. Tobi sagte auch, dass diese Anfälle immer schlimmer werden würden … morgen muss ich dringend mit Dr. Reschke telefonieren, da muss was passieren. Bei dem Wenigen, was er sowieso nur isst.

Mein Nervenkostüm ist durch diese blöde Blutwerte-Diskussion echt angekratzt und das war heute hier zu Hause kaum zum Aushalten. Habe auch gar keine Lust, zu telefonieren, kostet mich im Moment alles Kraft.

Ich hocke wieder nur bei Tobi. Mein armes, armes Kind, ich kann so wenig tun. Morgen kommt Ulrike für Niko, und ich hoffe, dass morgen die Beschwerden besser sind, obwohl das wohl eher ein Wunsch bleiben wird.

MITTWOCH, 07.08.2013

Nach einer sehr anstrengenden Nacht, mit vielen mikrowellenwarmen Körnerkissen gegen das Bauchweh, schlief Tobi dann bis kurz vor eins. Ich hatte um 9 Uhr beim Palliativnetzwerk angerufen und gebeten, dass sie doch bitte vorbeikommen mögen. Sie kamen dann auch gegen 13 Uhr und weckten Tobi.

Frau Dr. Reschke untersuchte ihn und konnte aber nichts wirklich Gravierendes feststellen. Wir besprachen, was denn die Ursachen sein könnten, sie mutmaßte, entweder Gallensteine oder Magengeschwüre, aber das würde man jetzt eh nicht mehr rauskriegen.

Eine weitere Diagnostik über die Blutwerte (!) lehnte sie ab, das wäre ja alles nicht aussagekräftig, die Leberwerte wären eh erhöht. Aber sie wolle sich noch mal mit den anderen Ärzten im Team besprechen.

Ihr Vorschlag wäre, Novalgininfusion und Buscopan als Tablette gemeinsam zu geben und dann mal was zu essen. Sie würde dann so lange bleiben und sich das ansehen. Eigentlich ein ganz guter Plan, aber Tobi fing dann an zu weinen, ihm wäre so schlecht, er könne keine Tablette nehmen. Ich versuchte ihn zu trösten und nahm ihn erst mal mit ins Wohnzimmer. Während ich die Infusionen und Kevatril vorbereitete, wurde die Übelkeit immer heftiger.

Dr. Reschke versuchte noch mal, eine Kollegin ans Telefon zu kriegen, ich versuchte, Schwester Nicole von der Dringlichkeit zu überzeugen, dass die Blutwerte für mich so wichtig sind und dass diese Diskussion darüber mich in meiner Kraft sichtlich geschwächt hat und es sich anfühlt, als wäre mir ein Standbein genommen worden. Ich stöpselte Tobi an das Novalgin, vorher Kevatril, und Tobi demonstrierte, wie sehr man ihm Übelkeit auch ansieht, er hatte ein ganz rotes Gesicht, Flecken auf der Brust und atmete stoßweise, sein Puls, sichtbar am dürren Hals, raste. So sind auch die schlimmen Bauchkrämpfe sichtbar. Er wurde ganz weinerlich und stand kurz vor dem Erbrechen, trotz kalten Lappens und Wind zufächeln. Ich erörterte die weiteren Behandlungsmöglichkeiten mit Dr. Reschke, man kann Buscopan mit dem Novalgin zusammen verabreichen, zusätzlich das Fentanyl-Nasenspray bei diesem Akutschmerz, und leider schaukelte sich Tobis Zustand so auf, dass er dann erbrechen musste. Ich versuchte ihn zu beruhigen, während er Galle spuckte, der Magen war ja leer, im Würgen stellten sich wieder die Bauchkrämpfe ein, er jammerte und wimmerte schrecklich, und Schwester Nicole half mir, indem sie das Fentanyl-Spray vom Tisch herholte, ich hatte ja noch 2 Einzeldosen, und ich sprühte ihm das in die Nase. Das beruhigte ihn etwas und er sank zurück in die Couch, von den Zuschauern kam nur betretenes Schweigen.

War eigentlich mal ganz gut, dass die das so mitgekriegt haben, vermittelt doch mal ein Bild unserer täglichen Situation, das kann man mit Worten sicher nicht so beschreiben, als wenn man mal live dabei ist. Und nur die Symptome behandeln und keine wirkliche Ursache suchen oder finden ist eigentlich keine befriedigende Situation. Aber ich fürchte, so funktioniert Palliativmedizin.

Und das Allerheftigste ist, dass man durch diese bekloppte Blutwerte-Diskussion sich doch wieder auf einen längeren Weg, auf Lebenszeit (egal wie die auch aussehen mag) eingestellt hat und die Situation sich innerhalb von zwei Tagen wieder komplett gedreht hat, dass man sich fast wünscht, er möge doch geholt werden, möge diese Quälerei ein Ende nehmen.

Muss dringend weiterhäkeln, um meine Hände zu beschäftigen und meinen Kopf zu leeren, ... kann aber nicht, sitze neben dem nun eingeschlafenen Kind und halte seine Hand, er forderte das und ich kann ihn durch meine Nähe wenigstens beruhigen. So habe ich dann gesessen bis um fast halb vier, bis er wieder wach geworden ist.

Die Stimmung war dann besser und er wollte wieder essen ... Ich habe ihm eine Buscopanpille gegeben und er hat einen halben Toast mit Erdbeermarmelade gegessen. Das hat tatsächlich und zu meiner großen Freude geklappt.

Dr. Reschke rief dann noch mal an, um mir mitzuteilen, dass sie morgen mit den Gastroenterologen Kontakt haben werde, um vielleicht noch was Innovatives zu finden, aber dass auch den anderen im Team nichts anderes mehr eingefallen sei. Und sie sagte, dass sie es immer für eine gute Entscheidung hält, ein Kind wie Tobi zu Hause zu haben, in der Klinik wäre man nicht besser aufgehoben, und dass sie bewundert, wo die Eltern diese Kraft hernehmen. Mein Einsatz an der Stelle war erneut ein Kommentar zu den Blutwerten, dass mir das so viel Kraft geraubt hat, und sie versprach, am Montag in der Besprechung (da sind 2 Wochen rum) das abermals anzusprechen.

Ulrike hatte Niko zwischendrin hier rausgeholt, er hat das ganze Drama bis zum Erbrechen ja mitgekriegt und war dadurch sehr angeschlagen. Er hatte morgens schon mal eine kleine Heulattacke, es geht ihm auch nicht gut.

Eigentlich wollte ich ja morgen was mit ihm unternehmen, aber ich habe Schwester Nathalie abgesagt, wenn Tobi so eine Kolik hat, dann muss ich da sein, dann braucht er mich, das kann und werde ich an niemanden abgeben.

Detlef geht morgen früh mit Niko klettern, ich habe ein Gespräch mit Frau Bünk. Der späte Nachmittag und Abend verlief dann wirklich gut, Tobi aß noch einen Wildpfirsich, etwas Wackelpudding, etwas gematschte Kartoffeln mit Gurkensalat und etwas Obstsalat.

Und keine Kolik mehr ...! Was für eine Freude!
Er war aber dann ziemlich k. o. und nachdem wir „Die strengsten Eltern der Welt" geguckt haben, ist er dann eingeschlafen.

DONNERSTAG, 08.08.2013

Heute hätte ich gerne mal geschrieben, dass nichts weiter passiert ist, aber leider hat Tobi heute zwei weitere Koliken gehabt, die wir mit Buscopan und Fentanyl-Spray niedergekämpft haben. Allerdings hat er auch so gut wie nichts gegessen, bei einem aktuellen Gewicht von 29,7 kg nicht wirklich toll.

Morgens war Frau Bünk da und ich konnte mal wieder alles abladen und neue Kraft tanken, obwohl das auch immer sehr anstrengend für mich ist. Dabei sichtbar rumgekommen ist Physiotherapie/Massage für Tobi, ein Telefonat mit der Krankenkasse zur Beschleunigung der Lieferung des Betts und die Aussage, dass Palliativmedizin keine großartige Diagnostik mehr beinhaltet, nur die Linderung der Symptome. Das war mir so nicht klar, ich wusste zwar, dass dies im Vordergrund steht, aber dass noch nicht mal mehr Leberwerte bestimmt werden, um zwischen Leber und Galle zu unterscheiden, find ich schon krass, auch wenn das beides gleichbehandelt wird. Und am Montag wird dann über die Blutwerte gesprochen, dass dies so wichtig für mich ist, war für alle eine Überraschung!?

Detlef und Niko flüchteten ins Bergbaumuseum Bochum, Tobi schlief bis 14 Uhr. Wir (Detlef, Niko und ich) aßen gerade zu Mittag, da kam ein Rauschen aus dem Babyphone, das steht bei Tobi, wenn wir nicht im Raum sind. Und als ich gucken ging, war das Bett leer und Tobi sprang hinter der Tür hervor und erschreckte mich mit einem „Buh". Unglaublich krass, aber auch unheimlich lustig! Essen war eine Katastrophe, es begann gut mit Zwieback und Apfel, sein Heißhunger auf Fleisch war dann wieder nix, obwohl ich ganz fettarmes Schweinefilet, fettfrei angebraten, zubereitet hatte. Er verbrachte den Nachmittag mit Papa und fernsehen, ich konnte einkaufen und ein bisschen klar Schiff machen.

Nach einer großen Pause versuchte er Hähnchenwurst, ein fingernagelgroßes Stück machte die nächste Kolik. Was wieder ging, sind Flips, wer kann mir das erklären? Das war es dann mit Essen. Erstaunlich war auch, dass er zweimal Fentanyl-Nasenspray hatte und nicht davon geschlafen hat ... wahrscheinlich gewöhnt man sich auch daran.

Dann ist sein Tic wieder da, den er 2008/2009 schon mal hatte, er reißt die Augen auf und guckt dann ruckartig nach links oben. Ist komisch anzusehen *und ich frage mich, warum das wiedergekommen ist!?*

FREITAG, 09.08.2013

Nach einer anstrengenden Nacht mit erneuten Bauchschmerzen und einigen Körnerkissen gab es heute Morgen mal wieder Vomex zum Frühstück. Tobi wollte gekuschelt werden und das ließ ich mir natürlich nicht zweimal sagen, ich legte mich neben ihn, Löffelchen, und wir schlummerten noch ein wenig gemeinsam. Das ist so unendlich schön für mich, da kann ich ihm so schön nahe sein. Richtig wach wurde er erst am späten Mittag, Detlef löste mich zwischendrin bei Tobi ab und ich konnte dann auch mal einen Kaffee trinken und etwas frühstücken.

Ich bestellte neues Fentanyl-Spray in der Apotheke, der liebe Herr Brinker war etwas irritiert, aber das war so für mich der kürzeste Weg, er ließ sich das von der

Klinik bestätigen, und der Bringdienst klappte wie gehabt gut. Frau Dr. Reschke rief mich dann noch an und teilte mir mit, dass am Montag Herr Dr. Tippelt kommen würde und dass sie dann ab jetzt alle 2 Wochen ein Blutbild machen würden, aber nur mir zuliebe und nur für mich, das wäre der Supersonderbonus ... ha, ist mir doch egal, auch wenn in Tobis Akte kleine Cave-Zeichen zu meiner Person versteckt sind (weiß ich nicht, vermute ich aber), ich will bis zum Schluss wissen, wie sich seine Werte verändern, und an ihnen will ich mich weiter festhalten können und für mich kleine Prognosen denken! Sie sagte, wenn es aber mal so sein sollte, dass das Blut nicht direkt in die Klinik kommt, weil sie noch einen anderen Termin nach Tobi hätten, dann könnte von der Regel abgewichen werden, na, dann bring ich es eben selbst hin, zur Not nehm ich es auch selbst ab.

Ansonsten habe ich noch mal die Medikation abgeklopft, bis zu 6-mal Buscopan sind okay, Nasenspray und Boli wie gehabt, Omeprazol morgens und abends.

Wir entschieden dann heute Mittag, dass wir zu nicht zu Jans Geburtstagsparty gehen werden, obwohl Tobi wohl gerne gegangen wäre, aber ich habe ihm gesagt, dass ich ihn unterwegs nicht so gut versorgen kann, dass, wenn er eine Kolik hat, er ja nicht transportfähig ist und dass er sowieso nichts essen kann. Ohne große Gegenwehr war er einverstanden und hat sich heute auch nicht aus dem Bett rausbewegt. Seine Essversuche schlugen leider fehl, Apfel, Nektarine und Zwieback brachten eine Kolik, und er war ganz frustiert darüber, jammerte, ob er überhaupt je mal wieder was essen könnte, er hätte es am schlimmsten von allen, warum nur er ...! Er hat ja so recht. Schwester Nathalie kam noch zum Kassettenwechsel.

Nikolas hatte sich mit Tinki verabredet und ist auf dem Weg direkt mit zu Claudias Geburtstagsparty gegangen. Ich habe mich nachmittags kurz von Tobi, der mit Detlef ferngesehen hat, zum Gratulieren abgeseilt und mich etwas mit in den Garten gesetzt. Das war unheimlich schön, auf der einen Seite tut es doch sehr gut, so tolle Freunde zu haben und sich so familiär zu fühlen, auf der anderen Seite fehlte Tobi so, die Kids sprangen so fröhlich da rum und wir als Familie waren eben nicht gemeinsam da wie früher und werden es auch so nie mehr sein. Ein schlimmes Gefühl, was sich wahrscheinlich noch häufiger einstellen wird, wenn Tobi erst mal gar nicht mehr da ist. Der Tic ist heute wieder weg gewesen, ganz komische Sache und *vielleicht doch in Zusammenhang mit dem Buscopan zu sehen!?*

Ich hatte abends noch ein Gespräch mit einem befreundeten Arzt und Palliativmediziner, (fein, wenn man solche Leute zu seinem Bekanntenkreis zählen kann!) und mit dem hab ich auch noch mal alle Möglichkeiten abgeklopft und noch weitere gute Tipps erhalten. Es gibt neben dem Omep noch Ranitidin, was auch der Magensäurebildung entgegenwirkt, aber anders als Omep, und vielleicht hilft das auch noch.

Ich wünsche mir, dass Tobi morgen wieder etwas mehr essen kann, ohne Bauchkrämpfe, das wäre echt toll und würde unsere Lage erst mal wieder entspannen. Aber, allein mir fehlt der Glaube ...

SAMSTAG, 10.08.2013

Der heutige Tag fühlt sich furchtbar nach Sterben an ...

Tobis Nacht war wieder recht unruhig, er brauchte zwei Mal ein Körnerkissen wegen des Bauchwehs. Morgens um 9 Uhr (da war ich gerade wieder fest eingeschlafen, nach der 7-Uhr-Novalgin) hatte er so starke Schmerzen, dass ich ihm Buscopan und Omeprazol gab und er sich mit einem Morphinbolus wieder ins Reich des Schlafes schoss. Das macht er jetzt wieder öfter, auch wenn er nachts wach wird. Ich hielt ein Nickerchen neben ihm und bin dann wohl doch noch mal fest eingeschlafen und erst um 12 Uhr wieder wach geworden ... Zeit für Vomex, und danach war schon wieder Novalgin dran. Tobi bekam von alldem nichts mit, er wurde nur mal kurz wach, als Nikolas mich rief, der hatte einen kleinen Pipiunfall im Bett (das ist auch schon ewig nicht mehr passiert ...) und brauchte meine Hilfe, Tobi forderte mich aber sofort zurück: *„Du bleibst aber bei mir?“* Ich vertröstete ihn nur kurz, half Niko und legte mich dann wieder zu Tobi.

Detlef und Niko zogen mittags ab zum Klettern nach Velbert, Niko war wieder etwas ungeschmeidig und diskutierte ohne Ende, ich hab mich rausgehalten. Habe mich wieder zu Tobi gelegt, zwischendrin nur kurz einen Kaffee getrunken. Er zuckte so im Schlaf und ich hielt seine Hand, gefühlt stundenlang. Ich konnte ihn ansehen, seinen Schlaf bewachen, ihm durch meine Hand Nähe zeigen. Ob er das wirklich spürt, weiß ich nicht, ich bilde es mir aber ein. Wenn er so da liegt, so schwach, dann bezweifle ich, ob das Krankenbett noch rechtzeitig kommt, es fühlt sich wieder so an, als geht er so langsam von dieser Welt, den Weg ins Licht, in den ewigen Schlaf, so wie es sich vor Wochen schon mal angefühlt hat.

Wenn ich so mit ihm allein bin, dann fühle ich mich wie in so einer Art Glocke, alles, was außerhalb passiert, dringt kaum bis zu mir vor. Es ist eine Zeit des Schweigens, der Ruhe, der Stille, aber bei jedem Geräusch erschrickt Tobi, allerdings nur kurz, um dann wieder hinabzutauchen.

Um 16 Uhr wurde er plötzlich wach, rot im Gesicht, klagte über krampfartige Bauchschmerzen. Er konnte eine Buscopan schlucken, die Krämpfe waren aber so schlimm, dass er Fentanyl-Nasenspray verlangte. Dieses Scheißspray lässt sich super schlecht dosieren. Sind nur 10 Gaben drin in der Flasche, aber es kommt nicht immer was raus, wie das bei anderem Nasenspray eben auch ist. Aber da ist ein zweiter oder dritter Sprühstoß ja auch nicht lebensbedrohlich, also sprühte ich nach dem ersten erfolglosen Drücker zweimal in die Luft, bis ein Nebel kam, und dann erneut in seine Nase. Trotzdem krümmte er sich und wollte schnell zur Toilette, hatte Verdauung, aber furchtbar schmerzhaft und zu allem Überfluss musste er sich auch noch übergeben. Eine endlos lange Zeit kauerten wir auf dem Klo, ich sitze dabei immer auf dem Wannenrand, er legt seinen Kopf auf meinen übereinandergeschlagenen Beinen ab, heute dann noch mit Eimer dazwischen, und es kam vorne und hinten und schien kein Ende zu nehmen. Die Krämpfe ließen nicht nach und ich gab ihm einen zweiten Fentanyl-Stoß. Mittlerweile war er nass geschwitzt, zitterte vor Schwäche und schleppte sich dann wieder ins Bett. Dort war ihm kalt, ich deckte ihn warm zu, mit einem Körnerkissen auf dem Bauch, den Kotzeimer nach wie vor im Anschlag. Tobi hauchte, dass das gerade noch schlimmer gewesen wäre als damals, wo das Palliativteam dabei war, und das kann ich bestätigen. Langsam ließen die Krämpfe nach und seine Augen fielen immer wieder zu, starrten aber zwischendurch ins Leere und auf meine Frage, was er denken würde, sagte er, er würde sich wünschen, dass man Körper tauschen könnte. Ich sagte, das wäre toll, ich hätte schon vor vier Jahren einen neuen Körper für ihn organisiert. Und wenn die Zeit reif ist, dann dürfe er auch aus diesem Körper ausziehen und dann wäre alles gut. Ich sagte ihm, dass ich ihn ganz doll liebe, und er sagte: *„Ich liebe dich auch, Mama.“* Man könnte nur heulen …

Ich bin so wütend, *was ist das für eine ungeheure, ungerechte und furchtbare Quälerei?* Kotzen, bis man vor Erschöpfung kaum mehr laufen kann.

Ich kann zum Glück in der Situation meine Gefühle komplett ausblenden und ihm dann mit einigermaßen klarem Kopf helfen, aber später schlottern mir auch die Knie, und die Gefühle kommen wie eine Welle über mich. Tobi ist dann eingeschlafen, er atmete langsam und ruhig und schien keine Schmerzen mehr zu haben.

Um kurz vor 20 Uhr wurde er dann wieder lebendig, allerdings mit Schmerzen am Becken in den Punktionsstellen ... und im Brustbein. Er wollte sein iPad und seinen Onkel Stefan, der sich auch sofort auf den Weg machte. Die zwei haben dann zusammen ferngesehen und ich habe die Zeit genutzt, ein bisschen Abstand zu kriegen, leckeren Nudelsalat und Hähnchen zu essen (danke, Claudi!) und weiterzuhäkeln. Nikolas kam zwischendrin nach Hause, er war mit seinem Klassenkameraden Roller fahren und wollte dann auch dort übernachten, er holte sozusagen nur Schlafsachen und war sofort wieder weg.

Tobi versuchte zu essen, mit großer Furcht, erst versuchte er einen trockenen Toast, der machte keine Beschwerden, und dann eine ganze Banane (!), weil er gerne von etwas satt werden wollte. Auch die vertrug er gut. Aber das war bereits die Nahrungsaufnahme von heute. *Mein armes Kind*, Hunger plagt dich also auch noch.

So um 23 Uhr stellten sich dann wieder die Bauchschmerzen ein, Buscopan und zwei weitere Pillen schluckte er trotzdem. Seine Schmerzen in der Brust waren aber ganz schlecht auszuhalten, sodass ich ihm noch einmal das Nasenspray gab, und um Mitternacht machten wir das Licht aus und er schlief sofort ein.

Diese Hochs und Tiefs werden immer krasser oder vielleicht empfinde ich sie auch nur als so krass. Als er heute mit Onkel Stefan geplaudert hat, da schien er mir wieder so fit und lebendig, und dann kann er sich vor Schmerzen kaum anders hinlegen oder wenn er wie ohnmächtig schläft, dann sieht er so aus, *als würde der Sensenmann schon danebenstehen ...*

Ich hoffe, dass wir eine Nacht ohne viele Körnerkissen und Nasenspray vor uns haben, das wäre für Tobi, aber auch für mich, sehr nett.

Es war uns tatsächlich eine ruhige Nacht gegeben, allerdings ging es dann am Morgen direkt ätzend weiter, eine kleine Kolik um 8 Uhr, die mit Körnerkissen, Buscopan und Omep wieder wegging, dann eine heftige Kolik um zehn, einfach aus dem Nichts, aus dem Schlaf heraus, er wurde ganz rot, schweißnass und forderte Nasenspray, Körnerkissen, Bolus und konnte dann zum Glück nach einigen Minuten wieder entspannen, sonst hätte ich ihm einen 2. Hub Fentanyl gegeben. Seine Brust tut immens weh und er kann sich kaum selber im Bett bewegen, kann den Kopf nicht richtig halten oder hochheben, um das Kissen zu drehen. Ich werde morgen früh direkt noch mal bei der Sanitätsfirma anrufen, sollen die wenigstens schon mal die Weichlagerungsmatratze bringen, vielleicht schafft die ein wenig Linderung.

Wenn ich so neben ihm liege, dann gehen mir so viele Gedanken durch den Kopf, einerseits kann das so nicht mehr lange gehen, diese Schmerzattacken sind einfach nur furchtbar und ich stehe dem, trotz der ganzen Medikamente, die ich einsetzen kann, so hilflos gegenüber. Ich kenne die Ursache nicht und es gibt auch nicht wirklich eine Therapie, das macht mich echt krank, Scheißpalliativregeln ... wenn ich dann mal auf den Kalender gucke, dann könnte Tobi wie eine Splitterbombe ganz viele Pläne zunichtemachen, Lukas und Tinki fahren am nächsten Wochenende in die Jugendferien, Stefan, Nicole und Robin wollen in Urlaub fliegen, Dr. Basu ist auch weg, der könnte mir vielleicht noch erklärend helfen, aber er braucht auch seinen Urlaub, doch ich habe ja die Möglichkeit, ihn anzuschreiben, von der ich im Notfall auch Gebrauch machen werde.

Und wer weiß, was die nächsten Tage bringen? Dieses Nicht-planen-Können, Von-Tag-zu-Tag-Gucken, das geht fast nur, wenn man die Außenwelt wegsperrt, das ist sonst kaum zu ertragen.

Und ich sperre weg, jeden Tag ein bisschen mehr, die selbst gewählte Isolation spart mir Kräfte, die ich für Tobi brauche.

Ich weiß gar nicht, ob ich geschrieben habe, dass Nina Kaletta, Tobis Kunsttherapeutin aus der Klinik, Tobi letzte Woche besucht hat. Ich glaube, das war Dienstag, bevor das Drama hier seinen Lauf nahm ... Tobi hat sogar den Fernseher ausgemacht und sich ein bisschen mit ihr unterhalten. Und er hat ein weiteres Bild verkauft, bei den Verhandlungen musste ich allerdings das Zimmer verlassen, stehe den Wucherpreisen eher skeptisch gegenüber, aber wenn es Tobi Freude bereitet ... Er hat Nina das Bild von Marge von den Simpsons verkauft, für 30 Euro; ich hatte eigentlich gedacht, dass ich das Bild mal Anke Engelke schenke, aber aus dem Plan wird dann wohl nichts! Auch egal, Tobi hatte auf jeden Fall Spaß und ich befürchte, eine „Was kann ich mir denn jetzt noch für mein Geld kaufen"-Diskussion ist nicht ganz fern.

Der Nachmittag und Abend waren wieder einigermaßen okay, keine Koliken mehr, etwas Apfel und Zwieback und ein paar Flips, die auch den Bauch nicht zusätzlich gereizt haben.

Tobi hat mit Papa und mir vor der Glotze gesessen, mehr geht eigentlich nicht mehr. Er liegt nur im Bett und kann sich nur schwer bewegen, hat Schmerzen in der Brust. Eine Banane machte dann den Abschluss, aber Tobi ist sehr unzufrieden damit, dass er nur so wenig essen kann, ganz im Gegensatz zu uns, wir sind froh, dass

er überhaupt essen kann, ohne diese furchtbaren Koliken zu kriegen. Aber vielleicht sind wir auf einem guten Weg mit meiner Kombinationstherapie und können das, was immer da auch ist, noch mal zum Teufel jagen. Tobis Plan für morgen ist, auf jeden Fall neue Dinge auszuprobieren. Morgen kommt das Palli-Team und es gibt vermutlich auch neue Blutwerte!

Ich hatte dann noch einen sehr netten Anruf aus England, Gareth rief an, nachdem ich vor ein paar Tagen mit Julie geschrieben hatte. Sie bot mir an, mal mit Gareth zu reden, der ja bekanntlich stundenlang reden kann, so als Ablenkung und Unterhaltung! Es tat sehr gut, mit ihm zu plaudern, obwohl mir das Englische deutlich leichter fiel, als ich es in Tübingen jeden Tag gesprochen habe. Es stellte sich das Tübingen-Gefühl ein, so ein bisschen beschwingt, unbeschwert, hoffnungsvoll, ich denke so gerne daran zurück.

Wir werden in Kontakt bleiben und wer weiß, vielleicht uns auch irgendwann wiedersehen. Ich bete nur so sehr, dass es Ryan weiterhin gut gehen wird, dass er seinen Krebs besiegt hat und dass den Engländern dieses Leid erspart bleibt.

... und wieder ist Montag, aber diesmal ein guter Montag! Es gab heute keine größere Kolik, nur ein paar ganz kleine. Kein Nasenspray war nötig. Auch das Essen ging besser, wir haben den Speiseplan um Cornflakes mit laktosefreier Milch erweitert, das ist zwar noch nicht wirklich befriedigend, aber ich finde, es ist ein ganz guter Weg!

Am Nachmittag kam Robin endlich wieder aus dem Urlaub zurück, *und Tobi?* Steht seit Mittwoch das erste Mal wieder aus dem Bett auf, spielt mit Robin am Geldautomaten, sogar zum Teil im Stehen ... und ist richtig gut drauf! Unglaublich! Ich habe sofort gedacht, den Geburtstag von Stefan können wir doch bei Stefan feiern, dann habe ich Tobi zur Toilette begleitet und entschieden, dass man diesen Weg Tobi vielleicht doch nicht zumuten sollte. Er ist sehr klapprig, noch magerer, die Punktionstellen an den Beckenkämmen sind ganz knubbelig, weil nur noch eine dünne Haut drüber ist, das schmerzt ihn da sehr, und die vorstehenden Wirbel, die gebrochen waren, sind schon recht rot gelegen.

Umso wichtiger ist die Matratze, ein Anruf beim Sanitätshaus brachte mich nicht weiter und der versprochene Rückruf blieb aus, sodass ich um 17:30 Uhr erneut dort angerufen und mit einer sehr netten Dame gesprochen habe, die sich morgen um alles kümmern will. Der Lattenrost ist eh eine Mietsache und preislich wohl das kleinere Problem, die Weichlagerungsmatratze ist das teure, über 700 Euro netto, ... und die Krankenkasse hat eben noch nichts genehmigt. Ich habe die Dame erst mal über Tobis Problematiken aufgeklärt, damit sie bei der Krankenkasse auch mit den richtigen Argumenten arbeiten kann! Bin gespannt, vermutlich liefern die dann direkt morgen, wenn Detlef nicht da ist, um die Schubladen aus dem Ehebett rauszuschrauben ... mal abwarten! Detlef macht morgen mit Frank, Niko und Tinki einen Ausflug zum Movie Park.

Dann war noch das Palli-Team mit Dr. Tippelt und Schwester Petra da. Es wurde Blut abgenommen und es werden sogar mal Leberwerte bestimmt, um die Koliken bei Tobi ein wenig besser zuordnen zu können! Ha! Toll! Ergebnisse kriege ich aber erst morgen, da sie so spät am Nachmittag erst da waren. Dann ist noch die Medikation ein wenig geändert worden, ich soll jetzt Novalgin und Buscopan fest zusammengeben, da das nicht im Baxtersystem angemischt werden kann. Deshalb mische ich das jetzt selber an und bin von den Baxterdingern weg. Hat den Vorteil, dass ich nicht so oft an Tobis Broviac muss, kann das so hintereinander laufen lassen. Ich rief dann sofort Herrn Brinker von der Apotheke an, um die Herstellung der Baxtersysteme abzusagen, sie hätten nämlich morgen neue hergestellt. Er klang etwas traurig, die Ampullen sind sicherlich nicht so lukrativ wie das Herstellen der Fertiginfusion. Aber das ist nicht meine Baustelle, ich find es eher gut, ist eh alles teuer genug.

Der Plan ist also jetzt fest:

7 Uhr – Novalgin und Buscopan, danach Ringerlösung,
ca. 12 Uhr – Vomex,
13 Uhr – Novalgin und Buscopan, abstöpseln (mit Heparin),
19 Uhr – Novalgin und Buscopan, danach Vomex, abstöpseln,
1 Uhr – Novalgin und Buscopan, abstöpseln.
Alles als Kurzinfusion über ca. 30 min, plus Nachspülung.
Morgens und abends noch Omeprazol als Kapsel für den Magen.
Bei Bedarf Kevatril gegen Übelkeit, Ibuprofen und Fentanyl-Spray gegen Schmerzen.

Damit bin ich dann ganz gut beschäftigt!

Außerdem gibt es Physiotherapie, um den kürzer werdenden Sehnen entgegenzuwirken, werde morgen mal in der Physiotherapiepraxis anrufen! Die machen ein Jubiläumsfest und wollen den Erlös für krebskranke Kinder spenden. Find ich eine tolle Idee, und durch Tobi bekommt das sicher auch eine noch andere Ebene.

Oma Hanne und Opa Heinz brachten Robin und konnten so auch mal wieder einen Blick auf Tobi werfen.

Niko zeigte mir heute im App Store neue Folgen von seiner Lieblingsserie „Alarm für Cobra 11“, und ich gab ihm Geld, damit er sich eine iTunes-Karte kaufen konnte, und schenkte ihm das Runterladen! Er fuhr sofort los, um alles in die Tat umzusetzen. Das anschließende Gucken war dann so spannend, dass er sich die Unterlippe blutig biss, – auch da immer was Neues. Er hatte aber einen angenehmen Nachmittag mit Ulrike, sie waren in der Gruga zusammen, wir haben den Ulrike-Tag vorgezogen, denn am Mittwoch soll Niko ja bei Stefans Geburtstag mitfeiern. Es ist toll, wie gut sie mit Niko klarkommt und wie unglaublich nett und liebevoll sie mit ihm umgeht. Sie ist echt eine Perle und ich bin ihr sehr dankbar für das, was sie tut.

Alles in allem war heute mal wieder ein Tag, der mich etwas zuversichtlicher in die Zukunft blicken lässt, wobei Zukunft für mich die nächsten Tage ... bedeutet.

DIENSTAG, 13.08.2013

Heute ist ein Tag, an dem die Zeit still zu stehen scheint ...

Detlef und Niko fuhren heute Morgen um 9 Uhr lautstark in Richtung Movie Park ab. Leider waren sie so laut, dass Tobi davon wach wurde und mitgekriegt hat, was los war. Er weinte bitterlich, und ich konnte nur mit ihm traurig sein. Ich sagte, wir müssen das genießen, was eben noch geht, zusammen zu sein, morgen Stefans Geburtstag zu feiern, schmerzfrei zu sein ... na, toller Trost, oder? Was für ein Mist. Er schlief darüber wieder ein, eng an mich gekuschelt. Ich versuchte auch zu dösen, brachte mich in Facebook und meinen diversen Häkelgruppen auf den neusten Stand, spielte Solitär, alles eng an den schlafenden Tobi gekuschelt. Um 12 Uhr gönnte ich mir mal einen Kaffee und ein Frühstück, erledigte einige Telefonate, hauptsächlich bezüglich der Matratze, denn ich will nicht, dass es noch mehr offene Stellen aufgrund von schlechtem Liegen gibt, der vorstehende Wirbel ist doch schon sehr gerötet, und machte mich an die Mittagsmedikation. Als ich das Vomex dranhängte, tauchte Tobi kurz aus seiner Ohnmacht auf und fragte, was ich da anhänge, Vomex, und er erwiderte: *„Prima, mir ist nämlich ein bisschen schlecht.“* Dann sank er wieder hinab, ich lag neben ihm und hielt und

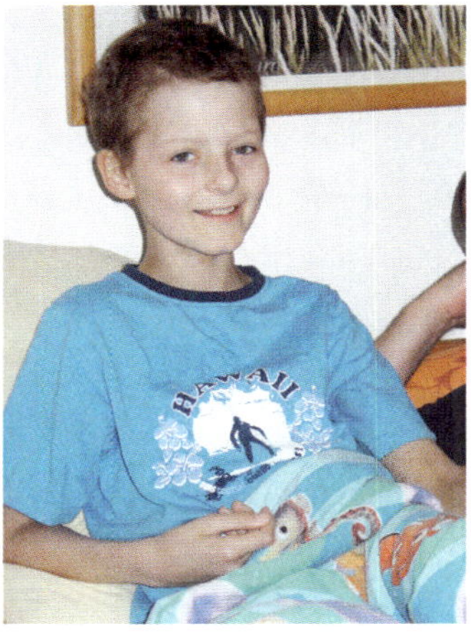

kraulte seine Hand. Leider musste ich dies circa halbstündlich unterbrechen, um andere Pullen anzuhängen, aber Tobi war immer froh, wenn ich erneut seine Hand nahm, sie drückte und festhielt.

Dann wurde unsere Zweisamkeit durch Frau Dr. Reschke gestört, die die Blutwerte durchgab ... der Hb ist auf 7,6 gestiegen, Leukos bei 5200, Granulos über 2000, Thrombozyten bei 122 000. Unglaublich! Die Leberwerte sind auch okay, sodass nicht von Gallensteinen ausgegangen wird, das ist ja mal was, sondern eher von Magengeschwüren, bei der jetzigen Medikation und den Leukos bin ich guter Dinge, dass da auch wieder ein Heilungsprozess einsetzt. Essen war heute aber ganz mau, er schlief ja um 18:30 Uhr immer noch.

Wenn ich so mit ihm alleine sein kann, dann ist das ganz intensiv, nichts stört, nichts unterbricht, er kann ruhen, ich kann einfach bei ihm sein und seine Nähe spüren, ihm Nähe geben, indem ich ihn sanft streichle, wenn er das mag. Wenn ich es mir wünschen könnte, dann wäre es schön, wenn er so die Welt verlassen könnte, in Ruhe, in Frieden und mit der Gewissheit, dass unser Liebesband durch nichts beendet werden kann, auch nicht durch den Tod.

Um kurz vor 20 Uhr ist Tobi dann doch noch wach geworden und war eigentlich ganz guter Dinge! Detlef und Niko kamen etwa 10 Minuten später, und es muss wohl ein schöner Tag gewesen sein!

Tobi fing dann noch an zu essen, Cornflakes, dann Honey Loops mit Milch. Detlef organisierte uns noch chinesische Nudeln und da die Galle ja nicht das Problem ist, hab ich mich getraut, ihm auch davon zu geben, und er hat es vertragen, sogar das anschließende Kinder Joy ging!

Er stand dann sogar auf, um für Onkel Stefan ein Geburtstagsgeschenk zu organisieren! Aber seine Schmerzen waren ziemlich stark, in der Brust vor allem. Beim Einschlafen klagte er dann über Schmerzen im Hals, links oben, da wo die lockere Schraube ist, kann das da denn nicht wenigstens Ruhe geben?

MITTWOCH, 14.08.2013

Mein Bruder wird 42! Also stand dieser Tag im Zeichen der Geburtstagsfeier, die wir angesichts der Umstände kurzerhand zu uns verlegt haben!

Der zweite Hauptpunkt war, dass die Sanitätsfirma das Bett brachte, und so versuchten Detlef und ich die Wohnung ein wenig auf Vordermann zu bringen. Detlef musste ja noch das Bett umbauen. Tobi hatte aber so starke Schmerzen, dass er nicht aufstehen wollte, um sich ins Wohnzimmer zu legen. Großer Mist und im Nachhinein wieder ein Dank an mein Bauchgefühl, das mich so gedrängt hat, dieses blöde Bett schnellstmöglich in die Wohnung zu kriegen!

Oma Gilla kam am Vormittag noch kurz vorbei, und Tobi war sogar wach, und die beiden plauderten ein wenig miteinander! Niko nutzte seinen 2. Gratistag im Movie Park, Frank war mit den Kids noch mal dorthin gefahren. Schwester Nathalie kam mittags und stellte die Morphinpumpe hoch, ich hatte kurz mit Dr. Reschke gesprochen, die sagte, dass man die Medikation halt wieder den Schmerzen angleichen muss. Aber ich befürchte, dass dies ein Riesensprung in Sachen Schmerzen ist, nicht nur Rippen, Sternum, sondern auch Hals, und abends machte die gesamte Wirbelsäule Probleme.

Am Nachmittag knubbelten sich dann alle, erst schellte die Sanitätsfirma und stellte den Flur voll mit Kartons und Lattenrostteilen. Dann kamen Oma Hanne und Opa Heinz und kurze Zeit später noch das Geburtstagskind mit Nicole und Robin. Tobi war mittlerweile mit Nasenspray und Bolus auf die Couch übergesiedelt, aber das Wahre war das nicht.

Nicole hatte Kindergeburtstagsutensilien besorgt und wir lachten herzlich, als alle Geburtstagskrönchen und -hütchen bekamen. Stefan war nach seiner Vorgeburtstagswoche ganz aufgeregt und packte gaaanz langsam seine Geschenke aus, genoss jede Sekunde, versuchte zu erraten, was dahintersteckte, und wir haben super gelacht, auch Tobi. Unsere zwei unruhigen Jungs, Niko und Robin, mussten zwischendurch aus dem Wohnzimmer raus, sonst wären sie durchgedreht, diese Ruhe und Zeit und Spannung war für beide unerträglich, *oder langweilig?*

Wir aßen Kuchen, Oma Hanne hatte extra fettarme Waffeln gebacken, die Tobi superlecker fand, sogar mit Sahne! Nicole hatte den tollsten Kuchen gemacht, den ich je gesehen habe, ein Herz mit Kinderschokoladenriegeln als Umrandung, wie ein Zaun, in der Mitte dunkle Mousse auf Kuchen, in der sich rosa Marzipanschweinchen aalten, unglaublich toll geworden! Auch Robin hatte einen Kuchen gebacken und es gab zusätzlich noch Onkel Stefans Zitronen-Orangen-Kuchen. Als es dämmerte, wollte Tobi unbedingt noch seine Wunderkerzen anzünden, und mit weiterem Fentanyl konnte er dann auf den Balkon und ein bisschen zündeln.

Niko kriegte von all dem nichts mit, er saß schmollend in seinem Zimmer, hatte sich von Tobi mal wieder einen Anschiss eingehandelt, weil er in Tobis Zimmer gegangen war und dem Opa eine von Tobis Knarren vorgeführt hatte, ohne Tobi zu fragen. Ein leidiges Thema, eigentlich Peanuts, aber Tobi ärgert das so, dass er beim Anschiss fast geheult hätte, und Niko kränkt das so, dass er den ganzen Abend nicht mehr aus seinem Zimmer rausgekommen ist. Alle haben noch mal versucht, ihn dazuzuholen, aber da ist er ganz stur, und eigentlich muss man ihn dann besser schmollen lassen, um das Ganze nicht noch zu verstärken.

Vom Balkon aus ging es direkt in Tobis neues Bett, er zeigte allen, wie man es elektrisch verstellt, und ich fand, dass es gut aussah. Allerdings fand er die Matratze sehr hart, es ist eine Schaummatratze, und ich denke, er muss sich da erst einliegen. Er hatte dann noch so Schmerzen, dass ich fürchtete, dass er aus dem Bett gar nicht mehr rauskommt ...

Ich machte schnell noch ein bisschen klar Schiff, Detlef und Niko machten sich ein Spiegelei, und ich legte mich zu Tobi, der Gesellschaft wollte, um zu schlafen. Als wir ungefähr eine Stunde gelegen hatten, aber Tobi noch wach war, fiel mir siedend heiß ein, dass er ja seine Magenmedis noch nicht geschluckt hatte, ich holte diese und Wasser in einer kleinen Flasche und, ungeschickt lässt grüßen, beim Versuch, ihn etwas aufzurichten, kippte ich einen Schluck Wasser auf seinen Ärmel! Großes Geheule setzte ein und Detlef und ich versuchten, ihn zu beruhigen, wir mussten sein Oberteil wechseln – und das alles unter schlimmsten Schmerzen. Ich gab ihm Morphinboli und stellte dabei fest, dass wir so großzügig damit umgegangen waren, dass die Kassette gerade mal noch für die Nacht reicht und Schwester Nathalie schon morgens anstatt mittags kommen muss, um zu wechseln! Hoffentlich kann sie ... Ich schickte ihr noch nachts eine Nachricht! Wenn Tobi solche Schmerzen hat, dann ist das kaum auszuhalten, und Detlef stellte direkt den ganzen Tag als zu viel für Tobi infrage, er kann das superschlecht ertragen und würde wohl am liebsten alle Aktivitäten, die Tobi noch will, untersagen, um ihn vor sich selbst zu schützen und ihn vor Schmerzen zu bewahren.

Aber was hat Tobi denn noch vom Leben? Diese Erlebnisse sind es doch, wonach er lechzt, was sein bescheidenes Leben im Moment noch ausmacht. Fernsehen und iPad-Spielen sind ja eh die Hauptsache, neben Schlafen, selbst Essen ist ja nur noch ganz spärlich und auch kein Gewinn für ihn, denn er hat immer Sorge, dass er wieder Koliken bekommt, und ernährt sich seit Tagen von Dingen, die er sicher verträgt, Toast mit Marmelade, Zwieback, Banane, Apfel und seit Kurzem wieder Cornflakes und Milch. Es ist echt Leiden, und es wird ja von Tag zu Tag eher schlimmer, immer gibt es zwar kurz wieder etwas angenehmere Tage, aber der nächste Hammer steht schon hinter der Tür, um gnadenlos zuzuhauen. Ich darf das auch nicht so nah an mich ranlassen, erst wenn Zeit dafür ist, ein Sterben, wie Tobi es erlebt, ist echt so heftig, dass man es seinem ärgsten Feind nicht wünschen würde.

Tobi ließ mich nicht von seiner Seite, und deshalb beschloss ich, vor eins zu schlafen. Detlef war so nett, mich dann kurz vorher zu wecken, dass ich Tobi nur noch die Infusion anhängen musste.

Auch das habe ich mit Dr. Reschke geklärt, Tobi kriegt von dem Buscopan Sehstörungen, das muss also ganz langsam laufen, mindestens über eine Stunde. Das mache ich dann tagsüber, für die Nachtsnovalgin lasse ich mir die Baxter anfertigen, denn die laufen maximal 20 Minuten, und da er abends eh Tabletten schlucken muss, kann er dann auch eine Buscopan dazunehmen, so kann ich wenigstens in der Nacht auch ein paar Stunden am Stück schlafen. Das ist zwar auch manchmal durch Pipi oder Tobis Stöhnen im Schlaf unterbrochen, geht aber noch eine ganze Weile ganz gut so. Es graust mir allerdings, wenn ich an den baldigen Schulbeginn denke, wie wir das dann handhaben. Detlef wollte vielleicht auch wieder arbeiten gehen, allerdings glaub ich das bei den letzten Schmerzentwicklungen eher nicht. Tobi wird vermutlich nicht klassisch an der Leukämie sterben, wie man das so vermuten würde, sondern an den Komplikationen der Medikation, die seine Schmerzen in Schach halten sollen …? Wir werden es sehen, ich habe allerdings sehr große Angst, dass es weiter schlechter wird.

DIALOG MIT MEINEM VERSTORBENEN KIND

Hallo, mein lieber Tobi!

Hallo Mama!

Wollen wir reden? Ich würde so gerne wissen, wie es dir geht.

Gerne. Es ist mir ja so unglaublich schwergefallen zu gehen, aber es geht mir jetzt soo gut. Und es ist gut, so wie es ist. Ich bin ohne Krankheit, ohne Schmerzen, ohne meinen zerstörten Körper.

Bist du im Himmel?

Ich weiß es nicht, ich bin noch nicht überall rumgekommen. Aber es ist so schön hier, hell und warm und lauter liebevolle Seelen, die sich auch um mich kümmern.

Bist du jetzt ein Engel?

Klar, hab ich doch gesagt, ich bin doch jetzt dein Schutzengel!

Ich vermisse dich so sehr und ich wünsche mir so sehr ein Zeichen von dir. Allerdings habe ich heute in der Kirche das Thomas-Evangelium gehört: „Selig sind die, die nicht sehen und trotzdem glauben."

Glaube mir, es geht mir gut, und wenn deine Lebensuhr abgelaufen ist, dann warte ich auf dich und werde dich in meine Arme schließen. So bin auch ich empfangen worden. Es waren viele Seelen da, die mich empfangen haben, ich bin nicht allein.

Das zu hören, macht mich sehr glücklich, Tobi.

Ach, Mama, ich hab dich so lieb und ich bin immer bei dir.

Ach, Tobi, ich trage dich immer mit mir im Herzen, bis wir uns eines Tages wiedersehen.

(Geschrieben beim Schreibseminar mit Barbara Pachl-Eberhart am 27.04.2014)

Ich hatte ja nachts schon gesehen, dass die Morphinpumpe heute früh gewechselt werden muss, und Schwester Nathalie kam bereits um kurz nach 9 Uhr. Vorher gab es schon die 7-Uhr-Infusion und Kevatril, die Morphinerhöhung macht immer Übelkeit, ist zwar eigentlich komisch, denn mit den 23 Boli seit dem letzten Wechsel hat er sich ja viel Morphin zusätzlich gegeben, vielleicht wirkt das aber auch mit der Erhöhung der Grundrate zusammen. Gestern wurde auf 1,2, heute auf 1,5 erhöht.

Frau Dr. Reschke war auch beunruhigt und wollte erst vorbeikommen, um ihm so viele Bolis zu geben, bis er schmerzfrei ist, und dann die Dosis anpassen, aber das ist wohl die letzte Option, die will ich noch nicht, denn dann kotzt er wahrscheinlich sofort. Aber trotzdem gut zu wissen! Wir verblieben so, dass sie sich noch mal melden würde und dann würden wir weiter entscheiden!

Meinen Niko-Nachmittag habe ich wieder abgesagt, wenn es Tobi so geht, dann muss ich bei ihm sein, dann kann ich nicht gehen! Aber der Plan steht für morgen Früh, 10 Uhr, dann kommt Schwester Nathalie und ich versuche erneut, mal nur Zeit für Niko zu haben. Um 14 Uhr habe ich einen Gesprächstermin mit Frau Bünk und um 15:30 Uhr hat Niko Geschwistergruppe vom KinderPalliativNetzwerk.

Nikolas wollte heute mal nichts machen und traf sich mit Tinki, sie verlebten einen Draußentag im Geheimversteck mit anschließendem Schwimmen bei Oma Aggi! Tobi war den ganzen Tag sehr schlapp und schweigsam, Detlef lag heute Morgen lange bei ihm, meine Chance, mal wieder Lebensmittel-Shopping zu machen, dann lagen wir lange gemeinsam. Leider musste er sich wie erwartet übergeben, dabei brach vermutlich eine weitere Rippe auf der linken Seite.

Er hatte danach starke Beschwerden dort. So ein Mist, trotz fester Medikation gegen Übelkeit konnte ich das nicht verhindern. Am Abend schlief Tobi ein, zuckte fürchterlich im Schlaf und ich hielt seine Hand *(oder er meine?)*. Der Galgen für das Bett wurde auch noch spät geliefert. Aber die Ruhe dauerte nur ein gutes Stündchen, dann war Tobi wieder da und wir guckten weiter fern. Ich gab ihm heute zwei Mal das Fentanyl, weil er zu den blöden Rippenschmerzen auch noch Schluckauf bekam. Brechen musste er dann am späten Abend auch noch mal, ich hoffe, dass das morgen besser wird.

Um seine Verdauung mach ich mir auch wieder Sorgen, ich hoffe, dass es sich wie beim vorletzten Mal mit Drüberschreiben von selbst erledigt! Veronika aus München rief an und erzählte mir von dem Buchprojekt, an dem Faye und Tobi in Tübingen teilgenommen hatten. Das Buch heißt „Ich hab jetzt die gleiche Frisur wie Opa“ von Kathrin Feldhaus und Margarete Mehring-Fuchs. Fayes Text ist unglaublich toll, sie hatte sich mit dem Thema Tod schon lange auseinandergesetzt und ganz klare Vorstellungen. Ich habe angefragt, ob auch Tobis Text gedruckt wurde, den hätte ich sehr gerne auch gelesen. Außerdem erzählte sie mir noch von einem Erlebnis, das belegt, dass man mit positiven Gedanken ganz viel erreichen kann, und ich bin sehr dankbar, dass sie mich an ihren Erfahrungen teilhaben lässt.

Ich bin sehr gespannt auf die Filmaufnahmen von Tobi, die vermutlich im November 2013 im Rahmen der ARD Themenwoche *„Glück“* ausgestrahlt werden.

FREITAG, 16.08.2013

Heute Morgen um 10 Uhr kam Schwester Nathalie, damit ich mit Niko ein bisschen Zeit verbringen konnte. Detlef legte sich zu Tobi, und Schwester Nathalie saß im Wohnzimmer und war einfach da, wenn es nötig gewesen wäre. War es zum Glück nicht, ich ließ sie aber die 13-Uhr-Infusion und Kevatril geben. Dazu musste ich mich förmlich vergewaltigen, weil ich ja in der Wohnung war, aber ich habe es geschafft!

Mit Nikolas bin ich Brombeeren pflücken gegangen, wir haben dabei reden können, aber er verlor leider schnell die Lust, es war aber auch knackig warm, und sogar mir tropfte der Schweiß von der Stirn! Auch mal wieder eine schöne Erfahrung, das hatte ich schon länger nicht mehr. Wir erbeuteten aber fast einen Eimer voll und den konnte ich dann zu Hause noch verarbeiten!

Schwester Nathalie habe ich um 14 Uhr in den Feierabend geschickt, habe alles entsaftet und zum Kochen vorbereitet. Niko half mir ein wenig, hatte aber dann Schmerzen in seinem kleinen Finger, der ist ein bisschen verstaucht und dick.

Er hat es im Moment wirklich richtig schwer, und ich werde am Montag mal beim Palliativnetzwerk anrufen, um mir für ihn weitere Hilfe zu erbitten. Er wollte auch eigentlich nicht in die Geschwistergruppe, ging aber dann doch mit Tinki hin und es war wohl auch ganz gut. Anschließend machten sie noch Unsinn draußen im Geheimversteck. Dann hatten wir noch ein trübes Aquarium, Detlef hatte gestern eine neue Pumpe gekauft, allerdings benötigten wir auch einen neuen Filter, also heute noch mal hin und alles umgetauscht!

Frau Bünk hatte ich abgesagt, nach einem Vormittag ohne Tobi wollte ich einfach neben ihm liegen und hätte keine Ruhe für ein Gespräch gehabt. Tobi hatte einen von Übelkeit geprägten, sehr müden Tag und wurde erst am späten Nachmittag munterer. Allerdings aß er nichts, hatte dafür aber Durst, deshalb habe ich ihm wieder die Ringerlösung gegeben. Zweimal Vomex und dreimal Kevatril gab es heute, ich hoffe, dass es morgen wieder besser geht, ich werde ihn noch mal zum Essen animieren, Verdauung hatten wir heute bereits medikamentös angeregt, allerdings ohne Erfolg. Auch da könnte das Übelkeitsproblem liegen, werde morgen mal was anderes versuchen.

SAMSTAG, 17.08.2013

Das Tagesresümee fällt mir heute Nacht etwas schwerer, habe schon einmal geschlafen, nachdem ich mit Tobi „Indiana Jones" geguckt und danach bei ihm gelegen habe, um seine Bauchschmerzen zu lindern und ihm meine Nähe zu geben. Die Kraft reichte heute nur bis zum Ende des Films, danach war er so erledigt, dass er schnell einschlief und ich ebenfalls!

Detlef hatte sich wachgehalten, um mich zur Infusion zu wecken, aber mein innerer Wecker hat selbst um 0:45 Uhr geklingelt. Der Tag heute hatte auf jeden Fall keine neuen Katastrophen zu bieten.

Tobi schlief bis 15 Uhr, Detlef und ich hielten abwechselnd Wache, Tobi ist ungern allein und meiner Meinung nach viel entspannter, wenn er nicht alleine liegen muss. Im Schlaf sieht er so aus, als würde er bald seinen letzten Atemzug tun, aber wenn er dann wach wird und sagt: *„Können wir jetzt zusammen fernsehen?"*, ist er wieder so lebendig!

Niko brachte ich um 13 Uhr zur Oma, für ihn ergab sich heute eine Zeltübernachtung bei und mit Robin (super, das wollte er immer schon mal machen!) und für morgen die Aussicht auf Toverland, auch total super!

Da bin ich ganz dankbar dafür, dass er wieder etwas Schönes erleben darf! Tobi guckte fern und Oma Gilla und Opa Peter kamen, um ihn wenigstens mal anzusehen! Und was hatten die beiden endlich mal für ein Glück!

Tobi war richtig in Plauderlaune, ließ sich sogar von Oma den Fuß kraulen! Das hat mich so gefreut, dass nach den vielen Zurückweisungen auch mal wieder ein Schritt in die andere Richtung erfolgt ist, das hat ja mit Liebe nichts zu tun, lieb hat er alle, die ihm nahestehen, es ist einfach tagesformabhängig und heute war es toll, dass die beiden mal einen guten Tag erwischt haben!

Tobi litt zwar den ganzen Tag wieder unter Übelkeit, ließ sich heute sogar auf MCP-Tropfen ein (in Honig ...) und fing danach sogar an, ein wenig zu essen. Zwei Esslöffel Obstsalat und zwei Bissen Toast mit Käse und ein Schokoflake (so ähnlich wie Choco Crossi), der ihm aber nicht schmeckte. Er hatte so Appetit auf was Süßes!

Ich bemerke, dass es langsam Herbst wird, es ist morgens um 7 Uhr schon wieder dämmrig. Detlef hat den ersten Herbstschnupfen, wahrscheinlich aus dem Movie Park. Ansonsten warten wir weiter, erwarten die Erlösung, was für eine krasse Lebensphase, und das bereits wochenlang.

SONNTAG, 18.08.2013

Eine kurze Zusammenfassung meiner Nacht:

22:30 UHR Ende des Films, gemeinsames Einschlafen mit Bauchweh (von Tobi, mir geht es zum Glück ja gut!)
0:45 UHR Innere Uhr schlägt Alarm, Infusion mit Novalgin, Tabletteneinnahme nicht möglich
2 UHR Bauchweh, Körnerkissen
3 UHR Bauchweh, Körnerkissen, Pipi
5 UHR Starkes Bauchweh, Körnerkissen, Umlagern auf die linke Seite, vielleicht krampft der Magenpförtner, wenn er auf der rechten Seite liegt? Ich bin ziemlich ratlos und unendlich müde ...
6 UHR Erneut Körnerkissen, wegen gefühlter Kolik Fentanyl-Nasenspray, nach 10 Minuten ein 2. Hub

Vorziehen der Buscopan-Novalgin-Infusion (vielleicht fehlt auch Buscopan, Tabletten wurden ja nicht genommen …), Kevatril vorher und Morphinbolus

7 UHR Wecker, Infusion noch nicht ganz durch

7:25 UHR Wecker, Umstecken der Flasche, Nachspülen

8 UHR Wecker, Vomex-Infusion

9 UHR Wecker, Umstecken zum Nachspülen und Aufstehen, vorher Pipi und ein dankbares, schmerzfreies Kind, das haucht, es tut mir leid, dass du so schlecht geschlafen hast, dass die Nacht so blöd war …

9:45 UHR Unsere lieben Freunde Claudia und Frank kommen doch nicht zum Frühstück, Detlef ist ziemlich stark erkältet (hoffentlich steckt er Tobi nicht an …) und Claudia will kein zusätzliches Risiko eingehen, denn morgen ist ja für sie Klinik und OP angesagt (alles, was ich hab, ist dafür gedrückt!)

9:50 UHR Der liebe Frank bringt frische Brötchen, danach Frühstück und um

10:15 UHR erneut ins Bett, Weiterschlafen klappt nicht sofort, beobachte Tobi, der nur 4 bis 6 Mal pro Minute atmet … (mit Stoppuhr gemessen)

BIS 12:30 UHR – Innere Uhr sagt: Bereitmachen für die nächste Infusion

… und wie fühlte sich Tobi wohl?

Bestimmt ganz furchtbar schwach und müde und sterbenskrank, und ständig wurde er durch Bauchkrämpfe wieder aus dem angenehmen Dämmerzustand gerissen. Den Nachmittag haben wir dann mit Fernsehen verbracht, Claudia und Frank guckten kurz vorbei, Tobi hatte einen Schutzengel, den er Claudia für morgen mit ins Krankenhaus geben wollte. Er war aber recht müde und wieder gequält von Übelkeit.

Am Abend guckten Stefan und Nicole kurz rein, anschließend holten sie Robin und Niko ab, die einen schönen Tag im Toverland hatten, und auch die Zeltübernachtung hatte wohl gut geklappt. Niko verbringt die heutige Nacht bei Stefan, ich telefonierte kurz mit ihm und er hörte sich ganz gut an, fröhlich und mit Freude auf die kommende Nacht bei Stefan.

Tobi hat dann noch Hunger bekommen, das gab es die letzten Tage ja gar nicht, er hatte aber ganz große Angst vor erneuten Koliken. Nach einem Miniwackelpudding wollte er unbedingt herzhaft essen und er versuchte einen Toast mit magerem Kochschinken. Aber er hat nur zwei Mal ein Bröckchen abgebissen, dann war schon wieder Panik und Übelkeit da. Heute habe ich ja bereits um 6 Uhr mit der Übelkeitsmedikation begonnen und bin auf 3 je Medikament gekommen.

Habe dann um 22 Uhr noch kurz mit jemandem vom Palli-Team gesprochen, morgen früh ist ja große Besprechung mit allen Beteiligten und da müssen die sich noch mal was einfallen lassen, die Situation ist unerträglich für Tobi, ständig ist ihm schlecht, Hunger und Angst vor Krämpfen ... außerdem möchte ich für Nikolas weitere psychologische Betreuung, denn er kommt mit der Situation wohl noch schlechter zurecht, als wir alle es eingeschätzt haben.

Ich hoffe so sehr, dass Tobi heute eine bessere Nacht hat, ihm zuliebe, aber ein bisschen auch mir!

MONTAG, 19.08.2013

Der heutige Morgen stand im Zeichen von heftiger Übelkeit bei Tobi, der ich um 7 Uhr mit Kevatril und um 9:30 Uhr mit Vomex entgegenwirkte. Des Weiteren waren meine Gedanken in Düsseldorf bei Claudia, ihre heutige Operation ist gut verlaufen und ich war superfroh und erleichtert, als sie mich am späten Mittag anrief.

Tobi hatte heute den schwächsten Tag, er schlief lange und wurde kurz vor Claudias Anruf wach. Leider war ihm heute so schrecklich übel, dass er sich auch noch übergeben musste. Tiefgrüne Galle, mein armes Kind, die sah aus, als wäre sie eine Sammlung von einigen Tagen. Dr. Reschke rief an und teilte mir mit, was in der Besprechung noch überlegt wurde:

Gegen Übelkeit gibt es jetzt alle 3 Tage ein halbes Scopoderm-Pflaster, die kennen wir vom Segeltörn, gegen Seekrankheit.

MCP kriege ich als Ampulle und kann ihm das per Kurzinfusion in 100 ml Kochsalz geben, also keine Tropfen mehr.

Tobi muss abführen, es kommen 2 Einläufe, habe Schwester Nathalie schon angerufen, dass sie das mit mir zusammen macht, sie kommt um 19 Uhr eh zum Kassettenwechsel und dann machen wir das.

Tobi muss Abführtropfen nehmen, aber Flüssiges geht doch so schlecht! Ich hatte ursprünglich die Idee, die 5 Tropfen in eine Leerkapsel zu füllen, und bekam dafür auch Leerkapseln. Falls jemand mal Bedarf an Placebos hat, ich könnte mit den Leerkapseln helfen! Der liebe Mitarbeiter der Apotheke kam aber auf die Darreichungsform mit den Dragees und die sind natürlich besser! Tabletten schlucken ist für Tobi ja kein Problem!

Ich habe mich sehr über diese neuen Ideen gefreut und war fast beschwingt, dass es Tobi hoffentlich bald besser geht. Aber sein Istzustand sagt was ganz anderes, so ausgeknockt war er heute, nahe dem Brechen döste er immer wieder ein, war superblass, auch an den Lippen, und sah richtig schlecht aus, sodass ich schon überlegt habe, ob der Einlauf überhaupt noch sein muss, ist ja eine enorme Quälerei, und ich habe jetzt schon so viele Tage auf alleinige Verdauung gehofft, sie versucht herbeizureden, aber das hat ja leider nicht geklappt. Ich erhoffe mir, dass die furchtbare Übelkeit endlich erträglicher wird und dass er vielleicht doch noch mal ein bisschen essen kann, er ist doch schon so dürr und kraftlos, dass man Sorge haben muss, er verhungert.

Der Einlauf selber gestaltete sich als gar nicht so furchtbar, es war zwar sehr unangenehm für Tobi, er musste auf der linken Seite liegen beim Einführen und dann 15 min einhalten, was er auch gut geschafft hat. Leider blieb der Erfolg aus, außer ein bisschen Schleim kam nix.

Die Verstopfung liegt wohl höher, und ich hoffe, dass die Dragees jetzt helfen, ich habe nur so Angst, dass ihm das wieder Koliken verursacht. Ich soll ihm das heute Abend geben, also zur Nacht, mit den anderen Medikamenten, weil es 8 bis 10 Stunden dauert, bis es wirkt. *Na, tolle Aussichten für die Nacht!*

Tobi war nach dem Toilettengang so erschöpft, dass er gleich einschlief. Detlef hatte schnell das Bett frisch bezogen, man muss ja die Gunst der Stunde nutzen, dann muss er wenigstens nicht zusätzlich aufstehen. Und wie er so liegt in seiner „Wilde Kerle"-Bettwäsche, da kommen mir die Gedanken, ist das wohl die Bettwäsche, in der er stirbt? Schaffe ich es, ihm noch mal ein paar schöne Tage mit etwas Essen zu ermöglichen? Schafft er es? Wie viel Zeit bleibt?

Niko ist ja seit einigen Nächten nicht mehr zu Hause gewesen, auch heute kam er nur ganz kurz, um mir einen Blumenstrauß zu bringen und um sich ein bisschen beschmusen und küssen zu lassen. Für ihn ist es so unerträglich zu Hause, dass ich es begrüße, dass er im Moment öfter weg ist. Das gibt Tobi und mir die nötige Ruhe und ermöglicht Niko ein halbwegs normales Leben und er ist nicht ständig mit dem sterbenden Bruder konfrontiert. Morgen kommt Frau Bünk und ich hoffe, dass sie Neuigkeiten für eine weitere Betreuung für Nikolas hat, denn die braucht er wohl dringend und wohl auch längerfristig.

DIENSTAG, 20.08.2013

Der heutige Tag war der entscheidende Tag für die Übelkeitsbekämpfung.
Und: SIEG!
Tobi hatte ja gestern Nacht die erste Abführkugel genommen und bereits heute Nacht um 1 Uhr musste er das erste Mal zur Toilette, allerdings wieder ohne Erfolg.

Die Nacht war ansonsten vollmondgeprägt, Tobi erlebte genau wie ich Fall-Träume, sicher ein Fall für den Psychologen. (Hatte vor vielen Tagen einen Traum, in dem ich selber Leukämie hatte und auf der Arbeit den Rat bekam, zu gehen und zu leben, zu erleben, verrückte Dinge zu tun, das war ein ganz schreckliches Gefühl.)

In meinem heutigen Traum fuhr ich im Auto über eine bekannte Autobahnbrücke an der A52 und auf dem Bürgersteig liefen ein Papa und sein Kind, vielleicht 3 bis 4 Jahre alt. Es hüpfte auf der anderen Seite des Geländers, stolperte und fiel runter und landete bäuchlings auf dem mittleren Randstreifen der Autobahn, der Papa sprang sofort in gleicher Weise hinterher. Ich versuchte per Telefon den Notarzt zu rufen, scheiterte aber an der Ortsbeschreibung ... Tobi fiel in seinem Traum selber, er fuhr Schlitten und fiel in Löcher.

Wir erzählten uns heute Morgen um 6 Uhr davon, danach bereitete ich schnell Kevatril vor und die erste Infusion. Die Übelkeit quälte ihn weiter und deshalb schob ich direkt die MCP-Infusion hinterher. Und bald danach auch noch Vomex. Frau Bünk hatte sich heute Morgen in der Uhrzeit vertan, sie kam erst gegen 10 Uhr. Wir sprachen hauptsächlich von Nikolas, und sie gab uns den Rat, ihn jetzt nicht zu einem Psychologen zu schleppen, das würde sein Gefühl, dass mit ihm was nicht stimmen würde, nur verstärken.

Stattdessen empfahl sie und auch der Leiter der Geschwistergruppe, dass wir ihm ganz viel Liebe und Zuwendung zukommen lassen sollten. Ich muss mir fest Zeit für ihn nehmen und habe mir überlegt, dass ich auch abends mindestens eine

Stunde nur bei ihm sein könnte, zusätzlich zu einem Nachmittag, an dem Schwester Nathalie kommt und Tobi versorgt. Das fällt mir wirklich sehr schwer, fühle ich doch, als möchte ich nicht eine einzige Sekunde mit Tobi verpassen, aber ich habe zwei Kinder und muss auch dem zweiten irgendwie gerecht werden.

Zusätzlich empfahl sie, dass Detlef mit Niko „in Urlaub" fahren soll, wenn auch nur für ein paar Nächte. Er setzte das auch sofort um und plante für nächste Woche, aber ich drängte ihn, es bald zu tun, denn wer weiß, was nächste Woche ist. Sollte sich Tobis Zustand verschlechtern, würde das ja wieder ins Wasser fallen. Was du heute kannst besorgen ... Deshalb fährt er von Donnerstag bis Samstag mit Niko nach Bremerhaven, mit einem Ausflug nach Langeoog.

Noch während Frau Bünk da war, hatte Tobi die lang ersehnte Verdauung! Jubel!

Sie fragte, ob man Tobi die Lage mit einem Toilettenstuhl erleichtern könnte, ich hätte schwören können, dass das überhaupt nicht infrage kommt, den hat er in der Klinik gehasst! Aber Tobi beantwortete die Frage danach mit einem: *„Das ist eine gute Idee ...“*, so schwach und beschwerlich ist ihm alles.

Wieder im Bett las ich ihm eine Traumreise vor, die hatte ich mir 2010 für die KMT mal ausgedruckt, da war das aber doof, heute schlief er ganz schnell dabei ein, meine Hand haltend und genießend.

So lagen wir bis zur nächsten Infusion, und ich lud weitere Traumreisen für Tobi und eine Anleitung zur Pizzamassage – dabei liest man einen Text und knetet den Rücken, als ob man eine Pizza macht – für Nikolas runter.

Die Übelkeitsmedikamente gab ich Tobi heute volle Kanne, er muss endlich diese Übelkeit loswerden. Er schlief und döste sehr viel. Tatsächlich konnte ich ihn am Nachmittag zu ein paar Bröckchen Zwieback überreden und zu Roibuschtee Vanille. Stefan, Nicole und Robin kamen, um sich für neun Tage Ibiza zu verabschieden. Das war die Reise, die ursprünglich mit Oma Hanne, Opa Heinz und Niko geplant war und von der ich dachte, dass Tobi da schon längst nicht mehr leben würde. Opa Heinz hat die Reise aber storniert, weil Tobi sich ja erholt hat, und er hat recht behalten mit seiner Vermutung.

Tobi nahm das ziemlich gelassen hin, ich hätte gedacht, dass ihn das stärker belastet hätte. Wir haben ihm auch von Detlefs und Nikos Plänen erzählt und ich habe ihm gesagt, dass es Niko im Moment nicht gut geht und ich mich auch um ihn kümmern muss und das auch werde, mit Unterstützung von Schwester Nathalie. Auch das nahm er einfach so hin.

Witzig war, dass Tobi während des Besuchs die Kräfte verließen und er einschlief, Robin und Nicole direkt mit ihm, und Robin hat so geschnarcht, dass Tobi lachend wach wurde und sich das Kissen über die Ohren gehalten hat!

Abends kam Nikolas, und ich überschüttete ihn erst mal mit Liebe, ich hatte ihn auch echt vermisst. Er erzählte mir ganz stolz: *„Ich fahre mit Papa in den Urlaub!"* Zuerst war er sehr überdreht und laut, unsicher, das legte sich auch bis zum Einschlafen nicht wirklich.
Ich machte mit ihm die Pizzamassage, das gefiel ihm sehr!

Tobi aß noch einen halben Toast mit Marmelade und trank einen weiteren Tee, abends versuchte er ein paar POM-Bären, welch ein Genuss für ihn! Und alles ohne Übelkeit! Ich bin so begeistert! Habe aufgeschrieben, was ich ihm wann gegeben habe an Medikamenten, so versuche ich es morgen wieder! Zur Nacht aß er noch ein Kinder Joy und er fragte mich (eine McDonald's-Werbung lief im Fernsehen), ob ich glaube, dass er auch noch mal einen Burger essen könne, und nach dem heutigen Tag konnte ich sagen: „Ja, das glaube ich." Wir sollten nur nicht übermütig werden, denn ein Burger ist ja eine Wahnsinnsportion, aber ein Stückchen halte ich für realistisch. Uns standen beiden die Tränen in den Augen vor Glück! Wenn McDonald's das wüsste!

MITTWOCH, 21.08.2013

Heute war wieder ein ganz müder und schläfriger Tag. Tobi verlässt nach und nach die Kraft, die neuen Übelkeitsmedikamente machen auch richtig müde, gestern hat er auch am Nachmittag geschlafen, heute ist er schon während der MCP-Infusion eingeschlafen. Vorher waren Oma Gilla und Opa Peter da und konnten eine halbe Stunde seiner Zeit mit ihm verbringen!

Niko hatte heute Ulrike-Tag und die zwei haben einen Ausflug ins Eisenbahnmuseum Bochum gemacht. Er ist immer recht entspannt und fröhlich, wenn er mit Ulrike loszieht und wiederkommt. Detlef hat Claudia im Krankenhaus besucht und war am Nachmittag auch unterwegs, er brachte einen Big Mac mit, von dem

Tobi zwar nur einen Bissen nahm, aber den mit Genuss, die Übelkeit folgte jedoch recht schnell. Ich denke, die jetzigen Medikamente reichen, allerdings hat er heute bis auf den Bissen Burger und ein paar Bröckchen Vollkornbrot mit Nutella nichts gegessen.

An mir nagen schon wieder die Zweifel, ob mein Einsatz wirklich so okay ist, ich versuche ihm seine Situation so angenehm wie möglich zu machen, aber verlängere ich vielleicht sein Leiden, indem ich ihm Essen anbiedere, sein Verdauungssystem wieder in Gang gebracht habe, obwohl da ja schon alles brachlag, ... ihm Flüssigkeit gebe, wer weiß, was wäre, wenn er durch Trinken seinen Flüssigkeitshaushalt regeln müsste. Aber ich kann aus meiner Mutterrolle irgendwie nicht raus, und Versorgung ist da wie ein Instinkt. Und es kann mir keiner eine Antwort darauf geben und ich kann ja auch nur auf meinen Bauch hören, aber je schwächer er wird, und diesmal wird er dann wohl auch sterben, je weniger will ich ihn gehen lassen. Nein, ich will ihn nicht weiter leiden sehen, aber ich will auch nicht, dass er dann weg ist, fort für immer, so endgültig. Und der Tag rückt näher und näher.

Abends haben wir zusammen „Die strengsten Eltern der Welt" gucken wollen, Niko brauchte mal wieder eine harte Ansage von mir, war sehr bockig, aber das nur am Rande, danach war er wieder recht lieb. Er guckte also mit Tobi und uns zusammen, als Tobi plötzlich sagte, dass es ihm nicht gut ginge, und dann fing er auch schon an zu weinen, wie schlecht es ihm gehe und wie blöd das Bett ist und überhaupt ... das ist echt hart, weil, *was soll ihn trösten?*

Was soll man sagen außer: Ich bin mit dir traurig und du hast es wirklich sehr schwer!? Ihm ist wohl mal seine Situation so richtig bewusst geworden, *vielleicht ausgelöst von Nikolas, der neben ihm im Bett lag? Oder durch Detlef und mich, die auch mit im Raum waren? Oder durch uns alle, die wir weiterleben dürfen? Wie verzweifelt muss Tobi sein?* Ich habe ihm gesagt, dass er so toll ist, seine Lage so toll meistert, so tapfer ist, so ein tolles Kind ist. Dass ich ihn ganz schrecklich doll liebe und dass ich den Weg mit ihm mitgehe, ihn begleite. Aber auch da ist dann plötzlich Leere in meinem Kopf und auch in meinen Worten, ich begleite ihn, aber nur noch ein kurzes Stück ... *und was kommt wohl dann?*

Morgen fahren Detlef und Niko nach Bremerhaven und ich werde mich mit Tobi in unserem Nest einbuddeln, ihn beschützen, pflegen und umsorgen.

TRÄNEN

Tränen müssen geweint werden. Dazu sind sie da.
Ich kenne viele unterschiedliche Tränen.
Schmerzhafte, die wie Eiter aus einer Wunde brechen, zäh und heiß.
Die einen schütteln, als gäbe es kein morgen.
Es gibt aber auch die erleichternden. Das Fass ist voll und muss geleert werden.
Diese Tränen schmerzen nur wenig, aber es ist erstaunlich,
dass noch Restflüssigkeit für die Nieren bleibt.
Ich habe auch Tränen der Freude und des Glücks geweint, leider viel zu selten.
Diese fühlen sich besonders an, Tränen, die wie kleine Diamanten
die Wange herabperlen,
während das Herz vor Glück fast zerspringt.
Wenn ich heute weine, dann läuft das Wasser mit sanftem Strom die Wange herab
wie ein Bach, immer neue kleine Wellen, und endet auf den Lippen,
salzig und ein wenig bitter.
Es schmerzt nicht tief und es erleichtert auch nicht,
es sind Tränen, die geweint werden müssen,
damit das Leben weitergehen kann.

(Geschrieben am 17.12.2013)

Heute war großer Urlaubsantritt! Ich vermisse mein nach Leben duftendes, immer etwas angedrecktes, fröhliches Kind jetzt schon! Ich hoffe, dass die beiden ein paar schöne Stunden miteinander verbringen werden. Tobi und ich haben das auf jeden Fall vor, wenn wir uns nach Tobis Rhythmus richten können, dann ist es für Tobi, glaube ich, ganz toll! Wie für ein Baby, das schlafen darf, wenn es will, und essen kann, wenn es Hunger hat, und nicht nach der Uhr.

Wir verabschiedeten uns heute Morgen, Tobi war richtig früh wach, er nahm sich aber einige Auszeiten tagsüber, am liebsten ist ihm ein kurzer Fernsehschlaf! Unterbrochen wurde der Tag durch einen Besuch von Oma Hanne und Opa Heinz, die uns mit ein paar Sonderwünschen (Weizenkleie für Oma Gillas Apfeljoghurt!) versorgten. Tinki und Oma Aggi schauten auch kurz rein, Tinki kam heute aus ihrem Pferde-Ferien-Camp zurück. Ansonsten passierte nicht viel, ich hängte Infusionen an und um, brachte Tobi Kleinigkeiten aus der Küche und ich fand, heute hat er für seine Verhältnisse ganz gut gegessen, Miniportionen, aber viel Verschiedenes: Cornflakes mit Milch, Hähnchenwurst-Brot, Joghurt mit Apfel und Weizenkleie, eine halbe Flasche Müllermilch Coco-Schoko, zwei große Tassen Roibuschtee Vanille und zum Abschluss POM-Bären! Es wäre wohl zu schön gewesen, aber die Müllermilch machte ganz schnell MUH und wollte nicht bei Tobi bleiben, Mist.

Außerdem konnte ich ihn mal waschen, ist sonst immer ein Drama, aber unter die Dusche geht wohl nicht mehr, dann war noch die Sanitätsfirma da und brachte den Mercedes unter den Toilettenstühlen ... stöhn, und nahm ihn auch direkt wieder mit! Ich hoffe, dass morgen ein neuer Versuch gestartet werden kann, vielleicht reicht ein einfacher?

Dann bekam ich heute die erwartete E-Mail mit dem Text von Tobis Interview aus Tübingen. Fayes Text hatte mich ja schon sehr berührt, aber Tobis Text steht dem in nichts nach. Hier ist er ohne weitere Worte:

Tobias (11) ALL (Akute Lymphatische Leukämie)

Alleine im Himmel

Ich hatte ständig Rückenschmerzen, und mindestens zehn Wirbel sind gebrochen, wie bei alten Frauen. Nach drei Monaten wussten die Ärzte, dass es Leukämie ist und dass die Krankheit lange dauern würde. Ich war ja erst neun Jahre alt und habe das nicht so geschnallt. Meine Mama hat mir das von den bösen Zellen erzählt und dass diese mit Chemotherapie kaputtgemacht werden müssen, ab da habe ich es begriffen. Seit der Zeit geht es so: krank, gesund, krank, gesund und jetzt wieder krank.

Ich habe zweimal Stammzellen bekommen, einmal von einem Fremden und einmal von meinem Papa. Beide Male habe ich die Zellen abgestoßen. Ich bin zweimal durch die Hölle gegangen.

Mein Leben hat sich radikal verändert: Ich kann keinen Sport mehr machen, keine Freunde treffen und nicht mehr in die Schule gehen. Ich muss immer ins Krankenhaus, das käst mich an. Ich denke: Wieso muss ich krank sein? Ich habe bis jetzt keine Antwort gefunden. Ich bin oft wütend und lasse das an meinem kleinen Bruder aus. Ich mobbe ihn! Da bin ich nicht stolz drauf. Wenn ich einen Lederball habe, knalle ich ihn an die Wand. Manchmal weiß ich nicht, was ich mit meinem Leben anfangen soll. Ich bin oft traurig und weine. Das tut schon gut.

Es gibt aber auch Dinge, die ich ohne diese Krankheit nicht erleben würde. Ich habe schon viele Promis getroffen, wie z. B. Michael Ballack oder Rudi Völler. Der Rudi Völler ist ein toller Typ, den habe ich schon drei Mal getroffen und er hat mich auch schon in die KMT begleitet. Ich bin auch schon mit dem Hubschrauber über das Ruhrgebiet geflogen, da war der Boden aus Plexiglas und ich konnte nach unten meine Heimat sehen, dass war richtig COOL. Nun bekomme ich zum dritten Mal Stammzellen, und zwar von meiner Mama. Mein Gefühl ist: Ich bekomme die KMT und dann sterbe ich. Wenn man so krank ist, spürt man die Liebe so intensiv, wie zum Beispiel die von meiner Mama. Ich glaube ein bisschen an den Himmel; wenn ich sterbe, bin ich aber alleine im Himmel ohne meine Familie, das macht mich unheimlich traurig, denn meine Familie ist für mich das Allerwichtigste.

Ich liebe den Sonnenuntergang! “

SAMSTAG, 24.08.2013

Heute Morgen um zehn klingelte es und Tobi und ich schreckten aus dem Schlaf. Ich hatte ja bereits einige Unterbrechungen, aber das Aufstehen, Infusion anhängen, Weiterschlafen, Wecker, Umstöpseln, Weiterschlafen und so weiter habe ich mittlerweile perfektioniert. Blöd ist nur, dass es so hell im Schlafzimmer ist, ich muss mir immer ein Kissen über die Augen schmeißen!

Es war nicht die Post, wie zuerst vermutet, nein, Schwester Nathalie stand wie verabredet vor der Tür, um die Morphinkassette zu wechseln, 6,7 ml Rest ... das war wieder recht knapp! Vier Boli mehr und die Sache wäre in die Hose gegangen!

Ich erzählte ihr ein wenig von Niko und fragte sie noch mal, wie wir das nach den Ferien denn machen können. Sie hat in der ersten Hälfte des Septembers Nachtdienst in Duisburg, würde dann mittags von 13 bis 15 Uhr bei Tobi sein können, damit ich Niko betreuen kann. Das ist auch ein Job ... echt heftig, aber es ist wirklich richtig toll, dass sie das so machen will.

Der Tag plätscherte so dahin, Tobi schlief viel, am Nachmittag kam Oma Hanne, sie war einkaufen und hatte uns ein bisschen Wurst mitgebracht. Tobi probierte sein geliebtes Zwiebelmettbrötchen, nur zwei Bisse, aber die mit Genuss.

Ansonsten hatte er heute Appetit, 3 Löffel von dem Apfel-Weizenkleie-Joghurt gingen, Tee, er probierte ein Mikado-Stäbchen, und das war's. Sein Bauch ist ziemlich aufgedunsen, aber schmerzlos, und er lagert wohl Wasser ein, hatte ihn gestern kurz auf der

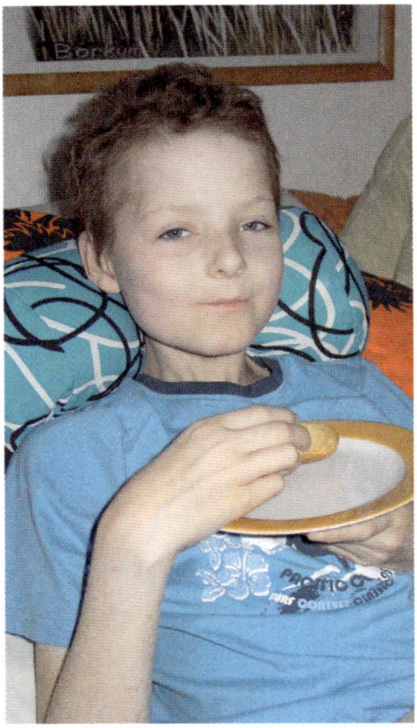

Waage, 31,4 kg im Gegensatz zu 29,7 kg (glaub ich), er hat auch ein rundes Gesicht, und ich finde geschwollene Fußknöchel. Pipi machen klappt aber noch gut, er kriegt nur so viel an Infusionen ... sieben Stück in je 100 ml NaCl plus Nachspülen, plus dem, was durchläuft in der Zeit bis zur nächsten Infusion. Das mit der Verdauung ist auch noch nicht vom Tisch, allerdings stimmt nicht eine Woche, sondern die letzte war am Dienstag, also ist heute erst Tag 4 ohne gewesen.

Tobi nickte beim Fernsehen immer wieder ein, und mir kommen dann immer die Gedanken, dass sein Tod doch jetzt greifbar näher rückt. Allerdings verfliegt das auch wieder, denn in den wenigen wachen Stunden ist er zwar matt, aber er nimmt noch teil, er redet, er spielt auf seinem iPad.

Nach 8 Uhr kamen die Urlauber wieder, Detlef mit dem obligatorischen Sonnenbrand, das hätte mich auch gewundert, Eincremen ist so gar nicht seins! Niko ist krossig braun und er war sehr gut gelaunt! Geschenke hatte er auch mitgebracht, einen großen Seestern für mich, der hängt bereits im Bad, und für Tobi ein Schmuckstück, ich glaube ein Armband. Außerdem gab es noch Roibusch- und Sanddorntee, von dem Roibusch ist Tobi ganz fasziniert.

Am Nachmittag war ich kurz bei Claudia, die schon wieder entlassen und zu Hause ist! Hurra!

Und in der Nacht habe ich mein erstes *Amigurumi* fertig gehäkelt, vielleicht kriegt es noch eine Blütenverzierung und dann mach ich mal ein Foto!

SONNTAG, 25.08.2013

Heute gibt es mal nicht viel zu berichten, es ist nicht viel passiert und das ist auch mal schön! Tobi hat wieder viel und lange geschlafen, heute hat Detlef den Platz am Bett eingenommen und über Tobi gewacht, ich habe mich mit Niko beschäftigt. Wir haben, wie verabredet (allerdings ohne die erwartete große Gegenwehr), damit angefangen, ihn ein wenig auf die Schule vorzubereiten. Das hat ihm großen Spaß gemacht und wir haben zwar viel diskutiert, aber auch einiges geschafft. Das Einmaleins haben wir wiederholt, ein paar Rechtschreibregeln ins Gedächtnis gerufen, seine Tonne ausgemistet, einen Einkaufszettel für fehlende Dinge geschrieben. Seine neue Klassenlehrerin, Lena Nowotny, hatte gestern einen ganz lieben Brief an Nikolas geschrieben, mit Foto, damit sie den Kindern nach den Ferien nicht so fremd ist! Superidee, und Niko war hocherfreut, auch darüber, dass sie jung und blond ist und nicht so 'ne Olle!

Er ist nach dem Essen dann zu Oma Hanne gefahren, war mit ihr auf dem Essener Wottelfest und hatte wohl großen Spaß, ich kriege ja immer Livefotos über WhatsApp! Zum Schlafen hat er sich dann auch direkt dort einquartiert, deshalb war es zu Hause auch sehr ruhig. Tobi hat heute bis auf einen Bissen Toast mit rohem Schinken nichts gegessen, nur den beliebten Roibuschvanilletee getrunken.

Ich finde seinen Bauch recht aufgebläht und habe versucht, über eine Bauchmassage da Bewegung reinzukriegen, aber das und auch ein Versuch auf dem neuen Toilettenstuhl brachten nichts, so ein Kack, da muss wohl wieder heftiger nachgeholfen werden, und das, obwohl er seit dem letzten Erfolg Abführpillen nimmt! Bin mal gespannt auf morgen, es gibt wieder eine Blutentnahme, ich finde, dass Tobi wieder blasser ist, mal sehen, ob das auch die Blutwerte bestätigen. Ansonsten bin ich froh, dass er mit den Schmerzen so gut eingestellt ist, und auch die Übelkeitsmedikation ist okay, er muss zumindest nicht mehr brechen, aber das Essen stellt er so langsam ein.

MONTAG, 26.08.2013

Nachdem gestern ja ein superruhiger Tag war, ging es heute ziemlich trubelig zu. Eben ein Montag ... nach den morgendlichen Infusionen und unseren komatösen Zwischendrinschläfchen mussten erst mal einige Anrufe getätigt werden.

Die Sanitätsfirma wegen des Toilettenstuhleimers, der Stuhl ist okay, allein der Auffangeimer fehlt und, ich nehm das mal vorweg, nach einem weiteren Anruf um 15:30 Uhr war klar, dass es heute keinen Eimer mehr gibt! Na toll! Tobi muss heute abführen und meine Konstruktion mit Schüssel und Einmalunterlagen auf dem Boden hatte sich gestern als nicht so wirklich praktikabel herausgestellt. Es gab ein Telefonat mit Herrn Brinker von der Apotheke, der ist immer supernett und kompetent, ich höre die Münzen klingeln in seinem Ohr, Tobi ist ein Superkunde! Bedarfsbestellung bis Mitte der Woche durchgegeben, am Nachmittag kam ein Anruf, ob die Lieferung auch morgen okay wäre, er hätte noch nicht alles zusammen, okay, ich komm noch bis morgen mit allem hin!

Dann war auch flugs Mittag, Niko kam kurz rein, um Klamotten zu wechseln, er war vormittags mit Oma Hanne und Opa Heinz Steine kloppen in der Elfringhauser Schweiz. Sie haben ein tolles Schieferfeld gefunden, wo er sich richtig austoben konnte und nach Fossilien gesucht hat. Den Nachmittag verbrachte er bei Oma Gilla und Opa Peter, Cousine Jolina war da und auch die Nacht dort war gebucht! Um 14 Uhr kam das Palliativteam, mit Dr. Reschke und Schwester Nicole. Sie richteten Grüße aus der Klinik aus, Frau Dr. Höfs geht schon in einer Woche in Mutterschutz, Herr Preßel macht eine Wiedereingliederung, ich weiß immer noch nicht, was der wohl hatte. Wir besprachen, ob Detlef wieder arbeiten gehen sollte, was Dr. Reschke aber ablehnte und sich auch anbot, bei seiner Arbeit anzurufen, um zu bekräftigen, dass das hier zu Hause jetzt eindeutig Vorrang hat.

Wegen Tobis aufgequollenen Bauchs empfahl sie dringend Abführen, Schwester Nathalie vom Pflegedienst hatte sich auch noch angekündigt, das machte ich dann mit ihr. Außerdem wurde noch Blut abgenommen, der Anruf kam um 17 Uhr, Dr. Reschke gab mit bedrückter Stimme durch, dass sich die Werte jetzt doch verschlechtert hätten: Hb nur noch bei 5,5; Leukos noch okay bei 4500/1500 Granulozyten, Thrombozyten nur noch bei 36 000, da könnte eventuell eine Transfusion nötig sein, wenn er Blutungsanzeichen bekommen sollte. So beim Schreiben fällt mir ein, dass ich morgen direkt mal fragen muss, ob die Werte am Ende der Woche noch mal kontrolliert werden *oder ob ich auf Blutungen warten muss …?*

Morgen kommt Frau Bünk, das werde ich dann da mal nachfragen. Sie bringt mir auch Bilderbücher mit. Ich hatte Schwester Nicole gebeten, ihr das auszurichten, weil ich für Niko gerne Bilderbücher hätte, um ihm kindgerechte Informationen geben zu können über den Tod und das Sterben, denn wenn es passiert ist, hat er da bestimmt Bedarf. Ich hatte Schwester Nathalie ja eigentlich bestellt, um mit Niko was zu unternehmen, der war aber ja nicht da und das passte eigentlich ganz gut.

Erst machten wir Tobi einen Einlauf, mit mauem Ergebnis, ein Foto von dem, was er da ausgeschieden hatte, schickte ich an die Ärztin, die mir zurückschrieb, ich sollte mir keine Sorgen machen, das wäre Darmschleimhaut, die, weil die Verdauung brachliegt, eben nicht abgeschilfert und mitverdaut wird, sondern hier mal rausgekommen ist. Schwester Nathalie hatte schon vermutet, dass dieses bestimmt 10 cm lange und 1 bis 2 cm breite, harte Gewebsstück so was in der Art ist. Tobi vermutete, dass das der rohe Schinken wäre, den er gegessen hatte! Wegen des Toilettenstuhldilemmas fuhren wir ihn übrigens mit dem Toilettenstuhl bis zum richtigen Klo und schoben den Stuhl da drüber! *Man muss sich nur zu helfen wissen!*

Ich habe mich dann abgesetzt, Detlef hat sich zu Tobi gelegt und Schwester Nathalie ins Wohnzimmer gesetzt, sie kümmerte sich in der Zeit um die Infusionen. Ich fuhr ins Rhein-Ruhr-Zentrum, hörte dabei Radio und auf halber Strecke musste ich schrecklich heulen, ausgelöst durch ein emotionales Lied mit gezupfter Gitarre. Ich habe es ja die ganzen letzten Tage schon gespürt, dass Tobi immer schlapper wird, aber das in Zahlen zu kriegen, ist eine Bestätigung meiner Gefühle und eine Klarstellung, dass das Ende unaufhörlich näher rückt.

Das klingt vielleicht bescheuert, aber meine Sterbebegleitung hatte schon so eine Routine, dass ich nicht ständig darüber nachgedacht habe, es schien, als wäre noch Zeit, und jetzt sagen die Werte, dass die Zeit knapper wird. Das ist vielleicht jetzt im Moment schmerzhaft, aber das ist mein Weg. Wenn Tobi jetzt blutet, bin ich drauf vorbereitet und muss nicht noch zusätzlich mit meinem Schrecken kämpfen. Das zu wissen muss doch auch für die Ärzte besser sein, oder? Ich habe ein wenig Wolle gekauft und bin ein bisschen planlos rumgelaufen, habe noch Karamellbonbons, Erdbeerschnüre und Orangenkekse gekauft, um Tobi ein angenehmeres Geschmacksgefühl machen zu können. Ich glaube, er hat sich zwar gefreut, war aber auch glücklich, dass ich die Sachen weggeräumt und ihm gesagt habe, dass er das ordern kann, wenn er will, dass er aber nicht muss und auch nicht mich damit glücklich macht, wenn er davon isst. Ich biete ihm eh nichts mehr an, sondern frage nur: *Kann ich dir was Gutes tun?* Und vor einigen Tagen hat er dann noch gesagt, dass er gerne dies oder das essen möchte, jetzt antwortet er höchstens mit: *„Och ja, einen Tee.“* Tobi war froh, als ich wieder da war, und nachdem Schwester Nathalie die Kassette gewechselt hatte, ging sie auch flott, sie bemerkte, dass Tobi es wohl ganz schlimm findet, wenn sie im Wohnzimmer sitzt. Das ist ja auch so, er empfindet jeden als Eindringling! Nein, da war heute noch eine Ausnahme, zwischen Palli-Team und Schwester Nathalie kam noch die Physiotherapeutin und beglückte Tobi mit einer Lymphdrainage und einer sanften Mobilisation für seine Knie, die durch das Liegen schon recht verkürzte Sehnen haben. Da hatte ich heute Morgen auch noch angerufen, nachdem ich das fast zwei Wochen immer wieder aufgeschoben hatte, denn Tobi ist ja immer erst am Nachmittag wach und ich war mir nicht sicher, ob eine Massage so das Richtige ist. Aber wir hatten gestern noch mal darüber gesprochen und da wollte Tobi das gerne ausprobieren!

Dann muss ich noch kurz ein Erlebnis von gestern Nacht notieren, Tobis Broviac war mal wieder schwergängig … (da krieg ich immer einen Anfall von echter Panik, denn wenn der zu ist, das wollen wir uns gar nicht vorstellen), also versuchte ich NaCl zu spritzen und musste mich aber so komisch drehen, denn Tobi schlief ja schon und ich musste feste auf die Spritze drücken und die … sprang einfach ab und ich spritzte Tobi die ganzen 5 ml direkt ins Gesicht! Er war außer sich, heulte, musste schnäuzen und brauchte normales Nasenspray, um wieder Luft zu kriegen, wie ungeschickt von mir, ich hatte mich ja mal so mit Vomex geduscht, von daher weiß ich, wie unangenehm das ist! Aber heute darauf angesprochen (weißt du, was ich letzte Nacht getan hab?) konnte er schon wieder drüber lächeln!

Der Broviac machte heute Abend dann noch mehr Mucken, ich verpasste einmal, direkt umzustöpseln, und es lief vielleicht eine halbe Stunde nichts durch. Danach war er kaum zu spülen und die anschließend angehängte Infusion tröpfelte nur ganz langsam. So ein Mist! Ich habe dann noch mal beherzt alles abgemacht, versucht das Gerinsel rauszuziehen, da tat sich dann mal gar nichts mehr … und beim anschließenden Durchspülen ging es wieder etwas besser, die Nachtinfusion ist wohl gerettet! Und ich zähle auf das Heparin heute Nacht, das sind Probleme, die ich echt nicht gebrauchen kann!

DIENSTAG, 27.08.2013

Ich muss mich erst mal der furchtbaren Nacht entledigen … Nachdem Tobi ja gestern nach dem Einlauf keinen Erfolg hatte mit Stuhlgang, war eigentlich klar, dass es dann heute Morgen losgehen würde. Aber um 4:30 Uhr war ich nicht darauf eingestellt. Ich hatte auch gerade erst zwei Stunden geschlafen, als Tobi wach wurde und Pipi machen wollte, sich dann aber überlegte, doch zur Toilette zu wollen, und das möglichst schnell. Also hab ich ihn im Dunkeln aus dem Bett gehievt, die Morphinpumpe geschnappt (auf die Leitung geachtet, damit ich den Broviac nicht ziehe ...) und dann sind wir Richtung Toilette gestürzt, und im Flur war Ende mit Laufen, er stolperte, ich konnte ihn nicht halten und er konnte auch nicht mehr einhalten und entglitt mir auf den Boden.

Da lag er dann und im ersten Moment dachte ich, er krampft, aber das war nicht so, er ließ unter sich gehen und lag einfach so verkrümmt auf dem Teppich. Gedanken schossen in meinen Kopf, *hat er sich was gebrochen? Warum konnte ich ihn bloß nicht festhalten? Scheiß Sanitätsfirma, wieso ist das so schwer mit dem Kackstuhl?* Ich war so wütend und verzweifelt.

Ich rief nach Detlef, der auch sofort kam, er besorgte schnell eine Einmalunterlage und schob sie unter ihn. Tobi jammerte, dass er aufs Klo wollte, aufstehen wollte, und gemeinsam hoben wir ihn vorsichtig an, er zog sich hoch, Detlef stützte am Po und so konnten wir ihn dann aufs Klo setzen, wo er die ersehnte Verdauung dann beendete, leider auch mit Würgen, mein armes Kind.

Im Flur war alles auf die Auflage bzw. in den Schlafanzug gegangen, zum Glück war keine nächtliche Putzaktion nötig. Ich wechselte schnell währenddessen seinen Schlafanzug, wusch ihn und Detlef stützte ihn. Den Rückweg fuhren wir dann mit dem Toilettenstuhl, und ein völlig erschöpfter Tobi sank wieder ins Bett. Ihm war natürlich wieder schlecht, also gab es schon nächtliches Vomex, um 7 Uhr dann Novalgin und Buscopan, um 8:30 Uhr MCP und um elf dann schon wieder Vomex. Da schlief er aber tief und fest und sah auch recht entspannt aus, entspannte Gesichtszüge, offene Hände, tiefe Atemzüge.

Ich war so voller Wut und Panik, dass ich kein Auge mehr zumachte, fühlte mich dann heute Morgen wie überfahren. Hatte nachts noch eine Mail an Frau Dr. Reschke geschickt, dass Tobi Verdauung hatte, dass er gestürzt ist, dass der blöde Eimer immer noch nicht geliefert wurde. Außerdem musste ich eine Diskussion lostreten, wie denn weiter verfahren wird mit seinen Thrombozyten ... Wenn es so passiert, wie ich erwarte, nämlich dass gewartet wird, bis er blutet, und dann erst transfundiert wird, weil wir ja eigentlich keine Werte hätten, dann fühlt sich das so an, als würde man erst mal den Wald brennen lassen und dann versuchen zu löschen, aber man weiß ja jetzt von der Feuerstelle und es wäre doch sinnvoll, den Waldbrand zu verhindern und das Feuer zumindest kleinzuhalten.

Ich hasse diese Diskussionen und empfinde das als so furchtbar überflüssig, ich will, dass das meinem Kind erspart bleibt, dass er z. B. plötzlich heftig aus der Nase blutet und man das kaum zum Stillstand kriegt, er schluckt das Blut und erbricht es womöglich noch, da fahren meine Gedanken wieder Achterbahn, da könnte ich schon vorher ausflippen, obwohl ja noch gar nichts passiert ist. Also, abregen und abwarten, aber das fällt mir sehr schwer.

Ich habe dann noch kurz mit Frau Bünk gesprochen, die laut Kalender doch erst morgen kommt, bin etwas wuschig im Kopf, und mich bedankt, dass die Stille Post so gut funktioniert hat, denn als ich heute Morgen bei der Sanitätsfirma anrief, um nach dem Eimer zu fragen, wusste der Typ schon Bescheid, er hatte vom Palli-Team bereits einen Anruf bekommen. Er brachte dann auch den Eimer, der aber nicht unter den Stuhl passte ...? Doch er hatte noch einen ganz einfachen Toilettenstuhl für Erwachsene im Auto, den er dann daließ. Was für ein Hickhack, der richtige wird dann am Donnerstag geliefert! Die Einmalunterlagen und das Desinfektionsmittel konnte er nicht mitbringen, dafür würden sich dann andere Kollegen melden. Na, da warten wir mal gespannt, was und ob sich was tut. Tat sich aber nix! Herr Brinker von der Apotheke war auf jeden Fall sehr dankbar, dass er diese Positionen ans Sanitätshaus abgeben und von seiner Liste streichen konnte.

Dann kam noch ein Brief, ob wir den Rollstuhl noch benötigen, ich denke nicht, aber wer jetzt denkt, den könnte ja der Herr von der Sanitätsfirma unkompliziert am Donnerstag direkt mitnehmen, der liegt falsch, das ist bestimmt nicht seine Baustelle *...ahhhhhh!* Ich habe das Telefonat mal an Detlef abgegeben, soll er sich mit denen rumschlagen.

Meine Panik, vielleicht auch meine innere Kampfansage, ist wohl bis in die Beethovenstraße oder bis in die Uniklinik spürbar gewesen – um kurz vor eins rief Schwester Nicole vom Palli-Team an und sagte, dass sie am Donnerstagfrüh kommen würden, um Thrombozyten zu geben und ein Blutbild abzunehmen, damit man einen Eindruck bekommt, wie schnell die Thrombos fallen und wann man dann erneut welche geben muss, um Tobi das Leid einer Blutung zu ersparen. Steinfall vom Herzen! Den Nachmittag haben Tobi und ich dann schlafend verbracht, das war nötig! Niko vergnügte sich mit Tinki, und Detlef schmiss den Haushalt, ich bin ihm so dankbar dafür.

Es geht Tobi nicht gut, auf seinen Wangen sind rötliche Flecken zu sehen, kommt jetzt doch der Blastenschub *oder sind es nur Schlafbäckchen?* Die gehen aber auch wieder weg, schon komisch ... Ich möchte am liebsten gar nicht mehr von seiner Seite weichen und das versuche ich auch, die Zeit wird knapp.

Den Abend haben wir dann alle vier zusammen verbracht und „Karate Kid" geguckt. Das war sehr schön. Niko ist auch ganz nett zu Tobi, er hat ihm heute zwei Mal Tschüss gesagt, weil er nach draußen gegangen ist, er sagt dann immer: *„Ciao, Tobi, ich hab dich lieb."* Tobi erwidert dann: *„Ich dich auch."* Das empfinde ich als unheimlich schön und ich hoffe, dass sie so auseinandergehen werden.

Tobis Füße sind enorm geschwollen, ganz prall, sein Bauch ist auch immer noch prall, wie doll gebläht, und leider konnte er auch heute außer ein paar Schlückchen Tee nichts zu sich nehmen, er hatte am Abend ein Schinkenbrot versucht, aber nach einem kleinen Probebissen es gleich wieder gelassen, und auch ein kleines Stück von der Erdbeerschnur wurde an Niko weitergegeben, auch das ging nicht. Dafür war die Übelkeit wieder häufiger da und ich habe alle Register gezogen.

MITTWOCH, 28.08.2013

Gestern hatte ich den Blog gerade online gestellt, da wurde es Tobi erst mal so richtig schlecht und es half nichts, er musste sich ganz doll übergeben. Er kotzte bestimmt einen Liter Flüssigkeit aus, gefühlt die Drinks der letzten paar Tage, Tobi sprach von: *„Das ist der Roibuschtee."* Der Effekt: Der Bauch ist wieder dünn. Für mich fühlt es sich so an, als wäre im Darm ein Verschluss, dass selbst Getränke nicht mehr durchgehen, denn so war ja die Verdauung jetzt schon öfter, immer mit Erbrechen!

Morgens um 9 Uhr kam Frau Bünk und brachte mir Bilderbücher für Nikolas mit, „Willi wills wissen – Wie ist das mit dem Tod?", „Max, mein Bruder" und zwei Erinnerungsbücher zum Selbereintragen.

Wir hatten ein gutes Gespräch mit Detlef zusammen, auch darüber, wie es sein wird, wenn Tobi gestorben ist, wie es dann hier zu Hause ist, das ist alles so abstrakt und unvorstellbar, aber Frau Bünk machte uns Mut, wir wären gut vorbereitet, und es könne auch jederzeit jemand vom Palli-Team dazukommen und helfen. Mich hat das Gespräch sehr geschlaucht, anschließend habe ich noch fix das Buch gelesen, Max, mein Bruder, in dem beschrieben wird, dass ein Mädchen ihren Zwillingsbruder an Krebs verliert, wie er zu Hause stirbt, wie es der Schwester ergeht, wie sie die Beerdigung erlebt, schon recht heftig, das hat meine Laune noch weiter gedrückt, dann der schwer atmende Tobi, war schon kaum auszuhalten.

Dann schlug Tobi so um 15 Uhr die Augen auf und teilte mir mit, dass er Hunger hat auf Joghurt mit Weizenkleie und Apfel! Unvorstellbar, *oder?* Der Appetit ging auch weiter, er probierte ein Nutella-Vollkornbrot, POM-Bären und einen Miniwackelpudding. Er diktierte Detlef abends, was er alles morgen kaufen soll, worauf er Hunger hat. Ich soll sogar Lachs mit Nudeln und Juliennegemüse kochen! So schön das ist, so beunruhigend ist es auch irgendwie.

Niko wurde mittags von Ulrike abgeholt, sie fuhren nach Remscheid, wo Niko mit Ayla, dem Hund ihres Sohnes, in einem See schwimmen durfte, was für ein tolles Erlebnis, und ich kann nicht sagen, wer mehr Spaß hatte, Niko oder der Hund!

Tobi blieb wach, die Pysiotherapeutin kam und massierte noch mal seine geschwollenen Füße, die sehen wirklich sehr beunruhigend aus. Sie plauderte mit Tobi, erzählte ihm, dass sie am Samstag einen Tag der offenen Tür veranstaltet und der Erlös an die Kinderkrebshilfe gespendet wird. Also auf jeden Fall unterstützenswert, und auch Tobi fand das toll, zumal er wohl mit die Inspiration für diesen Tag gewesen ist.

Ich nutzte die Massage im Anschluss dafür, ihn mal wieder ein bisschen zu waschen, da wehrt er sich sehr, das findet er völlig überflüssig. Aber heute war er mal wieder reif und die Zeit der Dusche ist ja wohl endgültig vorbei. Beim Waschen habe ich mir dann sein linkes Knie genauer angesehen, total blau, da ist er wohl beim Sturz drauf gelandet. Außerdem wieder ein Hiobsbefund, sein Hodensack ist auch geschwollen. Na super, zum Glück hat er keine Beschwerden, wollte aber auch gar nichts davon hören und ich durfte auch nicht fühlen.

Er nahm sich am Abend nur mal eine ganz kurze Schlaf-Auszeit. Claudia und Frank kamen rüber, sie hatten Tobi auch schon länger nicht mehr gesehen. Tobi war gut drauf und lachte sogar ein bisschen mit den beiden. Ich spielte Wii mit Niko. Der weitere Abend verlief recht fernsehlastig, mehr kann Tobi ja auch leider nicht mehr. Aber er scheint heute auch bis zur 1-Uhr-Infusion wach zu bleiben, ich habe große Müdigkeitsprobleme und döse immer wieder ein.

Resümee des heutigen Tages ist mal wieder, dass man sich auf nichts einstellen kann, wenn man denkt, alles ist einigermaßen, dann kommen die Katastrophen um die Ecke, wenn man sich gedanklich mit einer Verschlechterung oder gar mit dem bevorstehenden Ende auseinandersetzt, dann fängt das Kind wieder an zu essen ...

Die Sanitätsfirma hat heute übrigens den Rolli abgeholt, ich hoffe, das war okay, wäre ja fatal für Tobi, wenn wir ihn doch noch mal brauchen könnten und er wäre schon weg. Detlef hat die Betteinlagen anderweitig besorgt, denn die Sanitätsfirma hat sich auch heute nicht gemeldet. Dann eben nicht!

DONNERSTAG, 29.08.2013

Heute Morgen klingelte der Wecker schon um 6:30 Uhr für mich, denn ich wollte unbedingt die Novalgin-Buscopan-Infusion und die erste MCP gegen Übelkeit vor der Ankunft des Palli-Teams durchhaben. Die kamen um kurz nach halb neun und mein Plan ging auf.

Es wurde Blut abgenommen und ein Thrombozytenkonzentrat gegeben. Die Blutwerte teilte Dr. Tippelt mir am Nachmittag mit, Hb nur um 0,1 auf 5,4 gefallen, Leukos 5150, Thrombos bei 29 000, also auch nicht so furchtbar rapide, sodass ein neuer Besuch auf kommenden Donnerstag terminiert wurde, mit gleicher Vorgehensweise, Thrombos und ein Blutbild im Anschluss. Dr. Tippelt erklärte mir, dass sich die Wassereinlagerungen (auch am Hoden!) durch die erhöhte Flüssigkeitszufuhr und den sich verringernden Verbrauch erklären, auch der Durst, denn es kommt wohl zu einer Verschiebung im Elektrolythaushalt, erhöhtes Natrium, das bedinge wohl den Durst. Wir verringerten die NaCl-Mengen, in denen ich die Medikamente gebe, und setzen Buscopan erst mal ab, weil das zusätzlich noch die Darmtätigkeit hemmt. Ich bestellte flugs wieder die Baxterkartuschen, da ist das Novalgin in einer ganz geringen Menge gelöst und nicht in 100 ml, also fast 400 ml eingespart, MCP gebe ich jetzt in 50 ml und zwischendrin stöpsle ich eher ab oder lasse NaCl ganz langsam laufen.

Gegen halb elf war das Palli-Team dann wieder weg und wir konnten endlich frühstücken, Detlef war schon vorher kurz einkaufen gewesen und hatte Tobis Einkaufszettel abgearbeitet. Mittags setzten sich Detlef und Niko mit Tinki in den Kletterpark ab, ich gönnte mir einen kurzen Halbstundenschlaf, bevor wieder die nächste Infusion fällig war. Ansonsten war wieder Fernsehen angesagt, heute lief die letzte Folge von „H2O – Plötzlich Meerjungfrau", eigentlich sehr schade, die Serie hat uns wochenlang begleitet.

Am späten Nachmittag kochte ich dann Tobis Wunschessen, Lachs mit Juliennegemüse und Nudeln. Für das Gemüse habe ich heute Morgen ein bisschen bei Bofrost auf die Tränendrüse drücken müssen, unser Fahrer ist krank, das sagte zumindest eine Ansage auf seinem Handy und so musste ich in der Zentrale anrufen. Die Dame konnte mir frühestens für Montag einen Termin geben, es wäre auch kein Fahrer in Huttrop unterwegs. Ich fragte, ob sie mir nicht irgendeine Handynummer geben könne, ich würde auch zum Wagen fahren, denn mein Kind würde im Sterben liegen und hätte den Wunsch geäußert, gerne dieses Gemüse essen zu wollen. Mach ich ja eigentlich nicht so gerne, aber ich musste ja irgendwie an dieses Gemüse drankommen, und das gibt es eben nur bei Bofrost! Die Dame sagte, sie würde mal versuchen, einen Fahrer zu erreichen, und rief dann zurück, der Fahrer würde zwischen 10 und 12 Uhr kommen! Das tat er auch und brachte uns die Tüte nach oben. Ich bedankte mich mit einem großzügigen Trinkgeld, das war echt sehr nett von ihm, sollte sein Schaden nicht sein! Tobi genoss sein Mittagsmahl in vollen Zügen, so genussvoll hat er seit Monaten keine warme Mahlzeit mehr gegessen (Burger natürlich ausgenommen!).

Ansonsten habe ich heute Morgen einen Anruf von Detlefs Bruder nicht gehört, der war seit gestern Abend mit seiner Freundin bei Gilla und Peter auf Urlaub aus Hamburg und hätte gerne Tobi gesehen. Ich hatte Tobi gestern schon gefragt, ob er vorbeikommen solle, aber er hatte, wie im Moment fast immer bei solchen Fragen, verneint, aber ich solle ihn noch mal fragen, wenn er anruft. Aber da sie schon wieder auf dem Weg nach Hamburg waren, hatte sich das erübrigt. Hatte sich dann doch nicht, auf meine SMS hin schrieb er zurück, dass er noch in Essen sei und es morgen noch mal versuchen würde. Dann habe ich ein neues Häkelprojekt begonnen, einen Scoodie, einen Schal mit Kapuze. :D 200 g Wolle in ca. 1,5 Stunden weggehäkelt, aber das Ding ist noch nicht mal halb fertig! Mist! Habe mir schnell ein neues Knäuel besorgt und das ganze Teil noch mal aufgeribbelt und etwas kleiner gemacht, damit wenigstens die zwei Knäuel reichen! Auch 'ne coole Anleitung und voll easy zu machen!

Tobi machte heute den Tag über einen wirklich zufriedenen Eindruck, ich habe das Gefühl, dass die Flüssigkeitsreduktion ihm schon guttut, Essen hat er genossen, abends erneut einen Weizenkleiejoghurt, da sollte es morgen vielleicht mit der Verdauung klappen, zumal ich mit Zäpfchen und Pillen nachhelfen werde. Von dem von der Sanitätsfirma für heute angekündigten tollen Kackstuhl hörte ich nichts.

Ich bin zum Umfallen müde, erhoffe mir aber mal etwas mehr Schlaf in dieser Nacht, vielleicht schlaf ich auch mal wieder vor eins, wenn Tobi nicht bis dahin durchhält, morgen Früh wird wohl im Zeichen von Verdauung stehen, aber vielleicht auch nicht! Detlef ist jetzt auch wieder am Start, die Baxterkartuschen müssen ja immer eine Stunde vorwärmen und Detlef holt die dann um 6 Uhr aus dem Kühlschrank und ich gebe sie um sieben, so haben wir das ja wochenlang gemacht!

Mein Schlafplan war gut, aber es kam leider mal wieder ganz anders, die Übelkeit war wieder übermächtig und so harrte ich neben Tobi aus, in der Hoffnung, dass es nicht wieder zum Erbrechen kommen würde. Aber um 0:30 Uhr war es so weit, mein Bauch hatte mich ja gewarnt ... Tobi hat wieder ganz heftig erbrochen. Was ein Kack! Er quält sich so dabei, und auch diesmal war es sehr viel Flüssigkeit, ich sollte mal einen Urin-Stick reinhalten, er zeigte Leukos und Hämoglobin an. Was auch immer das zu bedeuten hat. *Magenbluten nach innen?* Wer weiß.

Leider hat er seine Tabletten direkt wieder mit ausgebrochen, kann ihm jetzt keine neuen geben. Hoffentlich kann er jetzt wenigstens ohne Übelkeit und sonstige Störungen einfach gut schlafen, ich bin jetzt wieder hellwach, na toll, gefühlt könnte ich mir mal einen trinken ...

WILDWASSER

Ungestüm fließt das Wasser,
umspült die Kiesel, reißt Äste mit,
es nimmt auch mich mit, aber ich halte den Kopf über Wasser,
ich schwimme, kann aber die Richtung nicht beeinflussen.

Umspült die Kiesel, reißt Äste mit,
kühles Quellwasser, Rinnsale werden zu Strömen,
ich schwimme, kann aber die Richtung nicht beeinflussen,
das Ziel ist das friedliche Meer.

Kühles Quellwasser, Rinnsale werden zu Strömen,
vereinigen sich zum Fluss des Lebens,
das Ziel ist das friedliche Meer,
im Unendlichen den tiefen Frieden finden.

Vereinigen sich zum Fluss des Lebens,
es nimmt auch mich mit, aber ich halte den Kopf über Wasser.
Im Unendlichen den tiefen Frieden finden.
Ungestüm fließt das Wasser.

(Geschrieben am 27.04.2014)

FREITAG, 30.08.2013

Die restliche Nacht war okay, morgens gab ich Tobi nur Kevatril und die Kurz-Novalgin und dann ganz mutig nix weiter … und das war eine gute Entscheidung, denn das sparte jede Menge Flüssigkeit und er benötigte erst mittags weitere Medikamente gegen Übelkeit. Und auch für meinen Schlaf ist das so wieder besser, ich bleibe dann morgens ungefähr 30 Minuten wach und kann dann noch mal weiterschlafen, ohne weitere Infusionswechsel, ohne Wecker! Deshalb ging es auch heute den Tag über etwas besser mit meiner Müdigkeit. Tobis ist dagegen deutlich stärker geworden, heute hat er sich tagsüber öfter mal eine kurze Auszeit genommen. Am späten Mittag kamen Onkel Stefan, Robin und Nicole zu Besuch, Detlef hatte sie vom Flughafen abgeholt. Tobi freute sich riesig und verabredete sich direkt für morgen mit Stefan zum Videogucken! Dann versuchte er einen Toast zu essen, nach 2 Bissen kam die Übelkeit und da er alles intus hatte, half nur kühler Lappen und Kurzschlaf. Detlefs Bruder und seine Freundin guckten auch noch ganz kurz vorbei, bevor sie nach Hamburg zurückfuhren.

Tobi hatte heute in den wachen Phasen Appetit, aß noch mal die Reste vom Lachs mit Juliennegemüse und nach einem weiteren Schläfchen einen laktosefreien Joghurt, der aber nach 15 Minuten den Rückweg antrat. So ein Mist! Eigentlich wollte ich ja heute Abend ein Zäpfchen geben, damit die Verdauung mal von unten angeregt wird, aber das fiel wegen Schwäche aus.

Dann habe ich noch einen Spot von der DKMS auf Facebook entdeckt, von einer Mutter, die ich in Essen kennengelernt habe, ihre Tochter ist während der KMT verstorben. Sie zu sehen und meine so lebendigen Erinnerungen an unsere Zusammentreffen machten mich sehr traurig.

Den späten Abend und die Nacht haben wir wie immer vor der Kiste verbracht, „Die dreisten Drei“ konnten Tobi zum Schmunzeln bringen, allerdings kämpfte er mit weiterem Erbrechen.

SAMSTAG, 31.08.2013

Nachdem gestern Nacht um vier rum erneut Brechen angesagt war und ich vorher auch nicht wirklich schlafen konnte, weil ich fürchtete, ich könnte es verpassen, wenn er schwallartig brechen würde, habe ich Tobis Darm heute den Kampf angesagt. Dazu kurz ein weiterer Gag aus dem Hause Sanitätsfirma! Der Typ von der Sanitätsfirma, der Kackstuhlbeauftragte sozusagen, kam am Freitag so um 17 Uhr, freudestrahlend: *„HALLO, ich bringe den Stuhl“*, den ich für Tobi bestellt hatte (eigentlich wollte er den am Donnerstag schon bekommen haben, aber egal, wir haben ja einen ganz einfachen MIT Eimer bekommen)!

„Probieren Sie ihn ruhig übers Wochenende aus und rufen mich am Montag dann an.“ Ich betrachtete mir das Ding, sah gut aus, aber was fehlte? Der Eimer! Dazu meinte der Kackstuhlbeauftragte dann, ja, den müsste er dann am Montag noch bestellen! Ich schrei mich weg!

Aber egal, denn Hauptsache, Tobi kann gescheit sitzen, und der Stuhl ist der beste von den vieren, die wir jetzt schon dahatten (davon nur einen mit Eimer, hihi), er passt übers Klo (obwohl das für Tobi schon nicht mehr infrage kommt), hat eine weiche Sitzfläche, und den fehlenden Eimer habe ich behoben, indem ich eine Plastikkiste druntergestellt und den Eimer von dem anderen Stuhl draufgestellt habe. Etwas kippelig, aber funktioniert!

Nachdem Tobi und ich heute Morgen bis um fast halb zwölf ohnmächtig geschlafen haben, gab es ein Zäpfchen. Ich bin so froh, dass Tobi mir so vertraut und das alles so kommentarlos mitmacht, obwohl das für ihn echt eine Tortur ist. Nach der Wirkzeit hab ich ihn dann auf den Erwachsenenstuhl gesetzt und das Ergebnis war wieder nur ein Gewebeklumpen. So ein Mist. Also Tobi wieder ins Bett gewuchtet, vorher kurz auf den neuen Kackstuhl gesetzt, und Tobi war begeistert (naja, ein bisschen zumindest). Dann habe ich ihm einen großen Einlauf direkt hinterher gemacht, es musste heute der Darm in die richtige Richtung gezwungen werden! Das ist wirklich eine Tortur, aber es half. Er machte ein kleines bisschen, aber der Reiz war gesetzt und ich erhoffte mir einen erneuten Gang in einigen Stunden.

Da Tobi dann doch total sauer auf mich war wegen des Einlaufs, habe ich mich dann mal abgesetzt und bin auf eine Waffel zur Pysiotherapiepraxis gefahren, da war ja heute die Spendenaktion. Claudia war mit im Gepäck und anschließend gab es Lebensmittel-Shopping bei Edeka! Was Einkaufen Spaß machen kann!

Onkel Stefan leistete derweil Tobi Gesellschaft und Detlef war ja auch noch da, und als ich wiederkam, begrüßte Detlef mich mit einem Foto, es hatte Stuhlgang gegeben! Was für eine Freude! Der Knubbel wurde bejubelt! Tobi war völlig erschöpft und döste so vor sich hin. Wir beide haben erst mal wieder ein paar Tage Kack-Ruhe, obwohl er jeden Tag Abführmittel nehmen muss, und das schon eine ganze Weile! Zwischendrin kam noch Schwester Nathalie zum Kassettewechseln, sie ging aber flott wieder.

Ansonsten tat ich heute auch mal wieder was für mich. Edeka hatte tolle Johannisbeeren, also schmiss ich meine neue Flotte Lotte an und kreierte ein tolles Gelee. Außerdem habe ich mich an einer gehäkelten Eule versucht, musste erst mal die Anleitung aus dem Englischen ins Deutsche übersetzen. Der Prototyp ist fertig, man muss sich die Kleine aber schöngucken!

Tobi war abends dann wieder lieb mit mir und auch zufriedener, er merkte, dass die Anstrengungen des Mittags sich doch gelohnt hatten.

Niko hatte heute noch mal einen schönen Oma-Tag, er war Bahnen schwimmen und anschließend auf dem Krayer Kinderfest, dort konnte er Bullen reiten, was er mit großem Vergnügen und mehrmals tat.

Die Brüder guckten noch zusammen „RIO“ und es war so schön anzusehen, meine beiden Jungs so beieinander. So schön und so schmerzlich. Morgen ist große Trike-Fahrt für Niko, Tinki geht auch mit. Das wird bestimmt ein großer Spaß.

TOBIAS

September – Ich hätte es nie im Leben für möglich gehalten, dass Tobi an diesem heutigen Tag noch lebt. Aber er liegt schnaufend neben mir und es ist gut so.

Detlef hat sich heute Morgen mit Niko, Frank und Tinki Richtung Uniklinik aufgemacht, dort findet heute die große Trike-Fahrt für kranke Kinder und deren Geschwisterkinder statt. Luki, der immer noch krank im Bett liegt, und Frank sind so lieb gewesen und haben mich zeitgleich mit Fotos versorgt und mein Herz macht Hüpfer, so toll ist das da wohl! Ich wäre so gerne auch dabei gewesen. Aber stattdessen liege ich neben Tobi im Bett und genieße diese Parallelwelt und es ist gut so. Die Ruhe und Stille, nur kurz unterbrochen durch ein Zucken im Schlaf, meine Hand auf seiner, die ihn wieder beruhigt. Tobi taucht immer nur kurz auf, um Pipi zu machen, um Vomex zu fordern, und taucht dann wieder ab in seine Träume, dort geht es ihm bestimmt gut, zumindest macht seine entspannte Art zu liegen und zu atmen den Eindruck.

Die Zeit rast dahin, der Zeiger der Uhr dreht sich so schnell und ich muss aufpassen, dass ich die Zeiten seiner Infusionen nicht verpasse. So wie es heute ist, könnte es weitergehen, fernab von der realen Welt, nur mein Kind und ich in einer Blase aus Frieden und Ruhe, es fühlt sich gut an und ich liebe es, seinen Atem zu beobachten, seine Augen, die im Schlaf Dinge sehen, von denen ich nichts weiß, und es ist gut, dass er so friedlich und entspannt ist. Das ist ein großes Glück.

So, wie es jetzt ist, soll es nie enden, und es ist für mich im Moment unvorstellbar, je wieder ein normales Leben zu führen, ohne ihn, normal im Sinne von aufstehen, arbeiten, Haushalt, Niko versorgen und was sonst noch dazu gehört, die Wochen, die ich jetzt schon so lebe, haben mich das Normale fast vergessen lassen. Leider beginnt bald die Schule wieder und dann ist diese Ruhezeit für Tobi und mich unterbrochen. Schwester Nathalie wird jeden Mittag von 13 bis 15 Uhr kommen und Tobi versorgen, damit ich mich um Niko kümmern kann, damit er ein geregeltes und normales Leben führen kann (*ob das geht?* – eher ein den Umständen entsprechendes). Ich hoffe, dass Tobi in der Zeit dann weiterschläft, denn für ihn ist es nicht schön, wenn jemand anders ihn versorgt, schöner ist es, wenn ich das mache. Aber leider kann ich mich nicht zerreißen, auch wenn ich das so manches Mal versucht habe.

Wir werden sehen, wie das klappt, aber ich würde lieber weiter in meiner Blase hocken und die Welt draußen lassen.

Um 15 Uhr wurde Tobi dann wach und ließ die Blase platzen! :D Wie schön! Er hatte ein wenig Appetit und versuchte ein bisschen Milchhörnchen mit Nutella, was ihm aber nicht schmeckte. Ein paar Flips waren auch doof.

Oma Gilla und Opa Peter kamen dann auf einen Sprung vorbei, aber leider ging plötzlich die Übelkeit wieder los und auch die schnell angehängte MCP-Infusion konnte ein Erbrechen nicht verhindern. So ein Mist. Hat uns das Abführen nur eine ruhige Nacht geschenkt (die für mich sehr erholsam war!) *und jetzt geht das alles wieder von vorne los?* Es gibt wohl die Möglichkeit, die Medikamente noch weiter umzustellen, Haldol, ein Medikament, dessen Nebenwirkungen man gar nicht wissen möchte, könnte man zu dem Morphin dazumischen, aber das hätte zur Folge, dass Tobi noch viel schläfriger werden würde, und ich weiß nicht, ob wir das wirklich wollen. Er schläft ja sowieso so viel und wenn seine wachen Zeiten dann auch noch eingetrübt wären, das müsste auf jeden Fall mit ihm besprochen werden.

Später hatte er noch Appetit auf Rührei, bekam er auch und Vomex direkt hinterher, ich hätte wohl schon längst den Mut verloren, überhaupt noch was zu essen, es ist echt bewundernswert, dass er immer wieder einen neuen Anlauf nimmt. Niko kam von seinem Trike-Abenteuer zurück, wollte eigentlich noch bei Tinki übernachten, aber dann waren sich die beiden doch nicht mehr grün und er schlief zu Hause, war aber etwas krawallig und wollte nur noch alleine sein.

Tobi schlug sich den Abend leider weiter mit Übelkeit rum und zu allem Überfluss bekam er um 23 Uhr wieder eine gemeine Kolik, die sogar Nasenspray erforderte. MCP gab es auch und sein Verdauungstrakt gab furchtbar laute Glucksgeräusche von sich, dass ich glaubte, er wird in kürzester Zeit erneut brechen müssen. Wenn nicht gleich schon, dann spätestens in der Nacht. *Und was passiert mit seinen Pillen, Magenschutz, Verdauungspillen?*

Wenn ich sie ihm jetzt gebe, bricht er vielleicht sofort, wenn nicht, hat er morgen Früh vielleicht wieder sehr starke Magenschmerzen ...

Meine Überlegungen wurden durch ein: *„Mach mich schnell hoch!“* unterbrochen, Tobi bereitete sich auf das Übergeben vor, Eimer im Anschlag, Tempos und Wasser in Griffweite, aber diesmal kam nur Luft, ganz viel üble Luft.

Danach war er sichtlich erleichtert und konnte sogar die Tabletten nehmen und ich entschied spontan, die Abführkugeln abzusetzen, denn es könnte sein (mit dem Gedanken trag ich mich schon länger), dass die vielleicht Verursacher dieser abendlichen Kotzaktionen sein könnten, die sollen 10 bis 12 Stunden nach Einnahme wirken, zu einem Abführen haben sie allerdings noch nie geführt, nur zu Rumpeln und Brechen. Deshalb lass ich die jetzt weg. Man kann die bestimmt dann alle 5 Tage zum Abführen zusätzlich zum Einlauf geben, denn den braucht er ja sowieso.

MONTAG, 02.09.2013

Heute war mal wieder ein ruhiger Tag. Niko machte sich nach dem Frühstück auf in Richtung Oma Hanne, sie wollte mit ihm und Robin nach Bottrop zum Rodelbahnfahren und Klettern. Mittags schauten Karin und Simon kurz rein, brachten leckeren Pflaumenkuchen mit, aber Tobi wollte niemanden sehen. Tobi wurde wie immer erst am Nachmittag richtig wach. Oma Hanne und Opa Heinz kamen mit Robin und Niko kurz vorbei, Opa brachte die beiden Jungs dann zu Sandra, wo Niko heute noch mal schlafen darf. Die Physiotherapeutin kam zur Lymphdrainage, ich nutzte das, um Tobi vorher zu waschen und Betten zu beziehen, habe heute den ganzen Tag schon die schlechte Luft in der Nase.

Detlef machte am Abend Pizza, von der Tobi auch ein Stück mit Genuss aß, zeitgleich bereitete ich schon die MCP-Infusion vor und Kevatril direkt hinterher. Er schlief dann ganz fest ein, Stefan kam noch kurz, tauchte auch kurz in die Blase, aber Tobi wurde nicht richtig wach. Er musste sich auch erst mal nicht mehr übergeben. Ich war so müde, dass ich mich um kurz vor zehn Hand in Hand mit Tobi hinlegte und wir einen „Vor-1-Uhr-Infusionsschlaf“ machten. Der Wecker holte mich um 1 Uhr zurück, Tobi schlief ganz tief und friedlich. Habe leise Hoffnung, dass die Abführpillen Ursache des Übels waren ...

DIENSTAG, 03.09.2013

Nach einer ganz guten Nacht war ich heute Morgen um 7 Uhr so ausgeschlafen, dass ich mal wach geblieben bin. Hat sich aber direkt am Mittag gerächt, hätte doch besser noch ein Stündchen drangehängt. Tobi war bis zum Mittag recht normal, dann bemerkte ich ganz glasige Augen, Fieberverdacht bestätigte sich aber nicht. Er selber sagte auch, dass er sich so komisch fühlt, so unwohl, so hat er sich schon lange nicht mehr geäußert, obwohl er sicher Grund dazu gehabt hat. Aber ich bin nicht dahintergekommen, was da anders ist. Detlef hat Nikolas mittags abgeholt, zum Friseur geschleift (ist gut geworden!) und dann kam auch schon Ulrike, die heute mit ihm Richtung Mettmann gefahren ist, Niko durfte Trecker fahren – er kam abends mit einer großen Zuckerrübe als Trophäe wieder!

Nachmittags klingelte es und ein Überraschungsbesuch stand vor der Tür: Schwester Barbara, Stationsleitung von der K7, ich hatte gestern mit einer Mama geschrieben, ihr Sohn liegt nach langer KMT jetzt auf K7, und ich ließ liebe Grüße von uns ans K7-Team und an Schwester Barbara ausrichten. Und da stand sie und sagte, sie hätte die Grüße bekommen und von Tobi gehört und ihre Kollegen hätten gesagt, das kannst du doch nicht machen, da einfach hinfahren, und sie hat gesagt, doch, kann ich! Und wenn es nicht gewünscht ist, dann merk ich das und bin schnell wieder weg. Sie blieb fast 2 Stunden, Tobi machte sogar den Fernseher aus und sprach mit ihr, anschließend sprach ich noch in der Küche mit ihr, anstrengend für mich, aber gut. Sie war damals, 2009, ganz wichtig für mich, hatte immer eine Schulter zum Anlehnen und einen Kaffee zum Reden, und sie nahm sich Zeit, wo Zeit nötig war. Eine unheimlich nette Frau und tolle Krankenschwester! Und sie hat uns auch die 4 Jahre hindurch immer zwischendurch begleitet, immer wenn wir mal auf die K7 ausgelagert wurden!

Leider überkam Tobi, noch während sie da war, die große Übelkeit, und schnell angehängtes Vomex half nicht und er musste erbrechen, aber anders als die letzten Male, nicht so übel riechend, nicht so gallig, eher nur Magensäure. *Ein Fortschritt?* Ich weiß es nicht, aber ich glaube schon. Danach war er total abgeschlagen, überhaupt war er heute sehr weiß, matt und müde.

Claudia kam auch noch kurz rüber und mir tat es heute Nachmittag mal gut, nicht bei Tobi zu sitzen. Ich sprach mit Claudia darüber, dass ich so gerne mit Niko die Bücher vom Palliativnetzwerk lesen würde („Abschied von Tante Sofia" und „Mein Bruder Max"), um ihn auf die kommende Situation vorzubereiten, ich habe die Bücher gelesen, habe das dringende Bedürfnis, ihn vorzubereiten, und die Bücher finde ich gut dazu. Aber Niko will nicht, es ist wohl für ihn noch nicht die rechte Zeit oder ich bin nicht der richtige Partner dafür.

Den Abend haben Tobi und ich dann ganz kuschelig zusammen verbracht und er ist mit gefalteten Händen eingeschlafen und schnauft jetzt neben mir. Ich habe Angst davor, dass ich morgens wach werde und er schnauft einfach nicht mehr. Ich würde ihn gerne eng begleiten, wenn er sich von dieser Welt verabschiedet, aber da ich das nicht beeinflussen kann, lass ich es wohl auf mich zukommen.

MITTWOCH, 04.09.2013

Der Tag heute begann schon mit einem echten Brüller. Tobi weckte mich gegen 9 Uhr aus tiefstem Schlaf und ich hörte: *„Ich muss Pipi."* Also schleppte ich mich auf seine Seite des Bettes, Augen noch zu, und hielt ihm die Pipiflasche hin. Er blökte: *„Ich hab gesagt, mir ist schlecht, ich muss kein Pipi!"* Na super, also weitergewankt ins Wohnzimmer, hingesetzt, erst mal die Augen aufgemacht – und dann lief zum Glück alles wie von selbst.

Um 10 Uhr kam dann Frau Bünk und wir führten wieder ein gutes Gespräch. Diese wöchentliche Möglichkeit des Seeleerleichterns tut mir so gut.

Niko kam schon gegen 12 Uhr nach Hause, sein erster Schultag war wohl ganz gut, allerdings sitzt er mit drei Kanonen und noch zwei weiteren Jungs an einem Tisch, aber vermutlich morgen nicht mehr! Seine Lehrerin Frau Nowotny gefällt ihm in echt immer noch so gut. Allerdings hat er, wie bei jeder Umstellung, wieder Eingewöhnungsschwierigkeiten und um von Ferien auf Schule umzuschalten, braucht es ein paar Tage.

Der nächste Brüller war dann, dass ich beschlossen hatte, dass es der Einfachheit halber heute Spaghetti mit Pesto geben sollte, essen wir total gerne und geht schnell. Das Wasser im Topf kochte schon fast, als ich die Nudeln aus dem Schrank nehmen wollte, keine mehr da! Na super. Ich bat Niko, sich kurz auf sein Rad zu schwingen und ein Paket zu holen, das wollte er nicht. Auch das Lockangebot, er dürfe sich ein Paket Eis aussuchen, half nichts. Der Bock! Also beschloss ich, dann gibt es eben ein Brot und abends Nudeln! Für Niko Grund genug, mal wieder völlig auszurasten und rumzutoben, er hatte sich so auf die Nudeln gefreut und er kann es gar nicht verpacken, wenn was Geplantes nicht stattfindet. Aber da er es hätte ändern können, Pech!

Die Hausaufgaben betreute Detlef, ich schonte meine Nerven, und dann setzte ich mich kurz ab zum Lebensmittel-Shopping und gönnte mir einen großen Chrysanthemenbusch für den Balkon!

Tobi wurde heute gegen 12 Uhr wach, war eigentlich ganz guter Dinge, wenngleich genauso schlapp und schwach wie gestern. Stefan und Nicole kamen am Nachmittag und heiterten ihn auf, das haben die beiden echt drauf, ich erfreute mich an Tobis Zahnlückengrinsen.

So um sechs kam dann noch die Physiotherapeutin und machte Lymphdrainage, kurz danach schloss Tobi die Augen und schlief erschöpft ein. Niko gesellte sich zu ihm und guckte bei ihm mit Kopfhörer auf dem iPad „Alarm für Cobra 11", ich fand es schön, dass beide zusammen waren.

Niko ließ sich beim Zubettbringen weiter aus dem Buch „Mein Bruder Max" vorlesen, wir hatten das ja mal angefangen, aber da war es ihm schnell langweilig geworden, heute ging das besser.

Morgen früh kommt das Palli-Team mit Thrombozyten und es gibt neue Blutwerte, Schwester Nathalie kommt mittags für Tobi und dann kommt noch der Fensterputzer! Freu!

DONNERSTAG, 05.09.2013

Der heutige Tag stand im Zeichen von Putzen und mit Niko kämpfen ... Nikolas beendete heute Morgen seinen Schulweg mittendrin und kehrte um, hatte starke Bauchschmerzen und Angst, in der Schule vor seiner neuen Lehrerin Frau Nowotny brechen zu müssen.

Wir beschlossen, ihn ernst zu nehmen, obwohl Detlef bereits mit selbst gemixten Wasser-Zitronensaft-Tropfen als Medizin Linderung verschafft hatte. Also fuhr Detlef mit ihm zu unserer Kinderärztin, die ich vorab telefonisch informierte. Sie nahm ihn auch ernst und ordnete zwei Wochen keine Milchprodukte an, denn auch Nikolas vermutete, dass er vielleicht Milch nicht vertrug.

Solch Bauchweh hatte er schon mehrmals, auch oft morgens. Wieder zu Hause nötigten wir ihn allerdings, Schulsachen zu machen. Es ging ihm auch wirklich wieder gut und er hatte auch Hunger. Mittags war ganz anstrengend mit ihm und er äußerte wieder, dass er das alles nicht aushalten kann, und unterm Strich war der ganze Punk wieder nur der schweren Situation geschuldet. Aber er benimmt sich so schwierig, dass wir dann noch ein Regelwerk aufgeschrieben haben, angefangen mit *„Wir gehen lieb und nett miteinander um"* bis hin zu *„Bettzeiten und Verhaltensregeln im häuslichen Umfeld"*. Er fühlt sich als Sklave, weil wir ihm Aufgaben des Haushalts übertragen wollen, Müll runterzubringen scheint Höchststrafe! Richtig ausgenutzt fühlt er sich, da ist noch viel an Arbeit zu leisten – aber ich hatte heute zum Glück die Nerven dazu, das ist auch nicht immer so!

Mittags kam dann noch der Fensterputzer, ich hatte morgens schon alle Fliegengitter gesäubert und Bad und Böden gewischt, Tobi schlief friedlich und die beiden anderen waren ja beim Kinderarzt! Um elf kam Dr. Tippelt mit Schwester Nicole, Thrombozyten bringen und Blut abnehmen. Dr. Tippelt wollte sich dann auch mal Nikos Bauch ansehen, damit er merkt, dass auch er wichtig ist. *Nett, oder?*

Um 13 Uhr kam dann Schwester Nathalie, die den ganzen Punk mit Niko genauso mitgekriegt hat wie der Fensterputzer, vor Publikum ist das auch besonders toll! Sie versorgte dann Tobi, während wir aßen, und dann musste Nikolas sich auch noch die Hausaufgaben besorgen und diese auch erledigen. Detlef belohnte ihn dann damit, dass er mit ihm erneut zum Klettern fuhr, ihn bewegen und austoben lassen.

Ich habe Tobi noch mit Schwester Nathalie den fälligen Einlauf verpasst. Der hatte zuerst nur mäßig Erfolg, danach fiel er in einen tiefen Schlaf.

Es ist sehr traurig mitzuerleben, wie wenig Kraft und Gegenwehr bei Tobi noch vorhanden sind. Den Einlauf nahm er mehr oder weniger teilnahmslos hin, das anschließende Auf-dem-Kackstuhl-Sitzen auch. Er ist so geschwächt ... Das zeigten auch die Blutwerte, Hb nur noch 4,7, Thrombozyten bei 20 000, sodass die nächste Infusion wieder am Donnerstag geplant ist. Auch die Leukozyten sanken auf 3000 bei 1000 Granulozyten. Alles sinkt und genau das zeigt ja auch sein Zustand.

Verdauungstechnisch hatte er dann gegen halb elf Erfolg, obwohl das auch eher nur Schleim war. Ich nutzte das, um ihm mal wieder den Popo zu waschen, und erschrak, was vom Popo übrig ist – nichts. Er ist so schrecklich abgemagert, das sieht man so nicht unbedingt, klar, er hat ganz dünne Beinchen und ganz dicke Füße, aber diesen mageren Popo werde ich nie vergessen. Auch die Übelkeit kam wieder und er brauchte neben doppelter Dosierung von allem ein drittes Mal Vomex.

Nikolas hatte, nachdem er am Mittag ja schon mal ein bisschen geweint hatte, nach dem Zubettbringen einen weiteren Zusammenbruch. Ich sollte kommen und er brach total zusammen. Er wollte wissen, was passiert, und ich erzählte ihm, was ich glaube, was passieren würde: *Wenn Tobi gestorben ist, dann sieht er aus, als würde er tief schlafen, nur, dass er nicht mehr atmen würde. Wir würden uns dann von ihm verabschieden, ihn küssen und drücken, ihm seine Lieblingssachen anziehen und viel weinen. Auch die Omas und Opas würden kommen und Tobi verabschieden.*

Niko wollte wissen, ob Tobi von einem Krankenwagen oder einem Leichenwagen abgeholt werden würde, und er schwankte zwischen Neugier und Lachen, tieftraurigem Schluchzen und schmerzhaftem Schütteln. Ich sagte, dass Tobi im Leichenwagen abgeholt werden würde und dass wir ihn da zum letzten Mal sehen würden. Dann würden wir nach ein paar Tagen seine Beerdigung begehen, er wollte genau wissen, wer alles kommen würde und fragte neben Verwandten und unseren Freunden auch seine Klasse und seine Lehrer ab. Ich erzählte ihm, dass alle, die Tobi lieb haben und sich verabschieden wollen, kommen werden.

Ich sagte ihm, dass wir dann auf dem Friedhof in einer Halle den Sarg sehen werden mit vielen Blumen, dass ein Pastor etwas über Tobi erzählen würde und wir schöne Musik spielen werden. Dann laufen wir hinter dem Sarg her und der wird dann in ein tiefes Loch abgelassen. Wir werfen dann noch ein bisschen Erde drauf und gehen dann alle zusammen vermutlich zu unserem Griechen, wo wir etwas zusammen essen und mit Verwandten und Freunden zusammen sein werden. Alle werden traurig sein, aber wenn wir genug geweint haben, dann werden wir auch wieder fröhlich sein können.

Tobi wird immer in unserer Nähe sein, wenn wir an ihn denken, und ich erzählte ihm auch von Faye und dass sie Tobi erwarten wird. Das gefiel ihm und er lachte, ob ich mich noch an Faye erinnere, wie sie *Durschfall* gesagt hat. Ich sagte, dass auch Maya jetzt keine Schwester mehr hat und dass er nicht allein wäre mit seinem Verlust. Ich würde meinen Sohn verlieren, er seinen Bruder, Lukas und Tinki ihren besten Freund, die Großeltern ihren Enkel, Robin seinen Cousin.

Außerdem wollte er im Leichenwagen mitfahren, und was passieren würde, wenn er Tobi einfach wieder ausbuddeln und mit nach Hause nehmen würde. Er weinte und krümmte sich vor Schmerz und für mich war es furchtbar anstrengend, ihn so leiden zu sehen, aber es war auch gut, denn er muss das verarbeiten und rauslassen und seine Fragen stellen. Er sagte auch, dass er nicht weiß, ob er die Schule schafft, weil er da nicht weinen will, vor allem vor seiner neuen Lehrerin Frau Nowotny nicht, und ich sagte ihm, er solle es mal probieren, das könnte ihn auch ablenken, und wenn das nicht geht, dann solle er nach Hause kommen, dann würden wir die Sachen zu Hause nacharbeiten. Ich lobte ihn auch noch mal für seine Hausaufgaben, denn er ließ sich heute drauf ein, nach ein bisschen Bewegung noch den Rest von Mathe zu machen, und das konnte er dann auch, er konnte sich ein wenig konzentrieren. Während des Heulens sagte er auch, dass er sich nicht konzentrieren kann, weil er immer an Tobi denken muss.

Ich schlug ihm vor, dass wir gemeinsam einen schönen Platz aussuchen, wo Tobi begraben wird, das fand er gut, und dass wir viele schöne Blumen pflanzen werden und Tobi ganz oft besuchen werden.

Als er dann endlich eingeschlafen war, musste ich erst mal ein Glas Wein trinken und eine Tüte Chips essen, ... dann ging es wieder zu Tobi, der bleich und total geschwächt im Bett lag. Ich besprach mich noch mit Detlef und sagte ihm, ich wäre bereit. Kann man dafür bereit sein? Ich empfinde es im Moment so, ich glaube, ich könnte es aushalten, wenn er jetzt von dieser Welt scheiden würde. Ich habe zwar nach wie vor große Angst davor, aber es ist eh unausweichlich und für Tobi wäre es Erlösung. Und für Niko sicherlich auch. Vielleicht nicht sofort, aber dann würde irgendwann absehbar wieder ein wenig Ruhe in unser Leben einkehren. Für uns alle, nicht nur für uns engste Familie, sondern auch für die, die sich im Bombensplitterkreis bewegen.

FREITAG, 06.09.2013

Nach einer ruhigen Nacht begann mein Tag mit einem Telefonat mit Herrn Pottbäcker. Er ist Pastor, und den Kontakt hatte Frau Bünk vom Palliativnetzwerk hergestellt, als Empfehlung für jemanden, der eine Beerdigung leiten könnte. Ich konnte mir die mir bekannten Personen, die dafür infrage kämen, schlecht vorstellen. Herr Pottbäcker rief gestern an und sagte mir, dass er bereit wäre und ich jederzeit mit ihm sprechen könnte. Wir vereinbarten für heute Morgen ein Telefongespräch, denn ich kann und will Tobi nicht allein lassen, auch nicht für ein so wichtiges Gespräch, dafür wird später Zeit sein.

Ich bat ihn, wenn Tobi verstorben ist, zu kommen, um mit uns zu beten, ich hoffe, dass das Nikolas hilft, denn Detlef und ich haben eigentlich einen festen Glauben, der zwar arg erschüttert ist, aber dennoch fest, aber bei Nikolas konnte der nicht wirklich wachsen (in Erinnerung an seine Kommunion im Frühjahr).

Während des Gesprächs ging das Babyphone und ich musste Herrn Pottbäcker abwürgen, Tobi war es schlecht und ich hatte noch nicht mal Zeit, Vomex klarzumachen, da fing er auch schon heftig zu erbrechen an. Dann musste er auch noch auf den Toilettenstuhl, zum zweiten Mal heute Morgen. Das ist so kraftraubend, danach war er sichtlich erleichtert, aber es ist echt eine furchtbare Quälerei. Man könnte ihm eine Magenablaufsonde legen, aber das will er bestimmt nicht, dennoch werde ich ihn fragen. Auch ob er nur noch schlafen will (mit dem neuen Medikament), werde ich ihn fragen. Am Abend bot sich die Gelegenheit, und ich hatte alles in seinem Sinne entschieden.

Niko ging ganz normal in die Schule und kam erst eine gute Stunde nach Schulschluss nach Hause. Detlef brachte unser Auto in die Werkstatt, Inspektion, ist schon ein Jahr alt, die Zeit rennt ...

Nach dem Mittagessen fuhren Detlef und Niko zum Klettern und ich machte es mir neben dem schlafenden Tobi bequem und schlief auch kurz ein. Heute war ein sehr heißer Tag, der Sommer bäumt sich noch mal auf, aber der Herbst steht schon in den Startlöchern. Nachmittags kamen Oma Gilla und Opa Peter zu Besuch, brachten einen Gruß von Jörg in Form von Rubbellosen mit. Tobi war gut drauf und plauderte, verlangte sogar, etwas zu essen, TUC und Apfel, abends eine Scheibe Schinken-Spicker und 2 POM-Bären. Oma Hanne und Opa Heinz schauten auch auf einen Sprung rein. So um 20 Uhr schlief Tobi dann ein, wurde aber zwischendurch noch mal kurz wach und startete erneut mit Übelkeit, wie grässlich. Nikolas war heute richtig gut drauf, unser Gespräch gestern Abend schien ihm sichtlich gutgetan zu haben.

SAMSTAG, 07.09.2013

Tobi hatte heute Morgen einen Albtraum, er träumte von einem Garten, in dem er Aufgaben lösen musste, und die Gartengeräte griffen ihn an. Besonders schlimm fand er, dass er den Garten riechen konnte. Es war so schlimm, dass ich mich von halb sechs bis sieben zu ihm legen sollte und ihn kuscheln durfte. War das schön, er legte ein Bein auf meinem ab und lag ganz dicht bei mir. Dann musste ich ja leider aufstehen wegen des Novalgins, und um 8:30 Uhr, ich war gerade wieder fest eingeschlafen, ging es mit der Übelkeit los. Sehr heftig, aber Vomex kämpfte es erfolgreich nieder. Eigentlich war heute ein einziger Kampf gegen das Erbrechen, das muss so furchtbar sein und ich kann nur hoffen, dass man sich auch daran irgendwie gewöhnt, wie sich der Mensch ja an so vieles gewöhnen kann. Mittags, er hatte alles an Medikamenten intus, war es so schlimm, dass er schon über dem Eimer hing, ein gewaltiges Luftablassen brachte aber dann Erleichterung. Allerdings ist das alles so schrecklich übel riechend, ich krieg den Geruch gar nicht mehr aus der Nase und habe beschlossen, dass morgen Waschen und Betten beziehen angesagt ist.

Nikolas setzte sich heute wieder zu Oma Hanne ab und blieb auch dort über Nacht. Ich war abends noch mal kurz dort, um ihn zu knuddeln und ihm zu sagen, dass es völlig okay ist, dass er sich absetzt, und dass ich froh bin, dass er sich bei Oma so wohlfühlt. Außerdem habe ich meine verblühten Hortensien dorthin gebracht und vor dem Wetterumschwung auch noch kurz den Balkon gesäubert!

Tobi hat nur wenige Wachzeiten gehabt und dann mit Übelkeit gekämpft. Abends ab halb neun ging es dann, Nicole kam vorbei und Tobi genoss ihre Anwesenheit sehr. Er plauderte sogar und ließ sich beknuddeln. Nicole hat eine unheimlich tolle Art, auf Tobi einzugehen, und sie kann ihm zeigen, wie gern sie ihn hat, und er kann es erwidern. Einfach schön! Es hat tatsächlich geklappt, dass Tobi nicht erbrochen hat, aber ich befürchte, dass es dann morgen wieder so weit ist.

(gemalt im Mai 2012)

♥♥♥

SONNTAG, 08.09.2013

Meine humorige Seite würde für heute raushauen: Jaja, ich hatte Waschen und Betten beziehen angekündigt, deshalb hat er heute mal durchgeschlafen, aber so ist es wohl nicht.

Tobi hat heute den ganzen Tag geschlafen, er hob zwischendurch nur ganz kurz die Augenlider, um zu registrieren, wer denn da bei ihm ist. Die Übelkeit war nur am Morgen ein kurzes Problem, habe ihm alles an Medis fest gegeben und er schien sich darunter entspannen zu können. Niko hat am Abend ein wenig mit ihm gekuschelt, er lag bei ihm und hat auf ihn eingeflüstert und dabei seine Hand gekrault. Das fand ich so unglaublich schön für beide. Ansonsten haben Detlef und ich heute abwechselnd bei ihm gewacht und ich habe versucht, ihn mit positiven Gedanken zu begleiten. Habe in Erinnerungen geschwelgt, habe Faye und Michael, Marlow, Ben, Eckhart, Uropa Heinrich und Uroma Gerda und all die, die schon drüben sind, gebeten, Tobi zu empfangen und zu begleiten. Habe ihn gedanklich im Arm hin- und hergeschaukelt. Er wollte heute körperliche Nähe und so habe ich einige Stunden eng an ihn gekuschelt verbracht und weitere Stunden neben ihm in meinem Bett, seine Hand haltend.

Ich habe ihm zugeflüstert, dass er in ein Kissen aus Liebe gebettet ist, ich, sein Papa, sein Bruder, seine Großeltern, sein Onkel Stefan, Robin, Nicole, seine ganze große Familie, seine Freunde und alle, die ihn kennen, haben ihn so furchtbar lieb.

MONTAG, 09.09.2013

01:35 UHR

Sitze aufrecht neben Tobi im Bett, habe brüllende Kopfschmerzen und fühle mich gar nicht müde. Tobi hat sein Novalgin und eine MCP-Infusion gekriegt, Pipi gemacht (dazu habe ich ihn ermutigt, denn er hatte seit heute Mittag nichts mehr gemacht) und ist wieder ins Land der Träume gehuscht.

Seinen Herzschlag empfinde ich als schwächer, sonst hat man den Herzschlag ganz deutlich sehen können, das Klopfen, jetzt ist es nur ein zartes Pochen. Er atmet regelmäßig, aber nicht oft, zwischendurch, nach längerer Pause holt er ganz tief Luft. Fühle, dass ich wach bleiben sollte, aber vielleicht ist es auch nur die Angst, dass er morgen Früh, wenn ich wach werde, schon tot sein könnte? *Warum habe ich Angst davor? Will ich ihn nur nicht gehen lassen? Will ich sehen, wie er aufhört zu atmen, damit ich mich ihm nahe fühle, wenn er geht?*

Vielleicht ist das alles auch fernsehgeprägt, ein Toter, mit offenem Mund, weil ihn keiner geschlossen hat, oder offene, tote Augen, da gruselt es mich schon sehr, auch wenn es mein geliebtes Kind ist. Wenn ich jetzt wach bleibe und er morgen auch wieder wach wird, dann bin ich im Eimer.

Ist überhaupt ziemlich krass, sitze hier und häkle, bin die Ruhe selbst und warte einfach ab. Man hat mir mal gesagt, dass Kinder erst sterben, wenn sie wissen, dass ihre Mutter sie gehen lässt, dass sie ohne das Kind klarkommen kann. *Was für ein doofer Spruch, oder?* Klar, ich bin bereit, dass er sterben kann, aber auch nur, weil es keinerlei Hoffnung gibt und ich ihn so liebe, dass ich ihn lieber tot in meinem Arm habe als erneut kotzend oder mit Schmerzen. Entscheide mich aber jetzt doch für den Versuch zu schlafen, wenn ich dabei sein soll, dann werde ich entweder wach oder es passiert morgen oder die nächsten Tage.

7 UHR

Er atmet noch! Im Morgengrauen kommen mir meine Gedanken von gestern Nacht so albern vor, so schnell stirbt es sich nicht. Ich mache die Infusionen fertig, diesmal gibt es direkt im Anschluss Vomex, ganz langsam und ich versuche dann, noch eine Mütze Schlaf zu kriegen.

9:30 UHR

Vomex fertig, die Dämmerung ist dem Tageslicht gewichen. Tobis Herz bumpert wieder mehr und heftiger. Komisch. Er ist so weiß, so wächsern im Gesicht. Meine Hautfarbe gegen seine, da bin ich ganz dunkelhäutig, obwohl ich ja diesen Sommer auch fast keinen Sonnenstrahl abbekommen habe …

VORMITTAG

Oma Gilla und Opa Peter kommen, Tobi nimmt sie wahr, sagt aber nichts. Danach kommt Claudia, die er wahrnimmt und begrüßt. Oma Hanne und Opa Heinz werden auch mit einem *„Hallo Oma, hallo Opa!“* begrüßt und er erwidert Omas *„Ich habe dich ganz doll lieb.“* mit *„Ich dich auch.“* Stefan kommt auch und kuschelt mit ihm, küsst ihn und Tobi wird noch mal munterer, will sogar den Fernseher eingeschaltet haben. Er döst immer wieder ein, wird wach und guckt trüb und schläft dann wieder ein.

NACHMITTAG

Ein schöner Moment war, als wir alle zusammen, alle vier, im Schlafzimmer waren und eine Überlebenssendung auf DMAX geguckt haben. *Wer weiß, wie oft wir dazu noch die Möglichkeit haben?*

Leider musste Tobi am Abend erneut brechen, aber es war nicht so ein ganz schlimmes Brechen, nur Magensaft, er hat heute auch bis auf ein bisschen Trinken nichts zu sich genommen. Heute Nacht bin ich recht entspannt, glaube nicht, dass er heute Nacht gehen wird, aber ich werde trotzdem sehr froh sein, wenn der Wecker morgen geht und ich ihn atmen höre.

Was total bekloppt ist, ist, dass Tobis Internetseite gehackt worden ist. *Wer macht denn bloß so was?* Deshalb kann ich jetzt dort nichts mehr posten und werde die Familie und Freunde über einen E-Mail-Verteiler weiterinformieren, ich weiß nur noch nicht, in welchem Rahmen. Der um Ecken befreundete Ersteller will sich der Seite annehmen, kann aber nichts versprechen, aber eine neue Seite machen, das braucht er nicht.

Ihr Lieben,

leider sind mit dem Update auch meine neuen Zugangsdaten nicht mehr aktuell, komme also nicht auf die Seite, um meinen Tagebucheintrag zu posten. Deshalb das schon mal vorab.

Für euch! Viele liebe Grüße von Kerstin

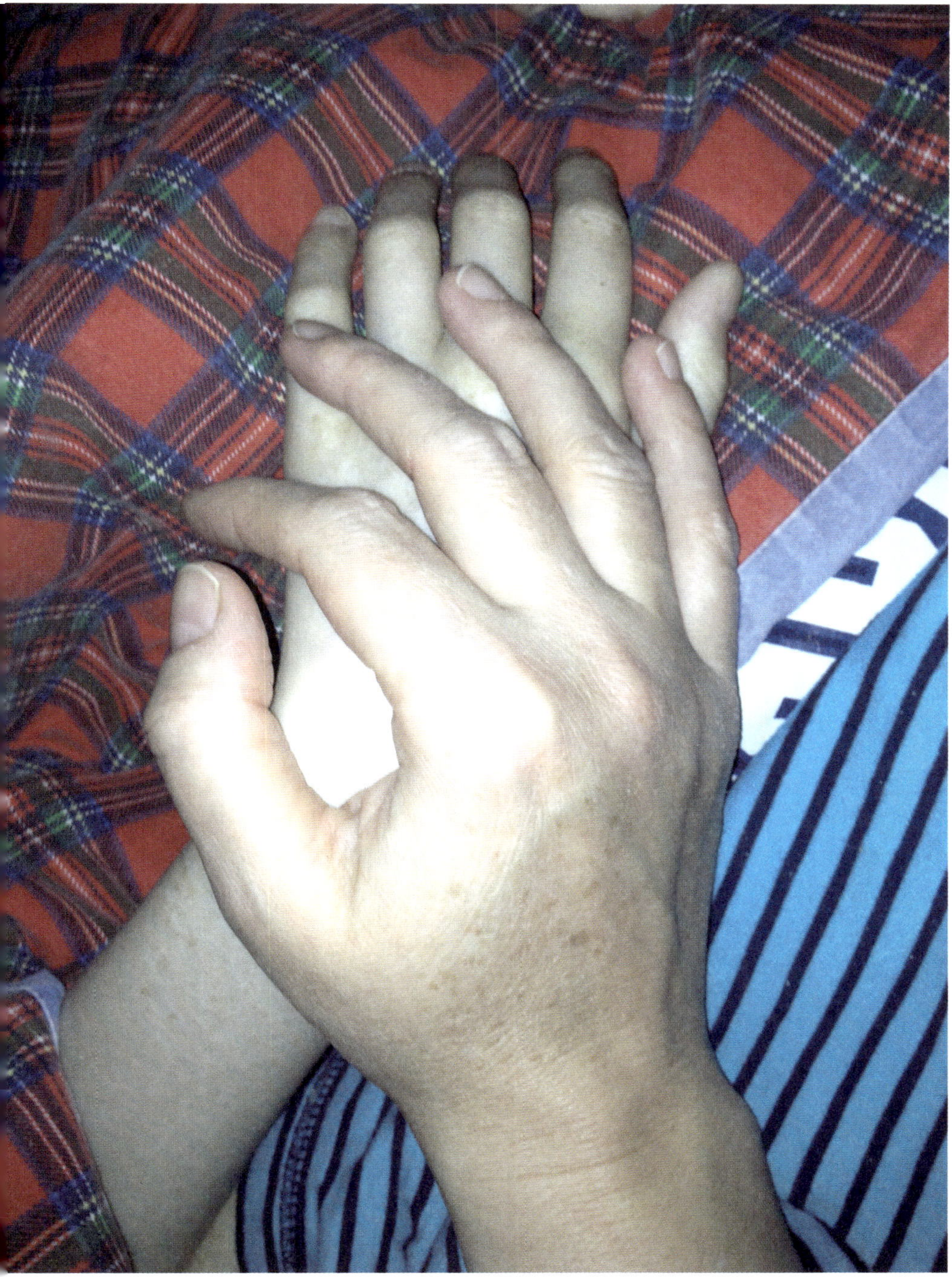

DIENSTAG, 10.09.2013

Heute Morgen war mal wieder Frau-Bünk-Tag. Ich hatte schon beim letzten Mal gedacht, eigentlich gibt es nichts zu reden, gibt es aber doch, sie hat eine so tolle Gesprächsführung und uns heute wieder so einige Dinge klarer sehen lassen. Detlef und ich haben ja total unterschiedliche Verarbeitungs- und Umgangsstrategien und werden dem in unserer Trauer vermutlich auch nicht untreu werden. Es kam die Sprache darauf, ob wir der Familie und Freunden zu Hause noch die Möglichkeit geben wollen, sich von dem toten Tobi zu verabschieden, denn eine Aufbahrung in der Totenhalle finde ich furchtbar, das will ich nicht. Wir werden das vermutlich dann zeitlich begrenzt machen, wir werden sehen.

Ich erzählte, dass Niko gefragt hat, ob er im Leichenwagen mitfahren dürfte, und Frau Bünk meinte nur, warum nicht, wenn ihm das guttut, seinen Bruder zu begleiten! Und klar, *warum nicht?* Auch über die Sargmalaktion haben wir gesprochen, ich hoffe, dass mein Zweck dahinter, den Kindern den Abschied zu erleichtern und das als „schönes" Erlebnis zu speichern, auch wirklich klappt, betone aber hier noch mal ausdrücklich, dass ich es keinem übel nehme, wenn er das ablehnt und seinen Kindern nicht zumuten will.

Frau Bünk hat uns gut zugeredet, dass wir gut vorbereitet sind, sie geht jetzt für 3 Wochen in Urlaub und meldet sich dann danach, um eventuell weitere Gespräche mit uns zu führen.

Detlef ist mit Nikolas heute Klamotten kaufen gefahren, für mich Gelegenheit, die Nähe zu Tobi noch mal voll auszukosten. Ich habe neben ihm gelegen und ihn angesehen, versucht mich sattzusehen, aber das funktioniert wohl nicht. Er tauchte immer wieder kurz auf und ich hatte die Idee, Silent Island, eine Entspannungsapp, zu starten und mit ihm Entspannungsmusik zu hören. Das war unheimlich schön, und Tobi versank unter dem Meeresrauschen und den Klängen wieder in seinen Träumen.

Um 18:30 Uhr schlug er dann die Augen weit auf! Unglaublich. Und er wollte essen, war ganz wach! Auch den Fernseher schaltete er ein. Unglaublich.

Es gab ein paar Bissen Erdbeermarmeladentoast, er hatte richtig Hunger (seit Samstag hatte er ja gar nichts mehr gegessen ...).

Dieses Wechselbad ist kaum auszuhalten, meine Versuche, mich auf sein Ableben vorzubereiten, erscheinen so blöd und unnötig, wenn er dann wieder so hell und wach ist und es sich anfühlt, als könne es noch wochenlang so weitergehen.

Robin schrieb am Abend und machte dann FaceTime mit Tobi, und ich hatte 2 Stunden vorher mit Sandra am Telefon geflüstert, dass es Tobi so schlecht geht und dass er fast nur noch schläft ...

Tobi war es dann auch langweilig und er wollte, dass Onkel Stefan kommt, der das dann auch gerne tat. Mit Onkel Stefan ist das eine so besondere Verbindung und ich bin darüber sehr glücklich, und Tobi genießt es immer sehr, wenn Stefan da ist!

Oliver besuchte uns am Abend. Er war auch etwas verwundert und hatte nicht erwartet, Tobi so anzutreffen, sein Zustand war ihm doch anders von unterschiedlichen Personen berichtet worden, und er war natürlich sehr erfreut. Tobi sprach sogar mit ihm (allerdings machte er den Fernseher nicht aus, „Pretty Woman" lief mit einer heißen Szene!). Wir hatten einen sehr angenehmen Abend und tolle Gesprächsthemen. Ein bisschen beunruhigt hat mich, dass er sagte, dass es manchmal so ist, dass die Kinder noch mal eine gute Phase haben, bevor sie dann sterben, aber bei Tobi läuft eh alles nicht so, wie man es erwartet!

MITTWOCH, 11.09.2013

Mit Rumprobieren und der Hilfe von dem Bekannten (danke dir, unbekannterweise!) habe ich die Einträge hier wieder ins Internet einstellen können. Wenn ich meine Berichte Tage später lese, dann ist das schon recht heftig zu lesen, in der Schreibphase tut es mir aber verdammt gut, das alles loszuwerden.

Heute Morgen kam das Palli-Team mit Herrn Preßel, was mich ungemein gefreut hat, so schließt sich der Kreis. Da er und Schwester Nicole warten mussten, bis die Thrombos durchgelaufen waren, hatten wir viel Zeit, um zu sprechen. Tobi registrierte ihn auch wohlwollend, allerdings nur mit einem matten *„Hallo"*. Er ist heute Vormittag wieder ganz weit weg. Herr Preßel hat gesagt, dass Tobi jetzt in einem Zustand ist, wo es jederzeit möglich ist, dass er stirbt, allerdings kann es trotz allem auch noch Tage oder sogar Wochen dauern, es gibt da keine Regel und jeder Mensch ist halt anders, auch in der letzten Phase seines Lebens. Also werde ich morgen Medikamente und Zubehör bis nächsten Dienstag bestellen, sollte Tobi auch morgen früh noch am Leben sein. *Krass, oder?*

Für Niko war wieder Ulrike-Tag, heute mal wieder mit Hausaufgaben, und weil der Himmel heute den ganzen Tag geweint hat, haben sie sich drinnen beschäftigt. Tobis Hauslehrerin Frau Flachenecker kam kurz zu Besuch, mit ihr stehe ich seit Samstag in schriftlichem Kontakt, aber Tobi ist ja nur immer kurz und unerwartet wach gewesen, sodass sie dann einfach heute kurz vorbeigekommen ist. Sie hat Tobi kurz angesehen und er hat sie auch wahrgenommen.

Ansonsten ist er wieder sehr schlapp und schläfrig, am Abend war er vielleicht für zwei Stunden wacher, dann sind ihm die Augen wieder zugefallen. Heftig war, dass wir im Fernsehen einen Spot der DKMS zusammen gesehen haben, wo ein Mädchen, vielleicht etwas jünger als Tobi, davon berichtet, dass sie durch eine Stammzellspende wieder gesund geworden ist und jetzt wieder alles machen kann, was sie dann auch aufzählt. Am Ende des Spots, Werbung für Spenderregistrierung, sagt sie, dass es ein Wunder gewesen wäre. Heftig. Ich wusste erst nicht, was und ob ich überhaupt was dazu sagen soll, habe aber dann gesagt: *„Das Wunder hätte ich mir für dich auch so sehr gewünscht."*

Tobi hat mich angelächelt und ganz unglaublich liebevoll angesehen, meine Hand geküsst und gesagt: *„Ich weiß."* Dann hat er wieder die Augen zugemacht. Einerseits unglaublich schön, aber andererseits zerreißt es mir das Herz.

Die Stunde rückt immer näher und ich kann es nicht verhindern. Ich konnte es nicht verhindern. Das macht mich so wütend und ich bin darüber so verzweifelt, ich bin so stark, so voller Liebe, habe alles gemacht, wie die Ärzte es mir empfohlen haben (und oft waren das auch ganz fiese Dinge), habe alle Tabletten irgendwie in dieses Kind hineinbefördert, alle Kontrollen wahrgenommen und konnte trotz allem nichts verhindern, ändern, das Schicksal nicht beeinflussen.

Am Abend verblüffte Tobi uns erneut und forderte Chicken Nuggets ... Detlef hatte zum Glück die Tiefkühlvariante besorgt, aber geschmeckt haben sie leider nicht. Zum Glück führte das aber auch nicht zu Übelkeit, ich gebe ihm ja jetzt alles fest und zeitgleich zu den Nuggets gab es auch Vomex. Aber es ist schön, dass er heute weder Schmerzen hatte noch war ihm doll übel, das ist schon genau gut so.

Tobi war heute Morgen schon von Übelkeit geplagt und hatte um 10 Uhr schon alle Medis weg. Er schlief aber dann wieder friedlich weiter. Ich habe am Vormittag mal ein Linsensüppchen gekocht, unser Immer-gern-Essen Nudeln mit Pesto können wir auch ein andermal essen!

Mit Niko gab es schon vor dem Essen Stress, weil er so furchtbar unwillig ist, was die Schule angeht. Nach dem Essen gab es dann erneut Stress, weil er sich mit seinem Freund verabredete, an seinen Geldumschlag ging und stiekum verschwinden wollte. Ich habe aber nachgehakt und erfahren, dass sie mit der Straßenbahn alleine zu irgendeiner Trinkhalle fahren wollten, um da abzuhängen. Hallo? 9 Jahre alt? Ich habe dann den Freund angerufen, um mir das noch mal genauer erklären zu lassen, aber auch er konnte mir nicht so genau sagen, wo sie da hinwollten, und als ich ihn fragte, ob er alleine Straßenbahn fahren dürfte, antwortete er mit einem Ja, aber als ich dann seine Mutter sprechen wollte, lenkte er schnell ein und sagte, dass sie vielleicht doch besser was anderes machen wollten, sie müssten da ja nicht hinfahren! Ha! Schlitzohr.

Für Niko war das natürlich superpeinlich und er wollte erst gar nicht gehen. Ist er dann aber doch, mit 5 Euro in der Tasche und der Gebietsauflage, wo er sich aufhalten darf! Er hat für seine 9 Jahre schon so viele Freiheiten, aber ich muss wissen, in welchem Umkreis er sich aufhält. Und der ist schon weit gesteckt.

Tobi hatte während dieser ganzen Diskussion, an der auch Detlef beteiligt war, einen akuten Übelkeitsanfall und musste auch wieder erbrechen, allerdings nicht so schlimm und viel, aber anstrengend genug. Er hing über dem Eimer und kotzte und wir diskutierten mit Niko.

Ich fragte Tobi, ob er meinte, dass es nun gut sei mit Brechen und er antwortete mit einem verschmitzten Grinsen: *„Jo, glaub' schon und ich hab grad auch gute Ablenkung"*, und meinte damit das Hin und Her mit Niko! Lach! Ein kurzes Aufblitzen seines Humors! Er ließ sich auch noch über Niko und seinen Freund aus und kam richtig in lustige Rage und beendete das damit, dass er sagte, dass ich da mit ihm ja nicht so Schwierigkeiten haben würde, er hätte so was nie gemacht! Ich dachte: *„Ja, mein armes Kind, du hattest auch viel zu wenig gesunde Zeit, um mir da Schwierig-*

keiten zu bereiten, die lagen auf ganz anderem Gebiet." Und die Kraft schwand dann so schnell, dass Tobi wieder in tiefen Schlaf fiel. *Wie oft wird er noch aufwachen? Lachen? Reden?*

Es gibt auch neue Blutwerte, nichts Überraschendes, aber stetig fallend, Hb 4,1, Thrombos 8000 und Leukos 3000, wohl immer noch keine Blasten im Blut. Seltsame Leukämie!

Am späten Nachmittag kamen Oma Hanne und Opa Heinz, und Tobi tauchte noch mal aus seiner Wattewolke auf. Er sprach sogar und entzückte uns alle. Hunger hatte er auch wieder, diesmal gab es Obstsalat.

Vertragen hat er den aber genauso wenig wie die übrige Nahrung, die er immer wieder probiert, Übelkeit, ein Wegbeamen in den Tiefschlaf, nur um der Kotzerei zu entgehen. Es wäre auch wieder Zeit für einen Einlauf, aber ich hatte mit dem Palli-Team besprochen, dass ich das nur zu machen brauche, wenn der Bauch sehr hart ist. Gut, er ist schon recht gebläht, aber ein Einlauf wäre furchtbare Quälerei und unheimlich kraftraubend, außerdem kann er ja seine Beine vor Schwäche nicht mehr eigenständig heben und somit kann ich ihn wohl auch nicht mehr auf den Toilettenstuhl setzen, also wäre Windel angesagt, wie furchtbar und erniedrigend für ihn. Also warte ich noch mal einen oder zwei Tage und hoffe, dass das die richtige Entscheidung ist.

Wir haben dann noch zusammen ein bisschen „Asterix und Obelix" geguckt, so ein Zaubertrank, das wär's jetzt doch! Niko kam auch etwas geschmeidiger wieder nach Hause, dieser Spagat zwischen auf ihn Rücksicht nehmen wegen der Situation, Grenzen setzen und Erziehung ist furchtbar anstrengend und schwer.

FREITAG, 13.09.2013

Der heutige Morgen fing komisch an, um 6:40 Uhr weckte Tobi mich und sagte, er hätte die ganze Nacht nicht geschlafen. Er hätte überall Schmerzen und seine Haut würde furchtbar jucken. Panik!

Ich fragte ihn, ob er einen Bolus Morphin wolle, was er bejahte. Ich sagte ihm, ich würde gleich wiederkommen, und machte die Infusionen startklar. Nach ein paar Minuten war ich wieder bei ihm, hängte ihm noch Novalgin an und fragte ihn, ob der Bolus denn gewirkt hätte. Er machte die Augen halb auf und blickte ganz entrückt durch die Schlitze, regte sich aber sonst nicht. Ich versuchte, meine Panik zu unterdrücken, aber die Gedanken kommen sofort, oje, jetzt ist es so weit, gleich ist es so weit … dann nickte er aber kaum merklich. Ich legte mich zu ihm und hielt einfach nur seine Hand, lauschte seinem Atem. *Wovor habe ich denn eigentlich Angst? Davor, dass er stirbt?* Nein, das habe ich akzeptiert, das kann ich nicht verhindern. Ich glaube, ich habe Angst vor mir, vor meinen Emotionen, vor meinen Reaktionen, die der Tod von Tobi auslösen wird. Das ist was, das kann ich überhaupt nicht einschätzen oder vorhersehen, ich werde das natürlich auch aushalten, denn der Mensch kann so vieles aushalten, *aber wie wird es sein?*

Der Tag gestaltete sich ansonsten wieder unglaublich, Tobi erwachte gegen 14 Uhr und war bis auf ein paar kleine Nickerchen bis 21 Uhr wach. Dazwischen guckte er mit Detlef fern, sie machten einen richtigen Papa-Tag. Zwischendurch kamen noch Oma Gilla und Opa Peter, die auch froh waren, ihn mal wach zu sehen. Am Abend schickte Tobi dann Detlef zu McDonald's, er aß einen Chicken Nugget und biss in den Hamburger … Was sagt man dazu? Mir fehlen die Worte, ich hoffe nur, dass das nicht wieder mit Erbrechen bestraft wird. Damit muss ich auch meine Einlaufentscheidung noch mal überdenken, setze aber erst mal weiterhin auf Abwarten.

Niko kam von der Schule und verabredete sich dann mit einem Freund, sie düsten mit dem Rad draußen rum, so wie Jungs das tun. Superschön! Bevor er rausging, sagte er Tobi noch kurz Tschüss und kam mit leuchtenden Augen aus dem Schlafzimmer, Tobi war sehr nett zu ihm gewesen und hatte ihm gesagt, dass er ihn lieb hat. Dafür bin ich so froh und dankbar. Außerdem habe ich mit ihm endlich mal eines der Bilderbücher gelesen, „Abschied von Tante Sofia“ von Hiltraud Olbrich, ein sehr schönes Buch, das ich mir für uns gekauft habe.

Dann habe ich noch eine traurige Nachricht bekommen, Leoni aus Frankfurt hat auch wieder ein Rezidiv, sie ist noch viel kleiner als Tobi, ich glaube, sie ist gerade in die Schule gekommen, und auch ihren Eltern ist eine palliative Behandlung ans Herz gelegt worden. Was für ein Mist! Sie kämpfen aber noch und werden vermutlich auch den Weg nach Tübingen einschlagen, ich hoffe sehr, dass es für sie besser läuft, habe aber meine großen Zweifel und eine tiefe Traurigkeit in mir.

Morgen Abend habe ich Jahrgangsstufentreffen, Abi 1988, 25 Jahre nach dem Abitur. Ich würde so gerne meine Klassenkameraden wiedersehen, ich habe einige Mitschüler wirklich sehr lange nicht mehr gesehen. Ich hatte mich innerlich aber schon davon distanziert, wenn Tobi aber so gut drauf ist wie heute Abend, dann gehe ich für ein Stündchen und hoffe, dass es gut geht. Aber das wird eine ganz kurzfristige Sache werden.

Und noch ein Spaß – die Sanitätsfirma holte den Toilettenstuhl ab, den ich seit mindestens einer Woche im Wohnzimmer hin- und herschiebe. Der Typ von der Firma hatte ja einen zur Probe übers Wochenende gebracht, aber über die Abholung hat sich keiner einen Kopf gemacht. Und auf Nachfrage nach dem passenden Eimer für den aktuellen Stuhl, der kommt wohl erst Ende nächster Woche! Bin ja froh, dass der eine Stuhl endlich weg ist, denn die Abholabteilung konnte mir nur einen Termin für nächste Woche Mittwoch geben, da musste ich dann noch mal nachbohren! Dieses Sanitätshaus ... echt!

SAMSTAG, 14.09.2013

Wir zwei hatten heute eine schreckliche Nacht, die aber nichts mit Sterben oder Leukämie zu tun hatte und sich auch einfach so abgespielt haben könnte ... Ich schnarche. Seit ungefähr drei Wochen wieder verstärkt, obwohl ich weder erkältet bin noch die Nase zu ist, nicht mehr weine als sonst und selbst wenn ich das im Schlaf tun würde, müsste es ja an den Augen zu sehen sein! Könnte höchstens mit meiner Gewichtszunahme erklärbar sein, Herbstanfang, Wetterumschwung oder Allergie gegen fallendes Laub finde ich als Erklärung aber schöner!

Tobi hat mich also mehrfach (in Papa-Manier, aber etwas zärtlicher) angestoßen und mir gesagt, dass ich so laut schnarche. Mein armes Kind, es muss wirklich sehr laut sein, denn du schläfst so tief und merkst oft gar nicht, was um dich herum passiert.

Was noch wirklich erstaunlich und erschreckend ist, ist, dass Tobi sein Oberbett, ein ganz normales, leichtes Allergikerbett mit Füllung, als zu schwer empfindet. Gestern Abend wollte er nicht mehr damit zugedeckt werden. *„Ich bin zu schwach, um die zu bewegen, die ist so schwer ...“*, sagte er und wir fanden die Variante Tobi-fleecedecke plus leichte Wohnzimmerkuscheldecke. *Wie muss sich das wohl anfühlen, wenn die Decke zu schwer, zu beengend ist?*

Ansonsten habe ich bis nachts mit kurzen Unterbrechungen neben Tobi gelegen und seine Hand gehalten, Detlef war mit Niko unterwegs, Kindergeburtstag und Limbecker Platz. Opa Heinz rief an und fragte, ob Robin mal vorbeikommen könne, aber Tobi war so weit weg und trüb, dass ich Nein gesagt habe.

Onkel Stefan kam später noch vorbei und dafür tauchte Tobi dann wieder kurz auf. Ich nutzte die Chance und nötigte Tobi zum Bettenbeziehen, das hatte ich jetzt schon tagelang aufgeschoben. Dafür rückte er dann rüber in mein Bett, was für ein Kraftakt, er kann die Beine nicht mehr eigenständig bewegen, ich konnte ihn aber unterstützen. Als er dann wieder in seinem Bett lag, hatte ich ein furchtbar schlechtes Gewissen, denn er keuchte, sein Herz schlug wie wild und er war völlig am Ende. Wie furchtbar.

Er nahm sich dann wieder eine Auszeit, aß aber noch mit Onkel Stefan ein paar Jumpys ...

Niko setzte sich für den Abend zu Oma Hanne ab, mit Robin spielen, wir hatten heute arge Diskussionen (iPod, Schule) und ich war nur doof. Opa Heinz brachte ihn dann nach Hause, mit Robin im Schlepptau, der auch noch zu Tobi ging, und das motivierte Tobi dann, sodass er bis nach eins in der Nacht wach war, mit kurzen Dösepausen. Ich habe wieder einfach nur neben ihm gelegen und seine Hand gehalten und mit ihm geschlummert.

Das Klassentreffen fand demnach ohne mich statt, ich konnte Tobi nicht alleine lassen.

SONNTAG, 15.09.2013

Auch dieser Sonntag ist fast rum und die Situation hat sich nicht wirklich geändert. Nach erneutem Hausaufgabenstress am Morgen ist Niko mit Oma Hanne und Opa Heinz in den Zoo gefahren, er hatte dort einen schönen Tag. Ich habe wieder die meiste Zeit neben Tobi gesessen, gelegen, gedöst, gehäkelt, ihm in seinem Schlaf Gesellschaft geleistet, immer wieder seinem Atem gelauscht, und es wallt in mir immer häufiger auf, wie lange noch, wie viel Zeit mag noch sein, ich kann mir das alles einfach überhaupt nicht vorstellen. Ich bin so kraftlos. Damals im Juni hat sich das anders angefühlt, da war ich voller Tatendrang, alles für danach zu organisieren, es besonders schön zu gestalten, so wie Tobi es mögen würde. Im Moment hoffe ich nur, dass ich das alles durchstehen werde, und es wird sich schon alles fügen, ich habe ja schon alles auf die richtige Bahn gelenkt. Und es ist auch irgendwie egal, weil ich mein erstgeborenes Kind für immer verlieren werde.

Frank schaute am Morgen kurz rein, mein Cousin Thomas am Nachmittag, seine Frau Elke hatte uns einen Apfelkuchen gebacken, mit Äpfeln aus eigener Ernte! Abends kam dann noch Nicole, dafür wurde Tobi sogar noch mal kurz wach und die beiden unterhielten sich. Er versuchte mal wieder was zu essen, Leberwursttoast sollte es sein, aber nach 3 Bröckchen kam heftigste Übelkeit und ich musste ihm schnell MCP anhängen, danach sofort Vomex und ich hoffte, dass wir das Erbrechen damit verhindern können. Leider kam die Übelkeit genau in dem Moment, als ich Niko ins Bett brachte. Also musste ich Niko wieder enttäuschen, und als ich nach dem Infusionskram noch mal bei ihm reinschaute, weinte er bitterlich, er hätte so eine Angst vor dem Tod und ob ich das Gefühl kennen würde, wenn man keine Luft mehr kriegt, weil es so eng in der Brust ist, mein armer Niko, er steht so furchtbar unter Dampf. Und er ist ja auch ständig mit seinem sterbenden Bruder konfrontiert, und Tobi sieht schon wirklich schlecht aus, weiß wie die Wand, leider auch die Lippen, wirres Haar, das er sich ja seit einiger Zeit schon nicht mehr waschen lässt, und er ist so furchtbar schwach.

Ich versuchte, Niko zu trösten, *aber wie soll ich?* Dass es Tobi dann besser gehen wird, hab ich gesagt, dass er immer bei uns ist in Gedanken und in unserer Erinnerung. Aber ich habe ihm auch gesagt, dass alle Menschen weinen werden, die Opas und Omas, Papa und Mama, unsere Familie und dass es okay ist, dass wir traurig sind und auch, dass wir weinen.

Tobi war dann nachts noch recht munter und wir guckten auf DMAX eine Sendung, zwei Menschen allein in Panama im Dschungel, und die redeten nur von Essen, wie sie nach 14 Tagen so abgebaut hatten, weil sie nur Schnecken und Kokosnüsse gegessen hatten ... Tobi wollte auch essen und er genoss ein paar Mini-TUCs. Leider rächte sich das sofort, und nach einem heftigen Bauchkrampf und einer Ladung Luft kam dann wieder ein erneuter Brechanfall, nicht dolle, nur Magensaft und die TUCs, aber superanstrengend. Ich hatte ihm alle Medis für heute gegeben, aber selbst, wenn ich ihm noch etwas hätte geben können, so schnell wäre ich nie gewesen. Das hätte ich ihm so gerne erspart.

MONTAG, 16.09.2013

Eigentlich ließ sich der Tag gut an, Tobi atmete, als ich wach wurde, er selber hatte heute einige wache und sogar lustige Stunden, mittags erschreckte er Niko, der sich neben ihn gelegt hatte zum Ausruhen und iPod-Spielen. Tobi zuckt ja immer, wenn er döst, so wie das alle Menschen wohl kennen, das hat er auch neben Niko gemacht, aber dann hat er mit beiden Händen auf die Decke gehauen, sodass Niko sich total erschreckt hat und sie darüber beide richtig doll gelacht haben. Wie schön!

Niko hatte sich heute bei Cousin Leo eingeladen, um ein bisschen Gartenarbeit zu machen und mit Santana, dem Hund, zu spielen. Er kam auch ganz relaxed nach Hause und das hat mich dazu hinreißen lassen, die Zubettgehen-Regeln ein bisschen zu lockern, zumal er heute Mittag neben seinen Hausaufgaben eine ganze Seite Deutsch nachgearbeitet hatte, ohne großes Gemecker. Aber leider funktioniert das nicht bei ihm, er dachte sich wohl, da geht noch mehr und ließ es dann auf einen Machtkampf ankommen, den er verloren hat und seinen iPod auch, aber das macht mich nicht wirklich glücklich. Ich lasse mir aber auch nicht auf der Nase rumtanzen.

Tobi wollte unbedingt Besuch, am liebsten von Robin, der kam aber heute nicht, er konnte nicht, dafür kamen Stefan und Nicole. Tobi klagte über Hunger, und ich glaube, dass dieses Gefühl wirklich furchtbar sein muss. Er aß wieder ein paar TUCs und dann wollte er gerne ein Stück Wurst, was Herzhaftes, ich gab ihm eine halbe Scheibe gekochten Schinken, die er genussvoll verschlang und keine 10 min später unter Bauchkrämpfen und Qualen wieder auskotzte. Was für eine Scheiße, das ist so grausam, das kann ich gar nicht in Worte fassen. Aber er versucht es immer wieder, der Hunger muss quälend sein.

Eine Lektion dieser ganzen Hölle ist, was ein Mensch alles ertragen kann. Und damit meine ich natürlich meinen Sohn, der bereits während der Transplantationen mehr tot als lebendig war und gesagt hat, durch diese Hölle gehe er kein drittes Mal. Aber er wäre, denn solange es Hoffnung gibt, wieder leben zu dürfen, macht man das dann noch ein drittes Mal, man ist ja zwei Mal nicht daran gestorben. Auch nicht bei den vielen unzähligen Chemotherapien, die auch immer erst für Übelkeit und Unwohlsein und dann für eine entzündete Speiseröhre und oft wochenlanges Nicht-essen-Können gesorgt haben.

Dann die Bestrahlung, mit dieser furchtbaren inneren, vermutlichen Verbrennung der Speiseröhre, dieses Nicht-schlucken-Können, Hungern, Abmagern, fast Sterben (es stand so schlecht um ihn, dass unser Lieblingsarzt gekommen ist, um uns in den letzten Stunden beizustehen), dann dieses Wieder-ins-Leben-Kämpfen, diese Schmerzen, dieses ständige Erbrechen, aber er hat sich damit einige Tage Leben erkämpft, dann der erneute, körperliche Verfall, Hunger, aber sobald man nur eine Winzigkeit isst, kommt das Erbrechen, Übelkeit, Bauchkrämpfe, der Verdauungstrakt funktioniert schon seit Wochen nicht mehr. Dieses ständige Ins-Leben-Zurückkämpfen und dann, wenn man es geschafft hat, kommt die nächste Therapie und man wird wieder zurück in den Dreck geschmissen, ... es ist eigentlich nicht zu ertragen. Ich kann nur hoffen, dass Tobi sich einfach auch an diese Situation gewöhnt hat und es sich nicht so furchtbar anfühlt, wie es sich liest und wie ich es als Begleitung empfinde.

Ich weiß auch nicht, was ich mir wünschen soll, was ich Tobi wünschen soll, denn er hat trotz Quälerei auch noch schöne Momente, hat gelacht, mit Niko, mit Stefan und Nicole, hat sich beschmusen lassen, genießt es, wenn ich seine Hand halte und kraule, es kann noch nicht vorbei sein. Und doch kann es das jederzeit, aber ich hoffe darauf, dass es ein weiteres Morgen gibt.

DIENSTAG, 17.09.2013

Heute ziemlich viel Stress mit Niko gehabt, aber gewonnen, alles durchgesetzt und Niko auch wieder guter Dinge.

Tobis Zustand scheint besser zu werden, er war heute recht lange wach. Natürlich ist er nach wie vor schwach und auch nicht durchgängig wach, aber er hat gegessen, Obstsalat und TUC, und nicht gebrochen, allerdings hat er sich nach dem Vomex um 22 Uhr schlafen gelegt, damit ihm nicht wieder schlecht wird. Robin war vorher da, und die beiden haben zusammen im Bett gelegen und ferngesehen, gedöst und gequatscht. Morgen Früh gibt es wieder Thrombozyten und neue Werte, das Palli-Team rückt an.

MITTWOCH, 18.09.2013

Heute Morgen weckte mich der Duft angeschmorter Möhren und Zwiebeln, Detlef versuchte sich am frühen Morgen mit der Herstellung von Möhrengemüse, was ihm auch gelungen ist!

Um 10 Uhr rückte Dr. Preßel mit Schwester Nicole an für Thrombozyten und ein Blutbild. Da die beiden immer warten müssen, bis die Thrombozyten durchgelaufen sind, gibt es mindestens eine Stunde Redezeit, manchmal sogar zwei. Mein lieber Herr Preßel, durch seine Rolle bei der Diagnosefindung, durch seine Rolle als Tobis erster Klinikarzt, dem er Vertrauen geschenkt hat, durch seine liebe Art, hat auch für mich eine wertvolle Rolle, außerdem hat er als einer der ganz wenigen (da wäre z. B. noch die Erzieherin von K3, Frau Meyer, sonst fällt mir spontan keiner ein) einen passenden Schlüssel für mein Tränenfässchen, was im Moment zwar gedeckelt ist, aber doch überzulaufen droht. Es tut unheimlich gut, wie er ungebeten, aber total einfühlsam, die Tempos ein Stück näher schiebt. Außerdem hat er wieder wertvolle Informationen dagelassen, ich wusste bisher nur um den „schönen“ Einschlaftod, hatte zwar mal von Todeskampf gehört, aber so was will man ja eigentlich nicht unbedingt wissen. Aber er hat mir heute erzählt, dass, wenn der Hb weiter runtergeht, der Körper anfängt, Arme und Beine nicht mehr richtig zu durchbluten, und dass diese Extremitäten dann kühler werden (Superinfo, vor allem ist mir seit Tagen so, ich fröstle so, aber Tobi ist gut warm!). Es könnte sein, dass sich kurz vor dem Eintritt des Todes sehr starke Schmerzen einstellen, und er überprüfte mit meiner Reaktion wohl noch mal kurz, ob wir mit allem versorgt sind, aber die Boli und das Nasenspray würden in so einer Situation angemessen zum Einsatz kommen.

Und dann musste ich an gestern denken, an meinen Lidl-Einkauf, Zahnbürsten im Doppelpack, ich stand also vor den Zahnbürsten und griff wie immer 2 Pakete, um dann festzustellen, dass das eine Bürste zu viel ist. Das hat mich völlig aus der Fassung gebracht. Und das macht auch Angst vor der Zukunft, wenn mich so ein

Mist so aus der Fassung bringt (nächstes Mal kauf ich drei Doppelpacks, das reicht dann für zwei Wechsel!). Aber da werde ich wohl noch mehrere Erlebnisse in ähnlicher Art haben.

Mittags kam Niko nach Hause, und weil es heute sonst nichts zu meckern gab, nahm er sich mal das Möhrengemüse vor, welches er nicht imstande war zu essen! Er kann einfach nicht sagen: *„Mir geht es nicht gut, nimmt mich mal einer in den Arm und tröstet mich!“*, nein, er sagt: *„Ich esse den Scheiß nicht, immer wird nur ekliges Zeug gekocht, nie darf ich kochen.“* Detlef und ich einigten uns dann darauf, dass er einen kleinen Teller essen muss, der schon aufgescheppt war, und dass er danach zum Sattwerden noch was anderes essen dürfe. Aber er hatte ja schon gesagt, dass er das auf keinen Fall essen würde. Also muffte er erst mal ab in sein Zimmer und ich ließ ihn ein bisschen schmoren. Dann legte ich mich zu ihm und versuchte, ihn über lustig zu kriegen, sagte, ach, eigentlich wäre es ja auch nicht schlimm, wenn er mal nicht essen würde, seine Röllchen wären ja prall genug, ich kitzelte ihn und foppte ihn und tobte ihn an, bis er das gut fand. Dann brach ich ab und sagte, dass ich es gut finden würde, wenn er mal über seinen Schatten springen würde, dass Papa sich große Mühe mit dem Kochen gemacht hätte, und wie doof das jetzt für ihn wäre, und dass ich jetzt auch nicht mit ihm toben wolle, sondern mal in die Küche gehen würde, um Kaffee zu trinken und dass ich es gut finden würde, wenn er mitkommen würde. Und tatsächlich, er kam!

Ich sollte dann rausgehen, er würde essen, ich drehte aber noch kurz den Mülleimer um, damit er nicht so leicht drankommt (ich kenne meinen Pappenheimer), und tatsächlich, er versuchte, den ersten großen Löffel in den Müll zu spucken. Ich teilte ihm mit, dass dies gar nicht gehe, Essen kommt nicht in den Müll, und unter großem Gestöhne und (Schauspielschule!) Gewürge ging dann das Gemüse seinen Weg! Ha! Schön, wenn man Nerven und Zeit hat!

Anschließend gab es einen Perlenjoghurt zur Belohnung und noch einen Toast zum Sattwerden und dann kam auch schon Ulrike, die mit ihm Hausaufgaben machte und danach auf den Bolzplatz ging.

Detlef holte Robin ab, er verbrachte den Nachmittag und frühen Abend mit Tobi, für mich kurz Zeit, mal wieder die Wohnung zu verlassen und kurz bei Claudia einzukehren, was für ein Glück, das wir uns nicht nur räumlich so nah sind! Auf dem

Weg zu Oma Hanne rief mich Detlef dann an, ich müsste schnell kommen und Tobi was gegen Übelkeit geben, also drehte ich auf halber Strecke um und fuhr nach MCP und dem 19-Uhr-Novalgin noch mal.

Tobi klagte um Mitternacht wieder über Hunger, er wollte aber dann nichts mehr essen, orderte aber für morgen Piccolinis Salami, er hätte richtig Hunger.

Ich muss, nein, sollte ihn auch abführen, wenn sich bis Samstag die Situation so gehalten hätte. Mist, denn er schafft es sicher nicht auf den Toilettenstuhl vor Schwäche, und die Windelvariante fand er bei anderen Kindern in der Klinik furchtbar entwürdigend, da standen nicht die Lähmung und der Rolli im Vordergrund, sondern dass der Junge im Rollstuhl eine Windel tragen musste.

Morgen steht erst mal nichts weiter auf dem Programm, werde wohl zu Lidl fahren, um meinen Wollvorrat aufzustocken, habe heute mit dem Gedanken gespielt, mir eine Hose zu häkeln, so eine, wie Tobi sie als Baby hatte, nur eben für mich! *Mami, wie hast du die eigentlich damals gemacht?* Außerdem stehen noch Pulswärmer und neue Mützen (ja, Frank!) und noch einige weitere Dinge auf meiner imaginären Liste, zum Glück kann ich mich damit ablenken!

Kurz erwähnen will ich, dass Oli diese Woche noch Hintergrunddienst hat, den hat er seit eineinhalb Wochen, und ich habe gedacht, dass er wohl derjenige sein wird, der kommen muss. Sieht aber heute Nacht zumindest nicht so aus. Die Panik, die ich noch vor einigen Tagen hatte, ist auch wieder besser geworden. Am Wochenende müsste ich mit anderen Ärzten rechnen, die wir auch aus der Klinik kennen, ab nächster Woche dann mit Herrn Preßel. Ich kann kaum in Worte fassen, wie wichtig diese Menschen im Moment sind, und dass ich froh bin, dass die ihren Job so gut und einfühlsam machen und dass es mir unendlich guttut, dass (zumindest von meiner Seite aus) da auch mehr ist als nur Job, sondern freundschaftliche Gefühle, ohne die diese vielen Wochen sicher noch viel schwerer gewesen wären.

DONNERSTAG, 19.09.2013

Mein heutiger Morgen begann wie immer um sieben mit Novalgin und Kevatril. Eigentlich hatte ich vor, wach zu bleiben, denn Lidl hatte heute Wolle im Angebot und da wollte ich mal gucken gehen. Habe dann aber spontan umentschieden, in der Hoffnung, dass später auch noch was davon da wäre, und das hat geklappt! Bin dann um 9 Uhr schnell hingehuscht. Tobi hat wie ohnmächtig geschlafen.

Mittags rief Herr Preßel an, um die Blutwerte durchzugeben. Hb 3,0, Leukos 3700 ohne Differenzierung und Thrombos bei 7000. Heißt, dass Tobis Knochenmark die Produktion fast vollständig eingestellt hat.

Detlef hat heute die Hausaufgaben mit Niko übernommen. Oma Hanne und Opa Heinz waren am Nachmittag mal kurz da und sind dann noch mit Niko Kastanien suchen gegangen.

Ich habe heute viel neben Tobi gelegen und seine Hand gehalten, das ist so schön und wertvoll, er ist immer wieder dabei eingeschlummert, und ich bin sehr glücklich, dass er so entspannt und schmerzfrei ist. Ich würde mir wünschen, dass er noch mal mit mir reden würde, ich hoffe, dass ich es geschafft habe, dass sich seine Angst in Grenzen hält und dass er friedlich gehen kann. Mich würde sehr interessieren, was er erwartet, ob er an das glaubt, was ich versucht habe zu beschreiben, was ich erhoffe. Aber ich glaube, das wird er mir nicht mehr erzählen.

Geht er heute Nacht? Geht er morgen? Oder doch erst in zwei Wochen? Auch das weiß keiner, er wird uns überraschen. Ich hoffe nur, dass er friedlich einschlafen darf, wenigstens das.

Nachmittags hat sich Tobi noch einen Wunsch erfüllt, er wollte so gerne eine Piccolini essen und hat auch mehr als die Hälfte von einer geschafft, mit großer Übelkeit anschließend, aber ich konnte die Medis so einsetzen, dass das Erbrechen ausblieb. Erst mal!

FREITAG, 20.09.2013

Heute haben meine Schwiegereltern goldene Hochzeit!

Ich habe wieder lange geschlafen, weil ich nachts im Moment sehr schlecht einschlafen kann und wohl erst nach drei in den Schlaf gefunden habe.

Niko hat heute mal einen neuen Hausaufgabentrick versucht. Er hat während der Hausaufgaben mit seiner Klassenkameradin telefoniert und ich sollte rausgehen, dann hat sie ihm die Ergebnisse der Mathehausaufgaben diktiert! Leider habe ich das geschnallt und ihn diese trotzdem rechnen lassen, ihm fehlen wohl einige Grundlagen und er hat gerade mit Mathematik im Moment große Probleme. Danach durfte er dann zu Leo fahren, der heute seinen Geburtstag nachfeiert, und die Party mit vorbereiten, nach der Party schlief er bei Oma Hanne, mit der er morgen eine Jacke shoppen will! Ich hoffe, dass das klappt!

Onkel Stefan hat heute Nacht auch wieder was schön Verrücktes gemacht, er hat vor dem Apple Store in Oberhausen geschlafen, um heute Morgen eins der begehrten neuen iPhones zu ergattern. Damit kam er dann gegen 12 Uhr bei uns an, und Tobi durfte es auspacken und mit ihm installieren! Da hatte Tobi Spaß! Robin kam auch nach der Schule kurz zu uns. Am Nachmittag kamen Oma Gilla und Opa Peter mit Kuchen und Suppe im Gepäck, um mit uns ihre Goldhochzeit zu feiern, Tobi war sehr schläfrig, aber die beiden konnten eine ganze Weile bei ihm am Bett sitzen und seine Hand halten, und ich bin froh, dass auch die beiden mal wieder ein großes Stück positive Zeit mit ihm verbringen konnten.

Ansonsten war Tobi wirklich schrecklich schwach, Detlef wechselte mit ihm seine Schlafanzughose und danach klopfte sein Herz so schrecklich, dass er Angst hatte und ich mich zu ihm legte, meine Hand auf sein Herz legte und ihm so beistand. So blieb ich dann den größten Teil des Abends liegen, spürte seinen Herzschlag, wie er schwächer und etwas langsamer wurde, wenn Tobi tiefer schlief, und härter und schneller, wenn er wacher wurde oder sich etwas bewegte. Übelkeit war leider auch wieder großes Thema, er aß zwei Mini-TUCs und büßte sofort dafür, allerdings ohne Erbrechen. Claudia kam auch noch kurz vorbei und sagte Tobi Hallo, welches er nur ganz schwach erwiderte.

Ich werde wohl heute Nacht weiter meine Hand auf sein Herz legen, den Arm abgestützt, damit meine Hand nicht so schwer auf seinem Brustkorb liegt, und so über ihn wachen.

SAMSTAG, 21.09.2013

Heute war wieder bis zum Abend Funkstille, erst so ab 19 Uhr wurde Tobi ein bisschen munter. Vorher habe ich die meiste Zeit neben ihm verbracht, ihn mit seinen Infusionen versorgt, gehäkelt, seine Hand gehalten und mitgedöst.

Detlef und ich haben heute fürstlich gegessen, Steaks und die restlichen Pommes frites, die ich ohne Fritteuse im Topf frittiert habe (in einer halben Flasche Öl!), dazu Feldsalat mit Orangenfilets. So langsam machen sich die vielen Kochsendungen bemerkbar!

Ich bin ganz stolz, dass ich das jetzt so gut kann! Kalorien für mindestens drei Tage, aber egal!

Nikolas hat endlich eine Übergangsjacke, DANKE, Mami! Und eine Hose ist auch noch dabei rumgekommen – toll! Und auch noch Kino, dieses Kind hatte wieder einen guten Tag!

Tobi hat leider am Abend wieder brechen müssen, obwohl er nichts gegessen hat, es kam ganz plötzlich und ließ sich nicht verhindern, leider blieb es nicht bei einem Mal, sondern er musste nach ungefähr 15 Minuten erneut brechen. Was für ein Scheiß. Morgen muss ich mir noch mal den Bauch ansehen, ob ich ihn vielleicht doch abführen muss. Das wäre ein noch größerer Scheiß.

Morgen hat Tinki Geburtstag, Tobis Tinki wird 11 Jahre alt. Es liegt zwar nicht in meiner Hand, aber ich hoffe sehr, dass es morgen nicht passiert, dass Tobi den morgigen Tag schafft, denn diese Verknüpfung wäre wirklich sehr schlimm.

SONNTAG, 22.09.2013

Ich habe heute Morgen zufällig bei YouTube einen Bericht entdeckt, er handelt von Eltern, die ihre Kinder verloren haben. Die Gezeigten haben ihre Kinder in späterem Alter verloren, aber plötzlich. Wir verlieren Tobi im Alter von vermutlich 11 Jahren und konnten uns lange darauf vorbereiten, *aber wie wird es bei uns? Bei mir? Bei Detlef? Bei Niko? Bei den Großeltern, der Familie, seinen und unseren Freunden?* Ich hoffe sehr, dass wir alle in ein Leben danach zurückfinden werden. Und ich hoffe, dass dieser Blog dazu beiträgt, uns nahe zu sein und mitzufühlen, ich hoffe, das verhindert die Sprachlosigkeit, die sich vermutlich sonst einstellen würde, und bietet eine Grundlage, auf der wir alle weitermachen können.

Tobi ist heute sehr unruhig in seinem Schlaf, bereits um 10 Uhr brauchte er das dritte Übelkeitsmedikament, also gibt es heute alles drei Mal und zu geänderten Zeiten. Niko hat heute Morgen mit Detlef Mathe fertig gemacht und heute Mittag

Handball gespielt, er hat sich voll drauf gefreut und war wohl auch erfolgreich. Allerdings hat er wohl meinen Schweinehund geerbt, er musste sich anschließend erst mal ausruhen!

Oje, ich hoffe, ich kann meinen irgendwann noch mal bezwingen, die Vorsätze sind da! Außerdem hat er leichte Halsschmerzen und er leidet (:D) wie ein Mann!

Am Nachmittag waren wir dann getrennt voneinander bei unseren Freunden, um Tinkis Geburtstag zu feiern. Es tat gut, mal rauszukommen, Tinki selber war ganz aufgeregt und hatte wenig Zeit, die Kinder haben draußen gespielt und hatten einen schönen Tag.

Zum Abend hin wurde Tobi dann noch mal ein wenig wacher, aber die Kraft reicht nur noch für Minuten, er döst immer wieder ein. Detlef konnte heute die wache Phase genießen und mit ihm diese Überlebenssendung auf DMAX ansehen, das macht ihm immer große Freude, dem Typen da ergeht es immer schlecht, er muss hungern und Käfer essen. Tobi selbst isst nicht mehr, und ich bin schon so weit, dass ich das gar nicht so schlimm finde, denn dann muss er vielleicht auch nicht mehr erbrechen.

Schwester Nathalie kam dann noch, um die Kassette zu wechseln, es geht wieder auf das Ende des Quartals zu, und neue Verordnungen für das Palli-Team und für den Pflegedienst sind fällig. Ich hätte das nie für möglich gehalten, dass wir auch nur in die Nähe dieses Datums kommen.

Ich genieße die Nähe von Tobi, fühle sein Herz schlagen, schnuppere ihn und fühle seine Wärme, sooft und solange ich nur kann. Er ist auch nach wie vor schmerzfrei, obwohl ich darauf achten muss, dass er keine Druckstellen bekommt vom Liegen, denn ab Hüfte bewegt er sich überhaupt nicht mehr und kann das auch von der Kraft her nicht mehr. Das Wasser in den Beinen wird auch heftiger, das rechte Bein ist jetzt auch geschwollener, aber Anzeichen von Petechien hat er noch nicht. Deshalb wird das Palli-Team wie geplant erst am Mittwoch wieder anrücken

MONTAG, 23.09.2013

Der heutige Tag startete, obwohl ich den alten noch gar nicht durch einen Schlaf beendet hatte. Um 2:15 Uhr ein erschütterndes Geheul aus dem Kinderzimmer,

Niko! Tobi hörte das auch und sagte nur: *„Niko weint"*, ich also wie gestochen auf, raus zu Niko, der jaulend und sich wälzend im Bett lag und kaum Luft bekam. Er hatte ja Halsschmerzen und sein Hals schwillt dann wohl so zu und der Kehlkopf auch, dass er bellt und kaum Luft kriegt. Unterstützt wird das natürlich von einem total unangemessenen Ausflippen, aber da macht man nix!

Bei dem, was Tobi so an Schmerzen und Pein mitmachen musste, ist es natürlich für mich sehr schwer, diesen Zirkus ernst zu nehmen, aber ich gab mir große Mühe! Ich zwang ihn, eine Ibuprofen zu schlucken (allein das ... wenn Tobi nur für jede hundertste Tablette so ein Fass aufgemacht hätte, ich wäre ein Wrack!), nach gefühlten 15 Anläufen tat er das auch, dann gab es eine weitere Halsschmerztablette und ich öffnete das Fenster, damit kühle Luft reinkommt, legte ihn auf die Seite, mich in Löffelchen direkt dahinter, meine Hand auf seiner Brust und versuchte, das tobende Kind zu beruhigen.

Detlef schickte ich zu Tobi, der auch ganz verwirrt war, was da denn los sei. Es gelang mir auch, Niko zu beruhigen, meinen riesigen, kleinen Kerl. Aber er ist eben doch erst 9, ein kleiner Junge, der auch mal wegen Halsschmerzen Panik haben darf, zum Glück hat er ja noch keine schlimmeren Schmerzerlebnisse gehabt und ich hoffe auch sehr, dass er davon in seinem Leben verschont bleiben wird.

Morgens dann Diskussion über Arztbesuch, klar, eigentlich nicht nötig, *aber wie sollen wir ihm sonst zeigen, dass wir ihn mit seinen Sorgen ernst nehmen?* Ich versprach ihm heute Nacht, dass wir ihm helfen werden, und so guckte die Kinderärztin in seinen Hals und sagte Niko, dass es so schlimm nicht um ihn steht, er sich mal heute ausruhen soll und morgen wieder Schule angesagt ist, Sport könne er selber entscheiden. Aber Niko war guter Dinge und fühlte sich ernst genommen, von dem Plan Hausaufgaben und ein bisschen Üben hielt er allerdings wie immer wenig, er hatte sich eher einen iPad-Alarm-für-Cobra-11-alle-Folgen- und iPod-Tag mit Tee und Honig vorgestellt! Na, bekam er natürlich auch!

Der Tag gestaltete sich weiter eher schwierig, Tobi war heute so abgetaucht wie noch nie vorher, er öffnete immer die Augen so halb und guckte ins Leere. Er machte das erste Mal erst am Nachmittag Pipi und das nur nach Aufforderung, ich schob ihm eine Einmalunterlage unter den Po, damit bei einem Unglück nicht auch noch das Laken reif wäre.

Das fand er schon ziemlich doof und als er dann auch noch ein bisschen neben die Pulle pinkelte, brach sein ganzer Frust in einem *„Ich hasse dich“* raus.

Im ersten Moment war ich fruchtbar erschrocken und zutiefst verletzt, aber Tobi hat die ganze Zeit nicht geklagt oder gejammert und er muss ja Frust ohne Ende haben. Um 17 Uhr klingelte überraschend ein Herr von der Sanitätsfirma und brachte den Eimer, passend für den Toilettenstuhl ...

Am Abend schrieb ich Stefan, ob er nicht noch mal kommen wollte, ein bisschen in der Hoffnung, dass Tobi noch mal wach wird und es vielleicht doch noch nicht so weit ist. Er kam dann auch mit Nicole, Tobi nahm die beiden zwar wahr, aber seine Reaktionen waren doch sehr spärlich, bis auf ein Anlehnen an Stefans Kopf. Beide waren entsetzt, wie weit weg er doch ist.

Als die zwei dann um ca. 19 Uhr gehen wollten, stellte sich bei Tobi wieder große Übelkeit ein. Ich spritzte ihm sofort Kevatril, aber er hing über dem Eimer, völlig entkräftet, das Erbrechen konnten wir jedoch abwenden. Ich brachte dann Niko ins Bett, danach kam eine weitere Brechattacke, aber Vomex lief bereits. Es brubbelte so in seinem Bauch und er war so unruhig und aufgebracht, dass er sich aufrichtete, am Galgen festhielt und einen markerschütternden, lauten, hellen und lang anhaltenden Schrei ausstieß. Den werde ich nie in meinem Leben vergessen. Detlef war auch sehr irritiert. Tobi sagte dann noch: *„Papa, gib mir Brechmittel“*, und er gab ihm einen Schluck zu trinken. Dann erbrach er endlich, würgte aber nur zweimal, bevor er wieder in diesen Dämmerzustand verfiel. Ich saß neben ihm, sein Kopf an

♥ ♥ ♥

meine Brust gelehnt, ich spürte seinen Herzschlag, seinen Atem, der ganz regelmäßig und vor allem oft ging. *Ist das Sterben? Ich glaube, ja.*

Wir haben den Abend dann in dem Takt weiter ausgehalten, leicht wach werden, dolles Bauchbrubbeln, *„Mir ist so übel"* jammern, fast erbrechen, wieder wegdämmern. In diesem Dämmerzustand ist er so fern, dass er überhaupt keine Reaktionen zeigt, weder auf Ansprache noch auf Berührung.Insgesamt musste er fünf Mal erbrechen, war immer furchtbar unruhig vorher. Aber ich stützte ihn, legte oder setzte mich neben ihn, er konnte seinen Kopf an meinen Oberkörper anlehnen und sich dort ausruhen. Zwischendurch wollte er auch nicht angefasst werden und zeigte das deutlich, genauso wie er zeigte, wenn ich von ihm weggehen sollte. Detlef legte sich um halb zwei hin und ich harrte bei Tobi aus. Ich legte mich ihm gegenüber, damit ich auch in sein Gesicht sehen konnte, um beim Anflug eines erneuten Erbrechens schnell genug sein zu können. Um ca. drei Uhr brabbelte Tobi: *„Eishockey, gewonnen?"* Ich erwiderte: *„Toll, dass du gewonnen hast, ich freue mich mit dir"*, obwohl ich eigentlich keine Ahnung hatte, was er damit gemeint hat. Es könnte sich um ein Playsi-Spiel gehandelt haben. Dann brabbelte er weiter: *„Mini, Mini, Mini...atur, ich will doch noch ..."*, und versuchte aus dem Bett auszusteigen, was ihm aber wegen seiner Schwäche zum Glück nicht gelang. Er machte dann noch Pipi, allerdings strengte ihn das Leicht-auf-die-Seite-Drehen sehr an und er war sehr ungehalten. Dann musste er wieder brechen, leider war ich bei diesem letzten Mal nicht schnell genug und er erbrach auf sein Schlafanzugoberteil. Danach versank er sofort wieder und ich schnitt kurzerhand das Shirt kaputt, um ihn nicht noch mehr zu belasten. Ich brachte das Shirt in den Müll und die Wolldecke in die Waschmaschine, da hörte ich Tobi laut stöhnen. Ich rannte ins Schlafzimmer zurück und er reckte sich mir voller Angst entgegen. Ich setzte mich neben ihn, wie ich es die vielen Kotzanfälle vorher auch getan hatte, nahm ihn in den Arm und hielt ihn, aber er gab nur so ein Stöhnen von sich, die Augen traten fast hervor, er konnte keine Luft holen. Detlef stand dann auch da, und ich stammelte voller Entsetzen:

„Ich glaube,
Tobi stirbt."

Und das tat er dann auch.

Mir schossen die Tränen in die Augen, dieses Gefühl war so mächtig, was mich da packte, einerseits totale Panik, andererseits aber auch Erleichterung, die sich aber da schon so falsch anfühlte ... *mein Kind war tot!*

Plötzlich war er ganz schlaff in meinem Arm, aber ich hielt ihn, versuchte seinen Atem zu spüren, suchte mit den Augen seinen Herzschlag, aber der Oberkörper bewegte sich nicht mehr. Dann stöhnte er noch mal und ich erschrak, und noch ein zweites Mal, wie, als würde er ausatmen, Luft ablassen, Stress ablassen.

Ich legte ihn ins Kissen und Detlef legte sich dazu und wir guckten uns seine Brust an, diese knochige Brust, die hervorstehenden Rippen und das irgendwie eingefallene Sternum, aber da bewegte sich nichts, ich legte meine Hand drauf, aber es bewegte sich immer noch nichts. Er war fort, nach vielen furchtbaren Stunden des Kampfes, des Wehrens. Er war so aufgebracht, so unruhig, so entrückt in seinem Blick, ich glaube, er wusste, dass sein Ende naht. Er hat mehrmals ganz bei Sinnen gesagt: *„Ich fühle mich so schlecht. Mama, mir ist so übel"*, und das mit so großer Inbrunst und den nicht gesagten Worten, *tu doch was, mach, dass es aufhört, häng mir doch irgendein Medikament an ...*

Ich stand neben dem Bett und war völlig hilflos. Nix mit – Dann haben wir Zeit, uns in Ruhe zu verabschieden –, eher ein – *Und jetzt? – Was muss ich denn jetzt tun?* Hilflosigkeit ... und immer wieder die Hand an die Brust, aber da war nichts mehr.

24. SEPTEMBER 2013
3:50 UHR

♥♥♥

Wir informierten das Palliativteam, die Großeltern und Stefan. Oma Gilla und Opa Peter kamen direkt, noch vor dem Palliativteam, um Tobi zu sehen. Schwester Petra kam danach und war sehr ergriffen, verkniff sich die Tränen bis zum Gehen, weinte dann aber ganz fürchterlich.

Gilla und Peter gingen dann, und Schwester Petra half mir, Tobi zu waschen und anzuziehen. Tobi hatte sich als Kleidung sein Partywafe-T-Shirt, seine grüne Jeans und die orange Cap von Robin gewünscht, und dazu zog ich ihm noch eine Lieblingsboxershorts an, eine von den guten, weichen.

Ein wenig später kam Herr Preßel, der Tobi noch mal abhören musste, um seinen Tod festzustellen und den Totenschein ausstellen zu können. Wir saßen dann eine ganze Weile im Wohnzimmer zusammen und sprachen leise bei einer Tasse Kaffee.

Dieser Dienst war der erste Bereitschaftsdienst für Herrn Preßel (und wie ich später erfahren sollte, wäre eigentlich Herr Dr. C… dran gewesen, wenn Herr Preßel noch nicht wieder gesund gewesen wäre …), und ich sagte ihm, dass ich froh bin, dass sich der Kreis so schließt und er derjenige ist, der heute hier ist. Er versuchte auch, die richtigen Worte zu finden, und sagte, dass auch er gerne den Kreis geschlossen hat, es sich richtig anfühlt und er gerne diese Rolle übernommen hat. Ich sagte ihm auch, dass er in der Reihe von Ärzten eine Sonderstellung hat, weil er der erste Arzt in der Klinik war, zu dem Tobi Vertrauen gefasst hatte.

Bevor er ging, sah er noch mal nach Totenflecken, aber bei diesem Hb war da nix zu sehen. Dann kam Stefan und ich legte mich mit ihm zu Tobi und wir weinten gemeinsam. Er fuhr dann zu Mami und Papi, die um kurz nach sieben kamen, um sich von Tobi zu verabschieden. Mami schluchzte furchtbar und kuschelte sich an Tobi, auch Papi weinte. Nicole kam dann auch noch. Sie kannte Tobi ja nicht lange, hat ihn aber sehr in ihr Herz geschlossen, und Tobi war ja schwer verliebt in sie.

Mami und Papi brachten uns dann noch Brötchen, ich hatte furchtbaren Hunger! Nikolas hat bis kurz nach acht geschlafen. Als wir ihm gesagt haben, dass Tobi in der Nacht gestorben ist, hat er sich erst mal auf sein Bett geschmissen und ganz doll geweint. Als er sich etwas gefangen hatte, gingen wir gemeinsam zu Tobi. Wir legten uns zu ihm und Niko weinte bitterlich. Erst hatte er etwas Scheu, aber dann siegte die Neugier und er berührte und streichelte ihn. Claudia und Frank kamen auch, um sich von Tobi zu verabschieden.

Claudia kümmerte sich auch um Niko und sagte ihm, dass er jederzeit zu ihr kommen könne. Beide waren sehr betroffen, unsicher und traurig. *Nichts wird mehr so sein, wie es mal war.* Für mich fühlt es sich so ein bisschen nach Ausatmen an, ich habe so lange die Luft angehalten, alle haben so lange die Luft angehalten, und jetzt können wir endlich ausatmen, das Bangen, was noch Schlimmes passieren könnte, ist endlich vorbei und Tobi hat seinen Frieden.

Niko wollte dann ein bisschen mit Tobi alleine sein und verlor dabei alle Hemmungen. Er küsste und streichelte ihn, legte ihm sein selbst gebasteltes Pompon auf die Schulter und hängte ihm sein Lebkuchenherz mit „*Ich liebe dich*" um den Hals. Nikolas sagte, dass er jetzt auch ein bisschen erleichtert ist, denn jetzt kann er wieder normal sprechen. Und wir sagten, dass es Tobi ja jetzt gut geht, und Nikolas war erleichtert. Dann frühstückten wir.

DIENSTAG, 24.09.2013

Die schlimmen Erlebnisse des Morgens habe ich ja noch in den 23.09. gepackt. Das Frühstück an sich fühlte sich seltsam an, vielleicht fühlte ich aber auch einfach übertrieben intensiv. Ich war so furchtbar hungrig wie selten und richtig zittrig vor Hunger, verschlang direkt zwei Brötchen. Niko tat Ähnliches und zog dann schnell wieder ab zu seinem Bruder. Er war unglaublich! Er legte sich zu Tobi, sprach ganz lieb mit ihm, sagte ihm immer wieder, ich hab dich lieb, dann zeigte er ihm was auf seinem iPod, streichelte ihm dabei immer wieder über das Gesicht. Natürlich machte er auch ein bisschen Blödsinn, sonst wäre es auch nicht Niko ... er versuchte, die Augenlider hochzuschieben, um zu gucken, ob er noch guckt. Er küsste Tobi auf den Mund und blickte dann ganz vorwurfsvoll Detlef an und fragte: „*Wann hat der sich eigentlich das letzte Mal die Zähne geputzt?*" Umwerfend, dieses Kind.

Dazu ist er laut ohne Bremse und erkältet, ich habe fast das Gefühl, er genießt es, in Tobis Richtung zu husten, ohne gerügt zu werden, er liegt halt neben ihm und hustet und schnieft und keiner muss Rücksicht auf Ansteckung oder Ähnliches nehmen. So hatten wir das ja schon sehr lange nicht, aber die Zeit des Desinfektionsmittels und der Vorsicht vor den bösen Keimen ist jetzt vorbei. Er sagte auch noch:

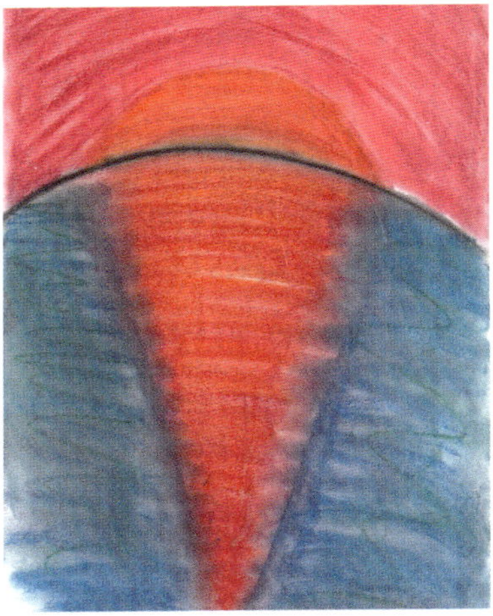

„Können wir ihn nicht wieder warm machen?“ Wir hatten schon in der Nacht Kerzen angezündet, und dieses Feuer, dieses Licht hatte etwas ganz Tröstliches. Vermutlich hatte unsere Nachbarin Valeska im Hausflur auch eine Kerze entzündet.

Ich gönnte mir erst mal eine schnelle Dusche. Dann kamen Gilla und Peter mit etwas mehr Zeit. Ich hatte sie in der Nacht gebeten zu gehen, weil ich Tobi gerne alleine mit Schwester Petra waschen und fertig machen wollte.

Opa Peter hatte seine Knipskiste mit und machte Fotos, dem konnte Tobi jetzt nicht widersprechen, das hat er ja in den letzten Monaten so gehasst.

Guido, der Bestatter, kam und wir besprachen die Einzelheiten zur Beerdigung. Er redete so viel, das empfand ich als sehr anstrengend. Und ich fühlte mich so schwach. Der Sarg ist da und die Malaktion kann stattfinden, ich bat Uta, das zu koordinieren, und am Donnerstag zwischen 17 und 19 Uhr findet das im Palliativzentrum statt. Ich weiß zwar nicht, ob das, was ich damit bezwecke, wirklich eintritt, dass es den Kindern die Trauer erleichtert, hilft, damit umzugehen, in diesem kleineren Rahmen schon mal Abschied zu nehmen, bin da jetzt doch sehr unsicher, aber meine Bilder im Kopf werden Realität werden.

Dann legte Guido aufgrund der Anzahl der Personen die alte Halle Parkfriedhof fest, weil da mehr Menschen reinpassen als in die neue, die direkt bei uns gegenüber ist. Es gibt auch einen Organisten, der wohl alles spielen kann, und Guido drängte darauf, keine Musik von CD spielen zu lassen, ich hatte keine große Kraft, dem vehement zu widersprechen, aber das entscheide ich später.

Der Termin am Samstag um 10 Uhr steht, jetzt musste nur noch Herr Pottbäcker sein Okay geben, was er dann später auch tat. Guido übertrug mir das Anfertigen der Trauerkarte, ich sollte einen persönlichen Text verfassen, er schlug Art der Karte und Format und Umschlag vor und ich war sehr einverstanden damit. *Wir sollten gut vorbereitet gewesen sein?*

Das fühlt sich aber ganz anders an, eher wie – *Was mach ich hier eigentlich?* Also stand da die nächste Aufgabe.

Für die Front schlug Guido etwas Persönliches vor und da fiel mir sofort Tobis Sonnenuntergang ein, den er in zigfacher Ausführung mit Kreidefarben gemalt hat.

Opa Peter war so lieb und holte das gerahmte Exemplar von drüben. Im Nachhinein eine sich ganz richtig anfühlende Idee! Guido bat noch um Gedanken und Form zur Trauerfeier, das sollten wir mit Herrn Pottbäcker besprechen und der sollte Guido dann Rückmeldung geben. Damit bin ich aber völlig überfordert.
Alles zu seiner Zeit.

In das Gespräch platzte dann noch der medizinische Dienst rein, die benötigten noch eine Unterschrift für ein Beratungsgespräch aus dem Juni wegen der Pflegeversicherung, die beiden Pappnasen fertigte ich direkt im Flur ab. Dann musste mein Wunsch in Form gebracht werden, dass wir nicht in Blumen ertrinken, sondern dass die Essener und die Tübinger Elterninitiative und das KinderPalliativNetzwerk finanziell unterstützt werden, denn ohne die wären die letzten vier Jahre überhaupt nicht vorstellbar gewesen. Also Kontonummern raussuchen, vom Palli-Team war nichts zu recherchieren, also beim Palli-Team angerufen, die konnten beim Rückruf alles klären.

Guido ging und hinterließ viel Arbeit, bis 14 Uhr sollte ich alles in einer E-Mail an ihn geschrieben haben und das kriegte ich auch recht pünktlich hin. Er kürzte den Text noch um kleine Passagen, aber damit war ich auch einverstanden. Also war das auf dem Weg. Ich bat Mami noch, ihre Adresswünsche zu übermitteln, was sie dann auch tat. Oma Gilla rief auch noch mal an und wollte Adressen, die sie bereits gestrichen hatte, doch wieder angeschrieben haben.

Eigentlich wollte ich gerne Tinki und Luki besucht haben und ihnen die Erinnerungsbücher geben, die ich ja schon vor Wochen angefertigt hatte, aber dafür war überhaupt kein Raum.

Herr Pottbäcker kam und wir redeten sehr lange und es fühlte sich so gut und richtig an, ich bin so dankbar für diesen Kontakt und dafür, dass er das einfach macht! Er ging auch auf Nikolas gut ein, der allerdings dann nach einer halben Stunde lieber wieder in sein Zimmer ging. Detlef und ich erzählten von Tobi, hauptsächlich von den letzten Krankenjahren, die Zeit vorher ist schon so blass und da haben wir, so bekloppt das ist, auch nicht so intensiv gelebt. Tobi lag die ganze Zeit über nebenan im Bett.

♥ ♥ ♥

Herr Pottbäcker kam dann auch noch meinem Wunsch nach, dass wir an Tobis Sterbebett zusammen das Vaterunser beten. Er fand tolle Worte, dass Tobi jetzt bei Gott ist und der jetzt auf ihn aufpasst, dass wir seinen Körper wieder in die Mutter Erde geben, damit wieder neues Leben wachsen kann. Er sprach von dem Brandzeichen, was man den Kindern bei der Taufe gibt, dem Kreuz, und malte Tobi sanft ein Kreuz als Zeichen der Zugehörigkeit zu Gott auf die Stirn und wir taten es ihm gleich. Auch Niko, der in eine Wolldecke gehüllt neben Tobi lag und ihn immer wieder streichelte und küsste.

Dann sprachen wir noch gemeinsam das Vaterunser, und auch das fühlte sich gut an, nur kurz von Nikos Hustenanfall unterbrochen. Und weltlich-menschlich wie Herr Pottbäcker dann ist, fragte er nach dem Lieblingsfußballverein von den beiden und Niko sagte *Bayern!*

Herr Pottbäcker schlug die Hände über dem Kopf zusammen und sagte: *„Oje, es gibt doch nur den einen Verein …“*, und Niko sagte: *„Der, von dem die Bayern 4 Tore gekriegt haben?“* Herr Pottbäcker lachte, klar, Schalke, und sagte dann zu Tobi: *„Hey, tu mal was da oben, die Bayern brauchen da keine Unterstützung, die haben hier auf der Erde genug, aber leg mal ein gutes Wort für Schalke ein!“* Ich glaube, das gefiel Nikolas sehr.

Herr Pottbäcker ging und wir hatten kaum eine Atempause, da kamen dann in einer mir nicht mehr nachvollziehbaren Reihenfolge Mami und Papi, Stefan und Robin, Uta, Tante Inge, Thomas, Elke und Jacky, Gerd und Karin, Chris und Bernd, Sandra und Robin und, und, und … Ich führte alle zu Tobi und es tat mir sehr gut, dass meine Trauer mit diesen lieben Menschen geteilt wurde, mitgetragen wurde.

Zwischendurch kam noch Guido und brachte die Karten und pragmatischerweise gab ich allen Anwesenden diese schon mal mit, was weg ist, ist weg! Die Karte ist auch superschön geworden, ich bin zufrieden. Was mir furchtbar naheging, war Robins Weinen, Robin war so nah dran an Tobi, und das habe ich ihm auch noch mal gesagt, und auch, dass ich so stolz auf ihn bin, wie sehr er Tobi unterstützt hat und wie sehr Tobi ihn geliebt hat. Dann stellte sich bei mir plötzlich ein Zittern ein, angefangen in den Beinen, *kippte ich jetzt um?* Ich stellte fest, das war nur Hunger!

Mami hatte einen großen Pott Hühnersuppe gebracht und ich beendete den Abschied der anderen, weil ich schnell was essen musste! Das tat sehr gut, Hühnersuppe für die Seele. Mami, Nicole und Stefan gingen ein wenig später, Stefan fiel der Abschied auch superschwer, er übernachtet heute bei den Eltern, der Schatz!

Dann kamen noch Valeska und Hauke kurz rein und auch noch Oli, der wohl am Samstag nicht bei der Beerdigung dabei sein kann, sich aber von Tobi verabschieden wollte. Auch das ist mir superlieb und ganz wertvoll. Wir standen lange am Bett und redeten, setzten das dann noch im Wohnzimmer fort. Ich erwähnte noch mal, dass Tobi ihn Klinikvater genannt hat, und das ist ein riesengroßes Kompliment. Ach, die Klinikmenschen werden mir alle so fehlen … ich sagte auch noch flapsig, dass ich mich auf eine MTA-Stelle im Onko-Forschungslabor bewerben wolle, und da ist vielleicht ein bisschen Wahrheit dran. Aber ich fühle mich natürlich überhaupt nicht arbeitsfähig, *wer weiß, wann das wieder der Fall sein wird?*

Nachdem Oli weg war, rief ich kurz bei Claudia an. Die Mama eines Schulkollegen von Tobi wusste schon, wann die Beerdigung sein wird …! *Woher bloß?* Claudia war konsterniert darüber. Auch das noch. Anke und Torsten waren bei ihr drüben, und sie fragte mich, ob ich noch rüberkommen wollte, aber dazu fehlte mir die Kraft, ich schrieb lieber noch ein paar Trauerkarten, Detlef versuchte, sie noch auf den Weg zu bringen, das klappte aber nicht, wir waren zu spät. *Egal. Müde. Erschöpft.*

Ich machte mich bettfertig und legte mich neben Tobi, aber es gruselte mich ein bisschen.

Ich war sehr hin- und hergerissen, ob ich das wirklich tun sollte, bei meinem toten Kind zu schlafen, oder ob ich lieber auf der Couch schlafen sollte, aber auch die Erschöpfung ließ mich einfach liegen bleiben, die rote Grabkerze im Fenster brannte, und ich wurde ein paar mal wach und betrachtete ihn, dieses makellose, weiße, wächserne Gesicht, dieses schöne Kind, aber anfassen mochte ich ihn nicht wirklich, das war mir doch unheimlich. Tat ich aber doch.

Er war so furchtbar kalt.

♥♥♥

Jetzt ist es kurz vor sieben, mein innerer Wecker ruft zur Novalgininfusion ... Ich habe die Nacht neben dem toten und kalten Körper meines Kindes verbracht und es ist eigentlich sehr schrecklich. Ich habe aber geschlafen, mit Unterbrechungen. Die Kerze, die Detlef gestern mitgebracht hat, eine rote Friedhofskerze, brannte die ganze Nacht, und jetzt gerade läuten draußen Glocken, wie zum Abschied. Um halb zehn wird Guido kommen und Tobi holen, ich habe mich doch noch gar nicht richtig verabschiedet und fühle mich auch eigentlich nicht imstande dazu.

Es ist einerseits so gruselig, er ist so kalt, so tot, ich habe aber so warme, so heiße Gefühle in mir und das passt alles nicht zusammen. Ich habe das Gefühl, dass er sich gleich umdreht und mit seiner samtigen Stimme haucht: *„Ich muss Pipi ...“* Wie soll ich das heute alles hintereinander bringen? Erst die Einsargung, was für ein Wort, dann müssen wir einen Grabplatz aussuchen, das hatte ich ja vorher auch schon geplant zu tun, konnte es dann aber doch nicht. Die Trauerkarten fertigstellen. Danach kommt Herr Pottbäcker, dem ich sagen muss, was er sagen soll, und ich habe noch keinen Schimmer ... ich muss Lieder auswählen, *Katastrophe.*

Heute ist der Tag, an dem Tobi uns ganz verlässt, an dem sein Körper abgeholt wird. Um kurz vor neun hab ich mich dann fertig gemacht und wir haben im Wohnzimmer gefrühstückt, weil der Küchentisch voll war mit Trauerkarten. Um halb zehn kam dann Guido. Der Transportsarg passte nicht durch den Hausflur, deshalb musste Tobi in ein Tuch gelegt werden. Guido band Nikolas ein, indem er ihn bat, das Tuch unter Tobi zu ziehen. Er hatte einen Helfer dabei und gemeinsam trugen sie ihn in dem Tuch, das am Kopf einen Knoten hatte, die Treppen runter. Beim Anheben lief ein Spucke-Rinnsal links aus Tobis Mundwinkel und es gab auch ein kurzes komisches Knacken, als Guido ihn anhob, er stützte ihn mittig unter dem Rücken, und das Tuch hing irgendwie ganz komisch durch.

Sie versuchten, den Transport so würdig wie möglich zu machen, aber als sie ihn in den braunen Sarg legten, da lag er dann so schräg, das Käppi verrutscht, so fremd. Sie machten den Sarg zu und trugen ihn zum Auto, luden ihn hinten ein. Guido forderte Niko auf, einzusteigen, was er auch, etwas verhalten, tat. Sie fuhren dann langsam den Weg bis gegenüber zur Totenhalle, wo Tobi in einem Raum aufgestellt wurde, der Sarg wurde am Kopfende aufgebockt und dann lag er da so halt drin, schräg und komisch. Die bunten Glasfenster, die sterile Backsteinmauer in Grau, zwei Gummibäume und zwei Kerzen, die Niko entzündete.

Ich bin so froh, dass so keiner mehr Abschied von Tobi nimmt, das schreckliche Bild werde ich wohl nicht mehr los.

Wir drei, Detlef, Niko und ich, fassten uns noch mal an den Händen und beteten ein Vaterunser, das hatte Niko kurz vor dem Abholen allein für sich mit Tobi auch schon im Schlafzimmer getan. Das fand ich unheimlich schön, ich bin sowieso ganz stolz auf meinen Niko, der sich so toll verhält und mit der Situation wirklich so umgeht, wie ich mir das besser nicht hätte vorstellen können.

Dann verließen wir Tobi für immer.

Draußen erwartete uns nach kurzer Wartezeit der Friedhofsgärtner, mit dem wir dann die Grabstelle aussuchten. Wir fanden ein schönes Plätzchen, nahe am Eingang, eine Stelle, wo vier Einzelgräber nebeneinander frei sind, direkt am Weg, das erste ist noch nicht freigegeben, das zweite wird Tobis Grab werden und die nächsten beiden sind Wiese. Meine Idee, dass dort auch die letzte Ruhestätte für unsere Eltern sein könnte, wurde von diesen ganz gut aufgenommen und sie sind ganz glücklich darüber, jetzt zu wissen, wo sie mal ruhen werden. Man kann das Grab reservieren, und das werden sie dann vermutlich tun.

Niko sammelte Holz, um anschließend auf dem Balkon ein Kissen aus Rinde und ein Kreuz aus Stöcken zu basteln. Detlef und ich bestellten einen Kranz, mit lila angesprühten Blumen und orangen Rosen, Tobis Lieblingsfarben. Danach mussten noch die restlichen Karten beschriftet werden und eigentlich hatten wir zu wenig, es kamen immer noch Menschen dazu, an die wir vorher nicht gedacht hatten.

Niko setzte sich dann ab zu Oma Hanne und um 15 Uhr kam Herr Pottbäcker, mit dem wir bis fast 18 Uhr über Tobi redeten. Er ist wirklich toll, und ein Gag ereignete sich auch, er sprach von einem Vortrag, den er Ende letzten Jahres im Elisabeth-Krankenhaus gehalten hatte, über Gott, Kinder und den Tod, und dass da ein Ehepaar gewesen wäre, von dem sie zu ihm gesagt hätte, dass sie damit nichts anfangen könne, was er da von sich gegeben hätte. Ich sagte: *„Oh, das könnte meine Schwieger-*

mutter gewesen sein." Ich zeigte ihm ein Bild und er sagte: *„Ja, man sieht sich immer zwei Mal im Leben!"* Wir haben herzlich gelacht! Das war ein Vortrag, zu dem ich nicht gehen konnte, weil Tobi da an der Halswirbelsäule operiert werden sollte, und deshalb schickte ich meine Schwiegereltern und meine Mama dahin, in der Hoffnung, dass sie dort Hilfe bekommen für die zu erwartende Situation, ich befürchtete da ja schon das Rezidiv und wusste im tiefsten Inneren, dass es dann wohl vorbei wäre mit Heilung.

Abends trat ich den schweren Gang zu Lukas und Tinki an, ich wollte ihnen die Fotobücher schenken und mit ihnen reden. Tinki war sehr aufgelöst und weinte, allerdings hatte sie ganz glasige Augen und am nächsten Tag hohes Fieber, aber sie trauert eben jetzt auch mal, nachdem sie im Vorfeld immer so stark war. Lukas hingegen schien erleichtert und freute sich sehr, blätterte sofort und genoss die Erinnerungen. Ich war sehr froh, dass das alles augenscheinlich so gut lief.

Danach sind Detlef, Niko und ich noch zu unserem Griechen gegangen, um die Trauerfeier zu planen, der Inhaber und seine Frau waren da und wir besprachen alles. Es wird belegte Brötchen geben und Bohnen- und Gemüsesuppe. Wir aßen auch dort und gingen dann schnell wieder nach Hause. Manchmal ist es auch anstrengend, Mitgefühl auszuhalten, aber es ging irgendwie.

Niko ging dann schlafen und ich schrieb noch ein wenig, bis mich die Müdigkeit packte und ich sozusagen vor Erschöpfung umfiel, die erste Nacht ohne mein Kind an der Seite, das leere Bett, so fremd und komisch. Ich schlief lange und wurde morgens nur kurz von Nikos Husten wach, Detlef machte ihn schulfertig.

DONNERSTAG, 26.09.2013

Nach der Erschöpfung von gestern fühlte ich mich heute ein bisschen besser, allerdings nicht wirklich gut, immer noch sehr erschöpft. Guido klingelte um halb neun und wollte seine Trauerkartenmappe abholen, er weckte mich. Detlef war auch fort, er holte seine Krankmeldung ab. Ich kochte mir einen Kaffee und kroch zurück ins Bett, um wieder meine Gedanken niederzuschreiben, diesmal den Text für die Trauerfeier. Meine Mama rief an und fragte, ob wir die Zeitung schon hätten, ich hätte Stefan, Nicole und Robin nicht in der Anzeige erwähnt. Jo, das ist mir durchgegangen. *Mist!* Aber die Anzeige ist sehr schön, und auch die Anzeige meiner Großfamilie gefällt mir sehr gut.

Detlef kam zurück und wir frühstückten, dann kam jemand von der Apotheke und holte den Infusionsständer, die Morphinpumpe und die restlichen Medikamente ab. Ich zog mich dann wieder zurück, um zu schreiben, und das, was ich da fabriziert habe, gefällt mir gut. Ich telefonierte mit Stefan, Mami, Papi, Gilla und Peter, um sie vorzubereiten auf das, was gesagt wird. Detlef holte Nikolas aus der Schule ab, es war wohl komisch für ihn und Niko sagte, dass er morgen wohl nicht hingehen will. Mehr war aber nicht aus ihm rauszukriegen. Wir aßen vom Chinamann die gebratenen Nudeln, Ente und Frühlingsrolle, die Tobi so geliebt hat. Danach ruhten wir uns alle aus, Detlef war so erschöpft, dass er auf der Couch einschlief. Ich fuhr schnell zu Lidl, Stabfeuerzeuge, Kerzen und Tempos kaufen.

Um 16:15 Uhr machten wir uns mit Claudia, Lukas und einer fiebernden Tinki in Richtung PalliativZentrum auf. Dort angekommen sah man schon den Sarg durch das Fenster. Nina Kaletta, Uta, Erik und Jonas, Schwester Nicole und zwei weitere liebe Mitarbeiter vom Palli-Team waren bereits anwesend. Das Palli-Team hatte Getränke und Kekse bereitgestellt. Wir befühlten den Sarg, er ist Mattweiß und aus ganz warmem, schönem Holz. Wir öffneten den Sarg, weil es uns sehr interessierte, wie es denn drinnen aussieht. Er war mit Sägespänen gefüllt und darüber war ein weißes, einfaches Tuch, innen festgetackert. Es fühlte sich gut an, ganz weich.

Sie schlossen den Sarg wieder, der Deckel schien doch sehr schwer zu sein. Nina hatte Farben bereitgestellt, und Niko durfte als erster seine Hand auf den Sarg drücken. Es lag ein Block mit Papier aus und Niko machte darauf einen Probeabdruck und mir kam die Idee, dass alle zwei Abdrücke machen sollen, einen auf Papier für mich und einen auf Tobis Sarg. Niko wählte Neongelb.

♥ ♥ ♥

Danach aß er einiges von den Süßigkeiten und ging dann raus, Fußball spielen. Lukas war der nächste und dann Tinki. Es folgten danach folgende Kinder, die Reihenfolge konnte ich mir aber nicht merken: Erik und Jonas, Marie, Jacky und Patricia, Leo und Julia, Jan, Jolina, Clara, Sophie, Marie und Robin, Simon und Sven, und zuletzt kamen noch Tobis Klassenkameraden Nils, Wim und Henrik. Auch Detlef und ich machten einen Abdruck, Frank, Stefan und Nicole ebenfalls, Nina und Uta, Sandra, Susi, Elke, Karin, Schwester Nicole und die Mütter und Väter der Schulkameraden.

Das Bild von Tobis Hauslehrerin Frau Flachenecker, den Namenszug Tobias, den sie ihm aus dem Urlaub mitgebracht und der am Abend vor Tobis Tod vom Schrank gefallen war, nahm ich auch mit und befestigte es seitlich am Sarg, es sah aus wie dafür gemalt. Wunderschön! Zwischendurch machte ich noch meine Trauerliedliste auf dem iPod als Hintergrundmusik an, dabei musste ich doch erst mal heulen, aber dann ging es und die Situation erfüllte mich sehr und machte mich unglaublich glücklich. Mein Bild, das ich im Kopf hatte, war Realität geworden. Auch die Kinder gingen toll mit der Situation um, die meisten hatten einen Brief, ein Foto oder etwas Gebasteltes mit. Nina hatte eine Kiste vorbereitet, die Fahne der Fridtjof Nansen, an der Tobi ja auch mitgemalt hatte, lag obendrauf, und darein konnten die Kinder die Dinge legen, die sie Tobi mitgeben wollten. Niko konnte sein gebasteltes Kreuz und sein Rindenkissen abgeben, es gab Briefe, Fotos, Bilder, ich legte seine lila Jacke und sein Körnerkissen dazu, den Sternzeichen-Minigolfball, den Traumfänger und das Kreuz von seinem Musiklehrer. Jolina und Robin waren sichtlich traurig, die anderen auch, aber ich konnte, glaube ich, allen die Furcht und den Schreck nehmen, denn jetzt kennen sie Tobis letztes Bett und müssen sich vor Samstag nicht fürchten. Kurz vorher hatte ich doch Bedenken, ob das alles so richtig und gut ist, aber ich fand es toll. Den Eltern fiel es schwerer als den Kindern, aber auch bei denen hatte ich den Eindruck, dass es gut ist, dieses Treffen vorher und das gemeinsame Arbeiten mit den Handabdrücken. Es macht mich unglaublich froh, und auch Tobi hätte dieser Nachmittag gefallen. Die Kinder waren alle sehr diszipliniert, und die Jungs tobten anschließend draußen mit dem Fußball und am Klettergerüst. Susi und Jolina waren sehr unsicher und Susi wusste

nicht, ob sie Jolina die Beerdigung zumuten soll. Detlef und auch ich sprachen mit ihr und wir sagten, dass sie es selber entscheiden soll, ob sie kommen möchte oder nicht, alles wäre okay. Mittags rief mich die Frau meines Cousins aus Hessen an, die das Problem hat, dass sie ihrem Sohn nicht sagen will, dass Tobi gestorben ist. Sie hat so furchtbar geweint, will mit den Kindern lieber zu Hause bleiben und zu einem späteren Zeitpunkt kommen, will das Erzählen auf die Ferien schieben. Ich habe ihr gesagt, sie soll das so entscheiden, wie sie meint, und alles wäre gut und okay. Bin mal gespannt, ob ich sie durch meine Sicht der Dinge und durch meine offene Art, mit dem Tod von Tobi umzugehen, umgestimmt habe. Als alle Handabdrücke gemacht waren und bis auf Stefan und Nicole alle weg waren, schaute ich mir kurz und oberflächlich die wunderschönen Mitgebsel an, Detlef und Schwester Nicole öffneten noch mal den Sarg und wir legten alle Dinge hinein. Niko kam etwas später rein und für ihn mussten wir auch noch mal kurz den Deckel anheben. Wir sind um kurz vor sieben nach Hause gefahren, Stefan und Nicole kamen noch mit und wir gingen zur ausgehobenen Grabstelle. Ich hatte Stefan gebeten, nach der Beerdigung sich mir gegenüberzustellen, wenn ich die Beileidsbekundungen entgegennehmen werde. Der Tipp kam von Herrn Pottbäcker. Wenn ich nämlich nicht mehr kann, dann gehe ich, und Stefan soll den oder dem Nächsten sagen, dass wir das so abgesprochen hätten, dass ich nicht mehr könne und dass es nicht persönlich gemeint wäre. Stefan freut sich, dass er diesen Job hat. Außerdem brennt er die CD mit meinem Song für die Beerdigung.

Zu Hause erzählte ich noch Frank und Claudia von dem, was der Pastor sagen wird, und rief den Organisten an. Wir vereinbarten, dass er beim Öffnen der Tür „Somewhere over the Rainbow“ spielen wird, dann spielen Julia und Thomas mit Gitarre „Tears in Heaven“, dann spricht Pastor Pottbäcker, dann kommt „Ronan“ von Taylor Swift von einer CD, danach wieder der Pastor, das Gedicht von Tante Birgit und als Abschluss „Möge die Straße uns zusammenführen“ auf der Orgel und von allen gesungen. Beim Auszug spielt er dann „Halleluja“ instrumental, das Shrek-Lied. Auch richtig toll!

Morgen muss ich noch Guido anrufen, damit Plätze in den ersten Reihen für die Familie reserviert werden. Rosenblätter habe ich auch schon bestellt, ich hoffe, ich habe jetzt an alles gedacht. Niko will morgen nicht in die Schule, er geht zur Oma.

♥ ♥ ♥

♥♥♥

FREITAG, 27.09.2013

Nachricht an meine Blog-Leser

Ihr Lieben,

mir steht gerade die zweite Nacht ohne mein geliebtes Kind bevor und ich vermisse ihn sehr. Ich verschone euch mit Einzelheiten, nur so viel möchte ich sagen, Tobi ist leider nicht friedlich eingeschlafen, sondern hat von 19 Uhr bis 3:50 Uhr dagegen gekämpft und dann doch verloren.

Es ging ihm sehr schlecht, er war von Übelkeit geschüttelt und von Erbrechen gequält, der einzige Trost war seine Schmerzfreiheit. Das Palliativteam kam direkt in der Nacht, und sowohl die Großeltern als auch Onkel Stefan, Nicole, Frank und Claudia konnten sich bereits am Morgen von ihm verabschieden. Niko hat besonders toll reagiert, nach anfänglicher Furcht hat er sich neben ihn gelegt und iPod gespielt, Tobi immer wieder gestreichelt und geküsst und der vorwurfsvolle Ausspruch nach einem Kuss auf den Mund zu Detlef: „Wann hat der sich denn das letzte Mal die Zähne geputzt?" wird uns immer wieder zum Lachen bringen.

Am Nachmittag kamen noch Familie und Freunde, um Tobi ein letztes Mal zu sehen, es tat so gut, das teilen zu können, und die, die da waren, waren glaube ich sehr froh, dass sie den Mut hatten. Wir haben Tobi noch eine Nacht bei uns behalten und ich konnte ein letztes Mal bei ihm schlafen, obwohl er mir da sehr fremd und kalt war.
Niko ist am nächsten Morgen mit im Leichenwagen gefahren und wir haben zusammen eine schöne Grabstelle ausgewählt. Am heutigen Tag haben wir den Sarg von Tobi mit Handabdrücken versehen und bis auf die Tatsache, dass die Hände in meiner Vision kleine Hände waren, entspricht das Ergebnis meinem Bild aus meinem Kopf und ich bin ganz glücklich darüber. Ich glaube, es war auch für die Kinder gut und nimmt ihnen die Furcht vor Samstag.
Ich bin sehr gerührt über die vielen Briefe und Bilder, die ich zum Schluss mit in den Sarg gelegt habe. Auch sein Körnerkissen, ein Minigolfball, der Traumfänger und ein

Kreuz, Nikos gebasteltes Kreuz, Filzarbeiten, eine kleine Schatzkiste, ein Edelsteinherz sind mit im Sarg, da hat Tobi ganz viele Herzensdinge bei sich.

Die Trauerkarten sind geschrieben und bereits angekommen, die Anzeige schon erschienen, die Trauerfeier geplant, die Lieder ausgesucht, der Ablauf ist festgelegt und der Organist informiert. Die Blumen sind bestellt und da so viel zu tun war, bin ich noch gar nicht richtig zum Weinen gekommen.

Im Moment fühle ich mich stark, die Anteilnahme und besonders der heutige Nachmittag, der wunderschöne und ganz besondere Sarg haben sehr dazu beigetragen. Ich hoffe, dass ich auch den Samstag gut überstehen werde, das wäre der nächste Meilenstein, wir wollen Tobi so verabschieden, wie es ihm gefallen hätte, ein wenig rummelig und bunt, aber würdig.

Ich freue mich auf alle, die kommen können.

Das Tagebuch schließe ich hiermit. Ich bin sehr froh, dass ich alles niedergeschrieben habe und ihr daran teilhaben konntet, manchmal habe ich zwar auch einiges geschrieben, was eher nur für mich war, aber ich glaube, dass das alles mein Befinden positiv beeinflusst hat und eine Sprachlosigkeit verhindert. Es war mein Weg, unser Weg und er war gut. Den nächsten Weg werde ich alleine gehen, ich hoffe, dass er nach angemessener Trauer zurück zu euch allen und wieder ins Leben führt.

Ich umarme euch und freue mich, dass ihr am Samstag live dabei seid!
Kerstin

DIE WELLEN DER TRAUER

Der Strudel,
er packt mich, reißt mich mit,
nein.
Ich will nicht.
Ich versuche, mich abzulenken, er reißt weiter,
er zieht mich mit,
ich kann nichts tun,
lass mich hinfortziehen, kämpfe nicht mehr,
ergebe mich.
Die Tränen kommen.
Es schüttelt mich.
Ich vermisse dich so sehr, es reißt in meinem Herzen.
Nur einmal noch drücken, halten, umarmen, liebkosen, streicheln, küssen.
Die Tränen laufen.
Nie mehr werde ich dich spüren auf Erden.
Meine Hoffnung?
Dass es dir gut geht und dass wir uns dort, wo du bist, wiedersehen.
bis dahin halte ich sie weiter aus,
die Wellen der Trauer.

(Geschrieben am 18.03.2014)

TOBIS BESTATTUNG

Ich konnte in der Nacht so schlecht schlafen, war um halb vier wach. Tage vorher habe ich um diese Zeit Tobi beigestanden, als die Kräfte schwanden und der Tod ihn zu sich zog.

Ich bin danach irgendwann wieder eingeschlafen und als am Morgen der Wecker ging, fehlte Detlef, ich bin eben der große Schnarcher.

Wir haben uns dann fertig gemacht und sind um 9:15 Uhr losgegangen. Es gab die große *„Was ziehe ich für eine Jacke an“*-Diskussion mit Niko und Detlef und mit Detlef und mir, ich entschied mich für keine Jacke, es war warm genug mit den Pulswärmern, dem Unterhemd und der Weste. Ich ging schon mal vor bis auf die Straße, dort kam dann der Tross aus der Mettenstraße den Weg hoch, und es war ganz gut, dass ich die Begegnung mit meinen Eltern und Verwandten schon mal weghatte. Auch meine liebe Nachbarin traf ich, und unsere Freunde Frank und Claudia gingen den Weg mit uns, ebenso Tobis Hauslehrerin Frau Flachenecker und ihr Mann.

An der Friedhofshalle angekommen gingen wir von hinten an die Trauerhalle, um für uns alleine kurz Abschied zu nehmen. Die Sargträger bereiteten noch alles vor, legten die Blumengestecke vor den Sarg und ich bat darum, dass nichts auf dem Sarg liegen möge.

Es sah so schön aus, und ich hatte ein klares Bild im Kopf, wie mein Tobi da jetzt drin liegt, in seiner Sweatshirtjacke, mit dem Körnerkissen auf dem Bauch, den vielen Briefen und Geschenken. Neben dem Sarg stand das große Bild von Tobi, er guckte uns förmlich an mit seinen großen Augen, so wissend.

In der Trauerhalle begegneten mir weitere Nachbarn und Tobis Musiklehrer. Herr Pottbäcker war auch schon da und begrüßte uns ganz herzlich. Niko machte einige Fotos und wollte dann gar nicht von dort weg.

Detlef und ich und dann auch Niko begaben uns dann doch vor die Trauerhalle, vor der eine riesige Menschenmenge stand. Es kamen direkt Menschen auf mich zu, und ich wurde von Arm zu Arm gereicht, schwamm so weg vom Eingang, wollte zu meiner engsten Familie, aber der Strom der Arme zog mich fort.

Als ich dann Tante Birgit wiedersah, konnte ich das unterbrechen, denn ich musste noch den Kontakt zwischen ihr und Herrn Pottbäcker herstellen, wegen des Gedichts, das sie vortragen würde. Julia und Tom probten bereits „Tears in Heaven" und es klang gut, tröstlich und war für mich Ausdruck der musikalischen Ader unserer Familie, die ja auch Tobi in sich trug, die er aber bis auf die Blockflöte und den Beginn von Trompete und Klavier nie ausleben konnte.

Dann wurden die Türen geöffnet und „Somewhere over the Rainbow" begleitete die vielen Menschen an ihren Platz. Mami und Papi setzten sich zu uns in die erste Reihe, Stefan, Nicole und Robin in die Reihe dahinter. Nur Niko fehlte, die Menschen strömten hinein, aber Niko kam nicht.

Ich habe es dann nicht ausgehalten und bin kurzerhand auch raus, um nach Niko zu sehen, begegnete Herrn Preßel und Freunden, die ich fragte: *„Habt ihr Niko gesehen? Er ist weg, ich glaube, er ist abgehauen …"* und alle, die das mitbekamen, strömten vom Eingang weg, um Niko zu suchen. Claudia stand plötzlich da und sagte: *„Ich habe ihn, er ist auf dem Klo, aber ich glaube, er muss nicht."* Ich bin dann in die Herrentoilette rein und da saß Niko, guckte mich mit großen Augen an und sagte: *„Ich muss Aa!"* Ich sagte: *„Toller Moment, kneif ab, die Beerdigung geht gleich los"*, und dann aber: *„Mach, mach fertig, und dann kommst du!"* Und genauso machte er das auch, kam sichtlich erleichtert und entspannt zu uns nach vorne und setzte sich zwischen uns.

Die Musik verstummte, und Herr Pottbäcker begrüßte die vielen lieben Menschen, die Tobi auf seinem letzten Weg begleiten wollten. Birgit trug direkt zu Anfang ihr emotionales Gedicht vor.

TOBIS LETZTE REISE

Hört ihr sein herzliches Lachen,
ein Flüstern, ein leises Adieu?
Ich werde auf Händen getragen,
gar nichts, nein, gar nichts tut weh.

In unendliche Höhen ich fliege,
so fern ich auch bin, glaubt es mir,
das Band unsrer starken Liebe, es bleibt
doch für immer bestehen!

Bin glücklich, ja, gar nicht alleine,
ich schwebe mit den Wolken dahin,
ihr ahnt nicht die herrliche Weite,
nun oben im Himmel ich bin.

Oh, ich sehe sie, die Engel, sie fliegen,
sie winken, lächeln und flüstern mir aufmunternd zu,
setz dich auf eines unserer Flügel,
vertrau uns, wir leiten dich, denn wir waren einmal wie du.

Ich sause und brause und lache,
Gott hält mir die Himmelstür auf,
nun fühl ich mich sicher, geborgen,
ja, das möchtet ihr doch auch!

Nun hab ich ein herrliches Plätzchen,
kann schauen, was die Anderen so tun,
auf Erden, ihr lieben Schätzchen,
konnte keiner mehr was für mich tun.

Doch hab ich eine große Bitte:
Weinet nicht, es geht mir nun gut!
Ich schaue von oben und winke,
unendliche Liebe macht Mut!

Verzagt nicht, all meine Lieben,
nur kurz konnte ich bei euch sein,
habt Dank, lieber Niko, geliebte Mami, Papi, Verwandte und Freunde,
doch nicht ewig traurig sollt ihr sein.

Ist eure Zeit dann gekommen,
so breite ich meine Flügel aus,
und sause mit euch durch die Wolken,
bis dahin kenn ich mich bestens hier aus.

(Geschrieben von Birgit Peters, 2013)

♥ ♥ ♥

Danach spielten Tom und Julia „Tears in Heaven“ oder umgekehrt, ich weiß es gerade schon nicht mehr. In Erinnerung geblieben ist mir, dass Herr Pottbäcker schöne Worte fand und seine Sache richtig gut machte.

Er sagte, dass der Sarg mit den Handabdrücken ungewöhnlich sei, auch wenn dies das falsche Wort wäre, und dass die Farbe des Sarges nicht mehr zu erkennen wäre, wenn alle Menschen, die heute hier sind, ihren Handabdruck als Zeichen ihrer Liebe und Zuneigung darauf hinterlassen hätten. Detlef hatte Herrn Pottbäcker erzählt, dass Tobi oft in Klamotten bunt wie ein Bonbon rumgelaufen ist, und Herr Pottbäcker meinte, so ein buntes Bonbon gehöre nicht in einen einfachen braunen Sarg.

Ich empfand in dieser Trauer großes Glück angesichts dessen, ich freute mich über die schönen Worte über mein so besonderes Kind, über die vielen Kinder, Tobis und Nikos Klassenkameraden, die hinter und neben Herrn Pottbäcker standen und von ihm aufgefordert wurden, sich dann auf die Stufen zu Tobi zu setzen.

Sehr schwer ums Herz wurde mir bei dem Taylor-Swift-Song. Bei der Textzeile: „Come on baby with me, we’re gonna fly away from here“ wünschte ich mir so sehr, selber wegzufliegen, Tobi hinterher, bis in die Wolken.

Wir beteten dann noch gemeinsam das Vaterunser, hielten uns dabei an den Händen. Das Abschlusslied „Und bis wir uns wiedersehen, halte Gott dich fest in seiner Hand“ war sehr schwer zu singen, ich hatte einen schrecklichen Kloß im Hals, hätte es gerne laut geschrien, aber es war so erstickend, habe aber dagegen angesungen und dann hat es auch mich befreit, ich konnte den letzten Refrain relativ laut mitsingen.

Herr Pottbäcker fand noch die Worte im Englischen: „Keep in touch“, die man benutzt, wenn man sich verabschiedet am Ende einer Begegnung, *we keep in touch with Tobi*, wir bleiben in Berührung, auch in der Distanz des Todes, das hätte eine Idee von mir sein können, war es aber nicht, und auch das passte so gut, band sogar in Gedanken meine englischsprachigen Freundschaften aus Tübingen mit ein.

Dann nickte er noch Niko zu, mit dem Insider über das, was Tobi im Himmel schon getan hätte (Darmstadt–Schalke 1:3!). Da musste Niko grinsen. Ich war so stolz und glücklich, dass Niko durchhielt und dass er nicht mit Ulrike rauslaufen musste. Niko hatte während der Trauerfeier ganz traurig gesagt, dass seine Lehrerin Frau Nowotny nicht da wäre, aber sie war da! Und Niko sah sie auch später. Dann kamen die Sargträger (alles alte Männer in Schwarz, wie furchtbar, wenn man in dem Alter diesen Job machen muss ...) und trugen erst die Blumen raus und dann meinen Tobi.

Der weiße Sarg kam auf einen Wagen und es war keine Wolke am Himmel, unsere sechs Handballfreunde standen im Kies, jeder mit einer großen Traube Luftballons, in Blau, Rot, Lila, Gelb, und es war ein so schönes Bild. Guido band einen gelben an den Sarg und der Trauerzug setzte sich in Bewegung. Vorweg Guido und Herr Pottbäcker, dann Tobi und Detlef, Niko und ich in einer Traube von Kindern, Tobis Mitschülern, Nikos Mitschülern, die zwar gemäßigt, aber wie Kinder eben so sind, fröhlich schnatternd und schwatzend, uns diesen schweren Weg mit sich trugen. Überall die bunten Ballons, der leuchtende Sarg, warme Sonnenstrahlen, die zwischen den Bäumen immer wieder auf mich trafen und mich wärmten. Niko tat es so gut, er lief mit seinen Klassenkameraden und ich freute mich, dass er auch fröhlich plappernd diesen Weg mit seinen Freunden gehen konnte. Lukas lief kurz neben mir her und erzählte mir aufgeregt, wer alles von seinen und Tobis Lehrern da wäre!

♥♥♥

An der Grabstelle angekommen, wurde der Sarg über das Loch gestellt, und als der Sarg abgelassen wurde, ließen alle ihre Ballons steigen und es war gar nicht schwer in dem Moment, weil die Ballons in den blauen Himmel flogen und es einfach wunderschön aussah. Der Sarg stand aber leicht schief! Niko zückte seinen iPod und machte erst mal ein paar Bilder vom Sarg im Loch, das fand ich etwas unpassend und rief ihn zu mir, Herr Pottbäcker flüsterte mir aber *„Ist doch in Ordnung“* zu. Gegenüber nahm ich jemanden vom Minigolfplatz wahr, der mit einer Videokamera filmte. Dann kam das mit „Von der Erde bist du genommen, zur Erde wirst du gegeben“ und Herr Pottbäcker streute ein bisschen Sand in die Grabstelle, es pladderte doch ein wenig.

Dann kamen wir, Niko warf nach einem fragenden Blick und meiner Bestätigung durch ein Nicken seinen Sonnenblumenstrauß hinein, Detlef und ich streuten Rosenblätter. Die Grabstelle war noch nett gemacht mit Kunstrasen und Tanne, sodass die blanke Erde nicht zu sehen war. Wir stellten uns dann neben die Grabstelle und dann kamen die Kinder und warfen ihre Blumen auf den Sarg und stellten sich zu uns. Es war ein wenig wuselig, fühlte sich aber gut an. Es waren so viele Menschen da, die ganzen Lehrer von Tobi, aus der Klinik, von der Grundschule und vom Gymnasium. Der Strom zog an uns vorbei, Stefan gegenüber ließ mich nicht aus den Augen, und Detlef und Niko waren so tapfer und ich glaube, auch ihnen gaben die vielen Umarmungen Kraft, ich für mich empfand das so.

Zwischendurch musste ich natürlich auch sehr weinen, besonders bei den Menschen aus der Klinik, Herrn Preßel, Schwester Nicole, Schwester Petra, Schwester Anjeli, Klinikclownin Flocke, die aber kein Kostüm anhatte, es gab so viele nette Worte und zwischendurch dachte ich, das werden ja gar nicht weniger!

Tobis Klassenlehrerin überreichte mir eine Kette aus Händen, von Tobis Mitschülern. Ich legte mich zwischendurch immer wieder trocken. Dann war doch irgendwann das Ende erreicht. Niko hatte sich zwischendurch schon abgesetzt, ihm wurde das dann doch zu viel.

Wir sprachen noch kurz mit den Lehrern von der Grundschule und dann gingen wir ins Restaurant. Dort saßen schon alle und es war so ruhig, weil alle Kinder auf der Kegelbahn waren. Was für eine geniale Idee, gekegelt hat Tobi auch so gern.

Nicole übernahm fast die ganze Zeit die Aufsicht. Ich besprach kurz mit Detlef, dass ich auch hier ein paar Worte sagen wollte, wie auf jeder Feier, und ich besorgte mir ein Glas Rosé, machte mit dem Löffel „Pling Pling“ und sagte: *„Schön, dass ihr alle da seid, dass ihr unser Erlebtes mitgetragen habt und dass dies uns trägt. Und nun lasst uns zusammen sein, so wie es Tobi gefallen hätte.“*

Unsere Freunde aus Ulm, Ute und Roland, saßen so allein und wir setzten uns dazu. Es gab doch ein kleines Stück Kuchen und Kaffee und die Bohnensuppe tat gut und war auch sehr lecker. Ich versuchte mit allen zu sprechen, was mir aber nicht gelang, dafür war die Zeit viel zu kurz. Wir gingen dann nachher noch zum Grab, aber ich hatte fünf Gläser Rosé getrunken und war wie in Watte gepackt.

Ich schleppte mich an Papis Arm bis zur Wohnung meiner Eltern, dort angekommen, legte ich mich in das Bett meiner Mama und ergab mich dem Schmerz und der Erschöpfung. Das war ein so intensives Gefühl, vor allem die körperliche Erschöpfung, die hatte ich so noch nie erlebt, ich fühlte mich wie nach einem Marathonlauf. Nach einigen Stunden, in denen ich feste schlief, kam Detlef rein und nahm mich mit nach Hause, dort legte er mich in mein Bett und ich war immer noch so erschöpft und bleiern müde, bis ich dann Niko hörte. Er kam zu mir, legte sich neben mich und sagte beruhigend *„Mama, schlaf ruhig weiter“*, ich kam dann aber mit ins Wohnzimmer, wo „Das Supertalent“ im Fernsehen lief, und Detlef und ich lasen die Trauerkarten, so nette Worte. Ich schlief wieder ein und Detlef kümmerte sich um Niko.

SONNTAG, 29.09.2013

Der Tag nach Tobis Beerdigung fühlt sich einerseits etwas leichter an, aber meine körperliche Erschöpfung ist immer noch sehr präsent.

Nach dem Frühstück schauten Detlef und ich erneut die Trauerkarten durch, denn seine Eltern wollten wissen, wer von ihren Bekannten geschrieben hatte. Diese nahmen wir dann mit, aber bevor wir zu ihnen gingen, besuchten wir Tobi. Die Blumen sind wunderschön und das Grab ist hell erleuchtet, wenn die Sonne scheint, am Vormittag scheint einem die Sonne ins Gesicht, am Nachmittag wärmt sie von hinten. Die Birke, die auch so wunderschön wirkt, macht allerdings ganz schön Dreck! Niko blieb im Bett und wollte ein wenig allein sein, er hatte überhaupt keine Lust, mit zu Oma und Opa zu gehen, wollte sich allerdings mit Tinki treffen, wenn diese mit den Hausaufgaben fertig wäre.

Detlefs Bruder war auch noch da, wir blieben eine Weile bei Gilla und Peter, ich wurde aber dann unruhig und wollte wieder nach Hause zu Niko, der ging dann raus zum Spielen, ein wenig Zeit alleine tat mir aber auch gut. Ich räumte die Medikamente weg und hörte meine Trauerlieder, telefonierte mit Veronika und brachte es auf den Weg, dass wir am nächsten Tag nach Borkum fahren. Für Lukas suchte ich noch das halbe Yin-Yang, seine Hälfte ist bei Tobi, ihm gab ich Tobis Hälfte.

Oma Hanne und Opa Heinz kamen am Nachmittag und wir gingen gemeinsam mit ihnen zum Grab, gossen die Kränze, damit sie noch lange schön aussehen. Elke und Tom kamen uns entgegen, die beiden hatten erstmalig einen Spaziergang von zu Hause gemacht, einen Weg, den man gut gehen kann. Dann packten wir und am Abend gingen wir noch zu unserem Griechen, um unsere Schulden zu bezahlen, 'ne Menge Geld, aber das war es wert. Leider konnten wir nicht mit EC-Karte bezahlen, Peter und Gilla strecken uns das vor bis nächste Woche. Mein lieber Papi bezahlte den Kranz und die Blütenblätter. Mit Guido telefonierte ich, seine Rechnung werden wir nächste Woche begleichen.

Ich zog mir noch die Fotos von Nikos iPod, die er bei der Beerdigung gemacht hatte, dabei war auch ein wunderschönes Ballonbild, das ich bei Facebook postete.

MONTAG, 30.09.2013

Die Nacht war um 5:15 Uhr zu Ende, ich war sehr oft wach, ich weiß nicht, ob das am Kaffee lag oder woran auch immer. Wir konnten um kurz nach sechs das Haus verlassen und ich erfreute mich an Nikos Vorfreude. Allerdings überkam mich schon vor der A31 eine Trauerwelle, denn ein Platz im Auto ist leer, bleibt leer, wird nun immer leer sein, und ich betrachtete den Morgenhimmel und ließ die Tränen laufen. *Will ich wirklich fort? Oder mache ich das hier nur für Detlef und Niko?* Die beiden werden ab nächster Woche Alltag haben, für mich fängt dann erst mal meine Arbeit an. Tobias' Sachen aussortieren, bei den Anziehsachen hatte meine Mama die tolle Idee, aus seinen Lieblingssachen eine Decke zu quilten. Ich lasse es

auf mich zukommen. Die Ferienwohnung meiner Cousine Christiane auf Borkum ist sehr schön, für drei Personen prima, Detlef und ich haben ein Schlafzimmer, Niko schläft auf der Couch im Wohnzimmer. Die Wohnung ist sehr nett dekoriert, überall hängen schöne Bilder, besonders gut gefällt mir der glückliche Seehund im Schlafzimmer, Holzfische, Herzen und das Glanzstück der Wohnung ist der Balkon, auf dem am Nachmittag die Sonne steht.

Nikolas hat die ersten zwei Tage sehr genossen, wir waren nur am Strand, haben einen Strandkorb gehabt, direkt in der ersten Reihe, Nummer 14, Grün-Orange, Niko hatte ganz viel Spaß an den Steinen und Muscheln und hat Krebse gefangen. Er hatte nur anfänglich Scheu, dann hat er die Krebse angefasst und in seinen neuen Eimer geworfen. Ich habe scherzhaft gesagt, dass das Ökosystem Nordsee keine zwei Klein-Jungs verkraften würde.

Niko hat mich so an Tobi erinnert, er hatte auch so viel Spaß beim Krebsefangen. Wir haben es uns richtig gut gehen lassen, waren beim Griechen, im Upholmhof, zwei Mal im Kartoffelkäfer und morgen gehen wir in die Pizzeria, die bis gestern Betriebsferien hatte. Morgens haben wir immer lecker gefrühstückt, mit Ei und mit Ausblick in den Borkumer Himmel durch das geflochtene Herz im Fenster, wunderschön.

Niko musste ab Tag 3 abchecken, wie weit er gehen kann, war superknatschig wie ein Baby und hat uns enorm provoziert. Wir hatten eine Fahrradtour geplant und diese dann auch gemacht, Nikolas hat gemufft und ist immer hinter uns geblieben, am Flughafen drohte er umzukehren, aber wir haben ihn toben lassen, sind weiter gefahren Richtung Ostland, er hat geschimpft und getobt und wenn ich so drüber nachdenke, hätte ich ihn am liebsten vom Rad geholt und durchgewalkt.

Aber wir sind ruhig geblieben und haben versucht, ihn über die *„Wir haben dich lieb"*-Schiene zu kriegen. Detlef hatte dann am Deich die gute Idee, ihn von hinten anzuschieben, Motorrad zu spielen, und das hat ihn ein wenig erheitert. Wir sind nicht zum Südstrand gefahren wie eigentlich geplant, sondern nach Hause und haben die Sachen für einen weiteren Strandnachmittag geholt.

Es war alles anstrengend, auch der leckere Apfelstrudel konnte es nicht rausreißen. Am Strand war es noch mal sehr schön, ich konnte die Sonne genießen, Detlef ließ Drachen steigen und Niko hüpfte Trampolin und sammelte Krebse.

♥ ♥ ♥

Es war zwar ziemlich kalt mit nackten Füssen im Wasser, aber schön, er sammelte unerschrocken Krebse, und ich nahm noch ein paar Steine mit, ich möchte auf Tobis Grab ein Steinherz legen. Morgen wollen wir noch ins Gezeitenland, in die Sauna und schwimmen.

Gestern habe ich bei Woolworth ein Grablicht gekauft, das wir nach dem Essen zwischen den Felsen am Meer angezündet haben. Tobi ist überall.

Ich bin immer noch körperlich sehr erschöpft, mache eine 5-Tage-Vitaminkur. Meine Trauer fühlt sich auch komisch an. Ich möchte gerne über Tobi reden, wie es Tobi gefallen hätte, was Tobi gemacht hätte, aber Detlef und Niko sind davon nicht so begeistert, es stört sie zwar nach eigener Aussage nicht, aber ich müsse ja nicht ständig wieder davon anfangen ... Schwierig für mich.

Ich kann auch nicht richtig traurig sein und weinen, obwohl ich das manchmal gerne täte. Es geht nicht. Am Strand habe ich ein bisschen Trauerliedermusik gehört und das macht mich schon traurig, aber ich bin immer noch so erschrocken von Tobis Sterben und dem toten Körper, unserer letzten Nacht, der Beerdigung. Alles erst ein paar Tage her.

Auch hier in Borkum erinnert mich so viel an Tobi und an unsere gemeinsamen Urlaube mit unseren Freunden Claudia und Frank, auch sie fehlen mir hier und im Strandkorb sitzend hab ich ein paar Mal gedacht, jetzt kommt Frank um die Ecke.

Bin ich traumatisiert? Oder habe ich während der Sterbensmonate schon so getrauert, dass jetzt die Erleichterung überwiegt? Ich weiß es selbst nicht.

Ich fürchte mich vor Montag, wenn für Niko und Detlef wieder der Alltag beginnt. Dann beginnt er auch für mich, ich werde mich den Überbleibseln aus Tobis Leben widmen müssen, aussortieren, wegwerfen, umschichten, das Zimmer leeren, damit Niko dort einziehen kann. Nikos Zimmer wird ein zweiter Schlafraum, in den ich mich wegen der Schnarcherei und vielleicht auch so zurückziehen kann.

Dort soll auch das Bild von Tobi von der Beerdigung hängen, obwohl ich ihn vielleicht doch lieber im Wohnzimmer hätte. Alles zu seiner Zeit und keine Hektik, aber ich fürchte mich trotzdem sehr und weiß nicht, ob ich das überhaupt schaffe, mich von Tobis Dingen zu trennen.

Es regnet.

Bis Ende letzter Woche schien ich mit dem Verlust von Tobi noch ganz gut klarzukommen. Am Donnerstag klärte ich erst mal in einem Gespräch mit Frau Bünk vom KinderPalliativNetzwerk, warum mein Gefühl, die Erleichterung statt tieftrauriger Trauer, so ist und ich konnte dort auch endlich mal weinen.

Sie gab mir den Satz an die Hand: *„Im Moment steht die Erleichterung im Vordergrund, dass Tobias' Leiden ein Ende hat"*. Der traf meine Gefühlslage ganz gut, denn die Trauererwartung von außen, z. B. bei überraschenden Treffen beim Einkaufen, diese traurigen, mitfühlenden Blicke und Sprüche sind für mich überhaupt nicht zu ertragen. Sie hat mir außerdem geraten, mir Zeit zu gönnen, runterzuschalten, aber es ist so viel zu tun, ich muss mein ganzes Leben neu ordnen, mache das im Kleinen in der Wohnung, aussortieren, wegschmeißen, beweinen, trennen, beiseitelegen, betrachten. Aber es ist so viel zu tun, beginnend damit, dass Niko in Tobis Zimmer ziehen soll und dass ich deshalb auch die ganzen Sachen aussortiere. Ein großer Teil der getragenen Kleidung ist schon letzte Woche in die Fürstin-Franziska-Christine-Stiftung gegangen, zu den Waisenkindern, die alles gut gebrauchen können. Tobis Lieblingssachen sind in einer Tüte im Schrank, daraus machen mir Nicole und meine Mama eine Patchworkdecke. Die Idee ist von Barbara Seefelder aus Tübingen, doch nicht von meiner Mama, und ganz prima.

Auch das Spielzeug, die Bücher, die Schulsachen mussten durchgesehen, aussortiert und weggeschmissen werden. Niko war mir gestern eine große Hilfe, wir guckten direkt auch seine Sachen durch und machten dort Ordnung. Aber es ist noch so viel übrig, den Rest hat mir heute der Krimskrams gegeben, von dem ich viel verwahrt habe, und viele Teile habe ich auch mit dicken Tränen getränkt.

Wenn Niko dann in den Ferien umgezogen sein wird, stehen noch der riesige Berg Ablage, die unbezahlten Rechnungen, die Danksagungen und die vielen lieben Trauerkarten, die ich noch nicht wirklich in Ruhe sichten konnte, die ganzen Medikamente und Hilfsmittel, die Küche, die Schlafzimmerschränke, die Putzmittel und die Abstellkammer, der Dachboden und Keller vor mir. Dort muss kräftig aufgeräumt werden.

♥ ♥ ♥

Das Grab ist furchtbar trostlos, die Blumen sind welk, und ich habe heute einen Mitarbeiter von Grün und Gruga gebeten, dass das Grab die Woche abgeräumt werden soll. Die Entwicklung der Blumen steht ein bisschen für die Entwicklung meiner Gefühle, erst ging es ganz gut, ich war so unglaublich erleichtert, dass das Leiden vorbei war, die Übelkeit, die Kotzerei, dieses 24-Stunden-Krankenschwesterdasein. Und dass mit einem Schlag die Angst weg war, dass doch noch irgendetwas Schlimmes, Unvorhergesehenes passiert, Knochenbrüche, Lähmungen oder auch etwas, von dem ich kein Bild habe, nur die gefühlte dunkle Bedrohung. Aber mehr und mehr tritt der Verlust in den Vordergrund, ich kann mein Kind nicht mehr riechen, nie mehr spüren, selbst die Decke, auf der ich seit seinem Tod schlafe, die grüne Tobi-Fleecedecke von Sandra, hat seinen Geruch verloren, die Haarlocke ist noch immer weich, aber auch da ist kein Tobi-Geruch mehr dran, alles weg. Außerdem bin ich innen so furchtbar leer und wund, mir ist kalt, mich fröstelt und zwischendrin schütteln mich Weinkrämpfe. Heute Mittag habe ich mich einfach mit einem Körnerkissen ins Bett gelegt, vorher zwei große Teller wärmende Linsensuppe, ein bisschen Schokolade ...

Heute ist Montag und ich bin von einer lähmenden Traurigkeit gefesselt. Habe zwar heute Morgen Niko zur Schule fertig gemacht, bin dann aber schnell wieder in das mit dem Heizkissen angewärmte Bett geschlüpft. Im Moment beschäftigt mich so viel.

Die Wohnung ist das reine Chaos, es warten Ablage und Steuern auf mich, mein Geburtstag will geplant sein, vor allem auch glutenfrei, und am Freitag kommt die neue Küche bzw. die neuen Teile der Küche und bis dahin müssen die Wände okay sein und alles ausgeräumt werden, damit die da werkeln können.

Die ganzen Küchenoberschränke mit Inhalt sind ja einfach an dem Tag im November von der Wand gefallen, als Tobis Film mit Anke Engelke in Köln als Premiere in einem Kino gezeigt wurde. Ich hatte eigentlich meine Freundin Claudia zum Kaffee eingeladen, aber dann rief meine Mama an, sie wäre vor die Türzarge gelaufen, ihr kleiner Zeh würde so komisch abstehen, sie müsse ins Krankenhaus. In der Zeit sind die Schränke runtergekommen, ich wäre bestimmt schwer verletzt worden, wenn ich zu Hause gewesen wäre. *Vielleicht hat Tobi ja die Oma vor die Tür gelenkt, um mich zu retten?* Wir fuhren trotzdem nach Köln und es war sehr emotional, den Film mit Tobi zu sehen.

Im Moment nutze ich jeden Wachwerdeprozess, um mich intensiv an Tobi zu erinnern. Ich habe dann so ein warmes Gefühl in mir, das fühlt sich an, als wäre mir Tobi ganz nah. Das ist einerseits sehr schön, macht mich aber auch oft furchtbar traurig.

Heute Morgen habe ich mir die Gedenkseite von Carla angesehen, bei der wir gestern zur Messe zum 1. Jahresamt waren. Es gibt dort einen Film über das Waldpiratencamp mit Carla und Hannah und mir schossen die Tränen aus den Augen. Spüre den Verlust so sehr im Moment, bin so erschöpft und schwach und muss trotzdem funktionieren, will aber gar nicht.

Voll doof tot zu sein, wenn alle traurig sind ... das Buch beschäftigt mich auch so sehr, die dazugehörige Internetseite „Leben ohne dich", es sind so viele, so viele Schicksale, zum Teil durften die Eltern gar keine Zeit mit ihren Kindern verbringen, sie starben schon im Mutterleib, andere hatten nur wenige Stunden, Tage, Wochen, manche Monate und Jahre, aber gezeichnet von Krankheit und Leid, anderen wurde mit dem plötzlichen Tod förmlich das Herz herausgerissen. *Was ist das für ein Gott, der das zulässt? Lieber Gott?!* Mein Glaube beschäftigt mich auch sehr, ich will an ein Danach glauben, an den Himmel, den ich Tobi versucht habe zu beschreiben, ohne Krankheit, ohne Schmerzen, ohne Zeitgefühl und in dem wir uns sicher wiedersehen, vereint in göttlicher Liebe? Es gibt so schrecklich viele Menschen auf dieser Erde und so furchtbar viel Leid, *wie kann man mit seinem kleinen Leben da glücklich weiterleben?* Ich bin wie gelähmt, völlig antriebslos, voll mit schlechtem Gewissen, dass Detlef arbeiten gehen muss und ich nichts auf die Kette kriege.

In dem Waldpiratenfilm ist auch das Lied „Viva la Vida" unterlegt, allerdings in einer traurigeren Vision. Ich habe das Lied damals, Ostern 2013, für das von mir erstellte Video vom Elternhaus genommen. *Ist das ein Zeichen? Von meinem Tobi? Ist das unser Lied, Tobi?* Ich bin so traurig, so leer, so ausgepowert, so einsam ohne dich, ich will dich wieder riechen fühlen, drücken, kuscheln, kraulen, einfach bei mir haben, komm wieder! Bitte!

FREITAG, 31.01.2014

Es geht mir nicht gut. In meiner Brust sitzt ein Stein, ich habe kaum Nerven, mich gegen Niko durchzusetzen, und eigentlich ist mir alles zu viel. Seit meinem letzten Gespräch mit Frau Bünk nutze ich den Morgen, meine drei Wecker und die Kuschler dazwischen, um an Tobi zu denken. Das ist seine Zeit, in der ich mich erinnere, an das Kuscheln mit ihm, an die schönen Zeiten, die wir hatten. Aber es kommen immer wieder die Bilder vom Sterben, vom toten Tobi, vom kalten Körper. Und von den Ereignissen, in denen ich ihm wehgetan habe, das Toben mit ihm, zu Beginn seiner Erkrankung, wo ich ihm bei einer Rolle rückwärts fast schon das Genick gebrochen hätte, vom Abziehen der Klebefolie nach dem Schwimmen ... ich würde mich so gerne an die schönen Erlebnisse erinnern, aber ich finde sie in meinem scheinbar leeren Kopf nicht.

Gestern habe ich zwei Kissen bekommen, genäht von Nicole aus Tobis Lieblingspullovern. Da stand ich kurz vor einem Nervenzusammenbruch, konnte meinen Tränen und meiner Verzweiflung gerade noch Einhalt gebieten.

Ich vermisse dich so, Tobi. Geht es dir gut? Ich hoffe es so sehr, aber mein Hoffen ist von Zweifeln überschattet. Gibt es wirklich ein Danach, ist es so, wie ich es dir ausgemalt habe? Ich war damals der festen Überzeugung, dass es so ist, wie ich es dir beschreibe, ein Ort, warm und hell, ohne Schmerzen, ohne deinen kranken Körper, ein Wiedersehen mit all denen, die bereits gegangen sind, ohne Zeit, kein Warten, sondern nur ein Wimpernschlag für dich, bis wir uns endlich wieder in die Arme schließen können, mein geliebtes Kind. Nur bis dahin muss ich auf dieser Erde verharren … bist du in der Nähe, kannst du mich sehen, meine Gedanken spüren, mein Dichvermissen fühlen? Macht dich das traurig und kannst du deshalb vielleicht nicht unbeschwert im Jenseits sein? Oder ist es egal? Oder muss ich es dich spüren lassen, damit du in meiner Nähe bleibst? Bin ich sensibel genug für deine Zeichen? Oder ist das alles nur Einbildung, ein Wunsch, eine Hoffnung? Dein Tod ist so sinnlos, warum durftest du nur so kurz leben? Wo ist der Sinn? Habe ich einen Fehler gemacht? Hätte ich es verhindern können? Oder war es einfach nur das unglückliche Zusammentreffen zwischen Papa und mir und es war schon vor deiner Geburt klar, dass du an Leukämie erkranken würdest wie damals der Cousin von Papa? Fragen, auf die ich keine Antwort weiß und selbst wenn, sie würden dich nicht wieder zu mir bringen. Geht es dir gut? Ich bete dafür, dass es dir gut geht. Und bis wir uns wiedersehen, werde ich versuchen, mein Leben ohne dich zu leben, im Moment weiß ich zwar nicht, wie ich das anstellen soll, aber ich hoffe, dass es irgendwann irgendwie gehen wird. Ich liebe dich so sehr und mein Schmerz ist so immens groß, dass ich dich nie wieder spüren kann, lachen höre, aufwachsen sehe.

DIENSTAG, 04.02.2014

Gestern Abend besuchte ich den Vortrag von Anne und Nikolaus Schneider (er ist evangelischer Theologe und Repräsentant der evangelischen Kirche in Deutschland), die gestern vor 9 Jahren ihre damals 22-jährige Tochter verloren haben. Sie starb auf der Intensivstation nach zweijähriger Leukämieerkrankung, nach einer Woche Koma. Beide berichteten über ihre Art des Umgangs, über ihre Trauer. Der zentrale Punkt bei beiden: Sie sind von Haus aus sehr gläubig und stellten Gott nie infrage. Ich sprach anschließend mit Frau Schneider, und sie berichtete mir von einer ca. dreimonatigen Zeit, in der sie nicht beten konnte, in der sie Gott grollte,

♥♥♥

weil er ihre Gebete nicht erhörte und ihre Bitten nicht erfüllte. Ich bin gerade an einem ähnlichen Punkt, ich schwimme sogar in meinen Zweifeln weiter ... *gibt es das, was wir uns nach dem Tod erhoffen, wirklich? Gibt es ein Leben nach dem Tod, ein Wiedersehen, ein himmlisches Reich? Licht, Wärme, ewiges Leben? Ist mein Glaube so stark, dass ich es wirklich glaube? Keiner kann es beweisen, und wenn ich an die gelesenen Nahtoderlebnisse denke, dann fällt mir zuerst nur das Bild vom Sumpf ein, sich fühlen wie ein Wurm im Schlamm, kurz bevor dann das Licht kommen soll. Tobi hat viele Stunden in dieser Phase verbracht und im Traum die feuchte Erde gerochen, und ich sehe sein sterbendes Gesicht, mit Verwunderung, mit Hilflosigkeit, mit Staunen, mit dem nicht wahrhaben wollenden Wissen, dass seine letzten Lebensminuten unaufhaltsam ablaufen, die Sanduhr, die fast leer ist, nur noch wenige Körner und niemand wird sie umdrehen. Tobi, ich vermisse dich so.*

Frag Gott, wenn es ihn gibt, warum? Oder weißt du es bereits? Was ist der Sinn, dass dein Leben nur so kurz dauern durfte? Du warst so talentiert, du hattest so ein positives Wesen, mein Wesen, ich bin so unendlich traurig, dass ich nicht erleben werde, was du aus deinen Möglichkeiten gemacht hättest. Die Musik? Wärst du Musiker geworden, Rockstar? Oder doch lieber direkt ins Fernsehen? Niemand wird mir darauf eine Antwort geben können.

Aber der zentrale Punkt ist eben: *Gibt es ein Leben nach dem Tod? Ist der Glaube von Auferstehung nur ein Wunsch?* Glücklich sind die, die diesen Glauben haben, denn damit kann man froheren Mutes sein, durchs Leben gehen, in dem Glauben, wenn man selber die Schwelle übertritt, dann wird man vereint mit denen, die man liebt. *Was aber, wenn dieser Glaube wankt? Ein Dümpeln im Niemandsland?* Ich will nicht dümpeln, aber mir ist mein Glaube ein wenig abhandengekommen.

Ein weiterer guter Aspekt war die Tatsache, dass auch die beiden beschrieben, dass Männer und Frauen ganz anders mit ihren Gefühlen und ihrer Trauer umgehen, Frauen mehr exzessiv und mit Sprache, Männer mehr introvertiert und mit sich. Aber zu werten, dass einer von beiden mehr liebt oder mehr trauert, ist vermessen, jeder auf seine Art. Ich glaube, dass ich in der Beziehung schon sehr tolerant geworden bin, allerdings entdecke ich mich schon dabei, zu werten, dass Männer eher verdrängen, nicht reden wollen, und die Bewertung ist negativ, weil sie mir so fremd und unverständlich ist.

ACHTERBAHN

Der Platz an meiner Seite ist leer,
frei für dich, mein Engel Tobi.
Wir sausen hoch und runter, Hand in Hand.
Ich spür dich an meiner Seite, lauthals lachend.

Frei für dich, mein Engel Tobi.
Ich vermisse dich so sehr.
Ich spür dich an meiner Seite, lauthals lachend.
Ein wundervolles Gefühl von Nähe, bist mir sonst so fern.

Ich vermisse dich so sehr.
Der Schmerz ist kaum aushaltbar.
Ein wundervolles Gefühl von Nähe, bist mir sonst so fern.
Ich hol dich zu mir, in mich, in Gedanken und Gefühlen.

Der Schmerz ist kaum aushaltbar.
Wir sausen hoch und runter, Hand in Hand.
Ich hol dich zu mir, in mich, in Gedanken und Gefühlen.
Der Platz an meiner Seite ist leer.

(Geschrieben am 05.06.2014
nach einem Freizeitparkbesuch)

Heute ist Termin bei Frau Bünk. Ich hatte das erste Mal den Gedanken abzusagen, weil ich so kraftlos bin, weil ich nicht weiß, ob ich die Kraft habe zu reden. Das passiert mir heute das erste Mal. Habe aber die Kraft, mich über diese Kraftlosigkeit hinwegzusetzen und fahre hin. Mit dabei ist ein Tobi-Pulli-Kissen. Kommentar dazu von Frau Bünk: *„Frau Klein, Sie sorgen gut für sich."*

Ich würde im Moment gerne die ganze Zeit im Bett verbringen. Da kann ich mich so richtig schön hängen lassen, fühle mich geborgen und Tobi nah, es ist manchmal so, als läge er unsichtbar neben mir im Bett, wie er es so viele Wochen getan hat. Ich trauere, in einer sehr schmerzhaften Form, die ich so noch nie erlebt habe, in einer Intensität, die mich erschreckt. *Hab ich das selber ausgelöst?*

Seitdem ich versuche, mir ein bisschen Tageszeit zu Tobi-Zeit zu machen, wird es immer schlimmer, immer schmerzhafter, ich lasse zu, den Verlust zu spüren, nicht mehr überlagert von der Erleichterung über das Ende des Leids. Morgens, zwischen den vielen Weckern, die ich brauche, damit ich den Tag beginnen kann, da ist Tobi-Zeit, ich versuche mich zu erinnern, es sind oft schöne Erinnerungen, ich liege nahe bei, ich kraule ihm den Rücken in dem Wissen, dass er das so gerne mag, ich sehe ihn lachen ... ich sehe ihn aber auch sterben, Schmerzen haben, leiden und es tut so weh, dass er nicht mehr hier ist.

Tot ist tot, weg, aus und vorbei.
Woran kann ich noch glauben?

Unterbrechung ... Ein Anruf von Herrn Karmalker vom WDR. Er hat heute Bürotag und er wollte mir von den Zeichen erzählen, die er beim Tod seines Vaters erlebt hat.Eine Taube flog über der Motorhaube, lange, seltsam, auf dem Weg zum Krankenhaus zu seinem Vater, bog dann ab in den Himmel. Ein paar Tage später, im Büro, hinter einer großen Scheibe, tat es einen Knall, und ein Vogel war vor die Scheibe geflogen. Er war etwas benommen, konnte dann aber weiterfliegen. Beim Leichenschmaus nach der Beerdigung seines Vaters war plötzlich ein Vogel im Raum, reingeflogen durch ein offenes Fenster. Drei Erlebnisse dieser Art mussten ein Zeichen sein. Ich berichtete ihm von meiner tiefen Traurigkeit und er rang um tröstende Worte. Ein sehr lieber Mann. Wenn ich Lust auf einen Kaffee hätte, solle ich mich melden, es würden sich manchmal längerfristige Beziehungen aus Drehs ergeben, und er würde sich freuen, würde aber auch verstehen, wenn es dazu nicht kommen würde. *Ist das Zufall? Dass er genau heute, wo es mir so schlecht geht, zum Hörer greift? Oder bist du das, Tobi, der lenkt? Ich würde so gerne daran glauben.*

SAMSTAG, 08.02.2014

Seit ein paar Tagen geht es mir ziemlich schlecht, ich bin sozusagen gelähmt vor Traurigkeit, untröstlich, ich kann diesen Verlust, der mich körperlich so schmerzt, kaum ertragen. Meine Trauer entzieht sich für mich jeder Regel, sofern es da überhaupt Regeln gibt, ich kann es vor allem nicht steuern, nicht beeinflussen, was mir bisher eigentlich immer gelungen ist. Es überschwappt mich und ich bin froh, dass heute auch Raum dafür war, ich hatte Zeit, Ruhe, Nikolas ist nur kurz aufgeschlagen, um nach Essen und Hausaufgaben wieder abzuhauen, Detlef auch, er macht gerade einen Krankenbesuch bei einer Bekannten, den ich seit Montag vor mir herschiebe, ich will in kein Krankenhaus gehen.

Wie komm' ich da wieder raus? Zeit? Ruhe? Allein sein? Oder verdrängen, Krönchen geraderücken und weitermachen? Ich bin für alles nur kraftlos, erschöpft, will auch nichts anderes, kann nur traurig sein und weinen, meine Tränen schmerzen auch nicht, aber sie erleichtern auch nicht spürbar, *vielleicht aber doch?* Ich hadere mit meinem Glauben, mit Gott, in der schlimmsten Form, denn ich zweifle ihn an. *Gibt es einen Gott? Gibt es ein Leben nach dem Tod, Himmel, Paradies? Oder sind das alles nur Wunschvorstellungen, Träume?* Ich habe Tobias das, woran ich glauben wollte, so blumig ausgemalt, aber jetzt zweifle ich. *Aber kann ich ohne die Hoffnung auf ein Wiedersehen, ohne die Hoffnung, dass es ihm jetzt gut geht, ohne die Hoffnung, dass irgendein Sinn dahintersteckt, weiterleben?* An diese Hoffnung klammert sich doch alles! Und ich will eigentlich nicht traurig sein (sagt auch Tobias ...). *Brauchst du vielleicht psychologische Hilfe?*

Der Spruch von Detlef hat mich eben sehr geärgert. Ich nehm doch Hilfe an, hatte heute ein Gespräch mit Frau Bünk, nehme mir Zeit und Sorge für mich, will und muss das aber auch ausleben, weil ich überzeugt davon bin, dass es nur so weitergehen kann auf diesem Weg der Trauer. Auch wenn es gerade ein schrecklich steiniges Stück ist.

MITTWOCH, 19.02.2014

Mich hat das Buch (Voll doof tot zu sein, wenn alle traurig sind) ja ziemlich aus der Bahn geworfen ... damit fing meine rasante Talfahrt an. *Warum?!* Es löste in mir die Sehnsucht nach einem Zeichen aus, einem Zeichen, dass es Tobi gut geht, dass es ein Leben in einer anderen Welt nach dem Tod gibt.

Gleichzeitig warf es die Frage auf, ob nicht alle Zeichen irgendwie erklärbar sind und nur in dem tiefen Wunsch nach Kontakt so gedeutet werden? Und weitergedacht, *wie ist das denn wirklich? Gibt es ein Danach oder ist tot tot? Aus und vorbei und weg, für immer? Und das löste eine Glaubenskrise aus, an was glaube ich, was sagt mein katholischer Glaube und ist das alles für mich richtig?* Alles fühlt sich falsch an.

Ich habe zwischendurch Tage, an denen fühle ich mich so leer, so schwer, so traurig und es kostet mich große Kraft, die Alltagsdinge zu erledigen. Habe mich am Freitag noch mal krankschreiben lassen, mein befreundeter Arzt hat mir ein Antidepressivum aufgeschrieben, aber nachdem ich die Packungsbeilage durchhatte, war klar, dass ich das nicht nehmen werde.

Gleich habe ich wieder einen Termin bei meiner Psychotherapie, hoffentlich kann ich mich durch sie wieder stabilisieren.

„Ich hab jetzt die gleiche Frisur wie Opa“, das Buch hab ich in einem Stück gelesen, es hat mich sehr traurig gemacht, ich kenne doch mehr interviewte Kinder als gedacht. Ein bisschen enttäuscht bin ich von der CD, die dem Buch beiliegt. Darauf werden die Gedanken der krebskranken Kinder auszugsweise mit Kinderstimmen vorgetragen, unterlegt mit Musik und Rhythmen. Aber von dem Trommeln und dem Rhythmus, den Tobi und Erik gemacht haben, hört man nicht viel.

Ich habe ein weiteres, sehr tröstliches Buch angefangen, „Der Traum" von James Brian Smith. Die Hauptperson hat einen Traum und trifft alle verstorbenen Personen, die sie so schmerzlich vermisst, und alle versichern ihr, dass es ihnen gut geht. Wunderschön geschrieben, aber leider nur ein fiktives Buch, ausgedacht, erwünscht, aber nicht erlebt. Wobei dann wieder die Frage im Raum steht, *gibt es ein Leben danach, geht es Tobi gut, oder ist alles nur Glaube, der trösten soll?*

MITTWOCH, 26.02.2014

Heute habe ich einen hohen Berg erklommen.
Ich war in der Kinderklinik des Universitätsklinikums Essen.
Himmel und Hölle.

Allein der Weg dorthin war sehr erinnerungslastig, die Parkplatzsuche gestaltete sich einfach, weil ein Parkplatz vor meiner Nase frei wurde. Wie oft bin ich dort um den Pudding gefahren, unter Zeitdruck, und hätte mir genau das gewünscht ... *Tobi?*

Ich habe die Klinik von der Hautklinikseite her betreten und auch auf diesem Weg kamen die Erinnerungen, gefühlt lief Tobi an meiner Seite. Vor der Kinderklinik wartete ich dann auf Tobis Kunsttherapeutin Nina, mit der ich mich für 9:30 Uhr verabredet hatte. Im Gebäude gegenüber brannte Licht und ich konnte in Ninas Atelier sehen, und von dort guckte mich sofort Marge Simpson an, von Tobi gemalt. Das trieb mir die Tränen in die Augen. Ich verlor fast meine Fassung, da kam Herr Dr. Schündeln mit dem Rad vorbeigefahren und grüßte mich mit Namen. Er kommt immer mit dem Rad, wie ich später erfahren habe, ist er zu Forschungszwecken freigestellt und war deshalb erst so spät unterwegs. Er kam zu mir und wir redeten kurz, dann verabschiedete er sich mit den Worten: *„Wenn ich was für Sie tun kann, dann rufen Sie an!"* Unglaublich nett, und das ließ schon wieder die Tränen laufen. Dann kam Nina, sie hatte Kaffee für uns geholt und wir setzten uns in ihr Atelier und redeten. Das Handabdruckbuch ist fertig und vermutlich bringt Uta es heute Abend mit. Bin ich schon mal vorgewarnt. Von Nina aus führte mein Weg zum Fingerpikslabor, wo ich ein nettes Gespräch mit den beiden MTA hatte. Dann ging es weiter zum psychosozialen Team, zu Herrn Ackfeld, der auch ein paar liebe Worte an mich richtete, und zur Anmeldung in der hämatologischen Ambulanz.

Dort erfuhr ich, dass eine Krankenschwester plötzlich verstorben ist, nach nur einem Jahr in Rente. Wie traurig. Dann bin ich zur K3 gegangen, schon im Flur lief es in Bächen aus meinen Augen, die Weingummis für die Schwestern konnte ich kaum überreichen. Frau Meyer erwartete mich schon im Schwesternzimmer und ich ging mit ihr kurz ins Spielzimmer, auf den Balkon und dann hoch ins Besprechungszimmer auf der K5.

Dort hatte ich damals das intensive Gespräch mit dem Kinderpsychologen der Kinderklinik, als er mich fragte, was denn wäre, wenn Tobias nicht mehr gesund werden würde, wenn er sterben müsste!? Damals habe ich gesagt, dass ich dann auch diesen Weg mit ihm zu Ende gehen würde. Damals war es nur gesagt, aber ich musste es tatsächlich auch tun und ich habe es getan. Das Gespräch mit Frau Meyer war sehr schön. Sie ist so herzlich und ich mag sie sehr gerne.

Völlig erschöpft bin ich dann noch einmal über die ganze K3 gegangen, ein Blick ins Untersuchungszimmer, habe alle anwesenden Kinderkrankenschwestern begrüßt und bin dann total verquollen noch in den Eingang der Kinderklinik. Einmal die von mir und Tobi gemalten Wandbilder Taube, Giraffe, Elefant, Vogel Strauß und Fisch angucken und dann nur weg. Ich bin froh, dass ich es geschafft habe, einige der Menschen gesprochen habe, die mir sehr wichtig waren und sind. Damit habe ich ein weiteres Kapitel im Buch meiner Trauerarbeit vervollständigt.

SAMSTAG, 01.03.2014

Heute ist wieder so ein Tag, an dem auf meiner Brust ein schwerer Stein liegt. Ausgelöst sicher durch die Frage, wie mein Freundeskreis, mein Lebenskreis beschaffen ist.

Ich hatte eine Einladung zu einem Konzert, aber keiner meiner Freunde wollte oder konnte mich begleiten! Alle völlig unspontan! Und dann auch noch Karneval, von allen Gefragten gab es nur Absagen. Nun ist mein Herz so schwer, ich fühle mich noch nicht so alt, dass ich nur noch sittsame Abende verleben will, mit guten Gesprächen und einem Glas Rotwein, wie spießig, zwar auch mal schön, aber dafür ist mein Leben zu kostbar. Ich will nicht auf der Couch versauern, ich will fröhlich sein, lachen, albern und unvernünftig sein, ich musste doch so lange funktionieren, vernünftig, besonnen und verantwortungsvoll sein und jetzt dürstet es mich nach Leeeeben! Ich will hemmungslosen Sex, Alkohol, Partys und Feiern.

Natürlich sind das überzogene Formulierungen, bin gar nicht so unzufrieden mit meinem Leben aber ich vermisse doch einiges und ich bin nicht gewillt, so weiterzumachen. Und das hat eben die Suche nach einer Begleitung zu dem Konzert in Kostüm und mit guter Laune und der Absicht, mal wieder abzufeiern, ergeben.

Außerdem habe ich Tobis Sachen auf der Suche nach seiner Unterschrift durchgeguckt und das tut einfach furchtbar weh, es drückt so im Brustkorb, es treibt Tränen in die Augen.

Tobi, du fehlst mir so.

MITTWOCH, 05.03.2014

Heute haben wir den Grabstein in Auftrag gegeben, bei Herrn Richter, Klaus. Es ist sehr amüsant, in seinem Büro zu sitzen und mit ihm zu reden. Er hat etwas Verschmitztes in den Augen. Vermutlich denkt er aber, ich hab ein Rad ab, denn die Order des Steins ist für mich ein Prozess, bei dem ich immer wieder sprechen muss, es muss reifen, und es wird nur langsam reif.

Am Nachmittag sind Detlef und ich da hin. Der Stein, den ich schon länger im Auge hatte, ist ein Atlantis Quarzit, die Oberfläche ist rau und grün. Mittendurch verläuft eine beige Ader und die Oberfläche glitzert, wenn Sonnenstrahlen darauf scheinen. Wie ein großer Eldelstein, der meinem Edelsteinsammler Tobi ganz sicher gefallen hätte. Zuerst klärten wir noch einmal die Schriften, Tobis Vorname als sein geschriebener Schriftzug, der Nachname in Mistral, auch mit Kleinbuchstaben. Auch unsere Namen sollten ja schon gedacht mit auf den Stein, und da kam eine seltsame Bemerkung von Herrn Richter … er sagte, wer weiß, ob ich später noch so heißen würde, und ich sagte, das will ich doch wohl hoffen, und er sagte, man weiß ja nie, bei ihm ist das auch anders gekommen als geplant. Er druckte dann verschiedenste Schriftgrößen und wir klebten sie auf den Stein, um zu sehen, wie es aussieht.

Ulrike kam auch noch und brachte ihn mit einer Bemerkung über die schwarze Schriftfarbe wieder zum Schmunzeln, das mit der Farbpalette, das hätte er gerade so schön verdrängt ...

Wir betrachteten noch mal die Farbe der Ader im Stein, sie sieht aus wie heller Salzstein, und er sagte, ich könne ja schon mal im Bauhaus nach passender Steinfarbe gucken. Daraufhin sagte ich, dann will ich aber auch selber malen, und er grinste und fand, das wäre eine gute Idee! Von ihm aus gerne, und wenn es nicht gut aussehen würde, dann strahlert er die Farbe wieder weg und es gibt einen weiteren Versuch. Ich bin total glücklich darüber, dass ich selber Hand anlegen darf, ich freue mich sehr darauf, und in der Tiefe meiner Seele schwirren die Gedanken. Wir werden bald zusammenarbeiten und ich freue mich drauf.

MITTWOCH, 12.03.2014

Heute will ich mal von einem guten Tag berichten. Ich habe Tobis Grabstein bearbeitet, indem ich die ausgefräste Schrift ausgemalt habe. Die Farbe ist Pastellweiß und es ging besser, als ich gedacht hatte.In der Kaffeepause habe ich Herrn Richter das Fotobuch von Tobias' letztem Jahr gezeigt, es war ein sehr nettes Gespräch und es gab Erdbeerplunder und Herzchenkekse. Mich hat besonders interessiert, wie es ist, wenn man jeden Tag mit Tod und Friedhof konfrontiert ist, und Klaus Richter hatte da gute Antworten. Man ist dankbar. Dankbar, dass es den Kindern gut geht, man genießt den Augenblick, man weiß schöne Dinge zu schätzen. Das empfinde ich auch so.

Er hat auch ein wenig von sich und seinen drei Söhnen erzählt, der älteste wird 18, die Zwillinge 16. Wir sind dann so verblieben, dass ich morgen noch mal nachmale, damit auch alles deckend ist.

Um 16:30 Uhr hatte ich dann ein sehr gelungenes Gespräch mit Herrn Pottbäcker. Ich habe ihn gebeten, meinen Glauben, meine Hoffnung zu stärken, und habe ihm von meinem Tiefpunkt erzählt, in dem ich alles angezweifelt habe, das Leben nach dem Tod, Gott, alles, was ich Tobi als Hoffnungsbilder gemalt habe, ein Leben ohne Krankheit und ohne Zeit, ein Wimpernschlag und wir sehen uns wieder und sind vereint.

Er erzählte mir daraufhin von seinem gestrigen Tag, ein Gespräch mit einer Frauenrunde, alle um die 70 Jahre alt. Sie sollten Adjektive finden, die ihr Gottbild beschreiben und bis auf ‚fordernd' waren alle Worte positive Worte.

Vorher hatten sie aber erzählt, dass sie dieses Treffen aufgesucht haben, weil sie einen Angehörigen verloren haben. *Wie das denn zusammenpassen würde?!*

Er versicherte mir, dass Gott es aushalten könne, wenn ich zweifle oder klage, ich müsse nur mit ihm im Gespräch bleiben. Gott wäre eben nicht lieb, nicht gehorsam oder folgsam, aber eben allmächtig und der, der die Fäden in der Hand hat.

Überhaupt hat er meinen Glauben ein wenig gestärkt, und das Zusammentreffen mit ihm tat mir einfach gut. Wir tranken Tee zusammen und plauderten sozusagen über Gott und die Welt. Auf jeden Fall wiederholungsbedürftig.

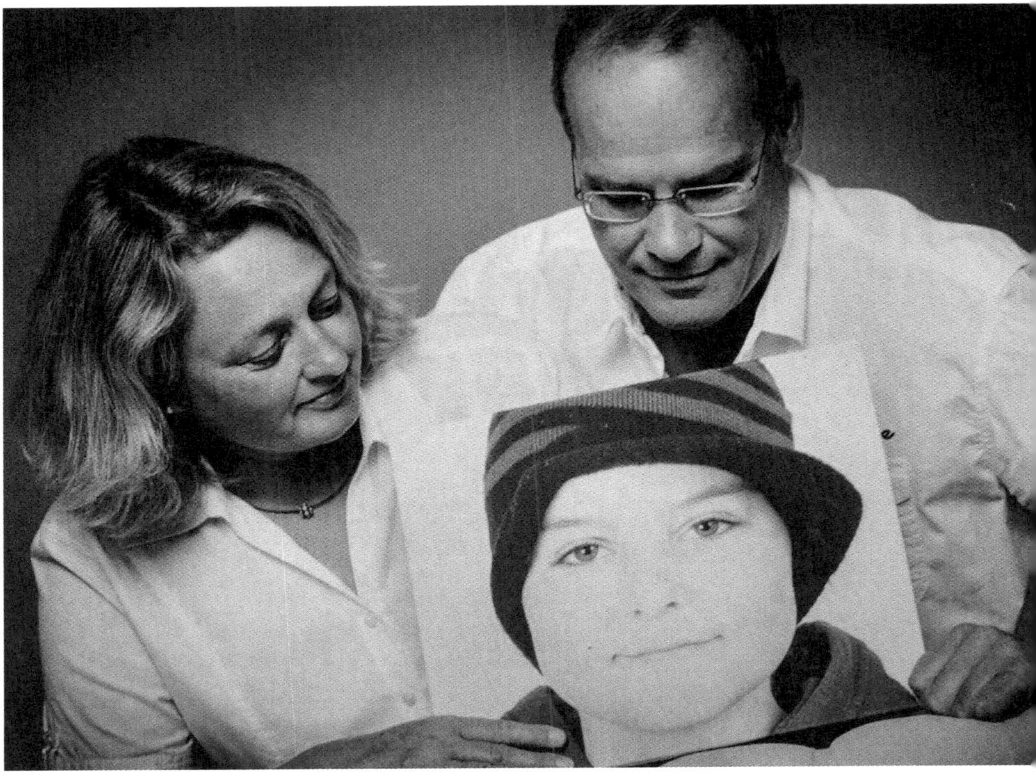

DAS GRAB

IM WANDEL

ANHANG

Dies ist der Text, den ich mit Detlef im Wechsel zu Tobis erstem Engelsgeburtstag am Grab vor allen, die mit uns da sein werden, vortragen werde.

Heute ist Tobis erster Engelgeburtstag und wir sind dankbar, dass ihr alle gekommen seid, um diesen schweren Tag mit uns zu begehen. Es ist unfassbar, aber ein ganzes Jahr ist vergangen, seit Tobias diese Welt verlassen hat. Jeder Tag, der vergeht, trennt uns ein Stück mehr von der gemeinsamen Zeit und lässt die Sehnsucht nach ihm wachsen. Unser Glaube, dass es ihm da, wo er jetzt ist, gut geht, hilft uns, manchmal mehr, manchmal weniger. Unsere Sehnsucht nach Tobi ist oft nicht zu ertragen, aber unsere Liebe zu ihm ist ja schließlich auch riesengroß. Wie sollen wir damit fertig werden, dass das Wörtchen „NIE" eine ganz neue Gewichtung bekommen hat? Nie mehr – unvorstellbar und doch Realität. Unsere Trauer können wir nicht abarbeiten, bis sie weg ist. Unsere Trauer gehört nun zu unserem Leben. Mit dieser Trauer zu leben heißt, mit einer Amputation zu leben. Egal was man tut, egal ob man fröhlich oder traurig ist, man ist und bleibt amputiert. Wir haben immer noch diese schrecklichen Phantomschmerzen, diese brennende Sehnsucht als einen Teil von uns selbst, weggerissen von unserer Seite, herausgerissen aus unserer Welt.

Tobi war etwas ganz Besonderes für uns. Mit seinem Tod ist ein großer Teil unserer Zukunft verloren gegangen. Nie werden wir seinen Schulabschluss, seine Berufsausbildung, seine Hochzeit erleben, nie die Großeltern seiner Kinder sein. Durch Tobias' Tod sind wir in kleine Stücke zerschmettert worden, und seitdem sind wir dabei, die wichtigsten Scherben aufzusammeln und wieder zusammenzusetzen. Dabei finden wir Stücke, die wir nicht mehr brauchen, und es gibt Stücke, die unwiederbringlich verloren sind, und welche, die wir bisher noch gar nicht wahrgenommen haben. So werden wir nach dem Zusammensetzen dieser Scherben verändert sein, mit Lücken, Bruchkanten und Klebestellen ... Wir brauchen all unsere Kraft, um unseren Weg aus diesem Trümmerhaufen herauszufinden. Jede Jahreszeit, jeder Weg, jeder Handgriff musste seit Tobis Tod neu erfahren werden, Weihnachten, Ostern, Tobis Geburtstag, unsere Geburtstage und alle anderen Festtage müssen wir ohne Tobi begehen.

Nie wird es so schön werden, wie es war.

Diese Tage sind Tage, die einfach besonders schmerzvoll sind. Wir hoffen aber, dass es mit den Jahren leichter wird, diese Tage zu begehen. Bei allem Leid sind wir aber auch froh, glücklich und dankbar, dass wir Nikolas auf seinem Weg in die Zukunft begleiten dürfen. In ihm sehen wir einen Sinn für ein Weiterleben. Niko hat es besonders schwer; er hat nicht nur seinen Bruder verloren, sondern muss gleichzeitig auch mit veränderten Eltern klarkommen. Wir hoffen, dass im Laufe der Zeit unsere Trauertiefs überschaubarer werden, ja, vielleicht sogar vorhersehbarer, seltener und nicht mehr so lange anhaltend, weil wir anfangen zu lernen, mit dem Verlust zu leben. Nach außen hin wirken wir wohl auf viele Menschen wieder ganz normal und erwecken den Eindruck, mit dem Tod von Tobi klarzukommen. Sie können nicht wissen um unsere Trauer im ständigen Auf und Ab. Und damit sind wir nicht allein. Zum Glück gibt es euch, unsere Familie und Freunde, Bekannte und Familien mit ähnlichem Schicksal.

Wir sind euch sehr dankbar, dass ihr unser Leid mittragt.

(Auszüge entnommen aus „Voll doof tot zu sein wenn alle traurig sind“
von Whisper von Soul)

SEID LEISE

seid leise, seid leise,
er ist auf der Reise.

ruhend liegt er nebendran
atmet nur so, wie er kann
sein Atem geht so furchtbar schwer
ich wünsche mir die Engel her
holt ihn schnell aus dieser Welt,
es gibt nichts, was ihn noch hält

seid leise, seid leise,
er ist auf der Reise

Erinnerungen an gute Zeit,
blauer Himmel, Zufriedenheit,
an unserem Kleeblatt fehlt bald ein Teil
findet im Himmel erst sein Heil
auf der Erde mit Leiden bedacht,
im Himmel er sicherlich kräftig lacht.

seid leise, seid leise,
er ist auf der Reise.

(Geschrieben beim Wachen
über den sterbenden Tobias
im September 2013)

"*Meine Trauer begann an dem Tag, als die Ärzte mir sagen mussten, dass du nicht mehr geheilt werden kannst. Nur bemerkt habe ich sie da noch nicht, denn mein Leben war gefüllt davon, dir meine Liebe zu zeigen, dich zu umsorgen und zu pflegen. Mit deinem Tod begab ich mich in eine große Wasserblase, zuerst randvoll gefüllt mit Erleichterung, dass dein Leiden und meine Angst endlich ein Ende gefunden hatten. Für Außenstehende war dieser Zustand sicher befremdlich, denn ich hatte gerade mein Kind verloren und ihre Trauer fühlte sich sicher ganz anders an. Dann füllte eine Welle von Unfassbarkeit die Wasserblase, nie mehr werde ich dich umarmen und riechen können. Dann füllte sich die Blase mehr und mehr mit Schmerz, lähmend und verzehrend, randvoll, dass es mir den Atem nahm. Wochenlang funktionierte ich nur da, wo ich musste, ansonsten hielt ich nur den Schmerz mit mir aus, Stunde um Stunde, allein mit mir und meinen Gedanken und Erinnerungen an dich. Schmerz, Leere und Gefühlschaos wechselten sich ab, mit gefühlter Gewissheit, dass dieser Zustand von nun an mein Leben bestimmen wird. Die Trauer erschütterte mich wellenartig, aber die Wellen ebbten auch immer wieder ab, egal ob ich mich gegen sie stemmte oder mich einfach nur treiben ließ. Dieses Wissen tröstet. Und dann keimte unerwartet das Leben wieder, unmerklich, wie ein Pflänzchen, das sich zwischen Steinplatten hervorschiebt. Die Pflänzchen werden größer und kräftiger, treiben Blätter und Blüten und ich bin dankbar dafür, dass das Gefühl von Lebendigkeit wieder seinen Platz gefunden hat. Die Trauer bleibt, aber sie wandelt sich und wird immer ihren Raum haben. Was sich nicht wandelt, ist meine Liebe zu dir, mein geliebter Tobi.*"

(Text zum WWCLD im Dezember 2016)

NACHWORT

2014

Im Februar besuchte ich das erste Mal wieder die Uniklinik in Essen. Ich habe diese noch öfter besucht, mich erinnert und mich Tobi nahe gefühlt, auch wenn die ersten Besuche sehr schmerzhaft und anstrengend waren. Mittlerweile kann ich ohne Schmerzen das Gelände betreten, und Tobi begegnet mir in meinen Gedanken dort immer wieder.

Ich habe im Mai wieder angefangen, einige Stunden in der Woche zu arbeiten. Ich war sehr dankbar, dass ich wieder irgendetwas Nützliches tun konnte, und der Kontakt zu meinen alten Kollegen war sehr herzlich und tat mir sehr gut. Aber rückwirkend betrachtet war ich damals noch nicht wirklich leistungsfähig. Mir wurde das Arbeitsverhältnis dann auch zum Ende des Jahres gekündigt.

Im April nahm ich an einem Schreibworkshop in St. Ottilien teil, der von Barbara Pachl-Eberhart geleitet wurde und an dem hauptsächlich Frauen teilnahmen, die auch ein Kind verloren haben. Die Unterbringung in dem Kloster und das Alleinsein mit mir und meinen Gefühlen tat mir gut. Unter den Teilnehmern gab es regen Austausch. Sehr liebevoll angeleitet floss viel von meinem Inneren durch den Arm aufs Papier. Im Oktober besuchte ich ein weiteres Schreibseminar von Barbara Pachl-Eberhart, diesmal etwas näher, in Gelsenkirchen, und wieder konnte ich viel für mich und meinen Trauerweg mitnehmen.

Eine sehr wertvolle und hilfreiche Erfahrung für uns als Familie war die vierwöchige Verwaisten-Reha im Juli 2014 in der Nachsorgeklinik Tannheim im Schwarzwald, die wir mit acht verwaisten Familien sowie parallel mit Familien und ihren erkrankten Kindern verbringen durften. Es war für mich sehr tröstlich zu erfahren, dass Nikolas mit seiner Trauer altersgerecht umging; laut der Kinderpsychologen, die ihn in der Vormittagsbetreuung kennenlernten, hüpfte er von Trauerpfütze zu Trauerpfütze und dazwischen war er fröhlich wie jedes andere Geschwisterkind.

♥♥♥

Es gab für die Eltern gut betreute Einzel- und Paargespräche und zwei Gruppensitzungen pro Woche, in der gerade die Themen angesprochen wurden, die für verwaiste Familien interessant sind. Neben Trauerphasen, Kindertrauer und unterschiedlicher Trauer von Vätern und Müttern wurde auch über das soziale Umfeld und über Rituale in der Trauer gesprochen. Immer war aber auch Zeit für den Austausch untereinander und irgendwie waren die Erlebnisse und Gefühle der anderen mir tröstlich vertraut.

Die Küche versorgte uns ausgezeichnet und auch der Körper wurde mit Bewegungsangeboten und Physiotherapie gefordert. Ich erinnere mich an viele Nordic-Walking-Runden, die ich alleine im lichtdurchfluteten angrenzenden Waldstück gedreht habe, und an das tiefe Durchatmen, das meine Akkus wieder gefüllt hat.

Nikolas hatte eine wundervolle Zeit, er lernte schnell andere Kinder kennen und nutzte die vielen tollen Angebote. Es gab neben der altersgerechten Kinderbetreuung einen großen Spielplatz, viel Wiese und tolles Gelände zum Umherstrolchen, ein Schwimmbad und eine Reittherapie, die ihm großen Spaß gemacht hat.

Für die verwaisten Familien gab es einen extra geschützten Raum, in den wir uns zurückziehen konnten, um ungestört zu reden und kreativ zu arbeiten. Es entstanden wunderschön bemalte Steine, die wir Tobi mitbrachten und an seinem Grab ablegten. Eine große Kerze wurde mit den Namen der verstorbenen Kinder gestaltet. Diese wird seitdem zwischen den Familien hin und hergeschickt und befindet sich immer zur rechten Zeit da, wo der Todestag des jeweilig verstorbenen Kindes begangen wird.

In einem Abschlussritual legten wir einen Stein mit dem Namen unseres Kindes auf einem Steinfeld ab, das war einerseits sehr tröstlich, aber andererseits auch erschreckend, es lagen schon so viele Steinhaufen da, so viele verstorbene Kinder, so viele Schicksale dahinter.

In Erinnerungen geblieben sind mir aber neben den schmerzlichen auch die vielen fröhlichen und ausgelassenen Momente, die wir während gemeinsamer Ausflüge zur Insel Mainau, im Europapark Rust, beim Klettern, am Fallerhof und beim Grillen erleben durften. Einige der Kontakte reichen bis heute und ich freue mich in jedem Jahr auf die Kerze, die an Tobis Todestag angezündet wird und uns so symbolisch mit den anderen Familien und der heilenden Reha in Tannheim verbindet. Dieses Reha-Angebot kann ich bedingungslos empfehlen und es war für mich und auch für uns als Familie sehr bereichernd.

Im August durfte ich zum zweiten Mal die Segelwoche für knochenmarktransplantierte Kinder und deren Familien auf dem Traditionssegler Fridtjof Nansen begleiten. Das erste Mal fuhren wir 2011 noch als komplette Familie mit. Start und Ziel war Wismar. Tobi trug damals schon ein Korsett, er hatte erneut Sinterungsbrüche in der Wirbelsäule, und die furchtbare Angst eines Rezidivs lag in der Luft. Deswegen durfte er keine Segel setzen oder sonst groß mithelfen, weil wir befürchten mussten, dass weitere Wirbel brechen. Er hatte trotzdem viel Spaß auf und unter Deck. Diese Woche mit den anderen Familien, die sprichwörtlich mit ihren erkrankten Kindern im gleichen Boot saßen, war außerordentlich schön für uns und auch für ihn. Auf der Fridtjof gibt es keinen Luxus, geschlafen wird in Kojen, mit uns waren noch 10 andere im Thing-Raum unter Deck untergebracht. Insgesamt ist die Fridtjof Nansen für maximal 48 Personen inklusive Besatzung ausgelegt, die aus einem Kapitän, einem Steuermann, einem Maschinisten, einigen segelbegeisterten Jugendlichen und den Mitseglern besteht. Es gab damals einen Verein und das Schiff konnte für Jugendreisen, Klassenfahrten und auch für das Erlebnis-Segeln von Einzelpersonen gebucht werden. Nach dem Betreten des Schiffes und dem Bezug der Kojen wurden wir in Gruppen einem Mast zugeteilt und mussten aktiv die Segel auspacken, setzen und wieder einpacken, bei den Nachtwachen und beim Reinschiff mithelfen. Die Jugendlichen übernahmen Führungspositionen und leiteten uns als Matrosen an. Toll war der Dienst in der Backschaft, in der man von morgens 6 bis abends um 22 Uhr die ganze Mannschaft kulinarisch verwöhnen musste, mit Getränken und vier Mahlzeiten, die allerdings im Rahmen vorgegeben waren. Morgens wurde

immer eine große Schüssel Obstsalat geschnibbelt, bei dem auch die kleinen Kinder schon helfen konnten, dazu gab es Joghurt und Brot mit Marmelade, mittags gab es ein einfaches Gericht, z. B. Kartoffeln mit Kräuterquark oder Nudeln mit Tomatensauce. Ich erinnere mich daran, dass es ewig dauerte, bis das Wasser auf dem Gasofen kochte und man diesen riesigen Topf mit Kartoffeln nur zu zweit abschütten konnte! Nachmittags gab es Kuchen, der täglich frisch gebacken wurde, da hab ich mir das Rezept für die leckeren Zimtschnecken bewahrt. Das Abendbrot bestand aus Brot, Frischkäse, Dauerwurst und Gemüserohkost – einfach und sehr gesund!

Der Traditionssegler besitzt nur einen kleinen Notfallkühlschrank und die Lebensmittel sind wie vor 100 Jahren unter Deck gelagert. Vielleicht nicht ganz so, denn es gibt große Plastikkisten, in denen alles sortiert und beschriftet untergebracht ist. An die Getränke, die ausschließlich aus Kaffee, Tee oder klarem Wasser bestehen, musste sich der eine oder andere erst mal gewöhnen! Wir ankerten abends vor der Küste und verließen das Schiff nur für einen Badelandgang an einer unbewohnten Küste. Es gab viel Zeit für Gemeinsames, Gespräche, Spiele und da die Kunsttherapeutin der Kinderklinik Nina Kaletta mit an Bord war, auch jede Menge Kreativangebote. Ich erinnere mich gern an die gemeinsamen Gesänge, die ich mit meiner Gitarre angeregt und begleitet habe. „Wir lagen vor Madagaskar", „Sailing" und viele weitere Songs schallten aus allen Kehlen auf die Ostsee hinaus.

2014 fuhren Nikolas, meine Gitarre für den musikalischen Part und ich, diesmal im Orga-Team, ohne Detlef mit. Tobi war gefühlt dabei, ich sah ihn an der Reling stehen, wie einen Geist, er war mir da ganz nah, und es gab keinen Sonnenuntergang ohne ein warmes Strömen in mir, was ich als seine Nähe gedeutet habe. Ich genoss auch die Nähe zu Nikolas, für den ich endlich mal richtig Zeit hatte (er allerdings nicht wirklich für mich).

In diesem ersten Jahr nach Tobis Tod war es mir sehr wichtig, an seinem Grab zu arbeiten. Da wir direkt am Friedhof wohnen und die Grabstelle nahe am Eingang liegt, sind es zum Glück nur wenige Gehminuten bis zu ihm, und ich verbrachte viel Zeit dort. Ich veränderte seine Ruhestätte mehrmals im Monat, legte Steine, pflanzte neue Blumen, legte die Steine wieder anders. Hinter seinen Grabstein pflanzte ich ein marokkanisches Minzpflänzchen, das in jedem Jahr zuverlässig wiederkommt. Ich glaube, dass diese Arbeiten hauptsächlich dazu dienten, Tobi nahe zu sein. Ich trieb die Erfüllung dieser Sehnsucht auch auf die Spitze, indem ich mich an sonnigen Tagen auf die Wiese neben ihn legte, mich sonnte, auch mal ein Buch las und das Gefühl der Nähe und der Wärme genoss, allerdings erweckte ich für die Nachbarn und Friedhofsbesucher den Anschein, als verliere ich den Verstand. Dort liegend, direkt neben ihm, Kopf an Kopf, konnte ich in der ersten Zeit auch am besten Zwiesprache mit Tobi halten. Das hat sich über die Jahre verändert. Ich kann mich ihm mittlerweile überall nahe fühlen; wenn er mir nahe ist, dann hab ich so eine Art warmes Strömen in mir und brauche den Friedhof nicht mehr zwingend dazu. Allerdings ist dieses Gefühl, dieses Strömen, nicht verlässlich zu spüren, manchmal ist er wohl auch nicht in meiner Nähe und ich kann das Gefühl auch nicht erzwingen. Ob dem wirklich so ist oder nicht, das werde ich in diesem Leben nicht erfahren, aber es ist doch eine tröstliche Vorstellung, dass Tobi mir nahe ist, wenn ich dieses Strömen in mir fühle. Ich finde, da ist erlaubt, was hilft und tröstet! Es passieren auch manchmal Dinge, bei denen ich fest daran glaube, dass Tobi seine Finger mit im Spiel hat. Mein Papa lag mehrere Wochen in der Uniklinik Essen und bei jedem Besuch dachte ich, eigentlich könntest du mal auf der K3 vorbeischauen. Aber ich verwarf diesen Gedanken einige Male. An dem Tag, an dem ich endlich diesem Gedanken nachging und auf die Station kam, begrüßte mich Schwester Petra, die damals auch an Tobias' Todestag bei uns war. Sie freute sich, mich zu sehen und sagte, wir gehen mal auf die K7, da sind all die anderen, unter anderem Oliver Basu und Herr Schneider, denn Schwester Barbara, die uns damals einen unerwarteten Besuch zu Hause abgestattet hatte, hätte heute ihren letzten Arbeitstag und verabschiedet sich in den Ruhestand. Sie freute sich riesig, mich zu sehen, und ich glaube fest daran, dass Tobi da gelenkt hat.

Die Frequenzen meiner Friedhofsbesuche sind seltener geworden mit den Jahren, aber ich pflege seine Grabstätte weiterhin sehr gerne. Die Pflanzschale bepflanze ich mit Blumen in den bunten Farben, die Tobi so liebte. Aber auch da ist es schön, der Natur ein bisschen ihren Lauf zu lassen, aus einer Muehlenbeckia, einer kleinblättrigen und wuchernd wachsenden Grünpflanze, habe ich ein großes Herz gestaltet, und die Pflanze hat sich mittlerweile als Teppich über Tobi verteilt und wird von mir nur noch in Form geschnitten. Aus dem Waldpiratencamp in Heidelberg habe ich Efeuranken mitgenommen und diese hinter dem Grabstein eingesetzt, auch sie sind angegangen und verschönern sein Grab. Oma Hanne und Opa Heinz schauen auf ihrem täglichen Spaziergang bei Tobi vorbei und sorgen sehr zuverlässig dafür, dass immer eine schöne und von Opa oder Oma bemalte Kerze bei Tobi brennt, das ist mir auch wichtig, aber die Kerzenversorgung habe ich sozusagen in die Großelternhand übergeben. Auch für ihre Trauer ist das Grab eine wichtige Anlaufstelle. Neben Tobis Grabstein pflanzte ich einen Sommerfliederbusch, den mir Veronika aus München schenkte. Ich besuchte sie 2015 im Anschluss an einen Besuch in Tübingen und der Busch erinnert mich an Faye, die einen ebensolchen Busch gewidmet bekam. Mit Veronika machte ich damals auch die ersten unglaublichen Erfahrungen mit Meditation und Achtsamkeit. Am 24. September jährte sich Tobias' Engelsgeburtstag das erste Mal. Auf sein Grab hatte ich ein großes Herz aus Steinen gelegt, Steine, die Tobi und Niko gesammelt hatten, aber auch gekaufte mit Inschriften. Tobias war ein richtiger Steinfan, am liebsten hatte er aber Edelsteine. Neben seinem Grabstein hatte ich Sonnenblumen gepflanzt, die mehr als doppelt so hoch wuchsen, wie ich groß bin. *Hat da Tobi vielleicht auch mitgewirkt?* Ich bat meine Familie und enge Freunde, abends zu Tobis Grab zu kommen, stellte eine Musikanlage auf und spielte das Lied „Euch zum Geleit" von Schandmaul in Dauerschleife und las mit Detlef den Text, den ich zu diesem Tag geschrieben hatte. Es war für mich so tröstlich, dass alle kamen und auch Hugo und Carmen vom Minigolfplatz und sogar Oliver. Mir tat es so gut, meine Trauerlast zu teilen, allerdings ging es nicht allen so gut damit, das wurde mir aber erst Jahre später erzählt. Jeder trauert in seinem eigenen Tempo, und es kamen nicht alle mit meinem Tempo und meiner Intensität mit. Wir zündeten unzählige Wunderkerzen an, schmückten sein Grab mit bunt leuchtenden Knick- und bemalten Grablichtern und ließen Himmelslaternen in den dämmernden Abendhimmel steigen. Das hat Tobi sicher sehr gefallen!

Im Oktober bin ich dann beim Onkolauf im Grugapark 5 km gelaufen, mit meiner Freundin Claudia zusammen, für und mit Tobi, in einem T-Shirt mit den Bildern meiner beiden Jungs. Im Ziel angekommen wurde ich von einem heftigen Weinkrampf geschüttelt, der Lauf war wirklich sehr emotional für mich. Das Training im Vorfeld war aber auch Trauertherapie, es machte den Kopf leer und tat dem Körper gut!

ONKO-LAUF 2014

Laufen fürs Leben,
trainieren, um dabei zu sein, dem Krebs die Stirn zu bieten.
Ich laufe für dich, Tobi,
in großer Trauer um dein viel zu kurzes Leben.

Trainieren, um dabei zu sein, dem Krebs die Stirn zu bieten,
ich sehe viele Menschen und erfrage ihr Schicksal
hinter dem verschwitzten Gesicht.
In großer Trauer um dein viel zu kurzes Leben,
die Welle überrollt mich in der letzten Runde, schnürt meinen Hals,
nimmt meine Luft.

Ich sehe viele Menschen und erfrage ihr Schicksal
hinter dem verschwitzten Gesicht,
jeder schleppt hier sein Päckchen durch den Park.
Die Welle überrollt mich in der letzten Runde, schnürt meinen Hals,
nimmt meine Luft,
um im Ziel sich in schluchzendem Weinen zu entladen, geschafft,
dem Schmerz die Stirn geboten.

Jeder schleppt hier sein Päckchen durch den Park,
ich laufe für dich, Tobi!
Um sich in schluchzendem Weinen zu entladen, geschafft,
dem Schmerz die Stirn geboten,
Laufen fürs Leben.

(Geschrieben am 19.09.2014)

♥♥♥

Detlef und ich besuchten von Oktober 2014 bis September 2016 eine Elterntrauergruppe, die von dem KinderPalliativNetzwerk Essen angeboten und von Frau Pleiss geleitet wurde. Es war eine sehr kleine Gruppe, der Austausch sehr intensiv. Christiane und Christoph, die ihre Tochter Carla verloren haben und die ich damals vor Tobis Tod im KinderPalliativZentrum getroffen habe, waren mit dabei. Mir tut es wirklich gut, über das Erlebte zu reden, über meine Gefühle, über die Probleme, die sich nach so einem Schicksalsschlag ergeben. Das Teilen und die Erfahrung, dass andere Menschen in der Situation ähnlich empfinden, finde ich sehr tröstlich. Ich glaube, dass dies ein wichtiger Schlüssel in meiner Trauerbewältigung war und ist. Auch Jahre nach Tobias' Tod gibt es noch immer schwere Tage, Tage, an denen ich mein Kind so unendlich vermisse und wo die Frage nach dem Warum, auf die es in diesem Leben keine Antwort gibt, immer mit im Raum steht. Aber der Schmerz ist zehn Jahre nach Tobias' Tod fast gar nicht mehr zu spüren. In der ersten Zeit war mir Tobi nur in diesem vernichtenden Schmerz sehr nahe, und ich hatte große Angst, dass mit dem Schwächerwerden des Schmerzes auch die Verbindung zu meinem Kind schwächer wird. Das ist aber nicht der Fall, denn Liebe und Dankbarkeit für die Jahre mit Tobi sind an die Stelle des Schmerzes getreten. Auch wenn mir mein Herz vermutlich mein Leben lang immer mal wieder schwer wird, weiß ich, dass diese Wellen der Traurigkeit auch wieder vorbeigehen.

2015

Im März verbrachten wir ein Trauerwochenende im Waldpiratencamp der deutschen Kinderkrebsstiftung, organisiert von der Elterninitiative zur Unterstützung krebskranker Kinder e.V., gestaltet von Rita Gröber und Dr. Carmen Birkholz, die auch die Verwaisten-Treffen vorbereiten und im Elternhaus durchführen. Auch hier stand der für mich so hilfreiche Austausch von betroffenen Familien im Vordergrund. Es gab am ersten Abend ein tolles Lagerfeuer, wir haben zusammengesessen und gesungen. Dabei entstand auch die Idee, im Elternhaus zu musizieren. Zuerst war ich sehr skeptisch, da ich keine musikalische Ausbildung habe und nur zum Spaß singe und Gitarre spiele. Als ehemals selbst betroffene Mutter war ich mir auch sehr unsicher, ob ich eine regelmäßige Konfrontation mit Familien und kranken Kindern in diesem mir so bekannten Ausnahmezustand aushalten würde. Ein Probesingen verschaffte mir Gewissheit, dass ich das kann und dass es mich bereichert. Seitdem arbeite ich ehrenamtlich im Elternhaus zur Unterstützung krebskranker Kinder e.V. in Essen und singe dort regelmäßig mit den Eltern und Kindern. Es macht mir große Freude, den Familien eine Möglichkeit zur Ablenkung, zur Entspannung und zum Durchatmen zu geben, und der Dank in Form eines Lächelns oder strahlender Augen ist unglaublich schön. Auch da habe ich viele schöne Erinnerungen im Kopf, lärmende, konzentrierte, lachende Kinder mit Rhythmusinstrumenten, stimmungsvolle Weihnachtsliederabende, die ein bisschen Licht in diese dunkle, emotionale Zeit brachten, die ausgelassene Polonaise durchs Haus zu Feliz Navidad und gestresste Eltern, die für den kurzen Moment des Liedes mal all ihre Sorgen beiseiteschieben konnten. Die Coronapandemie 2020 beendete aber das gemeinsame Musizieren im Elternhaus.

Das Waldpiratencamp bietet auch Feriencamps für erkrankte Kinder und (trauernde) Geschwisterkinder an, Nikolas war mehrfach dort und jedes Mal vollauf begeistert. Eine wirklich wundervolle Einrichtung mit außergewöhnlich lieben und kompetenten Mitarbeitern, die wirklich auf jeden Camp-Teilnehmer individuell eingehen und ihnen allen eine heilsame Zeit ermöglichen.

Im Juli ging es erneut auf die Fridtjof, wieder mit Niko und meiner Gitarre, und diesmal bestand die Gruppe aus knochenmarktransplantierten Kindern und deren Familien und verwaisten Familien. Auf engem Raum war viel Platz zum Austausch und zum Zusammenweinen und -lachen, und auch da sangen wir an Deck, ausgelassen, fröhlich, manchmal aber auch besinnlich und randvoll mit Emotionen. Und es gab keinen Sonnenuntergang, den ich nicht mit Tobi, gefühlt neben mir, bestaunt habe.

Auf Tobis Grab hatte ich eine Sommerblumenwiese in Herzform gesät, die aber im Spätsommer eskalierte und die ich dann durch einen Teppich aus kleinen, dem Grabstein ähnlichen grünen Bruchsteinen ersetzte.

Einige Wochen vor Tobis zweitem Todestag verteilte ich weiße Steine an Familie und Freunde, mit der Bitte, diese zu bemalen und beim Treffen am Grab niederzulegen. Außerdem legte ich welche auf Tobis Grab mit einem Schild, dass Besucher sich einen Stein mitnehmen dürfen und diesen bemalt zurückbringen mögen. Das hat auch tatsächlich geklappt und ich habe nicht bei allen Steinen den Künstler herausgefunden! War das eine Freude für mich, die vielen kleinen Kunstwerke zu bestaunen. Auf manchen gab es sogar kleine Sprüche, und allen merkte man an, dass Tobi weiterhin geliebt wird. Einige Steine haben den Wettereinflüssen getrotzt und schmücken auch 2023 noch immer sein Grab. Das Ritual, das wir uns mit Familie und engen Freunden an Tobis Todestag an seinem Grab treffen, haben wir beibehalten, und ich bin sehr dankbar dafür, dass Tobi nicht in Vergessenheit gerät und mir dies durch die Treffen gezeigt wird.

Im November nahm ich an einem Wochenendseminar mit dem Titel „Tod zur Unzeit – Ein Kurs für verwaiste Eltern" im Kloster Münsterschwarzach teil. Dieses wurde von Pater Anselm Grün geleitet. Wieder tat es mir total gut, alleine zu sein, mich zu erinnern, zu meditieren, mein Kind zu betrauern. Ich erinnere mich an die Gottesdienste, die ich in der tollen Abtei besucht habe, besonders beeindruckt haben mich die gregorianischen Gesänge der Benediktinermönche. Im Seminar lernte ich andere Verwaiste kennen und Pater Anselm unterstützte den Austausch untereinander. Besonders in Erinnerung geblieben ist mir der unendlich große Schmerz einer 73-jährigen Mutter, deren 50-jähriger Sohn Suizid begangen hatte. Egal wie alt die Mütter sind, die ihre Kinder betrauern, es ist der gleiche Schmerz. Pater Anselm war für mich ein großer Ruhepol, er erschien so wissend und Gott so nah, das hat meinen Glauben ein bisschen gestärkt.

2016

Im April bekam ich die große Chance, wieder als MTA im Bereich der Mikrobiologie zu arbeiten, und ich hoffe sehr, dass ich dort bis zum Renteneintritt verbleiben kann. Da ich den Sommer über in der Probezeit war und nicht verreisen konnte, erfüllte ich mir einen Traum und mietete ein Stück Acker an, um Gemüse anzubauen. Das wollte ich schon immer mal ausprobieren und fand großen Gefallen daran. Das Arbeiten mit den Händen in der Erde, die Anzucht von Pflanzen und die Ernte von eigenem Gemüse waren wie eine Therapie für mich und auch da glaube

ich, dass mein Tobi seine Hände mit im Spiel hatte, denn wir bewarben uns im Sommer auf einen Schrebergarten und bekamen ihn nach wenigen Wochen Wartezeit. Er dient mir bis heute und hoffentlich noch viele Jahre als Erholungsort. Ich baue seitdem leidenschaftlich gern eigenes Obst und Gemüse an, frei nach dem Spruch: Ich brauche keine Therapie, ich bin im Garten! Ich glaube, dass gerade Mütter nach dem Tod ihres Kindes einen totalen Überschuss an Mutterliebe haben, die irgendwo hinmuss. Ein großer Trost war mir natürlich Nikolas, aber meine überschüssige Mutterliebe findet auch zehn Jahre nach Tobis Tod in meinem Garten bei meinen Pflanzen ein Ziel.

Im Mai haben Detlef und ich ein Fotoshooting gemacht mit Niko, und Tobi war auch dabei auf einem Bild. Für den Fotografen war das bestimmt eine ungewöhnliche Erfahrung, denn wir erzählten ihm von unserem verstorbenen Sohn. Entstanden sind wirklich schöne Bilder. Tobi bleibt für immer 11 Jahre alt, es ist nur sehr schwer vorstellbar, wie er heute aussehen oder reden würde, wie sein Leben ohne die schlimme Erkrankung verlaufen wäre. *Was hätte er beruflich gemacht? Wie hätte er sich entwickelt?* Das ist für mich sehr traurig, wie schön wäre es, wenn ich das hätte erleben dürfen!

Der Wechsel der Jahreszeiten hat auch einen Einfluss auf mein Befinden. Der Spätherbst mit seiner Dunkelheit, dem Fall der Blätter und der beginnenden Kälte fühlt sich in jedem Jahr für mich nach Sterben und Abschied an. Mit einer Tageslichtlampe kann ich da etwas gegensteuern und mich abends z. B. beim Puzzeln oder Handarbeiten anleuchten lassen. Der Dezember mit Weihnachten und Tobis Geburtstag ist in jedem Jahr ein schwerer Monat, aber auch der geht vorbei. Wir feiern auch wieder Weihnachten, aber mein Herz ist da immer sehr schwer und ich bin froh, wenn das neue Jahr beginnt. Weihnachten ist leider für immer verknüpft mit der Diagnose der Leukämie und auch mit dem zweiten Rezidiv. Um den Frühling zu locken, beginne ich oft schon im Januar mit der Jungpflanzenanzucht zu Hause, sehr zur Freude meines Mannes, denn dann stehen alle Fensterbänke mit Pflanztöpfen voll, aber ich erfreue mich an den zarten, jungen Pflänzchen und lebe mit ihnen wieder auf! Den weltweiten Gedenktag für verstorbene Kinder, den Worldwide Candle Lighting Day, der immer am zweiten Sonntag im Dezember gefeiert wird, bereite ich seit Jahren unter Mitwirkung von anderen Eltern vor. Die Essener Elterninitiative zur Unterstützung krebskranker Kinder e.V. ist mit Dr. Carmen Birkholz Organisatorin. Es gibt eine emotionale Gedenkfeier mit bewährten Ritualen, bei der allen verstorbenen Kindern des jeweiligen Jahres gedacht wird, tolle Musik und Texte von und für betroffene Eltern zu einem vorher bestimmten Thema. Danach können sich die Teilnehmer der Gedenkfeier noch zu einem gemeinsamen Zusammensein im Elternhaus treffen. Ich würde mir wünschen, dass mehr Ärzte, Schwestern und Mitarbeiter aus der Klinik von diesem Angebot der gemeinsamen Trauer und des Gedenkens Gebrauch machen würden, es wäre vielleicht auch für sie eine Möglichkeit, die Erlebnisse zum Sterben der erkrankten Kinder zu verarbeiten? Ein Angebot, z. B. ein Zeitausgleich für die Teilnahme an so einer Veranstaltung, fände ich seitens der Arbeitgeber sehr wünschenswert.

Zweimal im Jahr gibt es auch Treffen für verwaiste Eltern im Elternhaus, vorbereitet von Dr. Carmen Birkholz und Rita Gröber, Letztere ist mittlerweile Leiterin des psychosozialen Teams im Elternhaus. Ich freue mich jedes Mal sehr darauf, denn ich treffe dort auf Menschen, die auch ihr geliebtes Kind verloren haben und denselben Verlustschmerz und Trauerprozess durchmachen oder durchgemacht haben. Außerdem ist der Tag immer sehr schön vorbereitet, gespickt mit Ritualen und gemeinsamen Aktivitäten, ein Tag, an dem Tobi und meine Erinnerungen an ihn im Mittelpunkt stehen. Zu Beginn der Veranstaltung suchen wir uns stets eine Blume aus einem bunten Strauß aus, die wir dann in der Vorstellungsrunde mittig im Raum in eine Vase stellen, und erzählen, wer wir sind und was unser verstorbenes Kind mit dieser Blume verbindet. Meist gibt es danach ein warmes Getränk, denn die Vorstellungsrunde ist immer sehr emotional, da es selten bei der Vorstellung bleibt. Fast immer wird schon sehr intensiv über das Erlebte gesprochen. Da aber alle die Gefühle und Schmerzen der anderen kennen, entsteht eine Verbundenheit, bei der man sich nicht erklären muss, und in diesem Kontext können wir zusammen weinen und auch zusammen lachen. Dr. Carmen Birkholz bereitet dazu eine schöne Meditation vor, bei der man den Gedanken und Erinnerungen an sein Kind und seinen Gefühlen nachgehen kann. Es findet auch immer eine Kreativarbeit statt, wir haben schon gebastelt, genäht, gekocht, geschrieben, ein Lied getextet und zusammen musiziert, da sind Carmen und Rita sehr kreativ und bereiten tolle Sachen vor. Dabei und bei dem gemeinsamen Essen ist Zeit für persönlichen Austausch untereinander, der mich auch nach zehn Jahren immer noch bereichert, und ich genieße es sehr, mit den anderen Eltern auch albern zu sein und zu lachen. Eine Abschlussrunde beendet dann diesen Tobi-Tag.

Ich weiß noch, wie Detlef und ich das erste Mal dorthin gegangen sind. Voller Schmerz, voller Bilder im Kopf, die wir dort mit den anderen Müttern und Vätern teilen konnten. Und ich erinnere mich, wie dankbar ich war, dort Anja und Ingo kennenzulernen; ihre Tochter Alina starb im Jahr 2001, in dem Jahr wurde mein Tobi erst geboren. Sie machten damals einen so gefestigten Eindruck, standen so im Leben, und es machte mir damals große Hoffnung, dass auch mein Leben sich irgendwann wieder normalisieren würde, obwohl ich mir das gerade in den ersten Jahren wirklich nicht vorstellen konnte. Mittlerweile sind Detlef und ich Hoffnungsträger. Es nimmt mich immer sehr mit, wenn neue Familien an den Treffen teilnehmen und von ihrem Schmerz, ihrem Verlust und ihrem geliebten Kind berichten, ich kenne und fühle ihren vernichtenden Verlustschmerz. Ich berichte dann aber von meinem Tobi, von dem, was uns damals alles so passiert ist, unserem Weg, unserer Trauerarbeit, bei dem sich der Schmerz verwandelt hat. Ich bin glücklich darüber, dass ich meinen Tobi 11 Jahre an meiner Seite haben durfte, auch wenn mein Lebensplan ein anderer war und mir mein Kind immer fehlen wird. Und davon kann ich dann berichten und den anderen Eltern Mut und Hoffnung machen.

10 Jahre nach Tobis Tod habe ich mit seinem Schicksal und seinem Fortgang Frieden geschlossen und führe ein glückliches, aktives und mit vielen Hobbys gefülltes Leben. Die Tage, an denen ich auch mal traurig bin und mit meinem Schicksal hadere, stören da meinen Frieden nicht. Ich glaube, dass es bei jedem Menschen gute und schlechte Tage gibt, das gehört zum Leben einfach dazu. Ich freue mich, dass an Tobis Todestag meine Familie am Grab zusammenkommt. Ich will Tobias' Namen aussprechen können, ohne dass mein Gegenüber zusammenzuckt. Ich bin froh, dass sich mit den Jahren auch wieder schöne Erinnerungen aus meinem Gedächtnis hervorkramen lassen, und ich bin ganz dankbar für unser vorhandenes Film- und Fotomaterial, für meine Tagebuchaufzeichnungen und auch für den Film „Sowas wie Glück“, denn damit kann ich meinen Erinnerungen gut auf die Sprünge helfen.

Liebe*r Leser*in,

ein herzliches Dankeschön an Sie, dass Sie dieses Buch gelesen haben. Ich hoffe, dass meine Erfahrungen und Berichte Sie berührt haben, anregen und bereichern werden. Ich habe meinen Weg beschrieben, aber Trauer ist ganz individuell und Ihrer kann ein ganz anderer sein.

Wenn Sie in einer ähnlichen Situation sind, dann seien Sie mutig und vertrauen Ihrem Bauchgefühl und Ihren Kräften. Nehmen Sie Hilfe an und lassen Sie sich palliativ begleiten, um die restliche Lebenszeit lebenswert und möglichst schmerzfrei zu gestalten. Leben auch Sie Ihre Trauer, jeder trauert anders, genau wie jeder anders lebt, und es gibt da kein Richtig oder Falsch. Vielleicht lassen Sie sich durch meine Erfahrungen inspirieren. Ich hoffe, dass ich Ihnen Mut machen kann, dass auch schwere Schicksalsschläge überlebt werden können und es einen Weg in ein wieder glückliches Leben gibt. Dazu gehört auch, dass wir auf unserem Weg Bekanntschaften und Freundschaften mit einigen ganz tollen Menschen geschlossen haben, die uns sonst nie begegnet wären. Viele der Kontakte reichen bis heute und dafür bin ich sehr dankbar. Dieses Buch ist ein Realbericht und ich durfte bis auf wenige Ausnahmen alle Mitwirkenden beim Namen nennen, darüber bin ich sehr froh, denn so bleibt es meine bzw. unsere Geschichte. Danke auch für die vielen lieben Rückmeldungen und den Zuspruch im Vorfeld der Veröffentlichung bei der Sammlung der Einverständniserklärungen zur Namensnennung.

Herzlich bedanken möchte ich mich bei allen, die sich während Tobias' Erkrankung um ihn und auch um mich gekümmert haben: Da wären die Teams der Stationen K2, K3, K7 und der KMT-Stationen des Universitätsklinikums Essen und das Team der Station 14 der Klinik für Kinder- und Jugendmedizin in Tübingen. Des Weiteren waren wir im Elternhaus des Fördervereins krebskranker Kinder e. V. in Tübingen bestens betreut. Ich war auch mehrfach wieder in Tübingen, in Erinnerung an die hoffnungsvolle Zeit dort, und Tobi war mir da immer sehr nahe. Vielen Dank für die letzte Übernachtung, die ich im Elternhaus des Fördervereins für krebskranke Kinder Tübingen e. V. nach Tobias' Tod ohne ihn verbringen durfte, auch das war ein sehr heilendes Erlebnis auf meinem Trauerweg. Die vielen Aktivitäten der Elterninitiative zur Unterstützung krebskranker Kinder e. V. auf der Station K3 brachten Freude in unseren Klinikalltag, auch dafür herzlichen Dank.

Vielen Dank an meine Familie und an meine Freunde, ohne eure Unterstützung, eure Gespräche und eure Hilfen wäre die damalige Zeit noch viel schwerer gewesen. Ein riesengroßer Dank geht an das KinderPallativNetzwerk Essen mit all seinen Ärzten, Schwestern und Mitarbeitern, die uns 2013 betreut und unterstützt haben. Ein großes Dankeschön geht auch an das Pflegeteam mit Schwester Nathalie. Ohne euch alle wäre unser Weg so nicht möglich gewesen. Ein besonderer Dank geht an Dr. Oliver Basu, der mir auch den entscheidenden Anstoß gab, eine Veröffentlichung meines Blogs zu wagen. Ich würde mir wünschen, dass noch viel mehr Ärzte ihre Patienten ganzheitlich als Menschen wahrnehmen, nicht nur als Fall, und dass sie sich Zeit für Gespräche nehmen. Kinderärzte sollten immer den Eindruck vermitteln, als entschieden sie für ihr eigenes Kind!

Auch wenn ich Tobi nicht mehr an meiner Seite habe, so trage ich ihn immer in meinem Herzen und habe trotz dieses schweren Schicksalsschlags wieder in ein glückliches und ausgefülltes Leben zurückgefunden. Auch ich lebe nur ein Leben und darf wieder glücklich sein, obwohl ich mein Kind zu Grabe tragen musste.

Herzlich bedanken möchte ich mich bei Nici Friederichsen vom OVIS Verlag für ihre Entscheidung, mein Buchprojekt zu realisieren, und für die tolle Zusammenarbeit mit ihr, mit der Lektorin Lydia M. Behnke und mit Victoria Müller. Es war für mich eine ganz besondere Zeit, in der ich mit meinem Buch schwanger gehen durfte.

Zum Schluss noch eine letzte Frage: Möchten Sie die Organisationen unterstützen, die uns so sehr geholfen haben? Dann würde ich mich über eine Geldspende mit dem Kennwort *„Tobias Klein“* sehr freuen, denn alle drei Organisationen sind auf Spenden angewiesen.

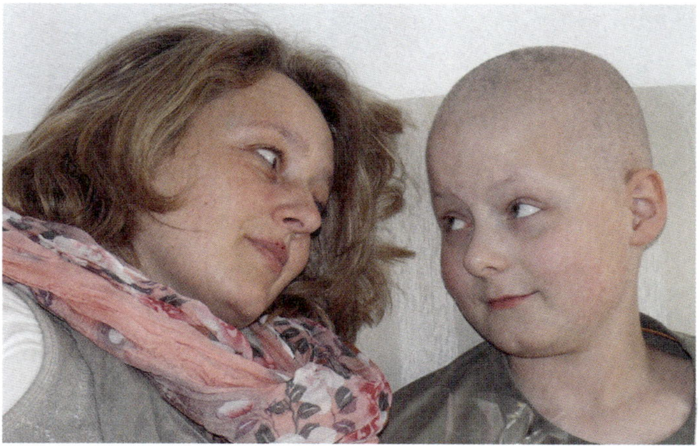

Wenn Sie mir schreiben möchten, wenden Sie sich gern per E-Mail an: *keepintouchwithtobi@gmail.com*

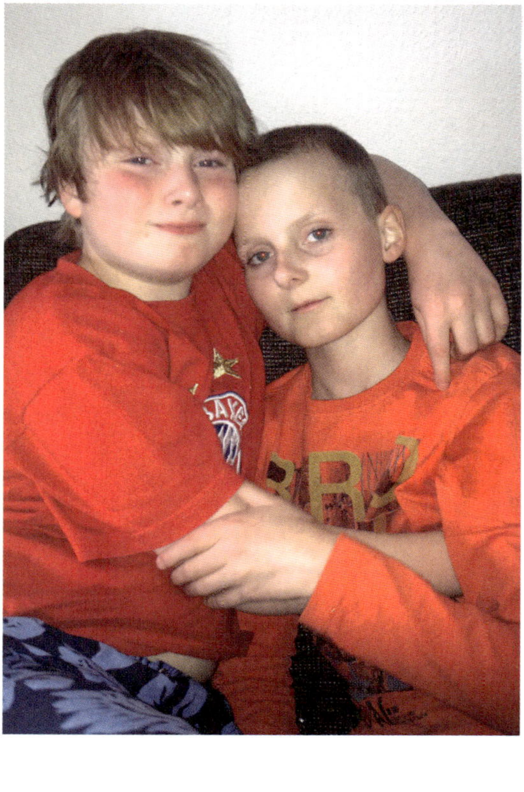

KINDERPALLIATIVNETZWERK ESSEN

CSE GGMBH

cse.ruhr/kinderpalliativnetzwerk.de
Stichwort: KPN Tobias Klein

ESSENER ELTERNINITIATIVE ZUR UNTERSTÜTZUNG KREBSKRANKER KINDER E.V.

krebskranke-kinder-essen.de
Stichwort: Tobias Klein

FÖRDERVEREIN FÜR KREBSKRANKE KINDER TÜBINGEN E. V.

krebskranke-kinder-tuebingen.de
Stichwort: Tobias Klein

Danke!